生活因阅读而精彩

有血液、有温度、可触摸的中华文明史

蔡东藩中华史

元史

蔡东藩 著

中国華僑出版社

图书在版编目(CIP)数据

元史 / 蔡东藩著.—北京:中国华侨出版社,2013.11

(蔡东藩中华史)

ISBN 978-7-5113-4231-7

Ⅰ.①元… Ⅱ.①蔡… Ⅲ.①章回小说-中国-现代
Ⅳ.①I246.4

中国版本图书馆 CIP 数据核字(2013)第262004号

蔡东藩中华史:元史

著　　者 / 蔡东藩
责任编辑 / 文　喆
责任校对 / 孙　丽　李向荣
经　　销 / 新华书店
开　　本 / 787 毫米×1092 毫米　1/16　印张/20　字数/362 千字
印　　刷 / 北京建泰印刷有限公司
版　　次 / 2014 年 2 月第 1 版　2014 年 2 月第 1 次印刷
书　　号 / ISBN 978-7-5113-4231-7
定　　价 / 26.80 元

中国华侨出版社　北京市朝阳区静安里 26 号通成达大厦 3 层　邮编:100028

法律顾问:陈鹰律师事务所

编辑部:(010)64443056　64443979

发行部:(010)64443051　传真:(010)64439708

网址:www.oveaschin.com

E-mail:oveaschin@sina.com

自序

古史之美且备者多矣，而元史独多缺憾，非史官之失职也，文献不足征耳。元起朔漠，本乏纪录，开国以后，即略有载籍，而语不雅驯，专属蒙文土语，缙绅先生难言之。逮世祖朝，始有实录，相沿至于宁宗，共十有三朝。然在世祖以前，仍多阙略；世祖以后，则往往详于记善，略于惩恶，史为国讳，无足怪也。元亡明兴，洪武二年，得元十三朝实录，命修《元史》，以李善长为监修，宋濂、王祎为总裁，二月开局，八月书成。惟顺帝一朝，史犹未备。又命儒士欧阳佑等，往北平采遗事。明年二月，重开史局，阅六月书成，颁行后，已有窃窃然滋议者。盖其时距元之亡，第阅二、三年，私家著述，鲜有所闻，无由裒合众说，核定异同，观徐一夔与王祎书，谓："考史莫备于日历及起居注，元不置日历，不设起居注，惟中书时政科，遣一文学掾掌之，以事付史馆，即据以修实录，其于史事已多疏略。至顺帝一朝，且无实录可据，唯凭采访以足成之，恐事未必核，言未必驯，首尾未必贯穿"云云。然则元史之仓卒告成，不克完善，在徐氏已豫知之矣。厥后商辂等续撰《纲目》，薛应旗复作《通鉴》，陈邦瞻又著《纪事本末》，体制不同，而所采事实，不出正史之外，其阙漏固犹昔也。他若《皇元圣武亲征录》，记太祖、太宗事。《元秘史》亦如之，语仍鄙俚，脱略亦多。《丙子平宋录》，记世祖事；《庚申外史》，记顺帝事，一斑之窥，无补全史。而《元朝名臣事略》，暨《元儒考略》等书，更无论已。自明迄今，又阅两朝，后人所作，可为元史之考证者，惟《蒙鞑备录》、《蒙古源流》及《元史译文证补》，等书。《元史译文证补》出自近年，系清侍郎洪钧所辑，谓从西书辗转译成，其足正《元史》之阙误者颇多，顾仅至定宪二宗而止。《蒙鞑备录》及《蒙古源流》亦一秘史类耳。明清二代多宿儒，容有钩隐索沉，独成善本，惜鄙人见闻局猛，未能一一尽窥也。本年春，以橐笔之暇，偶阅东西洋史籍译本，于蒙古西征时，较中史为详，且于四汗分封，及其存亡始末，亦足补中史之阙，倘所谓礼失求野者非耶？不揣谫陋，窃欲融合中西史籍，编成元代野乘以资参考。寻以材力未逮，戏成演义，都六十回。事皆有本，不敢臆造，语则从俗，不欲求深，而于元代先世及深宫轶事，外域异闻，凡正史之所已载者，酌量援引，或详或略；正史之所未载者，则旁征博采，多半演入，茶余酒后，取而阅之，非特足供消遣，抑亦藉广见闻。海内大雅，其毋笑我芜杂乎？是为序。

中华民国九年一月古越蔡东藩自识于海上寓庐。

目录
Contents

第一回 感白光孀姝成孕 劫红颜异儿得妻

“成则为王，败则为寇”,无论古今中外，统是这般见解，这般称呼，这也是成败衡人的通例。起语已涵盖一切。惟我中国自黄帝以后，帝有五，王有三，历秦、汉、晋、南北朝及隋、唐、五季、南北宋，虽未尝一姓，毕竟是汉族相传，改姓不改族。其间或有戎狄蛮貊，入寇中原，然亦忽盛忽衰，自来自去，如獯鬻，如严狁，如匈奴，不过侵略朔方，没有甚么猖獗。后来五胡、契丹、女真铁骑南来，横行腹地，好算得威焰熏天，无人敢当，但终不能统一中国；几疑天限南北，地判华夷，中原全境，只有汉族可为君长，他族不能羼入的。谁知南宋告终，厓山尽覆，赵氏一块肉，淹入贝宫，赤胆忠心的陆秀夫、张世杰、文天祥，或溺死，或被杀，荡荡中原，竟被那蒙古大汗，囊括以去。一朝天子一朝臣，居然做了八十九年的中国皇帝，这真是有史以来的创局！有的说是天命，有的说是人事，小子也莫名其妙，只好就史论史，把蒙古兴亡的事实，演出一部元朝小说来。诸君细阅一周，自能辨明天命人事的关系了！暗中注重人事，为现今国民下一针砭，是有心爱国之谈。

且说蒙古源流，本为唐朝时候的室韦分部，向居中国北方，打猎为生，自成部落。嗣后与邻部构衅，屡战屡败，弄到全军覆没，只剩了男女数人，逃入山中。那山名叫阿儿格乃衮，层峦叠嶂，高可矗天，惟一径可通出入，中有平地一大方，土壤肥美，水草茂盛。不亚桃源。男女数人，遂借此居住，自相配偶，不到几年，生了好几个男女。有一男子名叫乞颜，生得膂力过人，所有毒虫猛兽遇着了他，无不应手立毙。他的后裔，独称繁盛。有此大力，宜善生殖。土人叫他做“乞要特”，“乞要”即“乞颜”的变音，“特”字便是“统类”的意义。种类既多，转嫌地狭，苦于旧径芜塞，日思开辟。为出山计，辗转觅得铁矿，洞穴深邃，大众伐木炽炭，篝火穴中，又宰了七十二牛，剖革为筒，吹风助火，渐渐的铁石尽熔。前此羊肠曲径，坍的坍，塌的塌，忽变作康庄大道，因此衢路遂辟。不借五丁，竟辟蚕丛，蜀主不能专美于前。

数十传后，出了一个朵奔巴延（《元史》作托奔默尔根，《秘史》作朵奔蔑儿干），尝随乃兄都蛙锁豁儿出外游牧。一日到了不儿罕山，但见丛林夹道，古木参天，隐隐将大山笼住。都蛙锁豁儿向朵奔巴延道：“兄弟！你看前面的大山，比咱们居住地，好歹如何？”朵奔巴延道：“这山好得多哩。咱们趁着闲暇，去逛一会子何如？”都蛙锁豁儿称善，遂携手同行，一重一重的走将进去。到了险峻陡峭的地方，不得已援着木，扳着藤，猱升而上，费了好些气力，竟至山巅。兄弟两人拣了一块平坦的盘石，小坐片刻。四面了望，烟云缭绕，岫屿回环，仿佛别有天地。俯视有两河萦带，支流错杂，映着那山林景色，倍觉鲜妍。好一幅画图。

朵奔巴延看了许久，忽跃起道："阿哥！这座大山的形势，好得很！好得很！咱们不如迁居此地，请阿哥酌夺!"说了数语，未闻回答，朵奔巴延不觉焦躁起来，复叫了数声哥哥，方闻得一语道："你不要忙！待我看明再说!"

朵奔巴延道："看甚么?"都蛙锁豁儿道："你不见山下有一群行人么?"朵奔巴延道："行人不行人，管他做甚!"都蛙锁豁儿道："那行人里面，有一个好女儿!"朵奔巴延不待说毕，便说道："哥哥痴了！莫非想那女子作妻室么?"都蛙锁豁儿道："不是这般说，我已有妻，那女儿若未曾嫁人，我去与她说亲，配你可好么?"朵奔巴延道："远远的恰有几个人影，如何辨别妍媸?"都蛙锁豁儿道："你若不信，你自去看明!"朵奔巴延少年好色，闻着有美女子，便大着步跑至山下去了。

看官到此，未免有一疑问，都蛙锁豁儿见有好女，何故朵奔巴延独云见得不清？原来都蛙锁豁儿一目独明，能望至数里以外，所以部人叫他一只眼。他能见人所未见，所以命弟探验真实，自己亦慢步下来。

那时朵奔巴延一口气跑到山下，果见前面来了一丛百姓，内有一辆黑车，坐着一位齐齐整整、袅袅婷婷的美人儿，想是天仙来了。不由得瞅了几眼，那美人似已觉着，也睁着秋波，对朵奔巴延睃了一睃。像煞吊膀子，可想这美人身品。朵奔巴延竟呆呆立住。等到美人已近面前，他尚目不转睛，一味地痴望。忽觉得背后被击一掌，方扭身转看，击掌的不是别人，就是那亲哥哥都蛙锁豁儿。他也不遑细问，复转身去看着美人，但听得背后朗声道："你敢是痴么！何不问她来历?"朵奔巴延经这一语，方把痴迷提醒，忙向前问道："你们这等人，从哪里来的?"有一老者答道："我等是豁里剌儿台蔑儿干一家。当初便是巴儿忽真地面的主人。"朵奔巴延道："这年轻女子，是你何人?"那老者道："是我外孙女儿。"朵奔巴延道："她叫甚么名字?"那老者道："我名巴尔忽歹篾尔干。只生一个女儿，名巴儿忽真豁呵，嫁与豁里秃马敦的官人。"朵奔巴延听了这语，不觉长叹道："晦气！晦气!"便转身向都蛙锁豁儿道："这事不成，咱们回去罢!"活绘出少年性急。

都蛙锁豁儿道："你听得未曾清楚，为何便说不成?"朵奔巴延道："他说的名字，什么巴儿豁儿，我恰记不得许多，只他女儿确曾嫁过了。"都蛙锁豁儿道："瞎说！他说的是他女儿，并不是他外孙女儿！”朵奔巴延想了一想，才觉兄言果确。便道：“阿哥耳目聪明，还是请阿哥问他为是。”于是都蛙锁豁儿前行一步，与老者行了礼，问明底细，方知美人的名字，叫作阿兰郭斡（旧作阿兰果火，《元史》作阿伦果斡，《秘史》作阿兰豁阿）。且由老者详述来历。因豁里秃马敦地面禁捕貂鼠等物，所以投奔至此。都蛙锁豁儿道：“这山已有主人么？”那老者道：“这山的主人，叫作哂赤伯颜。”都蛙锁豁儿道：“这也罢，但不知你外孙女儿曾否字人？”老者答称尚未，都蛙锁豁儿便为弟求亲。老者约略问了姓氏家居，去对那外孙女儿说明。

这时候的朵奔巴延，眼睁睁望着美人儿，只望她立刻允许，谁知这美人偏低头无语。故作反笔，妙。寻由老者说了数语，那美人竟脸泛桃花，越觉娇艳，好一歇，急杀朵奔巴延。方蒙这美人点首。“蒙”字妙。朵奔巴延喜出望外，不待老者回报，急移步走至老者前，欲向老者行甥舅礼，不意被乃兄伸手拦住。朵奔巴延退了一二步，心中还恨着阿哥。嗣经老者与都蛙锁豁儿说明允意，才由都蛙锁豁儿叫过朵奔巴延，谒过老者。复订明迎婚日期，方分手告别。

朵奔巴延在途次语兄道：“他既肯把好女儿嫁我，为何今日不缴与我们，恰还要捱延日子？”急色儿。都蛙锁豁儿道：“你不是强盗，难道便抢劫不成！”朵奔巴延才噤口无言。

过了数天，都蛙锁豁儿捡出鹿皮二张，豹皮二张，狐皮二张，鼠獭皮数张，装入车中，令朵奔巴延着了喜服，率着车辆仆役，至不儿罕山迎婚。自昼至夕，已将美人儿迎回，对天行过夫妇礼，拥入房帏。这一夜的欢娱，不消细述。嗣后一索得男，再索复得男，长子取名布儿古讷特，次子取名伯古讷特。（《元史》作布固合塔台及博克多萨勒，《蒙古源流》作伯勒格特依及伯衮德依）。两儿尚未长成，不意乃兄都蛙锁豁儿竟一病身亡。

都蛙锁豁儿生有四子，统是倔强得很，不把那朵奔巴延作亲叔叔般看待。朵奔巴延气愤填胸，带着一妻二子，至兄墓前哭了一场，便往不儿罕山居住。昼逐牲犬，夜对妻孥，倒也快活自由。老天无意做人美，偏偏过了数年，朵奔巴延受了感冒，竟尔卧床不起。临终时，与娇妻爱子诀了永别，又把那善后事宜，嘱托那襟夫玛哈赉，一声长叹，奄然逝世了。人人有此结果，何苦贪色贪财。

朵奔巴延既死，那阿兰郭斡青年寡偶，寂寂家居，免不得独坐神伤，唏嘘终日。幸亏玛哈赉体心着意，时常来往，所有家事一切，尽由他代为筹办，所以阿兰郭斡尚没有什么苦况，做日和尚撞日钟，也觉得破涕为笑了。寓意于微。

转瞬一年，阿兰郭斡的肚腹居然膨胀起来，俄而越胀越大，某夕，竟产下一男。说也奇怪，所生男子尚未断乳，阿兰郭斡腹胀如故，又复产了一男。旁人议论纷纷，那阿兰郭斡毫不在意，以生以养，与从前夫在时无异。偏这肚中又要作怪，膨胀十月，又举一男。临产时，祥光满室，觉有神异，乳儿啼声，亦异常人。阿兰郭斡很是欣慰，头生子名不衮哈搭吉，次生子名不固撒儿只，第三子名孛端察儿。蒙古人种，目睛多作栗黄色，独孛端察儿灰色目睛，甫越周年，即举止不凡，所以阿兰郭斡格外钟爱。

独古讷特两兄弟年已长成，背地里很是不平，尝私语道："我母无亲房兄弟，又无丈夫，为何生了这三个儿子？家内独有襟丈往来，莫不是他生的么?"说着时，被阿兰郭斡闻知，便叫二子一同入房，密语道："你等道我无夫生子，必与他人有私情么？哪里知道三个儿子，是从天所生的！我自你父亡后，并没有什么坏心，惟每夜有黄白色人，从天窗隙处进来，将我腹屡次摩挲，把他的光明透入我腹，因此怀着了孕，连生三男。看来这三子不是凡人，久后他们做了帝王，你两人才识得是天赐!"欺人乎？欺己乎？

吉讷特两兄弟彼此相觑，不出一词。阿兰郭斡复道："你以为我捏谎么？我如不耐寡居，何妨再醮，乃作此暧昧情事！你若不信，试伺我数夕，自知真假!"古讷特兄弟应声而出。是夕，果见有白光闪入母寝，至黎明方出。于是古讷特兄弟也有些迷信起来。我却不信。

到了孛端察儿已越十龄，阿兰郭斡烹羊炰羔，斗酒自劳，一面令五子列坐侍饮。酒半酣，便语五子道："我已老了，不能与你等时常同饮，但你五人都是我一个肚皮里生的，将来须要和睦度日，幸勿争闹!"语至此，顾着孛端察儿道："你去携五支箭来!"孛端察儿奉命而往，不一刻即将五支箭呈奉。阿兰郭斡即命余子起立，教他各折一箭，五人应手而断。阿兰郭斡复令把五支箭竿，束在一处，更叫他们轮流折箭。五人按次轮着，统不能折。阿兰郭斡微笑道："这就是单者易折，众则难摧的语意。"魏书《吐谷浑传》，其主阿豺曾有此语，不识阿兰郭斡何亦知此。五子拱手听命。

又越数年，阿兰郭斡出外游玩，偶然受了风寒，遂致发寒发热。起初还可勉强支持，过了数日，已是困顿床褥，羸弱不堪。阿兰郭斡自知不起，叫五人齐至床侧，便道："我也没有甚么嘱咐，但折箭的事情，你等须要切记，不可忘怀!"言讫，瞑目而逝。想是神人召去。

五子备办丧礼，将母尸敛葬毕，长子布儿古讷特创议分析，把所有家资作四股均派，只将孛端察儿一人搁起，分毫不给。孛端察儿道："我也是母亲所生的，如何四兄统有家产，我独向隅!"布儿古讷特道："你年尚少，没有分授家产的资格。家中有一匹秃尾马，给你就是！你的饮食，由我四家担任。何如?”孛端察儿尚欲争论，偏那诸兄齐声赞同，料知彼众我寡，争亦无益。

勉强同住了数月，见哥嫂等都甚冷淡，不由得懊恼道：“我这里长住做甚么？我不如自去寻生，死也可，活也可!”颇有丈夫气。遂把秃尾马牵出，腾身上马，负着弓矢，挟着刀剑，顺了斡难河流，扬长而去。

到了巴尔图鄂拉（鄂拉，蒙古语，山也），望见草木畅茂，山环水绕，倒也是个幽静的地方。他便下了骑，将秃尾马拴着树旁。探怀取刀，顺手斩除草木，用木作架，披草作瓦，费了一昼夜工夫，竟筑起一间草舍。腰间幸带有干粮，随便充饥。次日出外了望，遥见有一只黄鹰，攫着野鹜，任情吞噬。他眉头一皱，计上心来，就拔了几根马尾，结成一条绳子，随手作圈，静悄悄地蹑至黄鹰背后；巧值黄鹰昂起头来，他顺手放绳，把鹰头圈住，牵至手中，捧住黄鹰道：“我孑身无依，得了你，好与我做个伙伴，我取些野物养你，你也取些野物养我，可好么?”黄鹰似解他语言，垂首听命。孛端察儿遂携鹰归来，见山麓有一狼，含住野物，踉跄奔趋。他就从背后取出短箭，拈弓搭着，飕的一声，将狼射倒。随取了死狼，并由狼吃残的野物，一并挟着，返至草舍。一面用薪煨狼，聊当粮食，一面将狼残野物，豢给黄鹰。这黄鹰儿恰也驯顺，一豢数日，竟与孛端察儿相依如友。有时飞至野外，搏取食物，即衔给孛端察儿。孛端察儿欣慰非常，与黄鹰生熟分食。

转瞬间已过残冬。到了春间，野鹜齐来，多被黄鹰搏住，每日可数十翼，吃不胜吃，往往挂在树上，由他干腊。只有时思饮马乳，一时无从置办。孛端察儿登高遥望，见山后有一丛民居，差不多有数十家，便徒步前行，径造该处乞奶浆。该处的人民起初不肯，嗣经孛端察儿与他熟商，愿以野物相易，因得邀他应允。自是无日不至该地，只两造名姓，彼此未悉。

适同母兄不衮哈搭吉忆念幼弟，前来寻觅。先至该地探问，居民说有此人，惜未识姓氏住址。不衮哈搭吉尚在盘诘，不期有一伟少年，臂着鹰，跨着马，得得而至。那居民哗然道：“来了，来了!”不衮哈搭吉回首一望，那少年不是别人，便是幼弟孛端察儿。当下两人大喜，握手相见，各叙别后情形。不衮哈搭吉劝弟回家，孛端察儿先辞后允，遂与不衮哈搭吉返至草舍，约略收拾，即日起行。自此该地无孛端察儿踪迹。

谁知过了数日，该地有一怀妊妇人正在河中汲水，忽见孛端察儿带了壮士数名，急行而来，妇人阻住道：“你莫非又来吃马奶么?”孛端察儿道：“不是，我邀你到我家去。”妇人道：“邀我去做什么?”正诘问间，不防孛端察儿伸出两手，竟将她抱了过去，那时连忙叫喊，已是不及。奇凡得很。小子尝吟成一诗道：

天道非真善者昌，
胡儿得志便猖狂；
强权世界由来久，
盗贼居然育帝王！

未知这妇人性命如何？且看下回分解。

本回为全书弁冕，叙述蒙古源流，为有元之所自始。按《元史·太祖本纪》，载阿抡果斡（即阿兰郭斡）事，谓其夫亡寡居，夜寝帐中，梦白光自天窗入，化为金色神人，来趋卧榻，惊觉遂有娠。产一子名孛端察儿。《源流》谓梦一伟男与之共寝，久之生三子。《秘史》谓黄白色人将肚皮摩挲。是姑勿论，惟史家于帝王肇兴，必述其祖宗之瑞应。姜嫄履敏，刘媪梦神，真耶幻耶？未足尽信。本书即人论人，就事叙事，言外寓意，不即不离，至描摹朵奔巴延暨孛端察儿处，尤觉得一片天真，口吻俱肖。庸庸者多厚福，意者其或然欤！末后一结，兔起鹘落，益令人匪夷所思。

第二回　拥众称尊创始立国　班师奏凯复庆生男

却说孛端察儿抱住该妇，疾行而归。该地居民闻有暴客，竞来趋视，不意强人蜂拥到来，各执着明晃晃的刀仗，大声呐喊，动者斩，不动者免死。居民见这情形，都错愕不知所为。有几个眼快脚长，转身逃走，被那强人大步赶上，刀剑齐下，统变作身首两分。大众格外恟惧，只好遵令不动。强人遂把他们一一反剪，复将该民家产牲畜，劫掠殆尽，方带了人物，一概回寨。

看官到此，几不辨强徒何来，待小子一一交代。原来孛端察儿随兄归去时，途次语兄道：“人身有头，衣裳有领，无头不成人，无领不成衣。”奇语。不衮哈搭吉茫然莫辨，待孛端察儿念了好几遍，方诘问道：“你念什么咒语？”孛端察儿答道：“我说的不是咒语，乃是目前的好计。”不衮哈搭吉续问底细，孛端察儿道：“哥哥你到过的地方，虽有一丛百姓，恰无头领管束。若把他子女财产，统去掳来，那时有妻妾，有奴隶，有财宝，岂不是快活一生么！”确是盗贼思想。不衮哈搭吉道：“你说亦是，待回去与弟兄商量。”

孛端察儿非常高兴，与阿哥急趋到家。既入门，见了布儿古讷特等人，不但忘却前仇，便提议抢劫的事情。布儿古讷特素性嗜利，连忙称善。顿时兴起家甲，命孛端察儿做头哨，不衮哈搭吉及不固撒儿只做二哨，自己与同父弟伯古讷特做后哨，陆续前进。孛端察儿趋入该地，先将一孕妇抢劫归来；至不衮哈搭吉兄弟暨布儿古讷特兄弟扫尽民居，返入寨中。检点手下从人，不缺一名，只少了孛端察儿。当下问明妻女，方知孛端察儿早已驰归，与抱住的妇人，入帐取乐去了。

布儿古讷特道："且暂由他，现在是发落该民要紧。"当下命家役牵入俘虏，问他愿充仆役否。该民被他威吓，统已神疲骨软，只好唯唯听命。布儿古讷特便命放绑，令他散住帐外，静候号令。该民含泪趋出。复将抢来的家产牲畜，安置停当。

是时孛端察儿方慢慢地踱将出来。大约是疲倦了。布儿古讷特道："你好！你好！青天白日，便做那鸳鸯勾当！"孛端察儿道："哥哥等都有嫂子，难道为弟的不能纳妇？"布儿古讷特正思回答，忽见一妇人徐步至前，红颜半晕，绿鬓微松，只腹间稍稍隆起，未免有些困顿情状。布儿古讷特道："好一个妇人，不愧做我弟妇！"言下便问她名氏，那妇人便喘吁吁地答道："我叫作勃端哈屯，是札儿赤兀人氏。"说着时，已由孛端察儿叫她拜见诸兄，妇人勉强行过了礼，即返入后帐。

布儿古讷特道："你有这个美妇，我等没有，奈何！"孛端察儿道："俘虏中也有几个好妇女，何不叫她入侍？"布儿古讷特道："不错！"便与兄弟四人出了帐，拣了几名美人儿，带回侍寝。几个妇女本没有甚么名节，况经他威胁势迫，哪里还敢抗拒，只好由他拥抱寻欢。可见世人不能独立，做了他族的奴隶，男为人役，女为人妾，是万万不能逃避的！暮鼓晨钟，请大众听着。

这且休表。且说孛端察儿的妻室，怀孕满月，生下一子，名札只剌歹。（《源流》作斡齐尔台）。旋由孛端察儿所产，再生一男，名巴阿里歹。两男生后，那妇人华色已衰，孛端察儿又从他处娶了一妇，复把那陪嫁来的女佣，据为已妾。任情纵欲，有何道德。后妻生子合必赤，妾生子沾兀列歹，合必赤子名土敦迈宁。（《秘史》作篾年土敦）。土敦迈宁生子甚多，约有八九人，（《元史》谓八子，《译文证补》谓九子）。嗣是滋生日蕃，氏族愈众。五传至哈不勒，拓土开疆，威势颇盛，各族推他为蒙古部长，称名哈不勒汗。

是时金邦全盛，并有辽地，复兴兵南下，据三镇（中山、太原、河间三镇），入两河，直捣宋都，掳徽、钦二帝，且追宋高宗至杭州，一意前进，不暇后顾。哈不勒汗乘这机会，拥众称尊，隐隐有雄长朔方的意思。金主晟闻他英名，遣使宣召，命他入朝。哈不勒汗遂带着壮士数名，乘了骏马，趋入金京。谒见毕，金主晟见他状貌魁梧，颇加敬礼。每赐宴，饬臣下殷勤款待。哈不勒汗恐饮食中毒，尝托词沐浴，离席至他处，呕吐食物，乃复入席。因此百觥不醉，八簋无余。金人多豪饮善啖，非常诧异。

一日在殿上筵宴。哈不勒汗连飞数十觞，遂有醉意，不觉酒兴大发，手舞足蹈起来。舞蹈才罢，复大着步直至帝座，捋金主须。不脱野蛮旧习。那时廷臣都欲来杀哈不勒汗的呼叱声、剑佩声，杂沓一堂。亏得金主度量过人，和颜悦色道："你且去入席，不要上来！"哈不勒汗方才知过，惶恐谢罪。金主复谕道："这是小小失仪，不足为罪。"当下赐他帛数端，马数匹，令即返辔。哈不勒汗称谢而出，便扬鞭就道，直回故寨。无如金邦的大臣，统说哈不勒汗怀有歹意，此时不除，必为后患。金主初欲怀柔远人，厚赠遣归，嗣被廷臣怂恿，众口一词，也未免有些怀疑，遂遣将士兼程前进，追还哈不勒汗。哪知哈不勒汗已有戒心，早风驰电掣地回到寨中。待至金使到来，他却抗颜对使道："你国是堂堂的大国，你主是堂堂的君长，昨日遣我归，今又令我去，出尔反尔，是何道理！这等叫作乱命，我不便依从！"这言颇有至理。金将见他辞意强横，只好怏怏而归。

不数日，金使又到，适值哈不勒汗出猎未返，他妇翁吉拉特氏率众欢迎，把自居的新帐让金使暂住。至哈不勒汗归来，闻着这事，便语他妻室及部众道："金使到此，定是又来召我，欲除我以绝后患，我与他不能两立，有他无我，有我无他；为今日计，不如将他杀却，先泄我忿！"部众不答，哈不勒汗道："你等莫非怀有异心么？你等若不助我杀金使，我当先杀你等！"言毕，怒发直竖，须眉戟张，部众忙称遵命。哈不勒汗遂一马当先，驰入帐中，手起刀落，把金使砍为两段。金使的侍从，出来抗拒，被部众一同赶上，杀得一个不留。先下手为强。

这消息传达金廷，金主大怒，遣万户胡沙虎率兵往讨。胡沙虎本是个没用的家伙，一入蒙古境内，不谙道里，不知兵法，只是一味地乱撞。那哈不勒汗很是能耐，率部众避伏山中，坚壁不出。胡沙虎往来蒙地，不见一人，日久粮尽，只好勒兵回国。不意出了蒙境，那蒙兵却漫山遍野地追来。看官，你想这时的胡沙虎还有心恋战么？当时你逃我窜，被蒙古兵大杀一阵。可怜血流山谷，尸积道涂，胡沙虎勒马先逃，还算保全首领。金人出手就是献丑，已为金亡元兴张本。哈不勒汗得此大胜，遂仇视金邦，益发秣马厉兵，专待金兵再到，与他厮杀。会金主晟谢世，从孙亶嗣位，因从叔挞懒专权，与叔父兀术密谋，诱杀挞懒。挞懒遗族逃往漠北，至哈不勒汗处乞师复仇。哈不勒汗有隙可乘，自然应允。嗣是连寇金边，把西平、河北二十七团寨，陆续攻取。金主亶闻边疆被侵，遂与南宋议和，催归将士，专顾北防。螳螂捕蝉，不知黄雀已在其后。其时金邦的百战能臣，要算皇叔兀术。自南归国，奉了主命，出征蒙古，满望马到成功，谁知大小数十战，迁移一二年，犹是胜负未分，相持莫决。语所谓强弩之末，不能穿鲁缟者，兀术是已。兀术恐师老财匮，致蹈胡沙虎覆辙，遂决计议和；把西平、河北二十七团寨，尽行割与，又每岁给他牛羊若干头，米豆若干斛，并册哈不勒为蒙兀国王，方得罢兵修好。这是宋高宗绍兴十七年间的事情。有史可考，乃编年以清眉目。

哈不勒汗生有七子，到年老病危时，偏叫他从弟俺巴该进来，奉承国统，又嘱诸子敬奉从叔，不得违命。诸子一律遵嘱，哈不勒汗才瞑目去世了。

俺巴该嗣立后，国势如旧。会哈不勒汗的妻弟，名叫赛因特斤，偶罹疾病，往邻近塔塔儿部聘一巫者疗治，日久无效，竟至殁世。家众因巫者无灵，将他斩首。塔塔儿人不肯干休，遂兴兵复仇。哈不勒汗七子闻母族被兵，立率部众往援。两下酣斗起来，哈不勒汗第六子合丹（《秘史》作合答安），骁健善战，手持长枪一杆，所向无前。塔塔儿酋木秃儿不及防备，竟被合丹刺于马下，幸部众奋力抢救，方得暂保性命。医治一载，才得痊愈，再发兵进攻，鏖战两次，丝毫不能取胜。到着末的一战，塔塔儿部大败，木秃儿仍死于合丹手下。

塔塔儿人阴图雪愤，阳为乞和，一味甘言重币，来哄这俺巴该。俺巴该信以为真，竟与塔塔儿结亲，愿将爱女嫁与该部嗣酋，仇人之子，招为女夫，俺巴该也太不小心。自己送女成礼，到了塔塔儿部，不防伏兵四起，将父女一概掳去。哈不勒汗长子斡勤巴儿哈合，闻俺巴该被抢，忙至塔塔儿部索还，并责他无礼。塔塔儿部不由分说，复将斡勤巴儿哈合拘住，一并送与金邦。

金人正怀宿忿，将俺巴该钉住木驴背上，令他辗转惨毙。俺巴该令从人布勒格赤告金主道：“你不能以武力获我，徒借他人手下置我死地；又用这般惨刑，我死，我的子侄很多，必来复仇。”金主大怒，把斡勤巴儿哈合亦加死刑。并纵布勒格赤使还，令他归告族众，速即倾国前来，决一雌雄。

布勒格赤归国，会议复仇，立哈不勒第四子忽都剌哈为汗，合寨齐起，攻入金界。金人杀他不过，高垒固守。忽都剌哈汗屡攻不克，方大掠而归。蒙俗以尚武为本旨，忽都剌哈汗勇武绝伦，力能折人为两截，每食能尽一羊，声大如洪钟，每唱蒙兀歌，隔七岭犹闻彼声，因此嗣位数年，威名益振。他于子侄辈中，独爱也速该（《元史》作伊苏克依），尝谓此儿英武，不亚自己，遂有传统的意思。

也速该父名把儿坛把阿秃儿，系哈不勒汗次子，忽都剌哈汗仲兄。把儿坛生四男，长名蒙格秃乞颜，次名捏坤太石，三子即也速该，最幼的名答里台斡勒赤斤。也速该少有膂力，善骑射，能弯七石弓，也是个杀人不翻眼的魔星。他平时尝在斡滩河畔游猎，所得禽兽，比他人为多。到年将弱冠时，想得个美貌妇女作为配偶，无如部落中少有丽姝，所以因循迁延。

一日，又往斡滩河放鹰，遇着一男骑马，一妇乘车，从河曲行来。那妇人生得秋水为眉，芙蓉为骨，映入也速该眼中，确是生平罕见。冶容诲淫。他即迎上前道："你等是何方的人民？来此做甚？"那男子道："我是蔑里吉部人（《元史》称蔑里吉为默尔奇斯），名叫客赤列都。"也速该复指着妇人道："这是你何人？"那男子道："这是我的妻室。"也速该怀着鬼胎，便撒谎道："我有话与你细说，你且少待，我去去就来。"那男子正要问他缘故，他已三脚两步似飞的去了。

不一刻，遥见也速该率着壮士两人，疾奔而来。那男子不觉心慌，忙语妇人道："他有三人同来，未知吉凶若何？"妇人远远一瞧，也觉得着急起来，便道："我看那三人的颜色，好生不善，恐要害你性命。你快走去！你若有性命呵，似我这般妇女很多哩，将来再娶一个，就唤做我的名字便是。"说罢，就脱下衣衫，与男子做个纪念。那男子方才接着。也速该三人已到，男子拨马就走。也速该令弟守着妇人，自与仲兄捏坤太石赶这男子，跑过七个山头，那男子已去远了。

也速该偕兄同返，牵住妇人的乘车，令兄先行，饬弟后随。那妇人带哭带语道："我的丈夫向来家居，不曾受着什么惊慌。如今被你等逐走，爬山过岭，何等艰难。你等良心上如何过得去！"也速该笑道："我的良心是最好的，逐去你的丈夫，再还你的好丈夫！"调侃得趣。那妇人越加号啕，几乎把河内的川流，山边的林木，都振动了。答里台斡勒赤斤道："你丈夫岭过得多了，水也渡得多了，你哭呵，他也不回头寻你，就使来寻，也是不得见了。你住声，休要哭！咱们总不亏待你！"妇人方渐渐止啼。

到了帐中，也速该便去禀知忽都剌哈汗。忽都剌哈汗道："好！好！就给你为妻罢。"那妇人又哭将起来，忽都剌哈汗道："我是此处国王，他是我的爱侄，将来我死后，他便接我的位置，你给他为妻，岂不是现成的夫人么！"妇人闻着"夫人"两字，心中也转悲为喜，眼中的珠泪，立刻停止。到底水性杨花。当下忽都剌哈汗令该妇入后帐整妆，安排与也速该成婚。也速该喜不自禁，至与该妇交拜后，挽入洞房，灯下细瞧，比初见时更为美艳。那时迫不及待，便拥该妇同寝。欢会后问妇姓名，方知叫作诃额仑（《元史》作谔楞，《源流》作乌格楞）。自此朝欢暮乐，几度春风，竟由诃额仑结下珠胎，生出一个大名鼎鼎的人物来。迤逦写来，与朵奔巴延暨孛端察儿得妇时，又另是一种笔墨。

忽都剌哈汗因伐金无功，复思往讨塔塔儿部。也速该愿为前锋，当即点齐部众，浩浩荡荡地杀奔塔塔儿部。塔塔儿部恰也预防，闻报也速该到来，忙令帖木真兀格及库鲁不花两头目率众抵御。也速该怒马直前，无人敢当。帖木真出来阻拦，与也速该战了数合，一声叱喝，已被也速该只手擒来。库鲁不花急忙趋救，也速该故意奔还，等到库鲁不花追至马后，他却扭转身来，将手中握定的长枪，刺入库鲁不花的马腹，那马受伤坠地，眼见得库鲁不花也随扑地下。蒙古部众，霎时齐集，将库鲁不花活擒了去。那时塔塔儿部大加恟惧，忙选了两员健将，前来抵敌。一个名叫阔湍巴剌合，一个名叫扎里不花，两将颇有智勇，料知也速该艺力过人，不可小觑，便用了坚壁清野的法子，来困也速该。的是好计。也速该无计可施，愤急得了不得，会后队兵到，又会同进攻，也是没效。俄闻忽都剌哈汗罹疾，只得奏凯班师。

到了迭里温盘陀山，见他阿弟到来向也速该贺喜。也速该道："出师多日，只拿住敌酋两名，不能报我大仇，有何足贺！"阿弟道："擒住敌人，已是可喜，还有一桩绝大的喜事，我的嫂子，已产下一个麟儿了！"也速该道："果真么？"小子又有一诗道：

天生英物正堪夸，
铁血只凭赤手拿。
古有名言今益信，
深山大泽出龙蛇。

欲知也速该得子情形，且由下回交代。

抢掠劫夺，是他们惯技，如孛端察儿以下，何一不作如是观！唯哈不勒汗粗豪阔达，颇有英雄气象，所以蒙兀得以建国。也速该劫妇怀胎，偏产出一大人物，岂朔方果为王气所钟耶？本回夹叙夹写，斐然成章，而命意则全为成吉思汗蓄势，如看山然，下有要穴，则上必有层峦叠嶂；如观水然，后有洪波，则前必有曲涧重溪。大笔淋漓，不落小家气象。

第三回 女丈夫执旗招叛众 小英雄逃难遇救星

却说也速该班师回国，也速该的兄弟及妻室诃额仑，统远道出迎。至迭里温盘陀山前，诃额仑忽然腹痛，料将生产，遂就山脚边暂憩。不多时，即行分娩，产了一个头角峥嵘的婴儿，大众都目为英物。还有一种怪异，这婴孩初出母胎，他右手却握得甚紧，由旁人启视，乃是一握赤血，其色如肝，其坚如石，大家莫识由来，只说他是吉祥预兆。

分明是个杀星。是儿生后，巧值也速该到来。由他阿弟详报，也速该似信非信，忙即过视诃额仑母子。诃额仑虽觉疲倦，犹幸丰姿如旧，及瞧这婴儿形状，果然奇伟异常，双目且炯炯有光。也速该不禁大喜，便道："我此番出征，第一仗便擒住帖木真，是我生平第一快事。今得此儿，也不妨取名帖木真（亦作铁木真，《元史》作特种津），留作后来纪念。"大众很是赞成。

当下挈眷同归，省视忽都剌哈汗疾病，已觉危急万分，也速该不觉泪下。就是喜极生悲的影子。忽都剌哈汗执也速该手，凄然道："我与你要永诀了！国事待你作主，你不要畏缩，也不要莽撞，方好哩！"也速该应允了，复将俘敌及产子情状略略陈明，忽都剌哈汗也觉心慰。也速该暂行退出，忽都剌哈汗即于是夕死了。

丧葬已毕，也速该统辖各族，远近都惮他威武，不敢妨命。因此也速该逍遥自在，闲着时，尝左拥娇妻，右抱雏儿，享这人间幸福。诃额仑此时想只有笑无哭了。陆续生下三男，一名合撤儿，一名合赤温，一名帖木格。后复生了一女，取名帖木仑。也速该自合撤儿生后，曾别纳一妇，生一男子，名别勒古台，因此也速该共有五儿。至帖木真九岁时，也速该引他出游，拟往诃额仑母家，拣一个好女郎，与帖木真订婚。行至扯克撤儿山及赤忽儿古山间，遇着弘吉剌族人德薛禅（《源流》作岱彻辰），两下攀谈，颇觉投契。也速该便将择妇的意思与他表明。德薛禅道："我昨夜得了一梦，煞是奇异，莫非应在你的郎君！"语甚突兀。也速该问是何梦，德薛禅道："我梦见一官人，两手擎着日月，飞至我手上立住。"愈语愈奇。也速该道："这官人将日月擎来，料是畀汝，汝的后福不浅哩。"德薛禅道："我的后福，要全仗你的郎君。"也速该惊异起来，德薛禅道："你不要怪我说谎，我梦中所见的官人，状貌与郎君相似。如蒙不弃，我有爱女孛儿帖，愿为郎君妇。他日我家子孙，再生好女，更世世献与你皇帝家，怕不做后妃不成！"说得也速该笑容可掬，便欲至他家内，亲视彼女。

当由德薛禅引路，导入家中。德薛禅即命爱女出见，娇小年华，已饶丰韵。也速该大喜，即问她年龄，比帖木真只大一岁。当命留下从马，作为聘礼。叙帖木真聘妇事，笔法又是一变。便欲率子告辞，德薛禅苦苦留住，宿了一宵。

翌日，也速该启行，欲挈他爱女同去。德薛禅道："我只有一二子女，现时不忍分离，闻亲家多福多男，何不将郎君暂留这里，伴我寂寥？亲家若不忍别子，我亦何忍别女哩！"也速该被他一激，便道："我儿留在你家，亦属何妨！只年轻胆小，事事须要照管哩。"德薛禅道："你的儿，我的女婿，还要什么客气！"

也速该留下帖木真，上马即行。回到扯克撤山附近，见有塔塔儿部人，设帐陈筵，颇觉丰盛。正在瞧着，已有塔塔儿人遮住马头，邀他入席。也速该生性粗豪，且因途中饥渴，遂不管什么好歹，竟下马入宴，酒酣起谢，跨马而去。途次觉隐隐腹痛，还道是偶感风寒，谁知到了帐中，腹中更搅痛得了不得。一连三日，医药无效。可为贪食者戒。不觉猛悟道："我中毒了！"至此才知中毒，可谓有勇无智。忙叫族人蒙力克进内，与他说道："你父察剌哈老人，很是忠诚，你也当似父一般。我儿子帖木真在弘吉剌家做了女婿，我送子回来，途中被塔塔儿人毒害。你去领回我儿，快去！快快去！"

蒙力克三脚两步地去召帖木真，至帖木真回来，可怜也速该已早登鬼箓，只剩遗骸！史称帖木真十三岁遭父丧，此本《秘史》叙述。当下号啕大哭。他母亲诃额仑本哭个不休，又要哭了，毕竟红颜命薄。至此转来劝住帖木真。殓葬后，嫠妇孤儿，空帏相吊，好不伤心！各族人且欺她孤寡，多半不去理会；只有蒙力克父子，仍遵也速该遗言，留心照拂。诃额仑以下，很是感激。一死一生，乃见交情。

是时俺巴该派下，族类蕃滋，自成部落，叫作泰赤乌部（《元史》作泰楚特，《秘史》泰亦赤兀惕姓氏）。也速该在时，尚服管辖，祭祀一切，彼此皆跻堂称觥，不分畛域。也速该殁后一年，适遇春祭，诃额仑去得落后，就被他屏斥回来，连胙肉亦不给予。诃额仑愤着道："也速该原是死了，我的儿子怕不长大么？为甚把胙肉一份子也不给我？"这语传到泰赤乌部，俺巴该尚有两个妻妾，竟向着部众道："诃额仑太不成人！我等祭祀，难道定要请她！自今以后，我族休要睬她母子，看她母子怎生对待！"活肖妇女口吻。嗣是与诃额仑母子绝对不和，并且笼络也速该族人，叫他弃此就彼。各族统趋附泰赤乌部，也速该部下也未免受他羁縻。

时有哈不勒汗少子脱朵延（《元史》作托乡呼尔察），系帖木真叔祖行，向为也速该所信任，至此亦叛归泰赤乌部。帖木真苦留不从，察剌哈老人亦竭力挽留。脱朵延道："水已干了，石已碎了，我留此做甚？"察剌哈尚揽袪苦劝，恼动了脱朵延，竟取了一柄长枪，向察剌哈乱戳。察剌哈急忙避开，背上已中了一枪，负痛归家。脱朵延率众自去。

帖木真闻察剌哈受伤，忙至彼家探视。察剌哈忍着痛，对帖木真道："你父去世未久，各亲族多半叛离。我劝脱朵延休去，被他枪伤。我死不足惜，奈你母子孤栖，如何过得下去！"说着，不禁垂泪。伤心语，我亦不忍闻。

帖木真大哭而出，禀告母亲诃额仑。诃额仑竖起柳眉，睁开凤目，勃然道："彼等欺我太甚！我老娘虽是妇女，难道真一些儿没用么！"便携着帖木真，出召族众，尚有数十人，勉以忠义，令他追还叛人。

诃额仑亲自上马，手持旄纛一大杆，在后压队，并叫从人携了长枪，准备厮杀。说时迟那时快，脱朵延带去的族众已被诃额仑追着。诃额仑大呼道：“叛众听者！”其声喤喤。脱朵延等闻声转来，见诃额仑面带杀气，妩媚中现出英武形状，想是从也速该处学来。不由得惊愕起来，诃额仑遥指脱朵延道：“你是我家的尊长，为什么舍我他去？我先夫也速该不曾薄待你，我母子且要仗你扶持！别人可去，你也这般，如何对我先人于地下！”脱朵延无言可答，只管拨马自走，那族众也思随往。诃额仑愈加性起，叫从人递过了枪，自己加鞭驰上，冲入叛众队间，横着枪杆，将叛众拦住一半，好一个娩婳将军，所谓一夫拼命，万夫莫当者是也，妇女且然，况乎男子汉。喝声道：“休走！老娘来与你拼命！”那叛众不曾见诃额仑有此胆力，还道她藏着不用，此次方出来显技，几吓得面面相觑。诃额仑见他有些疑惧，又略霁怒颜道：“倘你等叔伯子弟们尚有忠心，不愿向我还手，我深是感念你们！你休与脱朵延同一般见识，须知瓦片尚有翻身日子，你不记念先夫也速该情谊，也须怜我母子数人，效力数年，待我儿郎们有日长成，或者也与先夫一般武艺，知恩必报，衔仇必复。你叔伯子弟们，试一细想，来去任便！”说罢，令帖木真下马，跪在地上，向众哭拜。临之以威，动之以情，不怕叛众不入彀中。叛众睹这情状，不由得心软神移，也答拜道：“愿效死力！”于是前行的已经过去，后行的统同随回。

到家后，闻察哈剌老人已死，母子统去吊丧，大哭一场。族众见她推诚置腹，方渐渐有些归心诃额仑。怎奈泰赤乌部聚众日多，仇视诃额仑母子，亦日益加甚。诃额仑恐遭毒手，每教她五子协力同心，缓缓儿的复仇雪恨。她尝操作蒙语道：“除影儿外无伴党，除尾子外无鞭子。”两语意义，是譬如影不离形，尾不离身，要她五子不可拆开。因此帖木真兄弟，时常忆着，很是和睦，同居数年，内外无事。

一日，兄弟妹六人同往山中游猎，不料遇着泰赤乌部的伴当，如黄鹰捕雀一般，来拿帖木真。别勒古台望见了，连忙将弟妹藏在鳌内，自与两兄弯弓射斗。泰赤乌人欺他年幼，哪里放在心上，不妨弦声一响，为首的被他射倒，余众望将过去，这放箭的不是别人，就是别勒古台。写别勒古台智勇，为后文立功张本。众人都向他摇手，大声叫着：“我不来掳你，只将你哥哥帖木真来！”帖木真闻他指名追索，不禁心慌，忙上马窜去。

泰赤乌人舍了别勒古台等，只望帖木真后追。帖木真逃至帖儿古捏山，钻入丛林，泰赤乌人不敢进蹑，只是四围守着。帖木真一住三日，只寻些果实充饥。当下耐不住饥渴，牵马出来，忽听得扑塌一声，马鞍坠地。帖木真自叹道：“这是天父止我，叫我不要前行！”可见蒙人迷信宗教。复回去住了三日。又想出来，行了数步，蓦见一大石挡住去路，又踌躇莫决道：“莫非老天还叫我休出么？”又回去住了三日。实饥渴得了不得，遂硬着心肠道："去也死，留也死，不如出去！"遂牵马径出，将堵住的大石用力拨开，徐步下山。猛听得一声胡哨，顿时手忙脚乱，连人带马跌入陷坑，两边垂下铙钩，把他人马扎起，待帖木真张目旁顾，已是身子被缚，左右都是泰赤乌人。一险。捕一孩童如搏虎一般，并非泰赤乌人没用，实为帖木真隐留声价。

帖木真叹了口气，束手待毙。可巧时当首夏，泰赤乌部依着故例，在斡难河畔筵宴，无暇把帖木真处死，只将他枷住营中，令一弱卒守着。帖木真默想道："此时不走，更待何时。"便两手捧着了枷，突至弱卒身前，将枷撞去。弱卒不及预防，被他打倒，就脱身逃走。绝处逢生。一口气奔了数里，身子疲乏不堪，便在树林内小坐。嗣怕泰赤乌人追至，想了一计，躲在河水内溜道中，只把面目露出，暂且休息。正倦寐间，忽有人叫道："帖木真，你为何蹲在水内？"帖木真觉着，把双眼一擦，启目视之，乃是一个泰赤乌部家人，名叫锁儿罕失剌，不由得失声道："呵哟！"二险。还是锁儿罕失剌道："你不要慌！你出来便是。"帖木真方才动身，拖泥带水地走至岸上。锁儿罕失剌愀然道："看你这童儿，煞是可怜，我不忍将你加害。你快去！自寻你母亲兄弟，若见着别人，休说与我相见！"言讫自去。

帖木真暗想：自己已困惫异常，不能急奔，倘或再遇泰赤乌人，恐没有第二个锁儿罕，不如静悄悄地跟着了他，到他家里，求他设法救我。主见已定，便蹑迹前行。锁儿罕才入家门，帖木真也已赶到。锁儿罕见了帖木真，大惊道："你为何不听我言，无故到此？"帖木真垂泪道："我肚已饿极了，口已渴极了，马儿又没有了，哪里还能远行！只求你老人家救我！"

锁儿罕尚在迟疑，室内走出了两个少年，便问道："这就是帖木真么？雀被鹯逐，树儿草儿尚能把它藏匿，难道我等父子，反不如草木！阿爹须救他为是。"锁儿罕点着了头，忙唤帖木真入内，给他马奶麦饵等物。帖木真饱餐一顿，竭诚拜谢。问了两少年名字，长的名沈白，次的名赤老温（《源流》作齐拉滚，即后文四杰之一）。帖木真道："我若有得志的日子，定当报答老丈鸿恩，及两位哥哥的大德。"志不在小，的是奇童。

言未已，忽又有一少女来前，由锁儿罕命她相见。帖木真见她娇小可人，颇生爱慕。只听锁儿罕道："这是我的小女儿，叫作合答安，你在此恐人察觉，不如暂匿在羊毛车中，叫我小女看着。如有饥渴事情，可与我女说明。"又转向女子道："他如要饮食，你可取来给他。"女子遵嘱，导帖木真至羊毛车旁，开了车门，先搬出无数羊毛，方令帖木真入匿，再将羊毛搬入，把他掩住。这时天气方暑，帖木真连声呼热。女子恰娇声嘱道："休叫，休叫！你要保全性命，还须忍耐方好！"帖木真闻言，才不敢出声。

到了夜间，女子取进饮食，将羊毛拨开，俾他充腹，那时彼此问答，很觉投机。帖木真忽叹道："可惜！可惜！"女子道："你说甚么？"帖木真道："可惜我聘过了妻！"言下有垂涎意，暗为后文伏线。那女子听了，垂着脸道："你不要乱想！今夜想无人来此，便可卧在羊毛上面，我与你车门开着，小觉凉快。"帖木真应着，看那女子徐步而去；辗转凝思，几难成寐，未曾脱险，遂思少艾，可见胡儿好色。后勉抑情肠，方蒙眬睡去。约莫睡了三四个时辰，猛听鸡声报晓，未免吃了一惊，静候了好一刻，忽见那女子踉跄奔来道："不好了！不好了！外面有人来捉你了！快快将羊毛掩住！"三险。小子述此，曾有一诗咏帖木真云：

不经患难不成才，
劳饿始邀大任来；
试忆羊毛车上苦，
少年蹉跌莫心灰。

未知帖木真果被捉住否，且至下回说明。

是回为寡妇孤儿合传，见得孤寡之伦，易受人欺，可为世态炎凉，作一榜样。惟寡妇孤儿之卒被人欺者，虽由人情之叵测，亦缘一己之庸愚。试看诃额仑之临危思奋，居然截住逃亡；帖木真之情急智生，到底得离险难。人贵自立，如寻常儿女之哭泣穷途，自经沟渎而莫之知者，果何补耶！读此应为之一叹，复为之一奋。

第四回　追失马幸遇良朋　喜乘龙送归佳偶

却说帖木真匿身羊毛车内，被那女子一吓，险些儿魂胆飞扬，忙向女子道："好妹子！你与我羊毛盖住，休被歹人看见，我心内一慌，连手足都麻木不仁了。"应有这般情景，但也亏作书人描摹。女子闻言，急将羊毛乱扯，扯出了一大堆，叫帖木真钻入车后，外面即将羊毛堵住，复将车门关好，跑着腿走了。女子方去，外面已有人进来，大声道："莫非藏在车内？快待我一搜！"话才毕，车门已被他开着，窸窸窣窣的掀这羊毛。四险，我为帖木真捏一把汗。帖木真缩做一团，屏着气息，不敢少动，只听着锁儿罕道："似这般热天气，羊毛内如何藏人！热也要热死的了。"语后片刻，方闻得大众散去。从帖木真耳中听出，用意深入一层。帖木真默念道："谢天谢地谢菩萨！"谐语。念了好几遍，又闻有人唤他出来，声音确肖那女子，才敢拨开羊毛，下车出见。锁儿罕也踱入道：

“好险吓！不知谁人漏着消息，说你躲住我家，来了好几个人，到处搜索，险些儿把我的父子性命，也收拾在你手里！幸亏天神保佑，瞒过一时。看你不便常住我家，早些儿去寻你母亲兄弟去！”又叫他次子入内，嘱道：“马房内有一只没鞍的骡子，你去牵来，送他骑坐，可以代步。”复命那女儿道：“厨下有煮熟的肥羔儿，并马奶一盂，你去盛在一皮筒内，给他路上饮食。”两人遵命而出，不一时，陆续取到。锁儿罕又命长子取弓一张，箭两支，交给帖木真道：“这是你防身的要械，你与那皮筒内的食物，统负在肩上。就此去罢！”帖木真扑身便拜，锁儿罕道：“你不必多礼，我看你少年智勇，将来定是过人，所以冒险救你。你不要富贵忘我！”帖木真跪着道：“你是我重生的父母，有日出头，必当报德，如或负心，皇天不佑！”说罢，复拜了数拜。有此义人，我亦愿为叩首。锁儿罕把他扶起，他又对着赤老温弟兄，屈膝行礼。起身后，复向女子合答安也一屈膝，并说道：“你为我提心吊胆，愁暖防饥，我终身不敢忘你！”女子连忙避开，当由帖木真偷眼瞧着，桃腮晕采，柳眼含娇，不由得恋恋不舍。是前生注就了姻缘，统为后文伏笔。还是锁儿罕催他速行，才负了弓箭等物，一步一步地挨出了门，跨上骡子，加鞭而去。

行了数步，尚勒马回头，望那锁儿罕家门。见那少女也是倚门望着，描摹殆尽。硬着头皮与她遥别。顺了斡难河流，飞驰疾奔，途中幸没遇着歹人，经过别帖儿山，行到豁儿出恢山，只听有人拍手道：“哥哥来了！”停鞭四望，遥见山南有一簇行人，不是别个，就是他母亲兄弟。当即下了骡子，相见时，各叙前情，母子相抱大哭。合撒儿劝阻道：“我等记念哥哥，日日来此探望，今日幸得相见，喜欢得了不得，如何哭将起来！”母子闻言，才止住了哭声。

数人相偕归来，至不儿罕山前，有一座古连勒古岭，内有桑沽儿河，又有个青海子（与泊同义）。貔貍甚多，形似鼠，肉味很美。帖木真望着道：“我等就在这里居住，一则此地不让故居，二则也可防敌毒害。”蒙俗逐水草而居，所以随地可住。诃额仑道：“也好！”便寻了一块旷地，扎住营帐，把故居的人物骡马，都移徙过来。也速该遗有好马八匹，帖木真很是爱重，朝夕喂饲，统养得雄骏异常。

某日午间，那马房内的八匹好马，统被歹人窃去，只有老马一匹，由别勒古台骑去捕兽，未曾被窃。帖木真正在着忙，见别勒古台猎兽回来，忙与他说明。别勒古台道：“我追去！”合撒儿道：“你不能，我追去！”帖木真道：“你两人都尚童稚，不如我去！”手足之情可见。就携了弓箭，骑着那匹老马，蹑着八马踪迹，向北疾追。行了一日一夜，天色大明，方遇着一少年，在旷野中挤马乳。便拱手问道：“你可见有马八匹么？”那少年道：“日未出时，曾有八匹马驰过。”帖木真道：“八匹马是我遗产，被人窃去，所以来追。”那少年把他注视一回，便道：“看你面色，似带饥渴，所骑的马，也已困乏，不如少歇，饮点马乳，我伴着你一同追去。何如！”

帖木真大喜，下了骑，即在少年手中接过皮筒，饮了马乳。少年也不回家，就将挤乳的皮筒用草盖好，把帖木真骑的马放了。自己适有两马，一匹黑脊白腹的，牵给帖木真骑住，还有一匹黄马，作了自己坐骑，一先一后，揽辔长驱。途次由帖木真问他姓氏，他说我父名纳忽伯颜，我名博尔术（亦四杰之一，《秘史》作孛斡儿出），乃孛端察儿后人。帖木真道：“孛端察儿是我十世前远祖，我与你恰同出一源，今日又劳你助我，我很是感谢你！”博尔术道：“男子的艰难，都是一般，况你我本出同宗，理应为你效力！”以视同室操戈者相去何如？两人有说有话，倒也不嫌寂寞。

行了三日，方见有一个部落，外有圈子，羁着这八匹骏马。帖木真语博尔术道：“同伴，你这里立着，我去把那马牵来。”博尔术道：“我既与你作伴来了，如何叫我立着！我与你一同进去。”说着，即抢先赶入，把八匹马一齐放出，交给帖木真。帖木真让马先行，自与博尔术并辔南归。

甫启程，那边部众来追，博尔术道：“贼人到了，你快将弓箭给我，待我射退了他。”帖木真道：“你与我驱马先行，我与他厮杀一番！”曲写二人好胜心，然临敌争先，统是英雄的气概。博尔术应着，驱马先走。是时日影西沉，天色已暝，帖木真弯弓而待。见后面有一骑白马的人，执着套马竿，大呼休走！声尚未绝，那帖木真的箭干早已搭在弓上，顺风而去，射倒那人。帖木真拨马奔回，会着博尔术，倍道前行。

又越三昼夜，方到博尔术家。博尔术父纳忽伯颜正在门外了望，见博尔术到来，垂着泪道：“我只生你一个人，为什么见了好伴当，便随他同去，不来通报一声？”博尔术下马无言，帖木真忙滚鞍拜谒道：“郎君义士，怜我失马，所以不及禀明，同我追去。幸得马归来，我愿代他受罪！”纳忽伯颜扶着帖木真道：“你不要错怪，我因儿子失踪，着急了好几日，今见了面，由喜生怨，乃有此言，望你见谅！”帖木真道：“太谦了！我不敢当！”随顾着博尔术道：“不是你呵，这马如何可得？我两人可以分用，你要多少？”博尔术道：“我见你辛苦艰难，所以愿效臂助，难道是羡你的马么！我父亲只生了我，所有家财，尽够使用，我若再要你的马，不就如那贼子不成！”施恩不望报，固不愧为义士。帖木真不敢再言，便欲告辞，博尔术挽着了他，同赴原处，将原盖下的皮筒取了回去。到家内宰一肥羔，烧熟了，用皮裹着，同皮筒内的马奶一并送给帖木真，作为行粮。

看官，前叙锁儿罕送帖木真时，也是赠他马奶儿、肥羔儿，今番博尔术送行，又是如此，莫不是蒙人只有这等礼物么？小子尝阅《蒙鞑备录》，方知蒙地宜牧羊马，凡一牝马的乳，可饱三人，出行时止饮马乳，或宰羊为粮。本书据实叙录，因复有此复笔。看官休要嫌我陈腐哩。百忙中叙此闲文，这是作者自鸣。

闲文少表。且说帖木真接受厚赠，谢了又谢，即与他父子告辞，抽身欲行。纳忽伯颜语博尔术道："你须送他一程。"帖木真忙称不敢，纳忽伯颜道："你两人统是青年，此后须互为看顾，毋得相弃！"纳忽伯颜也是识人。帖木真道："这个自然！"那时博尔术已代为牵马，向前徐行，帖木真也只好由他。遂别了纳忽伯颜，与博尔术徒步相随，彼此谈了一回家况，不觉已行过数里。帖木真方拦住博尔术，不令前进，两人临歧握手，各言珍重而别。惺惺惜惺惺。

博尔术去后，帖木真就从八马中选了一匹，跨上马鞍，跑回桑沽儿河边的家中。他母亲兄弟正在悬念，见他得马归来，甚是忻慰。安逸了好几年，诃额仑语帖木真道："你的年纪也渐大了，曾记你父在日，为了你的婚事，归途中毒，以致身亡，遗下我母子数人，几经艰险，受尽苦辛，目下还算无恙。想德薛禅亲家也应惦念着你，你好去探望他呵。若他允成婚礼，倒也了结一桩事情；且家中多个妇女，也好替我作个帮手。"语未毕，那别勒古台在旁说道："儿愿随阿哥同去。"异母兄弟，如此亲热，恰是难得。诃额仑道："也好，你就同去罢。"

次日，帖木真弟兄带了行粮，辞别萱帏，骑着马先后登途。经过青山绿水，也不暇游览，专望弘吉剌氏住处，顺道进发。约两三日，已到德薛禅家。德薛禅见女夫到来，很是喜悦，复与别勒古台相见。彼此寒暄已毕，随即筵宴。德薛禅向帖木真道："我闻泰赤乌部尝嫉妒你，我好生愁着，今得再会，真是天幸！"帖木真就将前时经过的艰苦备述一遍。德薛禅道："吃得苦中苦，方为人上人，你此后当发迹了。"别勒古台复将母意约略陈明。德薛禅道："男女俱已长大了，今夕就好成婚哩。"北人心肠，恰是坦率。便命他妻室搠坛出见。帖木真弟兄又避席行礼。搠坛语帖木真道："好几年不见，长成得这般身材，令我心慰！"复指别勒古台，与帖木真道："这是你的弟兄么？也是一个少年英雄！"两人称谢。席散后即安排婚礼。到了晚间，布置已妥，德薛禅即命女儿孛儿帖换了装，登堂与帖木真行交拜礼。礼成，夫妇同入内帐，彼此相觑，一个是雄纠纠的好汉，气象不凡；一个是玉亭亭的丽姿，容止不俗。两下里统是欢洽，携手入帏，卿卿我我，大家都是过来人，不庸小子赘说了。

过了三朝，帖木真恐母亲悬念，便思归家。德薛禅道："你既思亲欲归，我也不好强留。但我女既为你妇，亦须同去谒见你母，稍尽妇道，我明日送你就道好了。"帖木真道："有弟兄同伴，路上可以无虞，不敢劳动尊驾！"搠坛道："我也要送女儿去，乘便与亲家母相见。”帖木真劝他不住，只得由他。

翌晨，行李办齐，便即起程。德薛禅与帖木真兄弟骑马先行，搠坛母女，乘骡车后随。到了克鲁伦河，距帖木真家不远，德薛禅就此折回。搠坛直送至帖木真家，见了诃额仑，不免有一番周旋，又命女儿孛儿帖行谒姑礼。诃额仑见她戴着高帽，衣着红衣，楚楚丰姿，不亚当年自己，心中很是喜慰。那孛儿帖不慌不忙，先遵着蒙古俗例，手持羊尾油，对灶三叩头，就用油入灶燃着，叫作祭灶礼；然后拜见诃额仑，一跪一叩。诃额仑受了半礼。复见过合撒儿等，各送一衣为贽（就蒙古俗例作为点缀语，小说中固不可少）。另有一件黑貂鼠袄，也是孛儿帖带来，帖木真见了，便去禀知诃额仑道：“这件袄子，是稀有的珍品。我父在日，曾帮助克烈（《元史》作克埒）部恢复旧土，克烈部汪罕（《元史》作汪汗）与我父很是莫逆，结了同盟。我目下尚在穷途，还须仗人扶持，我想把这袄献与汪罕去。”（《本纪》汪罕之父忽儿扎卒。汪罕嗣位，多杀戮昆弟，其叔父菊儿逐之于哈剌温隘，汪罕仅以百骑走奔也速该。也速该率兵逐菊儿，夺还部众，归汪罕，汪罕德之，遂与同盟。）诃额仑点头称善。

至搠坛归去后，帖木真复徙帐克鲁伦河叫兄弟妻室奉着诃额仑居住，自己偕别勒古台，携着黑貂鼠袄，竟往见汪罕。汪罕脱里晤着他兄弟二人，颇表欢迎。帖木真将袄子呈上，并说道：“你老人家与我父亲从前很是投契，此刻见你老人家与见我父亲一般！今来此无物孝敬，只有妻室带来袄子一件，乃是上见公姑的贽仪，特转奉与你老人家！”措词颇善。脱里大喜，收了袄子，并问他目前情状。待帖木真答述毕，便道：“你离散的百姓，我当与你收拾；逃亡的百姓，我当与你完聚；你不要担忧，我总替你帮忙呢！”帖木真磕头称谢。一住数天，告辞而别，脱里也畀他赆仪，在途奔波了数日，方得回家休息。忽外边走进一老媪道：“帐外有呼喊声、蹴踏声，不知为着甚事？”帖木真惊起道：“莫非泰赤乌人又来了？如何是好！”正是：

一年被蛇咬，三年烂稻索；

厄运尚侵寻，剥极才遇复。

毕竟来者为谁，且着下回分解。

霸王创业，必有良辅随之，而微贱时所得之友，尤为足恃。盖彼此情性，相习已久，向无猜忌之嫌，遂得保全后日，如帖木真之与博尔术是也。但博尔术初遇帖木真，见其追马情急，即愿与偕行，此非有特别之远识，及独具之侠义，亦岂肯骤尔出此？至德薛禅之字女于先，嫁女于后，不以贫富贵贱之异辙，遂异初心，是皆所谓久要不忘者，谁谓胡儿无信义耶？读此回，殊令人低徊不置！

第五回 合浦还珠三军奏凯 穹庐返幕各族投诚

却说帖木真闻帐外有变，料是歹人到来，忙令母亲兄弟等暂行趋避。仓猝不及备装，大家牵了马匹，跨鞍便逃。诃额仑也抱了女儿，上马急行。帖木真又命妻室孛儿帖，与进报的老妇同乘一车，拟奔上不儿罕山。谁知一出帐外，那边来的敌人，已似蜂攒蚁拥，辨不出有若干名。帖木真甚是惊慌，只护着老母弱妹，疾走登山，那妻室孛儿帖的车子，竟相离得很远了。仿佛似刘先主之走长坂坡。孛儿帖正在张皇，已被敌人追到，喝声道："车中有什么人？"那老妇战兢兢地答道："车内除我一人外，只有羊毛。"一敌人道："羊毛也罢。"又有一人道："兄弟们何不下马一看！"那人遂下了骑，把车门拉开，见里面坐着一个年轻妇人，已抖做一团，不由得笑着道："好一团柔软的羊毛！"说未毕，已将孛儿帖拖出，驼在背上，扬长去了。帖木真的祖父专掳人妻，不料他子孙的妻室，亦遭人掳。

那时帖木真尚未知妻室被掳，只挈了母亲兄弟，藏在深林里面，只听山前山后，呼喊声接连不断。等到天色将昏，方敢探头出望，才一瞭着，见敌人正在刺斜里趋过。还幸他已背着，不为所见，但闻得喧嚷声道："夺我诃额仑的仇恨，至今未忘！可恨帖木真那厮，窜伏山中，无从搜获，现在只拿住他的妻，也算泄我的一半忿恨！"说讫，下山去了。只可怜这帖木真，如鸟失侣，似兽失群，还要藏头匿脑，一声儿不敢反唇。

是晚在丛林中歇了一宿。次日，方令别勒古台在山前后探察。返报敌人已去，帖木真尚不敢出来。正是惊弓之鸟。接连住了三日，探得敌人果已去远，方才与母亲兄弟整辔下山。到了山麓，捶着胸哭告山神道："我家神灵庇护，得延性命，久后当时常祭祀，报你山神大德！就是我的子子孙孙，也应一般祭祀。"说着，已屈膝跪拜，拜了九次，跪了九次，又将马奶子酒奠了。

看官，你道这敌人究是何人？听他的语意，便可晓得是蔑里吉部人。帖木真的母亲诃额仑本是蔑里吉人客赤列都妻，由也速该抢劫得来，此次特纠众报复，掳了孛儿帖去讫。

帖木真穷极无奈，只有去求克烈部长救他妻室。当下与合撒儿、别勒古台两弟倍道至克烈部，见了部长脱里，便哭拜道："我的妻被蔑里吉人掳去了！"脱里道："有这等事么？我助你去灭那仇人，夺还你妻。你可奉了我命，去通知札木合兄弟，他在喀尔喀河上流，你去教他发兵二万，做你左臂；我这里也起二万军马，做你右臂，不怕蔑里吉不灭，你妻不还！”

帖木真叩谢而出。即语合撒儿道：“札木合也是我族的尊长，幼小时与我作伴过的；且他与汪罕邻好，此去乞救，想必肯来助我。”合撒儿道：“我愿去走一遭，哥哥不必去！”言毕，挺身欲走。好弟兄。帖木真又语别勒古台道：“看来这番动众，不灭蔑里吉不休，我的好伴当博尔术，你可替我邀来，做个帮手！”别勒古台应命，临行时，帖木真示他路径，当即去讫。

帖木真走回家内候着。不两日，别勒古台已与博尔术同来，帖木真正在接着；见合撒儿亦到，便向帖木真道：“札木合已允起兵，约汪罕兵及我等弟兄，在不儿罕山相会。”帖木真道：“照这般说，须要去通报汪罕。”合撒儿道：“我已去过了。汪罕大兵，也即日就道哩。”帖木真大喜道：“这么快！我有这般好弟兄，总算是天赐我的！倘得你嫂子重还，我夫妇当向你磕头。”兄弟同心，不患不兴。合撒儿道：“哪有兄嫂拜弟叔的道理！这且休谈，我等快带了粮械，去会两部的大军。”

于是帖木真、合撒儿、别勒古台三人，整鞭前往，令博尔术为伴。到了不儿罕山下停了一宿。但见风飘飘的旗影，密层层的军队，自北而来，忙上前欢迎，乃是札木合兄弟率着大军，兼程而至。两下相见，很是欢洽，只汪罕兵马，尚未见到。过了一日，仍是杳然。又过一日，还是杳然。帖木真非常焦急，直至第三日午间，方有别部兵到来。札木合恐是敌军，饬军士整槊立着。那边过来的军士也举着军械，步步相逼，及相距咫尺，才都认得是约会的兵士。札木合见了汪罕，便嚷道：“我与你约定日期，风雨无阻，你为何误限三日？”脱里道：“我稍有事情，因此逾限！”札木合道：“这个不依，咱们说过的话儿，如宣誓一般，你误期应即加罚！”脱里有些不悦起来。纠集时已伏参商之意，隐为下文伏线。还是帖木真从旁调停，才归和好，于是逐队进发。

札木合道：“蔑里吉部共有三族，分居各地；住在布拉克地方的头目，叫作脱黑脱阿；住在斡儿寒河的头目，叫作歹亦儿兀孙；住在合刺只旷野的地方，叫作合阿台答儿马剌。我闻得脱黑脱阿，就是客赤列都的阿哥，他为弟妇报怨，所以与帖木真为难。查布拉克卡伦（蒙古屯戍之所曰卡伦）就在这不儿罕山背后，我等不如越山过去，潜兵夜袭，乘他不备，掳他净尽，岂不是好计么！”帖木真欣然答道：“果然好计。我弟兄愿充头哨！”实是寻妻性急。札木合道：“很好！”帖木真弟兄遂与博尔术控马登山，大众跟着。

不一日，尽到山后，削木为筏，渡过勤勒豁河，便至布拉克卡伦，乘夜突入，将帐内所有的大小男妇，尽行拿住。天明检视俘虏，并没有脱黑脱阿，连帖木真的妻室孛儿帖，也不见下落。帖木真把俘虏唤来，挨次讯明，问到一个老妇，乃是脱黑脱阿的正妻，她答道："夜间有打鱼捕兽的人前来报知，说你等大军，已渡河过来，那时脱黑脱阿忙至斡儿寒河，去看歹亦儿兀孙去了。我等逃避不及，所以被掳。"可见札木合的计尚未尽善。帖木真道："我的妻子孛儿帖，你见过么？"老妇道："孛儿帖便是你妻么？日前劫到此处，本为报客赤列都的宿仇。因客赤列都前已亡过，所以拟给他阿弟赤勒格儿为妻。"帖木真惊问道："已成婚么？"我亦要问。老妇半晌道："尚未。"以含糊出之，耐人意味。帖木真复道："现在到哪里去了？"老妇道："想与百姓们同走去了。"

帖木真匆匆上马，自寻孛儿帖。这边两部大军先到斡儿寒河，去拿歹亦儿兀孙，谁知已与脱黑脱阿作伴逃走，只遗下子女牲畜，被两军抢得精光。转入合剌只地方，那合阿台答儿马剌才闻着消息，思挈家属遁逃，不意被两军截住，恁他如何勇悍，也只好束手成擒。家族们更不必说，好似牵羊一般，一股脑儿由他牵出。两军欢跃回营，独帖木真未到。

且说帖木真上马加鞭，疾趋数里，沿途遇着难民逃奔，便留心探望。眼中只有那蓬头跣足的妇女，并没有娇娇滴滴的妻室，他心里很是焦急。不知不觉地行了多少路程，但见遍地苍凉，杳无人迹，不禁失声道："我跑得太快，连难民统已落后了，此地荒僻得很，鬼物都找不出一个，哪里有我的娇妻，不如回去再寻！"

当下勒马便回，行到薛凉格河，又遇见难民若干，仍然没有妻儿形迹。他坐在马上，忍不住号哭道："我的妻，你难道已死么？我的妻孛儿帖，你死得好苦！"随哭随叫，顿引出一个人来，上前扯住缰绳，俯视之，乃是一个白发皤皤的老妪。总道是孛儿帖，谁知恰还未是，这是作者故作跌笔。便道："你做甚么？"老妪道："小主人，你难道不认得我么！"帖木真拭目一看，方认得是与妻偕行的老妪，忙下骑问道："我的妻尚在么？"老妪道："方才是同逃出来的，为被军民一挤，竟离散了。"帖木真跌足道："如此奈何！"老妪道："总在这等地方。"

帖木真也不及上马，忙牵着缰随老妪同行。四处张望，见河边坐着一个妇人，临流啼哭。老妪遥指道："她可是么？"帖木真闻言，舍了马，飞似的走到河旁，果然坐着的妇人，是日夜思念的孛儿帖！便牵着她手道："我的妻，你为我受苦了！"

孛儿帖见丈夫到来，心中无限欢喜，那眼中的珠泪，反较前流得越多了。应有此状，亏他摹写。帖木真也洒了几点英雄泪，便道："快回去罢！"遂将孛儿帖扶起，循原路会着老妪。幸马儿由老妪牵着，未曾纵逸，当将孛儿帖搀上了马，自与老妪步行回寨。

这时候，合撒儿等已带部众数十名，前来寻兄，途次相遇，欢迎回来。脱里、札木合接着，统为庆贺。帖木真称谢不尽。是日大开筵宴，畅饮尽欢。夜间便把那掳来的妇女，除有姿色的，归与部酋受用，其余都分给两部头目，好做妻的做了妻，不好做妻的做了奴婢。蔑里吉的妇女，不知是晦气，抑是运气？只帖木真恰爱着一个五岁的小儿，名叫曲出，乃是蔑里吉部酋撇下的小儿子，面目皓秀，衣履鲜明，口齿亦颇伶俐。帖木真携着他道："你给我做了养子罢！"曲出煞是聪明，便呼帖木真为爷、孛儿帖为娘，这也不在话下。

次日，札木合、脱里合议，把所得的牲畜器械等，作三股均分，帖木真应得一股。他恰嚷着道："汪罕是父亲行，札木合是尊长行，你两人怜我穷苦，兴兵报仇，所以蔑里吉部被我残毁，我的妻也得生还；两丈鸿恩，铭感无已，何敢再受此物！"札木合不从，定要给他，帖木真辞多受少，方无异言。于是拔寨起行，把合阿台以下的仇人，统行剪缚，带了回去。行至忽勒答合儿崖前，旷地甚多，就将大军扎住。札木合语帖木真道："我与你从幼相交，曾在这处，同击髀石为戏（蒙俗多以髀石击兽），我给你一块狍子髀石，你与我一个铜铸的髀石，现虽相隔多年，你我交情，应如前日！回应帖木真前言。我就在这处设下营帐，你也去把母亲兄弟接来，彼此同住数年，岂不是好！"帖木真大喜，便令合撒儿兄弟去接他母亲弟妹，惟汪罕部长脱里告辞回去。

过了两日，合撒儿等奉着诃额仑到营。嗣是与札木合同帐居住，相亲相爱，住了一年有余。时当孟夏，草木阴浓。札木合与帖木真揽辔出游，越山过岭，到了最高的峰峦，两人并马立着。札木合扬鞭得意道："我看这朔漠地方，野兽虽多，恰没有绝大貔貅，若有了一头，怕不将羊儿羔儿吃个净尽！"自命非凡。帖木真含糊答应，回营后对着母亲诃额仑，把札木合所说的话述了一遍，随道："我不晓得他是甚么意思？一时不好回答，特来问明母亲。"诃额仑尚未及答，孛儿帖道："这句话，便是自己想作貔貅哩。有人曾说他厌故喜新，如今咱们与他相住年余，怕他已有厌意。听他的言语，莫非要图害咱们。咱们不如见机而作，趁着这交情未绝的时候，好好儿的分手，何如？"也有见识。诃额仑点头称善。帖木真听了妻言，隔宿便去语札木合道："我母亲欲返视故帐，我只好奉母亲命，伴着了去。"札木合道："你想回去么！莫非我待慢你不成！"言下有不满意。帖木真忙道："这话从何处说来？暂时告别，后再相见！"札木合道："要去便去！"

帖木真应声而出，随即点齐行装，与母妻弟妹等，领了数十名伴当，即日起程，从间道回桑沽儿河。途遇泰赤乌人，泰赤乌人疑帖木真进攻，慌忙散走，撇下一个叫阔阔出名字的小儿，由帖木真伴当牵来。帖木真瞧着道："这儿颇与曲出相似，好做第二个养子，服侍我的母亲。”当下禀知诃额仑，诃额仑倒也心喜。到了桑沽儿河故帐，那时伴当较多，牲畜亦众，帖木真遂蓄着大志，整日里招兵养马，想建一个大部落起来。稍稍得手，便思建竖，自古英雄，大抵如此。自是从前散去的部众，亦逐渐归来。帖木真不责前愆，反加优待，因此远近闻风，争相趋附。到三四年后，帖木真帐下各部族，差不多有三四万人，比也速该在日倍加兴旺了。大众遂推戴帖木真为部长，分职任事，居然一王者开创气象。小子有诗赞他道：

有基可借即称雄，
豪杰凡庸迥不同；
大好男儿须自立，
莫将通塞诿天公！

欲知此后情事，且至下回表明。

汪罕、札木合助帖木真袭蔑里吉部，不可谓非厚谊，然汪罕误期三日，已是未足践信。若札木合遵约而来，报捷而返，及至中途设帐，与帖木真同居年余，厚谊如此，宜可历久不渝矣。乃得志即骄，片言肇衅，以致帖木真怀疑自去，卒致凶终隙末。为札木合计，毋乃拙欤！或谓帖木真之去，由于孛儿帖之一言，妇言是用，不顾友谊，幸其后侥幸战胜，才得自固；否则未有不因此偾事者。是说虽似，然寄人篱下，何时独立，有忽勒答、合儿崖之走，而后有桑沽儿河畔之兴，是妇言亦非全未可从者。要之求人不如求己，他乡何似故乡，丈夫子发愤其所为天下雄，安在无土不王，观此而古语益信。

第六回 帖木真独胜诸部 札木合复兴联军

却说帖木真为部长后，招携怀远，举贤任能，命汪古儿、雪亦客秃、合答安答勒都儿三人司膳（元重内膳之选，非笃敬素著者不得为之，语见《元史·石抹明里传》）。迭该管牧放羊只；古出沽儿修造车辆；朵歹管理家内人口；忽必来、赤勒古台、脱忽剌温同弟合撒儿带刀；合勒剌歹同弟别勒古台驭马；阿儿该、塔该、速客该、察兀儿罕主应对；速别额台勇士掌兵戎；又因博尔术为患难初交，始终相倚，特擢为帐下总管。处置已毕，遂遣答该、速客该往见汪罕，合撒儿阿儿该、察兀尔罕往见札木合。及两处回报，汪罕却没甚异言，不过要帖木真休忘前谊。独札木合语带蹊跷，尚记着中道分离的嫌隙。帖木真道：“由他罢，我总不首去败盟。倘他来寻我起衅，我也不便让他，但教大家先自防着，随机应变方好哩。”预备不虞，实是要诀。

大众应命，各自振刷精神，缮车马，搜卒乘，预防不测。果然不出两年，撒阿里地方，为了夺马启衅，伤着两边和谊，竟闯出一场大战祸来。笔大如椽。原来撒阿里地以萨里河得名，在蔑里吉部西南境，旧为忽都剌哈汗长子拙赤所居。忽都剌哈汗为也速该之叔，则其长子拙赤，应即为帖木真之叔父行。他尝令部众牧马野外，忽来了别部歹人，将他马夺去数匹，部众不敢抵敌，前去报知拙赤。拙赤愤甚，忙出帐外，也不及跨马，竟独自一人，持着弓箭，追赶前去。胡儿大都有胆。自朝至暮，行了数十里，天已傍晚，方见有数人牵马前来，那马正是自己的牧群。因念众寡不敌，静悄悄地跟着后面，等到日色昏黑，他却抢上一步，弯弓搭箭，把为首的射倒。蓦然间大喊一声，山谷震应，那边的伴当，不知有若干追人，霎时四散。拙赤将马赶回。拙赤颇能。

看官，你道射倒的乃是何人！便是札木合弟秃台察儿。札木合闻报，不禁悲愤道：“帖木真背恩负义，我已思除灭了他。今他的族众，又射杀我阿弟，此仇不报，算甚么人！”随即四处遣使，约了塔塔儿部、泰赤乌部，及邻近各部落，共十三部，塔塔儿、泰赤乌两部为帖木真世仇，所以特书。合兵三万，杀奔至桑沽儿河来。

帖木真尚未闻知，亏得乞剌思种人孛徒先已来归。他父捏坤闻着札木合出兵消息，忙遣木勒客脱、塔黑两人，由僻径奔报帖木真。帖木真正在古连勒古山游猎（古连勒古山，即桑沽儿河所出），得这警报，连忙纠集部众，把所有的亲族故旧、侍从仆役，统行征发，共得了三万人，分作十三翼。以三万人对三万人，以十三翼敌十三部，这是开卷以后第一次大战。连老母诃额仑也着了戎服，跨着骏马，偕帖木真起行。老英雌，又出风头。

到了巴勒朱思的旷野，遥见敌军已逾岭前来，如电掣雷奔一般，瞬息可至。帖木真忙饬各军扎住阵脚，严防冲突。说时迟，那时快，这边的部众方才立住，那边的敌军已是趋到。两边仓猝交绥，凭你帖木真甚么能耐，抵不住那锐气勃张、蛮触敢死的敌人。帖木真知事不妙，且战且退，不意敌人紧紧随着，你退我进，直逼至斡难河畔。帖木真各军驰入一山谷中，由博尔术断后，堵住谷口，方得休兵。当下检点部众，伤亡的恰也不少，幸退兵尚有秩序，不致纷散。帖木真怏怏不乐，还是博尔术献议道：“敌人此来，气焰方盛，利在速战，我军只好暂让一阵，休与角逐，待他师老力衰，各怀退志，那时我军一齐掩杀，定获全胜！”不愧为四杰之一。

帖木真依了他计，便集众固守，相戒妄动。札木合数次来争，都被博尔术选着箭手一一射退。凡胡俗行兵，不带粮饷，专靠着沿途掳掠，或猎些飞禽走兽，充做军食。此时札木合所率各部，无从抢夺，军士未免饥饿，遂四处去觅野物，整日里不在营中。博尔术登高瞭望，只见敌军相率游猎，东一队、西一群，势如散沙，随即入帐禀帖木真道：“敌人已懈散了，我等正好乘此掩击哩。”帖木真遂命各翼备好战具，一律杀出。

这时札木合正在帐中，遥听得胡哨一声，忙出帐探视，只见侦骑来报道：“帖木真来了！”先声夺人。札木合急号令军士，速出抵御，怎奈部下多四出猎兽，一时不及归来。那帖木真的大军，已如秋日的大潮，汹涌澎湃，滚入营来，弄得札木合心慌意乱，手足无措，余十二部中的头目，也不知所为。朵儿班部、散只兀部、哈答斤部，先自奔溃，就是札木合的部众，也被他摇动，窜去一半。看官，你想此时的札木合，还能支持得住么？三十六着，走为上着，忙拣了一匹好马，从帐后逃去。札木合一逃，全军无主，还有哪个向前抵挡！霎时间云散风流，只剩了一座空帐。帖木真部下十三翼军，已养足全力，锐不可当，将敌帐推倒后，尽力追赶，碰着一个杀一个，打倒一个捆一个，那札木合带来的十三部众，抱头鼠窜，只恨爹娘生了脚短，逃生不及，白白地送了性命！趣语！

帖木真赶了三十里，方鸣金收军。大众统来报功，除首级数千颗外，还有俘虏数千名。帖木真圆着眼道：“这等罪犯，一刀两段，还是给他便宜，快去拿鼎镬来，烹杀了他！”他部下的士兵奉了这命，竟去取出七十只大锅，先将兽油煮沸，然后把俘虏洗剥，一一掷入，可怜这种俘虏，随锅旋转，不到一刻，便似那油炸的羊儿羔儿！羔羊是宰后就烹，人非禽兽，乃活遭烹杀，胡儿残忍，可见一斑。大众还拍手称快。俘虏烹毕，都唱着凯歌，同返故帐。于是威声大振，附近的兀鲁特、布鲁特两族，亦来投诚。

一日，帖木真率领侍从至西北出猎，遇泰赤乌部下的朱里耶人。侍从语帖木真道：“这是咱们的仇人，请主子出令，捕他一个净尽。”帖木真道：“他既不来加害咱们，咱们去捕他做甚?”朱里耶人初颇疑惧，嗣见帖木真无心害他，也到围场旁参观。帖木真问道：“你等在此做甚么?”朱里耶人道：“泰赤乌部尝虐待我等，我等流离困苦，所以到此。”帖木真问有粮食否，答云不足。及问有营帐否，答云没有。帖木真道：“你等既无营帐，不妨与我同宿，明日猎得野物，我愿分给与你。”朱里耶人欢跃应命。帖木真果践前言，且教侍从好生看待，不得有违。于是朱里耶人非常感激，都说泰赤乌无道，惟帖木真衣人以已衣，乘人以已马，真是一个大度的主子，不如弃了泰赤乌，往投帖木真为是。这语传入泰赤乌部，赤老温先闻风来归。帖木真感念旧谊（应第三回），待他与博尔术相似。还有勇士哲别，素称善射，当巴勒朱思开战时，曾为泰赤乌部酋布答效力，射毙帖木真的战马，至是亦因赤老温为先容，投入帖木真帐下。哲别亦元朝名将，故特表明。帖木真不念前嫌，推诚相与。齐桓公用管仲，唐太宗用魏征同是此意。此后邻近的小部落，多挈了妻孥，投奔帖木真。帖木真很是喜慰，便命在斡难河畔，开筵庆贺。

先是巴勒朱思开仗，帖木真的从兄弟薛撤别吉亦从战有功。薛撤别吉有两母，大母名忽儿真，次母名也别该，帖木真俱邀他与宴，伴着那母亲诃额仑。司膳官失乞儿于诃额仑前奉酒毕，次至也别该前行酒，又次至忽儿真，但觉得扑哧一声，失乞儿面上已着了一掌。失乞儿莫名其妙，只见忽儿真投着袂道："你为何不先至我处行酒，却谄奉那小娘子？"真是妒妇的口角。失乞儿大哭而出，诃额仑嘿然无言，帖木真从旁解劝，才算终席。

不料一波未平，一波又起。薛撤别吉的侍役从帐外私盗马缰，别勒古台见了，把他拿住。忽斜刺里闪出一人，拔剑砍来，别勒古台连忙躲让，那右肩已被斫着，鲜血直流，便忍痛问那人道："你是何人？"那人道："我叫播里，为薛撤别吉掌马。"别勒古台的左右闻了这语，都嚷道："如此无礼，快杀了他！"别勒古台拦住道："我伤未甚，不可由我开衅；我且去通知薛撤别吉，教他辨明曲直。"言未已，薛撤别吉已出来了。别勒古台正思表明，他却不分皂白，大声喝道："你何故欺我仆从？"说得别勒古台气愤填胸，便去折着一截树枝，来与薛撤别吉决斗。薛撤别吉也不肯稍让，拾着一条木棍，抵敌别勒古台。酣斗了好一歇，薛撤别吉败下了，夺路而去。别勒古台走入帐中，又闻忽儿真掌挞司厨，便阻住忽儿真，不容他回去。

正争论间，忽有探马入报，金主遣丞相完颜襄去攻塔塔儿部。帖木真道："塔塔儿害我祖父，大仇未报，如今正好趁这机会，前去夹攻。"正说着，薛撤别吉遣人议和，并迎忽儿真。帖木真语来使道："薛撤别吉既自知罪，还有何说？他母便偕你同回。你去与薛撤别吉说明，我拟攻塔塔儿部，叫他率兵来会，不得误期！"使者奉命，偕忽儿真去讫。

帖木真待至六日，薛撤别吉杳无音信，便自率军前往。至浯勒札河，与金兵前后夹攻，破了塔塔儿部营帐，击毙部酋摩勤苏里徒。金丞相完颜襄嚷着道："塔塔儿无故叛我，所以率兵北征。今幸得汝相助，击死叛酋。我当奏闻我主，授你为招讨官。你此后当为我邦效力！"帖木真应着，金丞相自回去了。帖木真复入塔塔儿帐中，搜得一个婴儿，乘着银摇车，裹着金绣被，便将他牵来。见他头角峥嵘，命为第三个养子，取名失吉忽秃忽（《元史》作忽都忽）。随即凯旋。不期薛撤别吉潜兵来袭，把那最后的老弱残兵杀了十名，夺了五十人的衣服马匹，扬长去了。

帖木真闻报，大怒道："前日薛撤别吉在斡难河畔与宴，他的母将我厨子打了；又将别勒古台的肩甲斫破了，我为他是同族，格外原谅，与他修和，叫他前来合攻塔塔儿仇人。他不来倒也罢了，反将我老小部卒，杀的杀，掳的掳，真正岂有此理！”遂带着军马，越过沙漠，到客鲁伦河上游，攻入薛撤别吉帐中。薛撤别吉已挈眷属逃去，只掳了他的部众，收兵而回。

越数月，帖木真余怒未息，又率兵往讨，追薛撤别吉至迭列秃口，把他擒住，亲数罪状，推出斩首，并杀其弟泰出勒；惟赦他家属；又见他子博尔忽（《秘史》作孛罗兀勒）少年英迈，取为养子，后以善战著名。亦四杰之一。归途遇着札剌赤儿种人，名叫古温豁阿（《元史》作孔温窟哇），引着数子来归。有一子名木华黎（《秘史》作木合黎，《源流》作摩和赉，《通鉴辑览》作穆呼哩，亦为四杰之一），智勇过人，嗣经帖木真宠任，与博尔术、赤老温等一般优待。这且慢表。

且说札木合自败退后，愤闷异常，日思纠合邻部，再与帖木真决一雌雄。闻西南乃蛮部土壤辽阔，独霸一方，遂去纳币通好，愿约攻帖木真。乃蛮部在天山附近，部长名太亦布哈（《通鉴辑览》作迪延汗），曾受金封爵，称为大王。胡俗呼大王为汗，因连类称他为大王汗，蒙人以讹传讹，竟叫他作太阳汗。太阳汗有弟，名古出古敦，与兄交恶，分部而治，自称不亦鲁黑汗。会札木合使至，太阳汗犹迟疑未决，不亦鲁黑汗愿发兵相助，出师至乞湿勒巴失海子（海子亦称淖尔，为蒙古语，犹华人之言湖也）。帖木真闻报，用了先发制人的计策，邀集汪罕部落，从间道出袭不亦鲁黑汗，不亦鲁黑仓猝无备，全军溃散。帖木真等得胜告归。

那时哈答斤部、散只兀部、朵鲁班部、弘吉剌部闻帖木真强盛，统怀恐惧，大会于阿雷泉，杀了一牛一羊一马，祭告天地，歃血为誓，结了攻守同盟的密约。札木合乘机联络，遂由各部公议，推札木合为古儿汗。还有泰赤乌、蔑里吉两部酋以及乃蛮部不亦鲁黑汗，也思报怨，来会札木合，就是塔塔儿部余族，另立部长，趁着各部大会，兼程赶到，大众齐至秃拉河，由札木合作为盟主，与各部酋对天设誓道：“我等齐心协力，共击帖木真，倘或私泄机谋，及阴怀异志，将来如颓土断木一般！”誓毕，共举足踏岸，挥刀斫林，作为警戒的榜样。是谓庸人自扰。遂各出军马，衔枚夜进，来袭帖木真营帐。

偏偏豁罗剌思种人豁里歹，与帖木真出自同族，驰往告变。帖木真连忙戒备，一面遣使约汪罕，令速出师，同击札木合联军。汪罕脱里率兵到客鲁伦河，帖木真已勒马待着，两下相见，共议军情。脱里道：“敌军潜来，心怀叵测，须多设哨探方好哩。”帖木真道：“我已派部下阿勒坛等，去做头哨了。”脱里道：“我也应派人前去。”当下叫他子鲜昆为前行，带领部众一队，分头侦探，自与帖木真缓缓前进。

过了一宿，当由阿勒坛来报道："敌兵前锋，已到阔奕坛野中了。"帖木真道："阔奕坛距此不远，我军应否迎战？"脱里道："鲜昆不知何处去了？如何尚未来报？"阿勒坛道："鲜昆么？闻他已前去迎仗了！"帖木真急着道："鲜昆轻进，恐遭毒手，我等应快去援他！"脱里不信阿勒坛，帖木真独急援鲜昆，后日成败之机，已伏于此。于是两军疾驰，径向阔奕坛原野进发。

这时候，札木合的联军，已整队前来。乃蛮部酋不亦鲁黑汗仗着自己骁勇，充作前锋统领，你前时如何溃散，此时恰又来当冲。望见汪罕前队军马，只寥寥数百人，便是鲜昆军。不由得笑着道："这几个敌兵，不值我一扫！"慢着！正拟遣众掩击，忽望见尘头大起，脱里、帖木真两军，滚滚前来，又不禁变喜为惧，愕然道："我等想乘他不备，如何他已前知？"忽喜忽惧，恰肖莽夫情状。

方疑虑间，札木合后军已到，不亦鲁黑忙去报闻。札木合道："无妨！蔑里吉部酋的儿子忽都，能呼风唤雨，只叫他作起法来，迷住敌军，我等便可掩杀了！"不亦鲁黑汗道："这是一种巫术，我也粗能行使。"札木合喜道："快快行去！"不亦鲁黑汗，遂邀同忽都，用了净水一盆，各从怀中取出石子数枚，大的似鸡卵，小的似棋子，浸着水中，两人遂望空祷诵。不知念着什么咒语，咕哩咕噜了好一回，果然那风师雨伯，似听他驱使，霎时间狂飙大作，天地为昏，滴滴沥沥的雨声也逐渐下来了！各史籍中，曾有此事，不比那无稽小说，凭空捏造。小子恰为帖木真等捏一把汗，遂口占一绝云：

祷风祭雨本虚词，

谁料胡巫果有之！

可惜问天天不佑，

一番祈祷转罹危。

毕竟胜负如何？且看下回续表。

札木合两次兴师，俱联合十余部，来攻帖木真，此正帖木真兴亡之一大关键。第一次迎战，用博尔术之谋，依险自固，老敌师而后击之，卒以致胜，是所赖者为人谋。第二次迎战，敌人挟术以自鸣，几若无谋可恃，然观下回之反风逆雨，而制胜之机，仍在帖木真，是所赖者为天意。天与之，人归之，虽欲不兴得乎？本回上半段，叙斡难河畔之胜，归功人谋，故中间插入各事，所有录故释嫌，救孥恤孤之举，俱一一载入，以见帖木真之善于用人；下半段叙阔弈坛之战，得半而止，独见首不见尾，此是作者蓄笔处，亦即是示奇处。名家小说，往往有此。否则，便无气焰，亦乌足动目耶！

第七回 报旧恨重遇丽姝 复前仇叠逢美妇

却说不亦鲁黑汗等用石浸水，默持密咒，果然风雨并至。看官到此，未免怀疑。小子尝阅方观承诗注，谓蒙古西域祈雨，用楂达石浸水中，咒之辄验。楂达石产驼羊腹内，或圆或扁，色有黄白。驼羊产此，往往羸瘦，生剖得者尤灵。就是陶宗仪《辍耕录》，也有此说。原原本本，殚见洽闻，是小说中独开生面。小子未曾见过此石，大约如牛黄、狗宝等类，独蕴异宝，所以有此灵怪。

闲文少表。单说札木合见了风雨，心中大喜，忙勒令各军静待，眼巴巴地望着对面。一俟帖木真等阵势自乱，便掩杀过去，好教他片甲不回。那边帖木真正思对仗，忽觉阴霾四布，咫尺莫辨，骤风狂雨，迎面飘来，免不得有些惊慌，只饬令部众严行防守。那汪罕部下，却有些鼓噪起来，脱里禁止不住。帖木真也恐牵动全军，急上加急。蓦然间风势一转，雨点随飞，都向札木合联军飘荡过去。札木合正在得意，不妨有此变幻，忙与不亦鲁黑汗等商议。怎奈不亦鲁黑汗等只能祈风祷雨，恰不能逆雨反风，只得呆呆地望着天空，一言不答。无如对面的敌军，已是喊杀连天，摇旗疾至。札木合满腹喜欢都变作愁云惨雾，不禁仰天叹道："天神呵！何故保佑帖木真那厮，独不保佑我呢？"言未毕，见军中已皆倒退，料已禁止不住，只好拨马而逃。幸亏得是逃惯，倒还没有甚么。那时各部酋都已股栗，还有何心恋战，自然一哄儿走了。于是全军大溃，有被斫的，有受缚的，有坠崖的，有落涧的，有互相践踏的，有自相残杀的，统共不知死了若干，伤了若干。

帖木真想乘此灭泰赤乌部，便请脱里追札木合，自率众追泰赤乌人。泰赤乌部酋阿兀出把阿秃儿走了一程，见帖木真追来，复收拾败残兵马，返身迎战。怎奈军心已乱，屡战屡败，只得顾着性命，乘夜再走。那部众不及随上，多被帖木真军掳掠过来。

帖木真忽忆着锁儿罕情谊，自去找寻。到了岭间，蓦听得有一种娇音，在岭上叫着道："帖木真救我！"帖木真望将过去，乃是一个穿红的妇人。忙饬随身的部卒，上前讯明，回报是锁儿罕女儿，名叫"合答安"。帖木真闻着"合答安"三字，抢步行去。到了合答安前，见她形神虽改，丰采依然。便问道："你何故在此？"合答安道："我的夫被军人逐走了，我见你跨马前来，所以叫你救我！"帖木真大喜道："快随我前去！"邂逅相逢，适我愿兮。说着，便叫部卒牵过一骑，自扶合答安上马，并辔下山。合答安在途间，尚口口声声叫帖木真饬寻丈夫。帖木真含糊应着，一面令部卒传着军令，饬大众就此下营。

设帐已毕，却无心检点俘虏，只令部众留意巡逻，严防不测。是晚在后帐备好酒筵，挽合答安并坐畅饮。合答安不好就坐，只在帖木真座旁侍着。帖木真情不自禁，竟将她搂入怀中，令坐膝上，低声与语道："我从前避难你家，承你殷勤侍奉，此心耿耿不忘！早思与你结为夫妇，只因我那时艰险万状，连一聘就的妻室，尚不知何日可娶，所以不敢启口。目今我为部长，又与你幸得再逢，看来这夙世姻缘，总当配合哩！"合答安道："你已有妻，我已有夫，如何配合？"帖木真道："我为一部主子，多娶几个夫人，算做甚么？你的丈夫，闻已被军人杀死了，剩你孤身只影，正好与我做个第二夫人！"合答安闻丈夫已死，不禁泪下。帖木真道："你记念着丈夫么？人死不能重生，还要念他做甚！"眼前的丈夫比前日的丈夫好得许多，合答安真是多哭。说着时，并替她拭泪。合答安心中，好似小鹿儿乱撞，不知所为。帖木真恰欢饮了数大觥，乘着酒兴，拥合答安入寝。昔与共患难，今与共安乐，总算是有情有义的好男儿。意在言外。

翌日，合答安的父亲锁儿罕也入帐来见。来做国丈了。帖木真迎着道："你父子待我有恩，我日夕廑念，你如何此时才来？"锁儿罕道："我心早倚仗着你，所以命次儿先来归附。我若也是早来，恐此间部酋不依，戮我全家，所以迟迟吾行。"帖木真道："昔日厚恩，今当图报！我帖木真不是负心人，教你老人家放心！"子为人臣，女为人妾，好算是知恩报恩。锁儿罕称谢，帖木真命拔帐齐回。

到了客鲁伦河上流，饬部卒探听汪罕消息。及返报，方知札木合被追，穷蹙无归，已投降汪罕，汪罕收兵自回去了。帖木真道："他何不遣人报我！"言下有不悦意。别勒古台在旁说道："汪罕既已回兵，咱们也不必过问。惟塔塔儿是我世仇，我正好乘胜进攻，除灭了他！"帖木真道："且回去休息数日，往讨未迟！"

过了一月，帖木真发兵攻塔塔儿部。塔塔儿部已早防着，纠集族众，决一死战。帖木真闻知敌人势众，倒也不敢轻敌，当下号令诸军，约法三章。第一条，临战时不得专掠财物；第二条，战胜后亦不得贪财，待部署妥定，方将敌人财物，按功给赏；第三条，军马进退，都须遵军帅命令。不奉命者斩，既退后，再令翻身力战，仍须前进；有畏缩不前者斩。军令既肃，壁垒一新，接连与塔塔儿部战了数次，塔塔儿人虽然奋力上前，怎奈寡不敌众，弱不敌强，终被那帖木真占了胜着，弄到一败涂地。塔塔儿部酋，依然逃去，塔塔儿前已屡败，势不能敌帖木真，所以叙笔从略。帖木真军追赶不及，方才收军。检查帐下，只阿勒坛、火察儿、答力台三人违令，私劫财物。帖木真愤甚，命哲别、忽必来两将，把他三人传入，申明军法，拟令加刑。部下都屈膝哀求，代他乞免。帖木真道："你三人与我祖父同出一源，我也何忍罪你，但你等既立我为部长，并誓遵我令，我自不敢以私废公。现由大众替你乞免，你等应悔过效诚，将功赎罪！"言讫，又命哲别、忽必来道："你去把他所得财物，取来充公，休得代他隐饰！"哲别、忽必来依令而行，阿勒坛等亦退出帐外，未免怏怏失望。**为后文往投汪罕张本。**原来阿勒坛系忽都剌哈汗次子，是帖木真从叔；火察儿系也速该亲侄，是帖木真从弟；答力台系也速该胞弟，是帖木真叔父。帖木真做部长时，阿勒坛等首先推戴，愿遵命令，所以帖木真记在胸中，有此劝勉。那三人颇自恃功高，背誓负约，这也是人心难料，防不胜防了。

帖木真召集宗族，与他密议道："塔塔儿的仇怨，我所切记，今幸战胜了他，他所有的百姓，男子尽行诛戮，妇女各分做奴婢使用，方可报仇雪恨。"族众相率赞成。议定后，别勒古台出来，塔塔儿人也客扯连与别勒古台向颇认识，便问商议何事，别勒古台把真情说了，也客扯连便去传报塔塔儿人。塔塔儿人自知迟早一死，索性拼着了命，来攻帖木真营帐，亏得帖木真尚有防备，急命部下出来敌住，塔塔儿人杀他不过，复一哄儿走到山边，倚山立寨，负嵎死守。帖木真率军进攻，足足相持两日，方将山寨攻破。那时，塔塔儿人除妇女外，各执一刀，乱斫乱砍，彼此杀伤，几至相等。**所谓困兽犹斗。**及至塔塔儿的男子丧亡殆尽，那时帖木真部下也好多死伤了。

帖木真查得泄露军机，乃是别勒古台一人所致，便命别勒古台去拿也客扯连。别勒古台去了半晌，返报也客扯连查无下落，大约已死在乱军中，只有他一个女儿，现已掳到。帖木真不待说毕，便怒道："为你泄了一语，累得军马死伤，此后会议大事，你不准进来！"别勒古台唯唯遵命。帖木真复道："你掳来的女子现在何处？"别勒古台道："在帐外，我去押她进来。"

当下把那女押入帐中，衣冠颠倒，发鬓蓬松，战兢兢地跪在地上。帖木真喝声道："你父陷死咱们多人，就是碎尸万段，不足偿我部下的生命。你既是他的女儿，也应斩首！"那女子更觳觫万状，抖做一团，勉强说了"饶命"二字。谁知才一开口，那种天生的娇喉，已似笙簧一般，送入帖木真耳中。帖木真不禁动了情肠，便道："你想我饶命么？你且抬起头来！"那女子闻言，慢慢儿的举首，由帖木真瞧将过去。只见她愁眉半锁，泪眼微抬，仿佛是带雨海棠，约略似欺风杨柳。便默想道："似这般俊俏的面庞，恐我那两个妻室，也不能及她。"随语道："要我饶你的命，除非做我的妾婢！"那女道："果蒙赦宥，愿侍帐下！"**此女无耻。**帖木真喜道："很好！你且至帐后梳洗去罢。"

说至此，当有帐后婢媪前来搀扶那女，冉冉进去。帖木真才命别勒古台退出，复将营中应办的事情，嘱咐诸将，然后至帐后休息。才入后帐，那女子已前来迎着，由帖木真携住她的纤手，赏鉴了好一回，只觉得丰容盛鬋，妆抹皆宜，新妆如绘。因柔声问着道：“你叫什么名字？”那女子道：“我叫作也速干。”帖木真道：“好一个也速干！”那女子把头一低，拈着腰带，一种娇羞的态度，几乎有笔难描。**是一种淫妇腔。**帖木真携她并坐，便道：“你的父亲，实是有罪，你可怨我么？”**比初见时言语如出两人。**也速干答称不敢。帖木真笑道：“你若做我的妾婢，未免有屈美人，我今夜便封你作夫人罢！”也速干屈膝称谢。**绝不推辞，想是待嫁久矣。**帖木真即与她开饮，共牢合卺，情话喁喁，自傍晚起，直饮到昏黄月上，刁斗声迟，随令婢役等撤去酒肴，催也速干卸了艳妆，同入鸳帏，饱尝滋味。**写也速干共寝时，与合答安不同，是为各人顾着身份。**

翌晨，也速干先行起来，安排妆束。帖木真也醒着了，也速干过去侍奉，但见帖木真睁着两眼，觑着自己的面庞，一声儿不出口。**情魔缠住了。**也速干不觉嫣然道：“看了一夜，尚未清楚么？”**恐不止相看而已。**帖木真道：“你的芳容，令人百看不厌！”也速干道：“堂堂一个部长，眼孔儿偏这么小，对我尚这般模样，若见了我的妹子也遂，恐怕要发狂了！”帖木真忙道：“你的妹子在哪里？”也速干道：“才与他夫婿成亲，现不知何处去了？”**背父事仇，已是腼颜，还要添个妹子，不知她是何心肝！**帖木真道：“你妹子果有美色，不难找寻。”当即出帐命亲卒去寻也遂，嘱咐道：“你如见绝色的妇女，便是那人。”

去了半日，那亲卒已牵一美妇进来。帖木真瞧着，芙蓉为面，秋水为眸，肤如凝脂，领如蝤蛴，状貌颇肖也速干，至绰约轻盈，又比也速干似胜一筹。便问道：“你可名也遂么？”那妇答声称是。帖木真道：“妙极了！你姊已在后帐，可进去一会。”也遂便入晤也速干，也速干便邀她同嫁帖木真。也遂道：“我的丈夫被他军人逐走了，我很是怀念，你为何叫我嫁那仇人？”也速干道：“我塔塔儿人先去毒他父亲，所以反受其毒。他现在富贵得很，威武得很，嫁了他，有什么不好？胜似嫁那亡国奴哩！”也遂默然无语。**已动心了。**也速干又劝她数语，也遂道：“他既为部长，年又盛强，料他早有妻子，我如何做他妾媵？”**心已默许，不过想做正妻耳。**也速干道：“闻他已有一两个妻室。别人的心思，我不能料，若我的位置，情愿让与阿妹！”也遂徐答道：“且待再商！”

语未毕，只听得一人接着道：“还要商议甚么？好一位姊姊，位置且让与妹子，做妹子的总要领情哩。”**我亦云然。**说至此，帐已揭开，龙行虎步的帖木真已扬眉进来。也遂慌忙失措，忙避至阿姊背后，不意阿姊反将她推出，正与帖木真撞个满怀，帖木真顺手揽住，也速干乘隙走出。看官，你想一个怯弱的妇女，如何能抗拒强人？若非殉节丧身，定然是随缘凑合，任人戏弄了。又是一种笔墨。

越日，帖木真升帐，令也遂侍右，也速干侍左，欲要好，大做小，也速干想明此理。各部众都上前庆贺。帖木真很是欣慰，不意也遂独短叹长吁，几乎要流下泪来。帖木真顾着，暗暗生疑，随叫木华黎传令，饬大众分部站立。众人依令行着，只有一个目光灼灼的少年，形色仓皇，孑身立着。怪不得他。帖木真问他是甚么人？那人道：“我是也遂的夫婿。”直言不讳，难道想还你妻儿？帖木真怒道：“你是仇人子孙，我倒不来拿你，你反自来送死，左右将他推出去，斩首完结！”不一刻，已将首级呈上。也遂从旁窥着，禁不住泪珠莹莹，退入后，呜呜咽咽地哭了片刻，由也速干从旁婉劝，方才止泪。后来境过情忘，也乐得安享荣华了。这是妇女最坏处。

帖木真凯旋后，复思讨蔑里吉部。忽有人报蔑里吉人已由汪罕部下自行剿捕，把他部酋脱黑脱阿逐去，杀了他长子，掳了他妻孥，并人物牲畜，满载而归了。帖木真迟疑半晌，方道：“由他去罢！”第二次生嫌。小子有诗咏道：

交邻有道莫贪财，

利欲由来是祸胎。

谁酿厉阶生衅隙，

蒙疆又复起兵灾。

后来帖木真与汪罕曾否失和，且至下回分解。

前回多叙战事，写得如火如荼，本回多述私情，写得又惊又爱。此如戏角登台，有武戏又有文戏；武戏必用几个武生，文戏必杂几个旦角，英雄儿女，陆续演出，方能使阅者餍目。小说亦然，然或词笔复沓，连篇一律，则味同嚼蜡，亦乏趣味，作者于帖木真得三美时，词意迭变，为个人各占身份，即为本书焕出精神，是即文字夺色处。

第八回　四杰赴援以德报怨　一夫拼命用少胜多

却说汪罕大掠蔑里吉部，得了无数子女牲畜回去享受，并没有遗赠帖木真，也未尝遣使报闻。帖木真尚是耐着，约汪罕去攻乃蛮。汪罕总算引兵到来，两军复整队出塞。闻不亦鲁黑汗在额鲁特地方，当即杀将过去。不亦鲁黑汗料不能敌，竟闻风远飏，越过阿尔泰山去了。帖木真麾众穷追，擒住他部目也的脱孛鲁，讯知不亦鲁黑已是远遁，只得收队回营。谁知甫到半途，突来了乃蛮余众，由曲薛吾、撤八剌两头目统带，掩袭帖木真。帖木真驰入汪罕军，与汪罕再约迎战，汪罕自然应允。因天色已晚，两军各分驻营中，按兵静守了。

次日黎明，帖木真部下齐起，整备开仗，遥望汪罕营帐，上面有飞鸟往来，不觉惊诧异常。急命军士探明，返报汪罕营内，灯火犹明，只帐下却无一人！怪极！帖木真道："莫非他去了不成，我与他联军而来，他弃我远适，转足扰我军心，我不如暂行退兵，待探听确实，再来未迟！"是亦所谓临事知惧者。嗣后探得汪罕系信札木合谗言，谓帖木真后必为变，因此不谋而去。回应札木合投降汪罕事。帖木真虽恨那汪罕，然犹因他误信谗人，曲为含忍。这是第三次生嫌。

未几，忽有人报称汪罕的部众，被乃蛮、曲薛吾等从后追袭，掠去辎重，连那儿子鲜昆的妻孥，也被劫去了。帖木真道："谁叫他弃我归去？"言未已，又有人来报，汪罕遣使乞援。帖木真道："着他进来！"汪罕使入见，详述本部被掳情形，并言蔑里、吉酋两子，先已作本部俘虏，今亦逃去。现虽遣将追击乃蛮，终恐不足胜敌。且闻贵部有四良将，所以特来求援，请速令四将与我同去！帖木真笑道："前弃我，今求我，是何用心？"来使道："前日误信谗言，所以速返，若贵部肯再发援兵，助我部酋，此后自感激不浅，就使有十个札木合，也无从进谗了。"来使颇善辞令。帖木真道："我与你部酋，情谊本不亚父子，都因部下谗间，因此生疑。现既情急待援，我便叫四良将与你同去。何如？"来使称谢。于是命木华黎、博尔术、赤老温、博尔忽四杰，带着军马，随使同去。

行到阿尔泰山附近，遥闻喊声震地，鼓角喧天，料知前途定在开仗。登山了望，见汪罕部兵，被乃蛮军杀得大败亏输，七零八落地逃下阵来。木华黎等急忙下山，率兵驰去。那时汪罕已丧了二将，首领鲜昆，马腿中箭，险些儿被敌人擒去。正危急间，木华黎等已到，便救出鲜昆，上前迎战。乃蛮头目曲薛吾等，虽已战胜，也未免乏力，怎经得一支生力军，似生龙活虎一般，见人便杀，逢马便刺！不到几合，曲薛吾部下渐渐却退，木华黎等愈战愈勇，把敌人杀得四散奔逃。曲薛吾等管命要紧，也只得弃了辎重，落荒遁去。鲜昆的妻子及一切被掠人物，统已夺转，交鲜昆带回。

鲜昆返报脱里，脱里大喜道："从前帖木真的父亲尝救我的危难，今帖木真又差四杰救我，他父子两个，真是天地间的好人！我今年已老了，此恩此德，如何报得！"本心未尝殆亡，如何后复变计。随命使召见四杰，只博尔术前往，脱里奖他忠义，赠他锦衣一袭，金樽十具，复语道："我年已迈，将来这百姓，不知教谁人管领！我诸弟多无德行，只有一子鲜昆，也如没有一般。你回去与你主说，倘不忘前好，肯与鲜昆结为兄弟，使我得有二子，我也好安心了！”博尔术奉命返报，帖木真道：“我固视他为父，他未必视我如子，既已感恩悔过，我与鲜昆做弟兄，有何不可！”遂遣使再报汪罕，约会于土兀剌河，重修和好。脱里如约守候，帖木真当即前去，便在土兀剌河岸，置酒高会，两下欢饮，甚是和洽，遂双方订约，对敌时一同对敌，出猎时一同出猎，不可听信谗言！必须对面晤谈，方可相信。约既定，帖木真遂认脱里为义父，鲜昆为义弟，告别而回。

既而帖木真欲与汪罕结为婚姻，拟为长子术赤，求婚脱里女抄儿伯姬。**帖木真既认脱里为父，如何求其女为子妇？胡俗之不明伦序，于此可见。**鲜昆子秃撒哈亦欲求帖木真长女火真别姬为妻。帖木真以他女肯为子妇，己女亦不妨遣嫁。独鲜昆不乐，勃然道：“我的女儿到他家去，向北立着；他的女儿到我家来，面南高坐，这如何使得。”于是婚议未谐。**第四次生嫌。**

札木合又乘隙思逞，密通阿勒坛、火察儿、答力台三人，令他们背叛帖木真，归顺汪罕。三人素怀怨望（**应上回**），竟听了札木合的哄诱，潜归汪罕去讫。札木合遂语鲜昆道：“帖木真为婚事未谐，与乃蛮部太阳汗私相往来，恐将图害汪罕。”鲜昆初尚不信，经阿勒坛等三人来作口证，鲜昆遂差人告脱里道：“札木合闻知帖木真将害我等，宜乘他未发，先行除他！”脱里道：“帖木真既与我为父子，为甚么反复无常？若果他有此歹心，天亦不肯佑他！札木合的说话，不可相信的！”

越数日，鲜昆又自陈父前，谓他的部下阿勒坛等前来投诚，亦这般通报，父亲何故不信？脱里道：“他屡次救我，我不应负他。况我来日无多，但教我的骸骨，安置一处，我死了亦是瞑目！你要怎么干，你自去干着，总要谨慎方好哩！”**既云不应负他，又云你自去干着，真是老悖得很。**

鲜昆便与阿勒坛等商量一条毒计出来。看官，你道是甚么毒计？原来是佯为许婚，诱擒帖木真的法儿。既定议，即差人去请帖木真前来与宴，面订婚约。帖木真坦然不疑，只带了十骑，即日起行。道过明里也赤哥家中，暂时小憩。明里也赤哥尝隶帖木真麾下，至是告老还乡，与帖木真会着。帖木真即述赴宴的原因，明里也赤哥道：“闻鲜昆前日妄自尊大，不欲许婚，今何故请吃许婚筵席，莫非其中有诈？不若以马疲道远为词，遣使代往，免致疏虞！”**幸有此谏。**

帖木真许诺，乃遣不合台、乞剌台两人赴席，自率八骑径归，静待不合台、乞剌台返报。孰意两日不至，乃复率数百骑西行，至中途候着。忽来了快足一名，说有机密事求见。当由部众唤入，那人向帖木真道：“我是汪罕部下的牧人，名叫乞失里，因闻鲜昆无信，阳允婚事，阴设机谋，现已留下贵使，发兵掩袭。我恨他居心叵测，特来告变。

贵部快整备对敌，他的军马就要到了！”帖木真惊着道：“我手下不过数百人，哪能敌得住大队军马，我等回帐不及，快至附近山中，避他兵锋！”言毕，即刻拔营。行里许，至温都尔山，登山西望，没有甚么动静，稍稍放心。是晚便在山后住宿。天将明，帖木真侄儿阿勒赤歹（合赤温子）正在山上放马，适见敌军大至，慌忙报知帖木真。帖木真等住宿山后，所以未曾闻知。帖木真仓猝备战，恐寡不敌众，特集麾下商议。大众面面相觑，独畏答儿奋然道：“兵在精不在多，将在谋不在勇，为主子计，急发一前队，从山后绕出山前，扼敌背后；再由主子率兵，截他前面，前后夹攻，不患不胜！”帖木真点首，便命术撒带做先锋，叫他引兵前去。术撒带置若罔闻，只用马鞭擦着马鬣，噤不发声。畏答儿从旁瞧着，便道：“我愿前去！万一阵殁，有三个黄口小儿，求主子格外抚恤！”帖木真道：“这个自然！天佑着你，当亦不至失利。”蒙古专信天鬼，所以每事称天。畏答儿正要前行，帐下闪出折里麦道：“我亦愿去。”折里麦素随帖木真麾下，也是个患难至交，至此愿奋勇前敌，帖木真自然应允。并语他道：“你与畏答儿同去，彼此互为援应，我很为放怀。到底是多年老友，安危与共呢！”遣将不如激将。两将分军去讫。

帐下闻帖木真夸他忠勇，不由得愤激起来，大家到帖木真前，愿决死战，连术撒带也摩拳擦掌，有志偕行。正要你等如此。帖木真即命术撒带辖着前队，自己押着后队，齐到山前立阵。

是时畏答儿等已绕出山前，正遇汪罕先锋只儿斤，执着大刀，迎面冲来。畏答儿也不与答话，便握刀与战。只儿斤是有名勇士，刀法很熟，畏答儿抖擞精神，与他相持，正在难解难分的时候，那畏答儿部下的军士，都大刀阔斧，向只儿斤军中，冲杀过去。只儿斤军忙来阻挡，不料敌人统不畏死，好似疯狗狂噬，这边拦着，冲破那边，那边拦着，复冲破这边，阵势被他牵动，不由得退了下去。只儿斤不敢恋战，也虚晃一刀走了。畏答儿不肯舍去，策马力追。折里麦亦率众随上，那汪罕第二队兵又到，头目叫作秃别干。只儿斤见后援已到，复拨转马头，返身奋斗。折里麦恐畏答儿力乏，忙上前接着。秃别干亦杀将上来，当由畏答儿迎战。汪罕兵势越盛，畏答儿尚只孤军，心中一怯，刀法未免一松，被秃别干举枪刺来，巧中马腹，那马负痛奔回，畏答儿驾驭不住，被马掀倒地上。秃别干赶上数步，便用长枪来刺畏答儿，不防前面突来一将，将秃别干枪杆挑着，豁剌一响，连秃别干一支长枪，竟飞向天空去了。句法奇兀。秃别干剩了空手，忙拨马回奔。那将便救起畏答儿，复由敌人中夺下一马，令畏答儿乘着。畏答儿略略休息，又杀入敌阵去了。看官，你道那将是甚么人，便是术撒带部下的前锋，名叫兀鲁，力大无穷，所以吓退秃别干，救了畏答儿。兀鲁去追秃别干，汪罕第三队援兵又到，为首的叫作董哀。当下来截住兀鲁，又是一场恶战，术撒带驱兵进援，大家努力，把董哀军杀退。董哀方才退去，汪罕勇士火力失烈门，复领着第四队军来了。句法又变。术撒带大喝道："杀不尽的死囚！快上来试吾宝刀！"火力失烈门并不回答，便恶狠狠地携着双锤，来击术撒带。术撒带用枪一挡，觉来势很是沉重，料他有些勇力，遂格外留神，与他厮杀，大战数十合，不分胜负。兀鲁见术撒带战他不下，也拨马来助。火力失烈门毫不畏怯，又战了好几合，忽见对面阵中竖着最高的旄纛，料知帖木真亲自到来，他竟撇下术撒带等，来捣中军。术撒带等正思转截，那汪罕太子鲜昆又率大军前来接应。这时术撒带等只好抵敌鲜昆，不能回顾帖木真。帖木真身旁幸有博尔术、博尔忽两将，见火力失烈门踹入，急上前对仗。两将是有名人物，双战火力失烈门，尚不过杀个平手，恼了帖木真三子窝阔台，也奋身出斗，把他围住。火力失烈门恐怕有失，眉头一皱，计上心来，竟向博尔忽当头一锤，博尔忽把头避开，马亦随动，火力失烈门乘这机会，跳出圈外，望后便走。博尔术等哪里肯舍，相率追去，那火力失烈门引他驰入大军，复翻身来战，霎时间各军齐上，把博尔术等困住垓心。博尔术等虽知中计，无如事到其间，无可奈何，只得拼命鏖战，与他争个你死我活！逐层写来，变幻不测。于是两军齐会，汪罕的兵胜过帖木真军五六倍，帖木真军人自为战，不管甚么好歹，统将爹娘所生的气力，一齐用出，尚杀不退汪罕军。

鲜昆下令道："今日不擒住帖木真，不得退军！"语才毕，忽有一箭射来，不偏不倚，正中鲜昆面上。鲜昆叫了一声，向后便倒，伏鞍而走。这支箭系由术撒带发出，幸得射着，遂趁势追赶鲜昆。鲜昆军恰尚不乱，且战且走。术撒带追了一程，恐前途遇伏，中道旋师。帖木真望见敌兵渐退，亦遣使止住各将，不得穷追。于是各将皆敛兵归还。畏答儿独捧着头颅，狼狈回来。帖木真问他何故，畏答儿道："我因闻旋师的命令，免胄断后，不意脑后中了流矢，痛不可忍，因此抱头趋归。"帖木真垂泪道："我军这场血战，全由你首告奋勇，激动众心，因得以寡敌众，侥幸不败。你乃中着流矢，教我也觉痛心！"遂与并辔回营，亲与敷药，令他入帐卧着。自己检点将士，伤亡虽有数十人，还幸不至大损。惟博尔术、博尔忽及窝阔台三人，尚未见到，忙令兀鲁、折里麦等带着数十骑，前去找寻。

看官，上文说他三人，被火力失烈门率军围着，两下恶斗。这时两军皆退，三人尚没有回营，莫非阵殁了不成？看官不要性急，待小子补叙出来。原来博尔术、博尔忽及窝阔台三人，被火力失烈门引兵围住，正在万分危急的时候，幸亏术撒带射中鲜昆。三人并力上前，夺路而走，及至杀出重围，人已困了，马也乏了，窝阔台且项上中箭，鲜血直流，由博尔忽将他颈血咂去，拣一僻静的地方，歇了一宿，方才回来。那时兀鲁、折里麦等足足找寻了一夜，始得会着。小子有诗叹道：

天开杀运出胡儿，

奔命疆场苦不辞；

待到功成身已老，

白头徒忆少年时！

欲知后事如何，且由下回交代。

帖木真之待汪罕，不可谓不厚，而汪罕则时怀猜忌，谋害帖木真，天道有知，宁肯佑之！当鲜昆妻子被掠之时，若非四杰赴援，则被掠者何自归还？乃不思报德，阳许婚而阴设阱，诱帖木真而帖木真不至，鲜昆当日，宜亦因计之未成，而幡然悔悟，借以弭衅可也，不此之图，犹欲潜师掩袭，出其不备，彼自以为得计，而其如天意之不容何哉！史称温都尔山之役，为帖木真一生有名战事，蒙古人至今称道之。作者叙述此战，亦觉精警绝伦，文生事耶，事生文耶！有是事不可无是文，读罢当浮一大白！

第九回　责汪罕潜师劫寨　杀脱里恃力兴兵

却说博尔术、博尔忽及窝阔台三人回营，由帖木真慰劳毕，博尔忽道：“汪罕的兵众，虽已暂退，然声势尚盛，倘若再来，终恐众寡不敌，须要别筹良策为是！”帖木真半晌无言，木华黎道：“咱们一面移营，一面招集部众，待兵势已厚，再与汪罕赌个雌雄。若破了汪罕，乃蛮也独立不住，怕不为我所灭！那时北据朔漠，南图中原，王业亦不难成呢！”志大言大，后来帖木真进取之策，实本此言，可见兴国全在得人。帖木真鼓掌称善，当即拔营东走，竟至巴勒渚纳（即班珠尔河），暂避军锋。天寒水涸，河流皆浊，帖木真慷慨酌水，与麾下将士设誓河旁，凄然道：“咱们患难与共，安乐亦与共，若日久相负，天诛地灭！”将士闻言，争愿如约，欢呼声达数里。

当下命将士招集部众，不数日，部众渐集，计得四千六百人。帖木真分作两队，一队命兀鲁领着，一队由自己统带。整日里行围打猎，贮作军粮。畏答儿疮口未痊，亦随着猎兽，帖木真阻他不从，积劳之下，疮口复裂，竟致身亡。帖木真将他遗骸葬在呼恰乌尔山，亲自致祭，大哭一场。军士见主子厚情，各感泣图报。帖木真见兵气复扬，遂令兀鲁等出河东，自率兵出河西，约至弘吉剌部会齐。

既到弘吉剌部，便命兀鲁去向部酋道："咱们与贵部本属姻亲，今如相从，愿修旧好；否则请以兵来，一决胜负！"那部酋叫作帖儿格阿蔑勒，料非帖木真敌手，便前来请附。帖木真与他相见，彼此叙了姻谊，两情颇洽。这姻谊出自何处？原来帖木真的母亲诃额仑及妻室孛儿帖，统是弘吉剌氏，所以有此情好。弘吉剌部在蒙古东南，他既愿为役属，东顾可无忧了。帖木真便率领全军，向西进发，至统格黎河边下营，遣阿儿该、速客该两人，驰告汪罕，大略道：

父汪罕！汝叔古儿罕（即《本纪》菊儿）尝责汝残害宗亲之罪，逐汝至哈剌温之隘，汝仅遗数人相从。斯时救汝者何人？乃我父也。我父为汝逐汝叔，夺还部众，以复于汝，由是结为昆弟，我因尊汝为父。此有德于汝者一也！父汪罕！汝来就我，我不及半日而使汝得食，不及一月而使汝得衣。人问此何以故？汝宜告之曰：在木里察之役，大掠蔑里吉之辎重牧群，悉以与汝，故不及半日而饥者饱，不及一月而裸者衣。此有德于汝者二也！曩者我与汝合讨乃蛮，汝不告我而自去，其后乘我攻塔塔儿部，汝又自往掠蔑里吉，虏其妻孥，取其财物牲畜，而无丝毫遗我，我以父子之谊，未尝过问。此有德于汝者三也！汝为乃蛮部将所掩袭，失子妇，丧辎重，乞援于我。我令木华黎、博尔术、博尔忽、赤老温四良将，夺还所掠以致于汝。此有德于汝者四也！昔者我等在兀剌河滨两下宴会，立有明约：譬如有毒牙之蛇，在我二人中经过，我二人必不为所中伤，必以唇舌互相剖诉，未剖诉之先，不可遽离。今有人于我二人构谗，汝并未询察，而即离我，何也？往者我讨朵儿班、塔塔儿、哈答斤、散只兀、弘吉剌诸部，如海东鸷鸟之于鹅雁，见无不获，获则必致汝。汝屡有所得而顾忘之乎？此有德于汝者五也！

父汪罕！汝之所以遇我者，何一可如我之遇汝？汝何为恐惧我乎？汝何为不自安乎？汝何为不使汝子汝妇得宁寝乎？我为汝子，曾未嫌所得之少，而更欲其多者；嫌所得之恶，而更欲其美者。譬如车有二轮，去其一则牛不能行，遗车于道，则车中之物将为盗有；系车于牛，则牛困守于此将至饿毙；强欲其行而鞭棰之，牛亦惟破额折项，跳跃力尽而已！以我二人方之，我非车之一轮乎？言尽于此，请明察之！

又传谕阿勒坛、火察儿等道：

"汝等嫉我如仇，将仍留我地上乎？抑埋我地下乎？汝火察儿，为我捏坤太石之子，曾劝汝为主而汝不从；汝阿勒坛，为我忽都剌哈汗之子，又劝汝为主而汝亦不从。汝等必以让我，我由汝等推戴，故思保祖宗之土地，守先世之风俗，不使废坠。我既为主，则我之心，必以俘掠之营帐牛马，男女丁口，悉分于汝；郊原之兽，合围之以与汝，山薮之兽，驱迫之以向汝也。今汝乃弃我而从汪罕，毋再有始无终，增人笑骂！三河之地(三河指土拉河、鄂尔昆河、色楞格河，皆为汪罕所居地)，汝与汪罕慎守之，勿令他人居也！”

又传语鲜昆道：

“我为汝父之义儿，汝为汝父之亲子，我父之待尔我，固如一也，汝以为我将图汝，而顾先发制人乎？汝父老矣！得亲顺亲，惟汝是赖，汝若妒心未除，岂于汝父在时，即思南面为王，贻汝父忧乎？汝能知过，请遣使修好；否则亦静以听命，毋尚阴谋！”

汪罕、脱里见着二使，倒也不说甚么，只说着我无心去害帖木真。阿勒坛、火察儿等模棱两可。惟鲜昆独愤然道：“他称我为姻亲，怎么又常骂我？他称我父为父，怎么又骂我父为忘恩负义？我无暇同他细辩，只有战了一仗罢！我胜了，他让我；他胜了，我让他！还要遣甚么差使，讲甚么说话！”真是一个蛮牛。

言毕，即令部目必勒格别乞脱道：“你与我竖着旄纛，备着鼓角，将军马器械，一一办齐，好与那帖木真厮杀哩！”

阿儿该等见汪罕无意修好，随即回报帖木真。帖木真因汪罕势大，未免有些疑虑起来，木华黎道：“主子休怕！我有一计，管教汪罕败亡。”帖木真急忙问计，木华黎令屏去左右，遂与帖木真附耳道：“如此！如此！”不说明妙。喜得帖木真手舞足蹈，当下将营寨撤退，趋回巴勒渚纳，途遇豁鲁剌思人搠干思察罕等叩马投诚；又有回回教徒阿三，亦自居延海来降，帖木真一律优待。

到了巴勒渚纳，忽见其弟合撒儿狼狈而来。帖木真问故，合撒儿道：“我因收拾营帐，迟走一步，不料汪罕竟遣兵来袭，将我妻子掳去；若非我走得快，险些儿也被掳了。”帖木真愤然道：“汪罕如此可恶！我当即率兵前去，夺回你的妻子，何如？”旁边闪出木华黎道：“不可！主子难道忘记前言么？”帖木真道：“他掳我弟妇，并我侄儿，我难道罢了不成！”木华黎道：“咱们自有良策，不但被掳的人可以归还，就是他的妻子，我也要掳他过来。”帖木真道：“你既有此良谋，我便由你做去。”木华黎遂挽了合撒儿手，同入帐后，两人商议了一番，便照计行事。葫芦里卖什么药。

不数日，闻报答力台来归，帖木真便出帐迎接。答力台磕头谢罪，帖木真亲自扶着，且语道：“你既悔过归来，尚有何言？我必不念旧恶！”答力台道：“前由阿儿该等前来传谕，知主子犹念旧好，已拟来归，只因前叛后顺，自思罪大，勉欲立功折赎。今复得木华黎来书，急图变计，密与阿勒坛等商议，除了汪罕，报功未迟，不意被他察觉，遣兵来捕，所以情急奔还，望主子宽恕！”木华黎之计，已见一斑。帖木真道：“阿勒坛等已回来么?”答力台道：“阿勒坛、火察儿等恐主子不容，已他去了。只有浑八邻与撒哈夷特部呼真部随我归降，诸乞收录!”帖木真道：“来者不拒，你可放心!”当下见了浑八邻等，都用好言抚慰，编入部下。一面整顿军马，自巴勒渚纳出师，将从斡难河进攻汪罕。

甫到中途，忽见合里兀答儿及察兀儿罕两人，跨马来前，后面带着了一个俘虏，不由得惊喜起来。便即命二人就见。二人下骑禀道：“日前受头目合撒儿密令，叫我两人去见汪罕。汪罕信我虚言，差了一使，随我回来，我两人把他擒住，来见主子。”帖木真道：“你对汪罕如何说法?”二人道：“合撒儿头目想了一计，假说是往降汪罕，叫我先去通报，汪罕中了这计，所以命使随来。”

言未已，那合撒儿已从旁闪出，便向二人道：“叫来人上来!”二人便将俘虏推至。合撒儿问道：“你叫什么名字?”那人道：“我叫亦秃儿干，”说到干字，已由合撒儿拔刀出鞘，砉然一声，将那人斩为两段。**奇极怪极**。

帖木真惊问道：“你何故骤斩他人?”合撒儿道：“要他何用，不如枭首!”帖木真道：“你莫非想报妻子的仇么?”合撒儿道：“妻子的仇怨，原是急思报复，但此等举动，统是木华黎教我这般的。”帖木真道：“木华黎专会捣鬼，想其中必有一番妙用!”合撒儿道：“木华黎教我遣使伪降，捏称哥哥离我，不知去向；我的妻子已被父汪罕留着，我也只可来投我父，若能念我前劳，许我自效，我即束手来归。谁意汪罕竟中我诡计，叫了这个送死鬼到来见我，我的刀已闲暇得很，怎么不出出风头?”言毕大笑。**木华黎之计，于此尽行叙出**。

帖木真道：“好计！好计！以后当如何进行?”木华黎时已趋至，便道：“他常潜师袭我，我何不学他一着?”**总算还报**。合里兀答儿道：“汪罕不防我起兵，这数日正大开筵席，咱们正好掩袭哩。”木华黎道：“事不宜迟，快快前去!”于是不待下营，倍道进发，由合里兀答儿为前导，沿客鲁伦河西行。将至温都儿山，合里兀答儿道：“汪罕设宴处，就在这山上。”木华黎道：“咱们潜来，他必不备，此番正好灭他净尽，休使他一人漏网!”帖木真道：“他在山上，闻我兵突至，必下山逃走，须断住他的去路方好哩。”木华黎道：“这个自然!”当下命前哨冲上山去，由帖木真自率大队，绕出山后，扼住敌人去路。计画既定，随即进行。是时汪罕脱里正与部众筵宴山上，统吃得酩酊大醉，酒意醺醺，猛听得胡哨一声，千军万马，杀上山来。大众慌忙失措，人不及甲，马不及鞍，哪里还敢抵御敌军！霎时间纷纷四散，统向山后逃走。甫至山麓，不意伏兵齐集，比上山的兵马多过十倍，大众叫苦不迭，只得硬着头皮，上前厮杀。谁知杀开一层，又是一层，杀开两层，复添两层，整整地打了一日夜，一人不能逃出，只伤亡了好几百名。次日又战，仍然如铜墙铁壁一般，没处钻缝。到了第三日，汪罕的部众大都困乏，不能再战，只好束手受缚。帖木真大喜，饬部下把汪罕军一齐捆缚定当，由自己检明，单单少了脱里父子。再向各处追寻，茫如捕风，不知去向。又复讯问各俘虏，只有合答黑吉道："我主子是早已他去了！我因恐主子被擒，特与你战了三日，教他走得远着。我为主子受俘，死也甘心，要杀我就杀，何必多问！"帖木真见他气象纠纠，相貌堂堂，不禁赞叹道："好男子！报主尽忠，见危授命！但我并非要灭汪罕，实因汪罕负我太甚，就使拿住汪罕脱里，我也何忍杀他！你如肯谅我苦衷，我不但不忍杀你，且要将你重用！"说着，便下了座，亲与解缚，合答黑吉感他情义，遂俯首归诚了。帖木真善于用人。此时合撒儿的妻子，早由合撒儿寻着，挈了回来。还有一班被虏的妇女，由帖木真检阅，内有两个绝代丽姝，乃是汪罕的侄女，一名亦巴合，一名莎儿合。亦巴合年长，帖木真纳为侧室；莎儿合年轻，与帖木真四子年龄相仿，便命为四子妇。姊做庶母，妹做子妇，绝好胡俗。其余所得财物，悉数分给功臣。大家欢跃，自在意中，不消细说。是亡国榜样。

且说汪罕脱里领着他儿子鲜昆，从山侧逃走，急急如漏网鱼，累累如丧家狗，走到数十里之遥，回顾已静无声响，方敢少息。脱里仰天叹道："人家与我无嫌，我偏要疑忌他，弄得身败名裂，国亡家破，怨着谁来！"悔已迟了。鲜昆闻言，反怪着父亲多言，顿时面色改变，双目圆睁。脱里道："你闯了这般大祸，还要怪我么?"鲜昆道："你是个老不死的东西！你既偏爱帖木真，你到他家去靠老，我要与你长别了！"该死！言讫自去。剩得脱里一人，孑影凄凉，踽踽前行。走至乃蛮部境上，沿鄂昆河上流过去，偶觉口渴，便取水就饮。谁知来了乃蛮部守将，名叫火力速八赤，疑脱里是个奸细，把他拿住，当下不分皂白，竟赏他一刀两段！还有鲜昆撇了脱里，自往波鲁土伯特部，劫掠为生，经部人驱逐，逃至回疆，被回酋擒住，也将他斩首示众！克烈部从此灭亡。可为背亲负义者鉴。

单说乃蛮部将火力速八赤杀了脱里，即将他首级割下，献与太阳汗。太阳汗道："汪罕是我前辈，他既死了，我也要祭他一祭。"遂将脱里头供在案上，亲酌马奶，作为奠品，复对脱里头笑道："老汪罕多饮一杯，休要客气！"语未毕，那脱里头也晃了一晃，目动口开，似乎也还他一笑。太阳汗不觉大惊，险些儿跌倒地上。帐后走出一个盛妆的妇人，娇声问道："你为什么这般惊慌?"太阳汗视之，乃是爱妻古儿八速，便道："这、这死人头都笑起我来，莫非有祸祟不成！"实是不祥之兆。古儿八速道："好大一个主子，偏怕这个死人头，真正没用！”说着，已轻移裙履，走近案旁，把脱里头携在手中，扑的一掷，跌得血肉模糊。太阳汗道：“你做甚么？”古儿八速道：“不但这死人头不必怕他，就是灭亡汪罕的鞑子，也要除绝他方好！”（乃蛮素遵回教，所以叫蒙人为鞑子。）太阳汗被爱妻一激，也有些胆壮起来，便将脱里头踏碎。一面向古儿八速道：“那鞑子灭了汪罕，莫不是要做皇帝么？天上只有一个日，地上如何有两个主子！我去将鞑子灭了，可好么？”古儿八速道：“灭了鞑子，他有好妇女，你须拿几个给我，好服侍我洗浴，并替我挤牛羊乳！”慢着，恐怕你要给人。太阳汗道：“这有何难！”遂召部将卓忽难入帐，语他道：“你到汪古部去，叫他做我的右手，夹攻帖木真。”卓忽难唯唯遵命，忽有一人入帐道：“不可，不可！”正是：

毕竟倾城由哲妇，

空教报国出忠臣。

欲知入帐者为谁，且至下回表明。

《元史》称汪罕为克烈部，所居部落，即唐时回纥地，是汪罕非部名，乃人名也。然《本纪》又云，汪罕名脱里，受金封爵为王，则汪罕又非人名；若以汪王同音，罕汗同音，疑汪罕为称王称汗之转声，则应称克烈部汪罕，何以史文多单称汪罕，未尝兼及克烈乎？《太祖纪》又云：“克烈部札阿绀孛者，部长汪罕之弟也。”即云部长，又云汪罕，词义重复。要之蒙汉异音，翻译多讹，本书以汪罕为统称，以脱里为专名，似较明显，非谬误也。汪罕之亡，为子所误；乃蛮之亡，为妇所误。妇子之言，不可尽信也如此！然脱里未尝不负恩，太阳汗未尝不好战。祸福无门，人自招之，读此可以知戒，文字犹其余事耳。

第十回　纳忽山孱主亡身　斡难河雄酋称帝

却说太阳汗欲攻帖木真，遣使卓忽难至汪古部，欲与夹击，帐下有一人进谏道：“帖木真新灭汪罕，声势很盛，目下非可力敌，只宜厉兵秣马，静待时衅，万万不可妄动呢！”太阳汗瞧着，乃是部下的头目，名叫可克薛兀撒卜剌黑，不禁愤愤道：“你晓得甚么？我要灭这帖木真，易如反掌哩！”好说大话的人，多是没用。遂不听忠谏，竟遣卓忽难赴汪古部。

看官，这汪古部究在何处？上文未曾说过，此处如何突叙！原来汪古部在蒙古东南，地近长城，已与金邦接壤，向与蒙古异种，世为金属，至是乃蛮欲联为右臂，乃遣使通好。难道是远交近攻之计么？汪古部酋阿剌兀思，既见了卓忽难，默念蒙古路近，乃蛮路远，远水难救近火，不如就近为是。主见既定，遂把卓忽难留住，至卓忽难催索复音，恼动了阿剌兀思，竟把他缚住，送与帖木真，随遣使赍酒六榼，作为赠品。帖木真大喜，优待来使，临别时，酬以马二千蹄，羊二千角，并使传语道："异日我有天下，必当报汝！汝主有暇，可遣众会讨乃蛮。"来使奉命去讫。

帖木真便集众会议，拟起兵西攻乃蛮。部下议论不一，有说是乃蛮势大，不可轻敌。有说是春天马疲，至秋方可出兵。帖木真弟帖木格道："你等不愿出兵，推说马疲，我的马恰是肥壮，难道你等的马恰都瘦弱么？况乃蛮能攻我，我即能攻乃蛮，胜了他可得大名，可享厚赙，胜负本是天定，怕他甚么！"还有别勒古台道："乃蛮自恃国大，妄思夺我土地，我苟乘他不备，出兵往攻，就是夺他土地，也是容易哩！"此时木华黎如何不言？帖木真道："两弟所见，与我相同，我就乘此兴师了。"遂整备军马，排齐兵队，克日起行。汪古部亦来会，既到乃蛮境外，至哈勒合河，驻军多日，并没有敌军到来。

一年容易，又是秋风，帖木真决议进兵，祭了旄纛，命忽必来、哲别为前锋，攻入乃蛮。太阳汗亦发兵出战，自约同蔑里吉、塔塔儿、斡亦剌、朵尔班、哈答斤、撒儿助等部落，及汪罕余众，作为后应。两军相遇于杭爱山，往来相逐。适帖木真前哨有一部役，骑着白马，因鞍子翻堕，马惊而逸，突入乃蛮军中，被乃蛮部下拿去，那马很是瘦弱，由太阳汗瞧着，与众谋道："蒙古的马瘦到这般，我若退兵，他必尾追，那时马力益乏，我再与战，定可制胜。"部将火力速八赤道："你父亦难赤汗，生平临阵，只向前进，从没有马尾向人；你今做主子，这般怯敌，倒不如令你妻来，还有些勇气！"对主子恰如此说，可见胡俗又无君臣。太阳汗的儿子，名叫屈曲律，也道："我父似妇人一般，见了这等鞑子，便说退兵，煞是可笑！"又是一个鲜昆。太阳汗听着，老羞成怒，遂命部众进战。

帖木真命弟合撒儿管领中军，自临前敌，指挥行阵。太阳汗登岭东望，但见敌阵里面，非常严整，戈铤耀日，旗旄蔽天，不由得惊叹道："怪不得汪罕被灭，这帖木真确是厉害呢！"正说着，只听得鼓角一鸣，敌军排墙而出，来攻本部，本部前哨各军，也出去迎战。你刀我剑，你枪我矛，正杀得天暗地昏，忽又闻了一声胡哨，那敌阵中拥出一大队弓箭手，向本部乱射，羽镞四飞，当者立靡。自己正在惊惶，蓦来了一个部酋，猛叫道："太阳汗快退！帖木真部下的箭手，向是有名，不可轻犯的。"看官，你道这是何人？便是那先投汪罕后投乃蛮的札木合。原来札木合因汪罕败亡，转奔乃蛮部，此时见帖木真势盛，料知乃蛮必败，所以叫太阳汗退走。太阳汗闻言，越发惊心，哪里还忍耐得住，自然麾众西奔。为这一走，遂令军心散乱，被帖木真追杀一阵，竟至七零八落，亏得日色已暮，帖木真已鸣金回军，方才收集败兵，暂就纳忽山崖扎住。**此段叙述战事，与前数次又是不同。**

是晚太阳汗正思就寝，忽报敌营中火光四起，了如明星，恐怕要来劫营，须赶紧防备。太阳汗急忙发令，饬部众严装以待。到了夜半，毫无影响，又思解甲息宿，那军探复来报道："敌营中又有火光哩。"太阳汗不能再睡，只好坐以待旦，营中也扰乱了一夜，片刻未曾合眼。

一到天明，闻报帖木真已率军前来，太阳汗急带了札木合，上山瞭望；眼光中惟映着敌军杀气，前队有四员大将，威武逼人，差不多如魔家四将一般。便问札木合道："他四将是甚么人？"札木合道："他是帖木真部下著名的四狗；一叫忽必来，一叫哲别，一叫折里麦，一叫速不台，统是铜额凿齿，锥舌铁心，专会噬人的。"太阳汗道："果真么？应离远了他！"遂拾级上升，又是数层，回望来军气焰越盛，为首的一员大将，骑着高头骏马，追风般的过来。又问札木合道："那后来的是何人？"札木合道："他叫兀鲁，有万夫不当之勇。帖木真临阵冲锋，尝要靠着他哩。"太阳汗道："这也须离远了他，方好！"又走上几层山峦。返顾敌人，最后的押队大帅，龙形虎背，燕颔虬髯，相貌堂堂，威风凛凛，不由得惊叹道："好一个主帅！莫非就是帖木真么？"札木合道："不是帖木真是哪个！"太阳汗不待说毕，即转身再上，几已走到山峰，方才立着。**如此胆小，安能却敌？本段文字实从《左传》楚共王问伯州犁语脱胎而来，然亦可见札木合之心术。**

札木合尚未随上，语左右道："太阳汗初拟举兵，看蒙古军似小羔儿一般，方谓可食他的肉，剥他的皮；一经瞧着，便吓得甚么相似，步步倒退，这等形状，定要被帖木真破灭了。我等须赶紧逃生，免与他一同受死！"说罢，遂率着左右下山，复差人至帖木真军，报称太阳汗实无能为，你等乘此上山，便好把他歼灭了。**反复小人，我所最恨。**

帖木真闻报，心中大喜，重赏来人去讫。原来帖木真本意，正要吓退太阳汗，所以夜间立营，专在营外放火，使他疑虑。日间却耀武扬威，摆着模样，令太阳汗不敢轻视。此时得了札木合的密报，正拟乘机进攻，大众统踊跃得很，巴不得立刻上山。独木华黎进言道："且慢！待至夜间未迟。我军且堵住山口，防他逸出便好哩。"帖木真便在山下，扎营布阵。乃蛮兵也来争着，都被帖木真军杀回。当下恼了乃蛮将火力速八赤，一口气跑上山顶，向太阳汗道："帖木真来了，你为何不下山督战？"问了数声，并不见他回答，反叉着腰坐倒地上。火力速八赤道："不能下山督战，只好上山固守，奈何噤不发声？"太阳汗仍然不答。火力速八赤又高声道："你妇古儿八速，已盛妆待你凯旋，你快起来杀敌罢！"借古儿八速以激之，可见太阳汗平日之怕妻。语至此，方闻太阳汗缓语道："我、我疲乏极了！明、明日再战。"等你不得奈何？火力速八赤摇头而返，只令部众上山守着。转瞬间，夕阳西下，夜色微茫，帖木真营内，毫无动静，乃蛮军因昨宵失睡，未免神志昏迷，多半卧着山前，到黑甜乡去了。不意睡魔未去，强敌纷乘，有几个不曾起立，已做了无头之鬼，有几个方才动身，便做了无足之夫。只有火力速八赤，带着几名勇士，前来拦截，与帖木真军混战多时，恰也丝毫不让，怎奈众志已离，土崩瓦解，单靠这几个力士，济甚么事，眼见得力竭身亡，同登鬼箓了。火力速八赤实是一个莽夫，乃蛮之亡，彼实主之，惟一死报主，情尚可恕。

帖木真瞧着道："乃蛮部下，有此勇夫，若个个如此，咱们何能取胜？可惜我不能生降他呢！"言下黯然。那时部下争逐乃蛮军，乃蛮军都上山逃走，欲向山顶绕越山后，不防山后统是峭崖，前无去路，后有追兵，只好拼着命逃将下去，十个人跌死八九个，就是侥幸不死，也是断脰折胫了。太阳汗尚在山上卧着，缩做一团，被帖木真部下搜着，好似老鹰捕小鸡，一把儿将他抓去。还有杀不尽的乃蛮军士，统跪地乞降。余如朵儿班、塔塔儿、哈答斤、撒儿助诸部落，亦俱投诚。只太阳汗子屈曲律及蔑里吉部酋脱黑脱阿（即《元史》脱脱），相偕遁去。帖木真率兵穷追，顺道至乃蛮故帐，把子女牲畜，尽行夺取，连太阳汗妻古儿八速亦一并拿住。当下升帐，先将太阳汗推入，约略问了数声，太阳汗觳觫万状。帖木真笑道："这等没用的家伙，留他何用！"命即斩讫，次将古儿八速献上。用一献字妙。她不待帖木真开口，便竖着柳眉，振起珠喉道："可恨你这鞑子！灭我部落，杀我夫主，我也为你所擒，有死而已，何必多问。"说着，把头向案撞去。如果撞死，也好保全名节。不意帖木真已举起双手，顺势把她头托住，偶觉得一种芬芳沁入心脾，凝眸细盼，蝉鬓鸦鬟，光采可鉴，再举起她的面庞儿，益发目眩神迷，眼如秋水，脸似朝霞，虽带着几分颦皱，愈觉得楚楚可怜。不禁失声道："你恨着咱们鞑子，我偏要你做个鞑婆！"调侃语不可少。古儿八速把头移开，垂泪答道："我是乃蛮皇后呵！怎肯做你妾媵？"语已软了。帖木真道："你不肯做妾媵，也有何难！我便教你做皇后何如？"古儿八速闻了这语，随把帖木真瞟了一眼，复低着首道："我却不愿！"这是假话。帖木真知她芳心已动，便命投降的妇女拥她入内，一面发落余虏，一面安排牲醴，与古儿八速成婚。是夕，在乃蛮故帐中，同古儿八速行交拜礼，仪制如蒙古例。礼毕，大开筵席，与众共欢。只有一个古儿八速，是独享的权利。酒阑席散，帖木真步入帐后，就搂住古儿八速同入寝帏。古儿八速已不如从前的抗命，半推半就，又喜又惊，一夜的枕席风光，似比故夫胜过十倍。**以太阳汗比帖木真，强弱迥殊，宜乎胜过十倍。**嗣是死心塌地，侍奉那帖木真，帖木真也格外爱宠，比也速干姊妹等尤加亲昵，这且慢表。

且说帖木真既灭了乃蛮，复西追蔑里吉部酋脱黑脱阿。到了喀喇喀拉额西河，见脱黑脱阿背水而阵，即麾众杀去。战了数十回合，脱黑脱阿败走。帖木真军赶了一程，擒不住脱黑脱阿，只虏了他的子妇及他部众数百人。帖木真见被虏的妇人颇有姿色，问明底细，乃是脱黑脱阿子忽都的妻室，便唤第三子窝阔台入见，把妇人给他，窝阔台自然心喜，不在话下。**蒙俗专喜纳再醮妇，不知何故？**正拟率兵再进，忽有蔑里吉部人来献一个女子，父名答亦儿兀孙，女名忽阑。帖木真道："你为何今日才行献女？"答亦儿兀孙道："途次为巴阿邻种人诺延所阻，留我住了三宿，因此来迟。"帖木真道："诺延在哪里？"答亦儿兀孙道："诺延也随来投诚。"帖木真怒道："诺延留你女儿，敢有什么歹心？"便命左右出帐，去拿诺延，那女子忽阑道："诺延恐途中有乱兵，所以留住三日，并没有意外邪心。我的身体，原是完全，若蒙收为婢妾，何妨立即试验！"**胡女无耻如此，可叹。**言未毕，诺延已由左右推入，也禀着道："我只一心奉事主人，所有得着美女好马，一律奉献，若有歹心，情愿受死！"帖木真点首，便命答亦儿兀孙及诺延出帐，自己挈着女子忽阑，亲加试验去了。过了半日，帖木真复召诺延入见，与语道："你果秉性忠诚，我当给你要职。"诺延称谢而出。独答亦儿兀孙未得赏赐，不免失望，暗中联络蔑里吉降众，叛走色楞格河滨，筑寨居住。嗣由帖木真遣将往讨，小小一个营寨，不值大军一扫，霎时间踏成平地。所有叛众，尽作鬼奴。答亦儿兀孙也杳无下落。**最不值得。**帖木真闻叛徒已平，遂进兵追袭脱黑脱阿。到了阿尔泰山，岁将残腊，便在山下设帐过年。**既有古儿八速，复有忽阑女子，途中颇不寂寞。**

越岁孟春，闻脱黑脱阿已逃至也儿的石河上，与屈曲律会合，当即整治军马，逐队进发。适斡亦剌部酋忽都哈别乞穷蹙来降，遂令他作为向导，直至也儿的石河滨。脱黑脱阿等仓猝抵御，战了半日，部下已杀伤过半，势将溃散。那帖木真军恰是厉害，一阵乱箭，竟将脱黑脱阿射死。只有他四子逃免。屈曲律亦带了蔑里吉部余众，及乃蛮部遗民，投奔西辽去了。西辽国的源流，后文再详，今且慢表。

且说帖木真既逐去屈曲律等，恐道远师劳，不欲穷追，便下令旋师。临行时忽闻札木合被人拿到，当由帖木真召见来人。来人进告道："我是札木合的伴当，因惧主子天威，不敢私匿，所以将他拿来！"帖木真尚未回答，只听帐外有喧嚷声，便喝问何事？左右道："札木合在外面说话哩。"帖木真道："他说甚么？"左右道："他说老鸦会拿鸭子，奴婢能拿主人。”帖木真点头道：“说的不错！”便命左右将来人绑出，叫他在札木合面前杀讫。并着合撒儿传语道：“札木合，你我本系故交，我先曾受你的惠，不敢相忘，你何故离了我去？如今既又相合，不妨做我的伴当，我却不是记仇忘恩的！况我与汪罕厮杀，你也曾与汪罕离开，及与乃蛮厮杀，你又将乃蛮实情通告我军，我亦时常惦念，劝你不要多心，留在我帐下罢！”札木合叹道：“我前时与汝主相交，情谊很密，后因被人离间，所以彼此猜疑，我今日羞与汝主相见。汝主已收服各部，大位子定了，从前好做伴时，我不与做伴；如今他为大汗，要我做伴甚么？他若不杀我呵，似肤上虮虱，背上芒刺一般，反教汝主不得心安！天数难逃，大福不再，不如令我自尽罢！”合撒儿入报帖木真，帖木真道：“我本不忍杀他，他欲自尽，依他便了！”猫哭老鼠假慈悲。札木合即日自杀，帖木真命用厚礼葬了。当下奏凯东还，到了斡难河故帐，与母妻欢叙，大家畅慰。恐孛儿帖未免吃醋。宋宁宗开禧三年冬月，大书年月。帖木真大会部族于斡难河，建着九斿白旗，顺风荡漾，上面坐着八面威风的帖木真，两旁侍从森列，各部酋先后进见，相率庆贺。帖木真起坐答礼，各部酋齐声道：“主子不要多礼，我等愿同心拥戴，奉为大汗！”帖木真踌躇未决，合撒儿朗声道：“我哥哥威德及人，怎么不好做个统领？我闻中原有皇帝，我哥哥也称着皇帝，便好了！”快人快语。部众闻言，欢声雷动，统呼着皇帝万岁！只有一人闪出道：“皇帝不可无尊号，据我意见，可加‘成吉思’三字！”众视之，乃是阔阔出，平时好谈休咎，颇有应验。遂同声赞成道：“很好！”帖木真也甚喜欢，遂择日祭告天地，即大汗位，自称成吉思汗。“成吉思”三字的意义：成者大也，吉思，最大之称（《元史》作青吉斯）。嗣复在杭爱山下，建了雄都，审度形势，地名叫作喀喇和林。小子叙述至此，只好把“帖木真”三字搁起，以后均名成吉思汗，且系以俚句道：

旄纛居然建九斿，
朔方气象有谁侔？
岂真王气钟西北，
特降魔王括九州！

欲知以后情形，容至下回再述。

乃蛮势力，过于帖木真，卒因主子孱弱，部将粗鲁，以致灭亡。古儿八速激成兵衅，被虏以后，初意尚欲殉节，似非他妇女比，迨闻作皇后，即降志相从，长舌妇之不可恃也如此！以视古力速八赤犹有惭色。可见家有哲妇，尚不莽夫若也。若札木合之反复无常，死当其罪，史录谓札木合权略，次于项籍、田横，而胜于袁绍、公孙瓒，毋乃过于重视耶！惟不愿再事帖木真，较诸奴颜婢膝，犹差一间。作者抑扬尽致，褒贬得宜，而于描摹处尤觉逼真，是小说家，亦良史家也！

第十一回　西夏主献女乞和　蒙古军入关耀武

却说成吉思汗即位后，大封功臣，除兄弟封王外，以木华黎为首功，博尔术次之，封他为左右万户；其余诸将，按功给赏，共九十五人，各封千户。又因术撤带临敌敢先，得平汪罕、乃蛮两大部，特命他世统兀鲁兀四千人，又赏他一个特别的禁脔。看官！你道这禁脔是什么东西？就是前回说起的汪罕女子亦巴合。亦巴合自被掳后，曾为成吉思汗的侧室，至是不知什么缘故，赐与术撤带。相传亦巴合出帐时，成吉思汗曾语她道："我不是嫌你无性行，无颜色，亦不曾说你身体不洁，不过因术撤带从征有功，所以将你赐他。"亦巴合嘿然趋出，成吉思汗命将奁资家产，一律带去，只留下一只金杯，作为纪念。自是亦巴合与术撤带遂做长久夫妻了。或说成吉思汗得一噩梦，以亦巴合为不祥，所以拨给，小子终不敢妄断，只就事叙事罢了。想是亦巴合不善房术之故。

封赏既毕，再宰牛杀马，大飨群臣。饮至半酣，成吉思汗问木华黎等道："人生世上，何事算为最乐？"木华黎道："荡平世界，统一乾坤，这是人生第一乐事。"成吉思汗道："是的，但尚知其一，不知其二。"博尔术道："臂名鹰，控骏骑，御华服，乘着暮春天气，出猎旷野，这也是人生乐事呢。"成吉思汗不答。博尔忽道："鹰鹋在天空搏击飞禽，凭骑仰观，倒也是人生一乐。"成吉思汗仍是不答，忽必来道："围猎的时候，众兽惊突，瞧着很是一乐。"成吉思汗摇头道："你等所说，统不及木华黎的志愿，但我与木华黎有同处，亦有异处。"群臣道："愿闻主子的乐事！"成吉思汗道："人生至乐，莫如杀灭仇敌，似摧枯木，夺他的骏马，得他的财物，并把他妻女掠了回来，教他伴着寝室，这是最快乐的事情！"实是一个强盗思想，不知老天何故佑他？言毕，掀髯大笑。

嗣复语木华黎、博尔术道："平定朔漠，实是汝等功劳。我与汝等，譬如车有辕，身有臂，汝等宜善体我心，始终勿替方好！"木华黎遂进规取中原的计议。成吉思汗点首道："规画中原，须仗着你呢！"木华黎道："先图西夏，次图金，再次图宋，逐渐进行，总有成功的日子哩！"名论不刊。成吉思汗道："就从西夏开手罢！"政策既定，举酒尽欢。看官记着，是年岁次丙寅，即为成吉思汗即位之元年，历史上就称为元太祖元年。蒙古人以寅年肖虎，称为虎儿年，点醒眉目。这且按下。

且说西夏建国，源流甚远，始祖拓跋思恭乃朔方党项部后裔。唐末黄巢作乱，拓跋思恭入援，以功封夏国公，赐姓李，世称夏州，就在蒙古南境。传至元昊，拓地渐广，僭号称帝，定都兴庆，有雄兵五十万，屡寇宋边。金兴以后，西夏渐衰，且屡有内乱，当李仁孝嗣位时，奸臣擅权，国势岌岌，幸亏金世宗发兵扶助，削平乱事，国乃不亡，只以后专为金属。仁孝殁后，子纯祐嗣，仁孝从弟李安全篡位自主，国中又复不靖。适成吉思汗混一蒙古，有志南下，于是气息奄奄的西夏国，遂首当其冲了。**叙明西夏始末，为致亡之因**。成吉思汗本拟即日发兵，因初登大位，不免有一番经营，如筑宫室，设堡寨，定官制，正陛仪，统是创始举行，不是一月两月可办就的。光阴易过，又是一年，拟整顿军马，南攻西夏，俄闻吐麻部作乱，乃命博尔忽率兵往讨。吐麻部在额尔齐斯河附近，系属蒙古东北境。从前成吉思汗族人豁儿赤，自小作伴，尝语成吉思汗道："你若得做大汗，我要在你的部属内，拣美女三十人，作为妻妾，你休忘怀!"此次成吉思汗果然登位，便命他在降服百姓中，挑选妇女三十个，以践前言。**前言原是要践，但以三十人为妻，未免不端**。

豁儿赤奉命而行，访得美貌女子，以吐麻部为最多，遂令吐麻部人忽都合别乞到部中去选美女。谁知部民不肯服从，竟将他拿住，送与部酋。适值部酋都剌莎合儿病重去世，由其妻孛脱灰塔儿浑代为管辖，当下将忽都合别乞拘住。豁儿赤闻报，自然去报成吉思汗。成吉思汗即遣博尔忽率兵西征。博尔忽藐视吐麻部，行军时不曾戒备，将到吐麻部，日色已晚，便在林深径杂处，扎住营寨。夜间忽起伏兵，竟将博尔忽军冲散，博尔忽措手不及，被吐麻部人杀死。**四杰中死了一个**。

警报传达成吉思汗，成吉思汗怒气勃勃，便欲自行往讨。木华黎、博尔术齐声谏阻，别荐都鲁伯为大将，引兵再发。都鲁伯惩着前辙，自然格外小心，他在博尔忽殉难地方，设着空营，虚张旗帜，自己却领了健卒，由间道绕入吐麻部。那吐麻部内的女酋，闻知博尔忽杀死，喜得什么相似，在帐中摆着筵席，与众饮酒。**想是再嫁的预兆**。正在兴高采烈的时候，突被那都鲁伯军一拥而入，大家吓得魂飞天外，连躲避都来不及，个个束手就缚。女酋孛脱灰塔儿浑逃入帐后潜藏，正遇那忽都合别乞，由都鲁伯军放出，导入搜寻，四面一瞧，已被窥着，当由忽都合别乞把女酋牵出，拦腰一抱，大踏步去了。**得趣**。此外如帐外的百姓，统由都鲁伯军一并拿住，驱至斡难河。成吉思汗遂命豁儿赤就掳来的妇女中，挑了三十人，轮流伴宿。**夜夜换新人，豁儿赤不怕死么?** 只女酋孛脱灰塔儿浑赏给了忽都合别乞，忽都合自然称心，女酋亦不得已相从，总算是怨女旷夫，各得其所了。**总算成吉思惠泽**。

于是往攻西夏，连拔数城。会闻西北吉里吉思荒原，有二部遣使通好，一部名伊德尔讷呼，一部名阿勒达尔，皆与乃蛮部接壤，因乃蛮被灭，是以通诚。成吉思汗领兵归国，接见来使。二使献上名鹰，并白骗马、黑貂鼠等，成吉思汗大悦，殷勤款待，遣令去讫。是时成吉思汗已有数女，长女火真别姬曾议配鲜昆子秃撒哈（见第八回），嗣因婚议未谐，别适亦乞剌思人孛徒。次女名扯扯干，年已长成，因忽都阿别乞先来归附，有子名脱亦列赤，令他与次女作配，算作报酬。三女名阿勒海别姬，许字汪古部酋的侄儿镇国。这三女中，要算阿勒海别姬最称明慧，至遣嫁后，镇国多得其助，毋庸细表。

兔儿年过去，龙儿蛇儿年顺次相继，成吉思汗威名，震耀西域，回疆的畏兀儿部，亦通使输诚（《元史》称畏兀儿为辉和尔）。成吉思汗遣使答好，并征他贡献方物。畏兀儿部酋亦都护遂收集金珠缎匹，差使臣阿惕乞剌黑等随来谒见，且向成吉思汗道："咱们听得皇帝的声名，如云净见日，冰消见水一般，好生喜欢了。若蒙皇帝恩赐，许做藩属，我部主情愿拜为义儿，始终效力！"成吉思汗道："你主既肯归我，我愿收他做第五个义儿罢。我还有一个好女儿，给他为妻，叫他快来谒我！"阿惕乞剌黑等奉命去后，亦都护果然亲来，成吉思汗便命将庶出女子阿勒敦，许给亦都护。亦都护也不推辞，只说于回国后，差人来迎，至亦都护归去，杳无音信。看官道是何故？乃因亦都护正室，怀着妒忌，不令迎娶，所以蹉跎过去，至窝阔台嗣位，亦都护的正妻已死，方完结嫁娶的事情。人家的妇女硬夺来做妻妾。自己的女儿偏要给人家作妻妾，我正不解其意？

这且搁下不提。且说成吉思汗既收服畏兀儿部，遂一心一力地去攻西夏。夏主李安全不得不发兵抵敌，令长子做了元帅，部将高令公做了副手，率兵拒守乌梁海城。蒙古兵一到城下，高令公出城迎战，不到数合，已被蒙古兵活捉了去，余众败入城中。怎禁得敌军猛攻，昼夜不绝，吓得李安全的儿子，屁滚尿流，乘夜开了后门，抱头窜去。还有一个西壁氏，系西夏太傅，走迟了一步，又被蒙古军生擒去了。蒙古军夺了乌梁海城，进攻克夷门，如入无人之境。夏将明威令公不管死活，居然带了兵马，前来拦阻，一仗鏖战，复被拿去。虎头上抓痒。嗣是无人敢当，竟由蒙古军长驱直入，围攻夏都。李安全惶急得很，一面遣使至金邦乞援，一面召集全国人马，守着城池。蒙古军攻了数次，因城颇坚固，急切不能下，成吉思汗想了一策，命掘坏河防，将城外的河水，灌入城中。不意堤防一溃，大水奔流，城中未曾漂没，城外先已泛滥，成吉思汗只得撤围，别遣文臣额特入都招谕。李安全待援未至，不得已与他议款，并把亲生爱女察合献与成吉思汗。成吉思汗得了美女，便命她侍寝，枕席之间，欢爱非常，乃暂准西夏和议，撤兵而还。美人计大有用处。

李安全迁怒金人，出师攻金邦的葭州，被金将庆山奴所败，遂北诉蒙古，怂恿伐金。名谓安全，好构兵衅，是谓名不副实。成吉思汗正拟南略，得了此信，遂练兵豢马，造箭制盾，指日兴师南下。可巧金使到来，说是新君嗣位，特来颁敕，成吉思汗道："新君是何人？"金使道："就是卫王永济。"成吉思汗道："我道中原皇帝是天上人做的，似这般庸碌人物，也想做着皇帝，真正怪极！"金使道："你曾受大金封爵，今日颁敕到此，理应竭诚拜受，怎么说出这般话来？"（成吉思为招讨官，见前第六回）。成吉思汗怒道："我宗亲俺巴该汗，被你金人活活处死，我正思发兵报仇，你反要我拜受诏敕，王八混账，快与我滚出去罢！"（俺巴该事见前第二回。）金使怏怏去讫。原来金主永济，是熙宗亶的侄儿（金主亶亦见第二回）。其间经过三传（废帝亮，世宗雍，章宗璟），始由永济嗣立。他本没有甚么威望，从前成吉思献金岁币，曾至静州，与永济相见，因永济孱弱得很，向存轻视，至是闻他嗣位，料他无能为力，不由得笑骂起来。

至金使去讫，遂乘着秋高马肥的时候，率着长子术赤（《元史》作卓齐特）、次子察合台（《元史》作察罕台）、三子窝阔台（《元史》作谔格德依）；统兵数万，祭旗出发。前队由哲别领着，将到乌沙堡，闻报金将通吉迁、嘉努、完颜和硕亦率兵到来。哲别兼程前进，掩入金营，金将不及设备，纷然溃散，哲别遂拔了乌沙堡，遣人至后队报捷。成吉思汗闻前锋得胜，也急趋而至，会同前队军马，径攻金国西京。守将胡沙虎硬支持了七日，率麾下突围东走，被蒙古兵大杀一阵，伤亡无数。成吉思汗遂取了西京及抚州，复遣他三子分兵略地，把金邦所有的西北诸州，陆续攻下。

金主永济闻胡沙虎败还，别遣招讨使完颜纠坚、监军完颜鄂诺勒等，带着四十万大军，出屯野狐岭，防御成吉思汗。这野狐岭系西北要隘，势甚高峻，雁飞过此，遇风辄堕，俗称此岭隔天，只十八里。金兵就此驻扎，本有一夫当关，万夫莫开的形势，只完颜纠坚恃仗着一点气力，硬要与蒙古军对垒。麾下有将名明安，进谏道："蒙古势盛，锐不可当，不如屯兵固守，休与他开战！"完颜纠坚道："我奉命退敌，如何不战！"明安道："既欲开仗，宜速进兵至抚州，攻他不备。"完颜纠坚道："我有马兵二十万，步兵二十万，堂堂正正，与他厮杀一场，免他再来滋扰！"仿佛春秋时的宋襄公。言毕，叱退明安。俄报蒙古兵已到岭西，复叫明安进见，令他诘责蒙古，何故兴兵犯界？迂腐极了。明安趋出，即驰至蒙古营中，入见成吉思汗，自称愿降，把金军虚实，详细上陈。成吉思汗便率领精锐，乘夜进击。那时完颜纠坚尚眼巴巴待着明安回信，不防蒙古兵已经杀到，迅雷不及掩耳，凭你带着四十万大兵，简直是没人中用；况且日落天昏，连自己的军马都分辨不清，接仗的人，自相屠戮，逃走的人，自相践踏，蒙古兵趁势乱杀，闹到天明，已是积尸满野，金兵一个儿都不见了。完颜纠坚固自取其咎，明安为虎作伥，罪更难辞。

成吉思汗乘胜驰追，到了宣德州，一鼓而下，复遣前锋哲别，去夺居庸关。这关凭山建筑，是一座天险。哲别到了关下，相度形势，望见山路崎岖，整守完固，倒也不敢轻意，先猛攻了一阵，不损分毫，他却拔寨退去。守将还道他力怯，出兵追袭，谁知半途遇伏，杀得大败回来。及到关前，见关上已插着蒙古旗帜，顿时逃的逃，降的降，看官不必细问，便可晓得是哲别的诡计了。一语表明，省却无数笔墨。

哲别既得了居庸关，遂迎成吉思汗入关驻扎。成吉思汗又进兵中都，沿途杀戮甚惨。既到都下，金主永济大恐，欲南徙汴都，亏得卫兵誓死决战，出城鏖斗，战了一日一夜，竟把蒙古兵杀退。成吉思汗乃回驻居庸关，是年已是羊儿年了（元太祖六年）。居关数旬，因天已隆冬，免不得人马疲乏，遂留兵守关，自率三子等旋国，再图后举。

越年为猴儿年，金降将耶律留哥（故辽人）纠集故辽遗众占踞辽东州郡，自称都元帅，遣使归附蒙古。成吉思汗命居广宁，坐伺金衅。到了夏季，得着军报，金主永济被弑，改立升王珣，成吉思汗大喜道："这是天假机缘，不可坐失哩。"原来金主被弑的逆臣，就是西京失守的胡沙虎。自胡沙虎败还，金主把他革职，放归田里，寻复召为右副元帅，整日驰猎，金主遣使诘责。他便挟嫌倡乱，逼金主永济出宫，把他酖死，另立升王珣。于是成吉思汗复分兵三道，浩浩荡荡，杀奔金都。

金左副元帅高琪拒战失利，蒙古兵进薄中都。胡沙虎方染足疾，乘车督战。金卫卒本有些能耐，更兼胡沙虎严厉异常，自然格外奋勇，争先杀敌。蒙古兵虽是厉害，却被他杀死多人，退至十里下寨。翌日，胡沙虎又拟出战，召高琪兵不至，遂矫诏去杀高琪，不料高琪反率兵进来，围住胡沙虎居宅。胡沙虎逾垣欲走，衣襟被墙角牵住，坠地伤股，由高琪兵突入，乱刀斫死。为弑主者鉴。高琪取胡沙虎首，诣阙待罪。金主珣下诏特赦，并宣布胡沙虎罪状，追夺官阶，所有兵士，都归高琪统带，固守都城。成吉思汗也不去力攻，只遣兵分略东南，所至郡邑皆下，凡破金九十余郡，两河山东数千里，尸骸累累，鸡犬为墟。惨不忍闻。

蒙古兵将拟再攻中都，成吉思汗不从。只遣使告金主道："汝山东、河北郡县，尽为我有，汝只有一个燕京，难道我不能踏平么！但天既弱汝，我复迫汝，未免助天为虐，汝能感我仁慈，速发金泉犒军，我亦当归去了！"金主珣犹豫未决，右丞完颜承晖道："天佑蒙儿，不若与他议和，待他回军，再图补救。"金主珣乃遣承晖乞和，成吉思汗道："金珠财帛，我军已够用了，只你主应有子女，何不遣来侍我。"故态复萌。承晖唯唯听命，返报金主珣。没奈何将故主永济的女儿饰为公主，送与成吉思汗；又将金帛童男女各五百、马三千匹，作为犒劳费；再命完颜承晖送蒙古军出居庸关。小子有诗咏道：

一成一败本无常，
弱国求和总可伤！
帝女作奴男作仆，
空劳稗史记兴亡。

欲知成吉思汗后事，请至下回再阅。

成吉思汗之野心，无非欲多得金帛，多得子女而已！而迫之规取中原者，实出是木华黎。是木华黎之大志，实出成吉思上。乃天偏令成吉思为主，木华黎为臣，无怪老子谓天道不仁，以万物为刍狗也！西夏方衰，金邦又弱，成吉思汗乘机而起，本即可灭夏亡金，乃以献女之故，俱允和议，是其所耽耽逐逐者，尤在美妇人，天亦何苦令强暴之徒，蹧蹋若干妇女耶！读此回，令人疑愤交集，几欲向天阍而一问之！

第十二回　拔中都分兵南略　立继嗣定议西征

却说成吉思汗得了金公主，出关回国。金公主姿色不过平常，成吉思汗因她是大邦女子，待以后礼。且金公主年甫及笄，成吉思汗年周花甲（成吉思即位之年，已五十二岁，此时已逾八年，正六十岁了），老夫配少女，不得不格外爱宠，令她感恩知报，勉侍巾栉，话休叙烦，单说金主珣闻蒙古兵还，拟迁都汴京，防敌再至。左丞相图克坦镒等力谏不从，遂命完颜承晖为都元帅，与左丞穆延尽忠奉太子守忠，驻守中都，自率六宫启行。事为成吉思汗所知，愤然道："他既与我修和，何故南徙？我想他必挟嫌怀恨，不过借着和议，作个缓兵的计策，我偏要先发制人，破他诡计呢！"明明是有意为难。于是大阅军马，择日启行。巧值金乣军（乣即纠字，音纠。乣军，所收之军也，《金史兵志》有此名）卓多等，戕杀主帅，击败金都防兵，北走蒙古，遣使请降，成吉思汗命萨木哈、舒穆噜、明安等率兵相会，由卓多导入长城，再围中都。

金太子守忠走汴，留完颜承晖及穆延尽忠固守，蒙古兵不能拔。成吉思汗复遣木华黎为后援，率兵南下。先是木华黎随征金都，曾收降史天倪兄弟，天倪，永清人，有从兄名天祥，弟名天安、天泽，皆智勇深沉，足为大用，木华黎倚为心腹，曾荐举天倪为万户，余亦擢为队长。至是又奉命南征，带着天倪等出发，天倪语木华黎道："金弃幽燕，迁都汴梁，最是失算，辽水东西，系金邦咽喉地，我不若夺他北京，略定辽东西诸郡，塞住他的咽喉，那时中都孤立，自然唾手可得了。”

木华黎称善，便引兵趋辽西，攻金北京。金守将银青领兵二十万，出御于和托戍堡，被蒙古兵一阵杀败，逃入城中。部将完颜昔烈、高德玉等，不服银青节制，因将银青杀死，改推寅答虎为帅。木华黎探知消息，遂令史天祥进攻，寅答虎遂以城降。北京既下，辽西诸郡，闻风归附，眼见得中都岌岌，危在旦夕了。史天倪之计验矣，然亦未免为虎作伥耳。

金留守完颜承晖焦急非常，遣人向汴京告急。金主珣命御史中丞李英等，率师驰援，与蒙古兵遇于霸州。英素嗜酒，驭军无纪，至两下对垒，英尚饮酒百觥，临阵时，骑着马上，东倒西歪，麾下多相视而笑。看官，你想蒙古初兴，军锋甚锐，就使兵精将勇，也恐不能胜他，况遇这个酒糊涂，哪里支撑得住！蒙古兵冲杀过来，势如虓虎，金将遮拦不住，被他杀入中军，李英酒尚未醒，在马上晃了数晃，突然坠地，蒙古兵将，眼明手快，就将他一枪刺死！一道魂灵驰入酒乡去了。

军中失了主帅，当即溃归，自是中都援绝，内外不通。完颜承晖与穆延尽忠商议，决计死守。尽忠目动言肆，满口糊涂，承晖自知不妙，即辞家庙作遗表，抗论穆延尽忠及左副元帅高琪罪状。付尚书省令史师安石，赍送汴都，自别家人，仰药以殉。表扬忠节，不没幽光。穆延尽忠整装南行，将出通元门，金妃嫔等统相率候着，请他挈归。尽忠道：“我当先出，与诸妃启途。”诸妃嫔信为真言，让尽忠先出，尽忠带着爱妾等，飘然出城，绝不返顾，可怜众妃嫔进退无路，仓皇失措，待蒙古兵一拥杀入，老丑的俱死刀下，有几个容色美丽的，统被他扯的扯，抱的抱，调笑取乐去了！中都一破，宫室被焚，府库财宝，搜掠殆尽，金祖宗的神主，一股脑儿弃掷粪坑，阿骨打有灵，应亦泪下。算作金都燕京的结束。

那时安石赍表至汴，尽忠亦即到来。金主阅表，只追封完颜承晖为广平郡王，赦尽忠不问，反命他作平章政事。失刑如此，安得不亡！嗣后尽忠谋逆，方才伏法。

话分两头。且说成吉思汗闻燕都得手，遂自率精兵趋潼关。潼关为汴京西塞，势甚险峻，屡攻不下，别遣将由间道入关，为金花帽军所败，乃北还。寻命木华黎统辖燕云，建设行省，并封他为国王，职兼太师，赐誓券金印，且语他道：“我略北方，汝略南方，分途进取，勉立大功！”木华黎应命，遂自中都调遣兵卒，攻取河东诸州郡，并拔太原城。金元帅乌库哩德升力竭身亡。金降将明安领偏师趋紫荆关，擒金元帅张柔。柔素任侠，乡曲多慕义相从，金中都副经略苗道润，深加器重，荐为昭义大将军，权署元帅府事。道润为其副贾瑀所害，柔率众报仇，途次忽遇蒙古兵，逆战狼牙岭间，马蹶被执。明安闻其名，劝之投诚，柔乃降，更招集部曲，下雄、易、安、保诸州，进兵攻贾瑀。瑀据孔山台坚守，柔围攻兼旬，断其汲道，乃破台获瑀，剖瑀心祭道润，尽有其众，徙治满城。金真定帅武仙，会兵数万来攻。张柔全军适出，帐下只数百人，乃令老弱妇女登城。自率壮士潜出，突攻武仙背后，毁敌攻具。仙军猝不及防，还疑是援兵大至，相率惊愕，旋见后山旗帜飞扬，愈加退缩，遂四散奔逃。柔乘胜追击，伏尸数千，自是威震河朔，凡深、冀以北，镇、定以东，三十余城，次第收取；武仙率兵来争，匝月间经十七战，都得胜仗。**张柔算是好汉，然总未免为金室贰臣。**武仙穷蹙，又因木华黎遣将夹攻，遂把真定城奉献，乞降军前。木华黎命史天倪权知河北西路兵马事，武仙为副，事且按下再表。**为后文武仙戕史天倪张本。**

且说乃蛮部被灭后，太阳汗子屈曲律逃奔西辽。西辽国据葱岭东西地，系耶律大石所建，一名黑契丹。从前辽为金灭，余众随皇族耶律大石西走回疆，联合回纥诸部，成一大国，有志恢复，未成而死。再传至孙直鲁克，君临如故，惟东方属部，多判归蒙古，国势渐衰。适屈曲律奔至，进谒直鲁克，泣请规复。直鲁克正仇视蒙古，且闻屈曲律熟谙东土，因留为帮手，并允乘间出师。直鲁克妃子格儿八速，有女名晃，年才十五，姿首颇佳，屈曲律瞧着，很是艳羡，便格外献媚，日夕趋承；直鲁克年老好谀，渐加宠爱，嗣因屈曲律露求婚意，遂把女儿给他为妻。**下手便骗了王女，小人心术可怕。**

屈曲律既得了王女，权力日盛，暗思东收旧部，袭夺西辽。**一层进一层。**便入见直鲁克道："我父虽亡，旧部尚众，目今蒙古侵略南方，无暇西顾，我正可出招溃卒，相率同来，一则可卫我妇翁，二则可报我父仇。"直鲁克大喜，便令屈曲律东行。**又中他的诡计了。**

屈曲律到了东方，乃蛮旧众，果来归附，遂乘势劫掠各部。道遇花剌子模王遣使通好，因邀他密议，使共谋西辽。约以东西夹攻，如获成功，东方归屈曲律，西方归花剌子模。议既定，花剌子模使臣归去，报知国主，兴师前来。看官，你道花剌子模乃是何国？便是唐书所称的货利习弥国，国主名谟罕默德，系突厥后裔，素奉回教，其父伊儿亚尔司兰在日，为西辽所败，岁奉贡币，至谟罕默德嗣立，虽照旧贡献，心中很以为辱。既得屈曲律的密约，哪有不允之理。屈曲律即带领遗众，入攻西辽国都。直鲁克遣将塔尼古，出城迎战，把屈曲律一阵杀退。会花剌子模酋长谟罕默德已到西辽，屈曲律与他会着，再行前进。西辽将塔尼古又出来接仗，谟罕默德与屈曲律前后夹击，杀败塔尼古，并将他生生擒住。

西辽都内的守卒，闻报大惧，顿时溃乱，屈曲律乘机杀入，直鲁克不及逃遁，被众围住。屈曲律恰向众人道："直鲁克是我妇翁，不得加害！"**浑身是假**。于是留住部众，在外守着，自率数骑入内，谒见直鲁克。直鲁克惊惶无措，便道："你不要害我，我便让位罢！"屈曲律道："你是我妻的父亲，就与我父亲一般，怎么教你让位？"**好听**。直鲁克道："你不要我让位，如何纠众围我？"屈曲律道："部众因你年迈，不便行政，教我帮你办事哩。"直鲁克道："既如此，你去安抚叛众，我便依你说话！"

屈曲律遂出抚众人，并与谟罕默德会议，将西部西尔河以南地，让与花剌子模，并除免岁币。谟罕默德如愿而去。屈曲律遂自执国事，阳尊直鲁克为主，所有政务，概不令直鲁克闻知。直鲁克忧恚成病，越岁死了。屈曲律遂继了主位，闻故相女有美色，娶为妃子。这妃子不信回教，劝他从佛，屈曲律方加爱宠，言无不从，便令民间奉佛，不得仍信回教。回教徒阿拉哀丁抗词不屈，屈曲律大怒，把他手足钉住门首，威吓众人。又复暴敛横征，派兵监谤，民间痛苦异常，恨不得有人除他。

这消息传到蒙古，成吉思汗遂差哲别前征。哲别到了西辽，先饬民间各仍旧教，毋庸改易，并将所有苛敛，一律撤免，民间很是欢跃，统来迎接。屈曲律料不能敌，预率眷属遁去。哲别长驱直入，追屈曲律至巴克达山，径路狭隘，苦无可寻，适有牧人前来，询知屈曲律踪迹，便令他前导，搜出屈曲律，请他饮刀，所有眷属，尽作俘虏。于是西辽全土，统为蒙古属部，西境即与花剌子模接壤了。

哲别归国后，蒙古商人往花剌子模，被讹答剌城主掠去金银，一一杀死。成吉思汗遣使诘问，又复被杀，因下令亲征。

是时为成吉思汗十四年六月，成吉思汗将西行，与各皇后话别，只命忽阑夫人从行（**忽阑见第十回**）。也遂皇后道："主子年已老了，天方盛暑，何苦涉历山川，倒不如遣各皇子去！"**也遂岂有妒意耶？抑欲长图快乐耶？**成吉思汗道："我不在军中，总难放心，况我筋力尚强，一时应不至就死，就是死了，也不枉创业一场。"也遂含泪道："诸皇子中，嫡出的共有四人，主子千秋万岁后，应由何人承统？"成吉思汗半晌道："你说也是，我宗族大臣，都未曾提起，所以我也蹉跎过去。我去问明皇子再说！"

当下出召四子，先问术赤道："你是我的长子，将来愿否继统？"**立嫡以长，古有常经，成吉思汗乃胸无主宰，先行详问，是始基未慎，何以图终。**言未毕，察合台勃然道："父亲何故问他？莫不是要他继统么？他是蔑里吉种带来的，我等如何叫他管辖！"成吉思汗道："胡说。"察合台道："我母不是被蔑里吉掳去么？后来返归，途中便生了术赤，父亲可否记得？"**补第五回所未及，惟从察合台口中叙出，彰母之丑，可见蒙儿不**

情。成吉思汗尚未答话，那术赤已奋然跃起，突将察合台衣领揪住，厉声道："我父亲未曾分拣，你敢这般说么？你不过强硬些儿，此外有何技能！我今与你赛射，你若胜我，我便将大指剁去；我与你再赛斗，我若被你击倒，我便死在地下，不起来了！"察合台不肯少让，也把术赤衣领揪住。

正喧嚷间，宗族都前来劝解。阔阔搠思道："察合台，你为何着忙？你未生时，天下扰扰，互相攻劫，人不安生，所以你贤明的母不幸被掳！似你这般说，岂不伤着你母的心？你父初立国时，与你母亲一同辛苦，将你儿子们抚养成人，你母如日同明，如海同深，你尚未报亲恩，怎么出言不逊！"成吉思汗接着道："察合台，你听着么？术赤明是我的长子，你下次休这般说！"恐怕做元绪公，所以如此抵赖。察合台微笑道："似术赤的气力技能，也不用争执，我与术赤，只愿随父亲效力便了。我弟窝阔台，敦厚谨慎，可奉父教！"成吉思汗闻言，复问术赤。术赤道："察合台已说过了，我照允便是！"成吉思汗道："你兄弟须要亲昵，勿再吵闹，被人耻笑！我看天高地阔，待大功成后，各守封国，岂不更好！"二人无语，成吉思汗又问窝阔台道："你两兄教你继统，你意如何？"窝阔台道："承父亲恩赐，并二兄抬举，但做儿子的也不能遽允！自己没有甚么智力，还好小心行去，只恐后嗣不才，不能承继，奈何？"窝阔台言语近情，较诸两兄粗莽，似胜一筹，但自己未曾嗣立，先已顾到后嗣，虑亦深了。成吉思汗道："你既能小心行事，还有何说！"又问四子拖雷道："你承认否？"拖雷道："我只知饥着便食，倦着便睡，差去征战时便行，此外无他志了！"

成吉思汗便召合撒儿、别勒古台、帖木格及侄儿阿勒赤歹道："我母已经去世，我弟合赤温亦已病亡，母弟之殁，俱从成吉思汗口中叙明，无非为省文计耳。目下只有三弟及我弟合赤温子阿勒赤歹，算是最亲骨肉，我今与你等说明：我第三子窝阔台将来接我位子；当使术赤、察合台、拖雷三人各有封土，自守一方。我子原不应违我，但愿你等亦永记勿忘！倘若窝阔台子孙没有才能，我的子孙，总有一两个好的，可以继立，大家能秉公去私，同心协力，自然国祚延长，他日我死后，也瞑目了！"

合撒儿等应着。成吉思汗因立储已定，遂命哲别为先锋，速不台继之，自率四子及忽阑夫人统着大军为后应，即日起程。又遣使至西夏，命他会师西征。及去使还报，西夏不肯发兵。成吉思汗怒道："他敢小觑我么！待我征服西域，再去剿灭了他！"为后文灭夏张本。于是排齐军马祭旗启行。祝告甫毕，忽觉狂风骤起，黑云密布，转瞬间大雪飘飘，飞舞而下，不到半日，竟着地三尺。成吉思汗怏怏道："现在时当六月，天应炎热，为什么下起雪来？"忽从旁闪出一人道："主子休疑，盛夏时候骤遇严寒，这是上天

肃杀气象，正要吾主奉天申讨哩!”成吉思汗闻言大喜。正是:

天道无端开杀运，

雪花先已报功成。

毕竟何人作此慰语，俟至下回表明。

金主珣自燕迁汴，固为失算，我能往，寇亦能往，迁都何为者? 然成吉思汗之背好兴师，反借迁都为口实，是所谓欲加之罪，何患无辞，非真由迁都而致也。若屈曲津之诱人女，胁人主，种种权术，无非狡诈，及得国以后，且借势横行，以滋众怒，盖不啻为丛驱雀，而导蒙古以西略者。成吉思汗武力有余，文教不足，观其立储贰时，已开兄弟阋墙之渐，信乎以马上得天下者，不能以马上治也。本文依事直叙，文似拉杂，而暗中恰隐寓线索，阅者可于夹缝中求之!

第十三回 回酋投荒窜死孤岛 雄师追寇穷极遐方

却说夏天雨雪，煞是奇怪，独有人谓系杀敌预兆。这人为谁?乃是辽皇族耶律楚材。楚材曾仕金员外郎，博览群书，旁通天文、地理、律历、术数。至蒙古南征，中都残破，适楚材在中都，为成吉思汗所闻知，召为掾属。每有咨询，无不通晓，令他占兆，尤为奇验。成吉思汗称为天赐，言听计从，至是谓雪兆瑞征，自然信而不疑。耶律楚材为蒙古良辅，故叙述独详。

当下令楚材随行，发兵西进，楚材复订定军律，所过无犯。至也儿的石河畔，柯模里、畏兀儿、阿力麻里诸部落，皆遣使来会，愿发兵随征。成吉思汗便就此屯驻。过了残腊，至各部兵会齐，方命进兵，直指讹答剌城。城主伊那儿只克(《元史》作哈济尔济兰图)有众数万，缮守完备。成吉思汗屡攻不下，顿师数月;将要破城，又来了花剌子模援军，头目叫作哈拉札，入城助守，城复完固。成吉思汗以顿兵非计，拟分军四攻，乃留察合台、窝阔台一军，围攻讹答剌城;别遣术赤一军，向西北行，攻毡的城;阿剌黑、速客图、托海一军，向东南行，攻白讷克特城;自率第四子拖雷，带着大军，向东北渡忽章河，即西尔河，趋布哈尔城，横断花剌子模援军。

四路并举，小子只有一支秃笔，不能兼叙，只好依次写来。察合台、窝阔台一军，奉命留攻，又是数月，城中粮尽援绝，哈拉札意欲出降，伊那儿只克自知万无生理，誓死坚守。两人异议，哈拉札遂夜率亲军，突围出走。察合台奋力穷追，竟将哈拉札擒住。

询得城内虚实，立将他斩首示众。当下督兵猛攻，前仆后继，顿把城堞攀毁，鱼贯而入。伊那儿只克巷战不胜，退守内堡，尚相持了一月。怎奈部众食尽力乏，一半饿死，一半战死，只余二卒，还登屋揭瓦，飞掷蒙古军。察合台、窝阔台并马突入，见伊那儿只克握着双刀，单身出来，两人忙将他截住，并饬各兵重重围住。任你伊那儿只克如何凶悍，终被蒙古兵射倒，擒入囚笼，押送至成吉思汗大军，命把生银熔液，灌他口耳，报那杀商戕使的仇怨。用银液杀人，得未曾有，想是因他贪银，故用此刑。世之拜金主义者，亦当以此刑待之。

是时术赤徇师西北，先至撒格纳克城，遣畏兀儿部人哈山哈赤入城谕降，被他杀死。术赤大愤，力攻七昼夜，破入城中，屠戮殆尽，留哈山哈赤子为城主。复西陷奥斯恳、八儿真、遏失那斯三城，行近毡的，守将先遁，术赤兵傅城而上，城即被陷。再西拔养吉干城，各置守吏。前叙攻讹答剌军，此叙攻毡的军。

惟阿剌黑三将至白讷克特城，一攻即下，随驱城中壮丁，进攻忽毡城。城主帖木儿玛里克守河中小洲，矢石不能及，与城守遥为犄角，并造舟十二艘，裹毡涂泥，抵御火箭。蒙古三将与他战了六七次，不能取胜，且伤亡兵卒千余名。于是遣了急足，向成吉思汗处乞师。适成吉思汗收降布哈城、塔什干城，进兵布哈尔。途次得阿剌黑等军报，遂拨偏师赴援。师至忽毡，阿剌黑等兵力复盛。再督壮丁运石填河，筑堤达洲。玛里克荡舟来争，俱被蒙古兵杀败，没奈何返至洲中，招集各舟，将所有兵士辎重，夤夜装载，拟运往白讷克特城中。谁知阿剌黑等先已防着，用铁索锁住河间，阻他前进。一闻有挺撞声，斫击声，便举起胡哨，号召各军，霎时间两岸军马，齐集如猬，都用强弩猛箭，攒射过来。玛里克料难入城，便舍舟登陆，且战且行。蒙古兵一同赶上，乱戳乱劈，杀伤殆尽，只玛里克走脱。叙阿剌黑等一军。

各路军共报大捷，次第进行，来会大军。那时成吉思汗已拔布哈尔城，追溃卒至阿母河，除投降免死外，一体枭首。成吉思汗亲登回教讲台，传集民人，谕以背约杀使，起兵复仇等情形，并令富民出资犒军。回民力不能抗，只好应命。会闻花剌子模王谟罕默德引兵驻撒马耳干（《元史》作薛迷思干），遂返旆东征。原来撒马耳干在阿母河东，所以成吉思汗大军又自西转来。谟罕默德闻大军将至，先期逃去。城中尚有兵四万，墙堞高固，守具完备，成吉思汗料不易攻，令先围城。既而术赤等三路军马，共集城下，遂四面围攻。城中守兵出战，被成吉思汗用了埋伏计，诱他入险，尽行杀毙。守将阿儿泼引亲卒突围出走，城中无主，只好乞降。成吉思汗佯许免死，至兵民出来，叫各兵薙发结辫，令入军籍，民仍旧制，到了夜间，潜命部下搜杀降兵，没一个不死刃下。随俘工匠三万名，分隶各营，壮丁三万名，充当奴隶；余民五万，令出金钱二十万，始得安居。部署既定，即命哲别、速不台二将，各率万人追谟罕默德。二将领命去了。

当谟罕默德出走时，因母妻居乌尔鞑赤城（《元史》作玉龙杰赤），与撒马耳干仅隔一阿母河，恐罹兵锋，乃遣使劝母妻速遁。成吉思汗也探悉他的母妻住址，令部下丹尼世们至乌尔鞑赤，语其母道："你儿子谟罕默德开罪我邦，我所以发兵来讨。你所主地，我不相犯，速遣亲信人前来议和！"那母亲名支尔干，置之不理，将丹尼世们逐出，自领妇女西走。支尔干，故康里部人，康里部旧在阿拉海（即忽章西尔两河潴集处）东北岸，为突厥种族的支部。花剌子模将士多属康里部人，平时仗着母后威势，专横无度，不奉谟罕默德命令。谟罕默德自知力弱，因望风溃去。长子札兰丁随父出奔，愿号召部民，扼守阿母河，谟罕默德不从。札兰丁复请自任统帅，任父他避，谟罕默德又不许。其次子屋克丁，向驻义拉克，至是遣人迎父，报称有兵有饷，可以固守，谟罕默德遂决计西进。从兵皆康里人，阴谋叛乱，幸亏谟罕默德先时戒备，宿辄易处，一夕已经他徙，所留空帐，被丛矢攒射，几无遗隙。寻为谟罕默德闻知，心益悚惧，托词出猎，仅带札兰丁及心腹数人，潜往义拉克去了。内部已溃，即从札兰丁言，亦属无补。

哲别、速不台二将昼夜穷追，兵至阿母河，无舟可渡，便下令伐木编筐，内置辎重器械，外裹牛羊兽皮，就马尾系着，驱马泅水，得不沉没。将士攀援以随，全军遂渡。既渡河，分道巡行，哲别趋西北，速不台趋西南，沿路招抚，将至宽甸吉思海滨（即里海），两军复会。谟罕默德已至义拉克，闻蒙古军将到，立即西走。屋克丁差人侦探，据报蒙古军沿海南来，距义拉克不过数十里，他也心惊肉跳，坐立不安，竟行了三十六着中的上着。统是饭桶。

谟罕默德遁至伊兰，住了数日，复东遁马三德兰，行李尽失。马三德兰旧有部酋，为谟罕默德所杀，地亦被并。其子闻仇人到来，纠众报复，杀入谟罕默德帐中，不图谟罕默德已先遁去。可谓善逃。追至宽甸吉思海，见谟罕默德登舟离岸，有三骑踊跃入水，竟至溺毙。在岸上的人，用箭射去，那舟行驶如飞，任他有穿杨百步的能力，也是无从射着。谟罕默德得了生命，亟至东南隅小岛中居住，可怜胸胁中寒，忧悸成疾。濒危时，遗命札兰丁嗣立，把自己的佩剑解下，令他系在腰中。嘱咐已毕，两眼一翻，呜呼哀哉！保全首领，还算幸事。

札兰丁把父尸藁葬，再自岛中潜出，东回乌尔鞑赤。这时候，支尔干早遁，尚有守兵六万，大半是康里部人，欲加害札兰丁，札兰丁闻风又遁。道遇帖木儿玛里克，率三百骑西行，遂与他会合，绕道东南，至哥疾宁地方去了。

哲别、速不台两军至马三德兰，探知谟罕默德已窜死海岛，遂勒兵不追。只在马三德兰一带搜剿余众。忽闻左近伊拉耳堡有谟罕默德母妻等，避匿不出，二将遂率军围堡。堡在万山中间，丛林深箐，阴翳晦暗，两军不便骤进，各远远地围着，只令它水泄不通。这老天亦似助强欺弱，竟尔匝月不雨，堡民无处汲水，口渴欲死，各思出外逃生，无如出来一人，一人被捉，出来两人，一双被捉，及至纷纷出来，二将知已内乱，引军直入堡中，把谟罕默德的母妻女孙一并拿住，当即槛送成吉思汗军前。成吉思汗赦了支尔干，不令她侍寝，想是嫌她老了。只杀了她的幼孙。所有女子四人，一个给了丹尼世们，前日出使一场，总算不枉跋涉。两个给了察合台。察合台留下一女，一女给了部将。颇为慷慨。还有一个，给了前时被杀商人的儿子。以父易妻，也还值得。算是谟罕默德家眷的结局。

哲别、速不台方拟回军，忽接成吉思汗命令，“宽甸吉思海北面有钦察部，曾收纳蔑里吉部的溃卒，应前往致讨，毋遽班师”等语。二将不好违慢，只得再接再厉，复向西北杀入。所有战事，容待下文再详。

单说成吉思汗，自平定撒马耳干后，驻跸多日，复至渴石避暑，直到秋季，自率拖雷略南方，别命术赤、察合台、窝阔台，往征乌尔鞑赤。

乌尔鞑赤无主帅，由兵民公推，以康里人库马尔为首领，防御蒙古军。术赤等军将到城下，前哨劫掠牛马。守兵出城抗御，被诱至数里外，中伏败溃。嗣是城内兵民，一意坚守，不复出战。城跨阿母河，垣堞坚厚无匹，猝不可拔。术赤先遣使招降，因城主库马尔不从，乃伐木为桥，令兵三千进攻。不意守兵大出，把三千人困在垓心，杀得片甲不留。术赤急发兵往援，怎奈桥已被毁，前后隔断，只好双眼睁着，静看这三千人，做了无头之鬼！想是屠城之报。

察合台欲乘风纵火，毁他城堞，偏术赤思王此土，不许焚掠，由是兄弟不和，你推我诿。仍是前日积怨。迁延至七阅月，尚是未下，使人禀报成吉思汗，成吉思汗询得实情，颁敕诘责，改命窝阔台统领诸军。窝阔台即至两兄处，极力和解；乃并力亟攻，数日罔效。寻决河水灌城，城中不免惊忙。窝阔台遂督军掩入，将城攻陷。城主库马尔犹带领守兵死战七昼夜，至力尽身亡，方才罢手。兵民多被屠戮，只工匠妇女幼稚，算是幸免。术赤留驻城中，察合台、窝阔台赴成吉思汗军去了。

成吉思汗此时正略定阿母河两岸，渡河指塔里寒山，所向征服。分军给拖雷带领，命往呼罗珊地方，荡平各寨，作哲、速二将后援，拖雷自去。成吉思汗进攻塔里寒寨，寨极坚固，四面皆山，土兵非常悍鸷，遇着敌军，统是拼命杀来。蒙古军虽经百战，到底也怕死贪生，战了数仗，一些儿没有便宜，反伤亡了无数。成吉思汗亲自督攻，也被寨兵战退。乃就山下扎营，召回拖雷军合攻，待久未至。原来拖雷军北往呼罗珊，沿阿母河西岸进发，所过城寨，剿抚兼施，倒也觉得顺手。既至呼罗珊西北隅，接着成吉思汗召还消息，乃从宽甸吉思海东岸绕还。海南有木乃奚国，素崇回教，由拖雷军大掠一番，再从东南回趋，冲破匿察兀儿及也里等城，方到塔里寒山，与成吉思汗军相会。成吉思汗已待了好几月了，遂合兵再攻坚寨，接连数日，方得毁坏城垣，杀败守卒，步兵尽死，惟骑兵奔溃。约计攻寨起讫日子，共七阅月。大众休息寨中，兼且避暑。与上文渴石避暑又隔一年。察合台、窝阔台，亦领军到来。术赤等攻乌尔鞑赤亦经七月，两两相对，前后接笋。凉风一至，暑气渐消。看似寻常叙景，实则为过脉要诀。成吉思汗接到侦报，谟罕默德长子札兰丁，在哥疾宁纠集余众，与班里（《元史》作班勒纥）城主蔑力克汗（《元史》作灭里可汗）联合，声势颇盛；又札兰丁兄弟屋克丁，亦出屯合儿拉耳地方，有众千人。于是再议亲征，南下攻札兰丁；遥命哲别等分兵攻屋克丁。哲别奉谕，遣裨将台马司、台纳司二人往攻合儿拉耳。屋克丁在合儿拉耳地方尚没有甚么兵力，闻蒙古军又至，便遁入苏吞阿盆脱堡，经台马司等率兵追入，围攻半年，堡破被杀。随笔了结。只札兰丁整备年余，集众六七万，又得蔑力克汗相助，有恃无恐，遂出御蒙古军。成吉思汗统兵南征，逾巴达克山，至八米俺城，围攻未下，乃令养子失吉忽秃忽（名见第六回）领前哨军，先向东南进发。忽秃忽到了喀不尔（一作可不里，即今阿富汗都城），正遇着札兰丁，两军会战，自昼至暮，互有杀伤。次日再战，忽秃忽虑众寡不敌，密令军中缚毡像人，置在军后，仿佛似援军一般。临阵时，前面的军士仍照常厮杀，战至半酣，将毡像载着马上，从后推至。札兰丁军果疑有后援，渐渐退却。独札兰丁奋然道："我众甚盛，怕他甚么？"随即分士卒为三队，自率中军，令蔑力克汗率右翼，邻部阿格拉克率左翼，两翼包抄，将忽秃忽军围住。忽秃忽知计已被破，忙令军士视旗所向，冲突敌阵。谁知敌众已四面攒集，似铜墙铁壁一般，来困忽秃忽，那时忽秃忽顾命要紧，只好搴着大旗，率众猛突，冲开一条血路，向北而逃。敌骑乘势追杀，死亡无算，军械马匹，亦被夺去不少。自蒙古军出征西域。这次算是第一遭损失。

败报至八米俺，成吉思汗正因爱孙莫图根（一作莫阿图堪）。攻城中箭，身死含哀。莫图根系察合台子，少年骁勇，骑射皆精。此次阵亡，不但察合台恸哭不休，就是成吉思汗也悲泪不止。忽又接到忽秃忽败报，不禁咬牙切齿，誓将八米俺城攻下，以便赴援。即日督军力攻，亲负矢石，察合台报仇心切，不管什么厉害，只麾军士登城，城上城下，积尸如山，蒙古兵只是不退。当即移尸作梯，奋勇杀入，把城中所有老幼男女，一律杀死，连牛羊犬马，统共剿毙，并将城垣尽行拆毁，至今斯地尚无人烟，可算得一场惨劫了！太属不顾人道。

成吉思汗不待部署，亟麾军南行，军不及炊，只啖米充饥。途次遇着忽秃忽败军，责他狃胜轻敌，并令忽秃忽导至战处，追溯前日列阵形状，指示阙失，更命倍道进行。到了哥疾宁，闻札兰丁已奔印度河，乃舍城不攻，引军疾追。

看官，这札兰丁已战胜忽秃忽军，为甚么先期远飏，竟往印度河奔去？原来忽秃忽败北时，曾有骏马一匹为敌所夺，蔑力克与阿格拉克二人皆欲得此马，相争不下，恼得蔑力克性起，突执马鞭，将阿格拉克面上挥了一下，阿格拉克大愤，竟率部众自去。札兰丁失了左臂，未免惶惧，及闻成吉思汗亲来报复，所以先自南奔，蔑力克汗亦随往。

距河里许，回顾后面尘头大起，料是成吉思汗军赶到，自知不及西渡，只好列阵以待，一决雌雄。那成吉思汗大军，煞是厉害，甫经交绥，即握着大刀阔斧，突入阵中。忽秃忽奉了密谕，猛攻右翼蔑力克军。蔑力克支持不住，向后倒退，退至印度河畔，不料蒙古军已绕至前面，阻住去路，一时措手不及，被蒙古军刺于马下，眼见得不能活了。

札兰丁又失右臂，势孤力弱，进退彷徨，自晨战至日中，手下仅数百人，幸成吉思汗意欲生擒，饬禁军士放箭，因得突围而出。奔到河边，复被忽秃忽军堵住，顿时上天无路，入地无门，他却穷极智生，竟纵马上一高崖，复将马缰扯起，扑的一跳，连人带马，投入印度河中去了！小子诌着俚句，成七绝一首云：

全军弃甲复抛戈，

奔命穷途可奈何？

尽说悬崖宜勒马，

谁知纵辔竟投河！

未知札兰丁性命如何？请看官续阅下回。

本回叙成吉思汗西征事，皆在今中央亚细亚境内。《元史》所载甚略。余如《亲征录》、《元秘史》、《元史》、《译文证补》等书，亦皆错杂不明，令阅者茫如测海，几有望洋之叹。一经作者叙述，逐层分析，依次表明，自觉井井有条，不漏不紊。若并是书而以为难阅，则从前史乘，更不必过问矣！本书所载地理，南北东西各有分别，阅《元史》地图自知。看似容易恰艰辛，阅者幸勿滑过！

第十四回 见角端西域班师 破钦察归途丧将

却说札兰丁投入印度河，蒙古军瞧着，总道他身入水中，一落数丈，不是跌死，也是淹死，谁料他却不慌不忙，从水中卸了军装，凫水逸去。诸将以穷寇被逃，不禁气愤，争欲赴水追捕，还是成吉思汗力阻，并语诸子道："好一个健儿，是我生平所未曾见过的！若竟被他漏网，必有后患！"部将八剌愿渡河穷追，成吉思汗允他前行。八剌遂役令兵丁，斩木为筏，渡河南去。成吉思汗复返攻哥疾宁城，城中守将早已遁去，兵民开城迎降。窝阔台奉成吉思汗密谕，伪查户口，教兵民暂住城外，工匠妇女，不得同居。到了晚间，潜带麾下出城，把哥疾宁的兵民一一戮毙，只工匠妇女留作军中使用。专用此计，毋乃残酷。

成吉思汗再沿印度河西岸北行，捕札兰丁余党，闻阿格拉克与他族寻仇，已被杀死，遂乘机荡平各寨，所有丑类，无一孑遗。又因西域一带，叛服无常，索性遣将分兵，四处巡行，遇着携贰的部落，统加屠戮，共杀一百六十万人，方才收刀！民也何辜，遭此荼毒。

嗣得八剌军报，破壁耶堡，进攻木而摊城，因天气酷暑，一时不便开仗，只好扎住营寨，静待秋凉，札兰丁不知去向，俟探实再报等语。成吉思汗道："我意在一劳永逸，所以征战数年，并无退志。现在余孽在逃，不得不再行进取，为山九仞，功亏一篑，如何使得！"耶律楚材婉谏道："札兰丁孤身远窜，谅他亦没有甚么能力，况我军转战西陲，越四五年，威声已经大震，得休便休，还求主子明察！"成吉思汗道："我进彼退，我退彼进，奈何？"耶律楚材道："坚城置吏，要隘屯兵，就使死灰复燃，亦属无妨！"成吉思汗半晌道："且待哲别等军报，再作计较。"耶律楚材不便再说。大众休息数日，接到哲别军消息，已西逾太和岭（即高加索山），战胜钦察援军，进兵阿罗思（即俄罗斯）去了。成吉思汗道："哲别等远征得手，一时总未能回来，我军守着这地，做甚么事，不如渡河南行，接应八剌，平定印度方好哩！"随即下令再进。

时方盛夏，暑气逼人，印度地方又在赤道下，益加炎熇，军行数里，便觉气喘神疲，汗流不止。既到印度河，遥见水蒸气磅礴天空，日光被它遮住，对面迷濛，不见有什么影子。军士各下骑饮水，那水的热度似沸，几难入口，都皱着眉，蹙着额，恨不得立刻驰归。耶律楚材复思进谏，忽见河滨来一大兽，身高数丈，形似鹿，尾似马，鼻上有一角，浑身绿色，不觉暗暗惊异。成吉思汗也已瞧着，便语将士道：“这等大兽，见所未见，你等快用箭射它！”将士奉令，统执着弓矢，拟向大兽射去。蓦听得一声响亮，酷肖人音，仿佛有“汝主早还”四字。耶律楚材即出阻弓箭手，令他休射，一面到成吉思汗面前。方欲启口，成吉思汗已问道：“这是何兽？”耶律楚材道：“名叫角端，能作人言，圣人出世，这兽亦出现，它能日驰万八千里，灵异如鬼神，矢石不能伤它。”语至此，成吉思汗复问道：“据你说来，这可是瑞兽么？”耶律楚材道：“是的！这兽系旄星精灵，好生恶杀，上天降此，所以儆告主子。主子是上天的元子，天下的百姓，统是主子的儿子，愿主子上应天心，保全民命！”楚材所说，未必果真，但借异兽以规人主，可谓善谏。成吉思汗方欲答言，又见大兽叫了数声，疾驰而去。随向耶律楚材道：“天意如此，我亦不便进行，不若就此班师罢。”耶律楚材道：“主子奉天而行，便是下民的幸福！”语虽近谀，然谀言最易动听，善谏者宜知之。

当下命师返旆，并遣人渡印度河，促八剌旋师。八剌即日北归，想已眼望久了。会着大军，由北趋东，过阿母河，历布哈尔，回民多叩谒马首。成吉思汗召主教入见。主教名曷世哀甫，谒见毕，详述教规。成吉思汗道：“所言亦是，但我闻回民礼拜，必须赴教祖墓所（回教祖名摩罕默德，墓在麦加城），这也未免太拘。上帝降鉴，何地不明，为甚么限着地域呢？”曷世哀甫不复再辩，唯唯听命。成吉思汗复道：“我已征服此处，此后祈祷，可用我名。你为主教，还有各处教士，尽行豁免赋役，你可替我申谕！”因势利导，谅亦由耶律楚材所教。成吉思汗便在布哈尔暂驻，一面遣使召术赤来会，一面遣使召哲别、速不台班师。

一住数日，复起行东归，经撒马尔干，渡忽章河，令谟罕默德母妻辞别故土。两妇不能抗命，只好向着西方，恸哭一场，复随大军东行。到了叶密尔河，皇孙忽必烈（《元史》作呼必赉）、旭烈兀（《元史》作辖鲁）来迎。成吉思汗大喜，命二孙侍着行围。二孙皆拖雷子，忽必烈才十一岁，旭烈兀才九岁，随成吉思汗入围场，统能骑马弯弓，发矢命中，忽必烈射杀一兔，旭烈兀射杀一鹿，奉献成吉思汗。成吉思汗喜上添花，遂命将捕获各兽，及西域所得的财宝，大犒三军。嗣复住了数日，待长子术赤及哲别、速不台，均尚未至，方徐徐地回国去了。归结成吉思汗西征。

且说哲别、速不台二将，北讨钦察，引兵绕宽甸吉思海展转至太和岭，凿山开道，俾通车骑，适遇钦察部头目玉里吉及阿速、撒耳柯思等部，集众来御，仓猝间不及整阵，几被敌军迫入险地。哲别、速不台商定一策，遣西域降将曷思麦里至玉里吉军，说是“我等同族，无相害意，不过西征到此，闻岭北有数大部落，特来通好，请勿见疑！”玉里吉等信以为真，麾兵退去。哲、速二将引军出险，登高遥望，犹隐隐见阿速部旗旄。速不台语哲别道："敌军信我伪言，统已退归，在途必不防备，若就此掩将过去，杀他一个下马威，可好么？"哲别连称妙计，便饬兵士尾追前军。疾行数里，已至阿速部背后，一声呼啸，好似电劈雷轰，猛扑前去。阿速部后队，方欲返顾，不料身上都受着急痛，霎时晕厥，纷纷落马。力避俗套。前队尚莫名其妙，等到硬箭飞来，长枪戳入，始知有敌到来。正欲拔剑弯弓，那头颅不知何故，已歪倒肩上，手臂不知何故，分作两段，顿时你忙我乱，只好鞭着马，飞着腿，四散奔逃！语语新颖。阿速部已经溃散，前面就是钦察部众。玉里吉闻着后面呐喊，惊问何事？大众都摸不着头脑，便命子塔阿儿领着数骑，向后探望，冤冤相凑，与蒙古军相值。方开口问着，已被一枪洞胸，坠骑死了。余骑不值一扫，统赴枉死城中。此时玉里吉待子未回，就勒马悬望。突然间来了蒙古军，错疑塔阿儿导他来会，笑颜迎着，蒙古军不分皂白，枪起刀落，又将玉里吉杀死。父子同归冥途，不寂寞了。余众大骇，急忙奔溃，已被蒙古军杀了一半。蒙古军再追数里，前面已寂无一人，料得撒耳柯思部已自飏去，略去撒耳柯思部，烦简得宜。当即择地下营。

哲、速二将虽已得胜，终恐深入重地，寡不敌众，遂遣使至术赤处告捷，并请济师。术赤方攻下乌尔鞑赤城，驻军宽甸吉思海东部，（俱回应前回）。闲暇无事，即分兵大半往援。

哲别等既得援师，北向至浮而嘎河，入里海。适值河冰凝冱，遂履冰徒涉，攻下阿斯塔拉干大埠，纵兵焚掠。会得探报，钦察部酋霍脱思罕领着部众来了。原来霍脱思罕系玉里吉兄长，闻知弟侄阵亡，倾寨前来，意图报复。哲别命曷思麦里诱敌，只准败，不准胜，自与速不台分军埋伏，专候钦察兵到，奋起厮杀。说时迟，那时快，曷思麦里方才出发，钦察兵已是驰到，望见曷思麦里麾下不过数千人，衣履不整，器械无光，统呵呵大笑，不把他望在眼里。曷思麦里恰突出阵前，指挥士卒与钦察前队酣战一场，不分胜负。霍脱思罕见前队战敌不下，便督军齐上，拟包围曷思麦里军，曷思麦里恐陷入重围，乃率兵退走。曷思麦里之徐徐退走，为哲、速二将埋伏起见，非违命也。

钦察部众只道是蒙古军败退，大众赶先争功，已无军律，曷思麦里令部下抛甲弃杖，惹得追军眼热，统下骑拾取，曷思麦里复回军来争，与钦察部众略斗，便又退走。恐他不追，所以回军。此退彼进，到了一座大山，峰崖险峻，岭路崎岖，曷思麦里麾军径入，霎时间都进去了。霍脱思罕报仇心切，又不防有他变，奋力追入。到了山间，峰转路迷，不辨去向。正疑虑间，山上号炮齐起，矢石雨下，忙即下令退军，把后队当作前队，觅路而出。将出山口，被速不台一军堵住，尚没有甚么恐慌，当下麾众夺路，与速不台军鏖战起来，颇也有些起劲。谁知葛思麦里军已从他背后杀到，霍脱思罕顾了前面，不能顾后，顾了后面，不能顾前，才觉手忙脚乱，只好拼了老命，冲开一条血路，出山急走。前后夹攻的蒙古军，只在山内屠杀敌兵，一任霍脱思罕走脱。霍脱思罕急行数里，才敢喘息，检阅兵马，十成中少了六七成，便垂头丧气，向前再行。途穷日暮，夜色凄其，猛听得喊声复起，前后左右，又是蒙古军杀到，险些儿吓落马下！亏得手下尚有健卒数百，尽力保护，以一当百，等到杀透重围，已经十有九死。看官欲问这支蒙古军，只教再阅前文，便自分晓。不言而喻。

且说霍脱思罕走脱后，回入本部，恐蒙古军进攻，无兵可敌，没奈何遁入阿罗思境内。阿罗思就是俄罗斯，唐懿宗初，在北海立国，拓地渐广；北宋时，创行封建制度，分七十部，子孙相继，日事争夺。南俄列邦，有哈力赤部，酋长名密只思腊，系霍脱思罕女夫，粗知兵事，尝战胜同族，意气自豪。闻妻父远来，迎入城中，问明底细，即投袂道："偌大蒙古，敢如此强横！待我出兵与战，怕不把它踏平呢。"喜说大话的人，最不可靠。

霍脱思罕道："蒙古将士，很有蛮力，并且诡计多端，防不胜防。幸亏我走得快，才得保全性命，与你重逢。"密只思腊笑道："他来的只是孤军，我等邻部甚多，一经号召，立集千万，总要与妇翁报仇哩！"于是遣使四出，召集各部酋长，会议发兵。计掖甫部酋罗慕，扯耳尼哥部酋司瓦托司拉甫，与密只思腊最是莫逆，一闻消息，赶先驰到。南方各部长也陆续趋至。大众开议，定计出境迎击，毋待敌至。并遣告阿罗思首邦物拉的迷尔部，请他出师协助，分运军粮。部酋攸利第二也即照允。

不到数日，各部兵均已会齐，共得八万二千人，仗着一股锐气，趋入钦察部。复由霍脱思罕收集残兵，专待蒙古军至，一齐掩杀。那时哲、速二将，已得知阿罗思会师来御，也未免有些胆怯。是谓临事而惧。想了一计，复遣十人至阿罗思军，由密只思腊召入，问明来意。十人道："钦察部容纳叛众，所以我军前来，声罪致讨。若与阿罗思诸部素无衅隙，定不相犯；况我国敬信天神，与阿罗思宗教相似，何不助我共敌仇人！"言未毕，霍脱思罕闪出道："从前我弟玉里吉，也信了他的诡话，遭他毒手，我婿千万不可再信！"密只思腊道："如此可恶，杀了来使再说！"便喝令左右，缚住八人，立即斩首，只令二人回报。

哲别又命二人至阿罗思军，说是两国相争，不斩来使，今无端杀我行人，上天必不眷佑，速即约定战期，与你决一胜负。霍脱思罕又欲杀他，还是密只思腊道："杀他一二人何用，不如借他的口，回报战期！”随命二使道：“饶你狗命！快叫你主将前来受死！”二使抱头趋归。想是二人命不该绝，故一再得脱，不然，哲别前次已欺玉里吉，此次又欲欺密只思腊，安得令人信用耶！

密只思腊遣还来使，即麾兵万骑，东渡帖尼博耳河，巧值蒙古裨将哈马贝沿河探望，手下只带数十骑，被密只思腊军一鼓掩来，逃避不及，个个受缚，个个饮刀。哲别闻报，亟命全军东退，伪耶真耶？那时密只思腊越发趾高气扬，追逼蒙古军直至喀勒吉河，遇见蒙古军列营东岸，便在河北扎住阵脚。霍脱思罕亦引兵来会，还有计掖甫、扯耳尼哥诸部众，到了河滨，与密只思腊南北列阵。密只思腊轻敌贪功，并未与南军计议，独率北军渡河，来杀蒙古军。蒙古军如何肯让，就在铁儿山附近，枪对枪，刀对刀，大战起来。自午至申，杀伤相当。速不台见钦察军也在敌阵，竟带着锐卒，突入钦察军中，去杀霍脱思罕。钦察军惩着前辙，未战先慌，蓦见蒙古军冲入，立即惊溃。霎时间阵势大乱，密只思腊禁止不住，也只得奔还，急忙渡河西走，令将船只凿沉，人马溺毙，不计其数，后队兵士，不及渡河，眼见得是身首两分，到鬼门关上挂号去了！妙语解颐。

蒙古军乘势渡河，径攻计掖甫扯耳尼哥等部。各部尚未知密只思腊的胜负，毫不设备，被蒙古军掩至，把他围住，冲突不出。哲、速二将料他窘迫，诱令纳贿行成，暗中恰四面埋伏，待他出营，却令伏兵齐起，见人便捉，捉不住的，便乱戳乱斫，俘获甚众，歼馘无算。总计各部酋长，伤亡六人，侯七十，兵士十死八九。于是蒙古军置酒欢宴，把生擒的头目缚置地上，覆板为坐具。哲别、速不台以下将领，统在板上高坐，饮酒至数小时，至兴阑席散，板下的俘虏已多压死，只扯耳尼哥部酋尚是活着，哲别令曷思麦里押送至术赤处，斩首示众。想是命中注定，必须过刀。

阿罗思首部攸利第二汗，正遣侄儿康斯但丁引兵南援，行至扯耳尼哥部，闻各部统已战败，慌忙逃归。阿罗思境内，全土震动。哲别再拟进兵，不意二竖为灾，竟染重疾。何止二竖，恐各部枉死鬼都来缠扰。不得已屯兵休养，适成吉思汗遣使亦至，促他班师，当即奉令回辕。到了宽甸吉思海东部，将术赤部兵尽行交还，别后登程，哲别病势越重，竟在中途谢世了！小子有诗咏哲别道：

百战归来力已疲，
叙功未及竟长辞；
男儿裹革虽常事，
死后酬庸总不知！

哲别逝世，速不台命部下舁尸。率众东归，欲知后事，请阅下回。

《元史》载太祖十九年，帝至东印度国，角端见，班师。《耶律楚材》传亦载及之，别史多辨其讹，且谓太祖未渡印度河，何由至东印度？是皆史家饰美之词，不足为信。本书两存其说，谓见角端时，适在印度河滨，角端之能作人言与否，不下考实语，独归美于楚材之善谏。是盖独具卓见，较诸坊间所行诸小说，于无可援证之中，且任情捏造者，固大相径庭矣！下半回叙哲、速二将征钦察事，亦考据备详，不稍夸诞，而演笔则又奇正相生。作者兼历史家小说家之长，故化板为活，不落恒蹊。

第十五回　灭西夏庸主覆宗　遭大丧新君嗣统

却说速不台班师回国，由成吉思汗接着，闻知哲别已殁，悲悼不置，便命哲别子生忽孙为千户，承袭父祀。再遣使颁谕术赤，命他就钦察以东，忽章河以北，新定各部，俱归镇治。至西北未定地方，亦须随时勘定。术赤虽曾奉谕，恰不愿再出征战，只在宽甸吉思海北岸萨莱地，设牙驻帐，游猎度日，一面遣使返报，只称得病，不便他征。成吉思汗亦暂置不问。威及遐方，独不能驭众子弟，这是历代雄主通病。

惟因西征时曾征师西夏，夏师不至；至此复饬夏主遣子入质，夏主又不从；且闻汪罕余众，多逃匿西夏，心中愈愤，遂议下令亲征，也遂皇后闻着征夏信息，又来劝阻。总是她来出头。成吉思汗不从，也遂道：“南方已设国王，为甚么还劳圣驾?”成吉思汗道：“国王木华黎已早死了，嗣子孛鲁，虽命他袭封，究竟经验尚少，不及乃父。况现在降将武仙，又复叛我，都元帅史天倪被杀，孛鲁方调兵遣将，出讨叛贼，还有甚么余力，去平西夏?”也遂道：“主子西征方归，又要南征，虽是龙马精神，不致劳瘁，但士卒亦恐疲乏，总须略畀休息，方可再用!”语颇近理，我亦服之。成吉思汗屈指道：“我即大位，已二十年，西北一带，总算平定，只南方尚未收服，必须亲往一遭，就使今冬不征，明春定要往讨哩。”木华黎之殁，武仙之乱，及成吉思汗所历年月，俱就此带出，是即行文时销纳之法。也遂道：“明岁主子亲征，须要准我随行哩。”成吉思汗道：“忽兰随我西征，尝自谓困乏得很；似你这般身躯，比她还要娇怯，何苦随我南下呢?”也遂道：“主子栉风沐雨，妾等安坐深居，自问良心，亦觉愧赧，若蒙慨许随行，侍奉左右，就使跋涉闲关，亦所甚愿，怕甚么劳苦呢?”成吉思汗喜形于色，且语道：“你的阿姊很是谦恭，你又这般忠诚，好一对姊妹花，同侍着我，也算是我的艳福，死也甘心呢!”说一死字，为下文隐伏谶语。说着时，已将也遂抱入怀中，亲狎了一回。是晚并召也速干作伴，做个联床大会，云雨巫山，双双涉历，彼此都极尽欢娱，不劳细说。插入一段艳情，隐寓乐极悲生之意。

小子叙到此处，又不得不将木华黎去世及武仙再叛等情，再行表明（应十一回）。木华黎自得真定后，复连岁出兵，尽得辽河东西，黄河东北诸郡县；复东下齐鲁，西入秦晋，把金邦所有土地占去大半（《元史》推为开国第一功臣），惟屡攻凤翔未下，还至解州，遂有疾，以成吉思汗十八年三月卒。时成吉思汗尚在西域，闻报大恸，追赠鲁国王，谥“忠武”，其子孛鲁嗣爵。详叙木华黎生死，以其为第一功臣也。木华黎既殁，山东州县，复起叛蒙古，武仙亦怀着异心，诱杀都元帅史天倪。天倪弟天泽方奉母归燕，闻变折还，遂遣使至孛鲁处，乞师讨逆。孛鲁命天泽嗣兄统师，并遣兵赴援，与天泽军会，击败武仙。武仙与宋将彭义斌连和，再攻天泽，天泽复发兵与战，擒斩义斌，武仙遁去，后事慢表。纳入此段，庶不阙略。

且说成吉思汗过了残腊，转瞬孟春，元宵一过，即下令南征，从新整点军马，陆续起行。也遂皇后也着了戎装，铁甲蛮鞾，黑骊雕鞍，随在戎跸后面，缓辔行着。仿佛出塞明妃。成吉思汗却骑着一匹红鬃马，红黑相间，煞是好看。由大众簇拥前去。既到郊外，命部众就地设围，亲自行猎。忽一野豕突出，奔至马前，成吉思汗不慌不忙，仗着平生射技，拈弓搭箭，一发殪豕。心中正在得意，突觉马首昂起，马足乱腾，一时羁勒不住，竟将成吉思汗掀翻马下。不祥之兆。

部将忙来救护，扶起成吉思汗，易马上坐，尚有些头昏目眩，神志不安，随命大众罢猎，扎住军营。看官，这马无端腾踔，恰是何故？原来被大豕所惊，因致骇跃。惟成吉思汗南征北讨，纵辔多年，已不知驾驭若干马匹；就是所骑的红鬃马，定然天闲上选，偏偏为豕所惊，以致失驭，这也是天不永年的预兆！是晚成吉思汗即身体违和，生起寒热病来。

翌晨，也遂皇后向众将道：“昨夜主子罹疾，南征事不如暂罢，还请大家商议方好。”大众计议一回，自然依了也遂意见，入内奏知成吉思汗。成吉思汗道：“西夏闻我回去，必疑我是怕他，我现在这里养病，先差人到西夏，责他不纳质子，擅容逃人，看他有何话说？”

当下遣使至夏，语夏主道：“你前时与我议款，情愿归降，我军出征西域，你却不从；近又不遣子入质，并擅纳汪罕余众，你可知罪么？”是时夏主李安全早死，族子遵顼嗣立，复传位于子德旺。德旺本庸弱无能，闻蒙古使臣诘责，战栗不能言，旁闪出一人道：“都是我的主使！要与我厮杀时，你到贺兰山来战；要金银缎匹时，你到西凉来取，此外不必多说，快快走罢！”好大胆。

蒙古使回报，成吉思汗勃然起床，喝令大军速进。左右都来谏阻，成吉思汗怒道：“他说这般大话，我怎么好回去？就是死了，魂灵儿也要去问他，况我还未曾死哩！”遂扶病上马，直指贺兰山。贺兰山在河套附近，距宁夏府西六十里，夏人倚以为固，树木青白，望如骏马，北人呼骏马为贺兰，所以借此名山。大军到了山前，见夏兵已在山麓扎住，问他领兵的头目，便是前说大话的阿沙敢钵。我见前文，早欲问他姓名，至此才出现，作者未免促狭。

阿沙敢钵见有蒙古军，便率众下山，来冲头阵。谁知蒙古兵全然不动，只把硬箭射住，没些儿缝隙可寻，只得退回。好一歇，又复前来冲突，蒙古兵仍用老法子，依旧无效。直至第三次冲突，方听得喇叭一号，营门陡辟，千军万马，如怒潮一般，锐不可当。那边气焰已衰，这边气势正盛，任你阿沙敢钵如何能言，如何大胆，至此阻不胜阻，拦不胜拦，没奈何逃上山寨。蒙古军哪肯干休，就奋力上山，一哄儿杀入寨中，又将阿沙敢钵部下斫死了一大半，阿沙敢钵落荒走了。彼竭我盈，战无不克，可见成吉思汗善于用兵。

成吉思汗据了贺兰山，便进拔黑水等城，嗣因天热体衰，在珲楚山避暑。至暑往寒来，复转攻西凉府及绰罗和拉等县，所过皆克，遂逾沙陀至黄河九渡，取雅尔等县，再围灵州。夏主遣兵来援，又被蒙古军击退。陷入灵州城，进次盐州川，天气凛冽，雨雪载涂，乃命在行帐度年。转眼间腊尽春回，已是成吉思汗二十二年了。复书岁次，为成吉思汗道殂张本。

河冰方泮，成吉思汗即率师渡河，下积石州，破临洮府，据洮河、西宁二州，进攻德顺。西夏节度使马肩龙正坐镇德顺城，颇有威名，闻蒙古兵至，居然开城出战，酣斗三日，蒙古兵受伤不少，马肩龙部下也死了好几百名。因遣人报知夏主，即请济师。时夏主李德旺忧悸成疾，已经去世。还是侥幸。国人立他犹子，单名只一晛字。晛尚幼弱，晓得甚么军政，各将士统得过且过，专务趋避，大家穿凿山谷，藏匿财物，行个狡兔营窟的法儿，愚甚痴甚，无怪国亡。便把马肩龙军书搁起。

马肩龙待援不至，自叹道：“城亡与亡，尚有何说？”复坚守了数日，禁不住敌军猛攻，自率左右出城，舍命死斗，至蒙古兵围绕数匝，尚拔刀瞋目，斫死蒙古兵数名，后来箭如飞蝗，身中数矢，遂大叫一声，呕血而亡。不没忠臣。肩龙一死，城中无主，自然被陷。

成吉思汗得了德顺州，复至六盘山避暑，遣将直逼夏都。夏主晛惊惶失措，急召文武会议，哪知所有臣民，统向土窟中避难去了。嗣闻土窟中的臣民，又被蒙古兵搜着，财物夺去，身命了结，**国亡身亡，土窟非真安乐窝，请后人听者**。满野都成白骨，料知都城难保，只好把祖宗传下金佛一尊，并金银器皿，及男女马驼等物，皆以九九为数，赍献军前。成吉思汗闻报，定要夏主晛亲自出降。晛已束手无策，复泣告宗庙，出城至六盘山，谒见成吉思汗。成吉思汗止令门外行礼。行礼毕，将他系住帐下，饬将士入徇夏都。将士一入都城，掠了财物，掳了子女，见有美色的佳人，当即恣情污辱，不由她不忍受，连夏主晛的宫眷，也只得横陈榻上，任他戏弄一番。独耶律楚材，取书数部、驼两足、大黄数担，饬兵役携回。后来军士途中遇疫，亏得大黄救命，所活至万人。

闲文休表。且说夏主晛被絷三日，由成吉思汗令他改名，叫作失都儿。夏主晛不敢不从，又越日，传令将夏主晛杀了，并把他父母子孙亦命一律处死。夏自元昊称帝，共传十主，历二百有一年而亡。

成吉思汗正欲班师，忽觉寒热交作，哮喘不休。也遂皇后日夕侍奉，所有军医，统来诊视，怎奈寿命已终，参苓罔效。弥留时，见也遂皇后在旁，挈她的纤手道："你侍我有年，没甚错处，今又随我远征，灭了西夏，只望归国以后，与你等再聚数年，共享荣华，不意病入膏肓，无可救药。我死后，你回去告知各皇后及你阿姊，须要节哀，不必过悲！"也遂不待说毕，早已扑簌簌地垂下泪来。成吉思汗也忍着泪，强说道："人生如朝露，有甚么伤心处？你与我叫大臣进来！"也遂便传集群臣，各至榻前问疾。成吉思汗道："我病是不起的了，可惜诸皇子都未随着！术赤在西域死了，我教察合台前去视丧，尚未回来；窝阔台呢，我叫他去攻金国，责贡岁币；拖雷又监守故都，不能远离。目今惟你等随着，算来也都是亲戚故旧，后事全仗你等辅助！窝阔台谨厚性成，我前已命他嗣位，只一时未能回都，你等替我传谕，叫拖雷暂行监国罢了！"**诸子远离，统借成吉思汗口中叙出，无非节省闲文，但戎马一生，送终无子，也是可叹！**又指也遂皇后道："她随我征夏，又侍我疾病，劳苦极了，我也无可报她，只西夏的子女玉帛，多分给她一份，不枉她辛苦一场！"群臣齐声遵嘱，成吉思汗静养片刻，复顾群臣道："还有一桩大事，为我传谕嗣君：西夏已灭，金国势孤，但金国精兵，西集潼关，南据连山，北限大河，此后我军往攻，就使战胜攻取，也恐不能速灭；计惟假道南宋，宋、金世仇，必肯许我，我下兵唐邓，直捣大梁，金都被困，定要征兵潼关，那时缓不济急，已成无用，就使他兵远来，千里赴援，人马疲敝，也不是我的对手，灭金很容易哩！"**到死不忘拓地，真不愧为雄主**。言讫，遂瞑目不视，悠然而逝了。

总计成吉思汗出世以来，享寿六十六岁。即大汗位，凡二十二年。南征北讨，所向克服，如近今内外蒙古、辽东二省，及中国西北部并天山南北两路，暨中央亚细亚、阿富汗斯垣、波斯东半部与高加索山附近部落，俱为成吉思汗所有。史家称其用兵如神，所以灭国四十，遂平西夏。其实是西北一带，各族散处，既没有独立的精神，又没有永久的团体，彼此猜忌，互为仇敌，就使勉强联络，总不免凶终隙末，因此成吉思汗乘时崛起，削平各部。武如四杰，文如耶律楚材，又皆任用得当，就是所立兵制，亦比众不同，小子尝考得大略，随录如下：

（一）蒙古人自幼临狩猎，习骑射，所以骑兵尤精；此等骑兵，每人有乘马三四头，可彼此互代，终日驰骋。

（二）骑兵远行，遇紧急军事，只用马奶及干酪为食；或刺马出血，吞食充饥，可支十日，所以进行甚速。

（三）编定军队，以十递进，每十人为一队，队长叫作十户；十户以上有百户，统十户百人；百户以上有千户，统百户千人；千户以上有万户，万户直隶大汗。此等大小部长，对他部下，各有无限权力，部下无论何事，统须禀命后行，一经驱遣，不得迟诿，否则无论贵贱，必加刑罚。

（四）蒙古兵虽经出阵，仍须纳税，必令他妻儿守家，岁完税额，因之频年兴兵，军饷仍不缺乏。

这且慢表。且说成吉思汗逝世后，就借行在举丧。窝阔台夤夜奔至，察合台、拖雷等亦陆续到来，三子毕集，乃由蒙古诸王诸将等，大会于吉鲁尔河，承认成吉思汗遗命，奉窝阔台为大汗。看官，这窝阔台嗣统，早经成吉思汗亲口布告，为甚么要开着大会，经过公认呢？这也有个缘故，因成吉思汗在日，也有一条特立的法制：凡蒙古大汗，如当新旧绝续的时候，必须由诸王族诸将及所属各部酋长，特开公会，议定嗣续，方得继登汗位，这会叫作“库里尔泰会。”自有此制，所以窝阔台虽承遗命，也要经“库里尔泰会”通过呢。**详哉言之，实为后文伏线。**窝阔台既即位，重用耶律楚材，楚材以旧制简率，未足表示尊严，更请窝阔台汗增修朝仪。窝阔台汗自然乐允，遂由楚材参订仪注，令皇族诸王尊长，皆列班罗拜，共效嵩呼。**这就是俗语所谓前人承粮，后人割稻哩。**《元史》尊成吉思汗为太祖，窝阔台为太宗，这都是统一中国以后追加的庙号。小子有诗咏成吉思汗道：

开邦端仗出群材，

基业全从百战来；

试向六盘山下望，

一回凭吊一低徊！

欲知以后情形，且至下回再表。

西夏与金，唇齿之邦也，唇亡齿必寒，夏亡则金曷能保！成吉思汗之南征，志不徒在灭夏，盖已视金为囊中物矣。观其临殁之时，犹嘱及攻金遗策，是可知其成算在胸，预图吞并。脱令稍假以年，则灭金固易易也。不然，窝阔台承父遗嘱，约宋灭金，何以相应如响乎？本回叙成吉思汗事，为成吉思汗衰年之结局，实括成吉思汗毕生之隐衷，彼固一世之雄也，而今安在哉！著书人述元代史，于成吉思汗较详，我知其固有所感矣。

第十六回 将帅迭亡乞盟城下 后妃被劫失守都中

却说窝阔台嗣位为汗，颁定法令，比成吉思汗在日，体制益崇。复承父遗志，以西域封察合台，令他坐镇。西顾既可无忧，乃一意攻金。适金国遣使吊丧，并赠赙仪，窝阔台汗语来使道："汝主久不归降，今我父赍志以殁，我方将出师问罪，区区赙仪，算作甚么！"金尚立国，遣使吊丧遗赙，亦是应有之仪文，窝阔台汗乃强词夺理，卒以灭金。强国之无公理也久矣，可慨可叹！随命发还赙仪，遣归来使。金主珣时已去世，子守绪嗣立，得使人回报，未免恟惧。复遣人赍送金帛，至蒙古庆贺新君。窝阔台汗又不受。至金使去讫，遂召集诸王大臣议事，定计伐金。先是成吉思汗连年出征，所得财物，立即分散，并无丝毫储积；蒙古诸将，尝谓得了人民，毫无用处，不若尽行杀戮，涂膏衅血，灌润草木，作为牧场。独耶律楚材以为未然，至此因伐金议定，遂奏立十路课税所，以充军饷，每路设副使二员，悉用士人。楚材复进陈周、孔道德，且谓以马上得天下，断不可以马上治。窝阔台汗深服是言，由是尚武以外，稍稍尚文，这也不在话下。

且说窝阔台汗既整兵储饷，秣马积刍，遂于即位二年春季，偕皇弟拖雷及拖雷子蒙哥（《元史》作莽赉扣），率众入陕西，连下诸山寨六十余所，进逼凤翔。金主遣平章政事完颜哈达及伊喇丰阿拉引军赴援，行至中道，闻蒙古兵势甚强，料非敌手，竟逗留不进。至金主屡促进兵，哈达、丰阿拉只是因循推诿。嗣闻蒙古兵分攻潼关，乃禀称潼关被攻，较凤翔为尤急，不如先救潼关，次及凤翔。金主无可奈何，只得依他。他二人便引军赴潼关。潼关本系天险，且早有精兵屯驻，可以固守，哈达等避难就易，所以改道出援。于是凤翔空虚，守了两三月，终被蒙古兵攻陷，只潼关依然未下，拖雷自往督攻，亦不克。

部下有降将李国昌道："金迁汴将二十年，全仗这潼关、黄河，倚为天险，我军若从间道出宝鸡，绕过汉中，沿汉江进发，直达唐邓，那时攻汴不难了。"拖雷点头称善，便返报窝阔台汗，窝阔台汗道："从前父亲遗命，曾令我等假道南宋，下兵唐邓，我且遣使至宋邦，向彼假道：彼若允我，进取尤便，否则再用此计未迟。"于是命绰布干为行人，往宋假道。到了沔州，谒见统制张宣，一语不合，竟被张宣杀死。窝阔台汗得着此信，乃命拖雷率骑兵三万人，竟趋宝鸡，攻入大散关，破凤州，屠洋州，出武休东南，围兴元军；复遣别将取大安军路，开鱼鳌山，撤屋为筏，渡嘉陵江，略地至蜀。蜀系宋地，宋制置使桂如渊逃去，被蒙古兵拔取城寨，共四百四十所。拖雷尚不欲绝宋，召使东还，会兵陷饶风关，飞渡汉江，大掠而东。

警报如雪片一般，递入汴都，金主守绪急召宰执台谏入议。大众都说北军远来，旷日需时，劳苦已极，我不如在河南州郡，屯兵坚守，且由汴京备粮数百斛，分道供应；北军欲攻不能，欲战不得，师老食尽，自然退去。看似好计，奈各处不能坚守何。金主守绪叹道："南渡二十年来，各处人民，破田宅，鬻妻子，豢养军士，只望他杀敌御侮，保卫邦家；今敌至不能迎战，望风披靡，直至京城告急，尚欲以守为战，如此怯弱，何以为国！我已焦思竭虑，必能战然后能守。存亡有天命，总教不负吾民，我心才少安哩！"所言亦是，可惜无补国亡。乃诏诸将出屯襄邓，并促哈达、丰阿拉两帅，速即还援。哈达、丰阿拉驰归。至邓州，别将杨沃衍、禅华善及前被史天泽杀败的武仙，俱率兵来会。哈达胆子稍壮，麾诸军出，屯顺阳。嗣探悉蒙古兵方渡汉江，部将急欲往截，为丰阿拉所阻。至蒙古兵毕渡，乃进至禹山，分据地势，列阵以待。蒙古兵到了阵前，不发一矢，骤然退去，哈达亦下令收军。诸将请追蒙古军，哈达道："北军不战自走，定怀诡谋，我若追去，正中彼计！"料敌亦明，无如尚差一着。遂勒马南归，返行里许，忽觉尘雾蔽天，呼啸不绝；哈达忙觅一小山，登冈瞭望，但见蒙古军骑、步相间，分作三队，迅奔前来。哈达叹道："绕我背后，潜来袭我，正是变生不测，我看他军伍严肃，行列整齐，定是不可轻敌呢！"急忙下山麾兵，拟从旁道走避，怎奈蒙古军已是到来，只好与他对仗。两下厮杀，蒙古军少却，丰阿拉驱兵逼去，谁知蒙古军复回马驰突，十荡十决，几乎被他蹂躏，亏得部将富察鼎珠，奋力截杀，蒙古兵始退。哈达便沿山扎营，语丰阿拉道："北兵号三万名，辎重要居一成，今相持二、三日，若乘他退兵，出军奋击，不患不胜！"丰阿拉道："江路已绝，黄河不冰，彼入重地，已无归路，我等可待他自毙，何用追击！"想已被前日吓慌，故胆怯乃尔。

翌日，蒙古兵忽不见。逻骑谓已他去，哈达、丰阿拉遂欲返邓州。正在前行，忽斜刺里闪出敌军，竟将金军冲作两截。哈达、丰阿拉忙分兵接战，等到敌军杀退，后面的辎重，已是不见。哈达顿足不已，丰阿拉谈笑自若，与哈达并入邓州，收集部兵，伪称大捷。总是丰阿拉奸猾。金廷百官，上表庆贺。丑甚。

民堡城壁，皆散还乡社，满望烽烟无警，鸡犬不惊。哪知拖雷军尚自留着，窝阔台汗且自河清县白坡镇渡河，进次郑州，遣速不台攻汴城。城中兵民不意北兵猝至，惊愕万分，金主也惶急异常，忙命翰林学士赵秉文，草旨罪己，改元施赦，文中大意，说得声情兼至，凄楚动人，闻者为之泣下。徒有文辞，何济于事。

时京城诸军，不盈四万，城周百二十里，未能遍守，只得飞召哈达、丰阿拉军还援汴城。哈达、丰阿拉一行，拖雷即用铁骑三千，追尾金军；金军还击，他偏退去，金军启行，他又来袭，弄得金军不遑休息，且行且战。至黄榆店，雨雪不能进。蒙古将速不台，已派兵阻金援师，于是哈达、丰阿拉军，前后被蒙古军遮断。会雪已稍霁，又得汴京危急消息，不得已引军再行。途次遇大树塞道，费着无数兵力，始得通途。既到三峰山，蒙古兵两路齐集，四面蹙围。相持数日，料得金军困惫，恰故意开了一面，纵他奔走。金军果然中计，甫经逸出，被蒙古军夹道奋击，顿时大溃，声如崩山。武仙率三十骑先走，杨沃衍等战死，哈达知大势已去，忙邀丰阿拉面商，拟下马死战，孰料丰阿拉已杳如黄鹤，不知去向！只有禅华善等尚是随着，乃相偕突围，走入钧州。

窝阔台汗在郑州，闻拖雷与金相持，遣琨布哈、齐拉衮等，作为援应。至则金军已溃，遂会兵到钧州城下，合力攻击。未几城陷，哈达匿窟室中，由蒙古军寻着，牵出杀死。且下令招降道：“汝国所恃，地理惟黄河，将帅惟哈达，今哈达被我杀了，黄河被我夺了，此时不降，更待何时！”金军降者半，死者半，独禅华善先匿隐处。至杀掠稍定，竟自至蒙古军前，大声道：“我金国大将，欲进见白事。”蒙古军将他牵住，入见拖雷。拖雷问他姓名，禅华善道：“我名禅华善，系金国忠孝军统领，今日战败，愿即殉国。只我死乱军中，人将谓我负国家，今日明白死，还算得轰轰烈烈，不愧忠臣！”恰是好汉。拖雷劝他投降，他却眦裂发指，痛口叫骂。恼得拖雷性起，命左右斫他足胫，戳他面目，他尚噀血大呼，至死不屈。蒙古将悲他死义，用马奶为奠，对尸祝道：“好男儿，他日再生，当令与我作伴！”奠毕，将尸掩埋，不在话下。

只丰阿拉先已远走，被蒙古兵追获，押见拖雷。拖雷亦迫他投诚，反复数百言，丰阿拉恰慨然道：“我是金国大臣，只宜死在金国境内！”余无他言，亦被杀死。丰阿拉实是误金，只为金死义，尚堪曲恕。自是金国的健将锐卒，死亡殆尽，汴京已不可为了。潼关守将纳哈塔赫伸闻哈达等战殁，很是惊慌，竟与秦蓝守将完颜重喜等率军东遁。禅将李平以潼关降蒙古。蒙古兵长驱直入，追金军于卢氏县。金军已无战志，且因山路积雪，跋涉甚艰，随军又多妇女，哀号盈路，至是为蒙古兵追及，未曾接仗，重喜先下马乞降。蒙古将以重喜不忠，把他斩首。**该杀。**乌登赫伸引数十骑走山谷间，亦被追骑搜获，一概祭刀。蒙古兵进围洛阳，留守萨哈连背上生疽，不能出战，投濠自尽。兵民推警巡使强伸，登陴死守，历三月余，无懈可击，蒙古军乃退去。

金主守绪因汴城围急，没奈何遣使请和。蒙古将速不台道："我受命攻城，不知他事。"是时蒙古已创制石炮，运至城下，每城一角，置炮百余，更迭弹击，昼夜不息。幸汴城垣堞坚固，相传五季时周世宗修筑，用虎牢土叠墙，坚密如铁，虽受炮石，不过外面略损，未尝洞穿。金主又募死士千人穴城，由濠径渡，烧他炮座。蒙古兵虽曾防着，究未免百密一疏，因此攻城历十六昼夜，内外死伤，约数十万名，城仍兀然屹峙，不能攻陷。会窝阔台汗欲自郑州还国，因遣使谕金主降，并饬速不台缓攻。速不台乃语城守道："你主既欲讲和，可出来犒军！"金主乃遣户部侍郎杨居仁出城，带着牛羊酒炙，并金帛珍异，犒给蒙古军，且愿遣子入质蒙古。于是速不台许即退兵，散屯河、洛间，金主封荆王守纯子鄂和为曹王，遣他为质。鄂和不好违慢，涕泣辞去。

金参政喀齐喀以守城为己功，欲率百官入贺。**历代亡国，多被若辈所误。**金内族思烈道："城下乞盟，春秋所耻，何足言贺！"喀齐喀反怒道："社稷不亡，君臣免难，难道不是喜事么?"嗣因金主守绪亦不欲受贺，因而罢议。汴京总算解严。

一波才平，一波又起。蒙古行人唐庆等来答和议，暂就客馆，竟被金飞虎兵头目申福，驰入馆内，将唐庆杀死，并及随官三十余人。和议复绝，蒙古兵又长驱而至，**招之使来，曲在金国，政刑如此，安得不亡。**金主守绪复飞檄各处勤王。时武仙遁驻留山，收集溃兵十万人，奉檄援汴。还有邓州行省完颜思烈、巩昌统帅完颜仲德，也引兵入援。甫至京水，不虞蒙古兵已先候着，呐一声喊，似狼虎攒羊一般，乱突乱杀，吓得金军胆战心惊，没一个不退走了。

且说窝阔台汗返国后，以金主背和杀使，复亲自出师至居庸关，为拖雷后援。忽得暴疾，昏愦不省人事，乃召师巫卜祝。巫言金国山川神祇，为了军马掳掠，尸骨堆积，以此作祟，应至各山川祷祀，或可禳灾。既而命巫往祷，病仍不愈，且反加重。巫返谓祈祷无益，必须由亲王代死，方可告痊。正说着，窝阔台汗忽开眼索饮，神气似觉清醒，左右以巫言告，窝阔台汗道："哪个亲王，可为我代?"言未已，忽报拖雷驰来问疾。由窝阔台召入，与述巫言。拖雷道："我父亲肇基择嗣，将我兄弟内，选你做了大汗，我在哥哥跟前，忘着时要你提说，睡着时要你唤醒。如今若失了哥哥，何人提我？何人唤我？且所有百姓，何人管理？不如我代了哥哥罢！我出征数年，屠掠蹂躏，造成无数罪孽，神明示罚，理应殛我，与哥哥无涉！”遂召师巫入告道：“我代死罢，你祷告来！”师巫奉命出去。过了片晌，又取水入内，对水诵咒毕，即教拖雷饮讫。拖雷饮着这水，好似饮酒一般，觉得头晕目昏，便向窝阔台汗道：“我若果死，遗下孤儿寡妇，全仗哥哥教导！”窝阔台汗应着，拖雷便出宿别寝，是晚竟逝世了。本段文字，从《秘史》采来，并非著书人捏造，但事之真伪，不可考实，而蒙俗信巫，或有此离奇之史。拖雷生有六子，长即蒙哥，次名末哥（一作默尔根），三名忽都（一作瑚图克图），四即忽必烈，五即旭烈兀，六名阿里不哥（一作阿里克布克）。后来蒙哥、忽必烈，皆嗣大汗位，忽必烈且统一中原，待后慢表。

且说拖雷死后，蒙古兵经略中原，要推速不台为主帅。速不台尚未至汴，金主守绪先已东走。原来汴京城内，食粮已尽，括粟民间，不及三万斛，已经满城萧索，饿莩载途。兼且城中大疫，匝月间死数十万人。金主知大势已去，乃集军士于大庆殿，谕以京城食尽，今拟亲出御敌；遂命右丞相萨布、平章博索等，率军扈从，留参政讷苏肯、枢密副使萨尼雅布居守，自与太后皇后妃主等告别，大恸而去。既出城，茫无定向。诸将请往河朔，乃自蒲城东渡河，适大风骤起，后军不能济，蒙古将辉尔古纳追至，杀毙无算，投河自尽者六千余人。金元帅贺德希战死。

金主渡河而北，遣博索攻卫州，不意蒙古将史天泽复自真定杀到。博索连忙遁还，走告金主，请速幸归德。金主遂与副元帅阿里哈等六七人，乘夜登舟，潜涉而南，奔归德府。诸军闻金主弃师，沿路四溃。归德总帅什嘉纽勒绎迎见金主，禀告各军怨愤情形，乃归罪博索，枭首伏法。跋胡疐尾，亡象已见，即杀博索，亦属无益。嗣遣人至汴京，奉迎太后及后妃，谁知汴京里面，又闹出一桩天大的祸案。

先是金主守绪出走时，命西面元帅崔立，驻守城外。崔立性甚淫狡，潜谋作乱，闻归德有使来迎两宫，他即带兵入城，问讷苏肯及萨尼雅布道：“京城危困已极，你等束手坐视，做甚么留守？”二人尚未及答，他即麾兵将二人杀死。随即闯入宫中，向太后王氏道：“主子远出，城中不可无主，何不立卫王子从恪？他的妹子曾在北方为后（应十二回），立了他，容易与北军议和。”太后战栗不能答，崔立遂矫太后旨，遣迎从恪，尊为梁王监国。自称太师都元帅尚书令郑王，兄弟党羽皆拜官。并托辞金主出外，索随驾官吏家属，征集妇女至宅中，有姿色者迫令陪寝，每日必十数人，昼夜裸淫，尚嫌未足。且禁民间嫁娶，闻有美女，即劫入内室，纵情戏狎，稍有不从，立即加刃。百姓恨如切骨，只有他的爪牙说他功德巍巍，莫与比伦。名教扫地。正欲建碑勒铭，忽报速不台大军到了。诸将问及战守事宜，他却从容谈笑道："我自有计！"是晚，即出诣速不台军前，与速不台议定降款。还城后，搜括金银犒军，胁迫拷掠，惨无人道，甚至丧心昧良，卖国求荣，竟把那金太后王氏、皇后图克坦氏以及梁王从恪、荆王守纯，暨各宫妃嫔，统送至速不台军，作为犒军的款项。看官，你想毒不毒，凶不凶呢？史称荆、梁二王，为速不台所杀，其余后妃人等，押送和林，在途艰苦万状，比金掳徽、钦时为尤甚。小子叙此，不禁潸然，有诗为证：

岂真天道好循环？

北去和林泪血斑。

回忆徽钦当日事，

先人惨刻后人还。

汴京失陷，后事如何，俟小子下回交代。

金至哀宗，已不可为矣。哈达名为良将，而临阵多疑，不能决断，欲以之敌蒙古军，勇怯悬殊，宜乎其有败无胜也！金主守绪，城下乞盟，遣子入质，应亟筹生聚教训之道，外慎邦交，内固国事，则金虽残弱，尚可图存。乃议和之口血未干，而戕使之衅端又启；申福擅杀，不闻加罪，卒之寇氛又逼，汴京益危，日暮途穷，去将焉适！加以逆臣叛国，背主求荣，后妃可作犒款，都城可作贽仪，虽曰天道好还，前之迫人也如此，后之迫于人也亦如此；然亦何尝非人事致之耶？本回全叙亡金事迹，而金之所以致亡，已跃然纸上。徒谓其录述之详，犹皮相之见也。

第十七回　南北夹攻完颜赤族　东西遣将蒙古张威

却说金叛臣崔立，既劫后妃等送蒙古军，遂迎速不台入汴城。速不台遣使告捷，且以攻汴日久，士卒多伤，请屠城以雪愤。窝阔台汗欲从其请，亏得耶律楚材多方劝阻，乃令除完颜氏一族外，余皆赦免。是时汴城民居，尚有百四十万户，幸得保全。速不台检查完毕，出城北去。崔立送出城外，及还家，想与妻妾欢聚，谁知寂无一人，忙视金银玉帛，亦已不翼而飞！方知为蒙古兵所劫，顿时大哭不已。妻妾金银，是身外之物，失去尚不足忧，恐怕你的头颅也要失去，奈何！转思汴京尚在我手，既失可以复偿，遂也罢了。慢着！

且说金主守绪，既到归德，总帅什嘉纽勒绎与富察固纳不合。固纳谓不如北渡，好图恢复。纽勒绎从旁力阻，被固纳麾兵杀死，又将金主幽禁起来。金主愤甚，密与内侍局令宋珪，奉御纽祜禄温绰、乌克逊爱锡等，谋讨固纳。适东北路招讨使乌库哩，运米四百斛至归德，劝金主南徙蔡州。金主与固纳商议，固纳力陈不可，且号令军民道："有敢言南迁者斩！"于是金主与宋珪定计，令温绰、爱锡埋伏左右，佯邀固纳入内议事。固纳不知是计，大踏步进来，甫入门，温绰、爱锡两边杀出，立将固纳刺死。固纳系忠孝军统领，闻固纳被诛，擐甲谋变。嗣由金主抚慰，总算暂时安静。金主遂由归德赴蔡州。途次遇雨，泥泞没胫，扈从诸臣，足几尽肿。至亳州，父老拜谒道左，金主传谕道："国家涵养汝辈，百有余年，我实不德，令汝涂炭，汝等不念我，应念我祖功宗德，毋或忘怀！"父老皆涕泣呼万岁。君臣上下，统是巾帼妇人，济甚么事？

留驻一日，又复启行，天气尚是未霁，但觉得风雨沾衣，蒿艾满目。两语已写尽凄凉状况。金主不禁太息道："生灵尽了！"为之一恸。及入蔡，仪卫萧条，人马困乏。休息数旬，乃令完颜仲德为尚书右丞，统领省院事务。乌库哩镐为御史大夫，富珠哩洛索为签书枢密院事。仲德有文武材，事无巨细，必须躬亲，尝选士括马，缮甲治兵，欲奉金主西幸，依险立国。奈近侍以避危就安，多半娶妻成家，不愿再徙；商贩亦逐渐趋集；金主又得过且过，也命拣选室女，备作嫔嫱，且修建山亭，借供游览。本是卧薪尝胆之时，乃作宫室妻妾之计，谁谓守绪非亡国主耶！仲德屡次切谏，虽奉谕褒答，究竟良臣苦口，敌不过孱王肉欲，所以形式上虽停土木，禁选女，暗中且仍然照行。仲德无可如何，只得勉力招募，尽人事以听天命。乌库哩镐也怀着忠诚，极思保全残局。无如忠臣行事，往往招忌，媚子谐臣，不免在金主面前播弄是非，以致金主将信将疑，日益疏远。镐忧愤成疾，辄不视事。千古同慨。

蒙古将塔察尔布展陷入洛阳，执中京留守强伸。伸不屈被杀。会窝阔台汗遣王檝至京湖，议与南宋协力攻金，许以河南地为报。宋京湖制置使史嵩之以闻。是时宋理宗昀嗣立，以金为世仇，正可乘此报复，遂饬史嵩之允议，发兵会攻。王檝返报窝阔台汗，即命塔察尔布展，顺道至襄阳，约击蔡州。金主守绪反遣完颜阿尔岱至宋乞粮。临行时语阿尔岱道："我不负宋，宋实负我！我自即位以来，常戒边将无犯南界，今乘我疲敝与我失好。须知蒙古灭国四十，遂及西夏。夏亡及我，我亡必及宋，唇亡齿寒，理所必然；若与我连和，贷粮济急，我固不亡，宋亦得安。你可将我言传达，令宋主酌夺！"言虽近理，然不忆你的先人也曾约宋灭辽么？

看官，你想这时的宋朝，方遣将兴师，志吞中原，难道凭金使数语，就肯改了念头么？阿尔岱奉命而去，自然空手而回。金主无奈，只好誓守孤城，听天由命。蒙古将布展，先到蔡州，前哨薄城下，被金兵出城奋击，纷纷退去。后队再行攻城，又被金兵杀退。布展不敢进逼，只分筑长垒，为围城计。嗣由宋将孟珙等，率兵二万，运米三十万石，来赴蒙古约。布展大喜，与孟珙议定南北分攻，两军各不相犯。于是蒙古兵攻打北面，南宋军攻打南面。城内虽尚有完颜仲德、富珠哩、洛索等人，仗着一股血诚，誓师分御，怎奈北面稍宽，南面又紧，南面稍宽，北面又紧，防了矢石，难防水火，防了水火，难防钩梯；况且外乏救兵，内乏粮草，单要靠这兵民气力，断没有永久不敝的情理。两军分攻不下，复合兵猛攻西城，前仆后继，竟被陷入，幸里面还有内城，由完颜仲德纠集精锐，日夜战御。金主见围城益棘，镇日里以泪洗面，且语侍臣道："我为人主十年，自思无大过恶，死亦何恨！只恨祖宗传祚百年，至我而绝，与古时荒淫暴乱的君主，等为亡国，未免痛心！但古时亡国的主子，往往被人囚絷，或杀或奴，我必不至此，死亦可稍对祖宗，免多出丑。"语语呜咽，然自谓无甚罪恶，实难共信。侍臣俱相向痛哭。金主复以御用器皿赏战士，既而又杀厩马犒军，无如势已孤危，无可图存。

勉强支持了两月，已是残年。越宿为金主守绪着末的一年，就是蒙古窝阔台汗嗣位之第六年。百忙中又点醒岁序，是年为宋理宗端平元年。蔡城上面，黑气沉压，旭日无光。守城的兵民统已面目枯瘠，饥饿不堪，俯视敌军，会饮欢呼，越觉得凄惶万状。金主晨起，巡城一周，咨嗟了好一回，到了晚间，召东西元帅承麟入见，拟即禅位与他。承麟泣拜不敢受，金主道："我把主座让汝，实是不得已的计策！我看此城旦夕难保，自思肌体肥重，不便鞍马驰突，只好以身殉城。汝平日矫捷，且有将略，万一得免，保全宗祚，我死也安心了！"亡国惨语，我不忍闻。承麟尚欲固辞，金主复召集百官，自述已意，大众颇也赞成，于是承麟不得不允，起受玉玺。

翌日，承麟即位，百官亦列班称贺。礼未毕，忽报南城火起，宋军已入城了，完颜仲德忙出去巷战，奈蒙古军亦相继杀到，四面夹攻，声震天地。仲德料不可敌，复返顾金主守绪，但见已悬着梁上，舌出身僵。他即拜了数拜，出语将士道："我主已崩，我将何去？不如赴水而死，随我君于地下！诸君其善为计！"言讫，跃入水中，随流而逝。将士齐声道："相公能死，难道我辈不能么？"由是参政富珠哩、洛索以下，共五百余人，统望水中投入，与河伯结伴去了。承麟退保子城，闻金主自尽，偕群臣入哭，因语众道："先君在位十年，勤俭宽仁，图复旧业，有志未就，终以身殉，难道不是可哀么？宜谥曰哀！"史家因称为金哀宗。哭奠甫毕，子城又陷。遂举火焚金主尸。霎时间刀兵四至，杀人如麻，可怜受禅一日的金元帅承麟，亦死于乱军中，连尸骸都无着落！金自阿骨打建国，传六世，易九君，凡百二十年而亡。

蒙古将布展与宋将孟珙，扑灭余火，检出金主守绪余骨，析为两份，一份给蒙古，一份给宋，此外如宝玉法物，一律均分；遂议定以陈、蔡西北地为界，蒙古治北，宋治南，两军分道而回。

约过半年，忽南宋会兵攻汴，窝阔台汗怒道："汴城分为我属，宋兵何故犯我，自败前盟?"遂欲下令伐宋。王族扎拉呼请行，遂发兵数万，使他统率南下。

时宋将赵范、赵葵拟收复三京，因请调兵趋汴。宋臣多言非计，不见从，竟命赵葵统淮西兵五万人，会同庐州全子才，会攻汴城。蒙古方盛，非孱宋敌，是谓之不量力，贪利忘义，败盟挑衅，是谓之不度德。汴京都尉李伯渊，素为崔立所侮，密图报怨。闻宋兵将至，通使约降，佯邀崔立商议守备，崔立至，伯渊即阴出匕首，刺入立胸，立猛叫而死。从骑为伏兵所歼。伯渊把立尸系着马尾，出徇军前道："立杀害劫夺，烝淫暴虐，大逆不道，古今无有，是否当杀?"大众齐声道："把他寸磔，还未蔽辜!"乃枭斩立首。先祭哀宗，嗣把尸首陈列市上，一任军民脔割，须臾而尽。叙崔立伏辜事，所以正贼子之罪。

宋兵既入汴，师次半月，赵葵促子才进取洛阳。子才以粮饷未集，尚拟缓行，葵督促益急，乃檄淮西制置司徐敏子，统兵万人趋洛阳。登程时仅给五日粮，别命杨谊统庐州兵万五千，作为后应。徐敏子至洛，城中毫无兵备，一拥而入。既入城，只有穷民三百余户，毫无长物。宋兵一无所得，自顾粮食又尽，不得已采蒿和面，作为军食。杨谊军至洛阳东，方散坐为炊，突闻鼓角喧天，喊声动地，蒙古大帅扎拉呼，竟领军杀到!杨谊仓猝无备，哪里还敢抵敌，只好上马逃走，军遂溃散。扎拉呼进薄城下，徐敏子却出城迎战，厮杀一番，倒也没有胜负。无如粮食已罄，士卒呼饥，没奈何班师东归。赵葵、全子才在汴，所复州郡，统是空城，无食可因，屡催史嵩之运粮济军，日久不至。蒙古兵又来攻汴，决河灌水，宋军多被淹溺，遂皆引师南还。于是一番计议，都成画饼。蒙古使王檝至宋，严责负约，河淮一带，从此无宁日了!咎由自取，于敌何尤。

窝阔台汗七年，命皇子库腾及塔海等侵四川，特穆德克及张柔等侵汉阳，琨布哈及察罕等侵江淮，分道南下。师方进发，忽接东方探报，高丽国王杀死使臣，遂又派撒里塔为大将，统兵东征。原来高丽国在蒙古东，本为宋属，辽兴，屡寇高丽，高丽不能御，转服于辽。及辽亡，复属于金。至蒙古攻金的时候，故辽遗族，乘隙据辽东，入侵高丽，高丽北方尽陷。会蒙古部将哈真东来，扫平辽人，把高丽故土，仍然给还，高丽因臣服蒙古。窝阔台汗遣使征贡，时值高丽王瞮嗣位，夜郎自大，竟思拒绝蒙古。使臣与他争辩，他却恼羞变怒，杀死来使，因此构怨开衅。迨至蒙古兵到，居然召集军马，与他开仗。看官，你想一个海东小国，向来为人役使，至此忽思发愤，欲与锐气方张的蒙古军争一胜负，岂不是螳臂当车，自不量力么？后来屡战屡挫，终弄得兵败地削，斗大的高丽城，也被撒里塔攻入。国王皞带领家眷，遁匿江华岛，急忙遣使谢罪，愿增岁币。撒里塔报捷和林，且请后命。窝阔台汗以西南用兵，无暇东顾，乃允高丽的请求，命他遣子入质，不得再叛。高丽王皞，只得应命，才算保全残喘，幸免灭亡。

话分两头，且说蒙古兵东征的时候，西域亦扰乱不靖，倡乱的人，就是前次凫水西遁的札兰丁。札兰丁自逃脱后，溃卒亦多渡河，沿途掠衣食以行。嗣闻八剌渡河追来，复避往克什米尔西北，及八剌军还，成吉思汗亦退兵，乃回军而西，复向北渡河，收拾余众，占据义拉克、呼罗珊、马三德兰三部。复北入阿特耳佩占部，逐其酋鄂里贝克，将他妃子蔑尔克掳了回来，作为己妻。又北侵阿速、钦察等部，未克而回。适邻部凯辣脱人侵入阿特耳佩占属地，并挟蔑尔克而去。札兰丁大愤，遂纠众围凯辣脱城。城主阿释阿甫因其兄谟阿杂姆在达马斯克地病殁，往接兄位，留妃子汤姆塔及部众居守，相持数年，竟被攻陷，部众多半溃遁。只汤姆塔不及脱逃，被札兰丁截住，牵入侍寝。**去了蔑尔克，来了汤姆塔，也算损害赔偿。**阿释阿甫闻故部陷没，竟邀集埃及国王喀密耳，罗马国王开库拔脱，联兵东来攻击札兰丁。札兰丁寡不敌众，竟致败走，载汤姆塔回原部。阿释阿甫不欲穷追，反遣使报札兰丁，令其东御蒙古，毋再相扰，此后各罢兵息民。**想是得了蔑尔克，不欲汤姆塔回去，因有此举。**

札兰丁许诺，甫欲议和，忽报蒙古窝阔台汗遣将绰马儿罕，统三万人到来。**此处叙蒙古遣将，从札兰丁处纳入，免与上文重复。**时适天寒，札兰丁方在饮酒，**想是汤姆塔作陪。**闻了军报，毫不在意，只道是天气凛冽，敌军不能骤进，因此酣饭如故，饮毕鼾睡。到了次日，蒙古前锋已到，未及调兵，只好舍城远遁。汤姆塔不及随去，以其城降。札兰丁奔至途中，拟西入罗马，乞师御敌，不意蒙古兵又复追至，被杀一阵，只剩了一个光身，逃入库尔忒山中，为土人劫住，送至头目家，结果是一刀两断！相传札兰丁身材不逾中人，寡言笑，饶胆略，临阵决机，虽当众寡不敌，也能意气自如。只自恃勇力过人，好示整暇，往往饮酒作乐，以致误事，而且驭下太严，将士多怨，因此转战数年，终致败没。**断制谨严。**

绰马儿罕既平札兰丁，飞章告捷，由窝阔台汗优词嘉奖，并令他留镇西域，后来绰马儿罕荡平各部，并遣汤姆塔及各部降酋入朝。窝阔台汗以他知礼，厚抚令归，且谕绰马儿罕尽返侵地，每岁除应贡岁币外，不得额外苛敛。于是里海、黑海间，统已平定了，惟钦察以北，尚未归服。

窝阔台汗欲乘机进讨，遂复起兵十五万，令拔都为统帅，速不台为先锋，继以皇子贵由、皇侄蒙哥等，陆续进发。拔都系术赤次子，与兄鄂尔达相友爱，从父驻西北军中。术赤既殁，鄂尔达以才不如弟，情愿让位，乃定拔都为嗣。补前文所未及。拔都既受命，俟大军齐到，即遣速不台前行，自率军继进。速不台至不里阿里城，其城昔已降服，至此复叛，经速不台一到，众不能御，复缴械乞降，转攻钦察。遇别部酋八赤蛮，屡次抗拒，与速不台战了数仗，杀伤相当。蒙哥等率军大进，乃败走。追军分道搜捕，他却狡猾得很，一日数迁，往避敌踪。蒙哥令众军兜围，仍然不能捕获。嗣搜得病妪一名，讯问八赤蛮下落，方知他已逃入海中去了。

当下麾军亟追，南至宽甸吉思海，擒得八赤蛮妻子，又不见八赤蛮，料他必避匿近岛。正苦海面镜平，茫无涯岸，忽觉大风刮起，水势奔流，海中陡浅数尺，连海底的蕴藻，都望得明明白白。蒙哥令军士试涉，仅没半身，不禁大喜道："这是上天助我，替我开道呢！"便即麾兵徒涉，去捉八赤蛮。

正是：

河伯效灵应顺轨，

悍渠奔命且成擒。

毕竟八赤蛮曾受擒否？试看下回便知。

南宋约元灭金，与北宋约金灭辽相类，史家早有定评，无庸絮述，且本书以《元史》为主脑，故于宋事从略；宋人攻汴一段，不过为崔立伏诛，借以声罪耳。看下文蒙古攻宋，都约略叙过，可知本书之或详或简，自有深意，非徒事补叙也。至若征高丽，灭札兰丁，非一二年间事；第为便利阅者起见，不得不事从类叙。证诸正史，或年限稍有参差，亦不应指为疵累也。

第十八回　阿鲁思全境被兵　欧罗巴东方受敌

却说八赤蛮避匿海岛，总道可以安身，谁知蒙古军又复追到，他只赤手空拳，何能抗拒，生生地被他擒去。到了蒙哥前，立而不跪，蒙哥喝他跪下，八赤蛮笑道："我也是一国的主子，兵败被擒，一死罢了；且身非骆驼，何必跪人。"

蒙哥见他倔强，遂令絷入囚车，饬部卒监守。八赤蛮语守卒道："我窜入海岛，与鱼何异，不意仍然被擒，料是天意绝我，我死无恨，只风力一息，海水便回，你等若不早归，也要被水淹没哩!”八赤蛮之意，欲借是言以冀赦宥，非惊服蒙古之得天助也。守卒传报蒙哥，蒙哥道：“杀了八赤蛮，当即旋师!”遂命将八赤蛮斩讫，率军离了宽甸吉思海，复北向攻入阿罗思部，直至也烈赞城（《元史》作额里齐）。城主幼里急着人至首邦乞援，自率子妇出战。蒙哥躬亲督阵，与幼里战了半日，不能取胜，便即收兵。

次日复战，蒙哥令速不台接仗。两下酣斗，速不台见幼里背后，立着一位年少妇人，身长面白，跨着征鞍，眉目间隐带杀气，私下夸美不已。便麾兵猛斗，自辰至午，竟将幼里兵杀败，退入城中。速不台心思美妇，恨不得立时踏破，夤夜进攻。三日未下，复佯诱幼里出降，令出民赋十分之一，作为岁贡，幼里不从。速不台愤极，纠军合围，亲自督兵猛攻。城内待援不至，未免惊惶，略一疏懈，竟被速不台攻入，把幼里的儿子拿住，幼里逃入土闉，登楼固守。速不台审问幼里子，才知前日所见的美妇，乃是他的妻室，便向幼里子道：“你去叫你妻出来，我便饶你。”幼里子无法，只好至土闉下叫他妻室。速不台在后待着，好一歇，见楼上有美妇出现，双眉耸竖，凛若寒冰，俯视幼里子道：“你叫我做甚么？你殉城，我殉夫罢了!”速不台道：“你若出来谒我，我总恕你夫妇，且叫你得着好处!”有什么好处？我要问速不台。那妇却冷笑道：“鞑狗！你当我作甚么看？别人由你凌辱，我却不能，我死也要杀你鞑子!”速不台大怒，把刀一挥，竟把幼里子杀死。猛听得扑塌一声，那美妇亦从楼上跃落，跌得血肉模糊，芳容狼藉，一道贞魂，已随那丈夫同逝了。烈哉西妇，亟宜表扬。

幼里见子妇俱死，也即自刎。速不台因欲壑难偿，愤无从泄，竟下令屠城，将城内所有兵民，一律杀尽。为一妇人故，致全城被屠，此尤物之所以招祸也。复攻邻近的克罗姆讷城，城主罗曼阵殁。阿罗思首邦攸利第二汗遣子务赛服洛特来援，正遇着蒙古军。一阵截杀，务赛服洛特大败逃归。蒙古兵长驱前进，至莫斯科城，城建甫百年，守具未备，攸利第二汗的长孙正在城中，被蒙古兵突入，将他拏住。移军趋阿罗思首都，攸利第二汗令子务赛服洛特及木思提思拉甫守城，自引兵北驻锡第河，招集各部，准备抵御。蒙古兵到城下，令攸利第二汗长孙招降。城中不肯听命，蒙古军将他斫死，便合力围城。数日城陷，两王子巷战而死，妃嫔官绅，统入礼拜堂拒守，礼拜堂颇坚固，经蒙古军纵火焚烧，烟焰熏天，墙垣尽赤。看官！你想堂内的居人，还能苟延残喘么？未经烧着，已先熏死。差不多做了烧烤。

蒙古军复分着数道，攻掠附近各部落，又合兵趋锡第河，正值攸利第二汗纠集各部兵马，来敌蒙古军。那蒙古军煞是厉害，不管什么死活，总是碰着就砍，见着就杀，一味地横冲直撞。等到敌军溃乱，他却变了战式，套成一个圆圈儿，把敌军团团围住。攸利第二汗从没有见过这般凶勇，忙带了两个侄儿，突出重围。行不到数十步，却被蒙古军射倒，眼见得丧了性命（攸利第二汗，《元史》作也烈班）。

蒙古兵再向北进发，只见林木荫翳，道路泥泞，骑兵步兵，统不便行走。于是中道折回，转入西南，至秃里思哥城。城主瓦夕里倒是个血性男儿，他闻蒙古军将到，早已广浚城濠，增筑城堞，安排着强弓毒矢，秣马以待。至蒙古兵已逼濠外，他便带兵冲出城来，不待蒙古兵接近，就令弓弩手一齐放箭，箭头有毒，射入肌肤，凭你是条铁汉，也落得一命身亡。速不台兵先到，被城卒一鼓射退；蒙哥兵继至，又遇着这条老法儿，仍被射退。各军只好筑起长围，堵住他的出入，令他自乱。约已过了两三旬，那城中依然镇静，毫不见有恐慌情状，蒙哥欲退军他去，速不台不从，复督军逾濠力攻。谁料城上掷下大石，每块约重数十斤，杂以火箭，把逾濠的蒙古军，都打得伤头烂额。速不台料难攻入，急忙鸣金，已伤亡了一二千人。

话休叙烦。惟自围城起手，一日过一日，此攻彼守，已五六十日，蒙古军约死了七八千名。速不台很是郁愤，一面向大营乞援，一面与蒙哥定计，引军骤退。瓦夕里见敌军退去，出城追赶。那蒙古兵如风扫残云，瞬息百里，任他如何力追，总是赶他不上，没奈何返入城中。过了两日，蒙古兵又到城下。瓦夕里忙登城守御，望将过去，兵马比前时尤多。他知敌人得了援兵，又来攻城，且恐城中有歹人混入，饬兵民小心防着。也是乖刁。接连守了三日，蒙古兵虽然来攻，恰幸守备无疏，不曾失手。到了夜间，因两宵未睡，觉着疲乏，略思休息一时。方欲就寝，忽城内火起，连忙出来巡阅，不意城门大启，蒙古兵已蜂拥进来。当下拦阻不及，只好拼命死斗。杀到天明，部众已是零落，举目四望，血流成渠。正思跃马逃走，猛听得弓弦一响，躲闪不及，已被中肩，便翻身落马。来了一蒙古兵头目，将他擒住，他却突出刺刀，戳入敌手，竟尔挣脱。至蒙古兵一齐追上，自知不免，便投入血渠，死于非命！死有余勇，不愧血性男儿。

小子于上文中，曾叙过速不台乞援，及与蒙哥定计，此处再行补入。原来拔都未曾亲到，因速不台乞援，令合丹不里率兵往助，途中与速不台军会合，速不台恰先令军士易装，混入城中。只因城内昼夜严查，不便下手，过了三日，城守渐懈，遂纵火开城，放入蒙古军。《元史》所以有三日下城之语。

屠城已毕，复南下钦察。时霍都思罕已还，一闻蒙古军至，遁入马加部（马加即今之匈牙利）。余众多降，遂平撒耳柯思、阿速等部，并拔灭怯思城，直至高加索山西北地。大众休养一月，进略南俄。计掖甫系南俄大城，先时曾建都于此，历三百年，乃以物拉的迷尔为首邦。攸利第二汗既战殁，计掖甫城主雅洛斯拉甫往援不及，乘蒙古军南下，入首都为酋长，扯耳尼哥城主米海勒，转据计掖甫城。蒙古军先攻扯耳尼哥，守卒用沸汤泼下，攻城人多被泡伤。退谕计掖甫城，令其速降，不意去使被杀。惹得拔都恼恨，驱动全军，昼夜围攻。米海勒料不能守，逃往波兰，留部将狄米脱里居守。狄米脱里出战受伤，乃乞降。拔都因他忠勇可嘉，免他死罪。狄米脱里遂献议拔都，劝他西征。速不台道："他恐我蹂躏这处，所以劝我西行。"狄米脱里意旨，就速不台口中叙出，可见他为国尽忠。拔都道："霍都思罕逃入马加，米海勒逃入波兰，我何妨乘胜长驱，声罪致讨哩。"当下议定，于是派速不台军入波兰，自率军入马加。速不台有子兀良合台，骁勇不亚乃父，自请为前锋。当由速不台允从，攻入波兰。

波兰时分四部，一部名撒洛赤克，酋长叫作康拉忒；一部名伯勒斯洛，酋长叫作亨力希；一部名克拉克，酋长叫作波勒司拉弗哀；一部名拉低贝尔，酋长叫作米夕司拉弗哀。蒙古军先薄克拉克城，波勒司拉不能御，遂遁去，城被焚毁。进攻拉低贝尔城，米夕司拉亦望风北遁。亨力希闻两部败溃，急邀集各部，来拒敌军，共得三万人，分作五军。第一军系日耳曼人，第二、第三军统系波兰人，第四军亦日耳曼人，亨力希自统所部，作为第五军。

日耳曼人恃勇轻进，至勒基逆赤城，遇着兀良合台。兀良合台未与交锋，先登高遥望，见前面来兵甚多，络绎不绝，他便下山收军，向后倒退。一面遣人飞报速不台。速不台引军趋前，兀良合台麾军退后，父子会着，两下定计，速不台自去。那边日耳曼军还道兀良合台怯敌，争先追来。兀良合台恰勒马待着，一俟追军近前，便奋呼搏战。此时日耳曼军锐气正盛，也各上前奋斗，彼此搅做一团，约有两小时，蒙古兵弃甲抛戈，一哄而逃，兀良合台也落荒走了。明明是诈。日耳曼军如何肯舍，自然尽力追上，蒙古军走得很快，日耳曼军亦追得起劲。约行数十里，速不台从旁杀到，放过兀良合台军，竟与日耳曼军厮杀。日耳曼军虽然惊愕，却还有些余勇，兀自招架得住。不意战了片刻，兀良合台已绕出背后，所率铁骑，横厉无比，与前次大不相同，杀得日耳曼人没处躲闪。忽觉炮声迭响，四面都是大石飞来，日耳曼人走投无路，霎时间尽歿阵中。速不台父子整军复进，巧值波兰军又到。兀良合台乘他初至，忙麾骑突入，大众一齐随着，将波兰军冲作数段。波兰军向北败走，天色已晚，前面正撞着第四军日耳曼人，两边不及招呼，竟自相厮杀起来，迨至彼此说明，蒙古军已经杀到。那时日耳曼军闻得前队战歿，统已魂飞天外，还有何心对仗，自然纷纷逃去。亨力希带着后军，因天时昏黑，不敢骤进，只探听前军下落。及得败溃消息，方拟退回，已被蒙古军赶到。勉强前来抵敌，哪禁得蒙古军的势力，荡决无前，不到半时，已被杀得人仰马翻，零零落落。亨力希知是不妙，亟思逃走，身上中着一矛，顿时昏晕坠地，残众欲来救护，怎奈蒙古军东驱西逐，无从下手。突然间火炬齐明，仰见蒙古军的大纛旗上，悬着一颗血淋淋的首级。看官不必细猜，便可晓得是亨力希头颅。万众骇逃，五军齐殁，叙述五军战事，逐段变化，便似五花八门，不致呆板。只米海勒查无去向。

蒙古军复分掠四乡，连下各寨，遂向东南绕行，去接应拔都军。是为承上启下之笔。拔都将入马加部，先遣使谕降，并教他执送霍脱思罕，免得进兵。马加部长贝拉（《元史》作怯怜）正容纳霍脱思罕，得了四万户人民，勒令改从天主教，方自以得众为幸，哪里肯归附蒙古，当下拒绝来使，遣将士守住山隘，伐木塞途。拔都闻马加抗命，遂令军士斩木开路，顺道而入。守兵闻风溃去，贝拉亟下令征兵，兵尚未集，蒙古军头哨已到城下。天主教士乌孤领请命贝拉，愿率教徒及兵士出战。贝拉不允，乌孤领自恃勇敢，竟出城开仗，被蒙古军迫入淖中，教徒尽殪，只乌孤领遁归。

城内兵民大哗，统归咎贝拉纳降构衅。贝拉不得已，将霍脱思罕处置狱中，嗣又把他处死，遣告拔都。拔都军只是不退。贝拉坚守数日，兵已渐集，便来战蒙古军。蒙古军屡胜而骄，不免疏忽，骤遇贝拉出来，一时未及招架，竟被贝拉冲破阵角，杀毙多人。拔都亟引兵东退，贝拉又大驱人马，追杀过来。看官须知行军的道理，总要随时小心，有备无患；若一经挫退，如水东流，断没有挥戈再奋的情事。至理名言，颠扑不破。拔都军正在危急，忽东北角上击着鼓鼙，扬着旄纛，又是一彪军驰到，吓得拔都叫苦不迭。及瞧着旗上大字，才知是速不台父子的兵马。从此处接入速不台父子，也有声色。心中大喜，便驱军杀回，贝拉见拔都得援，也收兵归去。拔都也不追赶，与速不台父子会叙，彼此谈及兵事，拔都道：“贝拉兵势方强，未可轻敌。”速不台道：“待我去窥度形势，再定行止。”

翌日，速不台挈数骑出营。约半日，方回见拔都道：“此去有漷宁河，上流水浅可渡，中复有桥，若渡过此河，便是马加城。我军不若诱敌出来，佯与上流争杀，我恰从下流结筏潜渡，绕出敌后，绝他归路；他既腹背受敌，哪得不败！”拔都点头道：“此计甚善，明日即行！”速不台道：“事不宜迟，我去夤夜结筏便是，大约明日下午，上流也好进兵了。”拔都应允，速不台引兵自去。

翌晨，拔都即升帐点兵，未午饱食，便出军至漷宁河。贝拉得了侦报，果然发兵来争，此时蒙古兵见他中计，越发耀武扬威，乱流争渡。到了桥边，贝拉兵杂集如蚁，枪刀并举，弓箭齐施，蒙古兵连番夺桥，统被杀退。恼动猛将八哈秃，左手持盾，右手执刀，大声喝道：“有胆力的随我来！”声甫绝，得敢死士百人，跟着八哈秃上桥，只向敌兵多处杀入。余众亦从后随上。待杀过了桥，八哈秃身上，矢如猬集，狂叫而死，敢死士亦亡了三十名。一将功成万骨枯。贝拉退回城中，速不台方才渡河。拔都恼怅异常，便欲还军。速不台道："王欲归自归，我不拔马加城，誓不收兵!"遂引兵进攻马加城，拔都不欲同往，便在河滨扎营。惟诸将争请进攻，乃拨兵相助。贝拉自争桥后，颇畏蒙古军凶猛，及速不台兵到，益加恟惧。嗣见蒙古兵越来越多，竟从夜间潜遁，城遂陷。速不台及诸将返报拔都。拔都尚有余愤，语诸将道："漷宁河战时，速不台误约迟到，致丧我良将八哈秃!"速不台道："我曾说下午发兵，乃午前已经进攻，彼时我结筏未成，何能渡河相救?"诸将亦各为解免，且谓现已夺得马加城，不必追忆前事，拔都方才无言。

越数日，复分军追贝拉，闻贝拉逃入奥斯，蹑迹而进，所过杀掠，欧罗巴洲全土震动，捏迷思（即今之德意志）诸部民均欲荷担远遁。忽蒙古军中传到急讣，乃是窝阔台汗逝世，第六后乃马真氏称制了。拔都急遣贵由先归奔丧，一面部署军马，班师东还。小子有诗咏蒙古西征道：

欧亚风原等马牛，
兵锋忽及尽成愁；
若非当日鼎湖讣，
战祸已教遍一洲!

欲知窝阔台汗临殁情形，且从下回说明。

拔都西征钦察，即今俄罗斯东部，至分军入波兰，入马加，则已在东欧地矣。波兰近为俄、奥、德三国所分（近自欧洲大战，德败俄乱，欧洲各国始许波兰独立，马加即匈牙利也，匈牙利之北，即奥大利亚国，亦称奥斯，向与匈牙利国，或合或分，今则合为一国，故又名奥斯马加。蒙古军亦曾至奥斯地，奥斯马加之西，即德意志联邦，日耳曼与捏迷思，皆德国联邦之一部分也。明宋濂等修《元史》，因欧、亚间之地理未明，故于拔都西征事，多略而不详。近儒所译西史，亦人地杂出，名称互歧，本回参考中西史乘，两两对勘，择要汇叙；而于烈妇之殉夫，猛将之死义，且裒辑遗闻，力为表彰，是足以补中西史乘之阙，不得以小说目之!

第十九回 姑妇临朝生暗衅 弟兄佐命立奇功

却说窝阔台汗晚年，溺情酒色，每饮必彻夜不休。耶律楚材屡谏不从，至持酒槽铁口以献，且进言道：“这铁为酒所蚀，尚且如此，况人身五脏，远不如铁，宁有不损伤的道理?”**忠言逆耳利于行。**窝阔台汗虽亦觉悟，然事过情迁，总不免故态复萌。即位至十三年二月，因游猎归来，多饮数觥，遂致疾笃。召太医诊治，报称脉绝，六皇后不知所为，急召楚材入议。楚材推“太乙数”谓主子命数未终，只因任使非人，卖官鬻爵，囚系无辜，因干天谴，宜颁诏大赦，以迓天庥。六皇后亟欲颁敕，楚材道：“非主命不可!”少顷，窝阔台汗复苏，后以为言，乃允下赦旨。既而疾愈，楚材奏言此后不宜田猎，窝阔台汗倒也静守数旬。

转瞬隆冬，草萎木枯，又欲乘时出猎，只恐旧疾复作，未免踌躇。左右道：“不骑射何以为乐?况冬狩本系旧制，何妨循例一行!”窝阔台汗遂出猎五日，还至谔特古呼兰山，在行帐中纵情豪饮，极夜乃罢。次日迟明，尚未起床，由左右进视，已不能言。亟舁还宫中，已是呜呼哀哉!

窝阔台汗初政时，颇能励精图治，勉承先业，及夏、金灭亡，渐成荒怠。七年时曾大兴土木，筑和林城，并建万安宫；九年时筑璪林城，并建格根察罕殿；十年时筑托斯和城，并建迎驾殿。于是广采美女，贮入金屋，后宫妃嫔，不下数百，称皇后者六人。第六后乃马真氏，貌既绝伦，才尤迈众，**蛾眉不肯让人，狐媚偏能惑主；用徐敬业檄中语，颇合身份。**因此窝阔台汗很是宠信，宫中一切，都由乃马真氏主持，别人不得过问。她生下一子，名叫贵由，就是随军西征，尚未归国。乃马真后便与耶律楚材商议立后事宜，楚材道：“这事非外姓臣子，所敢与闻!”乃马真后道：“先帝在日，曾令皇孙失烈门（**《元史》作锡哩玛勒**）为嗣，但失烈门年幼，嗣子贵由，在军未归，一时却难定议。”楚材道：“先帝既有遗命，应即遵行。”言未已，忽闪出一人道：“嗣子未归，皇孙尚幼，何不请母后称制!”楚材视之，乃是窝阔台汗生前嬖臣，名叫奥都剌合蛮（**一作谔多拉哈玛尔**）。楚材道：“这事还须审慎!”乃马真后笑道：“暂时称制，谅亦无妨!”楚材尚欲再谏，只见奥都剌合蛮怒目而视，便也默然。

看官！欲知奥都剌合蛮的来历，待小子补叙明白。原来奥都剌合蛮是回回国商人，从前窝阔台汗西征掳获回来，因他心性敏慧，善于推算，特命为监税官。嗣复擢掌诸路税课，置诸左右，他便曲承意旨，日夕逢迎，尝侍窝阔台汗作长夜饮，窝阔台汗固非他不欢，就是六皇后乃马真氏，也爱他便佞，异常信任。**曾否与为长夜欢？**至是创议母后称制，耶律楚材不敢与辩，只好办理国丧，再作计较。窝阔台汗在位十三年，享寿五十六，庙号“太宗”。

丧葬事毕，乃马真后遂临朝听政，擢奥都剌合蛮为相国，无论大小政务，悉听裁决。还有一个西域回妇，名叫法特玛，亦由窝阔台汗西征所得，选入后宫，作为役使，乃马真后也很宠爱。奥都剌合蛮与她勾通，遇有反对的官僚，辄令法特玛从旁进谗，内外蒙蔽，斥贤崇奸，以此朝右旧臣，黜去大半。**也好唤作回回国。**

耶律楚材很是郁闷，有时入朝谏争，听者一二，不听者八九。一日，闻乃马真后以御宝空纸付奥都剌合蛮，令他遇事自书，遂勃然进谏道：“天下是先帝的天下，朝廷诏敕，自有宪章，奈何得以御宝空纸，竟畀相臣！臣不敢奉诏！”乃马真后虽命收还，心中很是不乐。过了数日，又降下懿旨，凡奥都剌合蛮所建白，令史若不为书，罪应断手。时楚材为中书令，又进谏道：“国家典故，先帝悉委老臣，于令史何与？且事若合理，自当奉行，如不可从，死且不避，何况截手呢！”乃马真后不禁气愤，喝令退出。楚材大声道：“老臣事太祖、太宗三十余年，无负国家，后岂能无罪杀臣么？”言毕，免冠自去。奥都剌合蛮在旁，即语乃马真后道：“躁妄如此，理应加罪。”乃马真后道：“他是先朝功臣，我所以格外优容，今日却再行恕他，日后再说。”

自是楚材常称疾不朝，乃马真后也乐得清静。忽接东方密报，帖木格大王带兵来了。时成吉思汗兄弟皆殁，惟帖木格尚存，先曾封镇东方，至是闻权奸蠹国，因率兵西来。乃马真后不禁大骇，忙召奥都剌合蛮商议。奥都剌合蛮道：“可战便战，不可战便守；不可守，便西迁，怕他甚么！”**开口便想西奔，真是一个好相国！**

乃马真后闻言，暗令左右甲士，预备西迁，心中恰未免彷徨。猛然记起耶律楚材，遂饬内臣宣召。楚材既至，便与述及西迁事。楚材道：“朝廷乃天下根本，根本一摇，天下将乱。臣观天道，当无他虞。若恐帖木格大王入京，何不令他子前往诘问，教他留兵中道，入朝面陈？”乃马真后道：“他子曾在都内么？”楚材答一是字。乃马真后道：“你替我传敕，遣他子速往何如？”楚材即前去照行。

帖木格在途中，闻皇子贵由带领西北凯旋军将到和林，又经自己的儿子，奉敕诘问，乐得顺水推船，便道：“我来视丧，没有他意！”饬子归报，自率兵东归。贵由既至，乃马真后欲立他为汗。独奥都剌合蛮及法特玛两人，以新君嗣立，定失权势，便在乃马真后前，说要俟拔都回国，方可定议，免有后言。乃马真后听信了他，趣召拔都还朝，偏偏拔都心怀不平，只是托故推病，屡愆行期。奥都剌合蛮权势益盛，招摇纳贿，无所不至，耶律楚材竟以忧卒。他既知太乙数，为何不谢职归隐？乃马真后以旧勋谢世，例加赙赠。奥都剌合蛮以为未然，并说楚材历事两朝，全国贡赋，半入伊家，还要甚么抚恤？乃马真后将信将疑，命近臣麻里札往视，只有琴玩十余，及古今书画金石遗文数千卷，乃据实还报，才给赙赠如例。后到至顺元年，方追封广宁王，赠太师，予谥"文正"。意在尚贤，所以备录。这且按下不提。

且说乃马真后临朝，倏忽间将及四年，西征军早已尽归，独拔都不至。会后罹重疾，几致不起，乃亟召集诸王大臣，开库里尔泰会，立贵由为大汗。即位之日，边远属国，多来朝贺，所得赏赐，备极优渥。贵由汗在位一月，已查悉海内炀蔽，夤缘为奸，只因母后尚在，不便骤发。过了数月，乃马真后竟病逝了，奥都剌合蛮方才倒运，被贵由汗执置诸狱，加以大辟；嗣又查得回妇法特玛，行巫蛊术，害皇弟库腾，遂把她裹入毡内，投诸河中。随从妇女多处死，惟拖雷妃唆鲁禾帖尼，向在宫中静居，不作私弊，贵由汗遂敬礼有加。所有内外事宜，亦时与商议，拖雷妃遂渐渐干政。

贵由汗在位二年，除整饬宫禁外，无甚大政，且因手足有拘挛病，尝不视事。秋间西巡，至叶密尔河，沿路犒赏无算。居西数月，自谓西域水土与身体相宜，颇有恋恋不舍的意思。拖雷妃唆鲁禾帖尼还道贵由汗与拔都有隙，久停西域，必有他图，遂遣心腹密告拔都，令他善自为备。谁知贵由汗并无意见，不过在外养疴。一过残年，病竟大渐，遽尔去世。

皇后斡兀立海迷失曾随驾西幸，至此秘不发丧，先遣人赴告拖雷妃及拔都处，自请摄国以待立君。拔都得拖雷妃密报，正起程东行，来见贵由汗，剖明心迹。途次接着耗闻，并皇后摄国的意旨，权词应允。于是皇后乃发丧回宫，号贵由汗为定宗，自抱犹子失烈门，临朝视事。

是年国内大旱，河水尽涸，野草自焚，牛马多死亡，民不聊生。诸王及各部，群言失烈门无福，不宜为汗，因此人人觖望，咸怀异心。拔都在阿勒塔克山待着，拟召集诸王，开库里尔泰大会。迨及会期，只术赤、拖雷后裔赴议，他如察合台已死，其子也速、蒙哥未到；窝阔台汗诸子，也都裹足不前，仅由皇后海迷失遣使巴拉与会。各人都依次坐定，巴拉起坐道："从前太宗在日，命以皇孙失烈门为嗣，谅诸王百官，亦曾闻着，今由皇后抱失列门听政，实是遵着太宗遗嘱，诸王百官，应无异议。"正说着，忽听有一人高声道："太宗既欲立失烈门，应该早立，何故太宗崩后，别立定宗，难道也有太宗遗命么?"巴拉视之，乃是拖雷子忽必烈，便道："太宗崩逝，失烈门甚幼，国家不可无长君，所以改立定宗；今定宗复崩，失列门稍长，自应遵着太宗遗命！”言至此，拖雷第二子末哥失笑道：“太宗遗命，何人敢违？只六皇后乃马真氏及汝等大臣，前时立定宗，已违遗嘱，今日反教我等遵着，岂不是自相矛盾么？”一唱一和，无非为自己兄弟计。大众鼓掌如雷，弄得巴拉面红颊赤，无词可答。这使本是难为，何故独来献丑。

是时速不台亦已殁世，其子兀良合台在会，亦起座道：“据巴拉说，国不可天长君，我意亦是云然；现在年长望重，诸王中莫如拔都，何不推他继立呢！”又是一派。拔都道：“我无才德，不愿嗣位！”大众齐声道：“王既不自立，惟王审择一人，早决大计！”拔都道：“我国幅员甚广，若非聪明睿智，似太祖一般人物，不能继立，我意不如蒙哥！”推重蒙哥，殆隐受拖雷妃之运动耶！大众道：“就此定议！”蒙哥起座固辞，末哥道：“大众都要拔都选择。哥哥前无异言；今选了哥哥，奈何不从！”拔都道：“末哥言是！”

议既定，巴拉返报，皇后海迷失及诸子等很是不悦。复遣使告拔都，以会议应在东方，不应在西土；且宗王未集，义不能从。拔都复称祖宗大业，未可轻授，今已推立蒙哥为主，请屈意相从；如必须开会东方，亦可照允等语。遂令蒙哥东行，由拔都弟伯尔克率着大军拥卫。拔都仍自驻西方，作为外援。于是东方又拟开会，由拖雷妃唆鲁禾帖尼为主，再召诸王大臣与议。奈太宗、定宗后裔，仍然未至，拔都着人往劝，亦不见答。当下拔都大愤，申令各地，决立蒙哥为主，宗亲中如或梗议，有国法在，不得相贷。诸王大臣惧拔都威势，再开大会于斡难河，除太宗、定宗子孙及察合台后王不至外，统推戴蒙哥，择日即位。即位之日，亲王列右，妃主列左，末哥、忽必烈等列前，武臣以忙哥撒儿为首，文臣以孛鲁合为首（孛鲁合一作博勒和）。礼成，追尊拖雷为皇帝，庙号“睿宗”，命大众均筵宴七日。

正宴飨时，忽有御者克薛杰告变，说是失骡出觅，途中遇有来车，一乘折辕，露出兵械，恐来车不怀好意，特来预告云云。忙哥撒儿闻言道：“待我出去查问，便可分晓。”蒙哥汗允着，便令忙哥撒儿去讫。过了半日，忙哥撒儿带着二十人进来，由蒙哥汗问悉，为首的名叫按赤台，系奉失烈门命，特来谒贺。内有几名武士，据说是也速蒙哥遣至，也是谒献贡物的。蒙哥汗笑着道：“既蒙兄弟们雅谊，所来人士，统应令他与宴。”忙哥撒儿答道：“来人不止此数，我叫他留着一大半，在途候着。”蒙哥汗复笑道：“你何不叫他同来！”暗中已是窥破，看官莫被瞒过。忙哥撒儿无言。

及至宴罢，蒙哥汗即与忙哥撒儿密谈数语。忙哥撒儿应着，当夜即将二十名拏下，并遣兵将途中卫士，尽行捉到。次日由蒙哥汗亲鞫，按赤台等俱连声呼冤，再令忙哥撒儿审讯，加以严刑。失烈门的差官不堪受虐，遂放声痛骂，自刭以死。

蒙哥因新近践祚，不欲多行杀戮，大众多以为未然。正犹豫间，有西域人牙剌挖赤立在门外，向在蒙哥麾下，服役甚勤，蒙哥汗便问道："你是个老成人，阅历已多，可为我解决疑团!"牙剌挖赤道："我是西域人，只晓得西域故事：从前希腊王阿来三得已灭波斯，欲入印度，将领中多异议，令出不行。阿来三得遣使谘其傅阿里斯托忒尔，阿里斯托忒尔并不回答，只与差人游园中，遇着荆棘当道，悉令从人芟刈无遗，另种新株。差人已悟，即返报阿来三得，乃将异议的将领，尽行诛逐，立发兵平定印度。主子可照此参观哩!"蒙哥汗点头称善；遂命将按赤台等一律枭首，复查出那知情不报的官吏，杀死数人。于是改更庶政，分命职官，禁诸王征求货财，驰使扰民；免耆老丁税，及释道等教徒服役，所有蒙古汉地民户，就令忽必烈领治，乃乘辇赴和林，和林官民，多来迎接。

及入城，复查究定宗党派，或杀或逐。定宗后海迷失及失烈门生母（系太宗侄库春之妃）在宫中怀着愤恨，时有怨言。蒙哥汗就命忙哥撒儿带兵入宫，将她两人拖出，尽法鞫治。忙哥撒儿何苦专作虎伥。可怜这两人蓬头跣足，熬受苦刑，结果是屈打成招，只说是有心厌禳，置定宗后于死罪。将失烈门生母，裹毡投河，失烈门兄弟等悉加贬置，移至摩多齐处禁锢，不准居住和林。连太宗故后乞里吉帖忽尼，也徙出宫中，令居和林西北；凡太宗后妃家资，尽行抄没，分赐诸王，并遣贝喇往察合台藩地，严究违命诸臣。自是太宗子孙与拖雷子孙，永成仇敌，一个蒙古大帝国，就不免隐生分裂了。为后文埋根。

且说忽必烈以佐命大功，得受重任，总理漠南军事。开府金莲川，召用苏门隐士姚枢河内学子许衡及辉和尔部人廉希宪，讲求王道，体恤民艰。京兆的劝农使委任姚枢；宣抚使委任廉希宪，提学使委任许衡。三人皆一时名宿，感怀知己，各展才能，京兆大治。一统之基亦兆于此。忽必烈乃一意略地，命兀良合台统辖诸军，分三道攻大理。大理即唐时的南诏，国王段智兴偏据一方，与中原不通闻问。至是遇蒙古兵三路夹攻，吓得脚忙手乱，不知所为，勉强召集数千兵民，出城抵敌，被蒙古兵一扫而空。智兴愈加惶急，再四踌躇，毫无良策，只落得肉袒牵羊，出城乞降。

蒙古兵分略鄯善、乌爨等部，进入吐蕃。吐蕃即今西藏地，唐时曾与中国和亲，宋以后亦间或入贡，惟俗尚佛法，尊信喇嘛（喇嘛二字，指高僧言，乃无上的意义）。其祖师名巴特玛撒巴巴，当唐玄宗时，自北印度入吐蕃，倡行喇嘛教，风靡全土，嗣是喇嘛势力，凌驾国王。蒙古兵入吐蕃，所向无敌，且随地颁谕，降者免死，所有旧教，概行仍旧。喇嘛扮底达，迎谒蒙古军，兀良合台以礼相待，扮底达遂导入都城，谕酋长唆火脱降（唆火脱一作苏固图）。唆火脱不得已归命。

是时忽必烈自为后应，亦驱军入吐蕃，与扮底达相见，优礼有加。扮底达有从子拔思巴（一作帕思巴），年甫十五，善诵经咒，忽必烈爱他颖慧，命侍左右。会蒙哥汗有敕召还，乃令兀良合台进军西南，自挈拔思巴北旋，后来忽必烈即位，拜拔思巴为帝师。小子有诗咏道：

建牙开府耀雄威，
转战西南血染衣；
不解枭雄何佞佛？
偏教释子北随归。

欲知忽必烈归后情事，且至下回分解。

"牝鸡司晨，惟家之索"，古人之所以垂戒者，非他，由妇人心性，专图近利，未识大局，不至乱家败国不止也。观太宗、定宗两后，相继临朝，卒至奸邪用事，宗亲构衅，乃马真后尚获幸免，而定宗后则不得令终，戚本自贻，咎由己取，不得专为他人责也。惟蒙哥汗自戕宗族，亦属太过，作法于凉，弊将若之何！厥后同族阋墙，始终为患，兵争凡数十年，而国家之元气敝矣！忽必烈开府漠南，用姚枢、许衡、廉希宪诸贤，似属究心治道；而信任释教，挈释子拔思巴北归，后且尊为帝师，酿成末世演揲之祸，贻谋不臧，卒致荒亡。观此回，可知祸为福伏，福为祸倚之渐，而世之为子孙谋者，应知所审慎矣！

第二十回　勤南略赍志告终　据大位改元颁敕

却说忽必烈奉敕北归，至京兆地方，闻有阿拉克岱尔及刘太平二人，奉蒙哥汗命，钩考诸路财赋，京兆所属官吏，相率得罪。忽必烈道："此处官属，归我管辖，大半是我所派遣，难道都贪婪不成？这次我出师西南，距主太远，朝右定有谗佞说我短处，我却要入朝辩白，力除奸蔽哩！"适劝农使姚枢进见，闻忽必烈言，遂进谏道："大王虽为皇弟，究竟是个人臣，不应与主子争辩。现不若挈王邸妃主，尽归朝廷，示无他意，庶几谗间无从，疑将自释！"调停骨肉，无逾此言。忽必烈道："你言亦是。"及归入和林，谒见蒙哥汗，遂将姚枢所说的大意，约略禀陈。蒙哥汗道："我恐皇弟远征，日久身劳，是以召归休养；此外别无他意。”忽必烈又欲续陈，只见蒙哥汗目中含泪，也不觉悲从中来，为之涕下。两人对泣了一回，彼此不作别语。

到了次日，兄弟复会，蒙哥汗欲另建城阙宫室，作一都会，忽必烈遂保荐一人，叫作刘秉忠。秉忠邢台人，英爽不羁，因家贫为府令史，嗣即弃业为僧。会忽必烈召僧海云，邀秉忠与俱，应对敏捷，尤长易理及邵康节经世书，大得忽必烈称赏，因此忽必烈就事举荐。随命秉忠相度地宜，择定桓州东面，滦州北面的龙冈，作为吉地，督工经营，定名开平府。蒙哥汗尝移居于此，免不得采选妃嫔，增修朝市。国家方隆，喜气重重，兀良合台的捷书又奏闻阙下；还有皇弟旭烈兀，前时奉命西征，也驰书报捷。所有战胜情形，待小子叙明大略。

兀良合台自吐蕃进攻白蛮、乌蛮及鬼蛮诸部（皆在今云南省境），所过风靡，罗罗斯及阿伯两国统大惧乞降。又乘胜攻下阿鲁诸酋，西南夷悉平。复南下侵入交趾。交趾即安南地，唐时曾设安南都护府，故名安南，世为中国藩属。蒙古兵南下，其主陈日煚防战不利，走入海岛，都城被屠。陈日煚遣使议和，蒙古兵亦患天热，乃约定岁币若干，准他和议，留九日而还。

其时西域适有回乱，皇弟旭烈兀自和林发兵，沿天山北麓，经阿力麻里，直至阿母河畔，招致西域诸侯王，合军西进，侵入木乃奚国。木乃奚在宽甸吉思海南，前时拖雷引军过境，只在城外大掠一番（应第十三回），未曾侵入城内。此次旭烈兀以回徒所集，实在该城，因分军三路，同时进攻。左军命布喀帖木儿、库喀伊而喀统带，右军命台古塔儿怯的不花统带，旭烈兀自将中军，杀奔木乃奚城。木乃奚主兀克乃丁遣弟萨恒沙至军前，情愿求和。旭烈兀谓“须尽隳城堡，亲来归降，方可恕罪”等语。萨恒沙归去数日，未见动静，乃驱军捣入，连下数堡。兀克乃丁复遣使求宽限一载，当自来谒。旭烈兀不从，且语来使道：“你主愿降，速即遵约，待以不死！”来使去后，仍复杳然，恼得旭烈兀性起，饬三路大军，昼夜围攻。兀克乃丁无法延宕，乃出降，即将城外五十余堡，尽行毁去。旭烈兀因兀克乃丁诱约多端，不无反侧，意欲将他诛戮，奈已有约在前，未便食言，遂劝令入朝，就途中刺死。且下令屠城，无论少长，一概杀死。于是木乃奚都内，变作一个血肉模糊的枉死城 有几个死里逃生的人，潜出城外，联络回教徒，逃往八哈塔等国。

八哈塔在今阿剌伯东岸，系回教祖谟罕默德降生地，著有《可兰经》，为人民所信仰，夙称天方教。嗣后教旨盛传，主教的人叫作哈里发，译以华文乃代天治事的意义。至蒙古平西域，哈里发属地所存无几。其时正当木司塔辛嗣位，庸懦无能，只喜听乐观剧，国事皆由臣下主持。旭烈兀乘势进军，先贻木司塔辛书，责以延纳逃人，能战即来，不能战即降。木司塔辛复书不逊，旭烈兀遂西渡波斯湾，遇八哈塔军，前锋少挫，后军继进，背水列阵，竟日无胜负。两军分驻河滨，蒙古军夜决河堤，灌水敌营，复引兵进袭。八哈塔军未曾防着，蓦闻敌至，急起捍御，不料脚下统是大水，霎时间半身淹没，溺毙大半，就是逃脱的人，也被蒙古军杀尽。旭烈兀又合军攻城，城甚坚固，旭烈兀命军士筑垒，四面合围，撤民居屋甓，遍设炮台，上面密布巨炮，向城弹放，劈劈拍拍的声音，昼夜不绝，木司塔辛惧甚，遣使乞降。何前倨而后恭。旭烈兀不从，只令猛攻，木司塔辛又遣长子次子出见，皆被拒绝，不得已自缚出降。

旭烈兀入城屠戮，凡七日，始下令停刃。被杀者约八十万人，惟天主教徒及他国人居屋不入。哈里发宫内，金宝充斥，悉数被掠。还有妇女七百人，内监千人，杀的杀，留的留，回民已尽成鬼孛，蒙古军反喜跃异常。无恻隐之心，非人也！旭烈兀以城中伏尸积秽，移驻乡间，命军士将木司塔辛推至，责他傲慢不恭，词甚严厉，木司塔辛自知不免，请沐浴后乃毕命。已经就死，还要沐浴何益？还有长子及内监五人，亦愿从死，旭烈兀命将数人同裹毡内，置诸大路，驱战马往来蹴踏，辗转就毙。如此惨无人道，自古罕有！次日复将木司塔辛次子及他亲族故旧，尽行杀死。只幼子谟拔来克沙，总算蒙恩赦宥，后娶蒙古女，生二子，保存一脉，不没宗祀。想是教祖有灵，所以孑遗。遂一面飞章告捷，一面分军为二，遣大将郭侃东略印度，自率军西略天方（即阿剌比亚）去了。

蒙哥汗闻西南连捷，心中甚慰，遂欲大举灭宋。先是乃马真后称制时，曾遣使月里麻思（一作伊拉玛斯）赴宋议和，至淮上，为守将所囚。于是蒙古兵又尝侵宋，淮蜀一带，兵革不息。只因蒙古屡有内讧，未发大军，所以宋将尚能守御。迨蒙哥汗嗣位，闻月里麻思已死，早思南侵，至是遂举军而南，留少弟阿里不哥守和林。是时川陕一带，虽有宋将蒲择之、刘整、杨立、张实、杨大渊等，据险防守，奈遇着蒙古军马，无不披靡。蒙哥汗南渡嘉陵江，入剑门，守将杨立战死，张实被擒，蒲择之、刘整等守成都，亦被蒙古前锋纽璘（一作耨埒）攻陷，择之等败溃。及蒙哥汗入阆州，守将杨大渊以城降。进围合州，先遣宋降将晋国宝，招谕守将王坚，坚不从。国宝还次峡口，被王坚遣将追还，执至阅武场，说他负国求荣，罪在不赦，当即传令斩首。便涕泣誓师，开城出战，将士无不感奋，争出死力相搏，战至天晚，蒙哥汗不能取胜，退军十里下寨。阅数日，复进薄城下，又被坚军击退。自是一攻一守，相持数月不下。

蒙古前锋将汪德臣，挑选精锐，决计力攻，当下缮备攻具，誓以必死，遂于秋夜督兵登城，王坚亦饬军力御。鏖战一夜，直至天明，城上下尸如山积。汪德臣愤呼道："王坚快降！"语未毕，猛见一大石从顶击下，连忙将首一偏，这飞石已压着右肩，连手中所握的令旗，都被击落。蒙古军见主将受伤，自然缓攻，适值大雨倾盆，攻城梯折，只好相率退去。是夕，汪德臣毙命。适应前誓。

蒙哥汗因顿兵城外，将及半年，复遇良将伤毙，郁怒中更带悲伤，遂致成疾。合州城外有钓鱼山，蒙哥汗登山养病，竟致不起。左右用二驴载尸，蒙以绘樯，北行而去，合州解围。

蒙哥汗在位九年，沉毅寡言，不乐宴饮，宫禁亦严，虽后妃不得过制。遇有诏敕，必亲自起草，数易乃定，因此群臣不得擅政。素精骑射，好畋猎，只酷信卜筮，不无缺点，庙号"宪宗"。

亲王末哥等遂以凶闻讣中外。时忽必烈方将兵渡淮，直至黄坡，接着宪宗死耗，诸将请北还。忽必烈道："我前时受先皇敕命，东西并举，今已越淮南下，岂可无功即还？从忽必烈口中叙出宪宗敕命，亦是补前文之阙。况兀良合台已平交趾（应前文），正好约他夹击；就使不能灭宋，也好叫他丧胆呢？"正说着，旁有人进言道："长江向称天险，宋恃此立国，势必死守，我军非破他一阵，不足扬威，末将愿当此任！"忽必烈视之，乃是大将董文炳。便道："很好！你就引左哨军前去。"文炳领命，与弟文用等去讫。

忽必烈乃遣人赍书，往送兀良合台，一面统带全军，出应董文炳。文炳令弟文用等驾着艨艟大舰，鼓棹渡江，自率马军在岸搏战。宋军沿江扼守，倒也不少，江中亦有大舟扎住，奈都是酒囊饭袋，遇着蒙古军来，未战先怯，就使勉强接仗，也没有一些勇气。文炳兄弟，水陆大进，杀得宋军东倒西歪，望风股栗。至忽必烈驱军进发，文炳军已过江了。

次日全师毕济，破临江，入瑞州，合军围鄂。南宋大震，用了一个奸邪贪佞的贾似道，集军汉阳，为鄂州援，似道毫无胆略，逗留中道，诸将亦不遵约束。会闻鄂州守将张胜败死，城中死伤至万三千人，似道大惧，密遣心腹将王哀，诣蒙古营，请称臣纳币。忽必烈不许，部下郝经谏道："今国遭大丧，神器无主，宗族诸王，孰不窥伺。倘或先发制人，抗阻大王，势且腹背受敌。不如与宋议和，即日北归，别遣一军迎先帝灵舆，收取帝玺，召集诸王会丧，议定嗣位，那时大王应天顺人，自可坐登大宝了。"忽必烈之得嗣为君，恃此一谏。

忽必烈大悟，遂与宋京定议，令纳江北地，及岁奉银绢各二十万，乃退兵北旋。兀良合台方东应忽必烈军，引师攻潭州，嗣得议和消息，移师而东，及至鄂，闻忽必烈已还，遂亦北去。贾似道反令夏贵等，杀他殿卒百余人，诈称诸军大捷，献俘宋廷。昏头磕脑的宋理宗，竟信他有再造功，召使还朝，封卫国公，大加宠眷，真正奇事！**不是奇事，实是呆鸟。**

话分两头，且说忽必烈北还燕京，闻途中方括民兵，托词宪宗遗命。忽必烈道："我兵已足，何用括民。此必和林阴图变乱，所以有此创举。"随出示纵还民兵，人心大悦。进至开平，诸王末哥、哈丹、塔齐尔等俱来会，愿戴忽必烈为大汗。忽必烈辞不敢受，嗣接西域旭烈兀来书，内称西征军已振旅班师（**应上文**），并殷勤劝进。忽必烈遂允所请，不待库里尔泰会推许，竟登大位。是时姚枢、廉希宪等，方膺重任，上马杀贼，下马能文，乃承旨草诏，颁告天下道（**蒙古文与汉文不同，在忽必烈即位前，惟太祖与汪罕书载史乘中，然亦不甚雅驯，至此始尚文律，故特录之**）：

朕惟祖宗肇造区宇，奄有四方，武功迭兴，文治多缺，五十余年于此矣。盖时有先后，事有缓急，天下大业，非一圣一朝所能兼备也。先皇帝即位之初，风飞雷厉，将大有为。忧国爱民之心，虽切于己，尊贤使能之道，未得其人。方董夔门之师，遽遗鼎湖之泣。岂期遗恨，竟勿克终。

肆予冲人，渡江之后，盖将深入焉。乃闻国中重以签军之扰，黎民惊骇，若不能一朝居者。予为此惧，驲骑驰归。目前之急虽纾，境外之兵未戢，乃会群议，以集良规。不意宗盟辄先推戴，左右万里，名王巨公，不召而来者有之，不谋而同者皆是。咸谓国家之大统，不可久旷，神人之重寄，不可暂虚。求之今日太祖嫡孙之中，先皇母弟之列，以贤以长，止予一人。虽在征伐之中，每存仁爱之念，博施济众，实可为天下主。天道助顺，人谟与能，祖训传国大典，于是乎在，孰敢不从！朕峻辞固让，至于再三，祈恳益坚，誓以死请。语太过分。于是俯顺舆情，勉登大宝。自惟寡昧，属时多艰，若涉渊冰，罔知攸济。爰当临御之始，宜新弘远之规。祖述变通，正在今日，务施实德，不尚虚文。虽承平未易遽臻，而饥渴所当先务。呜呼！历数攸归，钦应上天之命；勋亲斯托，敢忘列祖之规？体极建元，与民更始，朕所不逮，更赖我远近宗族，中外文武，同心协力，献可替否之助也！诞告多方。体予至意！

此旨下后，又仿中夏建元的体例，定为中统元年。其敕文云：

祖宗以神武定四方，淳德御群下。朝廷草创，未遑润色之文，政事变通，渐有纲维之目。朕获缵旧服，载扩丕图，稽列圣之洪规，讲前代之定制。建元表岁，示人君万世之传；纪时书王，见天下一家之义。法《春秋》之正始，体大易之乾元，炳焕皇猷，权舆治道，可自庚申年五月十九日建元为中统元年。惟即位体元之始，必立经陈纪为先，故内立都省以总宏纲，外设总司以平庶政。仍以兴利除害之事，补偏救弊之方，随诏以颁。于戏！秉箓握枢，必因时而建号，施仁发政，期与物以更新。敷宣恳恻之辞，表着忧劳之意。凡在臣庶，体予至怀！

建元既定，乃敕修官制。先是成吉思汗起自朔方，部落野处，设官甚简，最重要的叫作断事官，兼掌政刑；统兵官叫作万户，余无别称。后仿金制置行省，及元帅、宣抚等官。至忽必烈即位，命刘秉忠、许衡酌定内外官制：总政务的叫作中书省，握兵权的叫作枢密院，司黜陟的叫作御史台；其次有寺、监、院、司、卫、府。外官有行省、行台、宣抚、廉访，牧民长官，有路有府，有州有县；官有常职，食有常禄，大约以蒙古人为长，汉人南人为副，一代规模，创始完备。**此段文字似无关紧要，不知下文叙述各官，便可就此分晓。**

正在百度纷纭的时候，忽报少弟阿里不哥，也居然称帝和林了。原来阿里不哥闻宪宗已殂，遂分遣心腹，易置将佐，并联络宪宗诸子及定宗察合台子弟，开库里尔泰会，自称大汗。命部下刘太平、霍鲁怀等，乘传至燕京。不意廉希宪已先至京兆，遣人诱执太平、鲁怀，毙诸狱中。六盘守将浑塔噶正举兵应和林，希宪不待请旨，即遣总帅汪良臣，率秦、巩诸军往讨。忽必烈亦遣诸王哈丹，率军来会，击毙浑塔噶。希宪乃自劾擅命遣将诸罪。忽必烈下敕嘉奖，反赐他金虎符，行省秦蜀，自统军攻阿里不哥，与战于锡默图地方。阿里不哥败遁，忽必烈乃引军还，嗣从刘秉忠请迁都燕京，在位五年，复改中统为至元。后又建国号曰“元”，也是秉忠所拟定的。曾记得有一敕云：

诞膺景命，奄四海以宅尊；必有美名，绍百王而纪统。肇从隆古，匪独我家。且唐之为言荡也，尧以之而着称；虞之为言乐也，舜因之而作号。驯至禹兴而汤造，互名夏大以殷中，世降以还，事殊非古。虽乘时而有国，不以利而制称。为秦为汉者，着从初起之地名；曰隋曰唐者，因即所封之爵邑。且皆徇百姓见闻之偶习，要一时经制之权宜，概以至公，不无少贬。我太祖圣武皇帝，握干符而起朔土，以神武而膺帝图，四震天声，大恢土宇，舆图之广，历古所无。顷者耆宿诣庭，奏草申请，谓既成于大业，宜早定于鸿名。在古制以当然，于朕心乎何有！可建国号曰大元，盖取《易经》干元之义，兹大冶流形于庶品，孰名资始之功。予一人底宁于万邦，尤切体仁之要，事从因革，道协天人。于戏！称义而名，固非为之溢美；孚休惟永，尚不负于投艰。嘉与敷天，共隆大号！

小子此后叙述，称蒙古为元朝，又因至元十六年，忽必烈汗灭宋，奄有中国，殁后庙号“世祖”，所以后文亦竟称元“世祖”。阅者不要误会，说我称号两歧。爰系以七绝一首道：

华夏由来属汉家，

何图宋后遍胡笳？

史官据事铺扬惯，

我亦随书不避瑕。

欲知元朝混一情形，请看官续阅下回。

本回叙蒙哥忽必烈之绝续，而首插两军远征一段，所以承前回之末，接入本回正传，非好为芜杂也。有兀良合台之平西南，有旭烈兀之平西域，于是蒙哥汗决意侵宋。著书人详于西征，略于南下，盖因《宋史》当自成演义，不必琐述，蛮戎各方，他处罕见，即《元史》亦多从略，悉心裒录，正所以示特长耳。忽必烈班师称汗，改元立号，虽隐启纷争之祸，而化野为文，入长中原，实于此基之。迭录原教，未始非保存国粹之意。主非汉人，而文则从汉，故宋亡而文不亡，用夏变夷，此之谓欤？

第二十一回　守襄阳力屈五年　覆厓山功成一统

却说元世祖即位，曾遣翰林侍读学士郝经，为国信使，翰林待制何源、礼部郎中刘人杰为副，赴宋修好。宋少师卫国公贾似道，以前时称臣纳币，乃是权宜的计策，未曾禀闻理宗，此次北使到来，定要机关败露，瞒了一日好一日，不如将来使幽禁，省得漏泄奸谋，掩耳盗铃，终归失败。遂将郝经等数人，幽住真州忠勇军营。郝经屡上书宋帝，极陈和战利害，且请入见及归国，统被贾似道一手抹杀，并不见报。元世祖待使未归，复遣人质问宋帅李庭芝。庭芝据实奏闻，也似石沉东海，毫无影响。于是元世祖拟举兵攻宋，颁谕各路将帅道：

朕即位之后，深以戢兵为念，故前年遣使于宋，以通和好。宋人不务远图，伺我小隙，反启边衅，东剽西掠，曾无宁日。朕今春还宫，诸大臣皆以举兵南伐为请，朕重以两国生灵之故，犹待信使还归，庶有悛心，以成和议。留而不至者，今又半载矣，往来之礼遽绝，侵扰之暴不已，彼尝以衣冠礼乐之国自居，理当如是乎？曲直之分，灼然可见！今遣王道贞往谕卿等，当整尔士卒，砺尔戈矛，矫尔弓矢。约会诸将，秋高马肥，水陆分道而进，以为问罪之师。尚赖宗庙社稷之灵，其克有勋！卿等当宣布腹心，明谕将士，各当自勉，毋待朕命！曲直有归，故全录诏敕。

是时阿里不哥虽已败遁，尚有余党未靖，且因元江淮都督李毡居心反复，尝把恫疑虚吓的言词入奏世祖，因此攻宋的诏敕颁发于中统二年，各路兵马尚未大举。三年春季，李毡竟以京东降宋。世祖大怒，立遣史天泽总诸道兵，攻李毡于济南，长围数月，破城擒毡，支解以徇。五年，世祖复改元，称为至元。阿里不哥率众来降，世祖以兄弟至亲，格外赦宥，免他罪名。由是内讧悉平，一意对外。

适宋潼川副使刘整为贾似道所嫉忌，籍滤州十五郡，归降元朝。又是贾贼殴使。整系南宋骁将，且尽知国事虚实，至此为元所用，授夔路行省，兼安抚使。整遂与元帅阿术，同心筹画，议筑白河口城，断宋饷道，进规襄阳。宋四川宣抚使吕文德阿附似道，好为大言，闻刘整筑城消息，毫不介意。且谓襄阳城池坚深，兵储可支十年，元兵即来，亦不足惮。襄阳守将吕文焕遣人报知文德，请先事预防，反见斥责。待刘整筑城已就，遂与阿术合兵攻襄阳。文焕登陴固守，数月未下，元世祖复遣史天泽等督师援应。天泽到襄阳，见城高濠阔，料非旦夕可破，遂筑起长围，联络诸堡，把一座襄阳城，围得铁桶相似，水泄不通。

那时宋理宗已经归天，太子禥循例嗣统，号为“度宗”。度宗昏庸，过于乃父，一经登基，便封贾似道为太师，倍加宠眷。似道入朝，度宗必答拜，有所咨询，必称师相；因此这位贾太师，越加尊严，一班蝇营狗苟的贼臣，且拍马吹牛，称似道为周公。似道益发刁狡，屡求辞职，甚至度宗拜留，为之泣下。且恐他不别而去，令卫卒夜卧第外，监住行踪。后复命他三日一朝，治事都堂，且就西湖中的葛岭，替他筑起大厦，以资休养，总道他是擎天柱石，保国元勋。若不如此，赵氏何致即亡。他遂颐指气使，无论军国重事，总须先行关白，方可举行，朝右大臣，偶或龃龉，立加窜逐；或因度宗稍有可否，即称疾求去，以故言路壅塞，苞苴公行。这度宗也全然昏迷，整日里宴坐深宫，与妃嫔等饮酒调情，乐得将国家政务，付于师相。师相恰日居葛岭，起楼阁亭榭，作半闲堂，筑多宝阁，取了一个宫人叶氏，作为已妾。他尚嫌不足，常令手下密访美姝，如果姿色可人，任她是娼妓，是尼觋，一股脑儿招入宅中，日夕肆淫。这叫作盲子吃蟹，只只道鲜。还有一桩最喜欢的事情，乃是与群妾斗蟋蟀儿。大约是寓意教战。自是累日不出，有诏令六日一朝，继复令十日一朝，他还是不能遵旨，阳奉阴违。那时襄阳日危，吕文焕连岁支持，很是惶急，一面向吕文德乞援，一面请贾似道济师。吕文德疽发背死，女夫范文虎代任，与乃翁同一糊涂，哪里肯发兵往援。贾似道没有别策，总教瞒着一个主人翁，便算妙计。

一日入朝，度宗问道："襄阳被围，已是三年，如何是好？"似道佛然道："北兵已退，这语从何处得来？"度宗道："日前有女嫔言及，因此怀疑。"似道问女嫔姓氏，度宗不答。似道又要求去，经度宗固留不从。度宗没法，只好将女嫔遣出，活活赐死。可怜这红粉佳人，只为了一句话儿，平白地丧了性命！冤乎不冤。廷臣见这般情形，哪个敢再言边事。

既而似道良心发现，饬李庭芝往援襄阳，又被这范文虎从旁阻挠，多方牵掣。后来文虎奉旨促师，没奈何督兵十万，进至鹿门，被元将阿术截杀一阵，吓得心胆俱裂，连忙逃走。李庭芝闻文虎败还，特遣勇将张顺、张贵，率锐卒往襄阳。两将乘汉水方涨，鼓舟而进，至高头港口，满江扎着敌舰，几乎无缝可钻。张贵冒险杀入，张顺后继，竟冲开一条走路，直抵襄阳城下。城卒出来接应，把张贵迎入，独不见张顺，过了数日，江上始浮出顺尸，身中四枪六箭，怒气勃勃如生，方知张顺已死了。张贵见城中大困，募死士二人，遣赴范文虎处乞援。返报如约，贵遂辞别文焕，突围东行。既出险地，已是天晚，望见前面来了无数军舰，总道是援军过来，急忙欢迎。谁知来舟统是元军，一时不能趋避，被他困在垓心，杀伤殆尽。张贵身受数十创，力尽被执，不屈而死。嗣是襄阳绝援。

未几，樊城又失。樊城与襄阳为犄角，守将范天顺、牛富，本与吕文焕誓约死守。至是两将战死，襄阳益孤，元兵复用西域人所献新炮，攻破襄阳外郛，内城益急。文焕每一巡城，南望恸哭而后下。元将阿里海涯复招谕城中道："尔等拒守孤城，至今五年，为主尽忠，也是应分的事情；但势孤援绝，徒害生灵，尔心何忍？若能纳款归降，悉赦勿治，且加迁擢，凭你等酌择！"又折矢与文焕为誓，文焕乃出降。偕阿里海涯朝燕，元主以文焕为襄、汉大都督，与刘整一体重用。文焕之罪，似减于整。

襄樊既失，江南失险，警报连达宋廷。给事中陈宜中上疏，归咎范文虎，乞即行正法。贾太师暗中庇助，止降一官。就是度宗优礼似道，也始终勿衰。似道母死，诏用天子卤簿饰葬，并令似道墨绖还朝。师相的气焰未衰，主子的福寿已尽。度宗病逝，子㬎立，年仅四龄，由太后谢氏临朝听政，仍把那元恶大憝，倚作长城。想尚有一块干净土耳。惹得元主连番下诏，数贾似道背盟拘使的罪名，饬史天泽、伯颜总诸道兵，与阿术、忙兀、逊都思塔出等，及降将刘整、吕文焕大举南侵。途次天泽遇病，有旨召还，饬各军统归伯颜节制。伯颜遂分各军为两道，自与阿术由襄阳入汉济江，以吕文焕将舟师为前锋；别命忙兀东出扬州，以刘整将骑兵为先行，旌旗招飐，戈戟纵横。看官！你想这区区南宋，还能保得住么？伯颜军顺汉水南下，屠沙洋镇，擒守将王虎臣；破新郢城，杀都统边居谊；进拔阳逻堡，走淮西置制使夏贵；取鄂州，降城守张晏然、程鹏飞。

宋廷大惧，只得请出这三朝元老，督领诸路军马，抵御元军。可奈诸路将士，统已离心，陈弈以黄州叛，吕师夔以江州叛，都奉款降元，连贾太师极力庇护的范文虎，也居然反颜迎敌，叩首阿术军前。这等小人最不足恃，然安富尊荣，偏在若辈，令人恨煞！元朝虽亡了史天泽，死了刘整，锐气仍然未衰。贾似道闻刘整死，还自称天助，调集精兵十三万人，陆续起行。前哨委了孙虎臣，中权委了夏贵，自己带着后军，出驻江上。元伯颜率同阿术，渡江南来，与虎臣军遇着，两下接战，炮声如雷，虎臣惧甚，忙过其妾所乘舟。出战时带着美妾，究属何用。岂亦学韩蕲王之挈梁夫人耶！大众疑他遁走，顿时散乱。夏贵以虎臣新进，权出己上，本已事前观望，此时亦不战而奔。剩了似道一军，还有什么能耐，索性也走了他娘，管什么国计民生！

元兵趁势残杀，江水尽赤。于是镇江、宁国、江阴守臣，皆弃城遁去，上行下效，捷如影响。太平、和州、无为军，俱相继降元。似道还想奉币请和，遣使至元军，被伯颜拒绝。奔至扬州，束手无策，只上书请迁都。太皇太后谢氏不许。廷臣窥见微旨，遂连劾似道，陈宜中初得似道援，骤登政府，至是也奏请诛逐。乃罢似道平章都督，并遣元使郝经等北归。已无及了。一面下诏勤王，诸将多不至。只鄂州都统张世杰率师入卫；江西提刑文天祥起兵赴难；湖南提刑李芾也募壮士三千人，令将吏统带，东出勤王。无如大势已去，无可挽回。建康守将赵溍弃城先遁，元伯颜安然入城。宋江淮招讨使汪立信，闻建康被陷，料知宋不可为，扼吭而死。宋吭已被元扼，汪公也只好绝吭了。元兵遂长驱入常州，下无锡，宋廷亟命张世杰总统人马，分道拒敌，稍稍得手。

元世祖复遣尚书廉希宪、工部侍郎严忠范，奉国书南来，还有意与宋议和。希宪至建康，与伯颜会晤，请兵自卫。伯颜道："行人在言不在兵，兵多反招疑忌。"嗣经希宪固请，发兵五百名送行。到了独松关，宋守将张濡部曲，不分皂白，竟袭杀忠范，执希宪送临安。及伯颜遣书诘责，宋廷遣使答报，只说是边将所为，未曾禀报。伯颜再遣议事官张羽，同宋使返临安，不意到了平江，又被杀死。还要乱杀使人，真是坏事！

元兵愈加气愤，直逼扬州。李庭芝遣将苗再成、姜才等，率兵阻截，皆败绩。接连是荆南被陷，嘉定诸城叛去。军报日紧一日，于是张世杰大出舟师，与刘师勇、孙虎臣等屯驻焦山，连舟为垒，示以必死。元阿术登高遥望，想了一个火攻的计策，遂精选弓弩手，载舸直进，连发火箭，迭射宋军。霎时间烟焰蔽江，篷樯俱焚，宋军进退两穷，相率赴水，师勇、虎臣等都截舟自遁。单剩了张世杰，已不能军，只得奔回圌山，再请济师。坚壁中流，并非万全之策，即非火攻，亦难持久，张世杰殆忠有余、而识不足者。

是时王爚、陈宜中并为丞相，意见不协，各自求去。至世杰败溃，王爚以二相在朝，反多顾忌，不如遣一人出督吴门。太后不从，爚遂乞罢，因免相，未几遂卒。还是死得干净。文天祥到临安，上疏请分建四镇，各专责成，亦不报。此时虽有明主，亦未能转败为胜，况妇人秉国乎！只把贾似道贬置循州，被监押官郑虎臣拉死，总算为天下雪愤！罪不容于死。嗣是泰州失守，孙虎臣自杀，常州被屠，知州姚訔等战死，刘师勇逸去，独松关也被残破，张濡不知去向。既而知州李芾复殉难潭州，都统密佑又遇害抚州。湖南、江西尽为元有。宋廷又遣工部侍郎柳岳赴元军请和。伯颜愤然道："汝国执戮我行人，所以兴师问罪。从前钱氏纳土，李氏出降，统是汝国祖制。汝国何不遵行？况汝国得天下于小儿，今亦由小儿失国，天道不爽，何必多言？"柳岳不得已还朝。复遣宗正少卿陆秀夫再至元军，求称侄纳币。伯颜不从。降称侄孙，亦不见许。陆秀夫还，陈宜中奏白太后，请再使元军，求封为小国。太后依议，仍令柳岳赉表前行。到高邮，被民人嵇耸所杀。太后妇人，尚不足责，陈宜中堂堂宋相，厚颜如此，实是可杀。

元兵进降嘉兴，陷安吉，直捣临安。文天祥、张世杰请移三宫入海，自率众背城一战。陈宜中不以为然，商诸太后，遣监察御史杨应奎，奉了传国玺印，出降元军。伯颜受玺，并召宜中出议降事，宜中惶惧，夜遁温州。张世杰愤甚，与刘师勇、苏刘义等率所部入海。只文天祥尚是留着，太后令为右丞相，如元军议降。天祥辞去相职，竟赴元军面责伯颜。伯颜将他拘住，遂遣将入临安府，封府库，收图籍符印，并胁宋太皇太后手诏谕降。

过了数日，遂掳帝㬎及皇太后全氏福王与芮等北去。只太皇太后谢氏，因疾暂留，后来亦被元兵舁出，送至燕都。惟度宗尚有二子，长名昰，封益王，年十一岁；次名昺，封广王，年六岁。当临安紧急时，与母杨淑妃潜行出城，奔至温州。陈宜中迎着，同航海赴福州，奉为嗣皇帝，尊杨淑妃为太后，同听政。张世杰、苏刘义、陆秀夫等继至，复组织朝堂，仍命陈宜中为左丞相，都督诸路军马。还要用他，可笑可恨。张世杰等任官有差。那时文天祥亦自镇江逃归，浮海至闽，杨太后令为右丞相。嗣与宜中议事未协，出督南剑州。

元兵一面入广州，摧锋军将黄俊战死，一面破扬州，宋右丞相李庭芝、指挥使姜才被执，劝降不从，俱被害。闽中因此被兵，任你文天祥开府招军，张世杰传檄勤王，都弄得落花流水，不见成功，帝昰与太后杨氏舍陆登舟，今日走这里，明日走那里，受尽惊风骇浪，支持到两年有余，可怜那十余岁的小皇帝，已受了急惊病，到了硇州，一命呜呼！再立其幼弟昺，年仅八龄。陈宜中遁死海南，用陆秀夫为左丞相，与张世杰共秉朝政。秀夫正笏垂绅，犹把那大学章句训导嗣君。未免迂腐。

嗣闻元兵又至，复逃至厓山。元将张弘范潜师至潮阳，先袭执了文天祥，复进兵厓山。张世杰又用这联舟为垒的法儿，守住峡口，复用水泥涂舰，防备火攻。张弘范倒也没法，只遣人招降，世杰不许。弘范分兵堵截，断宋军樵汲孔道。宋军大困。元兵复四面攻击，不由宋军不走，就是赤胆忠心的张世杰，也只好断维突围，带着十六舟，夺港自去。陆秀夫先驱妻子入海，自负幼帝同溺。太后杨氏抚膺大恸道："我忍死至此，无非为了赵氏一块肉，今还有甚么望头?"也赴海死。世杰至海陵山下，适遇飓风大作，遂焚香祷天道："我为赵氏，也算竭力，一君亡，又立一君。今又亡了，我尚未死，还望敌军退后，别立赵氏以存宗祀。若天意应亡赵氏，风伯有灵，速覆我舟！"言已，舟果覆，世杰亦溺死。

宋自太祖至帝昺，共三百二十年，若从南渡算起，共一百五十二年。小子走笔至此，也觉满腹凄怆，欲做一首吊宋诗，想了半晌，竟无一字，只记得文信国（文天祥封信国公）目击厓山诗，很是沉痛。诸君试一阅看，其诗曰：

长平一坑四十万，秦人欢忻赵人怨，
大风吹砂水不流，为楚者乐为汉愁。
兵家胜负常不一，干戈纷纷何时毕？
必有天吏将明威，不嗜杀人能一之；
我生之初尚无疚，我生之后遭阳九，
厥角稽首二百州，正气扫地山河羞！
身为大臣义当死，城下师盟愧牛耳。
闲关归国洗日光，白麻重拜不敢当！
出师三年劳且苦，咫尺长安不可睹！

非无虓虎士如林，一日不戒为人擒。

楼船千艘下天角，两雄相遭相喷薄。

古来何代无战争，未有锋猬交沧溟。

游兵日来复日往，相持一月为鹬蚌。

南人志欲扶昆仑，北人气欲河带吞。

一朝天昏风雨恶，炮火雷飞箭星落。

谁雄谁雌顷刻分，流尸浮血洋水浑。

昨朝南船满崖岸，今朝只有北船在。

昨夜两边桴鼓鸣，今夜船船鼾睡声。

北家去军八千里，推牛酾酒人人喜。

惟有孤臣泪两垂，明明不敢向人啼，

六飞杳霭知何处，大水茫茫隔烟雾。

我期借剑斩佞臣，黄金横带为何人？

欲知文信国后事，试看下回便知。

本回叙南宋亡国，独于攻守襄阳事，叙述较详，盖襄阳为南宋咽喉，襄阳一失，南宋之亡，可翘足待也。此外俱从简略，随笔叙上，此由《宋史》当有专属，不必于《元史》中详述。惟于贾似道、陈宜中之误国，文天祥、张世杰、陆秀夫之尽忠，仍行表白。彰善瘅恶，史家之责，著书人夙存此志，不嫌烦复也。且观其全回用笔，一气赶下，“嘈嘈切切错杂弹，大珠小珠落玉盘”，此文似之。

第二十二回　渔色徇财计臣致乱　表忠流血信国成仁

却说元将张弘范，既破厓山，置酒大会，邀文天祥入座，语他道：“汝国已亡，丞相忠孝已尽，若能把事宋的诚心，改作事元，难道不好作太平宰相么！”天祥流涕道：“国亡不能救，做人臣的死有余辜，况敢贪生事敌么！天祥不敢闻命！”弘范也称他忠义，遣使送天祥赴燕，弘范亦率军北还。只有一个西僧杨琏真珈，曾掌教江南，借了元兵势力，到处奸淫妇女，并发掘宋朝陵寝及大臣坟墓，凡一百余所，陵墓里面的金玉尽行掠取不必说了，他还想将诸陵尸骨与牛马枯骼，聚作一堆，作为镇南浮屠。亏得会稽人唐珏目不忍睹，典鬻借贷，凑得百金，阴召诸恶少饮酒，席间泣语道："你我皆宋人，坐看陵骨暴露何以为情？我拟窃取陵骨，易以他骨，望诸君助我臂力！"诸恶少许诺，乃于夜间易取陵骨，邀与唐珏。珏已造石函六具，刻纪年一字为号，随号收殡，瘗葬兰亭山后；又移宋故宫冬青树，植立冢上，作为标识，后人才晓得宋帝遗骸不与畜类为伍，这也可谓宋祖有灵了。皇帝尸骸，几侪牛马，后世枭雄，何苦再作皇帝梦耶！

张弘范北还后，未几病卒，此外开国功臣，或亦因百战身疲，相继谢世。还有一位贤德皇后，也于灭宋后两年，抱病而终。后弘吉剌氏系德薛禅的孙女，父名按陈，从前太祖后孛儿帖与按陈为姊弟行。太宗时，曾赐号按陈为国舅，封王爵，令统弘吉剌部，且约生女为后，生男尚公主，世世不绝，所以有元一代的皇后，多出自弘吉剌氏。世祖后天性明敏，晓畅事机，宋帝㬎被虏，入朝燕都，宫廷皆欢贺，惟后不乐，世祖道："我今平江南，从此不用兵甲，众人皆喜，尔何为独无欢容！"后跪奏道："从古无千年不败的国家，我子孙若能幸免，方为可贺！"世祖默然，又尝把南宋珍宝聚置殿廷，令后遍视，后一览即去。世祖徐问所欲，后复答道："宋祖历年积蓄，留与子孙，子孙不能守，为我朝有，难道我忍私取吗？"是时宋太后全氏至京，不服水土，后尝代她乞奏，遣回江南。世祖不允，且语道："你等妇人，没有远虑，今日若遣她南归，倘或浮言一动，反令我没法保全，倒不如留她在此，时加存恤，令她安养便罢。"后闻言，格外厚待全太后。此外如婉言进谏，随时匡正，恰非小子所能尽述。

自后殁后，继后系故后从侄女，仍是弘吉剌氏，虽史家也称她贤德，究竟不及故后；且因世祖年迈，辄预闻朝政，未免贻诮司晨。世祖待遇继后，亦不及从前的爱敬，所以采选民女，时有所闻，又尝游幸上都，托词避暑，其实是纵情声色，借此图欢。上都就是开平府，世祖称燕京为中都，所以号开平为上都。上都里面，旧有妃嫔等人，未曾南徙。蒙古以往的陋俗，做阿弟的可收兄妻，做儿子的可烝父妾，就是淫奔苟合、易妻掠妇的事情，也是数见不鲜，很少顾忌。这元世祖粗豪豁达，哪里愿作柳下惠（鲁男子），看了前朝的妃嫔，多半年轻守孀，寂寂寡欢，乐得与之解闷，做一个风流天子。这妃嫔们见主子多情，难免顺水使舟，迎云作雨，还管甚么名分不名分，节烈不节烈，所以羊车望幸，百转柔肠，麀聚为欢，五伦废置。古人说得好，上行下必效！元世祖既这般同乐，那皇亲国戚中间，自有不肖之徒，怎么不相率效尤，上烝下淫，习成风气！民间有奸淫等情，有司也不欲过问，且闻于岁首元宵，纵民为非，淫渎宸极，秽渎闺门，自古以来，也是罕见呢！始谋不臧，奚怪子孙。

还有一桩连带的关系，好色的人主，大率好财。世祖在位三年，就用了回人阿合马专理财赋。阿合马竭智尽能，想出了两条计策：一条是冶铁；一条是榷盐。从前河南钧徐等州俱有铁矿，官吏随铁多寡，作为税额。阿合马欲大兴鼓铸，遂括民三千，日夕采冶，每岁输铁，定要他一百三万七十斤，不准短少。于是冶铁的民工，无论曾否如额，只好照数补足，这叫作整顿铁冶的效果。河东素多盐池，小民越境私贩，价值较廉，竞相买食，以此官盐滞销，岁课短绌，每年止七千五百两。阿合马请岁增五千两，不问诸色兵民，皆要出税，这叫作增加盐课的效果。名为理财，实是硬派，且恐贪吏中饱尚是不少，历代财政，多蹈此弊，可叹！

世祖称他为能，遂擢为平章政事。阿合马得势益横，竟欲罢御史台及诸道提刑司，还是廉希宪面折廷争，方才罢议，嗣复添立江南榷官，什么榷茶运司，什么转运盐使司，什么宣课提举司，多至五百余人，大半是阿合马的爪牙。他的子侄，不做参政，就做尚书，恼了廷臣崔斌，把他参奏一本，说他设官害民，一门悉处要津，有亏公道。世祖虽略加采纳，裁并冗吏，奈始终宠任阿合马，不以为罪。寻迁斌为江淮行省左丞，阿合马遂乘机报复，遣使清算江淮钱谷，捏称左丞崔斌，与平章阿里伯、右丞燕铁木儿私自勾结，盗取官粮四十万，及擅易命官八百余员，应命官查勘治罪。世祖准奏，令都事刘正往验，查无实证，参政张澍等奉旨再往，迎合阿合马微意，竟将崔斌等锻炼成狱，置诸死刑。

皇太子真金（一作精吉木）素怀仁孝，闻崔斌等已定死罪，方食投箸，急遣快足止住，已是不及。于是远近咸愤，民怨沸腾，益都千户王着密铸大锤，与妖人高和尚谋，拟击杀阿合马。适皇太子从帝赴上都，留阿合马守燕京，着遂遣二僧至中书，诈称太子还都作佛事。被禁卫高觿、张九思盘诘，仓卒失对，遂将二僧拘讯，尚未得供，不意枢密副使张易又受了伪太子命，率兵至东宫。高觿问他来意，易与附耳道："太子有敕，速诛左相阿合马。"这语一传，弄得各人似信非信，不得不遣使出迎。王着令党人冒称太子，见一个，杀一个，夺马驰入建德门。时已二鼓，至东宫前，传呼百官，阿合马扬鞭而来，被王着手下的党羽推坠马下，责他欺君害民，立出铜锤，击他脑袋，甫一下，即脑浆迸出，仆地死了。民脂民膏吸得太多，所以叫他迸出。又杀死中书郝镇、拘执右丞张惠。顿时禁中大闹，秩序紊乱。高觿、张九思开门呼道："这是贼人倡乱，哪里是真皇太子？"便叱卫士速捕乱党。留守布敦，持梃击倒伪太子，乱党遂奔，被擒数十名。高和尚逃去，惟著挺身请囚。高觿等亟遣报上都，世祖闻报，立命和尔郭斯驰归讨逆，拿住高和尚及张易与王着，皆弃市。着临刑大呼道："王着为天下除害，今日虽死，他日必令人纪念，我死也值得了！"王着虽自称除害，然矫令擅杀，不为无罪。

乱已定，世祖已返燕都，还道阿合马等冤死，拟加抚恤。枢密副使孛罗（一作博罗）历陈阿合马罪状，方大怒道："该杀！该杀！只难为了王着。"复命剖棺戮尸，纵犬拖食，人民聚观，无不称快。阿合马家产籍没充公，复逮其子忽辛（一作湖逊）至。忽辛时为江淮右丞，既被逮，敕廷臣杂问，忽辛历指道："汝等曾受我家钱财，怎么问我？"嗣至参知政事张雄飞先问忽辛道："我曾受过你家钱财否？"忽辛答称没有，雄飞道："如此说来，我应当问你！"遂审实忽辛的罪名，正法伏辜。世祖复闻郝镇党恶，亦令戮尸。还有右丞耿仁，与郝镇同罪，下狱论死。其余奸党，一律罢黜，并汰冗官七百十四人，罢官署二百余所，内外总算一清。

世祖乃加意求治，遣都实（一作笃什）穷探河源，命郭守敬定授时历，焚毁道书，创始海运，诏诸路岁举儒吏，蠲免燕南、河北、山东逋赋。招衍圣公孔洙，为国子祭酒，提举浙东学校，统是一时美政，传播人口。

忽有闽僧上言，报称土星犯帝座，防有内变。世祖本尊崇僧侣，曾拜拔思巴为帝师，皈依释教。至是闻闽僧告变，自不免迷信起来。且因平宋以后，江南多盗，漳州民陈桂龙及兄子陈吊眼起兵据高安砦。建宁路总管黄华叛据崇安、浦城等县，自号头陀军，称宋祥兴年号，福州民林天成也揭竿相应。又有广州民林桂方、赵良钤等，拥众万余，号罗平国，称延康年号。虽经诸路元帅，剿抚兼施，或杀或降，然大势尚未平定。各处小丑未为小害，故随笔略过。自闽僧告变后，复闻有中山狂人，自称宋主，有众千人，欲取丞相。京城亦得匿名揭帖，内言"某日烧蓑城苇，率两翼兵起事，定卜成功，愿丞相无忧"等语！先是帝㬎被虏，至燕京，降封瀛国公，令与宋宗室大臣寓居蓑城苇。既得揭帖，乃将蓑城苇撤去，迁瀛国公及宋宗室至上都。疑丞相为文天祥，有旨召见。

天祥初入燕，至枢密院，见使相孛罗。孛罗欲使拜，天祥长揖不屈，仰首自言道："天下事，有兴有废，自帝王以及将相，灭亡诛戮，何代没有？天祥今日，愿求早死！"孛罗道："汝谓有兴有废，试问从盘古至今，有几帝几王？"天祥道："一部十七史，从何处说起？我今日非应考博学鸿词，何必泛论？"孛罗道："汝不肯说兴废事，倒也罢了，但汝既奉了主命，把宗庙土地与人，何故复逃？"天祥道："奉国与人，是谓卖国，卖国的人，只知求荣，还愿逃去么？我前除宰相不拜，奉使军前，即被拘执，已而贼臣献国，国亡当死；但因度宗二子，犹在浙东，老母亦尚在粤，是以忍死奔归！"侃侃而谈，纯是忠孝。孛罗道："弃德佑嗣君（德佑系帝㬎年号），别立二王，好算得忠么？"天祥道："古人有言，'社稷为重，君为轻。'我别立君主，无非为社稷计算！从怀、愍而北，非忠，从元帝为忠；从徽、钦而北，非忠，从高宗为忠。"孛罗几不能答。忽又道："晋元帝、宋高宗，皆有所受命，你立二王，并非正道，莫不是图篡不成？"天祥大声道："景炎（帝昰年号）乃度宗长子，德佑亲兄，难道是不正么？德佑去位，景炎乃立，难道是图篡么？陈丞相承太皇命，奉二王出宫，难道是无所受命么？"说得孛罗面赤颊红，变羞成怒道："你立二王，究有何功？"遁辞知其所穷。天祥道："立君所以存宗社，存一日，尽臣子一日的责任，管甚么有功无功？"孛罗复道："既知无功，何必再立？"天祥亦愤愤道："汝亦有君主，汝亦有父母，譬如父母有疾，明知年老将死，断没有不下药的道理！总教吾尽吾心，才算无愧，若有效与否，听诸天命！天祥今日，一死报国，便算了事，何必多言！"义正词严，足愧孛罗。

孛罗即欲杀天祥，还是世祖及廉、许各大臣，悯他孤忠，不欲用刑。至谣言迭起，召谕天祥，要他变志事元，即拜丞相，天祥答道："天祥系宋朝宰相，不能再事二姓，请即赐死，便算君恩！"世祖心犹未忍，麾之使下，经孛罗等进谏，不如从天祥志，免生谣诼，世祖乃下诏杀天祥。

天祥被押至柴市，态度从容，语吏卒道："吾事毕了。"南向再拜，乃就刑，年四十七岁。忽又有诏敕传到，令停刑勿杀，事已无及。返报世祖，并呈天祥衣带赞，大书三十二字，分作八句。看官记着，首二句是："孔曰成仁，孟曰取义；"中二句是："惟其义尽，是以仁至；"末四句是："读圣贤书，所学何事？而今而后，庶几无愧！"世祖连读连叹，且太息道："好男子！好男子！可惜不肯为我用，现已死了，奈何！"能令雄主赞惜，毕竟忠义动人。乃赠天祥卢陵郡公，谥"忠武"。命王积翁书神主，设坛祭醊。饬孛罗行奠礼。孛罗方临坛奠爵，忽然狂飚大作，烛灭烟销，上面摆着的神主，好似生有两翼，陡然腾起，卷入云中。此事见诸正史，并非作者捏造。孛罗大惊，乃令改书神主，写着"前宋少保右丞相信国公"数字，仓皇祭毕，天始开霁。燕京人民，相率骇异。

天祥卢陵人，所居对文笔峰，因自号"文山"。平生作文，未尝属草，一下笔，便数千言。流离中感慨悲悼，一发于诗，阅者见之，莫不流涕。其妻欧阳氏收天祥尸，面色如生，义士张毅甫给资归葬，适母夫人曾氏遗柩，亦由家人自粤奉归，同日至城下，相传为忠孝的报应。后儒有挽文丞相诗二首道：

尘海焉能活壑舟？燕台从此筑诗囚。

雪霜万里孤臣老，光狱千年正气收。

诸葛未亡犹是汉，伯夷虽死不从周。

古今成败应难论，天地无穷草木愁。

徒把金戈挽落晖，南冠无奈北风吹。

子房本为韩仇出，诸葛安知汉祚移?

云暗鼎湖龙去远，月明华表鹤归迟。

何人更上新亭饮？大不如前洒泪时。

天祥一死，谣言渐靖。不意辽东来一警报，说是十多万大兵，俱死在日本海中了。是何原因，请看下回。

读元奸臣阿合马传，令人生恨，莫不欲举刀斫之。读宋忠臣文天祥传，令人起敬，莫不欲顶礼奉之，可见天道虽或无凭，人心尚有公理。是回前叙阿合马事，后叙文天祥事，一则显揭其奸，一则详述其忠，语浅意深，老妪都解，较诸史传之饷人，为益尤大。史传非尽人能读，且非尽人得读，获此一编，非举两弊而悉去之耶！此外杂以他事，有美有恶，虽循史家依事毕书之例，而盛衰之感，隐寓其中，不特简略之分已也。

第二十三回　征日本全军尽没　讨安南两次无功

却说中国海东，有一日本国，与高丽国仅隔海峡，以其地近日出，故名日本。唐时曾遣使入贡，至元代征服高丽，与日本尚未通使。世祖至元二年，高丽人赵彝等来元修好，奏称日本可通，请世祖遣使东往。世祖本是个好大喜功的雄主，好大喜功四字，是世祖一生注脚。一闻赵彝等言，自然乐从。当于次年秋季，命兵部侍郎赫德充国信使，礼部侍郎殷弘为副，赍国书东行。至高丽，国王王禃亦遣使为导，航海至日本。既抵岸，未见有人出迎，只得西归。世祖又命起居舍人潘阜等，持书复往，留居日本六月，全然不得慰问，也只好回来。

至元六年，高丽权臣林衍作乱，倡议废立，国王禃情急入朝，乞为援师。世祖乃发兵万人，送禃回国。会林衍已死，乱党闻元军大至，相率远窜。禃复王位，高丽无事。乃复命秘书监赵良弼东往，并饬高丽王禃，派人送至日本，期在必达。良弼到了日本，始终不见国王，只与日本官吏弥四郎相见，弥四郎引他至太宰府西守护所。据守吏言及，从前被高丽所绐，屡云“上国要来伐我，所以不接来使。今闻上国好生恶杀，实出意料。可惜我国王京，去此尚远，只好先遣人从使回报，他日再当通好”等语。良弼无奈，乃遣从官张铎，先偕日使二十六人，驰还燕京。世祖召姚枢、许衡等入见，并问道：“日使此来，恐是受主差遣，来窥我国强弱，他称由守护所差来，不尽确实，卿等以为何如?”姚枢、许衡齐声道：“诚如圣虑，现不应准他入见，只宜待他宽仁，看他以后作何对待，再作计较。”以人治人，计非不是，然怀柔之道究不在此。世祖点头称善。

姚、许退后，留日使居住客舍，兼旬不得召见。日使索然无味，即乞归。赵良弼闻日使返国，也即起程回来，嗣后良弼复往返一次，仍是徒劳跋涉。看官！这日本是东方旧国，也有君主臣民，为什么元朝行人，往来如织，他竟置诸不理，似痴聋一般哩！我亦要问。说来话长，小子不遑细叙，只好略说数语，令看官粗识原因。原来日本当日，藩臣擅权，方主闭关政策，首藩北条时宗尤为顽固，无论何国使臣，一概拒绝。元使入境，还算格外客气，任他来去自由。至若遣使偕行，虚与周旋，是第一等好意。偏偏元主不明情由，硬要向他絮聒，反令他恼恨起来，决计谢绝。

至元十一年，高丽王王禃殂，世子睶袭爵。世祖以高丽归顺有年，把皇女忽都鲁揭里迷失遣嫁嗣王，并命他发兵五千，助征日本。于是命凤州经略使实都，及高丽军民总管洪茶邱，率大小舟九百艘，载水师一万五千，会同高丽兵士，航海入日本境。日本闻元兵到来，也不遣将出战，只令兵民守住要隘，坚壁以待。元兵路陌生疏，不敢卤莽进攻，耽延了好几日，费了若干粮饷，若干弓箭。迨至矢尽粮竭，不得已掳掠四境，捉住几个日人，夺了一些牛马，便算了事，回来报命。日境虽是难攻，元将恰也没用。

越年，世祖又遣礼部侍郎杜世忠、兵部侍郎何文着等，往使日本，被他拒绝。到了至元十七年春间，再命杜世忠等东行，只知遣使，何益于事，反要送他性命。所赍国书，未免说得严厉，恼动了日本大臣，竟将杜世忠等杀死。那时世祖闻报，自然大怒，遂命右丞相阿喽罕、右丞范文虎及实都、洪茶邱等，调兵十万，浩荡东征。

阿喽罕年老力衰，无志远行，只因君命所委，不敢推辞，没奈何硬着头皮，率师东指。途中屡次延宕，及到高丽，竟逗留不进，只说是风水不利，未便行军。嗣后接连会议，或说宜进兵壹岐岛，可扼日本要口；或说宜先取平壶岛，作屯兵地，然后转攻壹岐。阿喽罕茫无头绪，未免心绪不宁，自是食不安，寝不眠，遂致老病复发，拜表辞职。未几死于军中。

世祖令左丞相安塔哈往代，尚未到军，范文虎志欲图功，从前受制阿喽罕，不能自专，尝讥他老朽无用，至阿喽罕死后，军中要推他为统帅，一朝权在手，便把势来行，当下出令发兵，竟往平壶岛进发。平壶岛四面皆水，日本人称为悬海，西面有五岛相错，叫作五龙山。元兵既到平壶岛，一望无垠，方拟觅地寄泊，俄觉天昏地黑，四面阴霾，那车轮般的旋风，从海面腾起，顿时白浪翻腾，啸声大作。各舟荡摇无主，一班舵工水手，齐声呼噪，舟内的将士东倒西歪，有眩晕的，有呕吐的，就是轻举妄动的范文虎，也觉支持不定。当下各舟乱驶，随风飘漾，万户厉德彪、招讨王国佐、水手总管陆文政等，统是逃命要紧，不管甚么军令，竟带着兵船数十艘，乘风自去。

范文虎见各船散走，心中焦急起来，忙饬大众趋避五龙山。既到山下，检点各舟，十成中已散去三四成。留着的兵舰，多半是帆折樯摧，篷倾舵侧。可见海军不可不练，轮船不可不制。叹息了一回，只得令兵士休息数天，将船中所有器械，渐渐修整。可奈海上的风势，接连不断，稍静片刻，又是怒号。况此时正值凉秋天气，商飙司令，不肯遽停。到了仲秋朔日，飓风复至，范文虎以下各将，惩着前辙，统吓得魂不附体，三十六计，走为上计，慌忙拣择坚船，解缆西遁。虎是文的，无怪外强中干。

军中失了主帅，又没有完善的舟楫，进退无据，只有一个张百户，算做最高的官长，当由军士推戴，号为张总管，听他约束。张总管乘风势少铩，令军士登山伐木，修造船只，意图归还。不料日本兵舰竟从岛中驶出，来杀元军。看官！你想元军虽有数万，到此还能厮杀么？你推我让，彼惊此骇，结果是上天无路，入地无门，有二三万人丧身刃下，有二三万人溺毙海中，还有二三万人，作日本俘囚。日本问是蒙古兵、高丽兵，尽行杀死。惟赦南人万余名，令作奴隶，后来逃还中国，只有三人。中国向迷信星命，未知这三人命中究属何如？那时这位张总管不知下落，想总是与波臣为伍了。

范文虎逃归后，报称败状，并归咎厉德彪、王国佐等，先自遁还，不受节制。诿过于人，庸夫长技。嗣经安塔哈调查，厉德彪等逃至高丽，将部兵遣散，自己也隐姓埋名，避匿他方，一时捕获不着，遂成悬案。世祖复命安塔哈为日本行省丞相，与右丞彻尔特穆尔、左丞刘二巴图尔，募兵造舟，再图大举。中丞崔彧及淮西宣慰使昂吉尔都上书谏阻，世祖不从，可巧占城抗命，有事南征，只好将东征问题暂时搁起一边。

且说占城在交趾南方，旧称占婆国。自兀良合台征服交趾后，曾遣使招致占城，未得实报。世祖令右丞唆都（一作索多）引兵南下，就国立省。占城王子补的负固不服，遂命唆都进讨。唆都率战船千艘，道出广州，浮海至占城。占城发兵迎战，号称二十万，两军在南海中，鏖斗起来，鱼龙避匿，鲸鳄潜踪，自辰牌杀到午牌，未分胜负。唆都大愤，带着敢死士数百名，鼓舟直进，各军亦不敢怠慢，鱼贯而入，顿将敌舰冲开，趁势掩杀。占城兵不能抵御，立刻奔溃，被杀及被溺的兵卒，共五万人。唆都复进兵大浪湖，与占城兵再战，又斩首数万级，遂乘势薄城。王子补的遁入山谷，城中乞降。

唆都入城抚民，拟穷追补的，忽来了占城大吏，名叫宝脱秃花，说是奉王子命，纳款输诚。唆都道："既愿归降，应即来见！"宝脱秃花只称贡品未备，须延期数日，唆都照允，遣他归去，转瞬经旬，杳无音信。唆都方知是诈，引兵深入。转战至木城下，四面都是堡砦，不由唆都不惧，下令还军。行未数里，斜刺里忽闪出占城人马，来截归路，唆都猝不及防，几乎被他蹦跞。亏得众军死战，方得走脱。检点军士，已是一半伤亡，只得退出占城，奏请济师。唆都亦非将材。

世祖封第九子脱欢为镇南王，令与左丞李恒领兵南下，往会唆都军。脱欢欲假道安南，乘便出占城，并命安南国王陈日烜，接济军粮。去使还报，日烜愿随力助饷，但不肯假道。脱欢不问允否，只管前进，行入安南，见境上俱有重兵扎住，拒绝元军，乃扎住大营，整备与战。安南管军官阮盏竟出兵接仗，不到数合，阮盏败走。元军奋勇驱入，杀得安南兵七零八落，擒住安南将杜伟、杜佑。当下审问，始知日烜从兄陈峻，职封兴道王，扼守界上，不许通道。脱欢遂行文招谕，教他退兵开路，未见答复。乃再麾兵深入，迭破要隘，获安南大将段台，兴道王陈峻遁走。

元军在途中，拾得遗弃文字二纸，乃日烜致脱欢公文。内称："前奉诏敕，军不入境，今因占城抗命，大军经过本国，残害百姓，是太子所行违误，本国不能任咎。伏望仍遵前诏，勒回大军，本国当具贡物驰献"等语。脱欢阅毕，即令书状官复文，略说："我朝命讨占城，曾移文汝国，命汝开路备粮，不意汝违朝命，使兴道王等提兵迎敌，射伤我军。我军不得已接战，是祸及汝民，实由汝自己开衅。今与汝约，即日收兵开道，安谕百姓，各务生理，我军所过，秋毫无犯，否则蹂躏汝国，毋贻后悔云云。"恃强胁迫，未免不情。

这书方发，忽由侦探来报，安南王日烜调集军船千余艘，来助兴道王拒战了。脱欢道："他既如此倔强，不如从速进兵。"遂督师亲往，直抵富良江，只见江中排着一字儿战船，高悬兴道王旗帜，彩色鲜明。徒有形色。乃命将士驾筏前攻，大小并进，四面驶击，夺得敌船二十余艘，兴道王复败走。元军缚筏为桥，渡过江北，岸上统竖着木栅，由元军用炮猛攻，守兵亦发炮还击，声震天地。到了晚间，来了安南使臣阮效锐，奉书谢罪，且请班师。脱欢不允，次日复攻木栅，栅内已寂无一人。即令军士拆卸通道进兵，径薄安南城下。日烜已弃城遁去，其弟益稷率属迎降。脱欢入城，搜查宫内，毫无珍物，只留文牍等件，亦尽行抹毁，料知日烜已尽室而去。亟遣将士追袭，获住官吏多人，惟日烜不知去向。是时唆都已引兵来会，奉脱欢命，亦穷追日烜，向南去讫。

脱欢寓居安南城，无粮可因，军士亦多劳瘁，加以水土不服，瘴疠交侵，未免日有死亡，不得已议定退兵。于是出城北旋，仍抵富良江口，方登山伐木，以便筑桥通渡，不防山林里面，统是安南兵伏着，一声呼啸，伏兵四起，都恶狠狠地来杀元军。元军仓猝迎战，纪律不整，军械不全，眼见得为敌所乘，有败无胜。脱欢一面督战，一面令军役速筑浮桥，等到桥可通人，岸上的元军，已有一半受伤。脱欢先自过桥，留李恒断后。顾己不顾人，好一个大元帅。那安南兵见元军渡江，索性用着毒箭，顺风四射。元军且战且行，桥狭人多，不堪普济。更兼毒矢飞来，左右闪避，就使幸免箭镞，也要失足落水。因此元军各队，不是中箭，就是被溺，好多时才得渡完。李恒亦带队过来，右颊已受箭伤，血流满面。安南兵尚思追逐，亏得元军手快，把桥拆断，方能止住追兵。这一番厮杀，元军吃亏不小，狼狈入思明州，李恒创重死了。还有唆都一军，与脱欢相去二百里，追寇不及，中道折回。总道脱欢尚在故处，仍由原路还军，谁知到了干满江，前后左右，统是安南兵杀到。唆都无从趋避，拼着命与他奋斗。可奈杀开一重，又是一重，杀开两重，又有两重，等到杀透重围，手下已是零落，身上亦受重伤，看看前面又是江流，无桥可渡，后面的呼杀声，尚是不绝，进退无路，投江而死。残众亦都随着，扑通扑通的数十响，葬身鱼腹去了。统是枉死。

世祖闻报，愤急得了不得，更发蒙古军千人，汉军新附四千人，南往思明，归镇南王节制，再讨安南。复命左丞相阿尔哈雅等，大征各省兵，陆续接济。吏部尚书刘宣奏称安南臣事已久，岁贡并未愆期，似在可赦之列。且镇南王出兵方回，疮痍未复，若再令进讨，兵士未免寒心。况且南交一带，蛮瘴甚深，不如少缓时日，徐作后图。世祖览奏，乃遣使往谕脱欢，令其自筹行止。脱欢复称从缓进行，惟日烜益稷，为兄所逐，自拔来归，应如何处置？请旨遵行云云。世祖乃令脱欢还军，并居益稷于鄂州，容图后举。

至元二十三年，诏封益稷为安南国王。复命镇南王脱欢统率江淮、江西、湖广三省蒙古军，及汉军七万人，云南军六千人、海外四州黎兵万五千人，再伐安南，并纳益稷。所有右丞阿八赤、程鹏飞暨参政樊楫以下，统归镇南王调遣，于是水陆并举，分道南进。安南王陈日烜闻元兵大举，也分道防守。元兵锐气大张，逢关即破，遇险即登，大小十七战，都得胜仗，遂深入国都。日烜仍用旧法，弃城入海，脱欢再入城中，仍令将士航海追寻。看官！你想，这大海茫茫，渺无津涯，凭你东寻西觅，哪里获得住日烜？不过徒然跋涉，多劳军士罢了。前详后略，用笔得体。

用兵数月，已是至元二十五年仲春，右丞阿八赤语脱欢道："敌弃巢穴，远窜入海，意将待吾疲敝，再出争战。我军统是北人，到了春夏交季，瘴疠将作，何能支持！敌弗就擒，吾粮且尽，不如退归为是！"脱欢迟疑未决，会日烜复遣使请降，仍是缓兵之计。乃顿兵待着。相持有日，仍无音耗。脱欢遣阿八赤等沿海巡查，返报海口有安南兵。正拟遣兵往攻，奈天气日炎，疫疠又作，所得险隘，连报失守，不得不率众退还。那陈日烜恰是厉害，从海上集众三十万，绕出安南国北方，到了东关，截住元军归路，连营以待。元军也自防着，步步为营。变换前文，不特免复沓之病，且揆情度理，亦应如此。不然脱欢为元帅，岂竟不戒覆辙耶！既近东关，侦知安南兵在前，各怀着小心，上前夺路。安南兵初次接战，倒也不甚起劲，只沿途散处，日与元军战数十合，他惟抢夺军械，任他自走。迨元军行至东关，面面皆山，安南兵都占住山脚，差不多如蚂蚁一般。元军正在骇愕，不期敌军队里，鼓声一响，千万杆箭镞，复扑面飞来。正是：

日暮途穷天地黑，

风凄血薄鬼神愁。

毕竟元兵如何抵御？且看下回便知。

元世祖即位以后，统一中原，宜乘此休养士民，修文偃武，古人放牛归马之风，何不可遵而行之？况元自太祖称尊，至世祖灭宋，相传其屠戮人数，共一千八百四十七万有奇。既已统一海内，更宜止杀行仁，乃复穷兵东伐，黩武南征，天道恶盈，宁肯令其常胜耶？故无论阿塔罕等之不足将兵，皇子脱欢等之未克料敌，而揆诸理数，亦断无永久不败之理。本回备第述战事，而于篇首之"好大喜功"四字，已评定世祖人品。以下逐节写来，处处寓着讥刺，知寓戒之意深矣！

第二十四回　海都汗连兵构衅　乃颜王败走遭擒

却说元军至东关遇敌，被安南兵连放毒箭，将士又复遭伤、当下裹疮力战，还是杀不退敌兵。阿八赤、樊楫两人，保住脱欢先行，只望突过东关，便好脱险。那安南兵偏专望大纛杀来，势不可当，任你阿八赤、樊楫等努力冲突，总是无路可走。阿八赤遂语脱欢道："王爷顾命要紧，须扮做兵士，莫令敌军注目，方可逃生。我等愿誓死报国了！"脱欢闻言，便卸下战袍，带着亲卒，混入各军队里，伺隙逃走。曹阿瞒割须弃袍，倒被他模仿得来。阿八赤、樊楫两人，竟尔战死。脱欢正偷出重围，安南兵又复追上。幸前锋苏都尔领了健卒，回身奋战，才将安南兵截住。可笑这位镇南王脱欢，穷极智生，不敢径行大道，只望僻处奔逃，亏此一着，保全性命，要算大幸。

到了思明州，败军始陆续奔来。仔细检查，十死五六，比前次损失还要加倍。脱欢恼丧异常，只好据实奏闻。世祖以脱欢两次败还，勃然震怒，便下诏切责，令他留镇扬州，终身不准入觐。一面拟另简良将，指日再征。

寻得安南来使，贡入金人一座，且卑词谢罪，方把南征事暂行搁置。是时连岁用兵，多半无功。只诸王相答吾儿（一作桑阿克达尔）及右丞台布等，分道攻缅国，还算得手，收降西南夷十二部，直指缅城。缅国即今缅甸，与云南接壤，役属附近各部落，声焰颇盛。至是为元兵所败，遁入白古。嗣复遣人乞降，愿纳岁币，元军方还。所有印度、暹罗及南洋群岛诸部落，亦闻风入贡，元威算遍及西南了。

世祖雄心未已，复拟敛财储饷，再征日本及安南。卢世荣以官利邀宠，尝自谓生财有法，不必扰民，可以增利。因即擢他为右丞。他遂滥发交钞，妄引匪人，专权揽势，毒害吏民。嗣经陈天祥奏弹，方召世荣入朝对质，由世祖亲自鞫讯，一一款服，才命正法。

天下事福无双至，祸不单行。卢计臣方才伏辜，皇太子偏又病剧。这皇太子便是真金，起病的原因，自王着矫杀阿合马，真金心中已不自安。到至元二十二年，忽有南台御史，奏请内禅。台臣以世祖精神矍铄，定不准奏，遂将原奏搁起。其时卢世荣未戮，引用阿合马余党，竟借公济私，奏称太子阴谋禅位，台臣擅匿奏章；那时世祖未免忿怒，只因太子素来尽孝，还算勉强容忍，不加诘责。嗣被太子闻知，忧惧成疾，医药罔效，竟与老父长别，仙逝去了。真金以仁孝闻，所以转笔加褒。

世祖方悲悼未休，忽西北一带，警耗迭传，竟有同族相残的祸案，酿成分裂。于是接连用兵，扰扰了好几十年。这乱源早已伏着，小子久思叙入，因恐文字夹杂，转眩人目，不如总叙一回，省得枝枝节节。看官阅着，由小子一一叙来。

原来，元太祖即大汗位，至世祖统一神州，先后不过七十年，除亚细亚洲极北部及亚细亚洲极南部外，全洲统为元有，就是欧洲东北土，亦为元威所及，真是一个大帝国，自中国黄帝以来，所绝无仅有的。当时蒙古诸王族，各有分土，最大者有四国，分述如下：

（一）伊儿汗国　自阿母、印度两河以西，凡西方亚细亚一带地，统归管领，亦称伊兰王国。旭烈兀子孙，君临于此，都城在玛拉固阿。

（二）钦察汗国　在伊儿汗国北方，东自吉利吉思荒原，西至欧洲马加境，举秃纳河（即多瑙河）。下流，及高加索以北地，统归管领，或称金党汗国。拔都子孙，君临于此，都城在萨莱。

（三）察合台汗国　阿母河东面，及西尔河东南，凡天山附近的西辽故土，统归管领。察合台子孙，君临于此，都城在阿力麻里。

（四）窝阔台汗国　凡阿尔泰山附近的乃蛮故土，统归管领。窝阔台（即太宗）。子孙，君临于此，以也迷里附近，作为根据地。

这四汗国就封后，一切内政，由他自理，名义上仍由元主统驭。世祖乃建阿母河行省，监制伊儿、钦察两汗国；置岭北行省，监制窝阔台汗国；设阿力麻里及别失八里两元帅府，监制察合台汗国。还有一班皇族宗亲，分镇满洲，因立辽阳行省，作为监督。总道是内外相维，上下相制，好作子孙帝王万世的基业。**秦始皇以郡县治天下，元世祖以分封治天下，俱欲长治久安，后来都生祸乱，可知徒法不能自行。**无如法立弊生，福兮祸倚。窝阔台汗国自宪宗嗣位后，早怀不平（应第十九回）。至世祖入继，阿里不哥构衅，太宗孙海都为窝阔台汗国首领，曾隐助阿里不哥，谋倾世祖。阿里不哥败亡，海都汗静蓄兵力，志图大逞。

是时察合台早死，其从孙亚儿古为察合台汗，与海都联盟。世祖探知底细，遣使至察合台汗国，黜逐亚儿古，别立察合台族曾孙八剌为汗。且命连接钦察汗国，与拔都孙蒙哥帖木儿彼此相倚，共制海都。谁知八剌不怀好意，反嗾使海都，合图钦察汗国。海都引兵入钦察境，蒙哥帖木儿已早闻知，潜出兵袭击海都后面。海都还军抵敌，八剌又背了海都，竟将海都所侵地占据了去。**杨畏三变，尚愧勿如。**海都愤不可遏，卑辞向钦察汗乞和，且得钦察援兵，杀退八剌。八剌很是刁狡，贻书海都，只说要乞师燕都，与他拼命。海都正防这着，不得已与他讲和。由是三汗勾连，同会于怛罗斯河畔，模仿库里尔泰会，推海都为蒙古大汗。

海都传檄伊儿汗国，令他一同推戴，共抗燕都。伊儿汗国的始祖是旭烈兀，系世祖亲弟，向来服从世祖。旭烈兀殁后，他子阿八哈承父遗志，不肯附和海都。海都遂与八剌联兵，攻入伊儿汗国东境，一面约钦察汗、蒙哥帖木儿侵略伊儿汗国西北。阿八哈颇有父风，熟娴兵事，竟调集部众，逆击海都、八剌的联合军。两军相遇，阿八哈略战即退，诱敌兵深入险地，用四面埋伏计，冲破敌兵。海都八剌几乎被擒，幸亏逃走得快，方得保命。

阿八哈既战退联合军，复去迎截钦察兵。这钦察兵颇是厉害，闻着阿八哈到来，他竟退归，至阿八哈回去，他复出来，弄得阿八哈疲于奔命，积劳成疾，未几身死。子阿鲁浑嗣立。阿八哈弟阿美德不服，屡与相争。阿鲁浑虽尚能支持，究竟内乱未平，不暇对外，所以海都的势焰，愈加鸱张，竟欲入逼燕都。

元廷早议往讨，世祖以谊关宗族，不忍发兵，只遣使招谕。假惺惺。海都不肯应诏，乃遣皇子耶木罕为大帅，与宪宗子昔里吉及木华黎孙安童，统兵防御。不意昔里吉反叛应海都，竟将耶木罕、安童两人拘禁营中。那时世祖闻报，急令右丞相伯颜率兵往救耶木罕等。伯颜兼程而进，闻昔里吉已导海都部众，将入和林。于是火速进兵，遇昔里吉于鄂尔坤河畔，麾众直前，攻破昔里吉营帐，救出耶木罕、安童。昔里吉遁走。正拟乘胜穷追，忽来了燕都钦使，促伯颜还朝。

伯颜班师南归，入见世祖，世祖语伯颜道："海都未平，乃颜（一作纳延）又复谋逆，所以促卿归来，商决军事。"伯颜道："乃颜也敢谋逆么？究竟有无实据？"世祖道："乃颜屡次征兵，朕命行省阇里帖木儿不得辄发，闻他时出怨言，将来必要为逆了。"伯颜道："西北诸王，多得很哩。若乃颜一反，胁从王族，恐怕乱祸蔓延。现不如乘他未发，遣使宣抚为是。"世祖问何人可遣？伯颜自请一行，遂奉旨去讫。

看官，你道乃颜究属何人？原来就是太祖弟别勒古台的曾孙。别勒古台曾受封广宁路、恩州二城，以斡难克鲁伦两河间为驻牙地，子孙世袭为王。传至乃颜，适当海都倡乱，受他运动，遂思征兵助逆。叙述明晰。

伯颜既奉命北行，车中满载衣裘，每至一驿，辄把衣裘颁给，驿吏很是感激。为大事者，不惜小费。及与乃颜相见，反复慰谕，乃颜含糊答应。伯颜窥出私意，料非口舌所能挽回，竟不待告辞，夤夜出走。驿吏争献健马，遂得速遁。至乃颜发兵来追，已是驰出境外。

追返报世祖，很是忧虑。宿卫使阿沙不花道："欲讨乃颜，须先安抚诸王，诸王归命，乃颜势孤，不怕不受擒了！"世祖称善，便命他往说诸王。阿沙不花有口辩才，一入西北境内，就扬言乃颜投诚。诸王闻言，为之气沮，自是所如无阻，把诸王说得屏足敛容，不敢抗衡。可见应对之长，断不可少。至阿沙不花归还，世祖遂决议亲征，用桑哥

(一作僧格)为尚书，敛财助饷。桑哥本卢世荣余党，一握政权，免不得暴敛横征。世祖急于讨逆，哪里管得许多。将要启跸，先遣谕北京等处宣慰司，令与乃颜部民，禁绝往来。所有京内兵吏，不得持弓挟矢，于是乘舆北发，肃静无哗。

既入乃颜境内，见麾下将校，多与乃颜部兵立马相向，释仗对语。世祖很以为忧。左丞叶李密启道："兵贵奇不贵众，临敌当用计取。现看蒙古将士，与乃颜部多是亲昵，哪个还肯为陛下出力？徒然劳师糜饷，不见成功。臣请令汉军列前，用汉法督战，再用大军断他后路，示以死斗。乃颜玩视我军，必不设备，待我大军冲入，无虑不胜！"元代尝重用蒙古军，所以叶李有此计议。

世祖依言，谕左丞李庭等部勒汉军，充作前锋。至撒儿都鲁地方，见前面尘飞沙起，料知叛兵到来，便下令布阵，列马以待。乃颜兵如排墙，号称十万，前哨头目名叫塔布台，随后的头目名叫金嘉努。乃颜自领中军，疾驰而至。世祖麾军与战，厮杀了一日，未分胜败，薄暮收军。

次日世祖再督军逆战，乃颜坚壁不出，当即还军。两下相持数日，彼此没甚动静，司农卿铁哥献议道："乃颜不来出战，明是有意顿兵，他欲待我师老，方来邀击，若与他相持，正中诡计。现请布一疑阵，淆乱敌心，令他自行退去，才可用奇兵制胜哩。"世祖问计将安出？由铁哥附耳道："如此如此！"世祖大喜，依计行事。

乃颜虽然坚守，每日侦探元军。一夕，得侦骑来报，说是元主据着胡床，张盖饮酒，态度很是从容，旁有大臣陪着，很是闲适，莫非长此驻扎不成。密计从侦骑叙出。乃颜忙与塔布台等商议，塔布台道："元主如此闲暇，定是兵粮饶足，我若与他久持，反受牵制，不如乘夜退去，据险扼守罢了。"乃颜被他一语，倒也心动，便令部众潜退。部众得了归命，巴不得即日回去，顿时收拾行装，全营忙乱。

事被李庭探悉，即请世祖发令，引敢死士十余人，执着火炮，夜入敌阵。乃颜部众正要奔走，不防炮火射入，声如震雷，斯时大众无心恋战，便一哄儿地逃散。李庭遂率汉军奋击，继以玉昔帖木儿所领的蒙古军先后追杀，如虎逐羊。汉军向被蒙古轻视，至此格外猛厉，显些威风。蒙古军见汉军奋勇，也有争功思想，顾不得甚么情谊，况已得了胜仗，乐得乘势驱逐，杀个爽快。遣将不如激将，便是此意。只乃颜部众，确是晦气，走到东遇着汉军，跑到西碰着蒙古军，更且黑夜迷蒙，辨不出道路高低，就是幸免锋刃，也因心慌脚乱，随地乱仆。塔布台受创身死，金嘉努不知去向。乃颜抱头乱窜，已达数里，正虑元军追着，喘吁吁地纵辔急逃。不意道路崎岖，马行未稳，猛觉得一声崩蹋，那马足陷入泥淖中，竟将乃颜掀翻地下。残众只管自逃，一任元军追到，将他擒去。看官，你想叛逆不道的罪犯，还能保全性命么？枭首以后，还要分尸，这也毋庸琐述。

世祖班师而回，既到燕京，忽由辽东宣慰使塔出，飞驿驰奏，略说乃颜余党失都儿等，入犯咸平，请速济师。世祖遂令皇子爱牙赤，领兵万人，驰驿往援。时咸平东北一带，多与乃颜连接，塔出恐他蔓延，急与麾下十二骑星夜前行，沿途征集数百人，直抵建州。适遇失都儿前军，约有数千名，头目叫作大撒拔都儿，来攻塔出。塔出毫不畏怯，当先陷阵，麾下数百人，也各自为战，以一当十，竟将大撒拔都儿杀退。

塔出两中流失，仍指挥自如，与未受痛楚一般。忽得侦报，叛党从间道西出，将袭皇子爱牙赤军，遂又调兵千名，绕道遮截。至懿州附近，与叛党帖古歹相遇，两阵对圆，只见帖古歹执旗麾众，意气扬扬，塔出拈弓搭箭，飕的一声，穿入敌阵，不偏不倚地中了帖古歹口中，镞出项间，顿时坠马身死，余众不战自溃。塔出追至阿尔泰山，方才收兵。

回至懿州，懿州人民焚香罗拜道旁，都涕泣道："非宣慰公到此，吾辈无噍类了！"塔出下马慰谕道："今日逐出叛党，上赖皇帝洪福，下赖将士勇力，我有甚么功绩，劳汝等敬礼？"劳谦君子有终吉。遂慰谕人民，令他们归去；一面露布告捷，世祖下诏嘉奖，赏他明珠虎符，充蒙古兵万户。皇子爱牙赤亦引还，无如乃颜余党尚是未靖，海都又屡寇和林，于是令皇孙铁木耳（一作特穆尔）巡守辽河，右丞相伯颜出镇和林。小子有诗叹道：

胡人好杀本无亲，
构怨连年杀伐频；
为语前车宜后鉴，
莫教骨肉未停匀！

毕竟叛党能否平靖？容俟下回续陈。

海都构乱，两汗响应，即西北诸王如乃颜者，亦起而响应，是为元代分裂之原因，即为蒙俗残忍之报应。宪宗蒙哥不经库里尔泰会通过，即窃据大位，妄肆杀戮。彼非应承大统之人，乃恃强称帝，自残同类，亦何怪宗族之解体乎？世祖得国，与乃兄无异，加以穷兵黩武，暴敛横征，外患未靖，而内乱迭作，谁为为之，以至于此！幸其时犹称全盛，不致遽亡；然履霜坚冰，其象已见，读此回应为之黯然！

第二十五回　明黜陟权奸伏法　慎战守老将骄兵

却说乃颜余党，尚出没西北，头目为火鲁火孙及哈丹等，攻掠边郡未下。经皇孙铁木耳北巡，遣都指挥土土哈等击破火鲁火孙，复战胜哈丹，收复辽左，置东路万户府，嗣是西北稍安。哈丹虽屡来扰边，终被守兵击退；只海都屡寇和林。伯颜尚未出发，世祖命皇孙甘麻剌（一作葛玛拉，系铁木耳长兄）往征，会同宣慰使怯伯等军，共击海都，一面命土土哈移军接应。怯伯阳迓甘麻剌，阴与海都勾通，军至航爱山，怯伯反引海都部众，来击甘麻剌，将他困在垓心。甘麻剌左冲右突，卒不得脱，心中焦急万分。幸土土哈率军杀到，突入围中，将甘麻剌翼出，令他先行，自率军断后，敌众不肯就舍，统跨马追来。土土哈挑选精锐，依山设伏，俟追军将近，先与截杀，佯作败走形状，诱敌众入山，呼令伏兵齐起，一律杀出。敌兵腹背受敌，几乎败溃，亏得人数众多，分队抵敌。杀了一场，究竟有输无赢，只好夺路遁去。

世祖闻报，复议亲征，师至北方，土土哈率军来会，由世祖抚背慰谕道："从前我太祖经营西北，与臣下誓同患难，尝饮班珠尔河流水，作为纪念。今日得卿，不愧古人，卿其努力，毋负朕意!"（应第九回）土土哈拜谢。海都闻世祖亲到，不战自退。

世祖回军，适福建参知政事，执宋遗臣谢枋得，送至燕京。枋得天资严厉，素负奇气，尝为宋江西招谕使。宋亡，枋得遁入建阳，卖卜驿桥，小儿贱卒亦知他为谢侍御。至元二十三年，世祖遣御史程文海访求江南人才，文海博采名士，选得赵孟适、叶李、张伯淳，及宋宗室赵孟頫等（赵孟頫字子昂，为宋秦王德芳后裔，善书画，冠以"宋宗室"三字，所以愧之），共二十人，枋得亦列在内。时枋得方居母丧，遣书文海，力辞当选。嗣宋状元宰相留梦炎亦已降元，复荐枋得，枋得复致书痛责，极言"江南士人，不识廉耻，非但不及古人，即求诸晚周时候，如瑕吕饴甥，及程婴、杵臼厮养卒，亦属没有，令人愧煞"等语。梦炎见书，未免心赧，亏得脸皮素厚，乐得做我好官，由他笑骂。谁要你做过前朝的状元宰相！此编大书前朝头衔，已足令羞。会天佑闻元廷求贤，佯召枋得入城卜易。既至，劝他北行。枋得不答，再三慰勉，乃嫚词谯诃。天佑曲为容忍，偏枋得愈加倨肆，令他难堪。有意为此。遂反唇相讥道："封疆大臣，当死封疆。你为宋臣，何故不死？"枋得道："程婴、公孙杵臼，两人皆尽忠赵氏，程婴存孤，杵臼死义。王莽篡汉，龚胜饿死。汉司马子长尝云：死有重于泰山，或轻于鸿毛。韩退之亦云，盖棺方论定，参政何足语此？”天佑道：“这等都是强辞！”枋得道：“从前张仪尝对苏秦舍人云：‘苏君得志，仪何敢言？’今日乃参政得志时代，枋得原不必多言了！”天佑愤甚，硬令役夫舁他北行，临行时，故友都来送别，赠诗满几。独张子惠诗最切挚，中有一联佳句道：“此去好凭三寸舌；再来不值半文钱！”确是名言。枋得览至此句，叹息道：“承老友规我，谨当铭心！”遂长卧眠篼中，任之舁行。途中有侍从进膳，他却不食半菽，饿至二十余日，尚是未死。既渡江，侍从屡来劝食，乃踌躇一番，何故踌躇？看官试猜。复少茹蔬果。及到燕京，已是困惫不堪。勉强起身，即问故太后攒所及瀛国公所在地（见二十二回），匆匆入谒，再拜恸哭。所以踌躇者，只为此耳。归寓后，仍然绝粒。留梦炎使医持药，杂米饮以进。枋得怒，掷诸地上，过了五日，奄然去世。世祖闻枋得死节，很是叹息，命他归葬。其子定之，遂往奉骸骨，还葬信州。忠臣足以服枭雄。

还有一位庸中佼佼的处士，姓刘名因，系保定容城人。他并未受职宋朝，只因蒙儿得国，不愿委贽，专力研究道学，笃守周、邵、程、朱学说，并爱诸葛孔明静以修身一语，表所居曰静修。嗣经尚书不忽术举荐，有诏征辟，乃不得已入朝。世祖擢为右赞善大夫。他敷衍了数日，奏称继母年老，乞归终养，遂辞职去。所给俸禄，一律缴还。后复征为集贤学士，仍以疾辞，世祖称他为不召之臣，由他归休。旋于至元三十年去世。赠翰林学士，封容城郡公，谥“文靖”。刘因有知，恐不愿受。

刘因以外，第二个要算杨恭懿，他籍隶奉元。至元初年，与许衡俱被召，屡辞不起。太子真金用汉聘四皓故事，延他入朝，与定科举制度，及考正历法。至历成，授他为集贤学士兼太史院事。恭懿辞归，寻又召他参议中书省事，仍不就征，与刘因同年告终。

元初大儒，应推这两人为巨擘了。特别揄扬。此外要算国子监祭酒许衡。只许衡久食元禄，老归怀孟，至七十三岁寿终。尝语诸子道：“我为虚名所累，不能辞官，死后慎勿请谥，勿立碑，但书许某之墓四字，使子孙知我墓所，我已知足了！”隐有愧意。及死后，世祖加赠司徒，封魏国公，谥“文正”。衡虽悔事元朝，究竟有功儒教，元制有七匠、八娼、九儒、十丐等阶级，幸有许衡维持，方将周、孔遗泽绝而复续，略迹原心，功不可没，这且按下不提。

且说世祖自西北还师，驻跸龙虎台，忽觉空中有震荡声，地随声转，心目为之眩晕，不觉惊讶异常。越日得各处警报，地震为灾，受害最剧，要算武平路，黑水涌出地中，地盘突陷数十里，坏官署四百八十间，民居不可胜计。于是命左丞阿鲁浑涯里（一作谔尔根萨里）召集贤翰林两院官，询及致灾的原因。各官都注意桑哥，只是怕他势大，不敢直言。地震之灾，未必由桑哥所致，然桑哥虐民病国，诸臣不敢直言，仗马寒蝉，太属误事。独集贤直学士赵孟頫，因桑哥钩考钱谷，有数百万已收，未收还有数千万，纵吏虐民，怨苦盈道，遂奏请下诏蠲除，借弭天灾。世祖遂命草诏，适为桑哥所见，悻悻道："此诏必非上意。"孟頫道："钱谷悬宕，历征未获，此必由应征人民，死亡殆尽，所以不曾奉缴，若非及时除免，他日民变骤起，廷臣得便上书，怕不要归咎宰辅么？"桑哥嘿然无言，方得颁诏。

后来世祖召见孟頫，与言叶李、留梦炎优劣。孟頫道："梦炎是臣父执，操行诚实，好谋能断，有大臣风。叶李所读的书，臣亦读过，所知所能，臣亦自问不弱。"世祖笑道："你错了！梦炎在宋为状元，位至丞相，当贾似道执政时，欺君误国，他却阿附取容，毫无建白。李一布衣，尚知伏阙上书，难道不远胜梦炎么？"

孟頫撞了一鼻子灰，免冠趋出。乃与奉御彻里相遇，便与语道："上论贾似道误宋，责留梦炎不言，今桑哥误国几过似道，我等不言，他日定难逃责！但我是疏远的臣子，言必不听，侍御读书明义，又为上所亲信，何不竭诚上诉，拼了一人的生命，除却万民的残贼，不就是仁人义士么！"你于宋亡时何不拚命，至此却教人拼命，自己又袖手旁观，好个聪明人，我却不服。彻里不觉动容，答称如命。

一日，世祖出猎漷北，彻里侍着，乘间进言，语颇激烈，世祖黜他诋毁大臣，命卫士用锤批颊，血流口鼻，委顿地上。少顷，复由世祖叫问，彻里朗声道："臣与桑哥无仇，不过为国家计，所以犯颜进谏。若偷生畏死，奸臣何时除？民害何时息！今日杀了桑哥，明日杀臣，臣也瞑目无恨了！"如彻里者，不愧忠臣。世祖大为感动，遂召不忽术密问，不忽术数斥桑哥罪恶多端，乃降敕按验。廷臣遂相率弹劾，你一本，我一折，统说桑哥如何不法，如何应诛。世祖召桑哥质辩。那时台臣百口交攻，任你桑哥舌吐莲花，也是辩他不过。况且事多实据，无从抵赖，没奈何俯伏请罪。世祖遂把他免职，一面命彻里查抄家产，所积珍宝，差不多如内藏一般。返奏世祖，世祖愤愤道："桑哥为恶，始终四年，台臣宁有不知的道理？知而不言，应得何罪？"御史杜思敬道："夺官追俸，惟上所裁！"你前时何亦溺职。于是台臣中斥去大半，阿鲁浑涯里与桑哥同党，亦夺职抄家。叶李同任枢要，一无匡正，亦令罢官。先是桑哥专宠，一班趋炎附势的官员，称颂功德，为立辅政碑，奉谕俞允；且命翰林学士阎复撰文，说得非常赞美。至是已改廉访使，亦坐罪免官。未免冤枉。

世祖欲相不忽术，与语道：“朕过听桑哥，以致天下不安，目下悔之无及，只可任贤补过！朕识卿幼时，使从学政，正为今日储用，卿毋再辞！”不忽术道：“桑哥忌臣甚深，幸蒙陛下圣鉴，谅臣愚忠，得全首领。臣得备位明廷，已称万幸，若再不次擢臣，无论臣不敢当，就是朝廷勋旧，亦未必心服呢！”世祖道：“据你看来，何人可相？”不忽术道：“莫如太子詹事完泽（《元史》作旺札勒）。曩时籍阿合马家，抄出簿籍，所有赂遗近臣，统录姓氏，惟完泽无名。完泽又尝谓桑哥为相，必败国事，今果如彼所料，有此器望，为相定能胜任了！”不忽术有让贤之美。世祖乃命完泽为尚书右丞相，不忽术平章政事，朝右一清。

会中书崔彧奏劾桑哥当国四年，卖官鬻爵，无所不为，亲戚故旧，尽授要官，宜令内外严加考核，凡属桑哥党羽，统应削职为民云云。真是打落水狗。有旨准奏，遂彻底清查，把京内外官吏，黜逐无数。有湖广平章政事要束木（一作约苏穆尔），系桑哥妻舅，尤为不法，系逮至京，籍没家产，得黄金四千两，遂将他正法。今之官吏拥资数千万，比要束木为何如？自是穷凶极恶的桑哥，也被拘下狱，无可逃免，结果是推出朝门，斩首示众。贪官听着。嗣又有纳速剌丁、忻都、王巨济等亦被台臣纠参，说他党附桑哥，流毒江南，乞即加诛以谢天下。世祖以忻都长于理财，欲特加赦宥，经不忽术力争，一日连上七疏，乃一并伏罪，与桑哥的鬼魂，携手同去了。生死同行，可谓亲昵。

小子把朝事叙毕，又要回顾前文，把海都的乱事，接续下去。世祖自亲征回跸后，因穷究桑哥余党，不遑顾及外务。且因江南连岁盗起，如广东民董贤举，浙江民杨镇龙、柳世英，循州民钟明亮，江西民华大老、黄大老，建昌民邱元，徽州民胡发、饶必成，建平民王静照，芜湖民徐汝安、孙惟俊等，先后揭竿，更迭起灭，看似随笔叙过，实是隐咎元朝。累得世祖宵旰勤劳，几无暇晷。还要开会通河，凿通惠渠，沟通南北，累兴大役，因此把北方军务，都付与皇孙甘麻剌及左丞相伯颜。

伯颜出镇和林，威望素著，海都有所顾忌，不敢近边。会诸王明里铁木儿被海都唆使，来攻和林。伯颜出兵阻截，至阿撒忽突岭，已见敌军满布，倚险为营。当下举着令旗，当先陷阵，任他矢下如雨，只管冒险前进。各军望风争奋，顿时闯入敌营。明里铁木儿忙来拦阻，看伯颜军似潮涌入，锐不可当，料知抵敌不住，索性回转营后，扒山逃去。伯颜令速哥梯迷秃儿等追杀敌军，自引兵徐徐退还。

到必失秃岭，夕阳下山，伯颜仰望岭上，飞鸟回翔，仿佛似怕惧蛇蝎，不敢投林；遂令军士向山扎营，严装待命。诸将入禀伯颜，愿即回军。伯颜道：“你等不见岭上的飞鸟么？天色已晚，不敢归巢，岂不是内有伏兵！若卤莽前进，正中他计！”老成持重，何至败衄。诸将道：“主帅既料有伏兵，何不上山搜寻，痛剿一番！”伯颜道：“夜色苍茫，不便搜剿。”诸将再欲有言，被伯颜叱退，并下令军中道：“违令妄动者斩！”成竹在胸。已而暮夜沉沉，连营寂寂，猛听岭上四起胡哨，不待侦卒还报，就令各营坚壁固守，遇有敌兵冲突，只准在营放箭，不得出营接仗，如有擅动，虽胜亦斩！是谓军令如山。吓得将士战战兢兢，谨守号令，果然敌兵来袭数次，统被飞箭射退。守至天明，军令复下，饬各将士越岭速追，迟缓者斩！迭写斩字，威声凛凛。当下将士遵令，立刻拔营登山，遥望敌兵，已向山后退去，便摇旗呐喊，纵辔奔驰。敌兵前行如飞，伯颜军后追如电。将要追着，只见敌兵后队停住，前队纷乱，便即乘势杀入。看官，你道敌兵何故失律？原来速哥梯迷秃儿追赶明里铁木儿，未及而还，从间道来会伯颜军，巧遇敌兵遁走，就此截住。这时敌兵穷蹙异常，怎禁得两路夹攻，有几十百个生得脚长，还算侥幸逃生，此外都作刀头之鬼。

伯颜扫尽敌兵，当即收军。各将士都将首级报功，共得二千数百颗，遂打着得胜鼓，回至和林。会侦骑获到间谍一名，由伯颜召入慰问，赐他酒食。诸将争欲杀他，伯颜不许，放他归去。临行时，给发回书，并赏以金帛，谍使感谢而去。过了数日，得明里铁木儿复音，情愿率众归降，诸将方知伯颜妙用，胜人一筹。始惧以威，继感以德，确是大将权谋。

是时海都闻明里铁木儿败还，大举入寇，伯颜只令各处要隘，严守不战。元廷还道伯颜怯敌，遂劾他久镇北方，观望迁延，无尺寸功，甚或说他通好海都。信而见疑，忠而被谤，无怪豪杰灰心。世祖半信半疑，遂诏授皇孙铁木耳军符，统握北方军务，以太傅玉昔帖木儿（一作约苏特穆尔）辅行，召伯颜还居大同，静待后命。

伯颜闻旨，并无愠色，诸将却很是不平，咸请发兵对敌，先除海都，后接钦使。伯颜笑道：“要除海都，也没甚难事，只恐诸君不听我命。”诸将齐声遵约，伯颜道：“既如此，且遣人止住钦使，待我除灭海都。”诸将喜甚，遂遣使止住铁木耳等，一面麾军出境，既遇敌营，伯颜令各军往战，只准败，不准胜，违者斩。又出奇谋。诸将闻令，疑惑得很，奈因前誓遵令，不敢有违。便出与海都交绥，略略争锋，当即败退。伯颜亦退军十里下寨。次日便齐集听令，见伯颜号令如故，仍复照行。伯颜复退军十里下寨。一连五日，交战五次，连败五阵，退军至五十里。诸将忍耐不住，都交头接耳地谈论伯颜。到第六日，伯颜下令，仍然照旧。诸将遂齐声禀道：“连日退兵，长他人锐气，灭自已威风，莫怪谗人鼓舌！还求改令方好！”伯颜道：“我与诸君定有前约，如何违慢？多言者斩！”复出二斩字，煞是奇异。诸将忍气吞声，不敢不去，不敢不败。接连又是两日，复退军二十里，一边着着退步，一边着着进行，恼得诸将性起，不管甚么死活，又来与伯颜争辩。伯颜道：“这便所谓骄兵之计，你等哪里知道！”诸将齐声道：“战了七日，败了七阵，退了七十里，骄兵计也用得够了，难道还要这般么！”伯颜不禁长叹。诸将复道：“我等愿出灭海都，如或不胜，甘当重罚！”伯颜道：“诸君少安，待我说明。”正是：

老将骄兵操胜算，

武夫好斗骧奇功。

毕竟伯颜说出甚么话来？看下回明白交代。

谢枋得为宋尽忠，气节不亚文山，足为后人圭臬。刘因、杨恭懿等，未曾仕宋，亦能高尚志节，许莫庐对之，应有愧色，此著书人之所以亟亟表彰也。世祖名为重儒，实是好武，因用兵而敛财，因敛财而任佞，阿合马、卢世荣后，复有桑哥，三奸肆恶，元气斫丧，虽先后伏诛，而民已不胜困敝矣。伯颜为元室良将，匪特用兵如神，即谨守不战，亦为休养兵民起见，乃谗口嚣嚣，媒糵其短，卒至瓜代之使，奉敕遥来，雄主好猜，老臣蒙谤，乃知刘因、杨恭懿之屡征不至，固有特识，非第华彝之防已也。阅者于夹缝中求之，庶识著书人深意。

第二十六回　皇孙北返灵玺呈祥　母后西巡台臣匿奏

却说伯颜因诸将争议，复说明本意道：“海都悬军入寇，十步九疑，我若胜他一仗，他即遁去。我拟诱他入险，使他自投罗网，然后一战可擒。诸君定欲速战，倘或被他逃走，哪个敢当此责?”诸将还是未信，复道：“主帅高见，原是不错，但皇孙及太傅等，停止中道，彼未知我密计，又向朝廷饶舌，恐多未便，所以利在速战。主帅若虑海都脱逃，当由末将等任责！”伯颜复长叹道：“这也是海都的侥幸，由你等出战罢！”一声令下，万众欢跃，便大开营门，联队出去。

海都因连日得胜，满怀得意，毫不防着。正在饮酒消遣，侦卒来报，敌军来了。海都笑道：“不过又来串戏。”随即整队上马，出营督战。说时迟，那时快，伯颜军已踹入营盘，似生龙活虎一般，无人可当。海都部众，纷纷退下，究竟海都老于戎事，见伯颜军此次来攻，与从前大不相同，料得前番屡退，明是诱敌，遂招呼部众，且战且走。幸喜尚未入险，归路平坦可行，不过兵马受些损伤，自己还算幸脱。伯颜军力追数十里，只夺了些军械，抢了些马匹，杀伤了几百个敌兵，看着海都远飏，不能擒获，没奈何收军而回！伯颜道："我说何如?"诸将惶恐请罪。徒勇无益。伯颜道："此后你等出兵，须要审慎，有主帅的总须奉命；自己做了主帅，越宜小心，老夫年迈力衰，全仗你等努力报国，今日错误，他日可以改过，我也不愿计较了！"言下感慨不尽。诸将感谢。

伯颜遂遣人往迓钦使。俟铁木耳等到来，置酒接风，谈了一番国务。次日即将印信交与玉昔帖木儿，告别欲行。铁木耳亦还酒相饯，举杯问伯颜道："公去何以教我?"伯颜亦举杯还答道："此杯中物请毋多饮！还有一着应慎，就是女色二字！"名论不刊。铁木耳道："愿安受教！"只恐受教一时，未必时时记着。饮毕，伯颜自赴大同去讫。

是年已是至元三十年，安南遣使入贡，有旨拘留来使，再议南征。看官道是何故?原来至元二十八年，世祖曾遣吏部尚书梁曾出使安南，征他入朝。这时安南王陈日烜已死，其子日燇袭位，闻元使到来，拟自旁门接诏。梁曾以安南国原有三门，舍中就偏，明是怀着轻视的意思，遂寓居安南城外，致书诘责。三次往还，始允从中门接入。相见毕，曾复劝日燇入朝。日燇不从，只遣臣下陶子奇偕曾入贡。曾进所与日燇辩论书，世祖大喜，解衣为赐。廷臣见了，未免嫉忌，只说曾受安南赂遗。妒功忌能之臣何其多乎?世祖又召曾入问，曾答道："安南曾以黄金器币遗臣，臣不敢受，交与来使陶子奇。"世祖道："有人说你受赂，朕却不信；但你若禀过朕躬，受亦何妨。"恐亦是现成白话。廷臣又以日燇终不入朝，请拘留陶子奇。世祖允他所请，复命诸王亦里吉瓒等，整兵聚粮，择日南征。

师尚未发，忽彗星出现紫微垣，光芒数尺。似为世祖殂逝之兆。世祖颇为忧虑，夜召不忽术入禁中，问如何能弭天变?不忽术道："天有风雨，人有栋宇；地有江河，人有舟楫；天地有所不能，须待人为。古人与天地参，便是此意。且父母发怒，人子不敢嫉怨，起敬起孝；上天示儆，天子亦宜恐惧修省。三代圣王，克谨天戒，未有不终。汉文帝时，同日山崩，多至二十有九，就是日食、地震，也是连岁频闻，文帝求言省过，所以天亦悔祸，海内承平。愿陛下善法古人，天变自然消弭了！"善补衮阙！世祖闻言，不觉悚然，不忽术复诵文帝《日食求言诏》。世祖道："古语深合朕意。"复相与讲谈，直至四更方罢。是冬蠲赋赈饥，大赦天下。

越年元旦，世祖不豫，停止朝贺。次日，召丞相知枢密院事伯颜入京。越十日，伯颜自大同归。又越七日，世祖大渐。伯颜与不忽术等入承顾命。又三日，世祖崩于紫檀殿，在位三十五年，享寿八十。亲王诸大臣，发使告哀于皇孙。知枢密院事伯颜，总百官以听。兵马司请日出鸣晨钟，日入鸣昏钟，借防内变。伯颜叱道："禁内何得有贼？难道你想作贼吗？"会有役夫至内库盗银，被执，宰执欲立置死地，伯颜道："嗣皇未归，禁中无主，理应镇静为是！寻常小窃，稍稍加惩，便可了事，不宜施用大刑，自示张皇！且杀人必须主命，目今何命可承？"可谓得大臣之度。说得宰执哑然无语，自是宫廷肃静，一如平时。过了数日，灵驾发引，葬起辇谷，从诸帝陵。总计世祖一生，功不补过，如迭任贪佞、屡兴师徒、尊崇僧侣，污乱宫闱四大件，最为失德。史臣称他度量洪广，规模宏远，未免近于谀颂，小子也不必细辩了。

且说皇孙铁木耳闻讣，从和林还朝，将至上都，遇着右丞张九思率兵迎驾，并奉上传国玺一枚。这传国玺并非世祖御宝，乃是历代相传的玺印。先是木华黎曾孙硕迪，已死而贫，其妻出玉玺一枚，鬻诸市间，为中丞崔彧所得。彧召秘书监丞杨桓，辨认印文，说是"受命于天，既寿永昌"八大篆字。彧惊异道："这莫非是秦玺不成！"秦玺早付灰炉，如何复能出现，况木华黎系元代世臣，既得此玺，安敢藏匿不献，这是明明赝鼎，借此以献谀耳。遂献诸故太子妃弘吉剌氏。皇孙铁木耳，系故太子真金第三子，是弘吉剌妃所生。妃得此玺，遂遍示群臣，丞相以下，次第入贺，俱称世祖晏驾以后，方出此玺，明是上天留赐皇太孙，真可谓绝大喜事。乃遣右丞张九思，率禁卒数百名，赍玺迎献。皇孙铁木耳受玺后，喜形于色，慰劳有加。遂驰入上都，诸王宗亲，文武百官，同日毕至，议奉皇孙为嗣皇帝。亲王中或有违言，时太傅玉昔帖木儿亦随皇孙同还，遂与晋王甘麻剌道："宫车晨驾，神器不可久虚，曩日天赐符玺，已有所归，王系宗亲首领，何不早言？"甘麻剌点头，正欲发言，见伯颜带剑上殿，宣扬顾命，备述选立皇孙的意旨。甘麻剌遂乘势附和，决立皇孙铁木耳。诸王至此，不敢不从，遂皆趋殿下拜。铁木耳乃南面即尊，下诏大赦，其辞道：

朕惟太祖圣武皇帝，受天明命，肇造区夏，圣圣相承，光熙前绪。迨我先皇帝体元居正以来，然后典章文物大备，临御三十五年，薄海内外，罔不臣属，宏规远略，厚泽深仁，有以衍皇元万世无疆之祚。我昭考早正储位，德盛功隆，天不假年，四海觖望。顾维眇质，仰荷先皇帝殊眷，往岁之夏，亲授皇太子宝，付以抚军之任。今春宫车远驭，奄弃臣民，乃有宗藩昆弟之贤，戚畹官僚之旧，谓祖训不可以违，神器不可以旷，体承先皇帝夙昔付托之意，合词推戴，诚切意坚。朕勉徇所请，于四月十四日即皇帝位，可大赦天下，尚念先朝庶政，悉有成规，惟慎奉行，罔敢失坠。更赖祖亲勋戚，左右贤良，各尽乃诚，以辅台德。布告远迩，咸使闻知！

是诏下后，复上大行皇帝尊谥曰“圣德神功文武皇帝”，庙号“世祖”。追尊故太子真金为裕宗皇帝，生母弘吉剌氏为皇太后，改太后所居旧太子府为隆福宫。以玉昔帖木儿为太师，伯颜为太傅，月赤察尔（一作伊彻察喇）为太保，并封赏各宗亲百官有差。又放安南使陶子奇归国，罢伐安南兵。朝政大定，乃移驾入燕都。铁木耳后号“成宗”，小子依前文世祖故例，以下就改称“成宗”了。

成宗即位后，河东守臣使献嘉禾，称为瑞征。平章政事不忽术问道：“汝境内所产，是否皆同?”来使答道：“只此数茎。”不忽术笑道：“照此说来，于民无益，有甚么好处?”遂搁置不提。又西僧作佛事，每请释放罪囚，谓可祈福，梵语叫传“秃鲁麻。”豪民犯法，统纳赂西僧，乞他设法免罪；甚至奴仆戕主，妻妾弑夫，亦往往呼吁西僧，但教西僧答应，无论弥天罪恶，亦可邀免。有时西僧且为代请，被罪犯以帝后服，乘坐黄犊，款段出宫门，即谓增福消灾，得度一切苦厄，帝后亦深信不疑。据这般法制，无罪的人，不如有罪的好。不忽术却愤愤道：“赏善罚恶，是政治的根本，今第据西僧一言，便将罪犯赦免，就使逆伦伤化，也不足责，自古以来，无此法度呢!”成宗闻言，责丞相完泽道：“朕尝有言戒汝，毋使不忽术知道，今他退有后言，转令朕生惶愧!”欲要不知，除非莫为，况王道荡荡，岂可无故纵恶，讳莫如深耶！成宗之所以为成者，恐第成人之恶，非成人之美也。又使人语不忽术道：“卿且休言，朕今听卿!”

未几有奴告主人，主已坐罪被诛，诏令将主人官爵，给奴承袭。不忽术又进奏道：“奴可代主，大坏天下风俗，将来连君臣上下，都可不管，请即收回成命!”成宗悔悟，乃将前旨取消。视国事如儿戏，元政之颠倒可知。完泽以不忽术位在己下，特膺宠眷，且遇事直言，不少回护，心中未免衔恨。不忽术曾保荐完泽，今反恨他直言，人心之难料如此！廷臣亦多与不忽术有嫌，怂恿完泽。直道难行，令人浩叹。完泽遂请不忽术外用，调授陕西行省平章政事，成宗亦以为然。无非恐他多言。诏已下，被太后弘吉剌氏闻知，呼帝入内，与语道：“不忽术系朝廷正人，先皇帝所付托，汝奈何令他外用？我实不解。”成宗乃留使在京，仍供原职。

是年十二月，有大星陨于西北，声如雷鸣。廷臣共以为不祥，但未知有何变故。越数日，忽报太傅知枢密院事伯颜病殁，备书官职，一如史家书法。成宗悲悼辍朝。伯颜智勇深沉，曾将二十万军伐宋，如将一人，诸将仰之如神明。元将最喜屠戮，伯颜亦时申禁令，还朝未尝言功，嗣后出御外务，入靖内讧，朝廷倚作长城，中外推为柱石，好算是一位出将入相的全材。卒年五十九，赠太师，谥“忠武”。

越年即成宗元年，年号元贞，寰宇承平，宫廷静谧，没有大事可表，惟授嗣汉三十八代天师张与材，为太素凝神广道真人，管领江南道教。信释及道，所以特书。又册立驸马托里斯女伯岳吾氏为皇后（伯岳吾一作巴约特）。后有才略，册立后，成宗颇加敬惮，因此渐预外事，容后再表。暗伏下文。

元贞二年，赣州民刘六十，聚众万余，私立名号。成宗遣将往征，多半退缩不前，匪势益盛。亏得江淮行省左丞董士选，亲自往讨。至兴国，距贼营百里，命将校分守待命，先把奸吏贪民，查实正法。百姓很是感奋，争出投效，遂导兵入贼寨，一鼓荡平，六十就擒。士选拜表奏捷，但请黜赃吏数人，并不言杀贼功绩。舆论称他不伐，这也可谓元室良臣了。不没善人。

越年，复改元大德，五台山佛寺告成。山在山西五台县东北，五峰耸立，高出云表，山上无林木，状如台然，因名五台。先是世祖在日，深信佛教，尝推拔思巴为帝师，尊信备至。凡西域郡县土番地方，设官分职，尽归帝师管辖。每遇大朝会，百官班列，帝师独专席座旁，以此朝右大臣，莫得与帝师敌体。甚且帝后妃主，亦须向帝师前受戒，膜拜顶礼，帝师居然受拜。拔思巴又靠着些小才，创制蒙古新字，字仅千余，字母四十有一，世祖令颁行天下，与梵文并重。升号拔思巴为大宝法王。至拔思巴死，赠他嘉号，几乎记不胜记。看官记着，乃是“皇天之下，一人之上，宣文辅治，大圣至德，普觉真智，佑国如意，大宝法王，西天佛子，大元帝师”。奇称怪号，自古罕闻。其弟亦怜真嗣职，亦怜真夭逝，西僧答儿麻八剌乞列承袭，权力如故。

世祖殂后，宫廷中迷信益深，成宗母弘吉剌氏，因饬建五台山佛寺，命司程陆信等统率工役，驱役民夫，冒险入山谷，伐木运石，压死至万余人。寺既成，弘吉剌太后，备驾临幸，惹动了监察御史李元礼，竟草奏数百言，力为谏阻。中有扼要数语，录述如下道：

五台山创建寺宇，工役俱兴，供亿烦重，民不聊生。伏闻太后临幸五台，尤不可者有五：盛夏禾稼方茂，民食所仰，骑从经过，不无蹂躏，一也。亲劳圣体，经冒风日，往复数千里山川之险，万一调养失宜，悔之何及！二也。天子举动，必书简策，以贻万世，书而不法，将焉用之，三也。财非天降，皆出于民，今日支持调度，百倍曩时，而又劳民伤财，以奉土木，四也。佛以慈悲为教，虽穷天下珍玩供养不为喜，虽无一物为献亦不怒，今太后欲为兆民求福，而亲劳圣体，使天子旷定省之礼，五也。伏望回辕中道，端处深宫，上以循先皇后之懿范，次以尽圣天子之孝诚，下以慰元元之望；如此，则不祈福而福自至矣！

奏上，中丞崔彧见他言词鲠直，不敢上闻，遂将原奏搁起。于是慈舆西幸，千乘万骑，前后拥护，说不完的热闹，写不尽的庄严。所过地方，供张浩繁，有司一律跪迎，盛称太后仁慈，为民祈福。只河东廉访使王忱，独述建工时的损害；并谓建寺所以福民，福尚未及，害已先受，恐朝廷初意，未必如是云云。太后亦为动容，令颁给国帑，抚恤工役家属。迨到了五台，拈香已毕，赏赐僧侣也费了巨万，实则统是民膏民脂。为了泥塑木雕的佛像，吸尽万民血液，这又何苦呢！当头棒喝。

太后回銮后，忽侍御史万僧取元礼封章入奏，略称崔中丞私昵汉人，李御史大言谤佛，俱应坐罪。惹得成宗恼恨起来，令完泽、不忽术逮讯。完泽道："往时臣亦入谏，太后谓先皇帝已有此心，非臣所知。"不忽术恰云："他御史惧不敢言，独一元礼直谏，不特无罪，还当加赏！"两人枉直，可于言下见之。成宗沉吟半晌，瞿然道："御史元礼说的很是，遂任元礼原职，万僧罢职。弄巧成拙，世之好讦人者，俱应如此处置。小子有诗咏道：

害人反把自身当，
天道原来善恶彰；
我佛有灵应亦笑，
痴迷唤醒即慈航。

五台事了，八邻又来警报，说是海都复猖獗得很，已由钦察都指挥使床兀儿，领兵抵敌去了。事详下回，请看官续阅。

故太子真金已死，世祖之意，将递授皇孙，不应出使镇边，致有绝续之虑；况世祖年已八十，宁能长生不死乎？宫车晏驾，方遣使告哀，直至三月无君，幸有伯颜总己以听，方得无事，否则殆矣！然犹须假玺愚民，带剑宣命，以定策之大政，凭诸神道武力，侥幸成功，是固不足为后世训，宜乎后嗣之奇变迭出也。成宗嗣立，佞佛如故。太后虽贤，卒不能脱妇人之见，以致亲幸五台。李元礼一谏，千古不朽，崔彧之匿不上闻，果奚为者？元之兴不特僧侣，元之衰亡，实自僧侣贻之。上昏下蔽，何以为国耶？

惩前毖后，请鉴是书！

第二十七回 得良将北方靖寇 信贪臣南服丧师

却说海都被伯颜战退，两年不敢入寇。嗣闻世祖已殂，伯颜随殁，复乘隙进兵，即将八邻据去。八邻亦称巴林，在今阿尔泰山西北，势颇险要。钦察都指挥使床兀儿（一作绰和尔）系土土哈三子，曾以从征有功，封昭勇大将军，出镇钦察。既闻海都袭据八邻，遂一面驰驿奏闻，一面率北征军越过金山（即阿尔泰山），攻八邻地。

八邻南有答鲁忽河，两岸宽广。海都将帖良台阻水扎营，伐木立栅，把守得非常严密。俟床兀儿师驰至，命将士下马跪坐，持着弓矢，一排儿地待着。床兀儿本欲渡河，看他这般严备，不敢轻渡，但矢不能及，马不能前，如何可以进攻！他竟想出一法：命麾下吹起铜角，清音激越，又令举军大呼，声震林野。这也是疑兵计。帖良台部下，大吃一惊，不知所措，相率起身上马。床兀儿趁他慌乱，立即麾军齐渡，涌水拍岸，木栅为之浮起。守军失恃，吓得脚忙手乱，所持弓矢，不是呆着，就是乱放，经床兀儿奋师驰击，已没有招架能力。帖良台拨马先逃，余众四散奔逸。床兀儿追奔五十里，不及乃还，把他人马庐帐，一律搬回。

行至雷次河，遥见山上有大旗招展，料是海都遣来的援军，当下挑选精锐，作为前锋，由自己带着，径自渡河，奔山上冈。那山上的敌将，名叫孛伯，刚思下山对仗，不防床兀儿已经上山，执着令旗，舞着短刀，纵辔跃马而来。孛伯亦仗胆上前，与他接战，两马方交，床兀儿部下已大呼杀入。那时不及争锋，急忙领兵拦截，无如顾彼失此，阻不胜阻，未到一时，已是旗靡辙乱，无可约束。大众沿山奔窜，马多颠蹶，被床兀儿痛杀一阵，十死八九。只无从追寻孛伯，想是乘间脱逃，穷寇勿追，收军回营，复遣使奏捷。成宗闻报，免不得有一番奖赏。

是时诸王也不干，系太宗庶孙，也叛应海都。驸马阔里吉思袭父高唐王孛要合封爵，迭尚公主。至是自请往讨，成宗不许。三请乃允行，命大臣出都饯别。阔里吉思酹酒誓道：“若不平定西北，誓不南还！”又是死谶。遂慷慨北行。

至伯牙思地方，突遇敌军前来，差不多有数万人，即欲上前争杀。部将谓寡不敌众，应俟各军齐集，方可与战，阔里吉思道：“大丈夫矢志报国，临难尚且不避，况我奉军命北征，正为杀敌而来，难道定要靠人么?”语虽不错，然徒恃勇力，究嫌卤莽。当下激厉孤军，鼓噪前进，敌兵欺他兵少，未曾防备，被他杀得大败亏输。阔里吉思当即奏捷，由成宗赏他貂裘宝鞍，统是世祖遗物。

嗣至隆冬，诸王将帅谓去岁敌兵未出，不必防边。阔里吉思独毅然道："宁可多防，不可少防，今秋敌中候骑，来的很少，是如鸷鸟一般，将要击物，必先遁形，奈何不加防备！"此说很是。诸王将帅反以为迂。阔里吉思不暇与辩，只整顿兵备，严行防守。到了残腊，果然敌兵大至。阔里吉思即与接仗，三战三胜，乘胜追杀过去，直入漠北。道旁多山泽，坳突不平，各军随行稍缓，独阔里吉思策马当先，不管甚么利害，只自前进。谁知敌兵掘有陷坑，一不小心，竟尔失足，马蹶身仆，被伏兵活捉了去。后骑赶紧驰援，已是不及。

敌兵执送至也不干，也不干劝他归降。阔里吉思不答，也不干道："你若肯投顺了我，我有爱女，愿给你为妻。"阔里吉思抗声道："我乃天子婿，无天子命，令我再娶，岂可使得！况你身为王族，天子待你不薄，你何故背叛天子，私通海都？我今日被执，有死无降，你也不必笼络我了！"也不干怜他骁勇，不肯即诛，将他拘住别室。

成宗得知消息，令他家臣阿昔思特，赴敌探视。阔里吉思只问两宫安否，次问嗣子何如，余不多言。次日复与相见，阔里吉思复语道："归报天子，我捐躯报国了！"死得有名，但穷追致死，未免不智。

阿昔思特尚未归国，阔里吉思已经毕命。至阿昔思特返报，成宗追封为赵王。其子术安尚幼，令其弟木忽难袭爵。木忽难才识英伟，谨守成业，抚民御众，境内乂安。才过乃兄。至术安年已成人，即将王爵让还。孝友可风。术安尚晋王甘麻剌女，且请旨迎父尸归葬，这是后话不提。

且说海都频年寇边，互有胜负，未能得志，至此又欲再举，因察合台汗八剌去世，遂令其子都哇（一作都干）承袭为汗，并令他出兵为助，合军南侵。成宗命叔父宁远王阔阔出（一作库克楚），总兵北边，防御海都。阔阔出怯弱无能，只连日奏闻警耗，乃改命兄子海山（一作海桑）往代。海山有智略，既至军，即简练士卒，壁垒一新。会闻海都军已至阔别列地方，忙督兵出战，奋斗一昼夜，竟杀退海都军。

海都回军休息，养足锐气，过了一年有余，复与都哇合兵，倾寨前来。海山早已探悉，急檄令诸王驸马各军，会师迎敌。都指挥使床兀儿闻命前来。海山闻他智勇过人，即迎入帐下，慰劳毕，即与商军事。床兀儿道："用兵无他道，只张吾锐气，毋先自馁，总可望胜。"言已，遂自请为先锋。海山应允，即令各军分为五队，向金山进发。时海都军已越山而南，至迭怯里古地，两军相遇，海都军倚山自固，声势锐甚。床兀儿引着精锐，向前突阵，左右奋击，所向披靡，海山麾军接应，海都收队退去。床兀儿奋勇欲追，由海山止住，方回军下寨。

次日，都哇引兵挑战，床兀儿复跃马出营。海山忙出督阵，见床兀儿挥刀前进，势不可当，约一时许，已连斩敌将数员，不禁惊叹道："好壮士！我自出阵以来，从没有见过这般力战。"方欲驱兵援助，那都哇兵已纷纷败去，乃鸣金收军。床兀儿还语海山道："我正欲追杀都哇，王爷何故鸣金？"海山道："海都此次入寇，闻他倾寨而来，其志不小，为甚么不耐久战？想必别有诈谋！"料事颇明。床兀儿道："王爷所虑甚是。"海山道："我想明日出战，令诸王驸马先与接仗，我与你从后接应何如？"床兀儿应命。

翌晨，进兵合剌合塔，由诸王驸马各军，前去攻击，与海都军混战一场。海都麾兵徐退，诸王驸马，一齐追上，忽敌军分作两翼，海都率右，都哇率左，从两面包抄过来，将诸王驸马各军，围住中心。顿时喊声震地，呼杀连天，几乎要把诸王驸马，都吞将下去。诸王驸马知已中计，急欲突围逃命，偏偏敌军死不肯放，后来且箭如飞蝗，死伤甚众，任你如何能耐，一些儿都没用。方在惊惶失措，忽见敌军左翼纷纷自乱，有一大将舞刀突阵，带着锐卒千名，随势扫荡，竟入垓心。大将非别，就是钦察亲军都指挥使床兀儿！一语千钧。诸王驸马大喜，便欲随他杀出。床兀儿道："且慢！"言未已，敌军右翼，复鼓噪起来，外面又闯入无数健卒，拥着一位大帅海山，联辔入阵，把敌军杀得东倒西歪。笔法又变。当下号召诸王驸马，分队驰杀，大败敌军。海都、都哇统行逃去，海山方整军回营。

是晓复与床兀儿密议，守至黎明，即令各军出营攻敌，自与床兀儿领着精锐，从间道去讫。此处用虚写，待后叙明。各军与海都交战，只恐蹈着前辙，不敢奋勇争先，海都军反得乘间掩杀，恃众横行。正在兴高采烈的时候，忽后面有两军杀到，一是元都指挥使床兀儿，一是元帅海山。海都见前后受敌，知难取胜，忙督军夺路，向北遁去。都哇迟了一步，被海山部将阿什发矢中膝，号哭而逃。海山追了一程，夺得无数辎重，方才班师。这一次大战，方将海都的雄心收拾了一大半，怅怅地回至本国去了。都哇亦负创自去。

海山连章报捷，盛称床兀儿战功，并使尚雅思秃楚王女察吉儿。成宗亦非常欣慰，遣使赐以御衣。嗣因海都积郁病亡，乃征使入朝。成宗亲谕道："卿镇北边，累建大功，虽以黄金周饰卿身，尚不足尽朕意，况穷年叛逆，赖卿得除，不惟朕深嘉慰，就是先帝亦含笑九泉了。”遂赐以衣帽金珠等物，拜骠骑卫上将军，仍使回镇钦察部。

海都死后，子察八儿嗣（一作彻伯尔），都哇因惩着前败，劝察八儿降成宗。察八儿不得不从，遂与都哇同遣使请降。钦察汗忙哥帖木儿势孤，也束手听命。于是西北四十余年的扰攘，总算暂时安靖，作一段大结束。

后事慢表，且说缅国服元后，岁贡方物。大德元年，缅王的立普哇拿阿迪提牙，遣子僧合八的奉表入朝，并请岁增银帛。成宗嘉他恭顺，赐以册印，并命僧合八的为缅国世子，给赏虎符。未几，缅人僧哥伦作乱，缅王发兵往讨，执其兄阿散哥也，系诸狱中。寻将他释出，不复问罪。阿散哥也偏心中怀恨，竟归结余党，突入缅都，将缅王拘禁豕牢。旋且弑王，并害世子僧合八的，独次子窟麻剌哥撒八，逃诣燕京。

成宗乃命云南平章政事薛绰尔，发兵万二千人往征。

薛绰尔奏报军务，言缅贼阿散哥也倚八百媳妇为援，气焰颇盛，应再乞济师。云南行省右丞刘深，且贻书丞相，备言八百媳妇应讨状。是时不忽术已卒，完泽当国，以刘深言为可信，遂入朝劝成宗道：“世祖聪明神武，统一海内，功盖万世。今陛下嗣统，未着武功，现闻西南夷有八百媳妇叛顺助逆，何不遣兵往讨？彰扬休烈！”言未毕，中书省臣哈喇哈孙出班奏道：“山峤小夷，远距万里，若遣使招谕，自可使之来廷，何必远勤兵力！况目今太后新崩，大丧才毕，尤宜安民节饷，毋自贻忧”从哈喇哈孙奏中归结太后，亦是省文。成宗不从，竟发兵二万，属刘深节制，往征八百媳妇。御史中丞董士选，复入朝力谏，大略谓轻信一人，劳及兆民，实是有损无益。成宗变色道：“兵已调发，还有何言？”说罢，即麾他出朝。士选怏怏趋出。

看官，你道八百媳妇究属何国？相传是西南蛮部，为缅国西邻，其酋有妻八百，各领一寨，因名八百媳妇。荒诞无稽，不能尽信。刘深既奉命南征，取道顺元。时适盛暑，蛮瘴横侵，士卒死丧，十至七八，驱民运饷，跋涉山谷，一夫负米数斗，数夫为辅，历数十日乃达，死伤亦数十万人。于是中外骚然。刘深复发奇想，欲胁求蛮妇蛇节，作为已妾。蛇节系水西土官妻，素有艳名，且矫健多力，喜着红衣，土番号为红娘子。大约是美女蛇所变。土官闻刘深硬索已妻，哪里就肯缴出。遂去连接蛮酋宋隆济，抗拒元军。

隆济捏词谕众道：“官军将征发尔等，剪发黥面，作为兵役，身死行阵，妻子为虏，尔等果情愿否？”大众齐称不愿。隆济道：“如果不愿，如何对付官军？”大众呼嚷道：“不如造反！”正要他说此语。隆济道：“造反如何使得？”大众道：“同是一死，如何不造反！”隆济道：“造反须有头领。”大众道：“现在眼前，何必另举？”遂推隆济为头目，隆济复令水西土官，去挈蛇节。至蛇节到寨，果然美貌绝伦，武艺出众。名不虚传。隆济遂拨众千名，令她带着。夜间却召入蛇节，只说是密商兵事，谁知他已暗地沟通，肉身演战。水西土官，因要靠着隆济，不敢发言，隆济反得坐拥娇娃，先尝滋味。世之娶美妇者其慎诸。

不到数日，已胁从苗、獠诸蛮数千人，破杨、黄诸寨，进攻贵州。知府张怀德力战败死。刘深闻警赴援，恰巧狭路逢着冤家。看官道是何人？就是朝思暮想的红娘子。那时刘深拼命与战，恨不得立刻拖来，同她取乐，偏偏这个红娘子，狡猾异常，出阵打了个照面，偏回马逃走。刘深哪里肯舍，下令军中，生擒蛇节者赏金千两。于是各军力追，直至深山穷谷中，转了几个湾头，蛇节不知去向。偏来了数千名土番，面目狰狞，状貌可怖。一班罗刹鬼。他却不知阵法，一味地跳来跳去，乱斫乱砍，弄得军士手足无措，左支右绌。正惊愕间，蛮酋宋隆济复率众驰到，将刘深军拦入洞壑，四面用蛮众围住。为了小洞，反入大洞。刘深陷入绝地，只好束手待毙。还是此时死了，省得后来枭首。亏得镇守云南的梁王阔阔，恐刘深穷追有失，率兵接应，方杀退隆济，将他救出。

隆济复进围贵州，刘深整兵再战，只是不能取胜。相持数月，粮尽矢穷，引兵退还，反被隆济追击，把辎重尽行委弃，又丧失了数千兵士，狼狈逃归。败耗传至燕京，成宗乃改遣刘国杰为帅，杨赛因不花（原名汉英，其先太原人，自唐时平播州，世有其地，元时其父纳土，乃赐名杨赛因不花，一作杨赛音布哈）为副，率四川、云南、湖广各省兵，分道进讨诸蛮。

是时征缅统帅薛绰尔亦受缅人金赂，率兵遽退。元廷尚未闻知，封窟麻剌哥撒八为缅王，赐以银印，令他回国。方要出发，缅贼阿散哥也，已遣弟者苏入朝，自陈弑主罪状，乞加宽宥，并愿奉窟麻剌哥撒八回缅。至此讯悉征缅军，已退回云南。

那时薛绰尔奏报亦到，只托词炎暑瘴疠，不便进兵，还师时反被金齿蛮邀击，士多战死等语。成宗大愤，遣吏按验，查得薛绰尔围缅两月，缅城薪食俱尽，将要攻陷，云南参知政事高庆，及宣抚使察罕，受纳缅金，怂恿薛绰尔还军，以致功败垂成。于是高庆、察罕正法，免薛绰尔为庶人。独刘深受完泽庇护，未曾加罪。南台御史陈天祥遂抗词上奏，大旨是参劾刘深殃民激变，非正法无以弭祸。小子阅着原奏，不禁技痒起来，即信笔成诗道：

尧阶干羽化苗日，

元室兵戈酿乱时。

谁是圣仁谁是暴？

兴衰付与后人知。

欲知原奏详细，请看下回叙明。

海都肇乱四十年，战杀相寻，几无宁日，幸出镇有人，或善攻，或善守，以此北方千里，尚未陷没。海都不获逞志，抑郁以死。自是都哇倡议归降，察八儿等同时听命，三汗投诚，兵祸少弭；然劳师靡饷，已不知几许矣！为成宗计，当口不言兵，专谋富教，庶乎承平之治，可以期成。乃复征缅国，征八百媳妇，愤兵不戢，必致自焚。追悍酋妖妇，连接构兵，扰扰云、贵者有年，刘深之肉，其足食乎？本回于北方之战，归功床兀儿；南征之役，归罪刘深，而隐笔仍注意成宗，皮里阳秋，可与言史矣。

第二十八回 蛮酋成擒妖妇骈戮 藩王入觐牝后通谋

却说御史陈天祥，因刘深未曾加谴，抗疏严劾，说得洋洋洒洒，为《元史》中仅见文字。小子不忍割爱，节录如下：

臣闻八百媳妇，乃荒裔小夷，取之不足以为利，不取不足以为害。而刘深欺上罔下，远劳大众，经过八番，纵横自恣，中途变生，所在皆叛，不能制乱，反为乱众所制，食尽计穷！仓皇退走，丧师十八九，弃地千余里，朝廷再发四省之兵，以图收复。比闻从征者言经过之地，皆重山复岭，陡涧深林，其窄隘处仅容一人一骑，贼若乘险邀击，我军虽众难施。或诸蛮远阻险隘，以老我师！进不能前，退无所掠，将不战自困矣！且自征伐诸夷以来，近三十年，未尝有尺土一民之益，计其所费，可胜言哉！去岁西征，及今此举，何以异之？乞早正深罪，乃下明诏招谕，彼必自相归顺，不须远劳王师，与小丑夺一朝之胜负也。苟谓业已如此，欲罢不能，亦当详审成败，算定后行。彼诸蛮皆乌合之众，必无久能同心捍我之理。但急之则相救，缓之则相疑，以计使之互相仇怨，待彼有隙可乘，徐命诸军数道俱进，服从者怀之以仁，抗敌者威之以武，恩威兼济，功乃可成。若复舍恩任威，深蹈覆辙，恐他日之患，有甚于今日者也！谨奏。

奏入不报。只缅国嗣王，许者苏奉回为主，把征缅事搁置不提。于是天祥托病辞去，成宗也不慰留。

忽西南紧报杂沓而来，如乌撒、乌蒙、东川芒部及武定、威楚、普安诸蛮，统托辞供亿烦劳，不堪虐苦，这边发难，那边响应，攻掠州县，焚烧堡砦，几乎闹得一团糟。成宗乃急命陕西行省平章政事伊逊岱尔，统师往讨，并令会同刘国杰，以资策应。国杰方讨宋隆济等，不及来会。成宗命他兼顾，原是无谓。伊逊岱尔督军前进，分道驱杀，那蛮民本系乌合，趁着一时愤激，遽尔倡乱，一闻官军骤至，既无统领，又无机谋，仓猝对敌，被官军杀得大败。顿时逃的逃，降的降，不到一月，已奏报肃清了。

只蛮酋宋隆济，已猖獗年余，集党数万人，肆行无忌，他竟自称为王，每日驱众四掠，自己恰与蛇节宣淫。蛇节妖媚得很，一心一意地从着隆济，要他封为王妃。水性杨花。隆济因她有夫，倒也碍着面目，不好发表。偏蛇节设心狡毒，竟唆隆济杀死土官。实足副名。那时隆济受她蛊惑，只说水西土官违命，将他斩首。家家床头有蛇节，幸勿轻意。越宿，遂命蛇节正式为妃。这一宿间兴味何如?

嗣是朝欢暮乐，两口儿非常愉快。忽闻元将刘国杰带领数省大兵，前来征剿，不免忧虑起来。蛇节道："无妨，只教给我五千人，便杀他片甲不回。"恃有前胜。隆济大喜，便整备兵械，着于次日起程。是夜把蛇节竭力奉承，不消细说。翌晨，便拨众万名，令蛇节带着，先行起马，自率万人为后应。

蛇节闻官军自广西进兵，遂向东进发，行至播州，方遇着官军，她即抖擞精神，来与官军接战。刘国杰前军接着，望见敌队中的大旗，随风飘荡，露着数个大字，什么南蛮王妃字样。各军早闻蛇节美名，都睁着眼望那蛇节，但见蛇节跨着绣鞍，裹着铁甲，面上不涂脂粉，自然白中带红，兼且眉似初月，唇若朝霞，妖艳中露出三分杀气，越觉宜笑宜嗔，蛮妇中有此艳妇，真是尤物。顿时齐声喝彩，不由得目眙神呆。孰意蛇节竟挥着鸾刀，驱杀过来，官军无心恋战，竟被冲动阵角，往后倒退。蛮众个个奋勇，愈逼愈紧，有好几个晦气的官军，早已身首分离。幸刘国杰督军继至，一阵力战，才把蛮众驱退。收军后，察知前队情形，即把将士训斥一番，令他见敌即杀，不得为色所迷。

是夕无话。越日，两军复战，国杰令兵士不得退后，只向前进。蛇节不能抵御，败退十里。越日又战，蛇节复败走，官军追将过去，偏值隆济杀到，蛇节亦转身前来，合力奋斗，杀败官军。国杰忙鸣金收军，亲自断后，才得徐徐退回。入营检查，已伤亡千人。

当下与杨赛因不花共同商议，想了一策：令军士各在盾上加钉，准备要用。军士得令，统摸不着头脑，只能遵令办就。翌日，军士将盾献上，国杰传令道："今日出战，前队携盾对敌，稍战即走，将盾弃地，不得取回；后队整械听令!"军士奉命，即如法施行。将近敌营，隆济、蛇节并辔出来，蛮骑争先驰突，官军弃盾即走。隆济见部众得胜，忙令他前追，谁知地上都是弃盾，盾上有钉，马足蹀躞不稳，多半颠踬，骑马的人，自然随仆。**原来如此，的是奇想。**国杰麾军齐上，如削瓜砍菜一般。隆济、蛇节慌忙走脱，部众已死了一半。

国杰得胜回营，只令坚壁弗动，过了数日，隆济、蛇节又邀合蛮众，复来攻击。国杰仍令固守，不准出阵。隆济、蛇节无可奈何，收众回去。接连数日，不发一兵。隆济、蛇节更迭挑战，只是不应。**国杰又要作怪。**军士也不知何故，惟有严装待命。

一夕见侦骑入营密报，即由国杰发令，教杨赛因不花率军五千，夤夜去讫。越日仍无动静，直到天晚，方下令夜薄敌营。时至三更，淡月迷蒙，国杰令军士出营，亲自押队，衔枚疾走。行近隆济寨前，突发火炮，麾军直入。那时隆济正抱着蛇节，酣寝帐中，蓦闻炮声震天，方才惊醒，还道营内失火。揭帐一望，只闻一片喊杀声，吓得心惊胆落，连忙扯起蛇节，连外衣都不及穿着，飞步逃至寨后，觅得战马两匹，与蛇节跨鞍逃走。营内的蛮众，都从梦中惊醒，伸了足即被斫去，展了手又被戳断，大家是亲亲昵昵，同赴鬼门关。只营后守卒数百名，还有逃走工夫，拼命奔去。国杰扫尽敌营，天已黎明，即下令回军。

将士因渠魁脱走，禀请追赶。国杰道："不必，自有人擒来！"**妙极！**回营甫一小时，果有军士入见，已将蛮妇蛇节擒到。国杰问道："杨副帅来未？"军士答道："隆济涉河遁走，杨副帅追觅去了。"

看官，你道这蛇节如何得擒？原来国杰计获叛蛮，先时曾遣人探路，料知隆济杀败，必往墨特川，方可归巢。因先命杨赛因不花率军绕道，截住川滨。隆济、蛇节果然中计，奔至川旁，被杨军截杀，隆济投入水中，凫水逃生。偏蛇节不能泅水，单身孤骑，如何对仗，只好下马乞降，所以先被拿到。国杰即命推入，军士见蛇节只着袒衣，云鬟半坠，面色微青，睡容中又带惊容，**好一幅美人图。**喘呼呼地下跪案前。国杰拍案道："你是妖妇蛇节么？"蛇节凄声答道："是！"国杰复怒道："你擅拒天讨，加害生灵，曾否知罪？"蛇节复流泪答道："已经知罪！若蒙赦宥，恩同再造，就是收为奴妾，也所甘心！"国杰厉声道："好没廉耻的蠢妇！左右与我斩讫！"**你若不要她作妾，何不送与刘深？**将士闻了这令，都想求他释放，赏做小老婆，怎奈国杰满面杀气，不敢率请，眼见得一个美妇，倏忽间化作两段了。

又过一天，杨赛因不花回营，已将隆济获到，说是由他兄子宋阿重絷送，当问了数语，囚入槛车，一面请旨处置，旋奉诏就地正法。蛮境敉平，云、贵总算安靖，连八百媳妇，也不再征。惟刘深免官，嗣被哈喇哈孙再行奏弹，说他徼名首衅，丧师辱国，非正法不可，乃将刘深伏诛，南征事因此结局。暂作收束。

完泽也为台官所劾，且有纳赂嫌疑，几乎被谴，成宗格外包荒，释置不问。独冥官不肯饶他，偏叫二竖为灾，一病长逝。嗣职的便是哈喇哈孙。副相令阿忽台继任（阿忽台一作阿呼岱）。两相为武宗继统所系，故特表明。且复征召陈天祥，授集贤院大学士。天祥再起就职，怀着一片忠心，屡欲畅陈时弊，偏成宗燕昵宫闱，常不视朝，后且时患寝疾，内政决于皇后，外政委诸廷臣。惹起天祥烦恼，忍不住意中郁勃，便极陈阴阳反复，天地易位，是今时大弊。且因宗庙被火，两浙大饥，河东地震，太白经天，种种灾祲，统陈列在内，说是咎由人致，很为切直。看官，你想这道奏疏，明明是内讥牝后，外斥权臣，难道能邀批准么？果然奏入留中，付诸冰搁，天祥复谢病去了。

大德九年，成宗以寝疾难痊，立子德寿为太子。德寿非元后亲出，乃是次后弘吉剌氏所生。元室宫闱，并后匹嫡，成为常例，所以皇后不止一人。弘吉剌氏性安简默，一切政务，俱由元后伯岳吾氏主持。太子德寿，立未数月而卒。或言由伯岳吾后暗中谋害，事无佐证，不便直指。惟成宗从子爱育黎拔力八达（一作阿裕尔巴里巴特喇）及其母弘吉剌氏，为伯岳吾后所忌，令他出居怀州。爱育黎拔力八达就是海山的母弟。海山时封怀宁王，出镇青海，闻知此事，颇怀不悦。奈因道途修阻，鞭长莫及，不得已静待后命。

是冬，成宗老病复发，且比从前加甚，伯岳吾后恐有不测，密令心腹去召安西王阿难答（一作阿南达），及诸王明里帖木儿。阿难答系世祖庶孙，与成宗为兄弟行，接着密使，遂于次年正月偕明里帖木儿入朝。伯岳吾后即阴令进见，与语道："皇帝病日加重，恐不日就要宾天，我召你等来京，无非为嗣位问题，须要密商。现在太子已逝，爱育黎拔力八达从前颇觊觎神器，我所以令他出居怀州。若召立海山，他必为弟报怨，诸多不利。你等试为我一决！"明里帖木儿素与阿难答莫逆，便接着道："何不就立安西王？"伯岳吾后以目视阿难答，端详一会，恰故作踌躇状。明里帖木儿复道："皇后莫非虑嫂叔的嫌疑么？须知嫂溺援手，道贵从权，若安西王得立，想必感恩图报，皇后尽可临朝称制呢！"黜去从子，偏立皇叔，就是愚妇人亦不至出此，此中或有暧昧，何怪致人借口！伯岳吾后尚在沉吟，阿难答也说道："这事恐怕未便。"明里帖木儿道："有了，皇后临朝，皇叔摄政，还有何人可说？"伯岳吾后道："此议甚是，你去预告宰辅罢。"二王便辞别出宫。

越数日，成宗病殂，在位十三年，寿四十二。伯岳吾后即下敕垂帘，命安西王阿难答辅政。右丞相阿忽台奉敕，集群臣商议祔庙及摄政事。太常卿田忠良、博士张升道："先帝祔庙，神主上应书嗣皇帝名，今书谁人?"一语便即驳煞，如何可以有成。阿忽台道："他日续书，有何不可？况先帝即位时，非亦三月无君么?"亏他寻出故例。御史中丞何玮道："世祖驾崩，中外属意先帝，祔庙时已书就嗣君，何尝是没有呢?"阿忽台变色道："法制并非天定，全由人事主张，你等独不怕死么？敢阻国家大事!"何玮道："不义而死，恰是可怕；若舍生取义，怕他何为!"倒是硬汉。

是时右丞相哈喇哈孙未至，不好率行定议，当即散会。随由内旨去召哈喇哈孙，他却收拾百司符印，封储府库，自己守宿掖门，只是称疾未赴。阿忽台与明里帖木儿等密议，想寻隙谋害哈喇哈孙，然后奉皇后正式临朝。哈喇哈孙早已防着，适怀宁王遣康里脱脱在京，急命返报，一面遣使至怀州，迎爱育黎拔力八达入都。

爱育黎拔力八达闻报，怀疑未决，询其傅李孟。李孟道："支子不嗣，系世祖遗典，今宫车晏驾，怀宁王远居万里，请殿下急速入宫，借安众心。"爱育黎拔力八达乃奉母返燕都。行至中道，先遣李孟问哈喇哈孙。正要进去，不防有人兜头出来，见了李孟，停足不行。李孟面不动容，反上前问讯，那人说是奉后所遣，来此视疾。李孟道："丞相安否？我正为诊疾而来。"妙有急智。便即趋入，见了哈喇哈孙，长揖不拜，即引哈喇哈孙右手，作诊脉状，哈喇哈孙觑破情形，自然与他谈病，不及国政。至后使去后，乃与密言宫禁事，且令促爱育黎拔力八达入都。李孟返报爱育黎拔力八达，尚欲问卜，经李孟暗语卜人，教他言吉不言凶。卜人入筮，果得吉爻，李孟道："筮不违人，是谓大同。"遂拥爱育黎拔力八达上马，驰至燕京。诸臣皆步从，入临帝丧，哭泣尽哀，复出居旧邸。

伯岳吾后闻知，忙与安西王阿难答、左丞相阿忽台密商。阿忽台道："闻得三月三日，系爱育黎拔力八达生辰，可托词庆贺，逼他出见，凭老臣一些手力，立可扑杀此獠，并可除他党羽。"原来阿忽台素有勇力，人莫敢近，因此自信不疑。计画已定，便遣人通知哈喇哈孙，预约届期同往，庆贺生辰。

哈喇哈孙满口答应，密遣使报爱育黎拔力八达，并函授秘计。爱育黎拔力八达阅函毕，忙令都万户囊加特，去邀诸王秃剌（一作图刺）。秃剌系察合台四世孙，力大无穷，见了囊加特，叙谈一番，允为臂助。囊加特归报。于是先二日率卫士入内，诈称怀宁王有使到来，请安西王、左丞相入邸议事。

安西王颇怀疑惧，阿忽台道："不妨，有我在此！"复邀同明里帖木儿，并马偕行。既至爱育黎拔力八达邸中，甫行交谈，那爱育黎拔力八达忽拂袖起坐，抢步出外，大呼道："卫士何在？"言未已，外面走进如虎如狼的卫卒，来拿安西王等。阿忽台亦即离座，扬眉大呼道："来！来！你等莫非来送死么？"旁有一人接着道："你自来送死！还敢妄言！"阿忽台瞧将过去，便失声叫着，"不好了！安西王快走！"正是：

弄巧不成反就拙，

恃强无益适遭殃。

毕竟阿忽台瞧见何人？容俟下回续叙。

隆济一蛮酋，蛇节一番妇，何敢叛？乃以苛求胁迫故，揭竿而起，猖獗异常，可见怨不可丛，丛怨必生祸；戎不可启，启戎必罹殃。微刘国杰，云、贵陆沉矣！然因蛇节而隆济致叛，因隆济而刘深伏诛，妇人之害，一至于此，可胜慨哉！下半回叙牝后称制事，亦由妇人生事，蔑祖制，蓄异谋，酿成巨衅，故天下不能无妇人，而断不能授权于妇人。妇祸之兴，人自启之耳，于妇人乎何诛？

第二十九回 诛奸慝怀宁嗣位 耽酒色嬖幸盈朝

却说阿忽台正欲抵敌，猛见一赳赳武夫，才知不是对手。这人为谁？就是诸王秃剌。秃剌指挥卫士，来擒阿忽台。阿忽台只怕秃剌，不怕卫卒，卫卒上前，被他推翻数人，即欲乘间脱逃。秃剌便亲自动手，把他截住。阿忽台至此，虽明知不敌，也只好拼命与斗。俗语说得好，棋高一着，缚手缚脚，况武力相角，更非他比，不到数合，已被秃剌揿住，饬卫士用铁索捆好。那时安西王阿难答及诸王明里帖木儿，向没有甚么本领，早被卫士擒住。缚扎停当，押送上都，一面搜杀余党，一面禁锢皇后。

事粗就绪，诸王阔阔（一作库库）、牙忽都（一作呼图）入内，语爱育黎拔力八达道："罪人已得，宫禁肃清，王宜早正大位，安定人心！"现成马屁。爱育黎拔力八达道："罪人潜结宫闱，乱我家法，所以引兵入讨，把他伏诛，我的本心，并不要作威作福，窥伺神器呢。怀宁王是我胞兄，应正大位，已遣使奉玺北迎。我等只宜静等宫廷，专待吾兄便了。"

当下哈喇哈孙议定八达监国，自统卫兵，日夕居禁中备变，并令李孟参知政事。李孟损益庶务，裁抑侥幸，群臣多有违言。于是李孟叹息道：“执政大臣，当自天子亲用，今銮舆在道，孟尚未见颜色，原不敢遽冒大任。”遂入内固辞，不获奉命，竟挂冠逃去。

是时海山已自青海起程，北抵和林，诸王勋戚，合辞劝进。海山道：“吾母及弟在燕都，俟宗亲尽行会议，方可决定。”乃暂行驻节，专候燕都消息。

先是海山母弘吉剌氏，尝以两儿生命付阴阳家推算。阴阳家谓“重光大荒落有灾，”“旃蒙作噩长久。”小子尝考据尔雅，大岁在辛曰“重光”，在巳曰“大荒落”，是“重光大荒落”的解释，就是辛巳年。又在乙曰“旃蒙”，在酉曰“作噩”，是“旃蒙作噩”的解释，就是乙酉年。海山生年建辛巳，爱育黎拔力八达生年建乙酉。弘吉剌妃常记在心，因遣近臣朵耳往和林，传谕海山道：“汝兄弟二人，皆我所生，本无亲疏，但阴阳家言，运祚修短，不可不思！”

海山闻言，嘿然不答。既而召康里脱脱进内，语他道：“我镇守北方十年，序又居长，以功以年，我当继立。我母拘守星命，茫昧难信，假使我即位后，上合天心，下顺民望，虽有一日短处，亦足垂名万世。奈何信阴阳家言，辜负祖宗重托！据我想来，定然是任事大臣，擅权专杀，恐我嗣位，按名定罪。所以设此奸谋，借端抗阻。你为我往察事机，急速报我！”星命家言原难尽信，但也未免急于为帝。

康里脱脱奉命至燕，禀报弘吉剌妃。弘吉剌妃愕然道：“修短虽有定数，我无非为他远虑，所以传谕及此。他既这般说法，教他赶即前来罢。”

当下遣回脱脱，复差阿沙不花往迎。适海山率军东来，途次遇着两人。阿沙不花具述安西谋变始末，及太弟监国与诸王群臣推戴的意思。脱脱复证以妃言。海山大喜，即与二人同入上都，命阿沙不花为平章政事，遣他还报母妃又母弟。爱育黎拔力八达遂奉母妃至上都，诸王大臣亦随至，当即定议，奉海山为嗣皇帝。

海山遂于上都即位，追尊先考答剌麻八剌为顺宗皇帝，母弘吉剌氏为皇太后。一面宣敕至燕京，废成宗后伯岳吾氏，出居东安州，又将安西王阿难答及诸王明里帖木儿，与左丞相阿忽台等，一并处死。嗣以安西王阿难答与伯岳吾后同居禁中，嫂叔无猜，定有奸淫情弊，所以不立从子，反欲妄立皇叔，业已秽乱深宫，律以祖宗大法，罪在不赦，应迫她自尽。诏书一下，伯岳吾后无术可施，只好仰药自杀了。垂帘亦无甚乐趣，为此妄想，弄得身名两败，真是何苦！

海山后号“武宗”，因此小子于海山即位后，便称他为武宗。当时改元至大，颁诏大赦。其文道：

昔我太祖皇帝以武功定天下，世祖皇帝以文德洽海内，列圣相承，不衍无疆之祚。朕自先朝肃将天威，抚军朔方，殆将十年，亲御甲胄，力战却敌者屡矣，方诸藩内附，边事以宁。遽闻宫车晏驾，乃有宗室诸王，贵戚元勋，相与定策于和林，咸以朕为世祖曾孙之嫡，裕宗正派之传，以功以贤，宜膺大宝。朕谦让未遑，至于再三，早已蓄谋为帝，偏说谦让再三，中国文字之欺诈，多半如此，可叹！还至上都，宗亲大臣，复请于朕。间者奸臣乘隙，谋为不轨，赖祖宗之灵，母弟爱育黎拔力八达，禀命太后，恭行天罚。内难既平，神器不可久虚，宗祚不可乏嗣，合词劝进，诚意益坚，朕勉徇舆情，于五月二十一日即皇帝位。任太守重，若涉渊冰，属嗣服之云初，其与民更始，可大赦天下，此诏。

嗣是驾还燕京，论功封赏，加哈喇哈孙为太傅，答剌罕（一作达尔罕）为太保，并命答剌罕为左丞相，床兀儿、阿沙不花并平章政事。又以秃剌手缚阿忽台，立功最大，封为越王。哈喇哈孙谓祖宗旧制，必须皇室至亲，方可加一字的褒封，秃剌系是疏属，不得以一日功，废万世制。武宗不听，秃剌未免挟恨，暗中进谗，说是安西谋变，哈喇哈孙亦尝署名，自是武宗竟变了初志，将哈喇哈孙外调，令为和林行省左丞相，仍兼太傅衔，阳似重他，阴实疏他。浸润之谮，肤受之愬。一面立弟爱育黎拔力八达为皇太子，授以金宝，以弟作子，煞是奇闻。在武宗的意思，还道是酬庸大典，格外厚施。既欲酬庸，不妨正名皇太弟，何必拘拘太子二字耶！又令廷臣议定祔庙位次，以顺宗为成宗兄，应列成宗右，乃将成宗神主，移置顺宗下。成宗虽为顺宗弟，然成宗为君时，顺宗实为之臣，兄弟不应易次，岂君臣独可倒置耶？胡氏粹中谓如睿宗，裕宗，顺宗，皆未尝居天子位，但当祔食于所出之帝，其说最为精当。配以故太子德寿母弘吉剌后，因后亦早逝，所以升祔，这且不必细表。

单说武宗初，颇欲创制显庸，重儒尊道，所以即位未几，即遣使阙里，祀孔子以太牢，且加号“大成至圣文宣王”，敕全国遵行孔教。中书右丞孛罗铁木儿用蒙古文译《孝经》，进呈上览，得旨嘉奖，并云《孝经》一书，系《孔圣》微言，自王公至庶人，都应遵循，命中书省刻版模印，遍赐诸王大臣。宫廷内外，统因武宗尊崇圣教，有口皆碑。既而武宗坐享承平，渐眈荒逸，每日除听朝外，好在宫中宴饮，招集一班妃嫔，恒歌酣舞，彻夜图欢。酒色二字，最足蛊人。有时与左右近臣，蹴踘击球，作为娱乐，于是媚子谐臣，陆续登进，都指挥使马诸沙（一作茂穆苏）善角牴，伶官沙的（一作锡迪）善吹笙，都令他平章政事。角抵吹笙的伎俩，岂关系国政乎？乐工犯法，刑部不得逮问；

宦寺干禁，诏旨辄加赦宥，而且封爵太盛，赏赉过隆，转令朝廷名器，看得没甚郑重。

当时赤胆忠心的大臣，要算阿沙不花，见武宗举动越制，容色日悴，即乘间进言道：“陛下身居九重，所关甚大，乃惟流连曲蘖，昵近妃嫔，譬犹两斧伐孤树，必致颠仆。近见陛下颜色，大不如前，陛下即不自爱，独不思祖宗付托，人民仰望，如何重要！难道可长此沉湎么？”武宗闻言，倒也不甚介意，反和颜悦色道：“非卿不能为此言，朕已知道了！卿且少坐，与朕同饮数杯。”大臣谏他饮酒，他恰邀与同饮，可谓欢伯。阿沙不花顿言谢道：“臣方欲陛下节饮，陛下乃命臣饮酒，是陛下不信臣言，乃有此谕，臣不敢奉诏！”武宗至此，方沉吟起来。左右见帝有不悦意，遂齐声道：“古人说的主圣臣直，今陛下圣明，所以得此直臣，应为陛下庆贺！”言未毕，都已黑压压地跪伏地上，接连是蓬蓬勃勃的磕头声。绘尽媚子谐臣的形状。武宗不禁大喜，立命阿沙不花为右丞相，行御史大夫事。阿沙不花道：“陛下纳臣愚谏，臣方受职。”武宗道：“这个自然，卿可放心！”

阿沙不花叩谢而出，左右又奉爵劝酒。武宗道：“你等不闻直言么？”左右道：“今日贺得直臣，应该欢饮，明日节饮未迟！”明日后，又有明日，世人因循贻误，都以此言为厉阶。武宗道：“也好！”遂畅怀饮酒，直至酩酊大醉，方才归寝。越日，又将阿沙不花的言语，都撇在脑后了。可谓贵人善忘。

太子右谕德萧𣂏，前曾征为陕西儒学提举，固辞不至。武宗慕他盛名，召侍东宫，乃扶病至京师。入觐时，奉一奏折，内录尚书酒诰一篇，余无他语。别开生面。𣂏因武宗未严酒禁，谢病乞归。或问故，萧𣂏道：“朝廷尊孔，徒有虚名，以古礼论，东宫东面，师傅西面，此礼可行于今日么？”遂还山。𣂏奉元人，操行纯笃，教人必以小学为基，所著有《三礼说》诸书。𣂏病殁家中，赐谥“贞献”。元代儒臣，多不足取，如萧𣂏者亦不数觏，故特书之。过了数月，上都留守李璧驰至燕都，入朝哭诉。由武宗问明原委，乃是西番僧强市民薪，民至李璧处诉状，璧方坐堂审讯，那西僧率着徒党，持梃入署，不分皂白，竟揪住璧发，按倒地上，捶扑交下。打到头开目肿，还将他牵拽回去，闭入空室，甚至禁锢数日，方得脱归。李璧气愤填胸，遂入朝奏报武宗。武宗见他面有血痕，倒也勃然震怒，立命卫士偕璧北返，逮问西僧，械系下狱。孰意隔了两日，竟有赦旨到上都，令将西僧释出。李璧不敢违命，只好遵行。

未几僧徒龚柯等，与诸正合儿八剌妃争道，亦将妃拉堕车下，拳足交加。侍从连忙救护，且与他说明擅殴王妃，应得重罪等语。龚柯毫不畏惧，反说是皇帝老子，也要受我等戒敕，区区王妃，殴她何妨！这王妃既遭殴辱，复闻讥詈，自然不肯干休，遣使奏闻。待了数日，并不见有影响。嗣至宣政院详查，据院吏言，日前奉有诏敕，大略谓“殴打西僧，罪应断手，詈骂西僧，罪应断舌，亏得皇太子入宫奏阻，始将诏敕收回”等语。

看官阅此，总道武宗酒醉糊涂，所以有此乱命，其实宫禁里面，还有一桩隐情，小子于二十六回中，曾叙及西僧势焰，炙手可热，为元朝第一大弊。然在世祖成宗时代，西僧骚扰，只及民间，尚未敢侵入宫壸。至武宗嗣位，母后弘吉剌氏，建筑一座兴圣宫，规模宏敞得很，常延西僧入内，讽经建醮，祷佛祈福，不但日间在宫承值，连夜间也住宿宫中。那时妃嫔公主及大臣妻女，统至兴圣宫拜佛，与西僧混杂不清。这西僧多半淫狡，见了这般美妇，能不动心？渐渐的眉来眼去，同入密室，做那无耻勾当。渐被太后得知，也不去过问，自是色胆如天的西僧，越发肆无忌惮，公然与妃嫔公主等，裸体交欢，反造了一个美名，叫作“舍身大布施。”元宫妇女最喜入寺烧香，大约是羡慕此名。自从这美名流传，宫中旷女甚多，哪一个不愿结欢喜缘？只瞒着武宗一双眼睛。武宗所嗜的是杯中物，所爱的是床头人，灯红酒绿之辰，纸醉金迷之夕，反听得满座赞美西僧，誉不绝口，都受和尚布施的好处。未免信以为真。谁知已作元绪公。所以李璧被殴及王妃被拉事，统搁置一边，不愿追究。就是太后弘吉剌氏，孀居寂寞，也被他惹起情肠，后来忍耐不住，也做出不尴不尬的事情来。为下文伏脉。

武宗忽明忽暗，宽大为心，今日敕造寺，明日敕施僧，后日敕开水陆大会，西僧教瓦班，善于献谀，令他为翰林学士承旨。并儒佛为一涂，也是创闻。还有宦官李邦宁，年已衰迈，巧伺意旨，亦蒙宠眷。他的出身，是南宋宫内的小黄门，从瀛国公赵显北行，得入元宫。世祖留他给事内廷，至此已历事三朝，凡宫廷中之大小政事，他俱耳熟能详。武宗嘉他练达，命为江浙平章。邦宁辞道：“臣本阉腐余生，蒙先朝赦宥，令承乏中涓，充役有年，愧未胜任。今陛下复欲置臣宰辅，臣闻宰辅的责任，是佐天子治天下，奈何以刑余寺人，充任此职，天下后世，岂不要议及圣躬么！臣不敢闻命！”武宗大悦，擢他为大司徒，兼左丞相衔，仍领太医院事。邦宁竟顿首拜谢，受职而退。江浙平章，与大司徒同为重任，辞彼受此，何异以羊易牛，此皆小人取悦惯技，武宗适堕其术耳。

越王秃剌自恃功高，尝出入禁中，无所顾忌，就是对着武宗，亦惟以尔我相称。武宗格外优容，不与计较，后来益加放肆，尝语武宗道：“你的大位，亏我一人助成；倘若无我，今日阿难答早已正位，阿忽台仍然柄政，哪个来奉承你呢？”武宗不禁色变，徐答道："你也太啰唣了，下次不要再说！"秃剌尚欲有言，武宗已转身入内，那时秃剌恨恨而去。

后来武宗驾幸凉亭，秃剌随着，将乘舟，被秃剌阻住，语复不逊，自此武宗更滋猜忌。及宴万岁山，秃剌侍饮。酒半酣，座中俱有醉意，秃剌复喧嚷道："今日置酒高会，原是畅快得很，但不有我，哪有你等。你等曾亦忆及安西变事么了"念兹在兹，可见小人难与图功。武宗咈然道："朕教你不要多言，你偏常自称功。须知你的功绩，我已酬赏过了，多说何为?"秃剌闻言，将身立起，解了腰带，向武宗面前掷来，并瞋目视武宗道："你不过给我这物，我还你便罢!"言毕，大着步自去。

武宗愤甚，便语左右侍臣道："这般无礼，还好容他么?"侍臣统与秃剌有嫌，哪里还肯劝解，自然答请拿问。当即命都指挥使马诸沙等，率着卫士五百名，去拿秃剌。好在秃剌归入邸中，沉沉地睡在床上，任他加械置锁，如扛猪一般，舁入殿中。迨至酒醒，由省臣鞫讯，尚是咆哮不服。省臣乃复奏秃剌不臣，阴图构逆，宜速正典刑，有诏准奏，秃剌遂处斩，一道魂灵，驰入酆都，与阿忽台等鬼魂，至阎王前对簿去了。小子有诗咏道：

褒封一字费评章，
祖制由来是善防。
谁谓滥刑宁滥赏，
须知恃宠易成狂！

欲知后事如何？且看下回分解。

本回全为武宗传真，写得武宗易喜易怒，若明若昧，看似寻常叙述，实于武宗一朝得失，俱隐括其间，较读《元史本纪》，明显多矣。夫以武宗之名位论，孰不谓其当立，然吾谓其得之也易，故守之也难。嗣位未几，即耽酒色，由是嬖幸臣，信淫僧，种种失政，杂沓而来。书所谓位不期骄，禄不期侈者，匪特人臣有然，人主殆尤甚焉！故武宗非一昏庸主，而其后偏似昏庸，为君诚难矣哉！读史者当知所鉴矣。

第三十回 承兄位诛逐奸邪 重儒臣规行科举

却说元武宗至大八年，复议立尚书省，分理财帛。先是世祖嗣位，审定官制，以中书省为行政总枢。长官称中书令，副以左右二丞相。中书令不常置，往往以右丞相兼摄。自阿合马、桑哥等相继用事，恐中书干涉，故特立尚书省，专握政柄。自是廷臣保八、乐实等，请复立尚书省，旧政从中书，新政从尚书，并推举乞台普济脱（一作奇塔特伯奇）、脱虎脱（一作托克托）为丞相。武宗准奏，乃命乞台普济脱为右丞相，脱虎脱为左丞相，三宝奴（一作三布干）、乐实为平章政事，保八为右丞，蒙哥铁木儿为左丞，王罴参知政事。这一班新任大臣，统是阿合马、桑哥流亚，好言理财，其实并没有甚么妙法，只管从交钞上着想，滥发纸币，充作银两。从前中统交钞及至元交钞，统由计臣创议，颁行天下，民间只有纸币，并没有现银，以致物价日昂，民生日困。行钞无准备金，必受其弊，元代覆辙，今又将蹈之矣。乐实言旧钞未良，应改用新钞，方昭画一。乃改造至大银钞，凡十三等，每一两准至元钞五贯，白银一两，黄金一钱，随路立平准行用库，及常平仓以权物价，毋令沸腾。元代钞法，经此三变，无如有钞无银，总难信用，难道改造“至大”二字，便可作为金钱么？那计吏上下其手，从中刻削盘剥，却中饱了不少，只百姓又重重受苦了！言之痛心。

武宗反以脱虎脱、三宝奴两人格外出力，加脱虎脱为太师，封义国公；三宝奴为太保，封楚国公。嗣又以乐实为尚书左丞相，封齐国公，这也不在话下。只武宗嗣位数年，已当壮岁，六宫妃嫔，罗列数百，却未曾正式立后，这也是史鉴上所罕闻的。想因妃嫔统得宠幸，一时难分差等耳。会皇太子举荐李孟，遣使访求，得孟于许昌陉山，征为中书平章事，集贤大学士。孟入见，首请立后以正阴教，乃立真哥皇后。后亦弘吉剌氏所出，才色轶群。真哥有从妹，名速哥失里，亦得武宗宠幸，武宗又称她为后。不立后则已，立后则必使匹嫡，元制之不经可知。还有妃子二人，一系亦乞烈氏，一系唐兀氏。亦乞烈氏实生和世㻋，后为明宗，唐兀氏实生图帖睦尔，后为文宗，后文再表。

单说太后弘吉剌氏，颐养兴圣宫，除饬行佛事外，没甚事情，未免安闲得很。她忽然动了一种邪念，暗想妃嫔公主等人，多与僧徒结欢喜缘，只自己身为帝母，不便舍身布施，欲保全名节，又是意马心猿，按捺不住。武宗年已及壮，太后应亦将半百矣，乃犹因逸思淫，求逞肉欲，此逸豫之萌所以最足误人也。她本是青年守孀，顺宗于二十九岁去世，其时两孤尚幼，嫠妇在帏，孤帐凄清，韶光辜负。亏得同族周亲，有个铁木迭儿，常相往来，随时抚恤，每当花晨月夕，独居无聊时，得铁木迭儿与为谈心，倒也解闷不少。恐不止谈心而已。后为成宗后伯岳吾氏所忌，出居怀州，遂与铁木迭儿疏远。嗣成宗复令铁木迭儿为云南行省左丞相，路隔万里，一在天涯，一在地角，就是忆念着他，也只好付诸长叹，无可奈何。此次长子为帝，尊作太后，一切举动，无人监制，正好召幸故人，重寻旧约。当下遣一密使，遥征铁木迭儿。

看官，你想这铁木迭儿得此机会，哪有不来之理？一鞭就道，两月至京，太后已待得不耐烦，追见了面，如获异珍。既见君子，我心则降。那铁木迭儿向来巧佞，善承意旨，至此越发效力，竟在兴圣宫中，盘桓了好几天，杜门不出。云南行省不见了铁木迭儿，遂禀报政府，说他擅离职守，应加处分。尚书省即据实奏陈，武宗尚莫名其妙，将奏牍批发下来，令尚书省访查下落，以便定罪。谁知他早入安乐窝中，穿花度柳，快活得很。吕不韦故事复见元宫。过了数日，尚书省复接诏敕，说是奉皇太后旨意，援议亲故例，赦铁木迭儿罪名。亲若皇父，安得不赦。尚书省中，统是一班狐群狗党，管甚么宫内勾当，自然搁起不提。武宗还想恣意游幸，令筑城中都，饬司徒萧珍监工，调发兵役数万名，限五阅月告竣，逾期加罪。无如福已享尽，天不假年，至大四年正月元旦，百官俱入殿朝贺，待了半日，竟由宫监传旨，帝躬不豫，免行大礼。廷臣始知武宗有疾，相率退班。过了七日，武宗竟崩于玉德殿，在位五年，寿只三十一。先是宦官李邦宁曾乘间入告武宗，谓陛下春秋日富，皇子渐长，自古以来，只有父祚子续，未闻有子立弟，应酌量裁断等语。武宗不悦，并叱邦宁道："朕志已定，你不必与我多言，可自去禀闻东宫。"武宗友于之心，也不可没。

邦宁碰了这大钉子，自然不敢再说。皇太子爱育黎拔力八达方得保全储位。至武宗殂后，遂入理大政，第一着下手，便饬罢尚书省，把丞相脱虎脱、三宝奴、平章乐实、右丞保八、左丞蒙哥帖木儿、参政王罴，一律免官，逮禁狱中。命中书右丞相塔思不花知枢密院事，铁儿不花等参鞫。讯得脱虎脱等殃民误国，种种不法等情，遂命将脱虎脱、三宝奴、乐实、保八、王罴诸人，即日正法；蒙哥帖木儿犯罪较轻，杖了数百，充戍海南。第二着下手，罢城中都，追夺司徒萧珍符印，把他拘禁起来。凡中都所占民田，尽行发还。第三着下手，召还先朝通达政务，及素有闻望的老臣，如前平章程鹏飞、董士选、前太子少傅李谦、少保张闾、右丞陈天祥、尚文、刘正，前左丞郝天挺，前中丞董士珍，前太子宾客萧㪺，前参政刘敏中、王思廉、韩从益，前侍御赵君信，前廉访使程文海，前杭州路达鲁噶齐等十六人，统令诣阙议政。只陈天祥、刘敏中、萧㪺不至。一面重用李孟，欲授为中书右丞相，偏皇太后已经降旨，将中书右丞相的职任，付与铁木迭儿。皇太子不便违命，只好顺从母意。敝笥之诗，宁尚未读。太后且信阴阳家言，命太子即位隆福宫。御史中丞张珪，以嗣君正位，应在正殿，乃于大明殿即皇帝位，受诸王百官朝贺。并下诏大赦道：

昔先帝事皇太后，抚朕藐躬，孝友天至，由朕得托，顺考遗体，重以母弟之嫡，加有削平内难之功，于其践阼，曾未逾月，授以皇太子宝，领中书令枢密使，百揆机务，听所总裁，于今五年。先帝奄弃天下，勋戚元老，咸谓大宝之承，既有成命，非与前圣宾天，而始征集宗亲，议所宜立者比，当稽周、汉、晋、唐故事，正位宸极。朕以国恤方新，诚有未忍，是用经时。今则上奉皇太后勉进之命，下徇诸王劝戴之情，三月十八日，于大都大明殿即皇帝位，凡尚书省误国之臣，先已伏诛，同恶之徒，亦已放殛，百司庶政，悉归中书，命丞相铁木迭儿，平章政事李道复等，从新拯治，可大赦天下。此诏！

诏中所言李道复，就是李孟。孟字道复，因前时翊戴功深，并调停母子兄弟间，格外尽力，所以特别推重，称为道复而不名。即位礼毕，复谕以次年改元，议定皇庆二字。小子披览元史，武宗以后，就是仁宗，“仁宗”即爱育黎拔力八达的庙号，因此小子于他嗣位后，仍循例称作仁宗了。仁宗以脱虎脱等虽已伏诛，党羽尚多，拟尽加鞫讯。延庆使杨朵儿只（一作杨多尔济）上书谏阻，大旨以帝王为治，不嗜杀人，今当嗣服初年，尤以省刑为要，应寓恩于威，以敦治道等语。仁宗感悟，乃改从宽大，只拟用陕西平章孛罗铁木儿，江浙平章乌马儿、甘肃平章阔里吉思、河南参政塔失铁木儿，江浙参政万僧，俱由台官纠参，奉旨罢黜，不准再举。

于是尊重文教，优礼师儒，先命释奠先师孔子，行祭丁制，只主祭的人，却遣了一个宦官李邦宁。邦宁曾在武宗前劝易皇太子，至仁宗登基，左右亦奏述前言，请即加罪。还是仁宗宽宏大量，谕以帝王历数，自有天命，不足介懔，乃置不复问。此次命他为集贤院大学士，且饬释奠先师，亵圣甚矣。那邦宁竟尔受命，摆着仪仗，入大成殿行礼。看官，你想大成至圣文宣王，愿受他拜跪么？太牢方设，鼎俎杂陈，邦宁整肃衣冠，向案前就位。忽然狂风大起，卷入殿中，两庑烛尽吹灭，烛台底下的铁镈，陷入地中尺许，吓得邦宁魂飞天外，慌忙屈膝俯伏，执事诸人，统伏地屏息。约过了几小时，风始停止，才勉强成礼，邦宁惭悔数日。就是仁宗闻知，也悚然起敬，由是益敬礼儒臣。

平章政事李孟，幼擅文名，博学强记，贯穿经史，尝开门授徒，远近争至。嗣入东宫为太子师傅，与仁宗很是契合。至此君臣相得，如鱼投水，尝谕他道："卿系朕的旧学，朕有不及，全仗卿忠心辅佐。"孟受命后，也深感知遇，力以国事为己任，节滥费，汰冗员。贵戚近臣，多言不便，奈因帝眷方隆，无隙可乘，也只好忍耐过去。**君子小人，总不兼容。**

孟又因大德以后，封拜繁多，释道二教，俱设官统治，权抗有司，挠乱政事，大为时害，遂奏请信赏必罚，赏善惩恶，并罢免僧道各官。至若风俗日靡，车服僭拟，上下无章，尊卑无别，孟复请严加限制。仁宗一一准奏，且与之立约道："朕在位一日，卿亦宜在中书一日。"遂赐爵秦国公，命画师图像，词臣加赞。入见必赐坐，与语必称卿，或称字，一面增国子生，为三百人，令孟督率。孟因上言老成凋谢，亟应求材。四方儒士，如有德成艺进，请擢任国学翰林秘书太常，或儒学提举等职，以昭激劝。且谓人材所出，不止一途，汉、唐、宋、金，尝行科举，得人称盛，今欲兴贤举能，不如用科举取士，较诸多门干进，似胜一筹。惟必先德行经术，次及文辞，然后可得真才。仁宗乃决意进行，命中书省臣，规定条制。

先是世祖尝议立科举法，未及举行。至是乃命中书省颁定科条，科场每三岁一次，以皇庆三年八月为始，从士人本籍官司，于诸色户内推举，年及二十五，有孝行可称，信义足述，以及经明行修的士子，以次敦遣。其或徇私滥举，并应举不举的有司，监察御史肃政廉访司，应体察究治。考试程式，蒙古色目人，第一场经问五条，《大学》、《论语》、《孟子》、《中庸》内设问，用朱氏章句集注，遇有义理精明，文词典雅，乃算中选。第二场，策一道，以时务出题，限五百字以上。汉人南人第一场，明经经疑二问，《大学》、《论语》、《孟子》、《中庸》内出题，并用朱氏章句集注，结以己意，限三百字以上。经义一道，各治一经，《诗》以朱氏为主，《尚书》以蔡氏为主，《周易》以程朱为主，以上三经，兼用古注疏，《春秋》许用三传，及胡氏传，《礼记》用古注疏，限五百字以上，不拘体格。第二场，古赋，诏诰，章表。内科一道，古赋诏诰用古体，章表四六，参用古体。第三场，策一道，经史时务内出题，不矜浮藻，惟务直述，限一千字以上。蒙古色目人，愿试汉人南人科目，中选者加一等注授。蒙古色目人作一榜，汉人南人作一榜，第一名赐进士及第，从六品。第二名以下，及第二甲，皆正七品，三甲皆正八品，两榜并同，乃即下诏道：

惟我祖宗以神武定天下，世祖皇帝设官分职，征用儒雅，崇学校为育材之地，议科举为取士之方，规模宏远矣。

朕以眇躬，获承丕祚，继志述事，祖训是式，若稽三代以来，取士各有科目，要其本末，举人宜以德行为首，试艺则以经术为先，词章次之，浮华过实，则所不取。爰命中书参酌古今，定其条制，其以皇庆三年八月为始。天下郡县，兴其贤者能者，充试有司。次年二月，会试京师，中选者朕将亲策焉。

到了皇庆三年，改元延佑，八年开试举人，至次年廷试，赐护都沓儿、张起岩等五十六人及第出身有差，分为两榜。蒙古色目人为右，汉人南人为左，嗣是垂为常例。元代之有科举，自延佑始，故详纪之。

仁宗复用齐履谦、吴澄为国子司业。履谦字伯恒，汝南人，幼习推步星历诸术，及稍长，读洙泗、伊洛遗书，穷理格物。至元二十九年，授为星历教授，大德二年，擢任保章正，至大三年，升授侍郎，兼领冬官正事。仁宗即位，以履谦学行纯笃，命教国学子弟。与吴澄并司教养。每五鼓入学，风雨寒暑，未尝少怠。

吴澄字幼清，抚州人，宋末举进士不第，隐居布水谷，读书著述，夙负盛名。至元中曾召至燕京，欲授以官，澄乞归养母，遂辞去。至大元年，复石为国子监丞，皇庆元年，授为司业，澄用宋程颢学校奏疏，胡瑗六学教法，朱熹学校贡举私议，约为教法四条：一经学，二行实，三文艺，四治事，逐条规勉，不惮求详。嗣因履谦改佥太史院事，澄以同学乏人，托病归籍，学制稍废。

仁宗复调履谦为司业。履谦律己益严，教道益张，尝立升斋积分等法。每季考生徒学行，以次递升，既升上斋，逾再岁，始与私试。词理俱优为满分，词平理优为半分，岁终积至八分，得充高等，以四十人为额，然后集贤院及礼部岁选六人，充作岁贡。三年不通一经，及在学不满一年，定章黜革，所以人人励志，士多通材。元朝学术，惟皇庆延佑时，推为极盛。师道立则善人多，观此益信。

仁宗又尝将《贞观政要》、《大学衍义》，并程复心所著《四书集注》，陆淳所著《春秋纂例》、《辨微疑旨》及《资治通鉴》、《农桑集要》等书，悉令刊布，颁行学官。复以宋儒周敦颐、程颢、程颐、张载、邵雍、司马光、朱熹、张栻、吕祖谦，暨元儒许衡，学宗洙泗，令从祀孔子庙廷，重儒尊道，也可谓元代第一贤君了。小子有诗咏道：

大元制典太荒唐，

竟把儒生列丐倡。

幸有后王能干蛊，

莘莘学子尚成行。

仁宗方有心求治，雅意得人，偏偏铁木迭儿得宠太后，从中播弄，举佞斥贤，这也是元朝的气数。欲知详细，下回再述。

武宗在位四年，秕政甚多，惟孝友性成，不私天下，较之曹丕、萧绎，相去远矣！仁宗嗣服，首斥俭壬，召用老臣，并尊师重儒，兴学育才，不愧为守文之主。至若科举一端，以一日之长，即第其高下，似不得为良法。然旷观古代，因选举之穷，继以科举，殆亦有不得已之意，存于其间者。况科目亦曷尝不得人乎？即如今日之废科目，复选举，弊端百出，罄竹难书，是选举且不科目若也。元素贱儒，惟仁宗始注意及此，善善从长，故本回特备录之。

第三十一回　上弹章劾佞无功　信俭言立储背约

却说铁木迭儿奉太后弘吉剌氏敕旨，得居相位，起初还算守法，没甚举动。惟仁宗巡幸上都，留铁木迭儿等留守，铁木迭儿援丞相留治故例，出入张盖，颇为烜赫。廷臣不甚注目，统以为故例如此，不足为怪。越年铁木迭儿偶然得病，自请解职，**昼值朝房，夜值宫禁，宜其劳病**。乃以秃忽鲁代相。至延佑改元，秃忽鲁免官，仁宗拟命左丞相哈克伞继任，哈克伞自言非世勋族姓，不足当国，请再任铁木迭儿。仁宗乃复拜他为开府仪同三司，录军国重事。居数月，仍进为右丞相，他即想出一条理财政策，毅然上奏道：

臣蒙陛下垂怜，复擢首相，依阿不言，诚负圣眷。比闻内传隔越奉旨者众，倘非禁止，致治实难，请敕诸司，自今中书政务，毋辄干预。又往时富民往诸番商贩，率获厚利，商者益众，中国物轻，番货反重，今请以江、浙右丞曹立领其事，发舟十纲，给牒以往，归则征税如制，私往者没其货，又经用不给，苟不豫为规画，必至愆误。臣等集诸老议，皆谓动钞本则钞法愈虚，加赋税则毒流黎庶，增课额则比国初已倍五十矣，惟预买山东河间运使来岁盐引，及各冶铁货，庶可以足今岁之用。又江南田粮，往岁虽尝经理，多未核实，可始自江浙以及江东西，宜先事严限格，信罪赏，令田主手实顷亩状入官。诸王驸马学校寺观，亦令如之，仍禁私匿民田，贵戚势家，毋得阻挠，请敕台臣协力以成，则国用足矣。谨奏。

据奏中所言，不过清厘宿弊，彻查私贩，有益国用，无损平民，看似正当不易的政策。无如中国官吏，多是贪财黩货，凡遇计臣当道，变更旧制，往往被贪官污吏乘间营私，无论若何良法，总归弊多利少，结果是民生受苦，国库仍枵，所得金钱，都入一班狗官的囊橐。历代以来，俱蹈此辙，惟前代贪官中饱之资，尚在本国流通，所谓楚得楚失，挹彼注兹，犹不足患，今则多寄存外国银行，自涸财源，其患益甚。做皇帝的身居九重，哪里晓得许多弊窦，即如元代仁宗，好算一个明主，览了铁木迭儿奏牍，也道是情真语当，立准施行。铁木迭儿遂分遣属吏，循行各省，括田增税，苛急烦扰，江西使臣昵匝马丁，酷虐尤甚，信丰一县，撤民庐千九百区，夷墓扬骨，作为所增田亩，居民怨恨入骨。

赣州土豪蔡五九，素有武力，且颇任侠，乡民推为首领，抗拒官长。一夫作难，万众响应，顿时江漳诸路，四起为乱，蔡五九乘此机会，占夺汀州、宁化县，戕杀有司，居然称王建号，号令四方。**夺了一县，就想为王，器量如此，安能成事。**江浙行省平章张闾，奉旨往剿，五九也率着众人，前来抵敌，究竟一时乌合，敌不住多大官军，战了数次，弄得十人九死，那时五九势穷力蹙，逃入山谷，被官军蹑迹追寻，生生拿住，讯实正法，做了无头之鬼。

张闾上章奏捷，仁宗才觉心慰。惟台臣上言五九作乱，由括田增税所致，乞罢各省经理，有旨准奏。只铁木迭儿揽权如故，反且贪虐加甚，凶秽愈彰，朝野虽然侧目，可奈铁木迭儿气焰熏天，欲要把他弹击，好似苍蝇撞石，非但不能动他，而且还要灭身，大家顾命要紧，自然相率箝口。

寻复由太后下旨，令铁木迭儿为太师。中书平章政事张珪向来嫉恶如仇，至此不禁进言道："太师论道经邦，须有才德兼全的宰辅，方足当此重任，如铁木迭儿辈，恐不称职！"仁宗本器重张珪，奈因迫于母命，不便违背，只好不从珪言，加铁木迭儿为太师，兼总宣政院事。**中国古典，夫死从子，况仁宗身为人主，岂可依徇母后，专擢权奸，是殆徒知有顺不知有孝者。**会仁宗如上都，徽政院使失列门（**一作锡哩玛勒**）传太后旨，召珪切责。珪抗论不屈，惹得失列门性起，竟喝令左右加杖，可怜这为国尽忠的张平章，平白无故地受了一顿杖责！**古时刑不上大夫，张珪身为平章，乃遭幸臣仗责，可叹可恨！**皮开血出，奄奄归家。次日即缴还印信，挈了家眷，径出国门。珪子景元，随驾掌玺，宿卫左右，闻父因杖创乞休，遂奏请父病垂危，恳即赐归。仁宗惊问道："卿别时，卿父无病，怎么今称病笃了？"景元顿首涕泣，不敢言父被杖事。仁宗心知有异，乃遣使赐珪洒，进拜大司徒。珪已回籍养痾，上表陈谢便罢。

至仁宗还都，并未追究失列门，廷臣心益不平。会上都富人张弼杀人系狱，纳贿铁木迭儿，铁木迭儿遂密遣家奴，胁上都留守贺巴延，令他释弼。巴延不肯，据实陈奏。侍御史杨朵儿只已升任中丞，与平章政事萧拜住蓄志除奸，遂邀同监察御史四十余人，联衔抗奏道：

铁木迭儿桀黠奸贪，阴贼险狠，蒙上罔下，蠹政害民，布置爪牙，威詟朝野，凡可以诬害善人，要功利己者，靡所不至；取晋王田千余亩，兴教寺后壖园地三十亩，卫兵牧地二十余亩，窃食郊庙供祀马，受诸王哈喇班第使人钞十四万贯，宝珠玉带氍毹币帛，又值钞十余万贯，受杭州永兴寺僧章自福赂金一百五十两，取杀人囚张弼钞五万贯。且既已位极人臣，又领宣政院事，以其子巴尔济苏为之使。诸子无功于国，尽居贵显，纵家奴凌虐官府，为害百端，以致阴阳不和，山移地震，灾异数见，百姓流亡。已乃恬然略无省悔，私家之富，在阿合马桑哥之上，四海疾怨已久，咸愿车裂斩首，以快其心，如蒙早加显戮，以示天下，庶使后之为臣者，知所警戒，臣等不胜迫切待命之至！

仁宗览了这奏，震怒有加，立即下诏，逮问铁木迭儿。铁木迭儿至此，也不免惶急起来，忙跑到兴圣宫内，向太后下跪，磕着响头，如同捣蒜。**如摇尾乞怜一般。**太后惊问何事，铁木迭儿道："老臣赤心报国，偏遭台臣嫉忌，诬臣重罪，务乞太后为臣剖白，臣死且感恩！"**赤体报后则有之，赤心报国则未也。**太后道："皇儿难道不知么？"铁木迭儿道："皇上已有旨，逮问老臣。"太后道："何故这般糊涂！"**如非糊涂，恐不令太后胡行。**铁木迭儿道："台臣联衔奏请，怪不得皇上动怒。"太后道："你且起来，无论甚么大事，有我作主，怕他甚么！"铁木迭儿碰头道："圣母厚恩，真同再造，但老臣一时无可容身，奈何？"太后笑道："你这老头儿，也会放刁，你在宫中时常进出，今日便住在宫内，自然没人欺你。"铁木迭儿道："明日呢？"太后道："明日也住在这里，可好么？"铁木迭儿道："老臣常住宫中，不更要被人议论么？"太后把他瞅了一眼，便道："你怕议论，快些出去，休来惹我！"那时铁木迭儿故作惊慌，抱住太后玉膝，装出一副泪容，**夫是之谓奸臣。**果然太后俯加怜恤，用手把他扶起，并命贴身侍女，整备酒肴，替他压惊，是夕，命铁木迭儿匿宿兴圣宫。**一语够了。**

越日，杨朵儿只复入朝面奏，略说铁木迭儿匿居禁掖，非皇上亲自查拿，余人无从逮问，说得仁宗动容。退了朝，竟踱入兴圣宫来，侍女得知消息，忙去通报太后。太后即命铁木迭儿避匿别室。待仁宗进来，佯若无事，仁宗谒母毕，由太后赐坐，略问朝事，渐渐说到铁木迭儿。仁宗遂启奏道："铁木迭儿擅纳贿赂，刻剥吏民，御史中丞杨朵儿只等，联衔奏劾，臣儿令刑部逮问，据言查无下落，不知他匿在何处？"太后闻言，怫然道："铁木迭儿是先朝旧臣，现在入居相位，不辞劳怨，所以我命你优待，加任太师。自古忠贤当国，易遭嫉忌，你也应调查确实，方可逮问，难道凭着片言，就可加罪么？"仁宗道："台臣联衔，约有四十余人，所陈奏牍，历叙铁木迭儿罪名，想总有所依据，不能凭空捏造。"太后怒道："我说的话，你全然不信，台臣的奏请，你却作为实据，背母忘兄，不孝不义，恐怕祖宗的江山，要被你送脱了！"强词夺理。说至此，便扑簌簌地流下泪来。老妇也会撒娇。仁宗素具孝思，瞧这形状，心中大为不忍，不由得跪地谢罪。太后尚唠唠叨叨地说了许多，累得仁宗顿首数次，方才趋出。

越日诏下，只罢铁木迭儿右相职，令哈克伞代任，又迁杨朵儿只为集贤学士，台臣相率叹息，无可如何。

会接陕西平章塔察儿急奏，报称周王和世㻋，勾结陕西，变在旦夕了。原来和世㻋系武宗长子，从前武宗嗣位，既立仁宗为太子，丞相三宝奴欲固位邀宠，曾与康里脱脱密谈，拟劝武宗舍弟立子。康里脱脱道："太弟安定社稷，已经正式立储，入居东宫，将来兄弟叔侄，世世相承，还怕倒乱次序么？"持正不阿，难为脱脱。三宝奴道："今日兄已授弟，他日能保叔侄无嫌么？"康里脱脱道："古语尝云：'宁人负我，毋我负人！'我不负约，此心自可无愧；人若失信，自有天鉴。所以劝立皇子，我不便赞成！"三宝奴嘿然而退。

至延佑改元，欲立太子，仁宗颇觉踌躇，以情理言，当立和世㻋，何待踌躇。铁木迭儿窥透上旨，便密奏道："先皇帝舍子立弟，系为报功起见，若彼时陛下在都，已正大位，还有何人敢说！就是先皇帝亦应退让。今皇嗣年将弱冠，何不早日立储，免人觊觎呢？"仁宗道："侄儿和世㻋，比朕子年龄较长，且系先帝嫡子，朕承兄位，似宜立侄为嗣，方得慰我先帝。"铁木迭儿道："宋太宗舍侄立子，后世没有訾议，况宋朝开国，全由太祖威德，太宗无功可录；加以金匮誓言，彼此遵约，他背了前盟，竟立己子，尚是相安无事。今如陛下首清宫禁，继让先皇，以德以功，应传万世，难道皇侄尚得越俎么？"仁宗闻言，尚是沉吟，铁木迭儿又道："陛下让德，即始终相继，恐后代嗣君，亦未必长久相安。老臣为陛下计，并为国家计，所以不忍缄口，造膝密陈。"仁宗不待说毕，便问道："你说舍子立侄，不能相安，莫非是争位不成？"铁木迭儿道："诚如圣论！自古帝王，岂必欲私有天下！特以储位未定，往往有豆箕相煎，骨肉相残的祸端。

即如我朝开国，君位相传，非必父子世及，所以海都构衅，三汗连兵，争战数十年，至今尚未大定，陛下何不惩前毖后，妥立弘规，免得后嗣争夺呢？”佞臣之言，最易入耳，非明目达聪之圣主，鲜有不堕入彀中，试观铁木迭儿之反复陈词，何一非利害关系，动人听闻，此谗口之所以可畏也。仁宗矍然道：“卿言亦是，容俟徐图。”已入迷团。铁木迭儿乃退。

静候年余，未见动静，不免暗中惶急，遂私与失列门商议。看官，你道失列门是何等人物？就是前日传太后旨，擅杖张珪的徽政院使。原来太后老而善淫，因铁木迭儿年力垂衰，未能逞欲，有时或出言埋怨。铁木迭儿善承意旨，遂荐贤自代。仿佛吕不韦之荐嫪毒。太后得了失列门，甚为合意，大加宠幸。因此失列门的权势，不亚铁木迭儿。铁木迭儿与他晤谈，叙述前日密陈事，失列门笑道：“太师的陈请，还欠说得动人！”铁木迭儿道：“据你的意思，应如何说法？”失列门道：“太师才高望重，难道不晓得釜底抽薪的计策么？目今皇侄在都，无甚大过，你教主子如何处置！在下恰有一法，先将他调开远道，那时疏不间亲，自然好立皇子了。”铁木迭儿喜动颜色，不禁拱手道：“这还要仰仗你呢！”失列门道：“太师放心！在下有三寸舌，不怕此事不行。”一蟹胜似一蟹。果然过了数日，有旨封和世瑓为周王，赐他金印，出镇云南。失列门之入谗用虚写。

过了一年，复立皇子硕德八剌（一作硕迪巴拉）为太子，兼中书令枢密使。和世瑓在云南，已置官属。闻仁宗已立太子，颇滋怨望，遂与属臣秃忽鲁、尚家奴及武宗旧臣厘日、沙不目丁、哈八儿、秃教化等会议。教化（即常侍嘉珲）道：“天下是我武宗的天下，如王爷出镇，本非上意，大约由谗构所致。请先声闻朝廷，杜塞谗口，一面邀约省臣，即速兴兵，入清君侧，不怕皇上不改前命！”密谋胁君，亦非臣道。大众鼓掌称善。教化复道：“陕西丞相阿思罕，前曾职任太师，被铁木迭儿排挤，把他远谪；若令人前去商议，定可使为我助。”和世瑓道：“既如此，劳你一行。”

教化遂率着数骑，驰至陕西，由阿思罕问明情形，很是赞成。当下召集平章政事塔察儿、行台御史大夫脱里伯、中丞脱欢，共议大事。塔察儿等闻命后，口中甚表同情，还说得天花乱坠，如何征兵，如何进军，不由阿思罕不信，议定发关中兵卒，分道自河中府进行，谁知他暗地里写了奏章，飞驿驰报，俗语说得好：

画虎画龙难画骨，

知人知面不知心。

未知元廷如何宣敕，请看下回表明。

铁木迭儿之奸，中外咸知，仁宗亦岂不闻之？况台官劾奏，至四十余人之众，即贤明不若仁宗，亦不至袒庇权奸，违众愎谏如此；就令重以母意，不忍遽违，而左迁杨朵儿只，果胡为者，读史者或以愚孝讥之，实则犹未揭仁宗之隐，追观舍侄立子之举，出自铁木迭儿之密陈，乃知仁宗之心，未尝不以彼为忠。私念一起，宵小得而乘之，是殆所谓木朽而虫生者。然则仁宗之心，得毋谓妇人之仁耶！前回叙仁宗之善政，不忍没其长；此回叙仁宗之失德，不敢讳甚短，瑕不掩瑜，即此可见矣。

第三十二回　争位弄兵藩王两败　挟私报怨善类一空

却说陕西平章塔察儿，驰奏到京，当由仁宗颁发密敕，令他暗中备御。塔察儿奉旨遵行，佯集关中兵，请阿思罕、教化两人带领，先发河中，去迎周王和世㻋，自与脱欢引兵后随，陆续到河中府。待与周王相遇，托词运粮犒云南军，求周王自行检查，周王偏委着阿思罕、教化两人，代为察收。不防车中统藏着兵械，一声暗号，军士齐起，都在车中取出凶器，奔杀阿思罕等。阿思罕、教化手下，只有随骑数十名，哪里抵敌得住，一阵乱杀，将阿思罕、教化两人，已剁作数十段。塔察儿遂麾军入周王营，谁知周王命不该绝，已得逃卒禀报，从间道驰去。后来入都嗣位，虽仅半年，然究系一代主子，所以得免于难。塔察儿搜寻无着，还道他奔回云南，饬军士向南追赶，偏周王往北急奔，待至追军回来，再拟转北，那时周王已早远飏了。塔察儿一面奏闻，一面再发兵北追，驰至长城以北，忽遇着一支大军，把他截住，以逸待劳，竟将塔察儿军杀死了一大半，剩得几个败残兵卒，逃回陕西。

看官！你道这支军从何而来？原来是察合台汗也先不花，遣来迎接周王的大军。也先不花系笃哇子。笃哇在日，曾劝海都子察八儿共降成宗（事见前文。应二十七回）。嗣后察八儿复蓄异谋，由笃哇上书陈变，请元廷遣师，夹击察八儿。时成宗已殂，武宗嗣立，遣和林右丞相月赤察儿发兵应笃哇，至也儿的石河滨，攻破察八儿，察八儿北走，又被笃哇截杀一阵，弄到穷蹙无归，只好入降武宗。窝阔台汗国土地，至是为笃哇所并。笃哇死后，子也先不花袭位，又反抗元廷。初意欲进袭和林，不料弄巧成拙，反被和林留守，将他东边地夺去。他失了东隅，转思西略，方侵入呼罗珊，适周王和世㻋奔至金山，驰书乞援。于是返旆东驰，来迎和世㻋。既与和世㻋相会，遂驻兵界上，专待追军，果然塔察儿发兵驰至，遂大杀一阵，扫尽追兵，得胜而回。和世㻋随他入国，与定约束，彼此颇是亲昵，安居了好几年。元廷也不再攻讨，总算内外静谧。

无如一波未平，一波又起，周王和世㻋已经北遁，魏王阿木哥却又东来。这阿木哥是仁宗庶兄。顺宗少时，随裕宗（即故太子真金）入侍宫禁，时世祖尚在，钟爱曾孙，特赐宫女郭氏，侍奉顺宗。郭氏生子阿木哥，顺宗以郭氏出身微贱，虽已生子，究不便立为正室，乃另娶弘吉剌氏为妃，便是武宗仁宗生母，颐养兴圣宫中恣情娱乐的皇太后。屡下贬辞，惩淫也。仁宗被徙怀州时，阿木哥亦出居高丽，至武宗时，遥封魏王。到了延佑四年，忽有术者赵子玉，好谈谶纬，与王府司马脱不台往来，私下通信，说是阿木哥名应图谶，将来应为皇帝。脱不台信为真言，潜蓄粮饷，兼备兵器，一面约子玉为内应，遂偕阿木哥率兵，自高丽航海，信道关东，直至利津县。途次遇着探报，子玉等在京事泄，已经伏法，于是脱不台等慌忙东逃，仍至高丽去了。

仁宗因两次变乱，都从骨肉启衅，不禁忆起铁木迭儿的密陈，还道他能先几料事，思患预防，幸已先立皇子，方得臣民倾响，平定内讧，事后论功，应推铁木迭儿居首，因此起用的意思，又复发生。这铁木迭儿虽去相位，仍居京邸，与兴圣宫中嬖幸，时通消息。大凡谄臣媚子，专能窥伺上意，仁宗退息宫中，未免提起铁木迭儿的大名。那班铁木迭儿的旧党，自然乘机凑合，撺掇仁宗，复用这位铁太师。仁宗尚有些顾忌，偏偏这兴圣宫中的皇太后又出来帮忙，可谓有情有义。传旨仁宗，令起用铁木迭儿再为右相。仁宗含糊答应，暗思复相铁木迭儿，台臣必又来攻讦，不如令为太子太师，省得台臣侧目。主意已定，便即下诏。

越日即有御史中丞赵世延呈上奏章，内陈铁不迭儿从前劣迹，凡数十事，仁宗不待览毕，就将原奏搁起。又越数日，内外台官，陆续上奏，差不多有数十本，仁宗略一披览，奏中大意，无非说铁木迭儿如何奸邪，不宜辅导东宫，当下惹起烦恼，索性将所有各奏，统付败纸簏中。适案上有金字佛经数卷，遂顺手取阅，展览了好几页，觉得津津有味，私自叹息道："人生不外生老病苦四字，所以我佛如来，厌住红尘，入山修道。朕名为人主，一日万几，弄到食不得安，寝不得眠，就是任用一个大臣，还惹台臣时来絮聒，古人说得天子最贵，朕想来有甚么趣味！倒不如设一良法，做个逍遥自在的闲人罢。"说毕，复嘿嘿的想了一番，又自言自语道："有了，就照这么办。"便掩好佛经，起身入寝宫去了。故作含蓄。

小子录述至此，又要叙那金字佛经的源流。这金字佛经，就是《维摩经》。仁宗尝令番僧缮写，作为御览，共糜金三千余两。一部《维摩经》，需费如此，元僧之多财可知。此时已经缮就，呈入大内，所以仁宗奉若秘本，敬置览奏室内，每于披览奏牍的余暇，讽诵数卷，天子念佛，实是多事。这且不必细表。

且说仁宗有心厌世，遂诏命太子参决朝政。廷臣见诏，多半滋疑，统说皇上春秋正富，为何授权太子，莫非铁木迭儿从中播弄不成？当下都密托近侍，微察上旨。侍臣在仁宗前，尝伺候颜色，一时恰探不出甚么动静。只仁宗常与语道："卿等以朕居帝位，为可安乐么？朕思祖宗创业艰难，常恐不能守成，无以安我万民，所以宵旰忧劳，几无暇晷，卿等哪里知我苦衷呢？"仁宗之心，不为不善，但受制母后，溺爱子嗣，终非治安之道。侍臣莫名其妙，只好面面相觑，不敢多言。过了数天，复语左右道："前代尝有太上皇的名号，今太子且长，可居大位，朕欲于来岁禅位太子，自为太上皇，与尔等游观西山，优游卒岁，不更好么？"想了多日，原来为此。左右齐声称善，只右司郎中月鲁帖木儿道："陛下年力正强，方当希踪尧舜，为国迎庥，为民造福，若徒慕太上皇的虚名，实属无谓。如臣所闻，前代如唐玄宗、宋徽宗皆身罹祸乱，不得已禅位太子，陛下为甚么设此念头？"这一席话，说得仁宗瞠目无词，才把内禅的意思，打消净尽。嗣是复勤求治道，所有一切佛经，也置诸高阁，不甚寓目。

会皇姊大长公主祥哥剌吉，令作佛事，释全宁府重囚二十七人，事为仁宗所闻，咈然道："这是历年弊政，若长此不除，人民都好为恶了。"想是回光返照，所以有此清明。遂颁发严旨，按问全宁守臣阿从不法，仍追所释囚，还置狱中。既而中书省臣奏参白云宗总摄沈明仁，强夺民田二万顷，诳诱愚俗十万人，私赂近侍，妄受名爵，应下旨黜免，严汰僧徒，追还民田等语。仁宗一一准奏，并诏沉明仁奸恶不法，饬有司逮鞫从严，毋得庇纵，违者同罪。这两道诏敕，乃是元代未曾见过的事情，不但僧侣为之咋舌，就是元廷臣僚，亦是意料不及。

到了延祐七年元旦，日食几尽，仁宗斋居损膳，命辍朝贺。甫及二旬，仁宗不豫，太子硕德八剌焚香祷天，默祝道："至尊以仁慈御天下，庶绩顺成，四海清晏。今天降大厉，不如罚殛我身，使至尊长为民主。天其有灵，幸蒙昭鉴！"叙及此语，不没孝思。祝毕，又拜跪了好几次。次夕，拜祝如故。无如人生修短，各有定数。既已禄命告终，无论如何祈祷，总归没有效验，太子祷告益虔，仁宗抱病益剧。正月二十一日驾崩光天宫，寿三十有六，在位十年。元世祖殂于正月，成、武、仁三宗亦然，这也是元史中一奇。史称仁宗天性慈孝，聪明恭俭，通达儒术，妙悟释典，不事游畋，不喜征伐，不崇货利，可谓元代守文令主。小子以为顺母纵奸，未免愚孝；立子负兄，未免过慈；其它行迹，原有可取，但总不能无缺点呢！得春秋责备贤者之义。

仁宗已殂，太子哀毁过礼，素服寝地，日歠一粥。那时太后弘吉剌氏便乘机宣旨，令太子太师铁木迭儿为右丞相。越数日，复命江浙行省黑驴（一作赫噜）为中书平章政事。黑驴平时没甚功绩，且亦未有令望，只因族母亦列失八在兴圣宫侍奉太后，颇得宠信，因此黑驴迭蒙超擢，骤列相班。为下文谋逆张本。自是铁木迭儿一班爪牙，又复得势。

参议中书省事乞失监，素谄事铁木迭儿，至是倚势鬻官，被台臣劾奏，坐罪当杖，他即密求铁木迭儿到太后处说情。太后召太子入见，命赦乞失监杖刑。太子不可，太后复命改杖为笞。太子道："法律为天下公器，若稍自徇私，改重从轻，如何能正天下！"卒不从太后言，杖责了案。

徽政院使失列门，复以太后命，请迁转朝官。太子道："大丧未毕，如何即易朝官！且先帝旧臣，岂宜轻动，俟即位后，集宗亲元老会议，方可任贤黜邪。"失列门惭沮而退。

于是宫廷内外，颇畏太子英明。独铁木迭儿以太子尚未即真，应乘此报怨复仇，借泄旧恨。当下追溯仇人，第一个是御史中丞杨朵儿只，第二个是前平章政事萧拜住，第三个是上都留守贺巴延，第四个是前御史中丞赵世延，第五个是前中书平章政事李孟。上都距京稍远，不便将贺巴延立逮，赵世延已出为四川平章政事，李孟亦已谢病告归，独杨朵儿只、萧拜住两人，尚在都中供职，遂矫传太后旨，召二人至徽政院，与徽政使失列门，御史大夫秃秃哈坐堂鞫问，责他前违太后敕命，应得重罪。杨朵儿只勃然大愤，指铁木迭儿道："朝廷有御史中丞，本为除奸而设，你蠹国殃民，罪不胜言，恨不即斩你以谢天下！我若违太后旨，先已除奸，你还有今日么？"铁木迭儿闻言，又羞又恼，便顾左右道："他擅违太后，不法已极，还敢大言无忌，藐视宰辅，这等人应处何刑？"旁有两御史道："应即正法。"朵儿只唾两御史道："你等也备员风宪，乃做此狗彘事么？"萧拜住对朵儿只道："豺狼当道，安问狐狸？我辈今日，不幸遇此，还是死得爽快。只怕他也是一座冰山了！"两御史不禁俯首。

铁木迭儿怒形于色，顿起身离座，乘马入宫。约二时，即奉敕至徽政院，令将萧拜住、杨朵儿只二人处斩。左右即将二人反翦起来，牵出国门。临刑时，杨朵儿只仰天叹道："天乎！天乎！我朵儿只赤心报国，不知为何得罪，竟致极刑？"萧拜住也呼天不已。元臣大率信天。

既就戮，忽然狂飚陡起，沙石飞扬，吓得监刑官魂不附体，飞马逃回。都人士相率叹息，暗暗称冤。

杨朵儿只妻刘氏，颇饶姿容，铁木迭儿有一家奴，曾与觌面，阴加艳羡，至此禀请铁木迭儿，愿纳为己妇。铁木迭儿即令往取。那家奴大喜过望，赶车径去，至杨宅，假太师命令，胁刘氏赴相府。刘氏垂泪道："丞相已杀我夫，还要我去何用？"家奴见她泪珠满面，格外怜惜，便涎着脸道："正为你夫已死，所以丞相怜你，命我来迓，并且将你赏我为妻，你若从我，将来你要什么，管教你快活无忧。"此奴似熟读嫖经。

刘氏不待言毕，已竖起柳眉，大声叱道："我夫尽忠，我当尽义，何处狗奴，敢来胡言？"说至此，急转身向案前，取了一剪，向面上划裂两道，顿时血流满面。复将髻子剪下，向家奴掷去，顿足大骂道："你仗着威势，敢来欺我！须知我已视死如归，借你的狗口，回报你主，我死了，定要申诉冥王，来与你主索冤，教老贼预备要紧！"骂得痛快，我亦一畅。家奴无可奈何，引车自去，既返相府，适铁木迭儿在朝办事，便一口气跑至朝房，据实禀陈。铁木迭儿大怒道："这般贱人，不中抬举，你去将她拿来，令她入鬼门关，自去寻夫便了。"旁有左丞张思明闻着这言，便向铁木迭儿道："罪人不孥，古有明训。况山陵甫毕，新君未立，丞相恣行杀戮，万一诸王驸马等因而滋疑，托词谋变，丞相还能诿咎么？"铁木迭儿沈吟半晌，方悟道："非左丞言，几误我事。"遂叱退家奴，家奴怏怏自回，杨妻刘氏才得守节终身。张左丞保全不少。

铁木迭儿毒心未已，复奏白太后，捏造李孟从前过失，诽谤宫闱，不由太后不信，遂命将前平章政事李孟封爵，尽行夺去，并将李孟先人墓碑，一律扑毁，总算为铁师相稍稍吐气。只赵世延出居四川，一时无隙可寻，他就百计图维，阴令党羽贿诱世延从弟，前来诬告世延。世延从弟胥益儿哈呼，利令智昏，竟诣刑部自首，只说世延如何贪婪，如何诞妄，其实统是无中生有，满口荒唐。刑部早承铁木迭儿微意，据词陈请，诏旨不得不下，饬缇骑至四川，逮问世延。小子有诗刺铁木迭儿道：

贤奸自古不兼容，
欲吁君门隔九重！
尤恨元朝铁师相，
贪残已甚且淫凶。

未知世延曾否被害，且至下回表明。

仁宗本一守文主，其不能无失德者，类由铁木迭儿一人，炀蔽而成。大奸似忠，大诈似信，非中智以上之君，未由烛其奸诈。仁宗第一中智者耳！故一用不已，至于再用；再用不已，犹且令为太子太师。虽曰太后之主使，要亦仁宗之偏听不明，有以致之也！两藩之变，幸而即平，否则喋血宫门，宁俟他日耶！至仁宗崩逝，铁木迭儿更出为首相，睚眦必报，妄戮忠良，英宗虽明，内迫于太后，外制于师傅，且因居丧尽礼，无暇顾及，是英宗之纵奸，情可曲原，而仁宗之贻谋不臧，未能诿咎可知也，读此回犹慨然于仁宗之失云。

第三十三回 隆孝养迭呈册宝 泄逆谋立正典刑

却说赵世延为四川平章政事，虽经逮问，究竟燕蜀辽远，往返需时，未能刻日到京。京中帝位已虚，太子应承大统，自然择日登陛，遂于三月十一日即帝位于大明殿。循例大赦，当即颁诏道：

洪维太祖皇帝，膺期抚运，肇开帝业；世祖皇帝，神机睿略，统一四海，以圣继圣；迨我先皇帝至仁厚德，涵濡群生，君临万国，十年于兹。以社稷之远图，定天下之大本，协谋宗亲，授予册宝。方春宫之与政，遽昭考之宾天，诸王贵戚，元勋硕辅，咸谓朕宜体先帝付托之重，皇太后拥护之慈，既深系于人心，讵可虚于神器？合词劝进，诚意交孚，乃于三月十一日即皇帝位于大明殿，可大赦天下，咸与维新！此诏。

即位后，追号先帝为仁宗皇帝，尊皇太后弘吉剌氏为太皇太后，皇后鸿吉哩氏为皇太后。先是皇太后拟专国政，以和世㻋少有英气，恐不易制，不若太子硕德八剌，较为谦和，因此亦劝仁宗舍侄立子。仁宗既受权奸的怂恿，复承母后的劝告，所以决定主意，立硕德八剌为太子。

至仁宗殂后，太子居丧，所有政务，太后拟专任铁木迭儿，独断独行，偏太子尝出来干涉，免不得有些介意，到了即位的日子，太后也算来贺。太子见了太后，词色少严。太后回至兴圣宫，暗自悔恨道："我不该命立此儿！"**死多活少，亦可少休。**嗣是太后变喜成忧，渐渐地酿成疾病了。惟太皇太后册文，元代未有此举，乃由词臣珥笔，敬谨撰成。其文云：

王政之先，无以加孝，人伦之本，莫大尊亲，肆予临御之初，首举推崇之典。恭维太皇太后陛下，仁施溥博，明烛幽微，爰自居渊潜之宫，已有母天下之望。方武宗之北狩，适成庙之宾天，旋克振于干纲，谅再安于宗佑，虽有在躬之历数，实司创业之艰难，仪式表于慈闱，动协谋于先帝，莫究补天之妙，犹如扶日之升。位履至尊，两翼成于圣子；嗣登大宝，复拥佑于藐躬，矧德迈涂山，功高文母，是宜加于四字，或益衍于徽称。谨奉玉册玉宝，加上尊号，曰：仪天兴圣慈仁昭懿寿元全德泰宁福庆徽文崇佑太皇太后。于戏！兹虽涉于虚名，庶庸申于善颂。九州四海，养未足于孝心；万岁千秋，愿永膺于寿祉。录太皇太后册文，所以愧之也。

又有皇太后册文一篇，亦写得玉润珠圆。其文云：

坤承干德，所以着两仪之称；母统父尊，所以崇一体之号。故因亲而立爱，宜考礼以正名。恭惟圣母温慈惠和淑哲端懿，上以奉宗祧之重，下以叙伦纪之常，恢王化于二南，嗣徽音于三母，辅佐先考，忧勤警戒之虑深，拥佑眇躬，抚育提携之恩至。迨于今日，绍我丕基，规模一出于慈闱，付托益彰于祖训。致天下之养以为乐，未足尽于孝心；极域中之大以为尊，庶可尊其懿美。式遵贵贵之义，用罄亲亲之情，谨遣某官某奉册上尊号曰皇太后。伏维周宗绵绵，长信穆穆，备洛书之锡福，粲坤极之仪天，启佑后人，永锡胤祚！元代之立皇太后，莫如仁宗后之正，且亦获令终，故亦举册文并录之。

太皇太后及皇太后，递受诸王百官朝贺，说不尽的繁文缛节，小子也不必细叙。

单说太子硕德八剌既已嗣位，因身后庙号“英宗”，小子此后遂沿称“英宗”二字。英宗大赦后，复封赏群臣，特进铁木迭儿为上柱国太师，并诏中外毋沮议铁木迭儿敕令。铁木迭儿愈加横行，降李孟为集贤侍讲学士，召他就职。在铁木迭儿的意思，逆料李孟必不肯来，就好说他违旨不臣，心怀怨望，大大地加一罪名。不料李孟闻命，欣然就道。途次遇着翰林学士刘赓，正来慰问，遂与偕行至京，立赴集贤院中。

宣徽使以闻，并奏请李孟到任，例应赐酒。英宗愕然道：“李道复乃肯俯就集贤么?”适铁木迭儿子巴尔济苏在侧，便与语道：“你等说他不肯奉命，今果何如?”巴尔济苏俯首无言。英宗复召见李孟，慰劳有加，由是谗不得行。李孟尝语人道：“老臣待罪中书，无补国事，圣恩高厚，不夺俸禄，今已老了，欲图报称，恐亦无及了!”英宗闻言，格外称善。未几卒于官，御史累章辨诬，有旨复职，寻复追赠太保，进封魏国公，谥“文忠”。史称皇庆延佑时，每一乱命，人必谓由铁木迭儿所为，得一善政，必归李孟，所以中外知名。可奈母后擅权，佥人用事，以致怀忠未遂，赍志以终，这也真是可惜呢！究竟流芳百世，不同遗臭万年，人亦何苦为铁木迭儿，不为李道复耶。

是年五月，英宗幸上都，铁木迭儿随驾同去。他想中害留守贺巴延，使人往报，故意迟延一日。巴延计算道里，须五日方到，不料第四日午后，车驾已抵上都，累得巴延手忙脚乱，不及衣冠，先迎诏使，随后方穿了朝服，出迎英宗。俟英宗入居行宫，铁木迭儿即劾奏巴延便服迎诏，坐大不敬罪，请即严惩。英宗不欲究治，偏铁木迭儿抗声道："如此逆臣，还好姑息么？此时不严行究办，将来臣工玩法，如何处治？"说得英宗不能不从。遂将贺巴延褫职，下五府杂治。铁木迭儿密嘱府吏，令将巴延置死，可怜秉正不阿的贺留守，为了张弼一案，触怒权奸，竟被他倾陷，冤冤枉枉地惨毙狱中。府吏报称巴延病死，由铁木迭儿作证，就使英宗知他舞弊，也只好模糊过去。

嗣铁木迭儿闻知赵世延已械系至都，飞饬刑部从严审讯。刑部又暗嘱世延从弟，教他坚执前言，不得稍纵，于是世延从弟胥益儿哈呼与世延对簿，全不管弟兄情谊，一味瞎造，咬定世延罪状。货利之坏人心术，至于如此！世延先与争辩，嗣见刑部左袒从弟，转忿为笑道："我的弟兄，从前还是安分，不敢如此撒谎，今日骤然昧良，必是有人导坏。我想你等官吏，也须存点公道，明察曲直，不要专附权奸，构陷善类。须知天道昭彰，报应不爽，一时得势，能保得住将来么？"刑部犹大声呵叱，世延道："何必如此！铁太师仇我一人，只教我死便休，必导人为非，嗾吏作奸，计亦太拙呢！"胥益儿哈呼闻着兄言，倒也自知理屈，寂然无语，偏刑部锻炼成狱，奏请置诸极典。会英宗已返燕都，览刑部奏牍，批谕世延犯法，已在赦前，现经大赦，毋庸再议等语。

看官！你想这铁木迭儿，用尽心思，想害世延，如何就肯干休？当下入奏英宗，以世延罪符十恶，不应轻赦。英宗不从，铁木迭儿复命刑部属吏，威吓世延，逼令自裁。世延道："我若负罪，应该明正典刑，借申国法，何必要我自尽！"刑部亦弄得没法，寻思暗杀世延，偏英宗下诏刑部，饬他慎重羁囚，不得私自用刑，想亦由巴延毙狱之故。世延乃得安住狱中。铁木迭儿复令侍臣伺间奏请，会英宗出猎北凉亭，台官或上书谏阻，英宗不允。侍臣遂乘间进言道："狝狩是我朝祖制，例难废辍。台臣无端谏阻，借此邀名，此风殊不可长，即如前御史中丞赵世延，遇事辄言，朝右都称他敢谏，其实都是沽名钓誉，舞文弄法呢。"英宗道："你等为铁木迭儿作说客么？世延忠诚，先帝尚敬礼有加，只铁木迭儿与他有嫌，定欲加他死罪，朕岂肯替铁木迭儿报复私仇？你等亦不必向朕饶舌？"英宗不愧英明，但既明知世延无罪，何不即为昭雪，立命释放，想是明哲有余，刚断不足，所以后卒遇弑。侍臣被英宗窥破私情，不禁面颊发赤，忙跪下叩首，齐称万岁。借此遮羞，亦是一法。

嗣后世延从弟，自思言涉虚诬，不敢再质，竟尔逃去。后来世延尚囚系两年，至拜住入相，代他伸冤，方得释放，这且按下。

再说铁木迭儿欲杀世延，始终不得英宗听信，心中很是愤闷，随入见太皇太后，适太皇太后抱病，奄卧在床，由铁木迭儿慰问一番。太皇太后也无情无绪地答了数语。铁木迭儿复与谈起朝事，太皇太后长叹数声。铁木迭儿道："嗣皇帝很是英明，慈躬何故长叹？"太皇太后道："我老了，你亦须见机知退，一朝天子一朝臣，休得自罹罗网！"为铁木迭儿计，恰是周到。铁木迭儿闻了这语，恍似冷水浇头，把身上的热度，降至冰点以下，顿时瞪目无言。

忽闪出一老妇道："太皇太后慈体不宁，正为了嗣皇帝！"语未说完，已被太皇太后听着，便瞋目视老妇道："你亦不必多说了，我病死后，你等不必入宫，大家若有良心，每岁春秋，肯把老身纪念，奠杯清酒，算不枉伴我半生！"言至此，潸然下泪。这等情形，都是激动人心，后来谋逆，不得谓非彼酿成。那老妇亦陪着呜咽。铁木迭儿也不知不觉的凄楚起来。看官欲知老妇名氏，由小子乘暇补出，此妇非别，就是上文叙过的亦列失八。

亦列失八呜咽了一会，便对着铁木迭儿以目示意，铁木迭儿即起身告别。亦列失八也随了出来，邀铁木迭儿另入别室，彼此坐定。亦列失八道："太皇太后的情状，太师曾瞧透么？"铁木迭儿无语，只用手理须，缓缓儿地拂拭。绘出奸状。惹动亦列失八的焦躁，不禁冷笑道："好一位从容坐镇的太师！事近燃眉，还要理须何用？"铁木迭儿道："国家并没有乱事，你为何这般慌张？"亦列失八道："太皇太后的病源，实从嗣皇激成。太皇太后要做的事，嗣皇帝多半不从，太师身秉国钧，理应为主分忧，奈何袖手旁观，反不若我妇人小子呢？"亦列失八也是一长舌妇。铁木迭儿道："据你说来，教我如何处置？"亦列失八道："这是太师故作痴呆哩。"再激一语。铁木迭儿道："我并非痴呆，实是一时没法。既蒙指示，还须求教！"亦列失八道："我一妇人，何知国计！就使有些愚见，太师亦必不见从。"又下激语。铁木迭儿道："古来智妇，计画多胜过男子，彼此相知，何必过讳！"亦列失八欲言又默，沉吟了好一歇，铁木迭儿起坐，密语亦列失八道："有话不妨直谈，无论甚么大事，我誓不漏风声！"亦列失八道："果真么？"铁木迭儿道："有如天日！"亦列失八正要吐谋，复出至门外，四顾一周，然后转入室内，与铁木迭儿附耳密语。铁木迭儿先尚点首，继即摇头，又继即发言道："我却不能！"亦列失八道："太师不泄密谋，料可行得。"铁木迭儿道："我已宣誓，你休疑心！只我不便帮忙，你等须要谅我！”置身局外，刁狡尤甚。亦列失八道：“事若得成，太师亦与有力，但未知天意何如？”铁木迭儿道：“我不任咎，何敢任功！”随即辞出。

亦列失八遂与平章政事黑驴、徽政使失列门及平章政事哈克伞、御史大夫脱武哈，密议了许多次，专待机会到来，以便发作。不意英宗运祚未终，偏出了一位开国元勋的后裔，翊佐新君，窥破奸谋，令一场弑逆大案，化作雾尽烟消。这人为谁？名叫拜住，乃是木华黎后嗣安童之孙。每叙大忠大奸，必郑重出名，此是作者令人注目处。

拜住五岁丧父，赖母教养成人。母怯烈氏年二十二，寡居守节，拜住有所动作，必禀承母训，偶一越礼，母即谯诃不少贷，以此饬躬维谨，炼达成材。不没贤母。初袭为宿卫长，寻进任大司徒，熟谙掌故，饶有声望。英宗在东宫时，已闻拜住名，遣使召见。拜住道：“嫌疑所关，君子宜慎！我掌天子宿卫，私自往来东宫，我固得罪，皇太子亦干不便，请为我善辞！”来使返报英宗，英宗称善不置。

既即位，即擢拜住平章政事，且随时召见，令他密访奸党。拜住日夕留意，既略闻黑驴等事，便入奏英宗。英宗命内外官吏设法侦查，果得黑驴等谋变详情。原来英宗有心报本，拟四时躬享太庙，命礼部与中书翰林等集议典礼。议毕复奏，无非踵事增华，所有法驾祭服，应格外修备，先祭三日，宜出宿斋宫，表明诚洁等情，英宗自然准奏。黑驴等既已闻命，便与失列门商议，将乘英宗出宿斋宫，遣盗入刺。会英宗复擢拜住为左丞相，把哈克伞罢职，命出任岭北行省。哈克伞悻悻不平，走告失列门，失列门即引为同志，复阴报亦列失八决议提早行事，改图废立，谁知谋变益亟，漏泄愈快。

英宗既知此事，立召拜住入议。拜住道：“这等奸人，擅权已久，早应把他诛黜；今幸上天瘅恶，得泄逆谋，及此不除，更待何时！”英宗尚未及答，拜住复道：“当断不断，反受其乱。万一奸党生疑，弄兵构祸，恐怕都门以内，必致大乱。”英宗动容道：“朕志已决，卿为我效力，擒此奸邪！”拜住即退，召集卫士千名，四处擒拿，不到一日，已将黑驴、失列门、哈克伞、脱忒哈等，一律拿到，复把亦列失八，亦擒出宫中。罪人既得，即复奏英宗，请交刑官鞫问。英宗道：“他若借太皇太后为词，朕反措词为难，不如速诛为是！”此言甚是。拜住领命，即饬将四男一妇，如法捆绑，推出国门外，斩首伏法。小子有诗咏此事道：

上苍覆帱本无私，
莫谓天心不一知！
祸福惟凭人自召，

及身戮没悔嫌迟。

五犯伏法以后，未知铁木迭儿有无获罪！容至下回叙明。

本回赓续前文，仍是叙述奸党，肆行不法事。开首录太皇太后册文，所以明祸阶之有自。太皇太后为顺宗正妃，母以子贵，筑宫颐养，二子一孙，皆为天子，自来后妃之极遇，鲜有逾此者。乃东朝既正，淫恣无忌，内则亦列失八用事，外则铁木迭儿、失列门、哈克伞等，朋比为奸，至于宫廷谋变，几成大逆，微丞相拜住，不待南坡之弑，而英宗已饮刃矣。故本回为群奸立传，实不啻为太后立传，宫闱浊乱之弊，固有若是其甚者！

第三十四回　满恶贯奸相伏冥诛　进良言直臣邀主眷

却说铁木迭儿，于黑驴等谋变事，本是置身局外，坐观成败。因此黑驴等同日授首，铁木迭儿不遭牵累，反得了许多赏赐。这赏赐从何而来？因黑驴、失列门、哈克伞家产，尽付查抄，不得藏匿。各家拥资甚富，失列门平日仗着太后宠幸，所有内府珍玩，统移置家中。最宝贵的禁脔，犹令尝试，何况珍玩。此外如金银钞币，裘马珠宝，几不胜数。此次经拜住督率卫士，一律抄出，半充国帑，半给功臣。铁木迭儿身居首辅，所得赏给，自然较多。又是他的运气。拜住以下，颁赐有差，奸党失势，正士扬眉，这也不在话下。

到了冬季，英宗始被服衮冕，亲祀太庙，先期斋戒，临事斋皇，这是元代第一次盛典。礼毕还宫，鼓吹交作，道旁人民，莫不耸观，英宗即下诏改元，年号至治。其文道：

朕祗斋贻谋，获承丕绪，念付托之维重，顾继述之敢忘，爰以延佑七年十一月丙子，被服衮冕，恭谢于太庙。既大礼之告成，宜普天之均庆，属兹逾岁，用协纪元，于以导天地之至和，于以法春秋之谨始。可以明年为至治元年，特此布敕，宣告有众。特录英宗改元诏，因其在亲祀宗庙之后，报本反始，嘉其知礼也。

至治元年元旦，英宗御大明殿，受诸王百官朝贺。越日，即令僧侣在文德殿修佛事。朝右诸臣，已有异议，只因元代素重佛教，不便奏阻。兼且英宗嗣位，曾饬各郡建帝师拔思巴殿，规制视孔庙有加，大家微窥上意，哪个肯来抗争，转瞬间已近元宵，英宗欲张灯禁中，迭成鳌山，于是礼部尚书兼参议中书省事张养浩忍耐不住，缮具奏疏，亲至左丞相拜住宅中，托拜住入陈，拜住先展开奏牍，略去起首套语，览读要文道：

世祖临御三十余年，每值元夕，闾阎之间，灯火亦禁，况阙庭之严，宫掖之邃，尤当戒慎！

读至此，顾张养浩道："你思奏阻张灯么？闻主子已命筹办，恐怕未必照准。"随又读下道：

今灯山之构，臣以为所玩者小，所系者大，所乐者浅，所患者深。伏愿以崇俭虑远为法，以喜奢乐近为戒，国家幸甚！臣民幸甚！

拜住又道："说得痛切！"张养浩接着道："大事多从小事起，今日张灯，明日酣歌，色荒酒荒，不期自至。公为大臣，蒙主亲信，所以养浩特来亲托。若主子肯纳刍言，就是杜渐防微的至计。公意以为何如？"拜住道："此等美举，自当玉成，我当即刻进去，奏闻主子便了。"养浩称谢而别。

拜住果即袖疏入宫，由英宗特别命见，问他何事，拜住即陈上养浩奏章。经英宗览毕，勃然道："朕以为什么要政，区区张灯的事情，也来谏阻，难道做主子的只可日日愁劳，连一日消遣，都动不得么？"拜住免冠叩首道："孔子说的为君难，为君有甚么难？只因一举一动，史官必书，宁善毋恶，宁得毋失，所以称作难为。张灯虽是小事，怎奈一夕消遣，千载遗传，倘后王因此借口，以致纵欲败度，岂不是贻讥作俑么？还求陛下明察！"英宗乃改怒为喜道："非张希孟不敢言，非卿亦不能再谏，朕即命他停办罢。"拜住复叩首而退。希孟系养浩字，呼字不呼名，系特别敬重的意思。

越宿，又诏赐张养浩尚服金织币帛各一袭，旌他忠直。**君明臣良，故特书之。**未几，复饬改建上都行宫。拜住又进谏道："北地苦寒，入夏始种粟麦，陛下初登大宝，未曾轸恤民瘼，先自劳动大役，恐妨害农务，致失民望，不如宽待数年，再议兴工。"英宗点首称善，亦命停止工役。惟敕建万寿山大刹，驱役数万人，并冶铜五十万斤，铸造佛像。

监察御史观音保、锁咬儿哈的迷失及成珪李谦亨等，上书直谏，大旨以连岁洊饥，宜休民力，且时当春季，东作方兴，更不应病民动众。这书入奏，偏恼动英宗性子，把书驳斥，适铁木迭儿次子锁南为治书侍御史，与观音保等有隙，密奏他讪上沽直，坐大不敬罪。英宗便饬逮观音保等，亲加鞫讯，观音保道："谏诤是人臣的职务，臣甘为龙逄、比干，不愿陛下为桀纣！"锁咬儿哈的迷失道："辇毂以下，僧侣横行，陛下还要这般迷信，难道靠着这班秃头，果可治国安家么？如治御史锁南，劾臣等讪上不敬，锁南专逢君恶，臣等愿格君非，孰为有罪？孰为无罪？就使一时不明，后世自有公论呢。"英宗道："你等谤朕犹可，诋僧及佛，实是有罪，朕不便宽恕！"僧徒比皇帝尤大，无怪不宜谤毁。便命交刑部谳罪，刑部复称应加大辟，遂诏杀观音保及锁咬儿哈的迷失，只成珪、李谦亨两人，罪从末减，杖徙辽东奴儿干地。

铁木迭儿以锁南得宠，自己亦好乘此图谋笼络英宗，左思右想，复将从前做过的把戏，再演一出。看官曾记忆周王和世㻋么？仁宗为了铁木迭儿一言，把和世㻋调往云南，激成变衅，逐出漠北。还有和世㻋胞弟图帖睦尔，安居燕都，未曾受累。偏铁木迭儿暗里藏刀，又想将他驱逐出去，当下与中政使咬住商议，咬住本是个蔑片朋友，见了铁木迭儿，非常奉承。至谈及图帖睦尔事，咬住道："不劳师相费心，但教晚辈一言，包管他徙谪远方。"铁木迭儿大喜，拱手告别。

咬住即密上奏疏，果然一牍甫陈，诏书即下，命图帖睦尔出居琼州。琼州系南海大岛，属粤东管辖，与京师相距七千余里，地多蛮瘴，炎熇逼人。廷右诸臣，尚不知图帖睦尔犯了何罪，充放到这般远地，嗣复接读诏敕，系禁术士交通诸王驸马，并掌阴阳五科吏士，不得妄泄占候，大众才有些觉悟起来。嗣复侦得咬住密奏，系说图帖睦尔与术士往来，恐将谋为不轨，魏王覆辙，可为前鉴（应三十二回），请先事预防，毋致噬脐等语。看官！你想九五之尊，谁人不欲？英宗的位置，本是从武宗两子中攘夺而来，他在位一日，防着一日，此次得咬住密疏，比枪矢还要厉害，不论他是真是假，究不若先发制人，因此把图帖睦尔充发远方，免得他在京作梗。这是人情同然，不要怪这英宗呢！讽刺得妙。

铁木迭儿以事事得手，复思专宠，并引参知政事张思明为左丞，作为臂助。思明忌拜住方正，每与党人密谋，设计构陷。或告拜住预为戒备，拜住慨然道："我祖宗为国元勋，世笃忠贞，百有余年，我今年少，叨受宠命，无非因皇上念我祖功，俾得相承勿替。每念国家大利，莫如大臣协和。今若因右相仇我，我便思报，是朝局水火，自召纷争，非但吾两人不幸，就是国家亦必不利。我惟知尽我心力，上不负君父，下不负士民，此外一切功怨，非我思存，死生凭诸命，祸福听诸天，请你等不必多言！"言固甚是，然杀机已伏于此。自是拜住愈加效力，张思明等亦无隙可乘。会铁木迭儿奏请杀平章王毅、右丞高昉。英宗密问拜住，是否当诛。拜住惊问何事，英宗道："据原奏言在京诸仓，粮储亏耗，王、高两臣，责任清理，负恩溺职，罪在不赦，所以应加严刑！"拜住道："平章、右丞统是宰臣的副手，宰相应论道经邦，不应责他钱谷琐务。况且王、高二臣，曾由右相奏委，莫非他不善逢迎，因成嫌隙，否则，何故出尔反尔，前日奏委，今日奏诛?”料事如见。英宗沉思良久道：“卿言亦是!”遂不从铁木迭儿言。

铁木迭儿大为失望，便奏请病假，数日不朝。英宗亦未尝慰问，只册立皇后亦启烈氏，命他持节往迎，专授册宝。立后礼成，铁木迭儿仍称疾不出。会拜住奉旨，回范阳原籍，为祖安童立忠宪王碑。铁木迭儿竟乘舆入朝，至内门，英宗遣左丞速速，赐以酒道：“卿年老，宜自爱重！待新年入朝，亦未为晚。”铁木迭儿怏怏退出。

是时奸党布满朝端，遇有政务，必至铁木迭儿家，禀陈底细，铁木迭儿屡思倾陷拜住，无如拜住方得重用，任他百计营谋，终不得遂，因此这位铁师相也弄得神志懊丧，咄咄书空。不到数旬，竟尔疾病缠身，卧床不起。假病弄成真病。偏偏不如意事，杂沓而来，他的心腹张思明，随英宗至上都，被拜住奏了一本，杖责数十，逐回原籍。铁木迭儿闻着，已经不安，不意拜住又叠奏两案，都牵连铁木迭儿，那时铁太师不是病死，也要气死。一案是司徒刘夔夔买田数千亩，赂宣政使八剌吉思，托词买给僧寺，矫诏出库钞六百五十万贯，偿付田直。八剌吉思免不得与铁木迭儿商量，铁木迭儿父子及御史大夫铁失，共得赃巨万，经拜住讦发，刘夔夔、八剌吉思自然坐罪，不得复活，只赦了铁失一人。何不将他并诛。一案是术士蔡道泰，私通良家妇女，妒奸杀人，狱已备具，道泰论抵，他偏私赂铁木迭儿，打通关节，运动狱官，改供缓狱，又经拜住讦发，立诛道泰，狱官亦坐罪。铁木迭儿虽未曾拿问，毕竟贼胆心虚，又惊又愧，又恨又悔，恹恹床箦，服药无灵，结果是一命呜呼，魂登鬼箓。不服明刑，难逃冥戮。

事有凑巧，那太皇太后弘吉剌氏，亦病势沉重，奄然逝世。距铁木迭儿病死，不过一二十日。总算亲昵。原来太皇太后自英宗即位后，便已得病，接连是失列门伏诛，失了一个贴肉的幸臣，亦列失八骈戮，又少了一个知情的伴媪，一枕凄凉，万般苦楚，且又不便说明，好似哑子吃黄连，只有自知，无人分晓，亏得参苓等物，朝晚服饵，总算勉勉强强地拖了一年，嗣复闻得铁木迭儿身死，不禁唏嘘道：“痴儿负我！痴儿负我！”嗣是病益加重，困顿了十数日，也即告终。英宗仍照例举丧，追谥“昭献元圣皇后”。特录谥法，与上叙述册文意同。

礼官以十月有事太庙，奏请国哀期以日易月，待旬有二日后，乃举祀事。英宗道：“太庙礼不可废，迎香去乐便了。”冬祭后，特授拜住为右丞相，兼监修国史。拜住辞不敢受，英宗道：“卿佐朕二年，不避权贵，敢任劳怨，朕看满廷王公，无出卿右，意欲授卿公爵，为卿酬劳，至若右相一职，除卿外还有何人？卿毋再辞！”拜住顿首道：“陛下必欲以右相授臣，臣敢不祗遵上命，若三公秩位，所以崇德报功，臣无功德，何堪当此?”英宗道：“朕知道了。”

越日，即以立右丞相拜住，颁诏天下。惟左丞相一缺，不另设人。在英宗的意见，实是倚畀独专，不使掣肘，拜住亦感激图报，首荐张珪，令复为平章政事，并召用旧臣王约、韩从益等，令他食禄家居，每日一至中书省议事。又起吴澄为翰林直学士。澄年已老，因闻拜住求贤若渴，乃杖策入朝。

会英宗命写金字藏经，令左丞速速代传诏旨，饬澄为序，澄瞿然道：“主上写经，为民祈福，原是盛举；若用以追荐，臣所未解，如佛氏好言轮回，不过谓善人死去，上通高明，光齐日月，恶人死去，下沦污秽，微等虫沙。徒侣不明此旨，反谓诵经设醮，可以超荐灵魂。试思我朝的列祖列宗，功德盖世，何用荐拔？且自国初以来，写经追荐，已不知若干次，若谓未效，是为蔑佛；若谓已效，是谓诬祖，是此两难，教臣如何下笔？就使遵旨撰就，也是一时欺人，不能示后，请左丞为我复奏罢！”至理名言。

速速据实奏陈，适拜住在侧，便道：“吴学士的言语，很是有理，从古以来，帝王得天下，总以得民心为本，失民心便失天下，若徒索虚无，何关实际？梁武帝以佞佛亡国，愿陛下详察！”英宗道：“近有人谓佛教可治天下，难道此言不确么？”拜住道：“清净寂灭，只可自治；若要治天下，除仁义道德外，殊无他法！陛下试想佛教宗旨，无君臣，无父子，无兄弟夫妇，天下若照此通行，人种都要灭绝，还有什么纲常呢！”剀切详明。英宗道：“唐太宗时有魏征，不愧谏臣，卿亦可算一魏征了！”拜住道：“盘圆水圆，盂方水方，有纳谏的太宗，自有敢谏的魏征，陛下能从谏如流，台官中不乏忠臣，何止一臣呢！”英宗道：“卿言甚善！朕当听卿，所有政务，亦愿卿熟虑慎行！”拜住遵旨而退。

越数日，监察御史盖继元、宋翼，奏言“铁木迭儿奸贪负国，生逃显戮，死有余辜！应追夺官爵，籍没家资”等语。英宗复问拜住，拜住道：“诚如御史等言。”英宗便诏夺铁木迭儿原官，并一切封赠，又令卫士查抄家产，金珠玉帛，价值累万。于是铁木迭儿的遗党，人人自危，朝思夜想，彼筹此画，遂闹出一场天大的逆案。小子有诗咏道：

芟恶宜如芟草严，
胡为奸党未全歼？
须知蜂蠆犹留毒，
一误何堪再误添！

欲知逆案详细，请看下回便知。

英宗之失德，莫如杀观音保等一事。然观音保等之死，实铁木迭儿父子构成之。元自世祖以来，阿合马、卢世荣、桑哥等，相继为奸，累遭显戮。至如铁木迭儿之贪淫恔虐，较阿合马等为尤甚，而乃权宠终身，安死牖下，后虽夺官籍产，而放恣一生，竟逃国法，未始非仁、英二宗之失刑也！拜住专任相职，不可谓不得君，观其任贤去邪，陈善纳诲，亦不可谓不尽忠，然朝右奸党，未尽戮逐，死灰尚且复燃，能保奸党之不肆反噬乎？故本回为英宗君相合传，而褒中寓贬，自有微意，读者可于言外见之，毋徒视作断烂朝报也！

第三十五回　集党羽显行弑逆　扈銮跸横肆奸淫

且说御史大夫铁失，本是铁木迭儿的走狗，尝拜铁木迭儿为义父，自称干儿。至铁木迭儿夺官籍爵，其子锁南亦免职，两人很是怨愤，恨不得将英宗、拜住两人立刻捽去。无如君臣相得，如漆投胶，拜住说一事，英宗依一事，拜住说两事，英宗依两事，铁失、锁南只恐拜住再行奏劾，重必授首，轻必加谴，因此日夜筹谋，时思下手。还有知枢密院事也先铁木儿、大司农失秃儿、前平章政事赤斤铁木儿、前云南平章政事完者、典瑞院使脱火赤、枢密院副使阿散、佥书枢密院事章台、卫士秃满及诸王按梯不花、孛罗月鲁不花、曲吕不花、兀鲁思不花及铁失弟索诺木等，统联结一气，伺机待发。巧值英宗幸上都，拜住随去，奸党或从或不从，内外煽谋，势愈急迫。

一夕，英宗在行宫，忽觉心惊肉跳，坐立欠安，上床就寝，仿佛似有神鬼在侧，倏寐倏醒。为被弑预兆。自思夜睡不宁，莫非有魔障不成，遂于次日起床，饬左右传旨，命作佛事。拜住闻命，即入奏道："国用未足，佛事无益，请陛下收回成命。"英宗迟疑半晌，方道："不作佛事，也属无妨。"拜住退后，不到半日，又有西僧进奏，略言陛下惊悸，国当有厄，非大作佛事，及普救罪囚，恐难禳灾侥福。英宗道："右相说佛事无益，所以罢休，你去与右相说知，再作计较。"

西僧奉旨，即往与拜住商议。拜住瞋目道："你等专借佛事为名，谋得金帛，这还可以曲恕；惟一作佛事，便赦罪犯，你想朝廷宪典，所以正治万民，岂容你僧徒弄坏？纵庇一囚，贻害数十百人，以此类推，酿恶不少，你等借此敛财，佛如有灵，先当诛殛！我辅政一日，你等一日休想，快与我退去，不必在此哓舌！"

西僧撞了一鼻子灰，便出去通知奸党。原来西僧进言，实是奸党主使，意欲借此赦罪，免得诛戮。偏偏拜住铁面无私，疾词呵斥。那时奸党愤不可遏，齐声呼道：“不杀拜住，誓不干休！”铁失时亦在场，便道：“你等亦不要瞎闹，须计出万全，方可成功。今日的事情，只杀一个拜住，也恐不能成事，看来须要和根发掘呢！”恶人除善，唯恐不尽，故小则废主，大则弑君。大众连声道：“甚好！这等主子，要他何用？不如并杀了他。”铁失道：“去了一个主子，后来当立何人？”这一语却问住众口。铁失笑道：“我早已安排定当了！晋王现镇北边，何妨迎立？”大众都齐声赞成。铁失道：“晋王府史倒剌沙，与我往来甚密，他子哈散曾宿卫宫中，我前已令哈散回告乃父，继复使宣徽使探忒密语晋王，诸已接洽，总教大事一成，便可往迎。”大众道：“嗣皇已有着落，大事如何行得？”铁失道：“闻昏君将回燕京，途次便可行事。好在我领着阿克苏卫兵，教他围住行幄，不怕两人不入我手，就使插翅也难飞去！”言毕，呵呵大笑。大众道：“好极！好极！但也须遣人密报，免得临事仓皇。”铁失道：“这个自然，我便着人去报便了。”当下派遣斡罗思北行。

斡罗思即日趱程，一行数日，方到晋王府中。闻晋王出猎秃剌，只探忒留着，两下接谈。探忒道：“我与倒剌沙已议过数次，倒剌沙很是赞成。只王意尚是未定。”斡罗思道：“倒剌沙内史想伴王同去。”探忒道：“是的！”斡罗思道：“事在速行，我与你同去见王，何如？”探忒应着，便跑至秃剌地方，入见晋王。

晋王问有何事，斡罗思道：“铁御史令我前来，致词王爷，现已与也先铁木儿、失秃儿、哈散等，谋定大事。若能成功，当推立王爷为嗣皇帝！”这语说出，总道晋王笑脸相迎，不意晋王颜色骤变，大声叱道：“你敢教我谋死皇侄么？这等奸臣，留他何用，快推出斩讫！”斡罗思被他一吓，身子似杀鸡般抖将起来，但见旁边走过一人，跪禀晋王道：“王爷如诛斡罗思，转使皇帝疑为擅杀，不如囚解上都，使证逆谋，较为妥当。”晋王视之，乃是府史别烈迷失，便道：“你说得很是！便命你押解去罢。”于是命左右抬过槛车，把斡罗思加上镣铐，推入车内，由别烈迷失带了卫卒百名，解送上都。

看官欲知晋王为谁？待小子补叙详明。晋王名也孙铁木儿（一作伊逊特穆尔），系裕宗真金长孙，晋王甘麻剌嫡子。甘麻剌曾封镇漠北，管辖太祖发祥的基址，领四大鄂尔多地，蒙语称为四大斡耳朵。世祖殂时，甘麻剌闻讣奔丧，至上都，拥立成宗。大德二年，甘麻剌殁，子也孙铁木儿袭位，仍镇北边。武宗、仁宗先后嗣立，也孙铁木儿统共翊戴，立有盟书。至是不愿附逆，因囚遣斡罗思赴上都。偏值英宗南还，祸机已发，好好一位英明皇帝，及一个忠良右相，竟被铁失兄弟等害死南坡。一声河满子。

原来南坡距上都，约百余里，英宗自上都启跸，必至南坡暂驻。这日夜间，铁失已密命阿克苏卫兵，守住行幄，他即率领奸党，持刀而入。拜住正要就寝，蓦听外面有喧嚷声，即持烛出来，只见铁失弟索诺木，执着明晃晃的刀，首先奔至。拜住厉声喝道："你等意欲何为？"言未已，索诺木已抢前一步，手起刀落，将拜住持烛的右臂剁落地上，拜住大叫一声，随仆于地，逆党乘势乱砍，眼见得不能活了。拜住已死，铁失复带着逆党，闯入帝寝。英宗时已就卧，闻声方起，正在披衣下床，逆党已劈门而入。英宗忙叫宿卫护驾，谁知卫士统不知去向，那罪大恶极的铁失，居然走至榻前，亲自动手，把刀一挥，将英宗杀死。英宗在位三年，年仅二十一，天姿明睿，史称他刑戮太严，奸党畏诛，因构大变。小子以为铁失、锁南早罹罪案，若英宗先已加诛，便是斩草除根，难道还能图变么？这是史官论断太偏，不足凭信。小说中有此评笔，方合历史演义本旨。

这且休表，且说铁失等已杀了拜住，弑了英宗，便推按梯不花、也先铁木儿为首，奉着玺绶，北迎晋王也孙铁木儿。也孙铁木儿闻着此变，一时不好究治逆党，就在龙居河（即克鲁伦河）旁，设起黄幄，受了御宝，先即皇帝位，布告天下。这诏敕却用蒙文，很足发噱，抄录如下道：

薛禅皇帝（蒙语尊称，世祖为薛禅皇帝，薛禅云者，聪明天纵之谓）！可怜见嫡孙裕宗皇帝长子，我仁慈甘麻剌爷爷，根底封授晋王，统领成吉思皇帝四个大斡耳朵，及军马达达（达达即鞑子）国土都付来，依着薛禅皇帝圣旨，小心谨慎。但凡军马人民的，不拣甚么勾留里，遵守正道行来的。上头数年之间，百姓得安业，在后完泽笃皇帝（蒙语称成宗为完泽笃皇帝，完泽笃者，有寿之谓），教我继承位次，大斡耳朵里委付了来，已委付了的大营盘看守着。扶立了两个哥哥，曲律皇帝（蒙语称武宗为曲律皇帝，曲律者，杰出之谓），普颜笃皇帝（蒙语称仁宗为普颜笃皇帝，普颜笃者有福之谓），侄硕德八剌皇帝。我累朝皇帝根底，不谋异心，不图位次，依次本分，与国家出气力行来。诸王兄弟每，众百姓每，也都理会的也者。今我侄的皇帝，升天了也么，道迤南诸王大臣军士的，诸王驸马臣僚达之百姓每，众人商量着大位次不宜久虚，惟我是薛禅皇帝嫡派，裕宗皇帝长孙，大位次里合坐体例有，其余争立的哥哥兄弟也无有。这般晏驾，其间比及整治以来，人心难测，宜安抚百姓，使天下人心得宁，早就这里即位。提说上头，从着众人的心，九月初四日，于成吉思皇帝的大斡耳朵里大位次里坐了也，交众百姓每心安的，上头敕书行有。此诏录诸《元史》，系是蒙文，原底未曾就译，故有数语在可解不可解之间，中国近日欲通行白话，恐其弊亦必至此，迁乔入谷，令人不解！

是日，即命也先铁木儿为中书右丞相，倒剌沙为中书平章政事，铁失知枢密院事，余如失秃儿、赤斤铁木儿、完者秃满等，俱授官有差。晋王初囚斡罗思，遣别烈迷失首告逆谋，可谓守正不亏，及闻英宗遇弑，不思入朝讨贼，即受玺践位加封逆党，是毋亦利令智昏耶！当下遣使赴上都，祭告天地宗庙社稷；一面令右相也先铁木儿准备法驾，调集侍从，择日起程，向京师进发。

也先铁木儿自恃功高，又得大位，心中欣慰异常，便致书铁失，教他前来迎驾。铁失以京师重地，不便轻离，彼非有意留守，实是固位希宠。只遣完者、锁南、秃满等，驰奉贺表，且表欢迎。完者等到了行在，谒见嗣皇，奉谕优奖，喜得心花怒开，欢跃得很！慢着！至与也先铁木儿相见，彼此道贺，大家都说铁失妙策，赞扬不尽。也先铁木儿掀着短须道："老铁的功劳，原是不可没的；但非我帮助老铁，恐怕老铁也不能成事的。况现在的嗣皇帝，前已囚解斡罗思，拟告逆谋，后来我奉着玺绶，驰到此处，他还出言诘责，亏我把三寸妙舌，说得面面俱到，方得他应允即位，各给封赏，列位试想，我的功绩，比老铁何如？"言毕，呵呵大笑。完者等本是拍马长技，至此见也先铁木儿位居首辅，权势烜赫，乐得见风使舵，曲意奉承，且齐声说的是"全仗栽培"四字。那时也先铁木儿笑容可掬道："诸君是我知己，我在位一日，总界诸君安乐一日，富贵与共，子女玉帛亦与共，诸君以为好否？"你的相位，不过数日可保，奈何？完者等复连声称谢。也先铁木儿便命摆酒接风，大家吃得酩酊大醉，方才散去。

越数日，车驾扈从等，都已备齐，就禀闻嗣皇帝，启跸登程。沿途侍卫人员，统归也先铁木儿节制，跋山涉水，不在话下。只也先铁木儿行辕，比嗣皇帝的行幄，几不相上下。所有命令，反较嗣皇帝为尊严。看官试想：这时的也先铁木儿，你道他荣不荣呢，乐不乐呢？层层翻跌，亦文中蓄势之法。

既到上都，留守官吏，都出城迎接，谒过嗣皇帝，复谒右丞相，也先铁木儿只在马上点首。写尽骄态。入城后，免不得有一番筵宴。嗣拟留驻数日，再行启銮。上都旧有行宫，及中书行省各署，彼此都按着职掌，分班列居。

是时正当秋暮，气候本尚未严寒，偏是年格外凛冽，朔风猎猎，雨雪霏霏，官吏拥着重裘，尚觉冷入肌骨。大宁、蒙古等地方，尤为奇冷，牛羊驼畜等，大半冻毙。疑是小人道长之兆。嗣皇帝念切民依，令发京米赈饥。朔方正在施赈，南方又报水灾，漳州、南康诸路，霪雨连旬，洪波泛滥，庐舍漂没，不计其数。当由中书省循例请赈，即奉旨照准，帝泽虽是如春，百姓终难全活。独也先铁木儿意气自豪，毫不把民生国计，系在心上，镇日里围炉御冷，饮酒陶情。

一日天气少暖，与完者、锁南等，并仆役数人，出门闲逛。只见盈山皆白，淡日微红，一片萧飒景象，无甚悦目。约行里许，愈觉寒风侵袂，景色苍凉。也先铁木儿便道："天寒得很，不如回去罢！"完者等自然遵谕，便循原路回来。将到门首，忽有两舆迎面而至，当先的舆内，坐着一位半老佳人，红颜绿鬓，姿色未衰，也先铁木儿映入眼波，已是暗暗喝彩。随后的舆中，恰是一个娉婷妙女，艳如桃李，嫩若芙蕖，望将过去，差不多是破瓜年纪，初月丰神。便失声道："好一个女郎！不知是谁家掌珠？"

锁南道："何不问他一声！"完者即命仆役询问舆夫，舆夫答是朱太医家眷。也先铁木儿闻着，也只好站住一旁，让他过去。一面低语完者道："想她们总是母女，若得这般佳人，作为眷属，也不枉虚过一生了！"完者道："相爷的权力，何事不可行？"也先铁木儿道："难道去抢劫不成？"完者道："这亦何妨！"也先铁木儿道："她是宦家妻女，比不得一个平民，如何可以抢劫？"难道平民的妻女，便可抢劫么？锁南道："朱太医是一个微员，相爷若取他女为妾，还是把他赏收哩！"完者道："我却去问他允否？再作计较。"也先铁木儿道："也好！"

完者即领着仆役，抢前数步，喝舆夫停舆。舆夫尚不肯从，偏如虎如狼的仆役将舆揿住，口称相爷有命，教你回舆，你敢不从么？舆夫无奈，把舆抬转至中书省门前，勒令停住，叫妇女二人下舆，吓得朱家母女，呆坐无言，只簌簌地乱抖。完者道："装什么妇女腔？相爷要女郎为妾，你等快即下舆！"二人仍是坐着，完者叱仆役道："快拽她出来！"仆役闻言，就一齐动手，把母女两人拽出，送入也先铁木儿寝所。也先铁木儿并未命他强取，由完者等助成之，可见助纣为虐，罪尤甚于桀也。遂随也先铁木儿入门，并拱手作贺道："相爷今日入温柔乡，明日要赏我等一杯喜酒哩！"

也先铁木儿道："事已如此，倘她母女不从，奈何？"完者、锁南齐声道："相爷这么权力，不能制此妇女，如何可以制人？"说得也先铁木儿无词可答。二人遂告别欲行，也先铁木儿道："且慢，你等且为我劝此母女，何如？"完者奉命入也先铁木儿寝室，好一歇，方出来道："她母女并不发言，想已是默许了！我等且退，何必在此观戏。"当下挈锁南手，与也先铁木儿告别。

也先铁木儿送出两人，竟入寝室，来视朱太医妻女。但见她二人相对坐着，玉容惨澹，珠泪双垂，不由得淫兴勃发，竟去抱这少女。谁知少女未曾入怀，面上已扑的一声，竟着了一掌。正是：

弑逆已难逃史笔，

奸淫尚不顾刑章。

毕竟掌声从何而来？且至下回续叙。

英宗之被弑，人以为英宗之过严，吾以为英宗之过宽，其评已见上回。惟晋王即位，不先声明讨贼，且令也先铁木儿为首相，试思彼能弑英宗，独不能弑自己乎？且自漠北入上都，一切命令，皆出也先铁木儿之手，以致威权愈甚，肆意妄行，甚至太医家眷，亦可强拽入门，恣情奸宿，前如阿合马、卢世荣等，尚不若此凶横。国家愈衰，奸恶愈滋，读史者能无废书三叹乎！虽然，弑君之罪，尚可幸逃，强奸之罪，亦奚惮乎？大憝不诛，天下固无宁日也。

第三十六回　正刑戮众恶骈诛　纵奸盗百官抗议

却说也先铁木儿欲拥着少女寻欢，面上忽被击一掌。这掌非少女所击，乃是这半老佳人，旁击过来的。当下恼了也先铁木儿，出外呼婢媪多人，将她母女褫去衣裳，赤条条地系住床上，覆以重衾。一面煨着炉炭，借御寒气，一面煮着春酒，狂饮了几大觥。乘着酒兴，揭被探娇，先采老阴，后及少阴。朱家母女没法可施，口中虽是痛詈，奈身子不得动弹，只好任他淫污。事毕，就覆衾拥卧，呼呼地睡去了。令人发指。

次日起床，仍把她母女系住不放，只令侍媪强给饮食。到了晚间，依着昨夕的老法儿，复去奸淫两次。可怜这朱家母女，求生不得，求死不能，满望朱医设法相救，谁知望眼将穿，毫无音耗。只见这穷凶极恶的奸贼，日夕淫嬲，直至三日将尽，方有侍媪进来，令母女穿好衣服，把她梳洗，拥出省门，勒上便舆，由舆夫抬还朱家去了。

看官，试想朱家母女得邀释放，不是朱太医从中运动，哪里有这般容易。原来朱太医闻妻女被留，早知情势不佳，先至中书省中，挽人设法，一些儿没有效果，转身去吁请留守。留守以新皇继统，方宠任也先铁木儿，不便在虎头搔痒。况他是随驾大臣，扈从人员，统归节制，亦非留守所得越俎劾奏，因此反劝朱太医得休便休，省得弄巧成拙。此何事也，乃便休乎！朱太医焦急万分，抓头挖耳的思想，竟没有头路可钻。哪里晓得天道祸淫，奸人数绝，竟来了一个大大的救星，不但拔出朱太医妻女，并且将元恶大憝，及一班狐群狗党，尽行伏法！这也是绝大的快事。好笔仗。

那位救星恰是何人？乃是元朝宗室中一位王爷，名叫买奴（一作满努）。这买奴前曾随着英宗，自上都扈跸还京。至南坡变起，买奴孤掌难鸣，竟奔投晋邸，愿效力讨逆。偏晋王急于嗣位，将讨逆事暂搁不提，且命他在晋邸中，收拾简牍等件，自己启跸先发。及新皇帝寓上都，他方趱程到京。朱太医曾与相识，忙去谒见，求他怜救妻女。买奴闻言，不由得怒发冲冠，指天示朱太医道："我誓不与逆贼共戴此天！你回去候着消息，待我入见新帝，总有回报。"朱太医拜谢欲去，买奴复道："奸淫事尚小，弑逆事实大，我为你计，亦不应说及奸淫，且与你面子上，亦过不下去，不如仍从讨逆入手，方好一网打尽哩。"买奴计画，很是妥当。朱太医道："全凭大力！"于是朱医归家，买奴入觐。经新皇帝慰劳毕，买奴乞屏去左右，以便密陈。新帝照准，立命侍从退出，买奴遂密启道："陛下嗣位，应天顺人，奈何命也先铁木儿作为首相呢？"新帝道："他有奉玺的功劳，所以命为右相，"买奴道："他若可自立为帝，早已黄袍加身了，还肯来奉玺么？他与奸贼铁失，合谋图逆，共弑英宗，陛下首宜把他正法，方觉名正言顺哩！"新帝默然不答，买奴道："逆贼等忍弑先皇，岂真愿事陛下？他因陛下前镇漠北，恐声罪致讨，无术自全，所以奉上玺绶，请驾入都。若权归他手，陛下转成傀儡，此后一举一动，反被逆党所制，他得安享荣利，陛下反蒙恶名，天下后世，将疑陛下为篡国哩！"理正词醇，真好口才。新帝愕然道："朕何尝有心篡逆？据汝说来，是朕且为彼受过，朕亦不得不急图讨逆了！"买奴道："前后左右，多是逆贼心腹，陛下既决意讨逆，事不宜迟，便在今夕，休使他狗急跳墙！"新帝道："甚善，劳汝替朕拿斩逆党。"买奴请即书诏。新帝即手写数行，给了买奴，并命遣晋邸卫兵，即夕前拿也先铁木儿等。

买奴趋出，立即召集卫士，至中书省。此时也先铁木儿已有人报知买奴密奏状，他只道是奸淫事泄，但发放朱医妻女，勒令归家，便好消灭证据，洗释罪恶；且可劾奏买奴诬妄，反坐罪名。因此将朱家母女遢归后，把酒浇愁，从容自在。偏偏不由你算，奈何？买奴率着卫士，急驰而入，见他兀坐自斟，便笑着道："右相在此独酌么？何不令朱医妻女陪饮，格外欢畅哩！"也先铁木儿起座，佯作惊讶道："王爷说甚么？何来朱医妇女，休要含血喷人！"买奴道："朱家事不遑追究，有旨拿你逆贼！"也先铁木儿道："我是保主功臣，何贼可言！敢是你思谋逆么？"买奴道："我不暇与你辩论，叫你去见先皇罢！"随喝令卫士快行动手。也先铁木儿尚欲抵拒，怎禁得卫士齐上，把他反翦起来，上了镣械，牵出省门，一面将完者、锁南、秃满等尽行拿到。也先铁木儿请入见嗣皇，面陈委曲。买奴道：“你是先皇的旧臣，应在先皇前自伏，何必再觐新帝！”当下设着御案，上供先皇帝灵牌，令也先铁木儿等，就案跪着，然后由买奴朗声宣诏道：

也先铁木儿、完者、锁南、秀满等，合谋弑逆，神人共愤，饬王买奴带领卫卒，即夕密拿。该逆等凶恶昭彰，罪在不赦；拿住后，着即斩首以谢天下，毋庸再鞫！

宣诏毕，即将也先铁木儿等绑出，一声炮响，刽子手刀随声落，统是身首两分！何苦为恶。当下奏闻新帝，遂改命宣政院使旭迈杰为中书右丞相，陕西行中书左丞秃鲁及通政院使纽泽，并为御史大夫，速速为御史中丞，并令旭迈杰、纽泽率兵至京师，搜除逆党。旭迈杰恐铁失在京抗命作乱，遂夤夜前进，既到京城，先遣使人报铁失，暨失秃儿、赤斤铁木儿、脱火赤、章台等，令他出城迎驾。铁失等曾邀封赏，至此不防有诈，便坦然出迎。旭迈杰、纽泽早已密嘱兵士，令他列队站着。待铁失等下骑相见，便命跪听诏敕。当由旭迈杰宣诏道：

先皇帝御宇三年，未闻失德，而铁失、也先铁木儿等，敢行大逆，竟有南坡之变，骇人听闻！朕因诸王大臣推戴，嗣登宸极，若非首除奸恶，既无以妥先帝之灵，并无以泄天下之愤，为此甫抵上都，即将也先铁木儿等，声罪正法。

惟在京逆党，如铁失辈，尚逍遥法外，特命中书右丞相旭迈杰，御史大夫纽泽，率兵到京，立将铁失、失秃儿、赤斤铁木儿、脱火赤、章台等，拿下正法，余如逆党爪牙，亦饬令旭迈杰、纽泽，彻底查拿，毋得瞻徇，应加刑法，候复奏定议。

铁失等听着旭迈杰宣诏，开口便抬出“先皇帝”三字，已是魂魄飞扬；及读到“拿下正法”四字，越吓得心惊胆战，意欲起身逃窜，只见两边排着卫士，好似天罗地网一般，插翅难飞。旭迈杰读罢诏敕，即叫卫士过来，将铁失等除去冠带，命即正法。霎时间头都落地，数道灵魂，入阿鼻地狱中去了。若有地狱，当为此辈特设。

铁失等既伏诛，旭迈杰即刻进城。搜拿诸王月鲁不花、按梯不花、曲吕不花、孛罗兀鲁思不花及铁失弟索诺木，一并发交法司，并查得御史台经历朵儿只班，御史撒儿塔罕、兀都蛮郭、也先忽都等，素依附铁失，朋比为奸，遂并行奏复。月鲁不花等拟赐死，朵儿只班等拟充戍，至复诏到来，俱减罪一等，拟赐死的减为充戍，拟充戍的减为免官。

时中书平章政事张珪闻得此诏，独勃然道：“国法上强盗不分首从，发冢伤尸者亦死；索诺木尝从弑逆，亲斫丞相拜住右臂，乃反欲保他生命么？”遂缮就奏牍，遣陈行在，略称“账党不宜追诛，索诺木加刃故相，亲与逆谋，乞速付显戮以快人心”等语。于是新帝准奏，即将索诺木枭首，流月鲁不花于云南，按梯不花于海南，曲吕不花于奴儿干，孛罗及兀鲁思不花于海岛，朵儿只班等皆褫职为民，一场逆案，总算处置明白，内外肃清。

新帝乃启驾入京，亲御大明殿，受诸王百官朝贺。礼成，追尊皇考晋王为皇帝，庙号“显宗”，皇妣弘吉剌氏为宣懿淑圣皇后。嗣复上先皇尊谥为睿圣文孝皇帝，庙号“英宗”。拟定次年改元，号为泰定元年。

台官复奏言曩时铁木迭儿专政，诬杀杨朵儿只、萧拜住、贺伯颜、观音保、锁咬儿哈的迷失，杖窜李谦亨成珪，罢免王毅、高昉、张志弼，天下咸知蒙冤，请旨昭雪。随即颁诏，命存者召还录用，死者赠官有差。旭迈杰又上言逆党作乱，诸王买奴赶赴晋邸，愿效死力，且言不除元凶，陛下美名不著，天下后世，无从察知。圣衷嘉纳，屡承奖谕，令臣等考查懿戚，能自拔逆党，为国效忠，莫如买奴一人，应加封赏以示激劝。因此买奴将赏泰宁县五千户，受爵泰宁王。又颁赏讨逆功臣，赐旭迈杰金十锭，银三十锭，钞七十锭；倒剌沙为中书左丞相；倒剌沙曾与铁失密议，理应加罪，胡反得迁擢，其私可知！知枢密院事马某沙、御史大夫纽泽、宣政院使锁秃，应加授光禄大夫，各赐金银钞有差；追赠故丞相拜住为太师，爵东平王，谥“忠献”，称为“清忠一德功臣”，授其子答儿麻失里为宗仁卫亲军都指挥使，赏功录旧，恤死褒生，泰定初政，人民称美。

转瞬间已是元年，小子因新帝殁后，不得立谥，史家亦称为泰定帝，所以后此称帝，我亦云然。上文统称新帝，与前数帝继位时名号不同，即是此意。元夕御殿，朝贺礼仪，悉如旧制，不必赘述。惟敕诸王各还本部，并召还图帖睦尔于琼州，阿木哥于大同。会浙江行省左丞赵简，能开经筵，及择师傅，令太子及诸王大臣子孙受学，泰定帝乃命平章政事张珪，翰林学士承旨忽都儿都鲁迷失、学士吴澄、集贤直学士邓文原，以《帝范》、《资治通鉴》、《大学衍义》、《贞观政要》等书，指日进讲。一面册定皇后弘吉剌氏，名叫巴巴罕。特书其名，一正《元史本纪》误名为氏之讹，一正后来下嫁燕帖木儿之罪。并立皇子阿速吉八（一作阿苏奇布）为皇太子。册立之日，天大风雨，四面晦霾，官民颇为惊愕。已兆不祥。泰定帝不以为意，复选了两个丽姝作为妃嫔，一名必罕，一名速哥答里，皆出弘吉剌氏，且系一对姊妹花。父名买住罕，曾封衮王，这且按下慢表。都为后文埋根。

且说泰定帝即位改元后，有事太庙，忽然庙内神主失去两座，一是仁宗神主，一是仁宗后神主。先是太常博士李好文曾建议在庙神主，应用木制，不宜金饰，所有金玉祭器，须贮诸别室，免致遗失等语。无如元代定制，神主概制以金，当时以李博士议论近迂，不足采用，况且宗庙社稷，各有守官，何人敢来盗窃，因此率由旧章，并未改革。至此竟有神主被盗一事，当令守京各官，派捕缉获，偏偏追索十日，毫无赃证。监察御史宋本、赵成庆、李嘉宾等，奏言盗窃太庙神主，由太常守卫不谨，应即议罪。奏入不报。是时参知政事马剌兼领太常礼仪使，且有升迁左丞消息。恼动了平章政事张珪，抗言太常奉守宗佑，责有攸归，今神主被窃，应待罪而反迁官，赏罚不明，纪纲倒置，上何以谢祖灵，下何以惩盗风，应持以宸断，严核功过，方可报本追远，黜贪惩邪。这数语说得详明痛切，总道泰定帝准词究办，不料待了数日，也无批敕，只马剌升迁事，才算打消。

还有武备卿即烈、故太尉不花，受家吏撒梯贿托，强收寡妇古哈。古哈系郑国宝妻，曾为命妇。国宝死后，遗产颇多，撒梯阴加艳羡，且见古哈尚在中年，自己又值丧偶，遂浼人往讽古哈，劝她再醮。古哈以门阀相沿，颇欲守节，拒绝不从。偏这撒梯贪财恋色，定欲取她到手，就去请托即烈、不花两人，硬行出头，逼她改嫁撒梯。古哈仍不肯允，即烈等骑虎难下，诈称奉旨令古哈再嫁。逼令再嫁之旨，虽是诈传，然亦由元代之不尚节烈，致有此弊。看官！你想古哈是一介孀妇，哪里抗得过圣旨？只好除了丧服改着艳装，乘舆至撒梯家，与他成婚。何不就死，但死节最难，到欢娱时，或亦感念帝德。撒梯得了古哈，欢爱非常，并将她家人畜产，一并取来。偏台官不肯玉成，竟尔据实陈奏，殊杀风景。并劾即烈、不花矫旨的罪状，有旨令刑部讯鞫。即烈、不花无从图赖，暗中恰向左丞相倒剌沙处，奉送金银钞若干，托他挽回。果然钱神有灵，可以买命，不消两日，竟下了一道赦诏，只说是世祖旧臣，加恩贷罪。

又有辽王脱脱镇守辽东，乘泰定帝新立，颁诏大赦以前，竟报复私仇，妄杀亲王妃主百余人，占夺羊马畜产。经台官奏请废徙，亦不见报。会值山崩地震，雷迅风烈诸灾异，泰定帝只令番僧大作佛事，以期禳解。且令在寿安山寺，集僧讽经，约以三年，自己却巡幸上都，备驾前去。于是平章政事张珪，邀集枢密院御史台翰林集贤两院官，会议时弊，决计谏诤。适上都亦有诏到来，戒饬百官，并命大都守臣，详言利病，各官遂公推张珪主稿。珪正满怀痛愤，即草就数千言，成了一篇旷前绝后的大奏章，拟亲至上都面奏。大众见了，无不称为大手笔，小子有诗咏道：

事君无隐由来久，

千古争传谏士言；

留得一编遗草在，

大元久邈直声存。

欲知奏疏中如何措词，待下回视缕陈明。

泰定帝至上都，从买奴之请，诛也先铁木儿等，看似锄凶罚恶，足快人心，实则仍为一己计，欲自免助逆之名，不得不讨除逆党。《春秋》之法在诛心，桃园之弑，史书赵盾，泰定帝虽稍差一间，其心固不可问也。况倒剌沙亦与逆谋，卒因前时私宠，不加其罪，反擢其官；盗神主者得逃法外；逼再嫁者且恕罪名；藩王有辜不之问；佛事屡修不之省，种种失政，安知不由倒剌沙辈，从中蛊惑乎？是回叙述，已将泰定帝之心迹，揭明纸上，史称其能守祖宪，号称治平，岂其然乎！

第三十七回 众大臣联衔入奏 老平章嫉俗辞官

却说平章政事张珪，既拟就奏稿，出示百官，由员外郎宋文瓒代读奏稿，其词云：

国之安危，在乎论相。昔唐玄宗前用姚崇、宋璟则治，后用李林甫、杨国忠，天下骚动，几致亡国，虽赖郭子仪诸将，效忠竭力，克复旧物，然自是藩镇纵横，纪纲亦不复振矣。良由李林甫妒害忠良，布置邪党，奸惑蒙蔽，保禄养祸所致，死有余辜。

如前宰相铁木迭儿，奸狡险深，阴谋丛出，专政十年，凡宗戚忤已者，巧饰危间，阴中以法，忠直被诛，窜者甚众。始以脏败，谄附权奸失列门，及嬖幸也里失班之徒，苟全其生。寻任太子太师。未几仁宗宾天，乘时幸变，再入中书。当英庙之初，与失列门等恩义相许，表里为奸，诬杀萧、杨等以快私怨，天讨元凶，失列门之党既诛，坐邀上功，遂获信任。诸子内布宿卫，外据显要，蔽上抑下，杜绝言路，卖官鬻狱，威福已出，一令发口，上下股栗，稍不附已，其祸立至，权势日炽，中外寒心。由是群邪并进，如逆贼铁失之徒，名为义子，实其腹心，忠良屏迹，坐待收系，先帝悟其奸恶，仆碑夺爵，籍没其家，终以遗患，构成弑逆。其子锁南，亲与逆谋，所由来者渐矣。虽剖棺戮尸，夷灭其家，犹不足以塞责。今复回给所籍家产，诸子尚在京师，夤缘再入宿卫，世祖时，阿合马贪残败事，虽死犹正其罪，况如铁木迭儿之奸恶者哉！臣等宜遵成宪，仍籍铁木迭儿家产，远窜其子孙于外郡，以惩大奸。

君父之仇，不共戴天，所以明纲常，别上下也。铁失之党，结谋弑逆，君相遇害，天下之人，痛心疾首，所不忍闻，比奉旨以铁失之徒，既伏其辜，诸王按梯不花、孛罗、月鲁不花、曲吕不花、兀鲁思不花，亦已流窜，逆党胁从者众，何可尽诛，后之言事者，其勿复举。臣等议古法弑逆，凡在官者杀无赦，圣朝立法，强盗劫杀庶民，其同情者犹且首从俱罪，况弑逆之党，天地不容，宜诛按梯不花之徒以谢天下。

书曰：惟辟作福，惟辟作威，臣无有作福作威。臣而有作福作威，害于而家，凶于而国。盖生杀予夺，天子之权，非臣下所得盗用也。辽王脱脱，位冠宗室，居镇辽东，属任非轻。国家不幸有非常之变，不能讨贼，而乃觊幸赦恩，报复仇忿，杀亲王妃主百余人，分其羊马畜产，残忍骨肉，盗窃主权，闻者切齿。今不之罪，乃复厚赐放还，仍守爵土，臣恐国之纪纲，由此不振，设或效尤，何法以治。

且辽东地广，素号重镇，若使脱脱久居，彼既纵肆，得无忌惮；况令死者含冤，感伤和气，臣等议累朝宪典，闻赦杀人，罪在不原，宜夺削其爵土，置之他所，以彰天威。

刑以惩恶，国有常宪。武备卿即烈，前太尉不花，以累朝待遇之隆，俱致高列，不思补报，专务奸欺，诈称奉旨，令撒梯强收郑国宝妻古哈，贪其家人畜产，自恃权贵，莫敢如何，事闻之官，刑曹逮鞫服实，竟原其罪，辇毂之下，肆行无忌，远在外郡，何事不为！夫京师天下之本，纵恶如此，何以为政？古人有言：“一妇衔冤，三年不雨。”以此论之，即非细务。臣等议宜以即烈、不花，付刑曹鞫之中卖宝物，世祖时不闻其事，自成宗以来，始有此弊。分珠寸石，售直数万，当时民怀愤怨，台察交言。且所酧之钞。率皆天下穷民膏血，锱铢取之，从以棰挞，何其用之不吝！夫以经国有用之宝，而易此不济饥寒之物，是皆时贵与斡脱中宝之人，妄称呈献，冒给回赐，高其直且十倍。蚕蠹国财，暗行分用，如沙不丁之徒，顷以增价中宝事败，具存吏牍。陛下即位之初，首知其弊，下令禁止，天下欣幸。臣等比闻中书，乃复奏给累朝未酬宝价四十余万锭，较其元直，利已数倍。有事经年远者，计三十余万锭。复令给以市舶番货。计今天下所征包银差发，岁入止十一万锭，已是四年征入之数，比以经费弗足，急于科征。臣等议番舶之货，宜以资国用，纾民力，宝价请俟国用饶给之日议之。

太庙神主，祖宗之所妥灵。国家孝治天下，四时大祀，诚为重典。比者仁宗皇帝皇后神主，盗利其金而窃之，至今未获，斯乃非常之事，而捕盗官兵，不闻杖责。臣等议庶民失盗，应捕官兵，尚有三限之法，监临主守，倘失官物，亦有不行知觉之罪。今失神主，宜罪太常，请拣其官属免之。

国家经费，皆出于民。量入为出，有司之事。比者建西山寺，损军害民，费以亿万计，刺绣经幡，驰驿江浙，逼迫郡县，杂役男女，动经年岁，穷奢致怨。近诏虽已罢之，又闻奸人乘间，奏请复欲兴修，流言喧播，群情惊骇。臣等议宜守前诏。示民有信，其创造刺绣事，非岁用之常者悉罢之。

人有怨抑，必当昭雪，事有枉直，尤宜明辨。平章政事萧拜住，中丞杨朵儿只等，枉遭铁木迭儿诬陷，籍其家以分赐人，闻者嗟悼。比奉明诏，还给原业，子孙奉祀家庙，修葺苟完，未及宁处，复以其家财仍赐旧人，止酬以直，即与再罹断没无异。臣等议宜如前诏，以原业还之，量其直以酬后所赐者，则人无冤愤矣。

德以出治，刑以防奸。若刑罚不立，奸宄滋长，虽有智者，不能禁止。比者也先铁木儿之徒，遇朱太医妻女，过省门外，强拽以入，奸宿馆所。事闻有司，以扈从上都为解，竟勿就鞠。元恶虽诛，羽翼未戢。臣等议宜遵世祖成宪，凡助恶为虐者，悉执付有司鞫之。臣等又议天下囚系，不无冤滞，方今盛夏，宜命省台选官审录，结正重刑，疏决轻系，疑者申问详谳。

边镇利病，宜命行省行台，体究兴除。广海镇戍卒更病者给粥食药，力死者人给钞二十五贯，责所司及同乡者归骨于其家。岁贡方物有常制，广州东莞县大步海，及惠州珠池，始自大德元年，奸民刘进、程连言利，分蜑户七百余家官给之粮，三年一采，仅获小珠五六两，入水为虫鱼伤死者众，遂罢珠户为民。其后同知广州路事塔察儿等，又献利于失列门，创设提举司监采。廉访司言其扰民，复罢归有司。既而内正少卿魏暗都刺，冒启中旨，驰驿督采，耗廪食，疲民驿，非旧制，请悉罢遣归民。

善良死于非命，国法当为昭雪。铁失弑逆之变，学士不花，指挥不颜忽里，院使秃古思，皆以无罪死，未得褒赠。铁木迭儿专权之际，御史徐元素以言事锁项死东平，及贾秃坚不花之属，皆未申理。臣等议宜追赠死者，优叙其子孙，且命刑部及监察御史体勘，其余有冤抑者具实以闻。

政出多门，古人所戒。今内外增置官署，员冗俸滥，白丁骤升，出身入流，壅塞日甚，军民俱蒙其害。夫为治之要，莫先于安民，安民之道，莫急于除滥费，汰冗员。世祖设官分职，俱有定制。至元三十年以后，改升创设，日积月增，虽尝奉旨取勘减降，近侍各私其署，夤缘保禄，姑息中止。至英宗时，始锐然减罢崇祥寿福院之属十有三署，徽政院断事官江淮财赋之属六十余署，不幸遭罹大故，未竟其余。比奉诏凡事悉遵世祖成宪，若复寻常取勘调虚文，延岁月必无实效，即与诏旨异矣。臣等议宜敕中外军民，署置官吏，有非世祖之制，及至元三十年已后，改升创设员冗者，诏至日悉减除之。

自古圣君，惟诚于治政，可以动天地，感鬼神，初未尝徼福于僧道，以厉民病国也。且以至元三十年言之，醮事佛事之目，止百有二，大德七年，再立功德使司，积五百有余。今年一增其目，明年即指为例，已倍四之上矣。僧徒又复营干近侍，买作佛事，自称特奉传奉，所司不敢致问，供给恐后。夫佛以清净为本，不奔不欲，而僧徒贪慕货利，自违其教，一事所需，金银钞币，不可数计，岁用钞数千万锭，数倍于至元间矣。凡所供物，悉为已有，布施等钞，复出其外，生民脂膏，纵其所欲，取以自利，畜养妻子，彼既行不修洁，适足亵慢天神，何以邀福？比年佛事愈繁，累朝享国不永，致灾愈远，事无应验，断可知矣。臣等议宜罢功德使司，其在至元三十年以前，及累朝忌日醮祠佛事名目，止令宣政院主领修举，余悉减罢。近侍之属，并不得巧计擅奏，妄增名目。若有特奉传奉，从中书复奏乃行。

古今帝王治国理财之要，莫先于节用。盖侈用则伤财，伤财必至于害民。国用匮而重敛生，如盐课增价之类，皆足以厉民矣。比年游惰之徒，妄投宿卫部属，及官者女红太医阴阳之属，不可胜数。一人收籍，一门蠲复，一岁所请衣马刍粮，数十户所征入，不足以给之，耗国损民，莫此为甚。臣等议诸宿卫宦女之属，宜如世祖时支请之数给之，余悉简汰。

阔端赤牧养马驼，岁有常法，分布郡县，各有常数。而宿卫近侍，委之仆御，役民放牧，始至即夺其居，俾饮食之，残伤桑果，百害蜂起，其仆御四出，无所拘钤，私鬻刍豆，瘠损马驼。大德中始责州县正官监视，盖暖棚团槽枥以牧之。至治初复散之民间，其害如故。监察御史及河间路守臣屡言之。臣等议宜如大德团槽之制，正官监临，阅视肥瘠，拘钤宿卫仆御，着为令。

兵戎之兴，号为凶器，擅开边衅，非国之福。蛮夷无知，少梗王化，得之无益，失之无损。至治三年，参卜郎盗劫杀使臣，利其财物而已，至用大师，期年不戢，伤我士卒，费国资粮。臣等议好生恶死，人之恒性，宜令宣政院督守将，严边防，遣良使抵巢招谕，简罢冗兵，明敕边吏，谨守御，勿生事，则远人格矣。天下官田岁入，所以赡卫士，给戍卒。自至元三十一年以后，累朝以是田分赐诸王公主驸马，及百官宦者寺观之属，遂令中书酬直海漕，虚耗国储。其受田之家，各任土著，奸吏为赃官，催甲斗级，巧名多取，又且驱迫邮传，征求饩廪，折辱州县，闭偿逋负。至仓之日，变鬻以归，官司交忿，农民窘窜。臣等议惟诸王公主驸马寺观，如所与公主桑哥剌吉，及普安三寺之制输之公廪，计月直折支以钞，令有司，兼令输之省部，给之大都。其所赐百官及宦者之田，悉拘还官着为令。

国家经费，皆取于民。世祖时，淮北内地，惟输丁税。铁木迭儿为相，专务聚敛，遣使括勘两淮、河南田土，重并科粮，又以两淮、荆襄沙碛，作熟收征，徼名兴利，农民流徙。臣等议宜如旧制，止征丁税，其括勘重并之粮，及沙碛不可田亩之税悉除之。世祖之制，凡有田者悉役之民，典卖田随收入户。铁木迭儿为相，纳江南诸寺贿赂，奏令僧人买民田者，毋役之以里正主首之属，逮今流毒细民。臣等议惟累朝所赐僧寺田，及亡宋旧业，如旧制勿征；其僧道典买民田，及民间所施产业，宜悉役之着为令。

僧道出家，屏绝妻孥，盖欲超出世表，是以国家优视，无所徭役。且处之官寺，宜清净绝俗为心，诵经祝寿。比年僧道，往往畜妻子无异常人。如蔡道泰、班讲主之徒，伤人逞欲，坏教干刑者，何可胜数？俾奉祠典，岂不亵天渎神！臣等议僧道之畜妻子者，宜罪以旧刑，罢遣为民。

赏功劝善，人主大柄，岂宜轻以与人？世祖临御三十五年，左右之臣，虽甚爱幸，未闻无功而给一赏者。比年赏赐泛滥，盖因近侍之人，窥伺天颜喜悦之际，或称乏财无居，或称嫁女取妇，或以技物呈献。殊无寸功小善，递互奏请，要求赏赐，奄有国家金银珠玉，及断没人畜产业。

似此无功受赏，何以激劝？既伤财用，复启幸门。臣等议非有功勋劳效，着明实迹，不宜加以赏赐，乞着为令。

臣等所言弑逆未讨，奸恶未除，忠愤未雪，冤枉未理，政令不信，赏罚不公，赋役不均，财用不节，民怨神怒，感伤和气，惟陛下裁择以答天意，消弭灾变。臣等不胜翘切待命之至！

宋文瓒一气读毕，枢密院御史台翰林集贤两院官，统鼓掌道："近今弊窦，统由张平章说尽。若此奏上去，能邀圣上允准，一一施行，乃是国家的大幸了！"张珪道："我拟亲至上都，面陈此疏，免得内臣沮格。"宋文瓒道："晚生愿随老平章同去，何如？"张珪道："好极！但缮录奏稿，还仗大笔！我已老朽，不愿作蝇头小楷了。"文瓒道："晚生理当效劳。"

当下百官散归，文瓒亦回寓，把奏稿恭楷录正，差不多至半日余，方才告竣。并将会议各官，联衔署名。到了次日，便偕张珪赴上都。珪即入觐泰定帝，递上奏疏。泰定帝展览多时，似乎有些讨厌的神气。张珪呕尽心血，不值泰定帝一顾奈何？淡淡地答道：

“朕知道了！卿自京至此，未免劳顿，且在行辕休息，再作区处。”张珪叩谢而出。

待了两日，并不见有诏敕下来，转增烦闷。适宋文瓒亦来谒谈，张珪道：“我等奏议，共有数条，偏似大石沉海，一条未蒙敕行，难道就此过去，便好治国么？”文瓒道：“老平章何不再行谒奏？总要宸衷酌行，方可渐除时弊。”张珪点头。次晨复至行宫朝泰定帝，行礼毕，复启奏道：“臣闻日食修德，月食修刑。应天以实不以文，动民以行不以言。目今刑政失平，所以天象垂变，陛下仰承天心，务乞矜察，臣等逐条奏议，即请施行！”泰定帝答道：“待朕返京师后，择要施行便了。”珪不便再陈，只得告退。既而御史台臣秃忽鲁、纽泽等，复奏陈灾异屡见，宰相宜避位以应天变，可否仰自圣裁。且言臣等为陛下耳目，不能纠察奸吏，慢官失守，宜先退避以授贤能。泰定帝览了此奏，便批谕：“御史所言，失在朕躬，卿等不必辞职。”台官等无可奈何。只丞相旭迈杰、倒刺沙两人，心中未安，也递呈一疏。略说天象告儆，陛下以忧天心为心，反躬自责，谨遵祖宗圣训，修德慎行，饬臣等各勤乃职。手诏至大都，居守省臣，皆引罪自劾，臣等为左右相，才下识昏，当国大任，无所襄赞，以致灾祲迭见，罪在臣等，理应退黜。此外诸臣，各勤职守，无罪可言！语中带刺。泰定帝仍批谕道：“卿等若皆辞避，国家大事，谁与共理？总教靖供尔职，勉迪百工，自可徐回天变，不必再辟！”嗣是以后，不闻再诏，连回跸京师的期限，也悬宕过去。

张珪愤闷得很，遂托称老病，上表辞职。有诏常见免拜跪，并赐小车，得乘至殿门下。珪复请克日还京，总算邀准。回銮后，只望泰定帝践着前言，如议施行，偏诏旨下来，一道是禁言赦前事，一道是将赦前籍没的家产，如数给还。看官，你想此时的张平章，还肯在朝委蛇么？当下奏陈病势日剧，非扶掖不能行，恳即日放归，得返首邱，死且感恩云云。

小子有诗咏张平章道：

忠臣不肯效阿容，

可奈良言未见从！

从此挂冠林下隐，

白云深处住行踪。

未知泰定帝曾否允准，且至下回叙明。

张珪一疏，为《元史》中仅见之文，列传中备录无遗。本回亦就此采入，一以扬张平章之忠，一以明泰定帝之失。泰定以旁支入承大统，龙飞九五，仰荷天休，不于此时从贤纳谏，除害兴利，何以孚舆望而贻孙谋乎？卒致晏驾以后，即滋内变，生无德政，殁无美谥，一代嗣君，反成国位，是不得谓非咎由自取也！张珪屡谏不从，即托病乞归。古人云，以道事君，不可则止，吾于珪殆遇之焉。

第三十八回　信佛法反促寿征　迎藩王入承大统

却说张珪辞职甚力，泰定帝尚是未允，只命养病西山，并加封蔡国公，知经筵事，别刻蔡国公印作为特赐。不听良言，留他何用？张珪移居西山，过了残腊，复上疏乞归，乃蒙允准，解组归里，还我自由。未几复接朝旨，召他商议中书省事。珪不肯就征，引疾告免，至泰定四年卒于里，遗命上蔡国公印。珪系弘范子，字公端。少时从父灭宋，宋礼部侍郎邓光荐将赴水死，为弘范所救，待以宾礼，命珪就学。光荐乃以平生所得，著成相业一书，授珪熟读，珪因此成文武材。元朝中叶，要推这位老平章是一位纯臣了。补叙履历，所以旌善，且亦是文中绵密处。

这且休表。单说张珪回籍，朝右少一个直臣，泰定帝朝罢无事，一意佞佛。每作佛事，辄饭僧数万人，赐钞数千锭，并命各处建寺，雕玉为楹，刻金为像，所费以亿万计，毫不知惜。泰定帝又亲受佛法于帝师，连皇后弘吉剌氏以下，也都至帝师前受戒。这时候的帝师，名叫亦思宅卜，每年所得赏赐，不可胜计。帝师弟衮噶伊实戬，自西域远来，诏令中书持酒效劳，非常敬礼。帝师兄索诺木藏布，领西番三道宣慰司事，封白兰王，赐金印，给圆符，使尚公主。僧可尚公主，大约亦舍身大布施耳。僧徒多号司空、司徒、国公，佩带金玉印章，因此气焰熏灼，无所不为。在京尚敢横行，出都愈加恣肆，见有子女玉帛，无不喜欢，所求不遂，即大肆咆哮。西台御史李昌尝痛心疾首，据实抗奏道：

臣尝经平凉府，静会、定西等州，见西番僧佩金字圆符，络绎道途，驰骑累百。传舍至不能容，则假馆民舍，因而迫逐男子，奸污妇女。奉元一路，自正月至七月，往返百八十五次，用马至八百四十余匹，较之诸王行省之使，十多六七，驿户无所控诉，台察莫得谁何。且国家之制圆符，本为边防警报之虞，僧人何事而辄佩之？乞更正僧人给驿法，且得以纠察良莠，毋使混淆；是所以肃僧规，即所以遵佛戒也，伏乞陛下准奏施行！

奏入不报，后闻僧侣扰民益甚，乃颁诏禁止，其实仍是一纸空文，敷衍了事。未几又命建显宗神御殿于卢师寺。这卢师寺在宛平县卢邱山，向称大刹，此次奉安御容，大兴土木，役卒数万人，糜财数百万两，装饰得金碧辉煌，一时无两。然后另建显宗神主，奉置殿中，悬额署名，号为大天源延圣寺。赐住持僧钞二万锭，并吉安、临江二路田千顷。中书省臣未免看不过去，又联名奏道：

臣等闻养给军民，必借地利。地之所生有限，军民犹惧不足，况移供他用乎？昔世祖建大宣文、弘教等寺，赐僧永业，当时已号虚费。而成宗复构天寿万宁寺，较之世祖，用增倍半。若武宗之崇恩、福元，仁宗之承华、普庆，租榷所入，益又甚焉。英宗凿山开寺，损兵伤农，而卒无益。夫土地祖宗所有，子孙当共惜之，臣恐兹后借为口实，妄兴工役，徼福利以逞私欲，福未至而祸已集矣。唯陛下察之！

泰定帝得此奏后，却也优诏旌直。但心中总是迷信，遇着天变人异，总令番僧虔修佛事，默祈解禳。番僧依着故例，请释赦囚，所以赦诏迭见。凡有奸盗贪淫诸罪，统得遇赦邀恩，一律洗刷；就是出狱重犯，再被逮系，转瞬间又得释放。看官试想，天下有几个悔过的罪人？愈宽愈坏，辇毂之下，尚无王法，外省更不必论了。屡言佞佛之弊，是为痴人说法。

泰定帝始终未悟，并因次子诞生，疑为佛佑，甫离襁褓，即令受戒。为了拜佛情殷，反把郊天禘祖的大礼，搁过一边。监察御史赵思鲁以大礼未举，奏言天子亲祀郊庙，所以通精诚，迎福厘，生蒸民，阜万物，历代帝王，莫不躬亲将事，应讲求故例，虔诚对越，方可隐格纯嘏。泰定帝不以为然。有了佛佑，自可不必郊祀。全台大哗，复入朝面陈。泰定帝道：“世祖成宪，不闻亲祀郊庙。朕只知效法世祖，世祖所行的事件，朕必遵行；世祖未行的事件，朕也不愿增添。此后郊天祭庙，可遣大臣恭代便了。”台官还想再陈，泰定帝竟拂袖退朝。

嗣因帝师圆寂，大修佛事，命塔失铁木儿、纽泽监督，召集京畿僧侣，诵经讽咒，差不多有数十天；一面另延西僧藏班藏卜为帝师，赍奉玉印，诏谕天下。又命作成宗神御殿于天寿万宁寺，一切规模，与显宗神御殿相似。

正在百堵皆兴的时候，忽由太常入奏，宗庙中的武宗金主及所有祭器，统被盗窃去了。前时盗窃仁宗神主，至此又窃武宗神主，堂堂太庙，窝留盗贼，令人不解。泰定帝命再作金主，奉安庙中，应行捕盗等情，也模糊过去。后复因台官劾奏，才酌斥太常礼仪等官，只神主不翼而飞，终无下落。

会扬州路崇明州、海门县海溢，汴梁路畎沟、兰阳河溢，建德、杭州、衢州属县水溢，还有真定、晋宁、延安、河南等路屯田遇了旱灾，大都河间、奉元、怀庆等路遇了蝗灾，巩昌府通漕县山崩，碉门地震，有声如雷，昼色晦暝，天全道山亦爆裂，飞石毙人，凤翔、兴元、成都、峡州、江陵同日地震。各处警报络绎。泰定帝只与西僧商量，教他朝唪梵语，暮鼓钟钹，膜拜顶礼，祈福消灾。且遍饬京内外各官，恭祀五岳四渎名山大川。总道是神佛有灵，暗中庇佑，谁料旱荒水荒，虫灾风灾，种种状况，杂沓而来。百姓报官长，官长报皇上，弄得泰定帝胸无定见，却想了一个法儿，下诏改元！祈佛无益，改元更属无谓。当由廷臣议定“致和”二字，于泰定五年春季，改泰定为致和。且仍诏告帝师，命各僧佛事加虔；并饬于沿海各地，建造浮屠二百一十六座，镇压海隘。真是捣鬼。

帝师藏班藏卜上言，皇帝虽已受佛法，但欲增福延寿，还须亲受无量寿佛戒，泰定帝当即允准。择日御兴圣殿，邀请帝师到来，督设经坛，上供无量寿佛金牌，下设幢幡宝盖，乐簴钟悬。当由帝师座下的僧徒，吹起法螺，摇动金铃，接着大锣大钹，敲击起来。帝师着红衣，戴毗卢帽，先至坛前焚香祷告，口中不知念着什么番语，嘛咪叭吽地说了一回，然后导引泰定帝至坛前跪着，帝师在旁虔诵祝词，复念了无数佛号，方令泰定帝学着僧规，膜拜受戒。是时后妃人等，亦群集坛前，兴圣殿内外，拥挤得什么相似。那一班僧侣，多是张头探脑，摇目擦睛，你说是那个美丽，我说是这个妖娆，彼此评头品足，觑艳偷香，就是口中所念的波罗密多，阿弥陀佛，也觉颠倒错乱，语无伦次。无量寿佛未曾请到，女观音等先已值坛，安得不令僧侣动心？至受戒礼毕，泰定帝出殿，大众散去，帝师亦回寺，僧徒等也都退归，饮酒拥娇去了。乐得过。

次日，由宫中发出金银钞，赏给僧徒，又费了若干万两。泰定帝以福寿双增，非常欣慰。会出猎柳林，偶受感冒，不怿累日，遂思巡幸上都，游春解闷。当命西安王阿剌忒纳失里，及签书枢密院事燕帖木儿（一作雅克特穆尔），留守京师，自率皇后、皇太子及丞相倒剌沙等，命驾北去。自春至夏，留寓行宫，整日里流连酒色，不闻朝政。

会殊祥院使也先捏，自建康北来，密语丞相倒剌沙，以怀王将有他变，不可不防。倒剌沙立即奏闻，请旨徙怀王居江陵。这怀王却是何人？就是武宗次子图帖睦尔。先是泰定帝即位，召诸王还邸，图帖睦尔亦自琼州召归（见三十六回），受封怀王。泰定二年，命出居建康，以也先捏为怀王卫士。也先捏与怀王不协，乃私至上都，密进谗言。泰定帝不遑查察，竟照倒剌沙奏议，遣宗正扎鲁忽赤、雍古台南下，命怀王徙居江陵。

怀王遵旨西迁，扎鲁忽赤等回报。时泰定帝已遘疾病，日甚一日，竟于七月新秋，晏驾上都，寿仅三十六。无量寿佛戒之效何如？

丞相倒剌沙言太子年幼，不即拥立，竟擅权自恣，独行独断，于是天怒人怨，众叛亲离，国家大变，又复从此发生。倡难的人，便是留守京师的燕帖木儿。燕帖木儿是元季大蠹，所以特别点醒。

燕帖木儿是从前的钦察都指挥使床兀儿第三子，武宗镇朔方时，已备列宿卫，深得宠幸。床兀儿殁，承袭左卫亲军都指挥使。泰定二年，加授太仆卿，致和元年，进签书枢密院事，留守京都，实掌枢密院符印。自闻泰定帝罹疾，遂怀异谋，自思身受武宗宠遇，不能辅他二子，入承帝位，未免有负主恩。泰定帝亦擢你高官，何不自思图报。因此与继母察吉儿公主，族党阿剌帖木儿及密友孛伦赤等商议，将乘泰定帝病殂后，迎立怀王图帖睦尔，篡承武宗遗统。

至泰定帝崩，皇后弘吉剌氏遣使诣京，命平章政事乌都伯剌（一作额卜德呼勒）收掌百司印章，谕安百姓。燕帖木儿知势难再缓，即进语西安王道："故主已殂，太子尚幼，国家须择立长君，乃可无虞。况天下正统，应属武宗嗣子，英宗已不当立，大行皇帝，更出旁支，益加淆杂，今日宜正名定分，迎立武宗嗣子，时不可失，功在速成，王爷以为何如？"无非希定策功耳，遑期忠义。西安王阿剌忒纳失里道："言固甚是，但周王远居漠北，奈何？"燕帖木儿道："怀王曾居江陵，何不先行迎立？"西安王道："弟不先兄，此处还须商酌！"燕帖木儿道："先迎怀王入都，安定人心，然后再迓周王，仁宗故事，何妨踵行。"西安王道："上都方有命令，饬乌都伯剌收集印章，我欲举事，彼竟不从，这又未免为难了！"燕帖木儿道："昔人有言，先发制人，王爷果允行义举，只教募赏勇士，立可成功！"西安王点头道："你去妥行布置，我总无不赞成。"

燕帖木儿趋出，即日召集心腹，准备停当。翌日黎明，由西安王下令，召集百官至兴圣宫，会议要事。平章政事乌都伯剌、伯颜察儿，偕官属先到，西安王亦乘车而来。

既入座，乌都伯剌正要宣布后敕，令百官齐缴印章，忽见燕帖木儿率着阿剌帖木儿、孛伦赤等十七人，带刀奔入，外面并有勇士数百人，趋立门外。乌都伯剌料知有变，遂叱问道："签书意欲何为？"燕帖木儿厉声道："武宗皇帝有子二人，孝友仁文，播名远迩，今乃一居朔漠，一处南陲，武宗有知，亦当深恫，况天下系武宗的天下，一误宁可再误？今日正统，应归还武宗嗣子，敢有再紊邦纪，不从义举，是与乱贼相等，例当处斩!”言毕，拔刀出鞘，怒目而立。仿佛强盗。

乌都伯刺、伯颜察儿两人，欲抗词答辩，偏燕帖木儿不容分说，竟令阿剌帖木儿、字伦赤等，一齐动手，将他二人拿下。中书左丞朵朵等道：“签书莫非造反不成?”言未已，已被燕帖木儿砍倒，顿时阖座大乱。燕帖木儿指挥勇士，缚住朵朵，并执参知政事王士熙，参议中书省事脱脱、吴秉道，侍御史铁木哥、邱士杰，治书侍御史脱欢，太子詹事丞王桓等，概置狱中，自与西安王入守内廷，分布腹心于枢密院，自东华门夹道，重列军士，使人传命往来，严防他变。一面再召百官，入内听命。即令前河南行省参知政事明里董阿，前宣政院使答剌麻失里，乘着快驿，迎怀王图帖睦尔于江陵。且使嘱河南行省平章伯颜，选兵扈驾，不得有误。

明里董阿等既去，遂封府库，拘百司印，遣兵守诸要害，推前湖广行省左丞相别不花为中书左丞相，詹事塔失海涯为平章，前湖广行省右丞速速为中书左丞，前陕西行省参政王不怜台吉为枢密副使，萧忙古解仍为通政院使，与中书右丞赵世延等，分典庶务。于是募死士，买战马，运京仓米，饷输士卒，复遣使至各行省征发钱帛兵器。

当时有卫军失统，暨谒选与罢退军官，俱发给符牌，静候调遣。诸人受命后，未知所谢，各瞪目立着。当由中书省官，指使南向拜谢，大众惊悚，毛发凛然，方知内廷意属怀王了。极写秘密。

燕帖木儿宿卫禁中，一夕数徙，莫如所处，有时或坐以待旦。你亦怕死么?暗思母弟撒敦，子唐其势，尚在上都，因密遣塔失帖木儿，召使归京。两人都弃了家眷，星夜奔还。是时京内无主，群议沸腾，燕帖木儿恐人心未安，诈令塔失帖木儿充作南使，只云怀王旦夕且至，民勿疑惧；又令乃马台诈为北使，称周王亦已南来。用心亦苦。复命撒敦率兵守居庸关，唐其势率兵屯古北口，抗御上都。一面再遣撒里不花、锁南班，往江陵促驾早发。

时董里明阿等早至河南，晤着平章伯颜，与语密谋，伯颜告知平章曲烈、右丞别铁木儿，令发兵南迎。偏两人不识时务，硬行阻拦，伯颜叹道：“我本受武皇厚恩，委以心膂，今爵位至此，还有何望?只因大义相临，不敢推诿，所以为此转告，愿两公不要阻挠。”曲烈仍是不从，惹得伯颜性起，竟将两人杀毙，遂别募勇士五千人，令蒙哥不花带着，驰迎怀王。自己亦秣马厉兵，严装以俟。参政脱别台进谏道：“今蒙古兵马，与卫卒同在上都，内地诸隘，守兵单弱，恐此事不易成功哩。”伯颜怒叱道：“你敢挠乱士心么?违令者斩!”脱别台慌忙退出。是夕竟怀刃入刺伯颜，被伯颜察觉，拔剑砍死，并夺他所部军器，收马千二百骑。会怀王在江陵，经撒里不花等催促，即日动身。先令撒里不花往报伯颜，封为河南行省左丞相。至怀王到河南，伯颜属櫜鞬，擐甲胄，率百官父老，肃迎郊外，既导入，复俯伏称万岁，并上前叩首劝进，怀王解金铠御服宝刀，亲赐伯颜，又命他扈从北行。正是：

万骑遥从南陆发，

六飞快向北郊来。

欲知入京后如何情状，容待下回表明。

元代之佞佛，自世祖始，后世子孙，益增迷信，此创业垂统之君，所由贵慎自贻谋者也。本回于泰定佞佛事，慨乎言之，至受无量寿佛戒一段，尤写出僧侣情弊。禹鼎铸奸，神犀照怪，无逾于此。此非著书人好为描摹，实因淫僧贼秃，大都尔尔，奉劝世间，善男信女，速即回头，毋为若辈播弄，其苦心固可见也。且泰定帝在位五年，乏善可述，所诛逆党，亦非本心，至其后好作佛事，意者其恐逆党之冥中报复，姑借此为忏悔计乎？晏驾以后，即生内变，佛其果有灵耶？抑无灵耶？彼如燕帖木儿之图立怀王，抗拒上都，尤足以见佞佛之主，非徒无益，反且速祸，读史者当亦知所戒矣。

第三十九回　大明殿称尊颁敕　太平王杀敌建功

却说怀王图帖睦尔，既至河南，令伯颜从行，以前翰林学士承旨阿不海牙，继伯颜后任，遣前万户孛罗等将兵守潼关；并分道遣使，召宣靖王买奴、镇南王铁木儿不花、威顺王宽彻不花、高昌王铁木儿补化等，率属来会。诸王陆续到来，然后整驾北发。是时上都诸王满秃、阿马剌台，宗正扎鲁忽赤、阔阔出，前河南平章政事买闾，集贤侍读学士兀鲁思不花，太常礼仪院使哈海赤等十八人，已得燕帖木儿密函，令他即日起事，响应京师，正在暗中安排。不料事机露泄，被倒剌沙闻知，竟亲率卫兵，各处搜拿，不到一日，竟将十八人捉住九双，请了泰定皇后命令，斥他谋逆，个个处斩。

倒剌沙自思逾月无主，究竟不妥，遂入谒泰定皇后，愿拥立皇太子阿速吉八为帝，克期登位。泰定皇后自然乐从，遂于致和元年八月，召集梁王王禅（一作旺辰）、辽王脱脱，右丞相塔什特穆尔（旧作塔失铁木儿，因与前大都使臣名重复，故用新名）、太尉不花、御史大夫纽泽等，奉皇太子阿速吉八即位上都，尊皇后弘吉剌氏为皇太后，拟定次年改元天顺。泰定帝在位五年，其子已早为储贰，依父终子及之例，则阿速吉八之嗣位，亦属正当，故特书改元，以存书法。天顺帝年才九龄（书天顺帝，亦有微意），朝贺时统由倒剌沙护持，方得终礼。遂命诸王失剌，平章政事乃马台（此乃马台与上文异人同名），詹事钦察，率兵袭京畿。巧值阿速卫指挥使脱脱木儿由上都自拔来归，奉京师命令，驻守古北口。他已预知失剌等潜师进袭，遂领兵出据宜兴，四面埋伏。

失剌分军三队，先后南下。第一队归乃马台统率，第二队归钦察统率，第三队方由自己领着，乘着锐气，倍道而来。前军甫到宜兴，扎营造饭，炊烟甫起，号炮骤闻。大众正在四望，蓦见敌军蜂拥来前，连忙上马截杀。说时迟，那时快，众军未曾排齐，敌兵已经杀入，眼见得辙乱旗靡，人仰马翻，乃马台措手不及，被脱脱木儿刺落马下，生擒活捉去了。第一队已了。

脱脱木儿已扫尽前队，便趁着现成的饭锅，令军士饱餐一顿，前驱疾进。那边第二队兵士，由詹事钦察押队前来，途次接得溃卒败报，忙上前来援，未达数里，已与脱脱木儿军相遇。脱脱木儿握着一柄大刀，当先突阵，麾下军士，随势冲入，钦察不知好歹，也拨马舞刀，来战脱脱木儿，才数合，忽听脱脱木儿喝声道着，那钦察的头颅，不知不觉地滚落地上。奇语。俗语说得好，蛇无头不行，钦察已身首两分，还有何人敢来抵敌？霎时间纷纷逃溃，走得慢的一大半都做了矮脚鬼，暴骨沙场。第二队又了。

还有失剌所领的后军，惘惘南来，接连得着两队败耗，料知不能抵挡，忙令后队变作前队，前队变作后队，向北退还。待脱脱木儿赶去，失剌已逃得很远，只有殿卒数百名，被脱脱木儿军屠杀净尽，其余统侥幸生免了。失剌还算见机。

脱脱木儿追赶十余里，不及而还，当即报捷京师。燕帖木儿等属酒相贺。方在满座庆宴的时候，忽见撒里不花驰入，报称怀王已自河南登途，现距京师只百里了。燕帖木儿道：“甚好！”撒里不花道：“还有一事贺公，已奉命升公知枢密院事了！”燕帖木儿大喜，便于席间派使远迎。至宴飨毕后，即令太常礼仪使，整备法驾。

越两日，闻怀王驾已抵郊，遂偕诸王百官，恭奉法驾，出迎郊外。怀王慰劳有加，改乘法驾，驰入京师。燕帖木儿与西安王阿剌忒纳失里等，立即劝进。怀王道：“大兄尚在朔方，我不得越次僭位，俟两都平靖，当遣使迎兄。目下暂由我监国，愿卿等勿生异议！”初意原是不错。燕帖木儿道：“大王让德，卓越古今，惟时势相迫，亦贵从权，既承钧命，容后再议！”怀王乃入居宫中。

越宿命速速为中书平章政事，前御史中丞曹立为中书右丞，江浙行省参知政事张友谅为中书参知政事，河南行省左丞相伯颜为御史大夫，中书右丞赵世延为御史中丞，各官俱受职视事，不必细表。

又越两日，由侦骑入报，上都梁王王禅、右丞相塔什特穆尔、太尉不花、御史大夫纽泽等，又兴兵南犯了。怀王召燕帖木儿商议军务，燕帖木儿自请效劳。怀王甚喜，遂发兵数万，供燕帖木儿调遣，命他便宜行事，不为遥制。燕帖木儿遂带兵至居庸关，由其弟撒敦迎入。燕帖木儿道："闻北兵已发上都，吾弟何不率兵急进，反在此游疑观望？难道待他自毙么？"撒敦道："闻兄拳命督师，所以静候调度，不敢妄进。"燕帖木儿道："我不害人，人将害我，你快率万人前去，截住北军，我当为你后应便了。"

撒敦依言，就率兵出关，浩浩荡荡地杀奔榆林。适值北军到来，也无暇答话，即麾兵猛击。北军不及布阵，顿时被他踹入，乱砍乱戳，不消片时，已将北军杀得七零八落，往北奔逃。

撒敦乘胜长驱，直到怀来，才见燕帖木儿督军到来。当下叩马报捷，并请径攻上都。燕帖木儿道："且慢前进，回关再商。"撒敦道："兄前责弟，今弟将诘兄；北军既已败去，不乘此入捣上都，还待何时？"燕帖木儿道："吾弟有所未知，兵以气动，气盛乃胜，气馁必败。我前日并非责你，实所以激动弟心，鼓气御寇。今已得胜，锐气将衰，若再进兵，顿师城下，那时再衰三竭，不要进退两难么？"论兵却是有识。撒敦无言，乃随返关中。燕帖木儿即驰书报捷。嗣得复命，令他即日还京，燕帖木儿乃留弟守关，奉命还朝。入京后，把前时拿下的乌都伯剌及擒住的乃马台，统置大辟。一面约诸王大臣，伏阙上书，请早正大位以安天下。怀王尚是固辞。燕帖木儿道："人心向背，间不容发，现在兵戈扰攘，非速正大名，不足以系人心，万一中外失望，后悔何及？"怀王道："必不得已，亦须将我的本意，明示天下，方可权摄帝位。"古时惟王莽称摄皇帝，怀王亦欲居摄，染鼎之意已动矣。乃命中书省臣，拟定诏旨，于九月十三日，即帝位于大明殿，受诸王百官朝贺，颁诏天下道：

洪维我太祖皇帝，混一海宇，爰立定制以一统绪，宗亲各受分地，勿敢妄生觊觎，此不易之成规，万世所共守者也。世祖之后，成宗、武宗、仁宗、英宗，以公天下之心，以次相传，宗王贵戚，咸遵祖训。至于晋邸，具有盟书，愿守藩服，而与贼臣铁失、也先铁木儿等，潜通阴谋，冒干宝位，使英宗不幸罹于大故。朕兄弟播越南北，备历艰险，临御之事，岂获与闻？朕以叔父之故，顺承惟谨。于今六年，灾异迭见，权臣倒剌沙、乌都伯剌等，专权自用，疏远勋旧，废弃忠良，变乱祖宗法度，空府库以私其党类。

大行上宾，利于立幼，显握国柄，用成其奸。宗王大臣以宗社之重，统绪之正，协谋推戴，属于眇躬。朕以菲德，宜俟大兄，固让再三，宗戚将相，百僚耆老，以为神器不可以久虚，天下不可以无主，周王辽隔朔漠，民庶皇皇，已及三月，诚恳迫切，朕固从其请，谨俟大兄之至，以遂朕固让之心。已于致和元年九月十三日，即皇帝位于大明殿，其以致和元年为天历元年，可大赦天下。自九月十三日昧爽以前，除谋杀祖父母父母，妻妾杀夫，奴婢杀主，谋故杀人，但犯强盗印造伪钞不赦外，其余罪无轻重，咸赦除之。于戏！朕岂有意于天下哉！重念祖宗开创之艰，恐隳大业，是以勉徇舆请，尚赖尔中外文武臣僚，协心相予，辑宁亿兆，以成治功，咨尔多方，体予至意！

是日封赏群臣，并赐大都将士金银钞，多寡有差。流朵朵、王士熙、伯颜察儿、脱欢等于远州，各籍没家资，分给诸王大臣。忽警报自辽东传来，平章秃满迭儿及诸王也先帖木儿等，率兵入迁民镇，进袭蓟州。怀王（**怀王已即帝位，本文仍称怀王，一因天顺正位，国无两君，一因周王在北，怀王暂摄帝位故也**）乃封燕帖木儿为太平王，以太平路为食邑，并命为中书右丞相，兼知枢密院事，赐黄金五百两，白金二千五百两，钞万锭，金素织缎色缯二千匹，平江官地二百顷，即日诏促出师蓟州，拒辽东军。

燕帖木儿闻命即行，且调撒敦会师北进。方到三河，接着通州急报，梁王王禅等已入居庸关，不由得大惊道：“居庸被破，不特通州吃紧，连京师也要戒严。我军须回保京师，休被蹂躏为是！”乃留兵拒辽东军，自与撒敦星夜驰还。

既抵榆河关，闻怀王已出齐化门视师，益觉焦急万分。遂驱马直奔京城，谒见怀王，并面启道：“陛下何故亲自视师？”怀王道：“寇兵已入居庸关，将要来犯京师了。”燕帖木儿道：“陛下一出，民心必惊，凡翦寇事尽可责臣。陛下亟宜还宫，安定人民，请勿轻动！”**此时燕帖木儿确是怀王忠臣。**怀王道：“待卿未来，所以躬自督师，今已到此，朕心安了，军事由卿作主，朕当从卿言，还宫安民。”言毕，即与燕帖木儿别去。

燕帖木儿复还至军中。梁王王禅等亦乘胜进逼，与燕帖木儿军遇于榆河。燕帖木儿升座誓师道：“寇已深入，大都戒严，孰胜孰负，在此一举。将士等为国前驱，理宜奋力杀敌，若有退避不前，本爵帅只有军法从事，休得后悔！”将士等唯唯听命，燕帖木儿遂命开营逆战。

两下里交锋起来，正是棋逢敌手，将遇良材，一边是誓扶幼主，期立大功；一边是力保长君，目无全虏，足足战了三四个时辰，不分胜败。燕帖木儿执旗当先，引军突阵。

部下见主帅奋勇，格外效力，无不以一当十，以十当百，北军渐渐败却，退至红桥。

燕帖木儿步步进逼，一些儿不肯放松，恼动了梁王部将。一名阿剌帖木儿，曾为枢密副使，一名忽都帖木儿，曾为上都指挥，两人素称骁勇，至此气愤填胸，挺身还战，竟攻入燕帖木儿阵中。燕帖木儿正挥刀前进，适值阿剌帖木儿突至马前，挺戈刺来，亏得燕帖木儿眼明手快，将身闪过一边，右手用刀格住戈铤，左手拔剑砍去，不偏不倚，正中阿剌帖木儿左臂。阿剌帖木儿狂叫一声，拨马就逃。燕帖木儿紧紧追去，又来了忽都帖木儿，接住厮杀，奋斗了数十合，彼此尚不相让，仍恶狠狠地搏战。燕帖木儿手下有一矮将名和尚，短悍绝伦，善使双锤，他恐主帅有失，忙拨马助战。忽都帖木儿欺他短小，不以为意，谁知这和尚煞是矫捷，左右驰击，防不胜防，忽都帖木儿方思退避，左臂上已着了一锤，几乎跌落马下，幸他将前来救护，才得走脱。两帖木儿不敌一帖木儿，无愧为太平王。北军见两将败衄，人人夺气，遂驰过红桥，阻水而阵。燕帖木儿恐军士力疲，不欲再战，只命弓弩手用矢攒射，把北军一阵射退，然后收兵。

次日复分军为三队，令也速答儿率左，八都儿率右，进逼北军。时北军退至白浮，因燕帖木儿挑战，也出来对仗。燕帖木儿麾兵佯退，俟北军追来，命左右两队包抄过去。北军正杀得高兴，猛见也速答儿从右边杀来，忙分军抵敌。方在酣战，左边又遇着八都儿军，又分军敌住，不意燕帖木儿复转身杀到，所向披靡。那时北军招架不住，只好且战且走，复退十里下寨。燕帖木儿见北军虽败，行列尚是整齐，也即鸣金收军。

越宿复战，北军抖擞精神，前来冲突，燕帖木儿也不肯稍让，督军猛击，自辰至午，相持不下。蓦见燕帖木儿阵中，跳出锐卒数百名，由燕帖木儿亲自督领，冲杀过去。北军前来抵截，被燕帖木儿手刃七人，方才退却。燕帖木儿也即鸣金收军。

是夜二鼓，燕帖木儿召孛伦赤、岳来吉入帐，密议道："连日酣战，两军俱疲，长此坚持，何以退敌？"孛伦赤道："不如今夜发兵劫营，想寇兵应亦疲倦，定中我计！"燕帖木儿道："我亦想及此着，但彼此对垒下营，岂有不防之理？从前甘宁百骑，夜劫曹营，我何不仿他一行，也可扰乱敌心，使他自退？"燕帖木儿想曾阅过《三国演义》。孛伦赤、岳来吉二人齐声道："末将等愿效死力！"燕帖木儿大喜，便调集锐卒百骑，令各带弓箭，并持战鼓，随孛伦赤、岳来吉二人同去。临行时又吩咐道："你等抵敌营时，只宜左右鼓噪，四面驰射，不必与他厮杀，但能使他惊扰，便算头功。"孛伦赤等领命去讫。燕帖木儿恰高枕自卧。

那边梁王王禅正恐燕帖木儿劫营，令兵士小心严防。到了三鼓，突闻外面鼓声大震，忙令各营出战，兵士开营出去，只见来兵东驰西射，散无纪律。当下冒矢追杀，走到这边，他到那边；走到那边，他到这边。嗣后来兵越多，混战一回，互有杀伤。战到天明，彼此相见，才知所杀伤的统是自家人，不禁懊丧异常。这时的孛伦赤、岳来吉两人，早已收集百骑，回营报功去了。小子有诗赞燕帖木儿道：

力战何如智取工？

榆关犹忆大王风。

须知兵事无嫌诈，

燕邸当年固善攻。

毕竟北军曾否再退，请看官续阅下回。

怀王之立，不当立也。以泰定之正统言，则皇太子已即位上都，怀王固不当立；以武宗之正统言，则嗣位者应属周王和世㻋，怀王亦不当立也。燕帖木儿希宠取媚，南迎劝进；借使怀王正言抗斥，则燕帖木儿之志不得逞，而兵祸可立弭矣。乃江陵遽发，飘然入都，御殿即真，封王拜爵，彼已南面称尊，讵尚肯北面为臣耶？让兄之言，徒虚文尔。然发难之首，实出自燕帖木儿，故本回中叙述各事，皆以燕帖木儿为前提，西安以下，概置后列。至如出师战胜之举，尤写得机变神智，非称美燕帖木儿，实隐诛燕帖木儿也。曹阿瞒以知兵闻，阿瞒得谓汉之忠臣否耶？吾于燕帖木儿亦云。

第四十回　入长城北军败溃　援大都爵帅驰归

却说孛伦赤、岳来吉等，回营报功，燕帖木儿时已起床，即将二人功绩，书录簿上；并命撒敦带着偏师，出营巡哨。是日大雾迷蒙，眼不见影，撒敦巡至敌营，已是空空洞洞，留着虚垒。走将进去，只有敌卒数名，尚在寨中收拾行李，见了撒敦等，一哄而逃，被撒敦兵追上，擒住二卒。经撒敦审讯，才知北军已窜匿山谷中。撒敦即将二卒带还，报知燕帖木儿。

燕帖木儿道：“王禅未曾大挫，即行遁匿，我料他必有诈计，将乘我不备，前来掩击哩！”料事如神。便下令将士，教他裹粮坐甲，静待后命，不得私自出营，违令者斩！越夕，又命坚壁严装，如遇寇至，只准固守，不准出战，违令者斩！到了夜间，防备尤密，四面布着侦骑，探听消息。未几鸡声报晓，远远的接吹角声，燕帖木儿听着道：

“寇兵来了!”忙出升帐，见侦骑亦来禀报，说是北军成列出山，距此只数里了。燕帖木儿仍饬各军守着前令，不得有违。约一时许，北军鼓噪而至，冲突数次，坚不能入，没奈何退后下营。

燕帖木儿命撒敦、八都儿两人，各率一军，分授密计，命俟至天晚，分头趋出。两人依计而行。是夜天色愈暝，四面阴霾，北军也严行准备，不遑就寝。一更以后，但听后面有铜角声，吹得非常响亮，不由得慌忙起来，梁王王禅惩着前辙，只令各营静守，不敢出头。忽前面又起角声，亦觉激越异常。时值深秋，寨外草衰，正是风声鹤唳，草木皆兵的时候，加以角声震荡，前后相应，益令军心胆怯，不寒而栗。梁王王禅尚兀自守着，偏营内各兵，自相骚扰，不肯镇定。至三鼓以后，角声越吹得厉害，仿佛有千军万马，四面杀来，那时军心益乱，情势仓皇，任你王禅如何禁遏，也是弹压不住，遂不禁叹息道：“罢了！罢了！看来幼主无福，偏遇这燕帖木儿，不如就此退兵罢!”你自己无将帅才，不足胜敌，反说着幼主无福，是谓肚痛埋怨灶司。当下撤营遁去。

看官道这铜角声如何而来？就是撒敦与八都儿，奉着燕帖木儿密计，虚吓敌兵。原来撒敦自营后出师，潜绕北军后部，吹角惧敌；八都儿自营前出师，直逼北军前面，鸣角相应。两军并不去厮杀，只仗这铜角为号，虚声恫喝，那北军竟堕计中，夤夜遁去。

撒敦等来报燕帖木儿，燕帖木儿即命倾寨穷追，直到昌平州，方见北军还在前面。一声鼓号，驱马杀去，北军心胆俱裂，哪个还敢拦阻？你奔我溃，彼跌此仆，被燕帖木儿军，乘势掩杀一阵，斩首约数千级，所有逃不及的北军，顾命要紧，管不得什么面子，只好匍匐乞降。燕帖木儿准他投诚，收降至万余人。

正拟饬兵再追，适值钦使到来，忙下马接旨。诏中所说，略称丞相亲冒矢石，恐有不测，万一受伤，朕恃谁人？自今以后，但教凭高督战，视察将士，用命行赏，不用命行罚，毋得再自冒险，以滋朕忧！燕帖木儿谢旨毕，即语来使道：“我非好死恶生，但猝遇大敌，不得不身先士卒，为诸将法。现在寇已败退，自当遵旨小心，请钦使转达御前，免劳圣虑为是。”钦使应着，即行别去。

燕帖木儿麾军再上，杀得王禅等弃甲抛戈，抱头窜逸。于是燕帖木儿勒马中途，但令也速答儿、也不伦及弟撒敦，率兵三万，再追北军，自率余军徐徐后行。将到居庸关，接也速答儿军报，北军已逃出关外去了。燕帖木儿即遣使上追，驰马入关，会也速答儿等亦已回军，遂命也速答儿居守，辅以佥院彻里帖木儿，并就他统卒三万名，留供驱遣，自率得胜军南还。

至昌平南，来了古北口急报，上都军已入古北口，进掠石漕。燕帖木儿愤愤道："居庸关才得收回，古北口又闻失守，如何是好！"撒敦即上前进言道："水来土掩，兵来将挡，怕他何为？弟愿前去，杀他片甲不回！"燕帖木儿道："吾弟前去，须要小心！"撒敦应命，即领着万人，倍道去讫。燕帖木儿率军后应，亦兼程而进。

撒敦驱军至石漕，不管甚么利害，竟上前掩击，敌军正在午炊，仓猝遇敌，不及拦阻，便向北窜去。撒敦追击数十里，杀毙敌军无数。

正拟下营，燕帖木儿大军亦到，两下相会，当由撒敦报明胜仗。燕帖木儿问敌军主将系是何人？撒敦嘿然。燕帖木儿道："吾弟杀了一日，难道连敌将姓名，尚未查明么？"撒敦道："问他何为？我只知见敌就杀，得胜报功。"是一员莽将口吻。燕帖木儿微笑道："幸你所遇的都是庸将，倘使遇着将材，恐怕有败无胜哩！"

当下令侦骑探明，返报敌将姓氏，一个是驸马孛罗帖木儿，一个是平章答失雅失帖木儿，一个是院使撒儿讨温。此处叙敌将姓氏，恰从侦骑探报，无非避文笔复沓耳。燕帖木儿道："这等乳臭小儿，也来将兵，真是可羞！待我用一条小计，便好擒住三人。"撒敦道："用什么计？小弟出去，包管擒来。"燕帖木儿道："你只知力战，不知智取，难道他束着双手，任你擒获么？"言毕，便问侦骑道："我见前面有一大山，此山叫作何名？"为将须明地理，观此益信。侦骑道："名叫牛头山。"撒敦道："哥哥专会使刁，查了敌将姓氏，还要问着山名，有何用处？"燕帖木儿之狡，借撒敦口中叙出，映带无痕。燕帖木儿怒道："你不要瞎说！我非顾着兄弟情谊，管教你一顿杖责。"从燕帖木儿口中自陈私弊，用笔尤妙。撒敦伸舌而退。燕帖木儿换了微服，带着侦骑数名，出营自去，直到天晚，方才回营。

次日升帐，召诸将面嘱道："我昨晚登牛头山，望见敌营扎住山后，料他是倚山自固的意思，但山中有小路可通，我若乘高压下，便可踏破敌营，可奈敌营虽破，敌将必逃，若要追擒，也是难事，不若引他入山，使入陷阱，我却前后夹攻，令他无路可走，自然一鼓成擒了。"众将都拍手称善，燕帖木儿命八都儿道："你今夜引兵千名，潜上牛头山，就小路中掘着陷坑，斩木掩覆，上表暗记，令我军便于趋避，敌兵易致误入，方好成功。至陷坑造就，你可越山劫营，准败不准胜，俟敌兵赶来，你却诱他入小路，我自有兵接应，休得违慢！"八都儿依令去讫。又命裨将亦讷思道："你率兵千名，备着挠钩，就山上小路旁，左右伏着，待敌兵入穽，便好一一擒住哩。"亦讷思亦去。又命撒敦道："你领兵万人，沿山绕转，就敌营左右埋伏，但听山上有号炮声，你便杀出，断他后路，不得有违!”撒敦亦领命去了。复命诸将道：“你等随我上山，视我大纛所向，奋力杀敌，明日可灭此朝食了。”众将唯唯听命。到了傍晚，命将士饱餐毕，随饬各带干粮火具，向牛头山进发。

是时八都儿已掘好陷坑，乘夜越山，去劫敌营。敌营中设有探马，侦得八都儿到来，便去禀报主将。驸马孛罗帖木儿年轻好胜，就上马领兵，出营搦战。八都儿上前对仗，略战数合，佯作慌张的形状，弃戈退走。孛罗帖木儿不知是计，即趋马奋追，平章答失雅失帖木儿，与院使撒儿讨温，亦出营接应，撒儿讨温道：“驸马追去，恐防有失，况夜色凄其，山岭狭隘，倘有不测，必致败挫，不如遣人禁他前进，方可无虞。”答失雅失帖木儿闻言，便遣使去讫，俄得去使回报，驸马言月色甚明，可以夜战，请平章院使速即接应，可以杀尽敌人。撒儿讨温复道：“营寨亦是要紧，请平章守住勿动，我带兵接应便了。撒儿讨温，亦颇仔细。答失雅失帖木儿应着，便分兵与撒儿讨温，长驱进发。

时孛罗帖木儿已被八都儿诱进山中，走入间道，猛听得一声鼓响，山冈上火炬齐明，竖着一面大纛，上书“太平王右丞相”等字样。孛罗帖木儿道：“燕帖木儿在此，我等快上冈去，刺杀了他。”言未毕，山上已驰下将士，来敌孛罗帖木儿。孛罗帖木儿尚不畏怯，奈因岭路逼窄，不便战斗，只好勒马退回，不期扑塌一声，连人带马，跌入陷坑去了。亦讷思早已留意，便命军士钩起孛罗帖木儿，捆绑而去。

孛罗帖木儿部下士卒争思来救，无如走近一个，陷落一个，走近两个，陷落两个，那时也只好寻路逃走。偏偏燕帖木儿的将士四面杀来，心中一慌，足下更走立不稳，一半跌入陷坑，一半死于刃下。

此时的撒儿讨温，尚未知前军败状，领兵入山，步步为营。一入间道，已望见大纛飞扬，料知孛罗帖木儿必遇伏兵，前去定必无幸。奈又不能不急急驰救，只好硬着头皮，驱马进去，一面令左右分射，以备不虞。谁知山上的喊杀声渐渐逼紧，虽是严行备御，究竟不免心虚。转瞬间敌已四至，任你如何放箭，总是射他不住。撒儿讨温命军士随射随退，未及数武，见军士都钻入地中，慌忙察视，自身亦随马而陷。几似《封神传》中的土行孙。两旁突出亦讷思军，又被他搭上挠钩，捆缚去了。余众走投无路，只得大呼乞降。

答失雅失帖木儿坐守营盘，专听军报。远远的闻有炮声，心中正忐忑不定，忽营外有兵到来，还道是撒儿讨温等回营。正欲出来探问，不意来兵很是凶猛，如搅海龙一般，捣入营中。答失雅失帖木儿急上马抵敌，凑巧遇着撒敦，一枪刺来，正中左腕，倒仆马下。撒敦麾下的军士便来抓住，拖了过去。

北军顿时骇散，由撒敦追击一阵，杀死多名。是时天尚未明，撒敦即缚送答失雅失帖木儿上山报命。燕帖木儿复命他追赶溃卒，他即回马下山，逐溃卒出古北口，然后回军。

这边的燕帖木儿收集各军，整辔回营。时方天晓，由军士推上孛罗帖木儿及撒儿讨温、答失雅失帖木儿。燕帖木儿拍案道："你等助逆叛顺，死有余辜，本爵帅不便饶你！"孛罗帖木儿等亦大声诟詈，即由燕帖木儿申明军法，喝令斩首。须臾，已将首级三颗呈上帐前。

燕帖木儿方遣人奏捷，帐外又递到紧急文书，由燕帖木儿展阅一周，即语诸将道："叛王也先帖木儿，与秃满迭儿，又陷通州，将到京师。京中已召我还援，我等勤王要紧，速即启程。"此处北军，借燕帖木儿叙明，又是一种笔法。诸将不敢有慢，当即随燕帖木儿拔营而南。趱途两日，即到通州，时已日色衔山，晚烟四起。诸将请择地立营，燕帖木儿道："寇敌将近，不驰去杀他一阵，还待何时！"说着，已挥兵疾进，约数里，即遇敌兵。敌兵未曾防备，狼狈奔趋，燕帖木儿追杀里许，因天色昏暮，才命下营。

次日黎明，复整兵追敌，西至潞河，见北军已在河北，列阵以待，人如排墙，燕帖木儿倒也不敢进逼。至夜间，欲渡河击敌，奈隔岸火光透澈，映入河流，好似掣电空中，群芒四射，因此按兵不动。待到黎明，遥望敌营中已无声响，只有人影模糊，尚是沿河立着。此时也无暇细辨，便麾兵结筏渡河，各军安然西渡。及达彼岸，各持刀砍人，不意统是黍秸做成，上披毡衣，地土积草，尚有余焰未熄，才晓得敌已夜遁，但放火植秸，作为疑兵罢了。燕帖木儿也有被欺之时。

燕帖木儿愤甚，复率兵穷追，将抵檀子山，四面都是枣林。这枣林中恰有敌兵伏着，陡从斜刺里杀出，亏得燕帖木儿军律素严，不为所迫，猛见也速帖木儿、秃满迭儿，纠合阳翟王太平、国王朵罗台、平章塔海军，踊跃前来，差不多有五六万人。燕帖木儿不敢轻敌，只先令军士列好阵势，前面持弓矢，后面执刀盾，又后面挺戈矛。直待敌兵逼近，一声令发，万矢齐射，势似飞蝗，偏敌兵持盾而前，冒死上来。燕帖木儿复令止射，驱刀盾、戈矛两队，直前抵格。两军混战一场，互有死伤，看看红日将落，敌兵毫不退却，只管舍命相持。

燕帖木儿子唐其势见各军战敌不下，恼动性子，拨马临阵。阳翟王太平挺枪来战，唐其势大吼一声，吓得太平倒退。未及数步，已被唐其势用戈刺着，翻身落马。军士乘势蹴踏，把太平肉体，变作烂屎相似了。敌兵见太平被杀，顿时惊溃。燕帖木儿就此赶上，杀得尸横遍野，血流成渠。方欲收军，巧值撒敦到来，得了一支生力军，便命引兵再追，自率大军南归。撒敦追了数十里，见敌兵四散逃去，杀毙了数百名，也即回来。

会上都诸王忽剌台，指挥阿剌铁木儿及安童等，复攻入紫荆关，进犯良乡，游骑径逼京南。此处用直叙法，视前又变。燕帖木儿闻警，即循北山西行，令将士脱衔系囊，盛菜豆饲马，且行且食。晨夜兼程，至芦沟河，并不见敌。嗣得探报，忽剌台等已闻风西窜了。

燕帖木儿因已抵京师，遂入觐怀王，甫至肃清门，都人士焚香迎接，罗拜马前。燕帖木儿辞不敢受，都人齐声道："非王爷忠诚报国，民等何能更生？此恩此德，敢不拜谢！"燕帖木儿下马慰劳道："此皆天子威灵，我有何力可言？"此时的燕帖木儿，几似古之名将，无以加之。及至内城，怀王亲出迎师。燕帖木儿下马行礼，由御手扶起，相偕入城。随即赐宴兴圣殿，赏给无算，亲授太平王黄金印，尽欢乃散。燕帖木儿拟休息数日，再行出兵，忽接撒敦军报，古北口又被陷了。正是：

两都军报无虚日，

万里烽烟未靖时。

未知何人陷入古北口，且看下回分解。

本回纯叙燕帖木儿战事，见得上都各军，均不足与燕帖木儿相敌，燕帖木儿，信一元代之枭雄哉？读《元史·燕帖木儿列传》，未尝不胪叙战迹，而写生妙手，却不若此书之为良。盖彼第直录事实，而此且曲为描摹；不特渲染战争，并举燕帖木儿之权诈，亦揭露纸上，吴道子之手笔，亦无以过之。且旋师入京时，卑以自牧，让美君王，处处似忠，实处处是诈；周公恐惧流言日，王莽谦恭下士时，读此益无限生感矣。

第四十一回　倒剌沙奉宝出降　泰定后别州安置

却说燕帖木儿得撒敦来文，报言古北口复陷，心中大愤，即日召集各军，出京北去。途次又接紫荆关急报，苦难分身，只得遣快足至辽东，飞调脱脱木儿西援。看官！你道陷古北口及紫荆关的兵马，从何而来？原来就是秃满迭儿及忽剌台、阿剌铁木儿等军。秃满迭儿等被燕帖木儿杀败，逃出口外，会集散卒，定议分攻，秃满迭儿自率一军袭古北口，忽剌台、阿剌铁木儿、安童、朵罗台、塔海等，联军袭紫荆关，意欲两面夹攻，令燕帖木儿无暇兼顾，可以转败为胜。计非不佳，奈庸驽何？不意燕帖木儿煞是神勇，秃满迭儿方入古北口，燕帖木儿已到檀州，两军南北各进，即行对垒，一场大战，秃满迭儿复败，溃走辽东。后军被燕帖木儿截住，无处投奔，统军的头目乃是东路蒙古万户哈剌那怀，看得兵势垂危，只好束手乞降。燕帖木儿收了降众，共得万人，也不暇悉心检查，只留部将数人，约束士卒，守住古北口，自率健卒兼程西进，去援脱脱木儿。余勇可贾。

脱脱木儿前奉调发兵，只带着四千人，到紫荆关，与忽剌台等对阵。两造人数相去甚远，北军约三四万名，脱脱木儿与关上守将相合，尚不达万人。暗思众寡不敌，恐遭败仗，不如固关严守，还好勉力支持。至燕帖木儿星夜赶到，很是喜慰。燕帖木儿查明情形，便与脱脱木儿道："我兵远来，敌人尚未知晓，你且开关搦战，诱他入关，我出大军伏在关内，他若冒昧进来，便好闭住关门，杀他一个精光哩。"

脱脱木儿领命，即率本部四千人，大开关门，来战北军。北军逗留关外已是数日，猛见脱脱木儿出战，倒也吃了一惊；及见出关的兵士不过数千人，顿觉胆大起来，当下分作两翼，来围脱脱木儿。脱脱木儿不及退还，已被敌军裹住，他本恃有后援，一些儿没有害怕，便奋起精神，驰突围中。

燕帖木儿在关内觑着，见脱脱木儿不能脱身，恰变了一计，令关上故意鸣金，促脱脱木儿退归，一面命关吏虚掩半扉（照燕帖木儿原计故意参换，是文中化板为活法）。敌军里面的阿剌铁木儿，望着关中的模样，大叫道："此时不急抢关，尚待何时？"言未毕，已挺戈跃马，奔入关中。自来寻死。忽剌台、安童、朵罗台、塔海等，只恐阿剌铁木儿占着头功，也即策马随入。一入关门，见守卒在前散走，还道他是避锋逃命，又紧紧地追了一程。蓦然间四面八方，互发炮声，伏兵一时齐起，统行杀到。忽剌台、安童、朵罗台、塔海等，知事不妙，忙即退回，奈后面的兵士，相率入关。前后挤紧，运动不灵，待退近关门，已是多半被杀。那时忽剌台、安童等，如漏网鱼，如丧家狗，只想跑出关外，逃脱性命，偏偏关门已闭得很紧。这一吓非同小可，险些儿连三魂六魄，都飞至鬼门关！如果吓死，或得保全首领。忙麾兵斩关欲遁，忽关门左右，又闪出无数健卒，大刀阔斧，前来阻住。背后又是燕帖木儿领军追来，忽剌台等只是哭不出的苦，勉强驰突，不消片刻，安童、塔海两人马首被刺，俱堕马下，活活地被人擒去。忽剌台、朵罗台急得没法，左右乱撞，骤被流矢射着，一同坠马，也只得闭目就擒了。

是时的阿剌铁木儿，尚似疯犬一般，东冲西突。燕帖木儿知他骁悍，但令部将缠住了他，与他车轮般的厮杀。至忽剌台等俱已擒住，便一拥上前，任他力大如牛，也被众人牵倒。待捆缚停当，已是身受数创，奄奄一息。燕帖木儿宣令道："降者免死。"于是入关的北军，都做了矮人儿，情愿投诚。

当下重开关门，接应脱脱木儿，谁知关门外已虚无一人。惊人之笔。看官道是何故？原来阿剌铁木儿等入关时，各军俱随着主帅，一拥入关，外面与脱脱木儿相持，也不过数千人。脱脱木儿见北军中计，格外奋勇，一枝大戟，随手飞舞，触着他原是丧生，让着他还要颠仆，敌军正支持不住，又见关门忽闭，越加惊慌，一股脑儿向北遁去。脱脱木儿驱军力追，复斩杀了一大半，只有寥寥数百人，命不该死，四散逃脱。叙得明净。

脱脱木儿已经回军，方遇着大军接应，彼此说明，统喜欢得了不得，大家奏着凯歌，陆续归营。燕帖木儿休兵两日，即亲押囚车，送至京师。怀王迎入，又有一番宴赏，无庸细说。

先是燕帖木儿曾遣人召陕西平章探马赤，行台御史马扎儿台，皆不至。及怀王即位，颁诏陕甘，复被他焚毁诏纸，执使送上都。既而浙江省臣亦拒绝诏使。由使臣还报，怀王大怒，即与燕帖木儿商议，欲一律诛戮。燕帖木儿模棱两可，因此诏尚未下。左司郎中自当，闻着此信，谒见燕帖木儿道："云南、四川，今尚未定，若复杀行省大臣，转恐激变，不如俟上都平定，再议降罚未迟！"燕帖木儿尚沈吟未决，俄得河南警报，靖安王阔不花等（一作库库布哈）叛应上都，自陕西破潼关，克阌乡、陕州，复分兵北渡河中，趋怀孟，南过武关，逼襄阳，猖獗得了不得了。燕帖木儿阅毕，便进谒怀王，详述河南军事，并把自当所说的言语，亦复陈一遍。怀王道："上都未平，原是可虑，看来又要劳卿一行。"燕帖木儿道："毋劳圣虑，臣已密令齐王月鲁帖木儿，及东路蒙古元帅不花帖木儿，进攻上都去了。"遣齐王等攻上都，原是燕帖木儿妙算，但怀王尚未闻知，已见燕帖木儿擅权之渐。怀王道："卿算无遗策，料必成功。"燕帖木儿谢奖而退。过了旬日，果然红旗报捷，上都已降服了。

自梁王王禅等败回上都，声势日衰，幸都城尚未被兵，所以残喘苟延。至齐王月鲁帖木儿、元帅不花帖木儿等，受燕帖木儿密令，举兵趋上都，于是都城受围。王禅等率兵出战，屡为所败，人心大骇。且因秃满迭儿逃还辽东，忽剌台等统已败没，城孤援绝，士无斗志。独倒剌沙谈笑自若，恰似没事一般。**存心已坏，自可无忧。**王禅与他会议数次，也不见有什么法儿，自思身陷围城，危险万状，不若乘夜逃走，还是三十六计中的上计。主意已定，便于夜间托词巡城，登陴四望，叹息了一口气，竟缒城自去了。

城中失了王禅，越加惶惧，倒剌沙竟暗中遣使，通款齐王，约定次日出降。齐王月鲁帖木儿自然准约。越日迟明，果见南门大启，任他进去。月鲁帖木儿等即麾兵入城，倒剌沙奉着御玺，伺候道旁，由齐王接着，他即屈膝请安，把玺呈上，且口称请死。齐王道："这事我难作主，须候大都裁夺！"遂令左右带着倒剌沙，一面将御玺藏好。方思驱马再进，忽见辽王脱脱领着数十骑，持刀前来。齐王望将过去，不是来降的情状，即整备迎敌。脱脱到了齐王马前，竟用刀刺入，亏得齐王早已防着，也用刀相抵，不到数合，齐王麾下的将士，都上前效劳，你一枪，我一刀，兵锋环绕，将脱脱剁成数段，其余数十骑，统死于乱军之中。**脱脱还不愧为忠。**齐王驰入行宫，查明后妃人等，俱还住着，只小皇帝阿速吉八不知去向。及诘问泰定皇后，但有满面泪痕，呜呜哭泣，反令人厌烦得很，遂抽身出外，只命部兵监守宫门，盘查出入罢了。**阿速吉八想为倒剌沙杀毙。**

上都已定，当由齐王饬使赍奉御宝，及诸王百司符印，概携送入京。还有倒剌沙等一班俘虏，也派兵押解京师。怀王闻上都捷音，快慰异常，诸王百官等统上表庆贺。中书省臣且奏言上都诸王大臣，不思祖宗成宪，遽被倒剌沙所惑，屡犯京畿，幸赖陛下神武，王禅等相继败亡，今上都亦已平靖，所有俘囚，应明正典刑，传首四方，借示与众共弃之意。奏入照准，先将阿剌帖木儿、忽剌台、安童、朵罗台、塔海等，斩首示众。一面御门受俘，命将倒剌沙等，暂羁狱中，自登兴圣殿受了御宝，分檄行省内郡，罢兵安民。

是时靖安王阔不花方大破河南守兵，获辎重数万，进拔虎牢，转入汴梁。忽闻上都被陷，咨嗟不已。嗣又得怀王诏谕，料知独木难支，乃逡巡引去。惟四川平章政事囊嘉岱，自称镇西王，以左丞托克托为平章，前云南廉访杨静为左丞，烧绝栈道，独霸一隅。其余行省各官，都随风转篷，但教禄位保存，无不拱手听命。**一班饭桶。**

怀王又封赏功臣，以燕帖木儿为首功，赐号答剌罕，子孙世袭，又赐他珠衣两件，七宝带一条，白金瓮一，黄金瓶二，还有海东白鹘青鹘及白鹰文豹等物，不计其数；寻设大都督府，令他统辖，饬佩第一等降虎符，并命他驱至上都，迁置泰定后妃，并料清军务。

至燕帖木儿出发后，又下诏悬赏，购缉逃犯。于是王禅、纽泽撤的迷失、也先铁木儿及倒剌沙兄马某沙等，尽被拿到。还有湘宁王八剌失里，曾附和忽剌台等南侵冀宁，至是被元帅也速答儿捕获，械送京师。怀王命将倒剌沙磔死，王禅赐自尽，纽泽撤的迷失、也先铁木儿、马某沙等皆弃市。倒剌沙最不值得，若早知如此，想亦不愿奉宝出降了！并将罪犯的妻孥家产，分给功臣。只八剌失里，罪从末减，留锢狱中，总算还保全首领，九死一生，这且慢表。

且说燕帖木儿到了上都，由齐王月鲁帖木儿及元帅不花帖木儿，出城迎入，彼此叙过寒暄，方谈及迁置后妃的命令。月鲁帖木儿道："我早已饬兵守宫，除阿速吉八不知下落外，所有泰定后妃以下，尽行锢着，一个儿不曾放脱。"燕帖木儿点首称善。随即起身离座道："我且入宫传旨，令他整备行装，以便迁置。明日就可要他动身了。"月鲁帖木儿道："甚好！请公自便。"

燕帖木儿别了齐王，遂入行宫，早有宫女报知泰定后妃，泰定后闻知此信，恐有不测的命令，急得面色仓皇，形神黯淡。还有妃子必罕及速哥答里两姊妹，统是娇躯发颤，带哭带抖，缩做一团。燕帖木儿到了宫门，守兵早已分队站着，让开正路，由燕帖木儿趋入。燕帖木儿一入宫中，见后妃等并不相迎，未免怀着懊恼。方欲瞋目呵叱，忽眼帘中映入红颜，不觉为之一迷。寻见泰定后欠身欲起，悲惨中带着数分袅娜，正是徐娘半老，犹存丰韵，已令人怜惜不禁。背后又立着一对姊妹花，绿鬓高拥，粉颈低垂，凤目中统含着一泡珠泪，尤觉楚楚可怜。是所谓尤物移人。

当下站着一旁，向泰定后道："皇后不必惊慌！大都也没有严命，不过因皇后在此，殊多不便，所以暂令移居，一切服食，尽可照常，毋庸耽忧！"泰定后潸然道："先皇殁后，拥立皇子，统是倒剌沙的主意，我辈女流，并无成见，目今嗣子已亡，大势一变，剩我嫠妇数人，备尝苦况，也是够了，还要移居何处？"只诿罪倒剌沙，不用正词驳诘，已见其志在偷生。燕帖木儿道："无非移居东安州，途程尚近，无虑艰阻，诸请放心！"泰定后复道："今日要我迁居，他日即索我性命，始终总是一死，不如死在此处！"燕帖木儿不待说毕，忙婉言慰劝道："皇后后福正长，休要自寻烦恼，将来要做太平王妃，自然有福。若虑有意外情事，但教我燕帖木儿存着，都可挽回。明日请皇后暂赴东安，所有宫中侍从，尽可带去，途中自有妥卒保护；如有人敢来欺凌，我燕帖木儿誓不与他干休！"独力爱护，泰定后妃应该以身报德。

泰定后方转悲为喜道："既有太平王照拂，我等如命起程便了。"一面说着，一面命两妃向前拜谢。此时一对姊妹花，也渐觉开颜，遵着泰定后嘱咐，分花拂柳地走近燕帖木儿前一同敛衽。急得燕帖木儿答礼不及，忙避开一旁，连称不敢。并将那一双色眼，细瞧两妃，两妃也似觉着，抬起头来，向他微笑。这样情景，几乎无可摹拟，只小子曾记有两句古诗，彼此凑合，颇得神似，其词云：

目含秋水双瞳活，

心有灵犀一点通。

毕竟泰定后妃，何日登程，容待下回说明。

上都沦陷，天顺帝不知所终，著书人依史叙录，原不能凭空捏造，构一死证。但奉宝出降者为倒剌沙，则幼主之死，出自倒剌沙之手，应无疑义。倒剌沙始以宠利自私，致偾国事，及势处穷蹙，乃戕主夺玺，出降军前，是殆人类所不齿，较诸王禅等之临难遁去，尤觉死有余辜！大都磔尸身名两裂，后世臣子，可作炯戒！若夫泰定后之身遘忧危，稍具节烈，应即捐躯以殉。况移置东安之命，接踵而来；燕帖木儿又为发难之首领，平昔未曾厚遇，能望其竭诚保护，不作他想乎？是回叙移置后妃事，已将燕帖木儿心迹，隐约表明，匣剑帷灯之妙，可即于本回中见之。追阅至后文，图穷匕见，更知伏笔之不虚设矣。

第四十二回　四女酬庸同时厘降　二使劝进克日登基

却说泰定二妃，与燕帖木儿打了照面，一笑传情，这时候的燕帖木儿，心痒难搔，恨不得将两个丽姝吞下肚去。只因众目共睹，不便动手蹑脚，没奈何定一回神，站定身躯。待两妃复了原处，方向泰定后道："明日后如动身，当备辈派兵，护送至东安州。"泰定后应着，燕帖木儿方出行宫。

是夕，竟不成寐，默默筹画，想定了一个法儿，方才有些疲倦。朦胧片刻，便闻鸡声，当即披衣起床，俟盥洗进膳后，就跑入行宫。见过泰定后妃，复代为收拾行装，连脂奁粉函等件，无不凝神检点，亲手安排。至料理清楚，方出来面嘱亲兵，教他途中伺候后妃，须格外周到，不得有误。吩咐毕，再入宫导引后妃，出宫驾舆，自己亦上马扬鞭，送她们出城。

正启行间，对面来了京使，不得不下马相见。当由京使宣诏，命他即日入朝。燕帖木儿很是懊丧，奈不好当面直言，只得与京使敷衍数语，要他入城待着，以便偕行。

京使驱马自入，燕帖木儿加鞭疾出，赶至泰定后妃舆旁，和颜悦色地说道："今日后妃东去，本拟护送出境，奈大都又颁敕召回，不好迟慢，万望此去自爱，切勿苦坏玉躯！他日相见有期，决不负言！"好一个有情有义的真男子！泰定后也即称谢，两妃亦从旁插口道："王爷亦须珍摄！我姊妹二人，得仗庇护，也不忘恩！"此心已许君矣。说着，又觉得四目盈盈，泪珠欲下。燕帖木儿几不忍舍，无如此时只好暂别，乃凄然语着道："我去了！前途保重！"好似长亭送别。于是勒马而回。临别时，犹返顾去车，怅望不已，直至去车已远，才纵马入城。

是日午后，即与京使并辔还朝，入见怀王，报明迁置后妃事，并问怀王何故立召。怀王道："上都平定，余孽扫除，这般大功，统由卿一人造成，朕所深感。但朕的本意，帝位须让与长兄，所以召卿还商，即拟遣使北迎。"燕帖木儿闻言，一时竟难置词，句中有眼。好一歇不答怀王。怀王复道："卿意如何？"燕帖木儿道："自古立君，有立嫡、立长、立功三大例。以立长言，陛下应让位长兄；以立功言，陛下亦不妨嗣位。唐太宗喋血宫门，后世尚称为贤君呢。"引唐太宗故事，直是教怀王杀兄。怀王道："说虽如此，然朕心终属未安，宁可让位朕兄，兄如不受，再作计较！"着眼在末二句。燕帖木儿道："今岁已值隆冬，漠北严寒，未便行道，俟来春遣使未迟。"怀王道："朕兄还京师，不妨以来春为期；惟朕处遣使，应在今冬，免得朕兄怀疑。"燕帖木儿道："但凭陛下裁处！"

怀王道："社稷已安，宗庙无恙，朕与卿亦可稍图娱乐。闻卿家只有一妃，何勿再置数人？宗室中不乏良女，由卿自择；朕可即日诏遣。"燕帖木儿道："陛下念臣微劳，竟替臣想到这层，天恩高厚，何以为报？但陛下且未册定正宫，臣何敢竟尚宗女，请陛下收回成命！"怀王道："朕及大兄生母，尚未追尊，如何便可立后？"怀王尚知有母，较燕帖木儿心术略胜一筹。燕帖木儿道："追尊皇妣，原是要紧，册立皇后，亦难从缓，上承庙祀，下立母仪，两事并重，应请同日举行。"怀王既欲让兄，何必骤立皇后，此由燕帖木儿乘隙蛊君，欲立后为内闲耳，看官莫被瞒过。怀王道："且待来春举行。"燕帖木儿才退。

过了一日，竟由怀王下诏，赐燕帖木儿以宗女四人。燕帖木儿道："我昨日已经面辞，如何今日遽赐？这事却使不得！我当入朝固谢。"意中已有他人，所以欲去固辞。便命役夫整舆，甫出大门，猛听得一阵弦管声，由风吹至，不禁惊讶起来。寻见有绣幰四乘，导以鼓乐，护以侍从，车马杂沓，冉冉来前。不由得失声道：“啊哟！公主等已来了，如何是好?”正说着，宣敕官已加鞭至门，下马与燕帖木儿相见。燕帖木儿不得不敛容迎入。当由宣敕官恭读诏书，令燕帖木儿接旨。燕帖木儿照例跪听，诏中无非是盛叙功劳，合颁优赐，特遣宗女四人，侍奉巾栉，并媵女若干名，该王毋得固辞。

燕帖木儿谢恩而起，接过诏轴，悬挂中堂，宣敕官又向他贺喜。燕帖木儿道：“这事从何说起？我已陛辞盛赐，今反命尚四公主，自问何德何能，敢邀厘降！还请公传语折回，我即来朝面奏，断不使公为难!”宣敕官笑道：“王爷未免太迂！圣旨岂可违得?况四位公主，已经厘降，也不便中道折回，请王爷不必迟疑！今日系黄道良辰，即可谢恩成礼呢。”言毕，即命侍从等导入绣幰，停住大厅。一面令从人治外，媵女治内，所有铺设等件，除太平王邸现成布置外，其余尽出帝赐。

太平王邸本阔大得很，从前罪犯第宅，大半拨给，京师里面，几乎占了半城。邸中仆从如云，更兼四公主带来的侍从，又不下千名，内外陈设，众擎易举，不消一二时，即已措办整齐。当请燕帖木儿祭告天地，并向北阙谢恩，然后请四公主下舆，先行了君臣礼，后行了夫妇礼。此时的燕帖木儿，又惊又喜，又喜又忧，但已事到其间，无从趋避，乐得眼前受享，再作区处。夫妇礼成，又请出继母公主察吉儿，再行子妇相见礼，然后洞房合卺。**此时的太平王妃不知哪里去了。**诸王百官，复陆续趋贺，绿酒红灯，大开绮席，琼浆玉液，尽是奇珍，说不尽的繁华，写不完的喜庆。

到了黄昏席散，宣敕官与贺客等俱已散去，那时燕帖木儿返入洞房，由四公主列坐相陪，霞觞对举，绮縠生香，酒不醉人人自醉，色不迷人人自迷，况燕帖木儿本是个色中饿鬼，见这如花似玉的佳人，哪有不移篙相接？左拥右抱，解带宽衣，夜如何其，其乐无极！**设非有牛马精神，安能当此。**

次日，复入朝面谢。退朝后，又与那四位公主，把酒言欢。方在十目调情的时候，突见侍女中有一淡装妇人，年可花信，貌独鲜妍，比较四位公主，色泽不同，恰另有一种的天然丰韵。当下触目动心，未免呆定了神，连公主等与他谈话，也不暇理睬。公主等动了疑衷，殷勤动问，他自觉好笑，遂打着谎语道：“我适记起一桩国事，拟于今晚草奏，适与公主等饮酒谈心，几致忘却，所以一经想着，不觉驰神。”四公主齐声道：“王爷既有军国重事，何不早说？免得以私废公。”燕帖木儿道：“不妨！晚间起稿未迟。

现在有花有酒，不如再饮数樽。”于是复同酌了一回，始命撤席。乘着酒兴，别了绣闼，竟踉跄至书斋，密命心腹小厮，潜召这淡装小妇。

不一时，小厮导着少妇，亭亭而至。见了燕帖木儿，便上前请安。燕帖木儿命她起立，仔细瞧着，眉不画而翠，唇不脂而红，颜不粉而白，发不膏而黑，秀骨天成，长短合度。俗所谓本色货。那少妇从旁偷觑，见燕帖木儿身材，长逾七尺，虎头猿臂，燕颔豹颈，精神充满，气宇深沉，似乎人间男子，要算他一时无两。妇人窥男子，较诸男子窥妇人，尤进一层。两下相对，脉脉含羞，又被这燕帖木儿钉住双目，顿觉桃花面上，愈映绯红，遂俯着首拈那腰带。燕帖木儿乃启口问道：“你是何处人氏？”连询数声，竟不见答。

燕帖木儿不禁惊讶，猛见小厮尚站着一旁，就命他退去，然后再问少妇。只见少妇颦着双眉，呜呜咽咽地说道：“承蒙见问，言之可愧，妾数年前亦为命妇，今则家亡身辱，充没官掖，随着公主前来，尚算皇恩高厚，命该如此，还有何说！”燕帖木儿见她愁容惨淡，口齿清明，益觉由怜生羡，由羡生爱，遂堆着满面笑容，婉词再诘。嗣经少妇说明，方知少妇不是别人，乃是前徽政院使失列门的继妻。闻名之下，我亦一惊。燕帖木儿太息道：“宦途危险，家室仳离，失列门亦不必说了；累你青年少妇，寂守孤帏，岂不可痛？”少妇听了此言，禁不住泪下两行。燕帖木儿复语道：“你既到了我家，我不愿辱没你！”如何叫作辱没。少妇道：“全仗王爷庇护。”说至护字，已被燕帖木儿揽住娇躯，拟把她置诸膝上。看官！你想燕帖木儿膂力过人，虽明知少妇乏力，轻轻一扯，奈少妇已倒入怀中，仿佛如小儿吃奶一般，紧贴住燕帖木儿胸前。燕帖木儿替她拭泪，又温存了一番，情投意合，男贪女爱，竟携手入帏，同赴阳台去了。好一件军国重事。公主等只道出草奏牍，不去惊动，直至更深人静，方令侍女促眠。那时两人早云收雨散，一同起床，订了后约，各归内寝，这且慢表。

且说时光易过，残腊复催，转瞬间已是天历二年，怀王册妃弘吉剌氏为皇后。后名卜答失里，系鲁国公主桑哥吉剌女，曾与怀王出居建康，并徙江陵，至怀王入京，也随驾同行。怀王以艰苦同尝，应该安乐与共，因册立为后。为后文谋杀明宗后及安置东安州张本，所以特书其名。一面追尊生母唐兀氏，及兄母亦乞列氏，为武宗皇后。再遣使臣撒迪哈散等，驰赴漠北，恭迓周王。

撒迪等至周王行在，由周王召见，问明大都情状。撒迪一一陈明，并启周王道：“大王以德以长，应有天下；况臣奉命前来，原是请大王早正帝位，一则安天下的人心，二则成皇弟的让德，事机相迫，幸勿迟疑！”周王道：“平定上都，统是吾弟一手安排，且已称帝改元，君臣分定；我若再即尊位，岂不是多了一帝么？”周王自知亦明。撤迪道：“仁宗靖变，迎立武宗，至武宗宾天，仁宗始承大统，故例犹在，尽可踵行。”周王道：“据你说来，我即位后，可规仿前制，立朕弟为皇太子么？”撒迪道：“这个自然，兄弟禅让，仁德两全，颇不是追美尧舜么？”援仁宗故例，已是不符，又云可追美尧舜，尤属牵强。

周王意尚未决，复集府史等商议。府史等侍从多年，遇着这桩绝大的喜庆，哪个不想攀龙附凤，做个册命功臣！既遇周王咨询，自然极力赞成，殷殷劝进。周王乃决计即位，遂于天历二年春正月，设帝幄于和宁北陆，礼仪仍旧，气象式新。漠北诸王大臣及撒迪、哈散等，相率入贺。大出怀王意料。越日，又有两使自燕都到来，系辇奉金银币帛，进供御用。两使为谁？一是前翰林学士不答失里，一是太府太监沙剌班。既到行幄，即入帐觐贺。是时周王和世㻋，已即位为帝，小子不得不改称；因他后来庙号叫作“明宗”，自然遵例称明宗了。明宗见过两使，慰问数言，当由两使赍呈贡物。明宗很是心喜，便命撒迪等还京师。并谕撒迪道：“朕弟向览书史，近时得毋废弃否？听政有暇，总宜与贤士大夫常相晤对，讲论史籍，考察古今治乱得失。卿等至京师，当将朕意转告，毋违朕命！”令尹子围故事，明宗胡未之读，乃亟亟于为帝耶？撒迪等唯唯而返。

到了京师，即将明宗面命，传告怀王，怀王嘿然不答。已具异心。是夕，即召燕帖木儿入议。燕帖木儿进谈多时，左右大都屏退，无从闻悉秘言。为下文伏线。次晨，便遣燕帖木儿奉皇帝宝赴漠北，以知枢密院事秃儿哈帖木儿、御史中丞八即剌、翰林直学士马哈某、瑞典使教化的、宣徽副使章吉、佥中政院事脱因、通政使那海、大医使吕廷玉、给事中咬驴、中书断事官忽儿忽答、右司郎中孛别出、左司员外郎王德明、礼部尚书八剌哈赤等从行。复命有司奉金千五百两，银七千五百两，币帛各四百匹，及金腰带二十，备行在赏赐之用。怀王又饬在京诸臣道：“宝玺既已北上，继今国家政事，应遣人奏闻行在，我不便专擅了。”廷臣都赞扬怀王让德，冠绝古今。正是：

有口皆碑周泰伯，

昧心谁识楚灵王？

欲知后事如何，请看下回分解。

读《燕帖木儿列传》，前后尚宗室女，至四十人，本回第称四公主，是举其最先厘降者而言。若失列门妻一段，观《文宗本纪》，亦曾有其事，并非著书人好为捏造。是燕帖木儿荒淫之渐，固自怀王导成之。其余所述大政，概见正史，惟经著书人略为渲染，则当时所行之政迹，俱属有隙可寻，谓之演义也可，谓之评史，亦无不可也。夫怀王袭位，本其初志，所谓让兄者，特其矫情耳。燕帖木儿知之最深，故受赐最厚。周王和世㻋，未曾入京，遽正大位，曾不知他人已耽耽其旁，欲以之为尝试地，而在己且愿供玩弄而不之悟也。哀哉！

第四十三回 中逆谋途次暴崩 得御宝驰回御极

却说明宗即位后，饬造乘舆服御，及近侍诸服用，准备启行。且命中书左丞跃里帖木儿筹办沿途供张事宜。行在人员，俱忙个不了。未曾讲求初政，但从外观上着想，即令为君得久，亦未必德孚民望。适燕帖木儿奉宝来辕，率随员进谒明宗。明宗嘉奖有差，并封燕帖木儿为太师，仍命为中书右丞相，其余官爵，概从旧例。且面谕道："凡京师百官，既经朕弟录用，并令仍旧，卿等可将朕意转告。"燕帖木儿道："陛下君临万方，人民属望，惟国家大事，系诸中书省、枢密院、御史台三墄阶，应请陛下知人善任，方免从脞。"

明宗称善，乃用哈八儿秃为中书平章政事，伯帖木儿知枢密院事，孛罗为御史大夫。这三人统是武宗旧臣，明宗以为不弃旧劳，所以擢居要职。既而宴诸王大臣于行殿。特命台臣道："太祖有训：美色名马，人人皆悦，然方寸一有系累，即要坏名败德。卿等职居风纪，曾亦关心及此否？恐非燕帖木儿所乐闻。世祖初立御史台时，首命塔察儿、奔帖杰儿两人，协司政务，纲纪肇修。大凡天下国家，譬诸一人的身子，中书乃是右手，枢密乃是左手，左右手有疾，须用良医调治，省院阙失，全仗御史台调治。自此以后，所有诸王百官，违法越礼，一听举劾，风纪从重，贪墨知惧，犹之斧斤善运，入木乃深；就使朕有缺失，卿等亦当奏闻，朕不汝责，毋得面从！"台臣等统齐声遵谕。

越日，又命孛罗传谕燕帖木儿等道："世祖皇帝，立中书省，枢密院、御史台，及百司庶府，共治天下，大小职掌，已有定制。世祖又命廷臣集议律令章程，垂法久远，成宗以来，列圣相承，罔不恪遵成宪。朕今承太祖、世祖的统绪，凡省院台百司庶政，询谋佥同，悉宣告朕；至若军务机密，枢密院应即上闻；其他事务，有所建白，必先呈中书省台，以下百司及近臣等，毋得隔越陈请，宜宣谕诸司，咸俾闻知。倘违朕意！必罚无赦！”注重中书省台，其如权臣壅蔽何？又越数日，遣武宁王彻彻秃及哈八儿秃至京，立怀王为皇太子。仍蹈武宗当日之弊。并命求故太子宝，缴给怀王。嗣闻故太子宝已失所在，乃申命重铸，姑不必细表。

且说彻彻秃等既到京师，传达行在诏命，怀王敬谨受诏。一面驰使行在，请明宗启跸。一面亲自出京，就中道恭迎。会陕西大旱，人自相食，太子詹事铁木儿补化等，请避职禳灾。太子亲谕道：“皇帝远居沙漠，未能即至京师，所以暂摄大位。今亢阳为灾，皆予阙失所致，汝等应勉尽乃职，袛修实政，庶可上达天变，辞职何为？”乃起前参议中书省事张养浩，为陕西行台御史中丞，命往赈饥。

先是养浩辞官家居，七征不起，至是闻命，登车即行，见道旁饿夫，辄施以米，沟前饿莩，辄掩以土，迨经华山，祷西岳祠，泣拜不能起。忽觉黑云四布，天气阴翳，点滴淅沥诸甘霖，一降三日。及到官，复虔祷社坛，又复大雨如注，水盈三尺，始见天霁。陕西自泰定二年，至天历二年，其间更历五六载，只见日光，不闻雨声，累得四野槁裂，百草无生。这时遇了这位张中丞，泣祷天神，诚通冥漠，居然暗遣了风师雨伯，来救陕民，那时原隰润膏，禾黍怒发，一片赤地，又变青畴。看官！你想这陕西百姓，还有不感泣涕零，五体投地么？其时斗米值十三缗，百姓持钞出籴，钞色晦黑，即不得用，诣库掉换，刁吏党蔽，易十与五，且累日不能得，人民大困。养浩洞察民艰，立检库中旧钞，凡字迹尚清，可以辨认的钞数，得一千零八十五万五千余缗，用另印加钤，颁给市中，以便通用。又刻十贯五贯的钱券，给散贫乏，命米商视印记出粜，诣库验数，易作现银。于是吏弊不敢行。又率富民出粟，请朝廷颁行纳粟补官的新令，作为奖励。因此富民亦慨然发仓，救济穷民。养浩又查得穷民乏食，至有杀子啖母的奇情，为之大恸不已。遂出私钱给济。且命出儿肉遍示属官，责他不能赈贷。到官四月，未尝家居，止宿公署，夜则祷天，昼则出赈，几乎日无暇晷，每念及民生痛苦，即抚膺悲悼，因得疾不起，卒年六十。陕民如丧考妣，远近衔哀，后追封滨国公，谥“文忠”。养浩为一代忠臣，所以始终全录。

话分两头，单说皇太子遣使施赈后，复将铁木儿补化辞职等情，报明行在。明宗谕阔儿吉思等道：“修德应天，乃君臣当尽的职务，铁木儿补化等所言，甚合朕意。皇太子来会，当与共议，如有泽民利物的事件，当一一推行，卿等可以朕意谕群臣，务期上下交儆，仰格天心。”

于是监察御史把的于思，奏言“自去秋命将出师，戡定祸乱，凡供给军需，赏赉将士，所费不可胜计。若以岁入经费相较，所出已过数倍。况今诸王朝会，旧制一切供亿，俱尚未给，乃陕西等处，饥馑荐臻，饿莩枕籍，加以冬春交际，雨雪愆期，麦苗槁死，秋田未种，民庶皇皇。臣窃以为此时此景，正应勉力撙节，不宜妄费。如果有功必赏，亦须视官级崇卑，酌量轻重，不惟省费，亦可示劝。其近侍诸臣，奏请恩赐，当悉饬停罢，借纾民力”云云。明宗览奏，为之动容，乃诏令上下节用，并启跸入京，所过地方，一切供张，俱宜从俭等语。有司虽都奉敕，究竟不敢过省，沿途供应，彼此争华。明宗虽明，仍是莫名其妙，无非以为例所当然，得过且过罢了。

这边按站登途，已到王忽察都地方，那边皇太子亦率着群臣，到了行辕。两下相见，握手言欢，名分上原隔君臣，情谊上终系骨肉。恐怀王不作是想。明宗格外欢慰，遂大开筵宴，畅谈了好多时，兴阑席散，大家归寝。只燕帖木儿来见太子，又密谈了半夜。到底为着何事。太子尚踌躇未决，一连三日，方才决议。天历二年八月六日，天已迟明，明宗尚高卧未起。皇后八不沙，只道明宗连日劳顿，不敢惊动，待到巳牌，尚不闻有觉悟声，才有些惊讶起来。近床揭帐，不瞧犹可，仔细一瞧，顿吓得面无人色。原来此时的明宗，已七窍流血，四肢青黑，硬挺挺地奄卧床中。八不沙皇后究系女流，被这一吓，连话语都说不出来。幸有侍女在旁，急报知近臣，令传太子入寝。

太子正与燕帖木儿同坐一室，静待消息。得了此信，即相偕趋入，见了明宗的死状，太子情不能忍，恰也恸哭起来。良心原是未泯。燕帖木儿恰从容说着道：“皇帝已崩，不能复生，太子关系大统，千万不可张皇，现在回京要紧，倘一有不测，岂非贻误国家么?”说着，已向御榻间探望，见御宝尚在枕旁，便伸手取来，奉与太子道：“这是故帝留着，传与太子，太子不妨速受。况皇后亲在此间，论起理来，亦应命交太子，责无旁诿，何庸推辞!”无非为了此着。此时的八不沙皇后，只知恸哭，管甚么御宝不御宝。就是燕帖木儿一派言语，亦未曾闻着。太子瞧这情形，料知皇后无能，遂老老实实地将御宝受了，并止住了哭，想去劝慰皇后。经燕帖木儿以目示止，遂也不暇他顾，径出行宫。燕帖木儿当即随出，扶太子上马，疾驰而去。途次传命伯颜为中书左丞相，并封太保，钦察台、阿儿思兰海牙、赵世延，并为中书平章政事，朵儿只为中书右丞，前中书参议阿荣，太子詹事赵世安，并为中书参知政事，前右丞相塔失铁木儿知枢密院事，铁木儿补化及上都留守铁木儿脱并为御史大夫。御玺到手，即易大臣，可谓如见肺肝。于是明宗所用的一班旧臣，又复束诸高阁，归去来兮。

及太子既到上都，监察御史徐爽，遂上书劝进，略言天下不可一日无君，神器不可一夕虚悬，先皇帝奄弃臣庶，已逾数日，伏望皇上早正宸极，上奠宗社，下安兆民，俾中外有所依归等语。**蓄志久矣，何庸尔请。**乃复择吉登位，亲御大安阁，受诸王百官朝贺。免不得又有一道诏敕，其文云：

朕惟昔上天启我太祖皇帝，肇造帝业，列圣相承。世祖皇帝，既大一统，即建储贰，而我裕皇天不假年！成宗入继，才十余载。我皇考武宗，归膺大宝，克享天心，志存不私，以仁庙居东宫，遂嗣宸极。甫及英皇，降割我家。

晋邸违盟构逆，据有神器，天示谴告，竟陨厥身。于是宗戚旧臣，协谋以举义，正名以讨罪，揆诸统绪，属在藐躬。朕兴念大兄播迁朔漠，以贤以长，历数宜归，力拒群言，至于再四。乃曰：艰难之际，天位久虚，则众志匆固，恐隳大业。朕虽从请而临御，实秉初志之不移，是以固让之诏始颁，奉迎之使已遣。寻命阿剌忒纳失里燕帖木儿奉皇帝宝玺，远迓于途。受宝即位之日，即遣使授朕皇太子宝。朕幸释重负，实获素心，乃率臣民北迎大驾。而先皇帝跋涉出川，蒙犯霜露，道里辽远，自春徂秋，怀险阻于历年，望都邑而增慨。徒御匆慎，屡爽节宣。信使往来，相望于道路。彼此思见，交切于衷怀。八月一日，大驾次王忽察都，朕欣瞻对之有期，独兼程而先进。相见之顷，悲喜交集，何数日之间，而宫车匆驾，国家多难，遽至于斯，念之痛心，以夜继旦！**欺人乎！欺己乎！**诸王大臣以为祖宗基业之隆，先帝付托之重，天命所在，诚不可违，请即正位以安九有。朕以先皇帝奄弃方新，摧怛何忍，衔哀辞对，固请弥坚。执谊伏阙者三日，皆宗社大计，乃以八月十五日，即皇帝位于上都。可大赦天下，自天历二年八月十五日昧爽以前，罪无轻重，咸赦除之。于戏！戡定之余，莫急乎与民休息；不变之道，莫大乎使民知义，亦惟尔中外大小之臣，各究乃心，以称朕意！

即位诏下，又命中书省臣等，议定先帝庙号，叫作“明宗”。可怜明宗称帝，只七阅月，连改元的诏旨都未及下，竟尔被人暗算，中毒身亡！年仅三十，空留了一个“明”字，作为尊号。其实这“明”字尚未切贴；若果甚明，何致为图帖睦尔及燕帖木儿两人一同谋毙呢？**坐实两人谋毙，书法无隐。**

话休叙烦，且说图帖睦尔既已正位，此次情形，与前次不同。前次犹称暂摄，此次正名定分，实行帝制，因他后来庙号叫作“文宗”，小子不好仍称怀王，只得沿号文宗。**划清眉目。**文宗首命阿荣、赵世安两人，督建龙翔集庆寺于建康，又派台臣前往监工，南台御史恰联衔奏阻，说得剀切详明，不由文宗不从，其词道：

陛下龙潜建业，居民困于供给，幸而获睹今日，莫不跂望非常之恩。今夺民时，毁民居，以创佛寺，台臣表正百官，委以监造，岂其礼哉？昔汉高祖复丰沛两县，光武帝免南阳税三年，今不务此，而隆重佛教，何以慰斯民之望？且佛教慈悲方便，今尊佛氏而害生民，无乃违其教乎！臣等心以为危，故不避斧钺，惶恐上陈！

寻得诏旨，罢免台臣监役，台臣方免得往返，也算文宗肯纳嘉言了。但文宗的心中，总想皈依佛教，忏除一切罪厄。推刃同胞，宜乎自栗。所以余政未修，先已建寺。并因帝师圆寂，改立西僧辇真乞剌思为帝师。新帝师自西域到来，文宗命朝臣出迎，凡位列一品以下，俱应此役。帝师却大模大样，乘车入都。既登殿，文宗亦恭立门内，亲揖帝师，帝师傲睨自若，不过略略合掌，便算答礼。及入座，由文宗饬谕，命大臣俯伏进觞，帝师又傲然不为动。恼动了国子祭酒富珠里翀，大踏步走至帝师座前，满满地斟了一觥，递与帝师道："帝师祖奉释迦，是天下僧人的宗师，我祖奉孔子，是天下儒人的宗师，彼此各有所宗，各不为礼，想帝师亦应原谅！"帝师闻言，无从驳辩，却一笑起身，受觞卒饮，大众为之栗然。富珠里翀恰徐徐地退入班中去了。难倒帝师。

文宗也不加斥责，尽欢而罢。嗣以燕帖木儿，功勋无比，追封三代，以他曾祖父班都察为溧阳王，曾祖妣王龙彻，为溧阳王夫人，祖父土土哈为升王，祖妣太塔你，为升王夫人；父床兀儿为扬王，母也先帖你及继母公主察吉儿并为扬王夫人。又命礼部尚书马祖常，铺张燕帖木儿功绩，制文立石，矗峙北郊。嗣复因种种赏赐，未足报功，特命专任宰辅，改伯颜知枢密院事，罢设左丞相，并颁诏以示宠眷道：

燕帖木儿勋劳惟旧，忠勇多谋，奋大义以成功，致治平于期月，宜专独运以重秉钧，授以开府仪同三司上柱国太师太平王答剌罕中书右丞相，录军国重事，监修国史，提调燕王宫相府事，大都督领龙翊亲军都指挥使司事。凡号令、刑名、选法、钱粮、造作一切中书政务，悉听总裁。诸王公主驸马近侍人员，大小诸衙门官员人等，敢有隔越奏闻，以违制论，特诏。

自是燕帖木儿权势日隆，凡所欲为，无不如意，因此宫廷内外，只知有太平王，不知有文宗。正是：

拥戴功高无与匹，
威权日甚易生骄。

欲知文宗此后行政，且从下回交代。

明宗即位和宁，观其所颁诏令，无非普通行政，并不闻有暴虐之行，致干民怨，而王忽察都之信宿，即致暴崩。值春秋鼎盛之时，遇此极大变故，而皇太子不加追究，右丞相亦未发言且取淂御宝，即上马南驰，此非太子、右相之暗中加毒，能如是之默尔而息乎？太子未曾登极，即易旧臣，机一至而即发，情欲盖而弥张。至于内省多疚，欲假佛事以忏过，佛果有灵，岂为乱贼呵护平？获罪于天，祷亦何益，多见其不知量也。

第四十四回　怀妒谋毒死故后　立储君惊遇冤魂

却说文宗天历三年，改元至顺。其时明宗后自漠北返京，文宗迎居宫中，敕有司供币帛二百匹，作为资用，并命明宗子懿璘质班（一作额林沁巴勒）为鄜王。懿璘质班年才五岁，系明宗嫡子，乃八不沙皇后所出。还有一子名妥欢帖睦尔（一作托叹特穆尔）。比懿璘质班年纪较长，其母名叫迈来迪，相传迈来迪系北方娼妇，前宋恭帝赵㬎，被虏至京，受封瀛国公，赵㬎安居北方，平日无事，未免寻花问柳，适见迈来迪姿容韶丽，遂与她结成外眷，产下一子，便是妥欢帖睦尔。嗣赵㬎病殁，迈来迪华色未衰，被明宗和世㻋所见，纳为侍妾，载与同归。妥欢帖睦尔随母入侍，子以母贵，居然为明宗长子。俗语所谓拖油瓶。因此明宗左右，啧有烦言，至是亦同入宫中。文宗却也不欲穷诘，待遇如犹子一般，任他出入宫禁，抚养成人。不过懿璘质班是嫡子，妥欢帖睦尔为庶子，嫡庶不能无别，所以一封王，一不封王，这且不必细表。

就中单说八不沙皇后，虽入宫中，受着文宗的敬礼，奈心中不无怨怼，有时暗中流泪，有时对人微言，文宗虽略有所闻，倒也不暇理睬。只文宗后卜答失里与八不沙本不相亲，此时同住宫中，面上似属通融，意中不无芥蒂。这是娣姒常态。彼此相见，免不得暗嘲热讽，冷语交侵。看官！你想这八不沙皇后，本是没甚材干，遇着这等尴尬的遭际，又不能处之泰然，每不如意，辄迁怒左右，侍女们有何知识，得着主宠，便是喜欢，逢着主怒，便是懊恼，哪个肯体心贴意，曲意奉承？况八不沙是个过去的皇后，留住宫中，好似一个寄生虫，怎及得卜答失里系当时国母，节制六宫？所以八不沙一言一动，统由侍女们传报，卜答失里遂无乎不知。非平时揣摩世态，不能如此详明。

冤家有孽，偏出了一个太监，与八不沙硬做对头，这太监的名字，与英宗时的贤相拜住同一大名。这正是名同心不同呢。某日太监拜住在宫中往来，巧遇着八不沙皇后，他也不上前请安，反在旁边立着，指手画脚，与小太监调笑。八不沙皇后不禁气恼，便向他呵叱道："你是一个区区太监，也敢这般无礼！人家欺负我，是我命苦所致，似你这厮，也看我是奴仆一般！罢罢！你等仗着皇后威势，竟尔无法无天，须知我也是个皇后，不过先帝忠厚，不甚防着，反被那狗男女从中暗算，仓猝崩逝，难道皇天无眼，作善罹殃，作恶反得降祥？泰山有坍倒的日子，你等应留着余地，不要有势行尽呢！"妇女口吻，亏他描摹。说罢，负气竟去。

这太监拜住恰冷笑了几声，又慢腾腾地走入中宫，见了皇后卜答失里，便跪倒地上，呜呜咽咽地哭将起来。忽笑忽哭，写尽奸刁。卜答失里本宠爱拜住，瞧着这副情状，便问道："你受何人委屈，来到我处诉苦？"拜住道："奴婢不敢说！"卜答失里道："叫你说你却不说，你为何向我来哭？你莫非逞刁不成？"拜住磕头道："奴婢怎敢！只此事关系甚大，不说不可，欲说又不可。"卜答失里道："你尽管说来，有我作主何妨！"拜住才将八不沙皇后所言转述一遍，且捏造几句詈词，惹动卜答失里盛怒，陡然起座，拟至八不沙皇后处，与她评理。拜住恰又劝阻。刁狡之极。

卜答失里顿足道："我与她势不两立，定要她死在我手，方出胸中恶气！"拜住道："这亦不难，总教禀明皇上，赐她自尽，便可了案。"卜答失里道："我也曾说过几次，奈皇上不肯见从，奈何！"拜住道："从太子入手，便好行事。"卜答朱里沉吟道："你且起来，好好商酌为是。"拜住顿首起立。经卜答失里屏去侍女，密与拜住商量。拜住道："皇子虽幼，然将来总是储君，现在鄜王已立，同处宫禁，势必从旁窥伺，倘或皇上舍子立侄，如皇子何！如皇后何！"卜答失里道："我亦防这一着，目今计将安出？"拜住道："只教禀闻皇上，但说明宗皇后潜结内外，谋立鄜王为太子，不怕皇上不信！"卜答失里道："皇上曾有立侄的意思，倘若弄假成真，如何是好？"拜住道："明宗暴崩，谣言蜂起，多说太平王燕帖木儿主谋，连皇上亦牵累在内，就是明宗皇后，也怀着疑心，所以语中含刺，我想皇上让德昭彰，断不如群情所料，若把此言一一奏闻，管教皇上动气，早些斩草除根，免得后患！"卜答失里尚在摇头，拜住道："再进一层，竟说她谋为不轨，将不利皇上，皇上莫非再让不成！"谗人罔极。

卜答失里不禁点首，便令拜住暂退，自己待文宗入宫，便一层一层地详告。文宗虽是动怒，然不肯骤用辣手，经卜答失里婉劝硬逼，弄得文宗心思亦被她摇惑起来。俗语说得好，枕席之言易入，况加以父子夫妇，关系生死，就是铁石人也要动心。不由得叹息道："凡事不为已甚，我已为燕帖木儿所惑，做到不仁不义；目今又被势逼，教我再做一着，岂不是已甚么？但箭在弦上，不得不发，我只好将错便错罢了！"误尽世人，莫如此言。便语皇后卜答失里道："据你说来，定要处死八不沙皇后，但我心终属未忍。宁可由别人去处置她，我却不好自行赐死！"分明是教她矫诏。卜答失里无言。

到了次日，文宗自去视朝，卜答失里即召拜住密议，并将文宗语述毕。拜住道："皇上太属仁慈，此事只可由皇后作主。"卜答失里道："你叫我去杀她么？"拜住道："请皇后传一密旨，只说皇上有命，赐她自尽，她向何人去说，只好自死罢了。"卜答失里道："事果可行么？"拜住道："何不可行？皇上决不为难。"卜答失里道："你与我小心做去，何如？"

拜住遂出，拟好密旨，并亲携酖酒，径向八不沙皇后处行来。八不沙皇后梳洗才毕，骤见拜住入内，令她跪读诏旨，不禁战栗起来。拜住怒目道："快请受诏，以便复命！"八不沙皇后无可奈何，只得遵命跪着，由拜住宣读诏敕，乃说她私图不轨，谋立己子，应恩赐自尽等语。八不沙抚膺恸哭道："既杀我先皇，又要杀我，我死，必作厉鬼以索命！"言至此，即从拜住手夺过酖酒，一饮而尽。须臾毒发，身仆地上，拜住由她暴毙，竟回报卜答失里。卜答失里很是快慰。及文宗闻知，只说八不沙皇后暴病身亡，文宗明知有变，但绝了后来的祸根，也是惬意的多，失意的少。既忍杀兄，遑问其嫂。

卜答失里遂欲正名定分，立子阿剌忒纳答剌（一作喇特纳达喇）为太子，文宗倒也应允。先将八不沙皇后的丧葬草草理毕，然后安排册命。正拟命太常各官，议定册立太子礼仪，偏皇后卜答失里与太监拜住计上生计，又复想出了一种毒谋。他想鄜王懿璘质班与妥欢帖睦尔尚处宫中，究竟不是了局，拟将他驱逐出外，拔去了眼中钉，庶几始终无患，遂日向文宗前絮聒，把祸福利害的关系，反复密陈。文宗以两人年尚幼弱，不便遣发，只说是从缓再商。文宗尚有良心。卜答失里总不肯放手，暗中唆使妥欢帖睦尔的乳母，叫她告知其夫，入见文宗，略言妥欢帖睦尔实非明宗所出，娼妓杂种，如何冒充天潢，自乱血统？且明宗在日，已欲将他驱逐，此刻正宜慎重名义，休使一误再误呢。于是文宗下令，将妥欢帖睦尔母子逐出，东戍高丽，幽居大青岛中，不准与人往来。去了一个。

妥欢帖睦尔既去，只有一个懿璘质班，孤苦伶仃，无人抚字。卜答失里还想将他调开，偏偏文宗不从。拜住复献计道："一个小孩子，晓得甚么计策？只教糕饵中间，稍置毒药，便可将他酖死。"言未毕，忽似有人从后猛击，竟致头晕目眩，跌仆地上。卜答失里大为惊讶，忙令侍儿搀扶拜住，不防拜住反瞋目怒叱道："哪个敢来救他？他是一个小太监，恃宠横行，谋死了我，还要谋死我子么？”这语一出，吓得卜答失里牙床打战，面色似灰。拜住又戟指痛詈道：“都是你这狠心人，妄逞机谋，欲将我母子置诸死地，所以家奴走狗，亦得肆行无忌，巧图迎合。须知天下是我家的天下，你等害我先皇，夺我帝位，还嫌不足，又将我矫旨酖死，我死得好苦吓！”说至此，椎胸大哭。嗣复惨然道：“可怜我夫妇两人，俱遭你等毒毙，现只剩了一个血块，年只四五龄，你等亦应存点天良，好好顾全了他。人生修短，就使有数，总不该死于你手！此语为后文埋根。你道害了我子，你子便得长寿延命，万岁为君么？你且看着，我先索了贼奴的性命，回去再说！”言毕，即寂然不动。至卜答失里渐定惊魂，再将拜住仔细一瞧，已经满口皆血，嚼舌而死。厉鬼未尝无有，并非作者迷信。

自是六院深宫，常带阴气，一班宫娥彩女，互相惊吓，不是说有鬼啸声，就是说有鬼履痕，白昼时结侣呼群，方敢进出，夜静时关门闭户，尚觉阴沉。这是疑心生暗鬼。卜答失里由惊生畏，由畏生忧，遂与文宗商议，欲向帝师前亲受佛戒。文宗本已心虚，又闻宫中时常见鬼，也觉毛发森然。至此闻皇后言，自然满口应允，当下告知帝师辇真乞剌思，择日受戒。辇真乞剌思无不从命。届期请帝师入兴圣殿，由文宗率着皇后及皇子阿剌忒纳答剌，俱到坛前行受戒礼。好在一切仪制，都有成例可援，不过由太常官稍费手续，僧徒辈多念真言，便算大礼告成了。文宗又命懿璘质班也受了佛戒。满望慈航普渡，保合太和，宫内一切人等，也以为如来默护，可以消除魔障，纵有鬼物，不敢为殃，自此化怪为常，稍稍镇静。文宗遂封皇子阿剌忒纳答剌为燕王，立宫相府，命燕帖木儿总领府事。外无异议，内无妖孽，恰安安稳稳地度将过去。从此一心信佛，命西僧作佛事于明智殿，自四月朔日起，命至腊月方罢。

会故相铁木迭儿子锁住，复夤缘干进，得为将作使，他因将作使一职，位微秩卑，尚不满欲，因与弟观音奴阴谋作乱。无如势孤力弱，一时无从发难，乃与姊夫太医使野理牙，暗谋镇魇。适闻宫中有鬼作祟，益滋迷信，以为乘机厌禳，应较灵验。野里牙姊阿纳昔木思素信道教，遂向道教徒侣，乞得符箓数张，在庭中设起神坛，上供北斗星君牌位，朝夕顶礼，口中所祝，无非祈君相速死，另易真命天子，制治天下等语。可谓愚甚。还有前刑部尚书乌马喇、前御史大夫孛罗及前上都留守马儿，统失职闲居，各怀怨望，这数人平日与锁住等很是莫逆，至此闻锁住得了此法，相率赞成。哪知事机不密，竟被别人举发，当由燕帖木儿奏报文宗。看官！你想锁住等人，还能幸免么？缇骑一发，先将锁住、观音奴、野理牙三人逮问，中书省臣严刑审讯，后核得乌马喇、孛罗、马儿及野理牙姊阿纳昔木思等，一同与谋。随将他四人一并拿至，讯明属实，律以呪诅主上，大逆不道的罪名，便将他推出正法。

一波未了，一波已起，知枢密院事阔彻伯、脱脱木儿，通政使只儿哈郎，翰林学士承旨伯颜也不干，燕王宫相斡罗思，中政使尚家奴秃乌台，右阿速卫指挥使那海察拜住等，以燕帖木儿专权自盗，不忍坐视。意欲兴甲问罪，入清君侧，偏被燕帖木儿的爪牙，名叫也的迷失脱迷，洞察异图，先行密报。燕帖木儿先发制人，即率兵掩捕，共获住十二人，尽行弃市，并将他家产籍没充公。螳臂当车，自不量力。

诸王大臣等，以内乱迭平，统向太平王处贺喜。燕帖木儿也率文武百官，暨耆老僧道，伏阙上书，请文宗宏加尊号。文宗也觉增欢，俯允所请，遂亲御大明殿，由燕帖木儿等奉玉册玉宝，上尊号曰："钦天统圣至德诚功大文孝皇帝"弑兄杀嫂的美名，何不加入。御史台臣又思踵事增华，请立燕王为皇太子。文宗道："朕子尚幼，非裕宗为燕王时比，俟缓日再议。"

过了月余，复由诸王大臣吁请立储。文宗又道："卿等所言，未尝不是，但燕王尚幼，恐他识虑未弘，不堪负荷，稍从缓议，当亦未迟。"廷臣以再请未允，不欲再言，奈皇后卜答失里急欲立子，暗中通知诸王大臣，令他续请，自己亦乘间力陈，请文宗速从群议，以餍舆望。胆又放大了。文宗不好固执成见，乃先令太保伯颜祭告宗庙，然后立燕王阿剌忒纳答剌为皇太子，礼成逾日，忽皇太子生起病来，热了三日三夜，全身露出红斑，仿佛似痘疹一般，急得帝后日夕不安。正在床前视疾，蓦闻皇太子大叫道："你想立太子么？我两人特来索命呢！"文宗闻着，不觉惊倒床上。小子有诗咏道：

弑兄杀嫂太无良，
用尽机能反惹殃。
我劝世人休昧己，
人谋不及鬼谋臧！

毕竟文宗性命如何，且从下回说明。

八不沙皇后之死，谁杀之？文宗后卜答失里及宦者拜住杀之也。史家多归罪卜答失里；吾谓卜答失里之罪犹居其次，为罪首者实文宗耳。明宗后之为厉鬼，史笔虽无明文，然无辜被逼，饮酖以终，鬼而有知，能不为厉乎！郑人相惊以伯有，子产明其为厉。夫伯有罹可死之罪，犹且如此，况饮恨如明宗后，必谓其无能为厉，识者亦知其未然也。若以本回为无端臆造，荒诞不经，试观文宗崩后，燕王虽殇，次子犹在，皇后卜答失里，胡竟命立鄜王，甘舍己子？及鄜王骤薨，又命迎立妥欢帖木尔，非彼此隐怀畏惧，能如是之改行为善乎？揆情度理，必由明宗帝后，暗中为祟，有以慑其魄而褫其神耳。从无生有，即似寓真，是谓之善演史。

第四十五回　平全滇诸将班师　避大内皇儿寄养

却说文宗被冤魂一吓，惊倒床上，几乎晕厥过去。慌得皇后卜答失里没了主意，忙匐伏床前，口称该死，只求先皇先后，休念前嫌，保护太子性命要紧。但听太子冷笑道："早知今日，何必当初？你夫妇瞒心昧己，毒死我等，今朝权在我手，看你等再能害我么？"卜答失里又跪求道："如能保全太子，愿做佛事三年，超荐先灵。"全然妇女口吻。太子又冷笑道："佛事么？只可欺人，不能欺鬼，我要索命，任你做佛事三十年，也无用处。"卜答失里又道："先皇后如不肯饶恕，宁可将我作代，皇子无知，还乞矜宥！"太子又道："似你狼心狗肺，自有现世的报应，不劳我辈出力。"隐伏后文。卜答失里还是磕头不已，太子复欷歔道："你既撇不掉你子，且再宽假数日，再作区处。"言已寂然。

斯时文宗亦已起床，闻得一派鬼言，不禁自怨自悔。寻见卜答失里尚是跪着，乃流泪道："你可起来，前事已经做错，跪求亦恐无益。"卜答失里方才起身，瞧着文宗下泪，也觉满腹凄惶。转抚太子身上，仍同火炭一般，似醒非醒，似寐非寐，叫了数声，亦不见回答，急得无法可施，与文宗泪眼相对。文宗道："我初意原不欲立储，为了内外交迫，乃成此举。看来先兄先嫂不肯容我过去，我只好改立皇侄，隐妥先灵，或可保全儿命呢。"卜答失里道："如果皇子病愈，总可改易前议。"

正商议间，忽外面呈入奏报，乃是豫王从云南发来，详述军情。当由文宗披阅，军事甚是得手，请皇上不必忧虑等语。文宗心下少慰，遂属皇后善视病儿，自出宫视朝去了。

先是上都告变，各省多怀贰心，至燕帖木儿等战胜上都，内地方称平静。四川平章囊嘉岱，前曾僭称镇西王，四出骚扰（应四十一回）。至明宗即位，由文宗遣使诏谕，囊嘉岱方束手听命，削王称臣。及明宗暴崩，文宗又复登极，闻囊嘉岱又有违言，乃召他入朝，诡称朝廷将加重任，囊嘉岱信为真言，动身离蜀。一出蜀道，便由地方官吏，奉着密诏，将他擒住，槛送入都。由中书省臣案问，责他指斥乘舆，立即枭首，籍没家资。

这消息传到云南，诸王秃坚大为不服，遂与万户伯忽、阿禾等谋变。传檄远近，声言文宗弑兄自立及诱杀边臣等情弊；遂兴兵攻陷中庆路，将廉访使等杀死，并执左丞忻都，胁署文牍。一面自称云南王，以伯忽为丞相，阿禾等为平章等官，立城栅，焚仓库，拒绝朝命。

文宗闻警，乃以河南行省平章乞住，为云南行省平章八番顺元宣慰使，帖木儿不花为云南行省左丞，率师南讨，命豫王阿剌忒纳失里监制各军。

时有云南土官禄余，骁勇绝伦，名震各部，文宗令豫王妥为招徕，夹攻秃坚。禄余初颇听命，招集各部蛮军，效力出征，连败秃坚军，有旨授他为宣慰使，并云南行省参知政事。不防秃坚亦暗中行赂，买嘱禄余，教他背叛元廷。禄余贪利如命，竟归附秃坚，率蛮兵千人，拒乌撒、顺元界，立关固守。

是时重庆五路万户军，奉豫王调遣，入云南境，为禄余所袭，陷入绝地，死得干干净净。千户祝天祥本为后应，亏得迟走一步，得了前军败耗，仓猝遁还。事为元廷所闻，再遣诸王云都思帖木儿，调集江浙、河南、江西三省重兵，与湖广行省平章脱欢，合兵南下。诸路兵马，尚未入滇，帖木儿不花又被罗罗思蛮邀击途次，斩首而去，云南大震。

枢密院臣奏言秃坚、伯忽等势益猖獗，乌撒、禄余亦乘势连约乌蒙、东川、茫部诸蛮，进窥顺元，请严饬前敌各兵，兼程前进，并饬边境慎固防守云云。于是文宗又颁发严旨，命豫王阿纳忒剌失里等，亟会诸军进讨。且以乌蒙、乌撒及罗罗思地近接西番，与碉门安抚司相为唇齿，应饬所属军民，严加守备。又命巩昌都总帅府分头调兵，戍四川开元、大同、真定、冀宁、广平诸路及忠翊侍卫左右屯田。那时军书旁午，烽燧谨严，战守兼资，内外巩固。

云南茫部路九村夷人，闻大军陆续南来，料知一隅小丑，不足抵御，乃公推头目阿斡阿里，诣四川行省，自陈本路旧隶四川，今土官撒加伯，与云南连叛，民等不敢附从，情愿备粮四百石，丁壮千人，助大军进征。当由四川省臣据实奏闻，文宗以他去逆效顺，厚加慰谕。

自此遐迩闻风，革心洗面，豫王阿纳忒剌失里及诸王云都思帖木儿分督各军，同时并集。还有镇西武靖王搠思班，系世祖第六子，亦领兵来会，差不多有十余万人，四面进攻。

先夺了金沙江，乱流而渡，既达彼岸，遇着云南阿禾军，并力冲杀，阿禾抵敌不住，夺路溃退，官军哪里肯舍，向前急追。弄得阿禾无路可逃，只好舍命来争，猛被官军射倒，擒斩了事。

进至中庆路，又值伯忽引兵来战，两军相遇于马金山，官军先占了上风，如排山倒海一般，掩杀过去。伯忽虽然勇悍，怎禁得大军压阵，势不可当。又况所统蛮军素无纪律，胜不相让，败不相救。看看官军势大，都纷纷如鸟兽散。剩得伯忽孤军，且战且行，正在势穷力蹙的时候，斜刺里忽闪出一支伏兵，为首一员大将，挺枪入阵，竟将伯忽刺死马下。这人非别，乃是太宗子库腾孙，曾封荆王，名叫也速也不干，他与武靖王搠思班同镇西南。至是闻大军进讨，他竟带领亲卒，绕出伯忽背后，静悄悄地伏着，巧巧伯忽败走，遂乘机杀出，掩他不备，刺死伯忽。

当下与豫王等相会，彼此欢呼，合军再进，直入滇中。秃坚走死，禄余远遁。云南战事，无甚关系，所以随笔叙过。乃遣使奏捷（回应上文），且请留荆王镇守，撤还余军。

文宗视朝，与中书省臣等会议，佥云南征将士未免疲乏，应从豫王等言。乃命豫王等班师还镇，留荆王屯驻要隘，另遣特默齐为云南行省平章，总制军事。

特默齐抵任后，复遣兵搜剿余孽，适值罗罗思土官撒加伯，潜遣把事曹通，潜结西番，欲据大渡河，进寇建昌。特默齐急檄云南省官跃里铁木儿出师袭击，将曹通杀毙，又一面令万户统领周戡直抵罗罗思部，控扼西番及诸蛮部。土官撒加伯无计可施，竟落荒窜去。

既而禄余又出招余党，进寇顺元等路。云南省臣，以禄余剽悍异常，欲诱以利禄，招他归降。乃遣都事诺海至禄余砦中，授以参政制命。禄余不受，反将诺海杀死。都元帅怯烈素有勇名，闻诺海遇害，投袂奋起，夤夜进兵，击破贼砦，杀死蛮军五百余人。秃坚长弟必剌都古彖失，举家赴水死，还有幼弟二人及子三人，被怯烈擒住，就地正法。只禄余不知下落，大约是远奔西裔了，余党悉平，云南大定。了结滇事。

文宗以西南平靖，外患已纾，倒也可以放心。只太子阿剌忒纳答剌疹疾未痊，反且日甚一日，有时热得发昏，仍旧满口谵语，不是明宗附体，就是八不沙皇后缠身。太医使朝夕入宫，静诊脉象，亦云饶有鬼气，累得文宗后卜答失里祈神祷鬼，一些儿没有效验，她已智尽能索，只好求教帝师，浼她忏悔。帝师有何能力，但说虔修佛事，总可挽回，乃命宫禁内外，筑坛八所，由帝师亲自登坛，召集西僧，极诚顶礼。今日拜忏，明日设醮，琅琅诵经，喃喃呪呪，阖宫男妇，没一个不斋戒，没一个不叩祷，吁求太子长生。连皇后卜答失里时宣佛号，自昼至暮，把阿弥陀佛及救苦救难观世音等梵语，总要念到数万声。佛口蛇心，徒增罪过。怎奈莲座无灵，杨枝乏力，任你每日祷禳，那西天相隔很远，何从见闻。

卜答失里无可奈何，整日里以泪洗面，起初尚求先皇先后保佑，至儿病日剧，复以祝祷无功，改为怨诅。一夕坐太子床前，带哭带詈，忽见太子两手裂肤，双足捶床，怒目视后道：“你还要出言不逊么？我因你苦苦哀求，留你儿命，暂延数天，你反怨我骂我，真是不识好歹！罢罢！似你这等狠妇，总是始终不改，我等先索你长儿的性命，再来取你次儿，教你看我等手段罢！”原来文宗已有二子，长子名阿剌忒纳答剌，次子名古纳答剌，两子都尚幼稚。此次卜答失里闻了鬼语，急得甚么相似，忙遣侍女去请文宗。

文宗到来，太子又厉声道：“你既想做皇帝，尽管自做便罢，何必矫情干誉，遣使迎我？我在漠北，并不与你争位，你教使臣甘言诙词，硬要奉我登基。既已忌我，不应让我，既已让我，不应害我，况我虽曾有嗣，也不忍没你功劳，仍立你为皇太子，我若寿终，帝位复为你有，你不过迟做数年，何故阴谋加害？害了我还犹是可，我后与你何嫌？一个年轻孀妇，寄居宫中，任她有甚么能力，总难逃你手中。你又偏信悍妇，生生地将她酖死，全不念同胞骨肉，亲如手足？你既如此，我还要顾着什么？”文宗至此，也不禁五体投地，愿改立鄘王为太子。只见太子哈哈笑道：“迟了！你也隐受天谴了。善有善报，恶有恶报，积因成果，莫谓冥漠无知呢！”暗伏文宗崩逝之兆，然借此以唤醒世人，恰也不少！

文宗尚欲有言，太子已两眼一翻道：“我要去了！你子随了我去，此后你应防着，莫再听那长舌妇罢！”这语才毕，文宗料知不佳，急起视太子，已经喘做一团，不消半刻，即兰摧玉折了。看官！你想此时的文宗及皇后卜答失里心下不知如何难过。呼吁原是没效，懊悔也觉无益，免不得抚尸恸哭，悲痛一回。

文宗以情不忍舍，召绘师图画真容，留作遗念。兄嫂也是骨肉，如何忍心毒死！一面特制桐棺，亲自视殓，先把儿尸沐以香汤，然后着衣含玉，一切仪式，如成人一般。后命宫内广设坛场，召集西僧百人，追荐灵魂。忙碌了好多日，乃令宫相法里，安排葬事，发纼时，役夫约数千名，单是舁送灵舆人夫，也有五十八人，差不多如梓宫奉安的威仪。俟祔葬祖陵后，又饬营庐墓，即嘱法里等守护。一面将太子木主供奉庆寿寺，仿佛与累朝神御相等。视子若祖考，慈孝倒置。

丧葬才毕，次儿古纳答剌又复染着疹疾，病势不亚皇储。这一惊非同小可，不但文宗帝后捏了一把冷汗，就是宫廷内外，也道是先皇先后不肯放手，顿时风声鹤唳，无在非疑，杯影蛇弓，所见皆惧。文宗图帖睦尔及皇后卜答失里凄凄惶惶，闹到发昏第一章，猛然记起太平王燕帖木儿足智多谋，或有意外良法，乃亟命内侍宣召。燕帖木儿如命即至，由文宗帝后与他熟商。奈燕帖木儿是个阳世权臣，不是冥中阎王，至此也焦思苦虑，想不出甚么法儿。及见帝后两人，衔着急泪，很是可悲，乃委婉进言道：“宫中既有阴气，皇次子不应再居，俗语有道，趋吉避凶，据臣看来，且把皇次子避开此地，或可化凶为吉。”文宗道：“何处可避？”燕帖木儿道：“京中不乏诸王公主，总教老成谨慎，便可托付。”皇后卜答失里即插口道：“最好是太平王邸中，我看此事只可托付了你，望你勿辞！”燕帖木儿道：“臣受恩深重，敢不尽力！但在臣家内，恐怕有亵，还求宸衷再酌！”文宗道：“朕子即卿子，说甚么亵渎不亵渎！”燕帖木儿又道：“臣家居比邻，有一吉宅，乃是诸王阿鲁浑撒里故居，今请陛下颁发敕令，将此宅作为皇次子居第，俾臣得以朝夕侍奉，岂不两便！”文宗道：“故王居宅，未便擅夺，不如给价为是。”燕帖木儿道：“这是皇恩周浃，臣当代为叩谢。”说罢，便跪地叩首。文宗亲手搀扶，叫他免礼，且面谕道：“事不宜迟，就定明日罢。”燕帖木儿领旨而出，即夕办理妥当，布置整齐。次日巳牌，又复入宫，当即备一暖舆，奉皇次子古纳答剌卧舆出宫。小子有诗咏道：

频年忏悔莫消灾，

无怪皇家少主栽。

幸有相臣多智略，

奉儿载出六宫来。

毕竟皇次子能否病愈，容俟下回续叙。

云南之变，声讨文宗，可谓名正言顺。事虽未成，亦足以褫文宗之魄，故本回于秃坚等有恕词。惟禄余反复无常，心怀叵测，且系群蛮首领，有志乱华，所以特别加贬耳。至于太子殁后，次子复遇疹疾，史称市阿鲁浑撒里故宅，令燕帖木儿奉皇子居之，后儒不察，以为遣子寄养，蹈汉覆辙。夫文宗溺爱情深，观于太子之逝，丧葬饰终，何等郑重，顾肯以子遗之次子，寄养他家乎？揆其原因，必由宫中遇祟，连日未安，一儿已殇，一儿又病，不得已而出此，著书人从明眼窥出，既足以补史阙，复足以儆世人。是固有心人吐属，非好谈鬼怪也。

第四十六回 得新怀旧人面重逢 纳后为妃天伦志异

却说皇次子古纳答剌由燕帖木儿护送出宫，当至阿鲁浑撒里故第，安居调养。随来的宫女约数十人，复从太平王邸中派拨妇女多名，小心侍奉，还有太平王继母察吉儿公主及所尚诸公主等，也晨夕过从，问暖视寒，果然冤魂不到，皇子渐瘳。燕帖木儿奏达宫中，帝后很是心喜，立赐燕帖木儿及公主察吉儿各金百两，银五百两，钞二千锭。就是燕帖木儿弟撒敦，也得蒙厚赉。又赐医巫乳媪宦官卫士六百人，金三百五十两，银三千四百两，钞三千四百锭。各人照例谢赏，正是天恩普及，舆隶同欢。

文宗又命在兴圣宫西南，筑造一座大厦，作为燕帖木儿的外第，并在虹桥南畔，建太平王生祠，树碑勒石，颂德表功。又宣召燕帖木儿子塔剌海入宫觐见，赐他金银无算，命为帝后养子。一面令皇次子古纳答剌改名燕帖古思，与燕帖木儿上二字相同，表明义父义子的关系。**父子应避嫌名，元朝定例，偏以同名为亲属，也是一奇。**燕帖木儿入朝辞谢，文宗执手唏嘘道："卿有大功于朕，朕恨赏不副功；只有视卿如骨肉一般，卿子可为朕子，朕子亦可为卿子，彼此应略迹言情，毋得拘泥。"**自己的亲兄，恰可毒死，偏引外人为骨肉，诚不知是何肺肝！**燕帖木儿顿首道："臣子已蒙皇恩，不敢再辞，若皇嗣乃天演嫡派，臣何人斯，敢认作义儿？务请陛下收回成命！"文宗道："名已改定，毋庸再议！朕有易子而子的意思，愿否由卿自择，"燕帖木儿拜谢而出。

过了数日，太平王妃忽然病逝。文宗亲自往吊，并厚赠赙仪。丧葬才毕，复诏遣宗女数人下嫁燕帖木儿，解他余痛。又因宫中有一高丽女子，名叫不颜帖你，敏慧过人，素得帝宠，至此也割爱相赠。**何不将皇后亦给了他？**燕帖木儿辞不胜辞，索性制就连床大被，令所赐美女相夹而睡，凭着天生神力，一夕御女数人，巫峡作云，高唐梦雨，说不尽的温柔滋味，把所有鼓盆余戚，早已撇过一边。但正室仍是虚位，未尝许他人承袭，大众莫名其妙，其实燕帖木儿恰有一段隐情，看官试猜一猜，待小子叙述下去。

小子前时叙泰定后妃事，曾已露泄春光，暗中伏线（**应四十一回**）。燕帖木儿本早有心勾搭，可奈入京以后，内外多故，政务倥偬，他又专操相柄，一切军国重事，都要仗他筹画；因此日无暇晷，连王府中的公主等，都未免向隅暗叹，辜负香衾。既而滇中告靖，可以少暇，不意皇子燕帖古思又要令他抚养，一步儿不好脱离。至皇子渐痊，王妃猝逝，免不得又有一番忙碌。正拟移花接木，隐践前盟，偏偏九重恩厚，复厘降宗女数人；穿花蛱蝶深深见，点水蜻蜓款款飞，又不得不竭力周旋，仰承帝泽。可谓忙极。

过了一月，国家无事，公私两尽，燕帖木儿默念道："此时不到东安州，还有何时得暇？"遂假出猎为名，带了亲卒数名，一鞭就道，六辔如丝，匆匆地向东安州前来。既到东安，即进去见泰定皇后。早有侍女通报，泰定后率着二妃，笑脸出迎，桃花无恙，人面依然。燕帖木儿定睛细瞧，竟说不出甚么话来。泰定后恰启口道："相别一年，王爷的风采，略略清减，莫非为着国家重事劳损精神么？"出口便属有情。燕帖木儿方道："正是这般。"二妃也从旁插嘴道："今夕遇着甚么风儿，吹送王爷到此？"燕帖木儿道："我日日惦念后妃！只因前有外变，后有内忧，所以无从分身，直至今日，方得拨冗趋候。"泰定后妃齐称不敢，一面邀燕帖木儿入室，与泰定后相对坐下。居然夫妻。二妃亦列坐一旁。居然妾媵。

泰定后方问及外变内忧情状，由燕帖木儿略述一遍，泰定后道："有这般情事，怪不得王爷面上，清瘦了许多。"燕帖木儿道："还有一桩可悲的家事，我的妃子，竟去世了！"泰定后道："可惜！可惜！"燕帖木儿道："这也是无可如何！"二妃插入道："王爷的后房，想总多得很哩。但教王爷拣得一人，叫作王妃，便好补满离恨了。"轻挑暗逗，想是暗羡王妃。燕帖木儿道："后房虽有数人，但多是皇上所赐，未合我意，须要另行择配，方可补恨。"二妃复道："不知何处淑媛，夙饶厚福，得配王爷！"燕帖木儿闻了此言，却睁着一双色眼，觑那泰定后，复回瞧二妃道："我意中恰有一人，未知她肯俯就否？"二妃听到"俯就"二字，已经瞧料三分。看那泰定后神色，亦似觉着，恰故意旁瞧侍女道："今日王爷到此，理应杯酒接风，你去吩咐厨役要紧！"侍女领命去讫。

燕帖木儿道："我前时已函饬州官，叫他小心伺候，所有供奉事宜，不得违慢，他可遵着我命么？"泰定后道："州官供奉周到，我等在此尚不觉苦。惟王爷悉心照拂，实所深感！"燕帖木儿道："这也没有甚么费心，州官所司何事？区区供奉，亦所应该的。"正说着，见侍女来报，州官禀见。燕帖木儿道："要他来见我做甚？"言下复沉吟一番，乃嘱侍女道："他既到来，我就去会他一会。"

侍女去后，燕帖木儿方缓踱出来。原来燕帖木儿到东安州，乃是微服出游，并没有什么仪仗。且急急去会泰定后妃，本是瞒头暗脚，所以州官前未闻知。嗣探得燕帖木儿到来，慌忙穿好衣冠，前来拜谒。经燕帖木儿出见后，自有一番酬应，州官见了王爷，曲意逢迎，不劳细说。待州官别后，燕帖木儿入内，酒肴已安排妥当，当由燕帖木儿吩咐，移入内厅，以便细叙。伏笔。

入席后，泰定后斟了一杯，算是敬客的礼仪，自己因避着嫌疑，退至别座，不与同席。燕帖木儿立着道："举酒独酌，有何趣味？既承后妃优待，何妨一同畅饮，彼此并非外人，同席何妨！"泰定后还是怕羞，踌躇多时，又经燕帖木儿催逼，乃命二妃入席陪饮。燕帖木儿道："妃子同席，皇后向隅，这事如何使得？"说着，竟行至泰定后前，欲亲手来挈后衣，泰定后料知难却，乃让过燕帖木儿，绕行入席。拣了一个主席，即欲坐下，燕帖木儿还是不肯，请后上坐。泰定后道："王爷不必再谦了！"于是燕帖木儿坐在客位，泰定后坐在主位，两旁站立二妃。燕帖木儿道："二妃如何不坐？"二妃方道了歉，就左右坐下。

于是浅斟低酌，逸兴遄飞，起初尚是若离若合，不脱不粘，后来各有酒意，未免放纵起来。燕帖木儿既瞧那泰定后，复瞧着二妃，一个是淡妆如菊，秀色可餐，两个是浓艳似桃，芳姿相亚，不禁眉飞色舞，目逗神挑。那二妃恰亦解意，殷勤劝酌，脉脉含情，泰定后到此，亦觉情不自持，勉强镇定心猿，装出正经模样。

燕帖木儿恰满斟一觥，捧递泰定后道："主人情重，理应回敬一樽。"泰定后不好直接，只待燕帖木儿置在席上。偏燕帖木儿双手捧着，定要泰定后就饮，惹得泰定后两颊微红，没奈何喝了一喝。燕帖木儿方放下酒杯，顾着泰定后道："区区有一言相告，未知肯容纳否？"泰定后道："但说何妨！"燕帖木儿道："皇后寄居此地，寂寂寡欢，原是可悯；二妃正值青春，也随着同住，好好韶光，怎忍辜负！"泰定后听到此语，暗暗伤心；二妃更忍耐不住，几乎流下泪来。

燕帖木儿又道："人生如朝露，何必拘拘小节！但教目前快意，便是乐境。敢问皇后二妃，何故自寻烦恼？"泰定后道："我将老了，还想甚么乐趣？只两位妃子，随我受苦，煞是可怜呢！"燕帖木儿笑道："皇后虽近中年，丰韵恰似二十许人，若肯稍稍屈尊，我却要……"说到要字，将下半语衔住。泰定后不便再诘。那二妃恰已拭干了泪，齐声问道："王爷要甚么？"燕帖木儿竟涎着脸道："要皇后屈作王妃哩！"满盘做作，为此一语。泰定后恰嫣然一笑道："王爷的说话，欠尊重了！无论我不便嫁与王爷，就使嫁了，要我这老妪何用？"已是应许。燕帖木儿道："何尝老哩！如蒙俯允，明日就当迎娶哩。"泰定后道："这请王爷不必费心，倒不如与二妃商量啰！"燕帖木儿道："有祸同当，有福同享。皇后若肯降尊，二妃自当同去。"说着，见二妃起身离席，竟避了出去。那时侍女人等，亦早已出外。都是知趣。只剩泰定皇后，兀自坐着，他竟立将起来，走近泰定后旁，悄悄地牵动衣袖。泰定后慌忙让开，抽身脱走，冉冉地向卧室而去。逃入卧房，分明是叫他进来。

燕帖木儿竟蹑迹追上，随入卧室，大着胆抱住纤腰，移近榻前。泰定后回首作嗔道："王爷太属讨厌！不怕先皇帝动恼么?"燕帖木儿道："先皇有灵，也不忍皇后孤栖。今夕总要皇后开恩哩。"看官！你想泰定后是个久旷妇人，遇着这种情魔，哪得不令她心醉！当下半推半就，一任燕帖木儿所为，罗襦代解，芗泽犹存，檀口微开，丁香半吐，脂香满满，人面田田，谐成意外姻缘，了却生前宿孽。正在云行雨施的时候，那两妃亦突然进来，泰定后几无地自容。燕帖木儿却馀勇可贾，完了正本，另行开场。二妃本已欢迎，自然次第买春，绸缪永夕。

自此以后，四人同心。又盘桓了好几天，燕帖木儿方才回京。临行时与泰定后及二妃道："我一入京师，便当饬着妥役，奉舆来迎。你三人须一同进来，休得有误！"三人尚恋恋不舍。燕帖木儿道，"相别不过数日，此后当同住一家，朝欢暮乐，享那后半生安逸。温柔乡里，好景正多，何必黯然!"只恐未必。三人方送他出门，咛叮而别。

燕帖木儿一入京师，即遣卫兵及干役赴东安州，去迎泰定后妃，嘱以途次小心。一面就在新赐大厦中，陆续布置，次第陈设，作为藏娇金屋。小子前时曾表明泰定后妃名氏，至此泰定后已下嫁燕帖木儿，二妃也甘心作媵，自不应照旧称呼。此后称泰定后，就直呼她芳名八不罕，称泰定二妃，亦直呼她芳名必罕及速哥答里。称名以愧之，隐寓《春秋》书法。

八不罕等在东安州，日日盼望京使。春色未回，陌头早待，梅花欲放，驿信才来。三人非常欢慰，即日动身。州官亟来谒送，并献上许多赠仪。是否奁仪。八不罕也道一谢字。鸾车载道，凤翣呈辉，卫卒等前后拥护，比前日到东安州时，情景大不相同。

不数日即到京师，燕帖木儿早派人相接迎入别第。京中人士尚未得悉情由，统是模糊揣测。只有燕帖木儿心腹已知大概，大家都是蔑片，哪个敢来议长论短，只陆续入太平王府送礼贺喜。一传十，十传百，宫廷内外，都闻得燕帖木儿继娶王妃，相率趋贺。文宗尚未知所娶何人，至问及太保伯颜，才算分晓。蒙俗本没甚名节，况是一个冷落的故后，管她甚么再醮不再醮。当下也遣太常礼仪使，奉着许多赏品，赐予燕帖木儿。正是作合自天，喜从天降。

到了成礼的吉期，燕帖木儿先到新第，饬吏役奉着凤舆及绣幰二乘，去迎王妃等人，八不罕等装束与天仙相似，上舆而来。一入新第中，下舆登堂，与燕帖木儿行夫妇礼，必罕姊妹退后一步，也盈盈下拜，大家看那新娘娇容，并不觉老，反较前丰艳了些，莫不叹为天生尤物。大约夏姬再世。及与察吉儿公主相见，八不罕本是面熟，只好低垂粉颈，敛衽鸣恭。亏她有此厚脸。必罕姊妹行了大礼，一班淫婢。方相偕步入香巢。

燕帖木儿复出来酬应一回，日暮归寝，八不罕等早已起迎。燕帖木儿执八不罕的手道："名花有主，宝帐重春，虽由夫人屈节相从，然夫人性命，从此保全，我今日才得宽心哩！"八不罕惊问何故？燕帖木儿道："明宗皇后尚且被毒，难道上头不记着夫人么？我为此事煞费周旋，上头屡欲加害，我也屡次挽回。只夫人若长住东安，终难免祸，现今做我的夫人，自然除却前嫌，可以没事哩。"占了后身，还想巧言掩饰，令她心感，真是奸雄手段。八不罕格外感激，遂语燕帖木儿道："王爷厚恩，愧无以报！"以身报德，还不够么？燕帖木儿道："既为夫妇，何必过谦！"复语必罕姊妹道："你二人各有卧室，今夕且分住一宵，明日当来续欢罢了。"

二人告别而去。燕帖木儿乃与八不罕并坐，揽住髻云，揾住香腮，先温存了一番，嗣后宽衣解带，同入鸳帏，褥底芙蓉，相证无非故物；巢间翡翠，为欢更越曩时。一夜恩爱，自不消说。次夕，与必罕姊妹共叙旧情，又另具一种风韵。小子有诗咏道：

纲常道义尽沦亡，

皇后居然甘下堂，

万恶权臣何足责，

杨花水性太荒唐！

未知后事如何，且至下回续叙。

本回表述风情，暗中恰深刺燕帖木儿及泰定后妃，泰定后虽迁置东安州，然名分犹在，不可得而污蔑也，燕帖木儿贪恋酒色，甚至占后为妻，任所欲为，而八不罕皇后等，亦甘心受辱，屈尊下嫁，虽畏其权势之逼人，要亦由廉耻之扫地。盈廷大臣，唯唯诺诺，不闻有骨鲠之士，秉直纠弹，元其能不亡乎？故此回叙燕帖木儿事实，嫉其强暴，叙泰定后妃事实，恶其淫邪，幸勿视为香奁琐语也！

第四十七回 正官方廷臣会议 遵顾命皇侄承宗

却说燕帖木儿纳后为妃，又得了必罕姊妹，并有从前宗女等人，总计后房佳丽，已有二三十人，左拥右抱，夜以继日，正是快活得很。但女色一物，最足蛊人。寻常一夫一妇，尚宜节欲养精，不能旦旦而伐。况一个男子，陪着几十个妇人，若非自知节养，就使有牛马精神，也恐不能持久呢。至理名言。燕帖木儿日渐清羸，筋力已耗去大半，偏偏好色心肠，愈加炽张，得陇望蜀，厌故喜新，他若闻有美人儿，定要攈取到手。无论皇亲国戚，闺女孀姝，但教太平王一言，只可亲送上门，由他戏弄。自从至顺元年以及三年，这三年间，除所赐公主宗女及娶纳泰定后妃外，复占夺了数十人，或有交礼三日，即便遣归。大众忍气吞声，背地里都祈他速死。他尚恃势横行，毫不知改，甚至后房充斥，不能尽识。天作孽，犹可违；自作孽，不可活。残喘虽尚苟延，死期已不远了。

话分两头。且说文宗登位以后，第一个宠臣是燕帖木儿，第二个就是伯颜。至顺元年，改任伯颜知枢密院事（应四十三回）。文宗以未足酬庸，复命尚世祖子阔出女孙，名叫伯颜的斤，作为伯颜妻室。并赐虎士三百名，隶左右宿卫。嗣复给黄金双龙符，镌文曰："广宣忠义正节振武佐运功臣。"组以宝带，世为证券。又命凡宴饮视宗王礼。至顺二年，晋封浚宁王，加授侍正府侍正，追封其先三世为王，寻又加封昭功宣毅万户，忠翊侍卫都指挥使。三年拜太傅，加徽政使。是时燕帖木儿深居简出，每日与妻妾寻欢，不暇问及国事。因此朝政一切多由伯颜主持；伯颜的权力，也不亚燕帖木儿。一个未死，一个又起。于是一班趋势的官儿，前日迎合太平王，此日迎合浚宁王，朝秦暮楚，昏夜乞怜，但蒙浚宁王允许，平白地亦可升官。就使遇着亲丧，不过休假数日，即可衰绖供职，且给予美名，称为夺情起复。监察御史陈思谦目击时艰，痛心铨法，因上言内外各官，若非文武全才，关系天下安危，尽可令他终丧，不许无端起复。文宗虽优诏允从，奈暗中有伯颜把持，总教贿赂到手，无人不可设法，陈思谦又抗词上奏道：

臣观近日铨衡之弊，约有四端：入仕之门太多，黜陟之法太简，州郡之任太淹，朝省之除太速。欲救四弊，计有三策：一曰，至元三十年以后，增设衙门，冗滥不急者，从实减并，其外有选法者，并入中书。二曰，宜参酌古制，设辟举之科，令三品以下，各举所知，得材则受赏，失责则受罚。三曰，古者刺史入为三公，郎官出宰百里，盖使外职识朝廷治体，内官知民间利病。今后历县尹有能声善政者，授郎官御史，历郡守有奇才异绩者，任宪使尚书。其余各验资品通迁，在内者不得三考连任京官，在外者须历两任，乃迁内职。绩非出类，守不败官者，则循以年劳，处以常调。凡朝缺官员，须二十月之上，方可迁除，庶仕路澄清，贤者益劝，而不肖者无从干进矣。臣为整顿铨法计，故冒昧上陈，伏乞采择！

其时河北道廉访副使僧家奴亦遥上一疏，乞御史台臣代奏。略云：

自古求忠臣必于孝子之口，今官于朝者十年，不省觐者有之；非无思亲之心，实由朝廷无给假省亲之制，而有擅离官次之禁。古律诸职官父母在三百里外，三年听一给定省，假二十日；无父母者，五年听一给拜墓，假十日，以此推之，父母在三百里以至万里，宜计道里远近，定立假期。其应省觐，匿而不省觐者，坐以罪；若诈冒假期，规避以掩其罪，与诈奔丧者同科，则天下无背亲之人，亦即无背君之人！移孝作忠，端在此举，伏乞宸鉴！

御史台臣恰也不好隐匿，便将原奏呈入，文宗与陈思谦奏折，一并发落，饬中书省、礼部、刑部，及翰林、集贤两院，详议以闻。各官明知所奏无私，因碍于伯颜情面，免不得模棱两可，参酌了一篇圆滑的奏章，复呈上去。文宗亦有诏下来，大旨须用人宜慎，临丧宜哀，说得理明词达，其实也是一纸具文，无补实际。**下欺上，上欺下，此是中国积弊，不特元代为然。**还有司徒香山，有意逢君，进陈符谶，援行陶弘景《胡笳曲》有“负扆飞天历，终是甲辰君”二语，与皇上生年纪号适相符合，足为受命的瑞征，乞录付史馆，颁告中外。有诏令翰林、集贤两院及礼部会议。**此时文宗早改元至顺，如香山谰言，不值一辩，乃犹令群臣集议，真是好谀。**嗣经翰林诸臣，以谓“唐开元间，太子宾客薛让，进武后鼎铭云：‘上玄降鉴，方建隆基。’隐为玄宗受命的庆兆。姚崇表贺，请宣示史官，颁告中外。至宋儒司马光，斥他强词牵合，以为符瑞，小臣贡谀，宰相证成，实是侮弄君上。今弘景遗曲，虽于生年纪号，似相符合，但陛下应天顺人，绍隆正统，于今四年，薄海内外，无不归心，何待旁引曲说，作为符命；若从香山言，恐启谶纬曲谈，反足以乱民志，淆政体，请毋庸议”等语。文宗乃把此事搁起。

未几江浙大水，坏民田十八万八千七百三十八顷。越年，江西饥，湖广又饥，云南又大饥；既而荧惑犯东井，白虹并日出，长竟天。京师及陇西地震，天鼓鸣于东北，文宗一面遣赈，一面饬修佛事。**始终佞佛，至死不悟。**迨至梧桐叶落，天下皆秋，文宗帝运已终，竟染了一种奇症，整日昏昏，谵言呓语。皇后卜答失里就榻侍疾，但听文宗所说，无非旧日阴谋，有时大声呼痛，竟似有人捶击一般。经医官朝夕诊视，也辨不出是甚么病症，所开药方，全是不痛不痒，无效可言。

一夕，卜答失里侍侧，忽被文宗牵住两手，大呼哥哥恕我！嫂嫂恕我！吓得卜答失里毛发皆竖。急时抱佛脚，又只得在旁哀求，嗣见文宗神志稍清，才敢问明痛苦。文宗不禁叹息道："朕病将不起了，自思此生造了大孽，得罪兄嫂，目今悔不可追！惟朕殁后，这帝统须传与鄜王，千万勿可爽约！"卜答失里呜咽道："皇侄登基，皇子奈何？"文宗道："你还要顾全皇子么？恐你也保不住这性命！"卜答失里道："且召太平王商议何如？"文宗道："太平太平害死朕了！他也死在目前，召他何为？"卜答失里唯唯听命。嗣令太监密召燕帖木儿，果然抱病在床，溺血不起，乃改召伯颜入议。

伯颜到了御寝，闻文宗喃喃谵语，倒也未免心惊。及见过卜答失里，叙谈片时，卜答失里提及文宗身后，拟立鄜王事，伯颜道："皇子年龄，也与鄜王相仿，何必另立皇侄？"卜答失里以手指床，似乎表明文宗的意思。伯颜不待明说，已经觉着，又悄语卜答失里道："圣上不豫，或致心烦意乱，始有此说。且待圣躬康泰，再行定议未迟。"言尚未已，忽闻文宗噫声道："你是太傅伯颜么？朕虽有疾，并不是时时昏乱，须知先皇即位，不过数月，我已御宇数年，倘有不讳，应把帝位传与鄜王，朕尚可见先皇于地下！你不要再生异议！"伯颜尚欲申说，文宗又向卜答失里道："朕已决定意见，此后倘有改议，无论先帝后不依，我也死难瞑目呢！"这却是临终忏悔。伯颜又启奏道："圣上春秋正富，稍稍违和，自能渐瘥，何必担忧！"文宗摇首道："朕已不济了！少年种种，自悔已迟，今日天禄告终，无可挽回。太平亦应遭劫，将来国事，仗卿作主。卿须迁善改过，竭忠尽诚，莫效那贪淫狡诈哩！"人之将死，其言也善，可惜伯颜不遵。伯颜闻了此言，也觉为之悚然。既而告退出宫。

是夕，文宗病势骤剧，竟痰喘交作，一命呜呼。临终时，犹谆嘱皇后，毋忘遗嘱。统计文宗在位五年，寿只二十九岁。

燕帖木儿闻了这耗，也只得勉强起床，踉跄入宫。是时皇子燕帖古思早召归宫内，倚榻送终。他本是乳臭小儿，晓得甚么悲戚！看看燕帖木儿到来，便跳跃而出，笑颜相迎。燕帖木儿便称他为小皇帝，拉住了手，入谒皇后。只见后妃以下，相率恸哭，不得已站住一旁，陪了数点眼泪。约一小时，后妃等哀尚未止，不禁烦躁起来，即大声道："皇上大行，应由皇子嗣位！此时请皇后即颁遗诏，传位皇子为要！"皇后卜答失里也不回答，越加号咷不止。燕帖木儿很是惊讶，又只好婉言劝慰，至皇后哀声少辍，复将传位的问题，重行提起。皇后卜答失里道："大行皇帝，已有遗嘱，命鄜王继承大统。"燕帖木儿顿足道："传位鄜王么？臣不敢与闻！"卜答失里道："这事不便改议。太傅伯颜曾与先皇面洽，太平王可去问明，自然洞悉底蕴了。"燕帖木儿不好再说，就出宫而去。

当下安排丧葬，自有一番手续，不必细表。只是帝位虽定，鄜王年才七岁，不能亲听国政，当由太平王燕帖木儿召集诸王会京师，凡中书百司庶务，统须禀命中宫，方得决行。转瞬间已是十月，诸王毕会，由太师燕帖木儿及太傅伯颜奉鄜王即位于大明殿，大赦天下，循例下诏道：

洪维太祖皇帝，启辟疆宇；世祖皇帝，统一万方，列圣相承，法度明着，我曲律皇帝（即武宗）入纂大统，修举庶政，动合成法，授大宝位于普颜笃皇帝（即仁宗）以及格坚皇帝（即英宗，详注俱见上），历数之间，实当在我忽都笃皇帝（忽都笃三字，蒙古语，有禄之谓，即明宗尊号），扎牙笃皇帝（扎牙笃三字蒙古语，谓有天命，即文宗尊号），而各播越辽远。时则有若燕帖木儿建议效忠，戡平内难，以定邦国，协恭推戴札牙笃皇帝。登极之始，即以让兄之诏，明告天下，随奉玺绂，远迓忽都笃皇帝。朔方言还，奄弃臣庶，扎牙笃皇帝，荐正宸极，仁义之至，视民如伤，恩泽旁被，无间远迩，顾育眇躬，尤笃慈爱。宾天之日，皇后传顾命于太师太平王右丞相答剌罕燕帖木儿，太傅浚宁王知枢密院事伯颜等，谓圣体弥留，益推固让之初志，以宗社之重，属诸大兄忽都笃皇帝之世嫡，乃遣使召诸王宗亲，以十月一日来会于大都，与宗王大臣同奉遗诏，揆诸成宪，宜御神器。以至顺三年十月初四日，即皇帝位于大明殿，可大赦天下。

自至顺三年十月初四日昧爽以前，除谋反大逆谋杀祖父母父母，妻妾杀夫，奴婢杀主，谋故杀人，但犯强盗，印造伪钞，蛊毒魇魅犯上者不赦外，其余一切罪犯，咸赦除之。大都、上都、兴和三路，差税免三年，腹里差发，并其余诸郡，不纳差发去处税粮，十分为率免二分，江淮以南，夏税亦免二分。土木工役，除仓库必合修理外，毋复创造以纾民力。民间在前应有逋欠差税课程，尽行蠲免。监察御史肃政廉访司官，并内外三品以上正官，岁举才堪守令者一人，申达省部，先行录用。如果称职举官，优加旌擢，一任之内，或犯赃私者，量其轻重，黜罚其不该。原免重囚淹禁三年以上，疑不能决者，申达省部详谳释放。学校农桑，孝弟贞节，科举取士，国学贡试，并依旧制。广海、云南梗化之民，诏书到日，限六十日内出官与免本罪，许以自新。

于戏！肆予冲人，托于天下臣民之上，任大守重，若涉渊冰，尚赖宗王大臣百司庶府，交修乃职，思尽厥忠，嘉与亿兆之民，共保承平之治。咨尔多方，体予至意，故兹诏示，想知悉！

斯诏下后，又尊皇后卜答失里为皇太后，敕造玉册玉宝。又皇太后降旨，命作两宫幄殿车乘供帐，一面告祭南郊及社稷宗庙。至太后册宝告成，复敬奉如仪，太后御兴圣殿受朝贺。宫廷内外，赏赉有差。还有一桩咄咄怪事，七龄的幼主，居然立起一位皇后。这皇后名叫也忒迷失，也系弘吉剌氏，与幼主年龄，也不相上下。小子有诗记此事道：

欲赋桃夭贵及时，

成年方始叶婚期。

如何七岁冲人子，

也咏周南第一诗？

欲知立后后如何情形，待至下回表明。

有元一代，权奸最多。至燕帖木儿之恃功专宠，可谓极矣；然继起者尚有伯颜。陈思谦等虽抗直敢言，然豺狼当道，安问狐狸。所传谏草，无非徒供后人之览诵，着书人不忍掩没，故特志之。至若鄜王之立，于伯颜无甚关系，而于燕帖木儿，则有所顾忌，舍子立侄之议，无怪其不乐赞成。而皇后卜答失里，必导扬末命，不从燕帖木儿之请，彼未能容明宗后，讵转能爱明宗子乎？是必由明宗帝后，从中示儆可知也，证以四十五回，前后连贯，阅者应益恍然。

第四十八回　迎嗣皇权相怀疑　遭冥谴太师病逝

却说鄜王于十月即位，阅十余日，即立了一个皇后。同处宫中，两小无猜，倒也是一段元史奇闻。是时云已隆冬，转眼间又要残腊，乃诏群臣会议改元，并先皇帝庙号神主及升祔武宗皇后等事。议尚未定，小皇帝又罹着绝症，不到数日，又复归天。

诸王大臣统惊异不置，独燕帖木儿喟然道：“我意原欲立皇子，不知先帝何意，必欲另立鄜王？太后又是拘泥得很，定要勉遵顾命。到底鄜王没福，即位不过六七十日，便已病逝，此后总应立皇子了。”乃复入宫谒见太后，先劝慰了一番，然后提及继位问题。

太后道：“国家不幸，才立嗣君，即行病殁，真令人可悲可叹！”燕帖木儿道：“这是命运使然，往事也不必重提了！国家不可一日无君，今日正当继立皇弟呢。”太后道：

"据卿所说，莫非是吾子燕帖古思么？"燕帖木儿应声称是。太后道："吾子尚幼，不应嗣位，还宜另立为是。"燕帖木儿道："前日命立鄜王，乃是遵着遗嘱，化私为公。现在鄜王已崩，自然皇子应立，此外还有何人？"太后道："明宗长子妥欢帖睦尔，前居高丽，现在静江，今年已十三岁了，可以迎立。"毕竟妇人畏鬼，还不敢立己子。燕帖木儿道："先帝在日，曾有明诏，谓妥欢帖睦尔非明宗子，所以前徙高丽，后徙静江，今尚欲立他么？"太后道："立了他再说，待他百年后，再立吾子未迟。"燕帖木儿道："人心难料，太后优待皇侄，恐皇侄未必记念太后哩。"太后道："这也凭他自己的良心，我总教对得住先皇，并对得住明宗帝后，便算尽心了。"燕帖木儿尚是摇首，太后道："太平王，你忘却王忽察都的故事么？先皇帝为了此事，始终不安，我也吓得够了。我的长子又因此病逝，现只剩了一个血块，年不过五六龄，我望他多活几年，所以宁立皇侄，无论妥欢帖睦尔是否为明宗自出，然明宗总称他为子，我今又迎他嗣立，阴灵有知，当不再怨我了！"燕帖木儿道："太后也未免太拘！皇次子出宫后，由臣奉养，并不闻有鬼祟，怕他甚么？"太后道："太平王，你休仗着胆力！先帝也说你不久呢。"燕帖木儿至此，也暗暗地吃了一惊，又默想了片时，方道："太后已决议么？"太后道："我意已决，不必另议！"燕帖木儿叹息而出。太后遂命中书右丞阔里吉思，速即驰驿，往广西的静江县，迎立妥欢帖睦尔。嗣主未来，残年已届，倏忽间已是元旦，仍依至顺年号，作为至顺四年。

过了数日，由阔里吉思遣使驰报，嗣皇帝将到京师了。太后乃命太常礼仪使，整具卤簿，出京迎接。文武百官皆往。燕帖木儿病已早愈，亦乘马偕行。既至良乡，已接着来驾，各官在道旁俯伏，只燕帖木儿自恃功高，不过下马站立。妥欢帖睦尔年才成童，前时曾见过燕帖木儿的威仪，至此又复晤着，容貌虽憔悴了许多，但余威尚在，未免可怕，竟尔掉头不顾。嗣经阔里吉思在旁密启道："太平王在此迎驾，陛下应顾念老臣，格外敬礼。"妥欢帖睦尔闻言，无奈下马，与燕帖木儿相见。燕帖木儿屈膝请安，妥欢帖睦尔也答了一揖。阔里吉思复宣谕百官免礼，于是百官皆起。妥欢帖睦尔随即上马，燕帖木儿也上马从行。

既而两马并驰，不先不后。居然是并肩王。燕帖木儿扬着马鞭，向妥欢帖睦尔道："嗣皇此来，亦知迎立的意思，始自何人？"妥欢帖睦尔默然不答。燕帖木儿道："这是太后的意旨。从前扎牙笃皇帝遇疾大渐，遗命舍子立侄，传位鄜王，不幸即位未几，遽尔崩殂。太后承扎牙笃皇帝余意，以弟殁兄存，所以遣使迎驾，愿嗣皇鉴察！"妥欢帖睦尔仍是无言。燕帖木儿道："老臣历事三朝，感承厚遇，每思扎牙笃皇帝，大公无我，很是敬佩，所以命立鄜王，老臣不敢违命；此次迎立嗣皇，老臣亦很是赞同。"**借太后先皇折到自己，前是宾，此是主，无非为希宠邀功起见。**语至此，眼睁睁地瞧着妥欢帖睦尔，不意妥欢帖睦尔仍然不答。燕帖木儿不觉动恼，勉强忍住，复语道："嗣皇此番入京，须要孝敬太后。自古圣王，统以孝治天下，况太后明明有子，乃甘心让位，授与嗣皇，太后可谓至慈，嗣皇可不尽孝么?"**语带双敲，明明为着自己。**说至尽孝两字，不由得声色俱厉，那妥欢帖睦尔总是一言不发，好似木偶一般。燕帖木儿暗叹道："看他并不是傀儡，如何寂不一言！莫非明宗暴崩，他已晓得我等密谋？看来此人居心，很不可测，我在朝一日，总不令他得志，免得自寻苦恼呢?"**计非不佳，奈天不假年何！**乃不复再言，惟与妥欢帖睦尔并驾入都。

至妥欢帖睦尔入见太后后，燕帖木儿又复入宫，将途次所陈的言语，节述一遍，复向太后道："臣看嗣皇为人，年龄虽稚，意见颇深，若使专政柄，必有一番举动，恐于太后不利!"太后道："既已迎立，事难中止，凡事只由天命罢!"燕帖木儿道："先事防维，亦是要着。此刻且留养宫中，看他动静如何，再行区处。且太后预政有日，廷臣并无间言，现在不如依旧办理，但说嗣皇尚幼，朝政仍取决太后，哪个敢来反抗呢?"太后犹豫未决，燕帖木儿道："老臣并非怀私，实为太后计，为天下计，总应慎重方好。"**总是欺人。**太后尚淡淡地应了一声。燕帖木儿告退。

越日，由太史密奏太后，略言迎立的嗣皇，实不应立，立则天下必乱。太后似信非信，召太史面诘，答称凭诸卜筮。于是太后亦迟疑不决，自正月至三月，国事皆由燕帖木儿主持，表面上总算禀命太后。妥欢帖睦尔留居宫中，名目上是候补皇帝，其实如没有一般，因此神器虚悬，大位无主。燕帖木儿心尚未惬，总想挤去了他，方得安心，奈一时无从发难，不得已迁延过去。

前平章政事赵世延，平时与燕帖木儿很是亲昵，燕帖木儿亦尝以心腹相待，日相过从。至此见燕帖木儿愁眉未展，也尝替他耽忧，因当时无法可施，只好借着花酒，为他解闷。

一日，邀燕帖木儿宴饮，并将他家眷也招了数人，一同列席。又命妻妾等亦出来相陪。男女杂沓，履舄交错，开琼筵以坐花，飞羽觞而醉月，任你燕帖木儿如何忧愁，至此也不觉开颜。酒入欢肠，目动神逸，四面一瞧，妇女恰也不少，有几个是本邸眷属，不必仔细端详，有几个是赵宅后房，前时也曾见过，姿貌不过中人，就使年值妙龄，毕竟无可悦目。忽见客座右首，有一丽姝，荳蔻年华，丰神独逸，桃花面貌，色态俱佳。当醉眼模糊的时候，衬着这般美色，越觉眼花缭乱，心痒难搔，便顾着赵世延道："座隅所坐的美妇，系是何人?"世延向座右一瞧，又指语燕帖木儿道："是否此妇?"燕帖木儿点首称是。世延不禁微笑道："此妇与王爷夙有关系，难道王爷未曾认识么?"这语一出，座隅妇人已经听着，嗤嗤地笑将起来。就是列坐的宾主，晓得此妇的来历，大都为之解颐，顿时哄堂一笑。燕帖木儿尚摸不着头脑，徐问世延道："你等笑我何为?"世延忍着笑道："王爷若爱此妇，尽可送与王爷。"燕帖木儿道："承君美意，但不知此妇究竟是谁?"世延道："王爷可瞧得仔细么？这明明是王爷宠姬，理应朝夕相见，如何转不认识?"燕帖木儿闻言，复抽身离座，至少妇旁端详一番，自己也不觉粲然，便对世延道："我今日贪饮数杯，连小妾鸳鸯，都不相识，难怪座客取笑呢?"人而无目，宜乎速死。世延道："王爷请勿动气！妇人小子，哪里晓得王爷苦衷！王爷为国为民，日夕勤劳，虽有姬妾多人，不过后房备数，所以到了他处，转似未曾相识哩。"善拍马屁。燕帖木儿也对他一笑，尽欢而罢。便挈鸳鸯同舆，循路而归。

是夕留鸳鸯侍寝，自在意中，毋庸细说。名曰鸳鸯，自应配对。只燕帖木儿忧喜交集，忧的是嗣皇即位，或要追究前愆；喜的是佳丽充庭，且图眼前快乐。每日召集妃妾，列坐宴饮，到了酒酣兴至，不管甚么嫌疑，就在大众面前，随选一妇，裸体交欢；夜间又须数人兵寝，巫山十二，任他遍历。看官！你想酒中含毒，色上藏刀，人非金石，怎禁得这般剥削！况且杀生害命，造孽多端，相传太平王厨内，一宴或宰十二马，如此穷奢极欲，能够长久享受么？俗语说得好，铜山也有崩倒的日子，燕帖木儿权力虽隆，究竟敌不过铜山，荒淫了一二个月，渐渐身子尫瘠，老病复发，虽有参苓，也难收效！运退金失色，时衰鬼来欺，燕帖木儿从未信鬼，至此也胆小如鼷，日夜令人环侍，尚觉鬼物满前。

一日，方扶杖出庭，徐徐散步，忽大叫一声，晕倒地上。左右连忙扶起，舁入床中，他却不省人事，满口里胡言诞语，旁人侧耳细听，统是自陈罪状，悔泣不休。忙从太医使中，延请了数位名手，共同诊治。大众都是摇首，勉勉强强地公拟一方，且嘱王府家人道："此方照饮，亦只可少延数日，看来精神耗尽，脉象垂绝，预备后事要紧，我等是无可为力了!"

王妃八不罕以下，俱惶急异常。俟进药后，却是有些应验，燕帖木儿溺了一次瘀血，稍觉神气清醒。但见妃妾等环列两旁，还有子女数人，一并站着，便喘吁吁道："我与你等要长别哩。”八不罕接着道：“王爷不要这般说。”燕帖木儿道：“夫人！夫人！你负泰定帝，我负夫人！彼此咎由自取，尚复何言！”八不罕不禁垂泪，燕帖木儿复道：“人生总有一死；不过我自问生平，许多抱歉，近报在身，远报在子孙，这是不易至理，悔我前未觉悟哩！”晓得迟了。

正在诉别的时候，外面已有无数官员，统来问疾。由燕帖木儿召入，淡淡地谈了数语。惟问及太傅伯颜，未见到来，他却自言自语道：“一生一死，乃见交情，我前时尝替他出力，目今我病，他即视同陌路，可见生死至交，原是不易得呢！”暗伏下文。大众劝慰一番，告别而去。

燕帖木儿复召弟撒敦，及子唐其势、塔剌海嘱咐后事，教他勤慎保家。寻又自叹道：“炎炎者灭，隆隆者绝。我、我、……”说了两个我字，痰已壅上，竟接不下去。须臾面色转变，两目双睁，但听得二语道：“先皇先后恕臣，臣去，臣去！”言毕遂逝。远远听得一片呼喝声，号惨声，阴气森森，令人发竖。

八不罕等又悲又惊，待惊魂少定，阖家挂孝治丧，不必絮述。惟八不罕身为皇后，曾已母仪八方，为了情根未断，甘心受辱，竟嫁燕帖木儿为妃；乃历时未几，又复守孀，总是一场别鹄离鸾，悔不该再行颠鸾倒凤！还有必罕姊妹，更不值得。可见妇人以守节为重，既以不幸丧夫，何必另图改醮呢！大声疾呼，有关名教。小子走笔至此，且暂作一束，缀以俚句一绝云：

《国风》犹忆刺“狐绥”，
一念痴迷悔莫追。
尽说回头便是岸，
谁知欲海竟无涯！

燕帖木儿已死，那时妥欢帖睦尔方得乘势出头，由太后卜答失里召集群臣，奉他即位，欲知嗣位情形，且看下回便知。

燕帖木儿大诈似忠，始仇泰定而迎二王，继助文宗以戕明宗，一再弑立，视君如弈棋。董卓、曹操之所不能为者，而燕帖木儿敢为之，一代奸雄，绝无仅有。惟文后初立鄜王，继立妥欢帖睦尔，皆非燕帖木儿所赞成，彼挟震主之威，肆行无忌，讵不能抗违后命，另立嗣君乎？吾推其意，当鄜王嗣立时，利其年幼，姑暂听之；至鄜王夭逝，迎立妥欢帖睦尔，并马涂行，举鞭指示，而妥欢帖睦尔不答；燕帖木儿遂怀异志，暗中把持，三月无君，假使未死，则妥欢帖睦尔其能免彼暗算耶？乃溺之以酒，蛊之以色，俾其荒淫体羸，溺血以死，是殆天之福善祸淫，而阴夺其魄者？本书历叙权奸，而于燕帖木儿之生死，记载独详，其所以庽戒之意，昭然若揭，余事已见细评，要无非一儆世也。

第四十九回 履尊择配后族蒙恩 犯阙称兵豪宗覆祀

却说妥欢帖睦尔留宫三月，因燕帖木儿已死，乃由太后与大臣定议，奉他即位，且约以万岁之后，传位燕帖古思，如武宗、仁宗故事。诸王宗戚，相率赞成，遂奉上玺绶，于至顺四年六月，赴上都即位，又有一道赦诏，其文云：

洪维我太祖皇帝，受命于天，肇造区夏。世祖皇帝，奄有四海，治功大备。列圣相传，丕承前烈。我皇祖武宗皇帝，入纂大统，及致和之季，皇考明宗皇帝，远居沙漠，扎牙笃皇帝戡定内难，让以天下。我皇考宾天，扎牙笃皇帝复正宸极，治化方隆，奄弃臣庶。今皇太后召大臣燕帖木儿、伯颜等曰："昔者阔彻、脱脱木儿、只儿哈郎等谋逆，以明宗太子为名，又先为八不沙，始以妒忌妄构诬言，疏离骨月，逆臣等既正其罪，太子遂迁于外。扎牙笃皇帝，后知其妄，寻至大渐，顾命有曰：朕之大位，其以朕兄子继之。"时以朕远征南服，以朕弟懿璘质班，登大位以安百姓，乃遽至大故。皇太后体承扎牙笃皇帝遗意，以武宗皇帝之玄孙，明宗皇帝之世嫡，以贤以长，在予一人，遣使迎还，征集宗室诸王来会，合辞推戴。今奉皇太后勉进之笃，宗亲大臣恳请之至，以至顺四年六月初八日，即皇帝位于上都。于戏！惟天惟祖宗，全付予有家，栗栗危惧，若涉渊冰，罔知攸济。尚赖宗亲臣邻，交修不逮，以底隆平。其赦天下，俾众周知！

诏书一布，帝位既定，这便是元朝末代皇帝。后来明兵入燕都，元主北去，明太祖以他知顺天命，退避朔漠，特加号曰"顺帝"。小子沿例乘便，从此就称为顺帝了。

顺帝有亲臣，名阿鲁辉帖木儿，上言天下事须委任宰相，庶有专责，可望成功；若亲目听断，必负恶名。恐由伯颜运动得来。顺帝信为真言，遂命伯颜为太师中书右丞相，监修国史，兼奎章阁大学士，领学士院、太史院回回、汉人司天监事。复置左丞相，令撒敦充任，并加号太傅。唐其势为御史大夫。

燕帖木儿有一女，名答纳失里，太后以燕帖木儿遗功卓著，遂将答纳失里纳入后宫，命顺帝册立为后。顺帝此时不敢专擅，自然遵命而行，一切仪注，悉循旧制。册文有云：

天之元统二气，配莫厚于坤仪；月之道循右行，明同贞于干耀。若昔帝王之宅后，居多辅相之世勋；盖选德于亢宗，亦畴庸于先正；造周资任、姒之化，兴汉表马、邓之功。咨尔皇后钦察氏，雍肃慈惠，谦裕静淑，乃祖乃父，夙坚翼亮之心，于国于家，实获修齐之助，朕缵丕图之初载，亲承太后之睿谟，眷我元臣，简兹硕媛，相严禋而率典，奉慈极以愉颜，用彰袆翟之华，式着旗常之旧，爰授玉册宝章，命尔为皇后，备成嘉礼，宏贲大猷。于戏！嵩高生贤，予笃怀于良佐，关雎正始，尔勉嗣于徽音。永锡寿康，昭示悠久。录册后文，为下文被鸩张本。

立后以后，锡类推恩，复封撒敦为荣王，食邑庐州；唐其势袭爵太平王，进阶金紫光禄大夫。燕帖木儿的余荫，好算千古无两了。是谓天夺之鉴。又封伯颜为秦王，令与荣王左丞相撒敦，统理百官，总治庶政。一面定议改元，以至顺四年，改为元统元年。既而上札牙笃皇帝尊谥曰“圣明元孝皇帝”，庙号“文宗”，上鄜王尊谥曰“冲圣嗣孝皇帝”，庙号“宁宗”。鄜王庙号宁宗，特为补入，文笔不漏。惟升祔武宗皇后，议久未决。武宗正后真哥，未有子嗣；明宗母亦乞烈氏，文宗母唐兀氏，虽皆追尊为后，然原本返始，究系武宗妃嫔，太师右丞相伯颜亦怀疑莫释，左右两难，因问太常博士逮鲁曾道：“先朝以真哥皇后无子，不为立主，目今定议配飨，应属明宗母呢？抑系文宗母呢？”逮鲁曾道：“真哥皇后在武宗朝，已膺宝册，名分已定，非文、明二母所比。文、明二母，位居妃妾，若以真哥皇后无出的缘故，遂将她废黜，竟以妾母为正，是为臣的人，敢废先君的嫡母！为子的人，私尊先君的亲媵，何以正名？何以传世？”

伯颜频频点首，适集贤学士陈颢素与鲁曾未协，竟出来献议道：“唐太宗时，尝册曹王明母为后，是古时亦有二后的成制；况文、明二母，各产英君，母以子贵，难道不可升祔么？”牵强得很。鲁曾正色道：“尧母庆都，系帝喾庶妃，尧未尝以配喾，今不法尧舜，偏欲依唐太宗故例，殊不可解！”伯颜莞尔道：“博士言是，我当依言奏闻，升祔真哥皇后便了。”

议既决，奏入照准。乃以真哥皇后，配飨武宗，立主升祔。复上皇太后尊号，再行大赦，并免民租之半。

会左丞相撒敦因多病辞职，顺宗眷念后族，命唐其势代任，凡有中书省事，仍令撒敦会议。唐其势就任数日，屡与伯颜龃龉，奏乞罢职。顺帝慰留不允，只得仍召撒敦，再命为左丞相，并追赠燕帖木儿“公忠开济弘谟同德翊运佐命功臣”，仪同三司“太师”、“中书”、右丞相，加封德王，谥曰“忠武”。其余廷右各臣，亦多邀封赏。惟奎章阁侍书虞集，谢病乞归。集学问赅博，有长者风。先是御史中丞马祖常，尝求集荐引乡人袭伯燧，集不从所请，因此挟嫌。顺帝赴上都时，曾召集随往，祖常使人告集道：“御史已有后言，请公留意。”集知祖常有倾轧意，俟顺帝即位后，即托病谢归。看官！你道祖常如何寻隙，令集闻言即去？原来文宗尝命集书诏，言妥欢帖睦尔非明宗子，所以祖常乘隙而入，得肆挤排。不设暗箭，乃用明枪，令虞集归安故里，我谓马祖常还是好人。虞集去后，侍臣犹上启顺帝，谓虞集曾书旧诏，顺帝怅然道：“此朕家事，与他何涉？”顺帝初政，尚有一隙之明。说得侍臣失色而退。寻遣使赐他酒币，召使还朝，集终不起。阅十五年，卒于临川原籍，赐谥“文靖”，学者称为“邵庵先生”。这且搁过不提。

且说顺帝嗣位以后，天灾人异，相逼而至。京畿大水，黄河泛滥，两淮亢旱，徽州、秦州、凤州的大山，相继崩裂，至元统二年元旦，汴梁雨血，着衣皆赤。嗣到春季，彰德路雨白毛，继续似线，土人相率惊诧，或呼作菩萨线，或称为老君髯。既而民间编成歌谣，分作四句；首二句是“天雨线，民起怨”，次二句是“中原地，事必变”，当时共议为不祥。未几水旱疾疫，及山崩地震诸怪异，所在迭见，太白星屡昼见经天，经太史接连报闻，顺帝只知加恩肆赦，凡所有修省事宜，未闻举行。时光易过，又是元统三年。顺帝欲出猎柳林，御史台联衔进奏道：“陛下春秋鼎盛，宜思文皇付托的重任，修德行仁，勉致太平。方今赤县民生，供给繁劳，农务方兴，日不暇给，陛下乃驰骋朔方，既需调发，又防衔橛，恐非上承宗庙，下奠黎庶的至意。”顺帝乃收回原议，罢猎不行。

会左丞相撒敦病殁，伯颜独秉政，唐其势心甚不平，尝语密友道：“天下本我家的天下，伯颜何人，位置偏居我上，煞是可恨！”这语传入伯颜耳中，伯颜心甚不悦，遂缮疏入奏，请以右丞相职位，让与唐其势。又是奸雄手段。奉诏不允，只命唐其势为左丞相，唐其势仍是怏怏。

撒敦弟答里曾封句容郡王，与诸王晃火帖木儿数相往来。唐其势贻书答里，极言伯颜专权，顺帝昏庸，应入清朝右，且行废立故事。才力不及乃父，竟思效乃父故智，无怪弄巧成拙。答里遂与晃火帖水儿商议，晃火帖木儿也蓄异图，竟劝答里备兵举行。答里乃复告唐其势，约以内外夹应，指日图功等语，唐其势遂决意发难。郯王彻彻秃伺得逆谋，首先密报。有诏召答里入朝，待久不至。顺帝乃密告伯颜，预行防备。

至六月晦日，唐其势伏兵东郊，自率勇士突进宫阙，甫入禁城，卫兵齐起，伯颜率着完者帖木儿等大刀阔斧，前来掩杀。唐其势惘惘进来，总道是出人不意，可以唾手成功，谁知四面八方，统是敌兵，那时叫苦不迭，慌忙抵御，战了数合，毕竟寡不敌众，手下健卒渐渐死亡。伯颜复下令道：“生擒唐其势者赏万金，立即升官！”卫士闻得此令，没一个不奋力上前，把唐其势围住。唐其势只有进路，没有出路，也只好拼命死斗，怎奈双手不敌四拳，渐渐支持不住，竟被卫士扯落马下，七打八抬地拖入宫中。也算阔绰。

伯颜扫清叛卒，复引兵驰往东郊，唐其势弟塔剌海尚未知乃兄被擒，竟挈着伏兵，前来对仗。无如伏兵也是不多，经伯颜麾兵猛击，一阵驱杀，已将塔剌海手下，杀得东逃西溃。塔剌海也回马急奔，被卫士射倒马下，活擒过去。

伯颜既执住唐其势兄弟，复驰入宫中，请顺帝登殿审讯，顺帝道："逆谋已著，何庸再鞫，卿可照律惩办便了！"伯颜遂命卫士动手，将唐其势兄弟牵出。唐其势攀住殿槛，且朗声道："陛下曾有明诏，宥臣父子孙九死，为何今日食言？"补前阙文。顺帝怒叱道："谁叫你谋逆，兴兵犯阙？尚欲保全首领么？"卫士闻旨，都来牵扯唐其势，甚至殿槛攀折，方将唐其势曳出，一刀两断。还有塔剌海少年胆怯，竟避匿皇后座下，皇后以情关手足牵裙遮蔽。伯颜喝令卫士，从皇后座下，牵出塔剌海，自己拔剑出鞘，把手一挥，竟将塔剌海杀死，血溅后衣，吓得皇后答纳失里战兢兢地缩做一团。

伯颜复启奏道："皇后兄弟谋逆，皇后亦应有罪；况袒蔽兄弟，显系党恶，请陛下割情正法，为将来戒！"顺帝尚未回答，伯颜复叱卫士，牵皇后出宫。卫士未敢动手，伯颜大怒，竟走至后前，揪住皇后发髻，拖落座下。皇后号泣道："陛下救我！陛下救我！"顺帝至此，亦呜咽道："汝兄弟为逆，朕亦不能相救。"言未已，伯颜已将皇后牵去，交与卫士。伯颜可恶。卫士拥后出宫，到了开平民舍，暂令居住。伯颜不肯干休，竟遣人携了鸩酒，胁皇后饮讫。可怜皇后身入椒房，未满二载，为了兄弟谋逆，竟被伯颜鸩死！流水无情，落花有恨，这也由命数使然，徒令人叹息罢了！这是燕帖木儿害她，不专由她兄弟二人。逆党败奔答里，答里即举兵抗命。顺帝遣使臣哈儿哈伦阿鲁灰奉命招谕，答里不从，反将他捆缚起来，用以祭旗。顺帝再遣阿弼往谕，又被他杀死，于是命搠思监火儿灰、哈剌那海等，领兵前讨。答里亦率党和尚、剌剌等迎战，两军相遇，酣斗一场，和尚、剌剌等败走。答里亦遁，拟往投晃火帖木儿。不意行至中途，闪出了一支人马，主帅名叫阿里浑察，奉上都差遣，前来夹攻答里。答里正势穷力蹙，仓猝不及备战，被阿里浑察冲至马前，一戟刺下，把他擒住，押送上都，眼见得不能活了。

晃火帖木儿闻内外党羽俱已败死，惊得甚么相似。忽又报元将孛罗晃火儿不花引了万人，奔杀前来。不得已征兵数千，出去对阵，可奈兵心未固，遇了敌将，当即弃甲曳兵，纷纷溃散。晃火帖木儿自知难免，遂服毒自杀。

还有怯薛官阿察赤，也与唐其势勾连，欲杀伯颜。经伯颜调查确实，发兵掩捕，执付有司，统共伏辜。一场逆案，化作日出烟消。顺帝复将燕帖木儿及唐其势引用的人员，一并黜逐，并颁下一道谕旨，其文云：

曩者文宗皇帝，以燕帖木儿尝有劳伐，父子兄弟，显列朝廷，而辄造事衅，出朕远方。文皇寻悟其妄，有旨传次于予。燕帖木儿贪利幼弱，复立朕弟懿璘质班，不幸崩殂；今丞相伯颜，追奉遗诏，迎朕于南。既至大都，燕帖木儿犹怀两端，迁延数月。天陨厥躬，伯颜等同时翊戴，乃正宸极。后撒敦、答里、唐其势相袭用事，交通宗王晃火帖木儿，图危社稷。阿察赤亦尝与谋。伯颜等以次掩捕，明正其罪。元凶构难，贻我皇太后震惊，朕用兢惕。永惟皇太后后其所生之子，一以至公为心，亲挈大宝，畀予兄弟，迹其定策两朝，功德隆盛，近古罕比，虽尝奉上尊号，揆之朕心，犹未为尽，已命大臣特议加礼。伯颜为武宗捍御北边，翼戴文皇，兹又克清大憝，明饬国宪，爰赐答剌罕之号，至于子孙，世世永赖，可赦天下，俾众咸悉！

嗣是秦王伯颜愈得宠任，遂命他独任中书右丞相，仿佛与前日燕帖木儿同一宠荣。一面将唐其势家产，尽行籍没。

小子有诗咏道：

追原祸始是骄盈，

人事由来满必倾；

若使权奸生令子，

怎教善恶得分明！

欲知元廷后事，且从下回交代。

燕帖木儿家族之亡，不由顺帝之追究前嫌，而由唐其势之自行谋逆，是正燕帖木儿生时之所不料，实即天道之巧于报应也。燕帖木儿贪淫骄恣，得保全首领以殁，可谓幸矣。厥后子封王，女册后，烜赫尊荣，一时无匹，乃曾几何时，子弟族诛，女后被鸩，遗资宿产，悉数籍没。乃知天之所以福彼者，不啻所以加祸，愚者特不自觉耳！虽然，燕帖木儿之后，尚有伯颜，未鉴前车，复循覆辙，胁主摔后，任所欲为，是殆愚之又愚者。传曰：其兴也暴，其亡也忽。观于此文益信！

第五十回　辱谏官特权停科举　尊太后变例晋徽称

却说秦王右丞相伯颜，自削平逆党后，独秉国钧，免不得作威作福起来。**小人通弊。**适江浙平章彻里帖木儿入为中书平章政事，创议“停废科举，及将学校庄田，改给卫士衣粮”等语。**身非武夫，偏创此议，无怪后之顽固将官，痛嫉学校，动议停办。**小子前述仁宗朝故事，曾将所定科举制度，一一录明，嗣是踵行有年，科举学校，并行不悖。彻里帖木儿为江浙平章时，适届科试期，驿请试官，供张甚盛。彻里帖木儿心颇不平，既入中书，遂欲更张成制。

御史吕思诚等群以为非，合辞弹劾。奏上不报，反黜思诚为广西佥事。余人愤郁异常，统辞官归去。参政许有壬也代为扼腕。会闻停罢科举的诏旨已经缮就，仅未盖玺，不禁忍耐不住，竟抽身至秦王邸中，谒见伯颜，即问道：“太师主持政柄，作育人才，奈何把罢除科举的事情，不力去挽回么？”伯颜怒道：“科举有甚么用处？台臣前日，为这事奏劾彻里帖木儿，你莫非暗中通意不成？”**确是权相口吻。**有壬被他一斥，几乎说不出话来，亏得参政多年，口才尚敏，略行思索，便朗声答道：“太师擢彻里帖木儿，入任中书；御史三十人，不畏太师，乃听有壬指示，难道有壬的权力，比太师尚重么？”

伯颜闻言，却掀髯微笑，似乎怒意稍解。奸相有壬复道：“科举若罢，天下才人，定多觖望！”伯颜道：“举子多以赃败，朝廷岁费若干金钱，反好了一班贪官污吏！我意很不赞成。”有壬道：“从前科举未行，台中赃罚无算，并非尽出举子。”伯颜道：“举子甚多，可任用的人才，只有参政一人。”有壬道：“近时若张梦臣、马伯庸辈，统可大任，就是善文如欧阳元，亦非他人所及。”伯颜道：“科举虽罢，士子欲求丰衣美食，亦能有心向学，何必定行科举？”有壬道：“志士并不谋温饱，不过有了科举，便可作为进身的阶梯，他日立朝议政，保国抒才，都好由此进行呢。”

伯颜沈吟半晌，复道：“科举取人，实与选法有碍。”**本意在此，先时尚欲自讳，至此无从隐蔽，方和盘托出。**有壬道：“今通事知印等，天下凡三千三百余名，今岁自四月至九月，白身补官，受宣入仕，计有七十三人，若科举定例，每岁只三十余人，据此核算，选法与科举，并没有甚么妨碍；况科举制度，已行了数十年，祖宗成制，非有弊无利，不应骤事撤除。还请太师明察！”伯颜道：“箭在弦上，不得不发，此事已有定议，未便撤销，参政亦应谅我苦心呢！”遁辞知其所穷。有壬至此，无言可说，只得起身告辞。

伯颜送出有壬，暗想此人可恨，他硬出头与我反对，我定要当着大众，折辱他一次，作为儆戒，免得他人再来掣肘。当下默想一番，得了计画，遂于次日入朝，请顺帝将停办科举的诏书盖了御宝，便把诏书携出，宣召百官，提名指出许有壬，要他列为班首，恭读诏书。有壬尚不知是何诏，竟从伯颜手中接奉诏敕。待至眼帘映着，却是一道停办科举的诏书，那时欲读不可，不读又不可，勉勉强强地读了一遍，方将此诏发落。

治书御史普化待他读毕，却望着一笑，弄得有壬羞惭无地。须臾退班，普化复语有壬道：“御史可谓过河拆桥了。”有壬红着两颊，一言不发，归寓后，称疾不出。原来有壬与普化本是要好的朋友，前时尝与普化言及，定要争回此举。普化以伯颜揽权，无可容喙，不如见机自默，作个仗马寒蝉。保身之计固是，保国之计亦属未然。有壬凭着一时气恼，不服此言，应即与普化交誓，决意力争，后来弄到这般收场，面子上如何过得下去？因此引为大耻，只好托称有疾罢了。

伯颜既废科举，复敕所在儒学贡士庄田租改给宿卫衣粮。卫士得了一种进款，自然感激伯颜，惟一般士子，纷纷谤议，奈当君主专制时代，凡事总由君相主裁，就使士子交怨，亦只能饮恨吞声，无可如何。这叫作秀才造反。

这且慢表。惟天变未靖，星象又屡次示异，忽报荧惑犯南斗，忽报辰星犯房宿，忽报太阴犯太微垣，余如太白昼见太白经天等现象，又连接不断，顺帝未免怀忧。辄召伯颜商议，伯颜道：“星象告变，与人生无甚关系，陛下何必过忧！”伯颜似预知西学。

顺帝道：“自我朝入主中夏以来，寿祚延长，莫如世祖。世祖的年号，便是至元，朕既缵承祖统，应思效法祖功，现拟本年改元，亦称作至元年号，卿意以为何如？”愚不可及。伯颜道：“陛下要如何改，便如何改，毋劳下问！”顺帝乃决意改元。

这事传到台官耳中，大众又交头接耳，论个不休。监察御史李好文即草起一疏，大意言年号袭旧，于古未闻，且徒袭虚名，未行实政，亦恐无益。正在摇笔成文的时候，外面已有人报说，改元的诏旨已颁下了。好文忙至御史台省，索得一纸诏书，其文道：

朕祗绍天明，入纂丕绪，于今三年夙夜寅畏，罔敢怠荒。兹者年谷顺成，海宇清谧，朕方增修厥德，日以敬天恤民为务，属太史上言，星文示儆，将朕德菲薄，有所未逮欤？天心仁爱，俾予以治，有所告戒欤？弭灾有道，善政为先，更号纪元，实惟旧典。惟世祖皇帝在位长久，天人协和，诸福咸至。祖述之志，良切朕怀，今特改元统三年，仍为至元元年。诞遵成宪，诞布宽条，庶格祯祥，永绥景祚，可赦天下。

好文览毕，哑然失笑，即转身返入寓内，见奏稿仍摆在案头，字迹初干，砚坳尚湿，他凭着残墨秃笔，写出时弊十余条，言比世祖时代的得失，相去甚远，结束是“陛下有志祖述，应速祛时弊，方得仰承祖统”云云。属稿既成，从头至尾的读了一遍，自觉言无剩意，笔有余妍，遂换了文房四宝，另录端楷，录成后即入呈御览。待了数日，毫无音信，大约是付诸冰搁了。

好文愈觉气愤，免不得出去解闷。他与参政许有壬也是知友，遂乘暇进谒。时有壬旧忿已消，销假视事，既见了好文，两下叙谈，免不得说起国事。好文道：“目今下诏改元，仍复‘至元’年号，这正是古今未有的奇闻。某于数日间曾拜本进去，至今旬日，未见纶音，难道改了‘至元’二字，便可与全盛时代，同一隆平么？”

有壬道：“朝政煞是糊涂，这还是小事呢。”好文道：“还有甚么大事？”有壬道：“足下未闻尊崇皇太后的事情么？”好文道：“前次下诏，命大臣特议加礼，某亦与议一二次，据鄙见所陈，无非加了徽号数字，便算得尊崇了。”有壬道：“有人献议，宜尊皇太后为太皇太后，足下应亦与闻？”此处尊皇太后事，从大臣口中叙出，笔法不致复沓。好文笑道：“这等乃无稽谰言，不值一哂。”有壬道：“足下说是谰言，上头竟要实行呢！”好文道：“太皇太后，乃历代帝王，尊奉祖母的尊号，现在的皇太后，系皇上的婶母，何得称为太皇太后？”有壬道：“这个自然，偏皇上以为可行，皇太后亦喜是称，奈何！”

好文道：“朝廷养我辈何为？须要切实谏阻。”有壬道：“我已与台官商议，合词谏诤，台官因前奏请科举，大家撞了一鼻子灰，恐此次又蹈覆辙，所以不欲再陈，你推我诿，尚未议决。”好文道：“公位居参政，何妨独上一本。”有壬道：“言之无益，又要被人嘲笑。”（顾上文。）好文不待说毕，便朗声道：“做一日臣子，尽一日的心力；若恐别人嘲笑，做了反舌无声，不特负君，亦恐负己哩！”有壬道：“监察御史泰不华也这般说，他已邀约同志数人，上书谏阻，并劝我独上一疏，陈明是非。我今已在此拟稿，巧值足下到来，是以中辍。”好文道：“如此说来，某却做了催租客了。只这篇奏稿，亦不要甚么多说，但教正名定分，便见得是是非非了。”有壬道：“我亦这般想，我去把拟稿取来，与足下一阅。”言毕，便命仆役去取奏稿。不一刻，已将奏稿取到，由好文瞧着，内有数语道：从好文目中述及许有壬奏稿，又是一种笔法。

皇上于太后，母子也；若加太皇太后，则为孙矣。且今制封赠祖父母，降父母一等；

盖推恩之法，近重而远轻，今尊皇太后为太皇太后，是推而远之，乃反轻矣！

好文阅此数语，便赞着道："好极！好极！这奏上去，料不致没挽回了。"说着，又瞧将下去，还有数句，无非是不应例外尊崇等语。瞧毕，即起身离座，将奏稿奉还有壬道："快快上奏，俾上头早些觉悟。某要告别了。"

有壬也不再留，送客后，即把奏稿续成，饬文牍员录就，于次日拜发。监察御史泰不华亦率同列上章，谓祖母徽称，不宜加于叔母。两疏毕入，仍是无声无臭，好几日不见发落。有壬只咨嗟太息，泰不华却密探消息，非常注意。

一日到台办事，忽有同僚入报道："君等要遇祸了，还在此从容办事么！"泰不华道："敢是为着太皇太后一疏么？"那人道："闻皇太后览了此疏，勃然大怒，欲将君等加罪，恐明日即应有旨。"言未已，台中哗然，与泰不华会奏的人员，更是惶急，有几个胆小的，益发颤起来，统来请教泰不华想一条保全性命的法儿。挖苦得很。泰不华神色如故，反和颜慰谕道："这事从我发起，皇太后如要加罪，由我一人担当，甘受诛戮，决不带累诸公！"于是大家才有些放心。

越日，也不见诏旨下来，又越一日，内廷反颁发金币若干，分赐泰不华等，泰不华倒未免惊诧，私问宫监，宫监道："太后初见奏章，原有怒意，拟加罪言官，昨日怒气已平，转说风宪中有如此直臣，恰也难得，应赏赐金币，旌扬直声，所以今日有此特赏。"泰不华至此，也不免上书谢恩。许有壬不闻蒙赏，未免晦气。只是太皇太后的议案，一成不变，好似金科玉律一般，没人可以动摇，当由礼仪使草定仪制，交礼部核定，呈入内廷，一面饬制太皇太后玉册玉宝。至册宝告成，遂恭上太皇太后尊号，称为赞天开圣徽懿宣诏贞文慈佑储善衍庆福元太皇太后，并诏告中外道：

钦惟太皇太后，承九庙之托，启两朝之业，亲以大宝付之眇躬，尚依拥佑之慈，恪遵仁让之训。爰极尊崇之典，以昭报本之忱，用上徽称，宣告中外。

是时为至元元年十二月，距改元的诏旨，不过一月。小子前于改元时，未曾叙明月日，至此不能不补叙，改元诏书，乃是元统三年十一月中颁发，史家因顺帝已经改元，遂将元统三年，统称为至元元年。或因世祖年号，已称"至元"，顺帝又仍是称，恐后人无从辨别，于"至元"二字上，特加一"后"字，以别于前，这且休表。**上文叙改元之举，不便夹入，至此才行补笔，亦是销纳之法。**

且说太皇太后，于诏旨颁发后，即日御兴圣殿，受诸王百官朝贺。自元代开国以来，所有母后，除顺宗后弘吉剌氏外（见三十三回），要算这会是第二次盛举，重行旷典，增定隆仪，殿开宝婺，仰瞻太母之丰容；乐奏仙璈，不啻钧天之逸响。这边是百僚进谒，冠履生辉；那边是群女添香，珮环皆韵。太皇太后喜出望外，固不必说，就是宫廷内外，也没一个不踊跃欢呼，非常称庆。唯前日奏阻人员，心中总有些不服，不过事到其间，未便示异，也只有随班趋跄罢了。插写每为下文削去尊号，故作反笔。

庆贺已毕，又由内库发出金银钞币，分赏诸王百官，连各大臣家眷，亦都得有特赐。独彻里帖木儿异想天开，竟将妻弟阿鲁浑沙儿认为己女，冒请珠袍等物。

一班御史台官得着这个证据，乐得上章劾奏，且叙入彻里帖木儿平日尝指斥武宗为"那壁"。看官！你道"那壁"二字，是甚么讲解？就是文言上说的"彼"字。顺帝览奏，又去宣召伯颜，问他是否应斥。伯颜竟说是应该远谪，乃将彻里帖木儿夺职，谪置南安。相传由彻里帖木儿渐次骄恣，有时也与伯颜相忤，因此伯颜袒护于前，倾排于后。正是：

贵贱由人难自主，

谄谀无益且招殃。

毕竟后事如何，且看下回分解。

科举之得失，前人评论甚详，即鄙人于三十回中，亦略加论断，毋容赘说。惟伯颜之主停科举，实有别意。一则因彻里帖木儿之言，先入为主；二则朝纲独擅，无非欲揽用私人，若规规于科举，总不无掣肘之虞，故决议罢免之以快其私，非关于得失问题也。其后若改元，若尊皇太后为太皇太后，俱事出创闻，古今罕有，伯颜下行私，上欺君，逢迎蒙蔽，借邀主眷，权奸之所为，固如是哉！此回叙元廷政事，除罢免科举外，似与伯颜无涉，实则暗中皆指斥伯颜。项庄舞剑，意在沛公，阅者体会入微，自能知之。

第五十一回　妨功害能淫威震主　竭忠报国大义灭亲

却说元顺帝宠用伯颜，非常信任，随时赏给金帛珍宝及田地户产，甚至把累朝御服，亦作为特赐品。伯颜也不推辞，惟奏请追尊顺帝生母，算是报效顺帝的忠忱。顺帝生母迈来迪出身微贱，小子于前册中，已略述来历（见四十四回）。此次伯颜奏请，正中顺帝意旨，遂令礼部议定徽称，追尊生母迈来迪为贞裕徽圣皇后。追尊所生，未始非报本之意，惟出自伯颜奏请，不免责谀。顺帝以伯颜先意承旨，越加宠眷，复将"塔剌罕"的美名给他世袭，又敕封伯颜弟马扎尔台为王。马扎尔台夙事武宗，后侍仁宗，素性恭谨，与乃兄伯颜谦傲不同，此时已知枢密院事，闻宠命迭下，竟入朝固辞。顺帝问以何意，马扎尔台道："臣兄已封秦王，臣不宜再受王爵，太平故事，可作殷鉴，请陛下收回成命！"善鉴前车，故不俱亡。顺帝道："卿真可谓小心翼翼了！"马扎尔台叩谢而退。顺帝尚是未安，仍命为太保，分枢密院往镇北方。

马扎尔台只好遵着，出都莅任，蠲徭薄赋，颇得民心。惟伯颜怙恶不悛，经马扎尔台屡次函劝，终未见从，反且任性横行，变乱国法，朝野士民，相率怨望。广东朱光卿，与其党石昆山、钟大明聚众造反，称大金国，改元赤符。惠州民聂秀卿等，亦举兵应光卿。河南盗棒胡，又聚众作乱，中州大震。此为顺帝时代乱祸四起之肇始。元廷命河南左丞庆童往讨，获得旗帜宣敕金印，遣使上献。

伯颜闻报，即日入朝，命来使呈上旗帜宣敕等物。顺帝瞧着道："这等对象，意欲何为?"瘟皇帝。伯颜奏道："这皆由汉人所为，请陛下问明汉官。"参政许有壬正在朝列，听着伯颜奏语，料他不怀好意，忙出班跪奏道："此辈反状昭著，陛下何必下问，只命前敌大臣，努力痛剿便了!"顺帝道："卿言甚是！汉人作乱，须汉官留意诛捕，卿系汉官，可传朕谕，命所有汉官等人，讲求诛捕的法儿，切实奏闻，朕当酌行。"诛捕汉贼，责成汉官，若诛捕蒙逆，必责成蒙官，此乃自分畛域，适足召亡。许有壬唯唯遵谕。顺帝即退朝还宫。伯颜不复再奏，怏怏趋出。看官！你道伯颜寓何意思？他料汉官必讳言汉贼，可以从此诘责，兴起大狱；孰意被有壬瞧透机关，竟尔直认，反致说不下去，以此失意退朝。

嗣闻四川合州人韩法师，亦拥众称尊，自号南朝越王，边警日有所闻。当由元廷严饬诸路督捕，才得兵吏戮力，渐次荡平。各路连章奏捷，并报明诛获叛民姓氏，其间以张、王、刘、李、赵五姓为最多。伯颜想入非非，竟入内廷密奏，请将五姓汉人，一律诛戮。亏得顺帝尚有知觉，说是五姓中亦有良莠，不能一律尽诛，于是伯颜又不获所请，负气而归。

转眼间已是至元四年，顺帝赴上都，次八里塘。时正春夏交季，天忽雨雹，大者如拳，且有种种怪状，如小儿环玦狮象等物，官民相率惊异，谣诼纷纷。未几有漳州民李志甫、袁州人周子旺，相继作乱，骚扰了好几月，结果是同归于尽，讹言方得少息。顺帝又归功伯颜，命在涿州、汴梁二处，建立生祠。嗣复晋封大丞相，加元德上辅功臣的美号，赐七宝玉书龙虎金符。元无大丞相名号，伯颜得此，可称特色。

伯颜益加骄恣，收集诸卫精兵，令党羽燕者不花作为统领，每事必禀命伯颜。伯颜偶出，侍从无算，充溢街衢。至如帝驾仪卫，反日见零落，如晨星一般。天下但知有伯颜，不知有顺帝，因此顺帝宠眷的心思反渐渐变做畏惧了。

会伯颜以郯王彻彻秃颇得帝眷，与己相忤，暗思把他捽去，免做对头；遂诬奏彻彻秃隐蓄异图，须加诛戮。顺帝默忖道："从前唐其势等谋变，彻彻秃先发逆谋，彼时尚不与逆党勾结，难道今反变志？此必伯颜阴怀嫉忌的缘故，万不可从。"乃将原奏留中不发。

次日伯颜又入内面奏，且连及宣让王帖木儿不花、威顺王宽彻普化，请一律诛逐。顺帝淡淡地答道："这事须查有实据，方可下诏。"伯颜恰说了许多证据，大半是捕风捉影，似是而非，说得顺帝无言可答，只是默然。顺帝惯作此状。

伯颜见顺帝不答，忿忿地走了出去。顺帝只道他扫兴回邸，不复置念，谁知他竟密召党羽，捏做一道诏旨，传至郯王府中，把彻彻秃捆绑出来，一刀了讫。复伪传帝命，勒令宣让王、威顺王两人，即日出都，不准逗留。待至顺帝闻知，被杀的早已死去，被逐的也已撵出，不由得龙心大怒，要将伯颜加罪，立正典刑。怎奈顺帝的权力不及伯颜，投鼠还须忌器，万一不慎，连帝位都保不住，没奈何耐着性子，徐图良策。然而恶人到头，终须有报，任你位高权重的大丞相，做到恶贯满盈的时候，总有人出来摆布，教他自去寻死。儆世名言。

这位大丞相伯颜的了局，说来更觉可奇，他不死在别人手中，偏偏死在他自己的侄儿手里，正是天网难逃，愈弄愈巧了。看官听着，他的侄儿，名叫脱脱（一作托克托），就是马扎尔台的长子。先是唐其势作乱时，脱脱尝躬与讨逆，以功进官，累升至金紫光禄大夫，伯颜欲令他入备宿卫，侦帝起居，嗣因专用私亲，恐干物议，乃以知枢密院事汪家奴，及翰林院承旨沙剌班，与脱脱同入禁中。脱脱得有所闻，从前必报知伯颜，寻见伯颜揽权自恣，也不免忧虑起来。

时马扎尔台尚未出镇，脱脱曾密禀道："伯父骄纵日甚，万一天子震怒，猝加重谴，那时吾族要灭亡了，岂不可虑！"马扎尔台道："我也曾虑及此事，只我兄不肯改过，奈何！"脱脱道："总要先事预防方好哩。"马扎尔台点头称是。至马扎尔台奉命北去，脱脱无可禀承，越加惶急，暗思外人无可与商，只有幼年师事的吴直方，气谊相投，不妨请教。

当下密造师门，谒见直方，问及此事，直方慨然道："古人有言，大义灭亲，汝但宜为国尽忠，不要专顾甚么亲族！"脱脱拜谢道："愿受师教！"言毕辞归。

一日，侍帝左右，见顺帝愁眉不展，遂自陈忘家殉国的意思。顺帝尚未见信，私下与阿鲁、世杰班两人述及脱脱奏语，令他密查。阿鲁、世杰班算是顺帝心腹，做了数年皇帝，只有两人好算心腹，危乎危乎！至此奉顺帝命，与脱脱交游，每谈及忠义事，脱脱必披胆直陈，甚至欷歔涕泣，说得两人非常钦佩。遂密报顺帝，说是靠得住的忠臣。

会郯王被杀，宣让、威顺二王被逐，顺帝敢怒不敢言，只日坐内廷，咄咄书空。脱脱瞧着，便跪请为帝分忧。顺帝太息道："卿固怀忠，但此事不便命卿效力，奈何！"脱脱道："臣入侍陛下，总期陛下得安，就使粉骨碎身，亦所不恨。"顺帝道："事关卿家，卿可为朕设法否？"脱脱道："臣幼读古书，颇知大义，毁家谋国，臣不敢辞！"顺帝乃把伯颜跋扈的情迹，详述一遍，并且带语带哭，脱脱也为泪下，遂奏对道："臣当竭力设法，务报主恩！"顺帝点头。

脱脱退出。复去禀告吴直方，直方道："这事关系重大，宗社安危，在此一举，但不知汝奏对时，有无旁人听着。"脱脱道："恰有两人，一为阿鲁，一为脱脱木儿，想此两人为皇上亲臣，或不致露泄机密。"直方道："汝伯父权焰熏天，满朝多系党羽，若辈苟志图富贵，竟泄密谋，不特汝身被戮，恐皇上亦蹈不测了。"脱脱闻了此语，未免露出慌张情形。直方道："时刻无多，想尚不致遽泄，我尚有一计，可以挽回。"脱脱大喜，当即请教。直方与他附耳道："如此如此！"此处为省文起见，所以含浑。喜得脱脱欢跃而出，忙去邀请阿鲁及脱脱木儿至家，治酒张乐，殷勤款待，自昼至夜，始终不令出门。自己恰设词离座，出访世杰班，议定伏甲朝门，俟翌晨伯颜入朝，拿他问罪。当下密戒卫士，严稽宫门出入，螭坳统为置兵，待晓乃发。

脱脱暂归，天尚未明，伯颜已遣人召脱脱，脱脱不敢不去。及见伯颜，竟遭诘责，说是宫廷内外，何故骤行加兵？消息真灵。那时脱脱心下大惊，勉强镇定了神，徐徐答道："宫廷为天子所居，理宜小心防御；况目今盗贼四起，难保不潜入京师，所以预为戒严！"伯颜又叱道："你何故不先报我？"脱脱惶恐，谢罪而去。料知事难速成，又去通知世杰班，教他缓图。果然伯颜隐有戒心，于次日入朝时，竟带卫卒至朝门外候着，作为保护。及退朝无事，又上一奏疏，请顺帝出畋柳林。

是时脱脱返家，已与阿鲁、脱脱木儿约为异姓兄弟，誓同报国。忽来宫监宣召，促脱脱入议，脱脱与二人相偕入宫。顺帝即将伯颜奏章，递与脱脱。脱脱阅毕，便启奏道："陛下不宜出畋，请将原奏留中为是。"顺帝道："朕意也是如此，只伯颜图朕日急，卿等务替朕严防！"言未已，宫监又呈进奏牍，仍是伯颜催请出猎。顺帝略略一瞧，即语脱脱道："奈何？他又来催朕了。"脱脱道："臣为陛下计，不妨托疾，只命太子代行，便可无虑。"顺帝道："这计甚善，明晨就可颁旨，劳卿为朕草诏便了。"脱脱遵谕，即就顺帝前领了笔墨，写就数行，复呈顺帝亲览。由顺帝盖了御宝，于次日颁发出去。自此脱脱等留住禁中，与顺帝密图方法，三个臭皮匠，比个诸葛亮，这遭伯颜要堕入计中了。

伯颜接诏后，暗思太子代行，事颇尴尬，但诏中命大丞相保护，又是不好不去。默默地思索多时，竟想出废立的一条计策来，拟乘此出畋时候，挟了太子，号召各路兵马，入阙废君。又蹈唐其势覆辙，这正是暗中报应。计画已定，便点齐卫士，请太子启行，簇拥出城，竟赴柳林去讫。

看官！这太子却是何人，原来就是文宗次子燕帖古思。从前顺帝嗣位，曾奉太后谕旨，他日须传位燕帖古思，所以立燕帖古思为太子（应四十九回）。

伯颜既奉太子出都，脱脱即与阿鲁等密谋，悉拘京城门钥。命所亲信布列城下，夤夜奉顺帝居玉德殿，召省院大臣，先后入见，令出五门听命。一面遣都指挥月可察儿，授以秘计，令率三十骑至柳林，取太子还都。又召翰林院中杨瑀、范汇二人，入宫草诏，详数伯颜罪状，贬为河南行省左丞相。命平章政事只儿瓦歹，赍赴柳林。脱脱自服戎装，率卫士巡城。俟诸人出城后，阖了城门，登陴以待。

说时迟，那时快，不到数时，月可察儿已奉太子回来，传着暗号，由脱脱开城迎入，仍将城门关住。原来柳林距京师，只数十里，半日可以往返。月可察儿自二鼓起程，疾驰而去，至柳林，不过夜半。当时太子左右，已由脱脱派着心腹，使为内应，及与月可察儿相见，彼此不待详说，即入内挈了太子，与月可察儿一同入都。

伯颜正在睡乡，哪里晓得这般计画。至五鼓后，睡梦始觉，方由卫士报闻太子已归，急得顿足不已。正惊疑间，只儿瓦歹又到，宣读诏敕。伯颜听他读毕，还仗着前日势力，不去理睬，竟出帐上马，带着卫士，一口气跑至都门。

时已天晓，门尚未辟，只见脱脱剑佩雍容，踞坐城上，他即厉声喝着，大呼开城。威权已去，厉声何益！城上坐着的脱脱起身答道"皇上有旨，黜丞相一人，诸从官等皆无罪，可各归本卫！"伯颜道："我即有罪，被皇上黜逐，也须陛辞皇上，如何不令我入城？"脱脱道："圣旨难违，请即自便！"伯颜道："你是我侄儿脱脱么？你幼年的时候，我曾视若己子，如何抚养，你今日怎得负我？"脱脱道："为国家计，只能遵着大义，不能顾着私恩；况伯父此行，仍得保全宗族，不致如太平王家，祸及灭门，还算是万幸呢！"确是万幸。

伯颜尚欲再言，不意脱脱已下城自去。及返顾侍从，又散去了一大半，弄到没法可施，不得已回马南行。道出直定，人民见他到来，都说丞相伯颜也有今日。有几个朴诚的父老，改恨为悯，奉进壶觞。伯颜温言抚慰，并问道：“尔等曾闻有逆子害父的事情么?”父老道：“小民等僻处乡野，只闻逆臣逼君，不曾闻逆子害父!”伯颜被他一驳，未免良心发现，俯首怀惭。旋与父老告别，狼狈南下，途次又接着廷寄，略称伯颜罪重罚轻，应再行加罚，安置南恩州阳春县。看官！你想南恩州远在岭南，镇日里烟瘴熏蒸，不可向迩，如这位养尊处优的大丞相伯颜，此时被充发出去，受这么苦，哪里禁当得起！他亦明知是一条死路，今日挨，明日宕，及行抵江西隆兴驿，奄奄成病，卧土炕中。那驿官又势利得很，还要冷讥热讽，任情奚落，就使不是病死，也活活地气死了。争权夺利者，其鉴诸。

伯颜既贬死，元廷召马扎尔台还朝，命为太师右丞相，脱脱知枢密院事，余如阿鲁、世杰班等，俱封赏有差。嗣复加封马扎尔台为忠王，赐号答剌罕。马扎尔台固辞，且称疾谢职。御史台奏请宣示天下以劝廉让，得旨允从。台官又来拍马。乃诏令马扎尔台，以太师就第，授脱脱为右丞相，录军国重事。脱脱乃悉更伯颜旧政，复科举取士法，雪郯王彻彻秃冤诬，召还宣让、威顺二王，使居旧藩，又弛马禁，减盐额，蠲宿逋，并续开经筵，慎选儒臣进讲，中外翕然，称为贤相。小子也有诗咏脱脱道：

春秋书法本森严，
公义私恩不两兼；
鸩死叔牙诛子厚，
忠臣法古有谁嫌?

脱脱秉政后，元廷忽又发生一种奇闻。欲知详细情形，且待下回再表。

伯颜以平唐其势功，敢弑顺后，目无尊长，至专政以后，日益鸱张，生杀予夺，任所欲为，追弑郯王，逐宣让、威顺二王，矫制罪人，不法盖已极矣，仅加贬逐，尚为失刑。然非脱脱之以公灭私，恐贬逐犹非易事也。脱脱大义灭亲，为《麟经》所特许，固无待言；但天嫉伯颜之专擅，独假手于其犹子以报之，何其巧欤！本回依次铺叙，好似无数精彩，随笔而下，其实不过一叙事文而已。然读《元史》至伯颜、马扎尔台、脱脱诸传，不如读此一回文字，较有兴味，是非用笔之长，曷克臻此，阅者宁得徒以小说目之！

第五十二回 逐太后兼及孤儿　用贤相并征名士

却说顺帝既放逐伯颜，好似捽掉了一个大虫，非常喜悦，所有宫禁中一切近臣，俱给封赏，自不消说。惟顺帝是个优柔寡断的主子，每喜偏信近言，优柔寡断四字，是顺帝一生注脚。前此伯颜专政，顺帝无权，内廷一班人物，专知趋奉伯颜，买动欢心，每日向顺帝前，历陈伯颜如何忠勤，如何练达，所以顺帝深信不疑，累加宠遇。到了伯颜贬死，近臣又换了一番举动，只曲意逢迎顺帝。适值太子燕帖古思不服顺帝教训，顺帝未免忿懑，近臣遂乘隙而入，都说燕帖古思的坏处，且奏称他不应为储君。顺帝碍着太皇太后面子，不好猝然废储，常自犹豫未决。偏近臣等摇唇鼓舌，助浪生风，更把那太皇太后故事及文宗当日情形，一股脑儿搬将出来，又添了几句诬陷话儿，不由顺帝不信。但顺帝虽是信着近臣，终因太皇太后内外保护，得以嗣位，意欲宣召脱脱，与他解决这重大问题。近臣恐脱脱进来，打断此议，又奏请此事当由宸衷独断，不必与相臣商量。并且说太皇太后离间骨肉，罪恶尤重，就是太皇太后的徽称，也属古今罕有，天下没有婶母可做祖母的事情，陛下若不明正罪名，反贻后世恶谤。因此顺帝被他激起，竟不及与脱脱等议决，为脱脱解免，似有隐护贤相意。只命近臣缮就诏旨，突行颁发，宣告中外。其诏云：

昔我皇祖武宗皇帝，升遐之后，祖母太皇太后惑于俭慝，俾皇考明宗皇帝出封云南。英宗遇害，正统浸偏，我皇考以武宗之嫡子，逃居朔漠，宗王大臣，同心翊戴。于是以地近先迎文宗，暂总机务。继知天理人伦所在，假让位之名，以宝玺来上。皇考推诚不疑，即授以皇太子宝。文宗稔恶不悛，当躬迓之际，乃与其臣月鲁不花、也里牙、明里董阿等谋为不轨，使我皇考饮恨上宾。归而再御宸极，又私图传子，乃构邪言，嫁祸于八不沙皇后，谓朕非明宗之子，遂俾出居遐陬，祖宗大业，几于不继。内怀愧慊，则杀也里牙以杜口。上天不佑，随降殒罚，叔婶卜答失里，怙其势焰，不立明考之冢嗣，而立孺稚之弟懿璘质班。奄复不年，诸王大臣，以贤以长，扶朕践位。每念治必本于尽孝，事莫先于正名，赖天之灵，权奸屏黜，尽孝正名，不容复缓，永惟鞠育罔极之恩，忍忘不共戴天之义？既往之罪，不可胜诛，其命太常脱脱木儿，撤去文宗图帖睦尔在庙之主。卜答失里本朕之婶，乃阴构奸臣，弗体朕意，僭膺太皇太后之号。迹其闺门之祸，离间骨肉，罪恶尤重，揆之大义，削去鸿名，徙东安州安置。燕帖古思昔虽幼冲，理难同处，朕终不陷于覆辙，专务残酷，惟放诸高丽。当时贼臣月鲁不花、也里牙已死，其以明里董阿等，明正典刑。以示朕尽孝正名之至意！此诏。

这诏颁发，廷臣大哗，公举脱脱入朝，请顺帝取消前命。脱脱却也不辞，便驰入内廷，当面谏阻。顺帝道："你为了国家，逐去伯父。朕也为了国家，逐去叔婶；伯父可逐，难道叔婶不可逐么?"数语调侃得妙，想是有人教他。说得脱脱瞠目结舌，几乎无可措词。旋复将太皇太后的私恩，提出奏陈，奈顺帝置诸不理！又做哑子了。脱脱只好退出，众大臣以脱脱入奏，尚不见从，他人更不待言，一腔热忱，化作冰冷。太皇太后卜答失里又没有甚么能力，好似庙中的城隍娘娘一般，前时铸像装金，入庙升殿，原是庄严得很，引得万众瞻仰，焚香跪叩，不幸被人侮弄，舁像投地，一时不见甚么灵效，遂彼此不相敬奉，视若刍狗，甚至任意蹴踏，取快一时，煞是可叹！此附确切。且说文宗神主，已由脱脱木儿撤出太庙，复由顺帝左右奉了主命，逼太后母子出宫。太后束手无策，唯与幼儿燕帖古思相对，痛哭失声。怎奈无人怜惜，反且恶语交侵，强行胁迫，太后由悲生忿，当即草草收拾，挈了幼儿，负气而出。一出宫门，又被那一班狐群狗党，扯开母子，迫之分道自去，不得同行。古人有言，生离甚于死别，况是母子相离，惨不惨呢！适为御史崔敬所见，大为不忍，忙趋入台署中，索着纸笔，缮就一篇奏牍，大旨说的是：

文皇获不轨之愆，已撤庙祀；叔母有阶祸之罪，亦削鸿名，尽孝正名，斯亦足矣。惟念皇弟燕帖古思太子，年方在幼，罹此播迁，天理人情，有所不忍；明皇当上宾之日，太子在襁褓之间，尚未有知，义当矜悯！盖武宗视明、文二帝，皆亲子也，陛下与太子，皆嫡孙也，以武皇之心为心，则皆子孙，固无亲疏，以陛下之心为心，未免有彼此之论。臣请以世俗喻之：常人有百金之产，尚置义田，宗族困阨者为之教养，不使失所，况皇上贵为天子，富有四海，子育黎元，当使一夫一妇，无不得其所。今乃以同气之人，置之度外，适足贻笑边邦，取辱外国！况蛮夷之心，不可测度，倘生他变，关系非轻，兴言至此，良为寒心！臣愿杀身以赎太子之罪，望陛下遣近臣迎归太后母子，以全母子之情，尽骨肉之义。天意回，人心悦，则宗社幸甚！

缮就后，即刻进呈，并不闻有甚么批答，眼见得太后太子，流离道路，无可挽回。太后到了东安州，满目凄凉，旧有女侍，大半分离，只剩了老媪两三名在旁服役，还是呼应不灵，气得肝胆俱裂，即成痨疾。临歿时犹含泪道："我不听燕太师的言语，弄到这般结果，悔已迟了！”嗣复倚榻东望道：“我儿！我儿！我已死了！你年才数龄，被谗东去，料也保不全性命，我在黄泉待你，总有相见的日子！”言至此，痰喘交作，奄然而逝。阅至此，令人呜咽，然复阅四十四回鸩杀八不沙皇后时，则斯人应受此苦，反足称快！此时的燕帖古思与母相离，已是半个死去，并且前后左右，没人熟识，反日日受他呵斥，益发啼哭不休。监押官月阔察儿凶暴得很，闻着哭声，一味威喝。无如孩童习性，多喜抚慰，最怕痛詈，况前为太子时，何等娇养，没一人敢有违言，此时横遭惨虐，自然悲从中来。月阔察儿骂得愈厉，燕帖古思哭得愈高，及行到榆关外面，距都已遥，天高皇帝远，可恨这月阔察儿，竟使出残酷手段，呵叱不足，继以鞭挞，小小的金枝玉叶，怎禁得这般蹂躏，几声长号，倒地毙命！惨极！月阔察儿并不慌忙，命将儿尸瘗葬道旁，另遣人驰报阙中，捏称因病身亡。顺帝本望他速死，得了此报。暗暗喜欢，还去究诘什么？从此文宗图帖睦尔的后嗣，已无孑遗了。害人者必致自害，阅者其鉴诸！顺帝既逐去文后母子，并杀了明里董阿等人，尚是余怒未息，再将文宗所增置的官属，如太禧宗禋等院及奎章阁艺文监，皆议革罢，翰林学士丞旨巙巙，（一作库库）奏言“人民积产千金，尚设有家塾，延聘馆师，堂堂天朝，一学房乃不能容，未免贻讥中外”。顺帝不得已，乃改奎章阁为宣文阁，艺文监为崇文监，余悉裁去。褊窄至此，宜其亡国。一面追尊明宗为“顺天立道睿文智武大圣孝皇帝”，亲裸太室。

既而腊鼓频催，岁星又改，顺帝复想除旧布新，敕令改元。当由百官会议，把“至元”二字的年号，留一“至”字，易一“正字”。改“元”为“正”，有何益处？议既定，于次年元旦下诏道：

朕惟帝皇之道，德莫大于克孝，治莫大于得贤。朕早历多难，入绍大统，仰思祖宗付托之重，战兢惕厉，于兹八年。慨念皇考久劳于外，甫即大命，四海觖望，夙夜追慕，不忘于怀。乃以至元六年十月初四日，奉玉册玉宝，追上皇考曰顺天立道睿文智武大圣孝皇帝，被服衮冕，裸于太室，式展孝诚。十有一月六日，勉徇大礼庆成之请，御大明殿，受群臣朝贺。忆自去春畴咨于众，以知枢密院事马扎尔台为太师右丞相，以正百官，以亲万民，寻即陛辞，养疾私第。再三谕旨，勉令就位，自春徂秋，其请益固。朕悯其劳日久，察其至诚，不忍烦之以政，俾解机务，仍为太师，而知枢密院事脱脱，早岁辅朕，克着忠贞，乃命为中书右丞相；宗正扎鲁忽赤、帖木儿不花，尝历政府，嘉绩着闻，为中书左丞相，并录军国重事。夫三公论道，以辅予德，二相总政，以弼予治，其以至元七年为至正元年，与天下更始。前录改元诏，见顺帝之喜夸；此录改元诏，见顺帝之无恒。

自是顺帝干纲独奋，内无母后，外乏权臣，所有政务，俱出亲裁。起初倒也励精图治，兴学任贤，并重用脱脱，大修文事。特诏修辽、金、宋三史，以脱脱为都总裁官，中书平章政事铁木儿塔识、中书右丞太平御史中丞张起岩、翰林学士欧阳玄、侍御史吕思诚、翰林侍讲学士揭傒斯为总裁官。先是世祖立国史院，曾命王鹗修辽、金二史，及宋亡，又命史臣通修三史。至仁宗、文宗年间，复屡诏修辑，迄无所成。脱脱既奉命，饬各员搜检遗书，披阅讨论，日夕不辍。又以欧阳玄擅长文艺，所有发凡起例，论赞表奏等类，俱令属稿，略加修正，先成《辽史》，后成金、宋二史，中外无异辞。脱脱又请修至正条格，颁示天下，亦得顺帝允行。

顺帝尝幸宣文阁，脱脱奏请道："陛下临御以来，天下无事，宜留心圣学，近闻左右暗中谏阻，难道经史果不足观么？如不足观，从前世祖在日，何必以是教裕皇！"顺帝连声称善。脱脱即就秘书监中，取裕宗所受书籍，进呈大内，又举荐处士完者图、执理哈琅、杜本、董立、李孝光、张枢等人，有旨宣召。完者图、执理哈琅、董立、李孝光就征到京，诏以完者图、执理哈琅为翰林待制，立为修撰，孝光为著作郎。唯杜本隐居清江，张枢隐居金华，固辞不至。不没名儒。顺帝闻二人不肯就征，很加叹息。

既而罢左丞相帖木儿不花，改用别儿怯不花继任，别儿怯不花与脱脱不协，屡有龃龉，相持年余，脱脱亦得有羸疾，上表辞职。顺帝不许，表至十七上，顺帝乃召见脱脱，问以何人代任。脱脱以阿鲁图对。阿鲁图系世祖功臣博尔术四世孙，曾知枢密院事，袭爵广平王，至是以脱脱推荐，乃命他继任右丞相。另封脱脱为郑王，食邑安丰，赏赉巨万，俱辞不受。阿鲁图就职后，顺帝命他为国史总裁，阿鲁图以未读史书为辞，偏顺帝不准所请。幸亏脱脱虽辞相位，仍与闻史事，所以辽、金、宋三史，终得告成。

至正五年，阿鲁图等以三史进呈，顺帝与语道："史既成书，关系甚重，前代君主的善恶，无不俱录。行善的君主，朕当取法，作恶的君主，朕当鉴戒，这是朕所应为的事情。但史书亦不止儆劝人君，其间兼录人臣，卿等亦宜从善戒恶，取法有资。倘朕有所未及，卿等不妨直言，毋得隐蔽！"如顺帝此言，虽历代贤君无以过之，奈何有初鲜终，行不顾言耶！阿鲁图等顿首舞蹈而出。

会翰林学士承旨巙巙卒于京，顺帝闻讣，嗟悼不已。巙巙幼入国学，博览群书，尝受业于许衡，得正心修身要旨。顺帝初年，曾为经筵官，日劝顺帝就学。顺帝欲待以师礼，巙巙力辞不可。一日，侍顺帝侧，顺帝欲观画，巙巙取比干剖心图以进，且言商王纣不听忠谏，以致亡国。顺帝为之动容。又一日，顺帝览宋徽宗画图，一再称善，巙巙进奏道："徽宗多能，只有一事不能。"顺帝问是何事，巎巎道："独不能为人君！陛下试思徽宗当日，身被虏，国几亡，若是能尽君道，何致如此！可见身居九五的主子，第一件是须能为君，外此不必留意。"巎巎随事箴规，可谓善谏，其如顺帝之亦蹈前辙何？顺帝亦悚然道："卿可谓知大体了。"后来如何失记？至正四年，出拜江浙平章政事，次年，复以翰林院承旨召还。适中书平章阙员，近臣欲有所荐引，密为奏请。顺帝道："平章已得贤人，现在途中，不日可到了。"近臣知意在巎巎，不敢再言。巎巎到京，遇着热疾，七日即殁。旅况萧条，无以为殓，顺帝闻知，赐赙银五锭，并令有司取出罚布，代偿巎巎所负官钱，又予谥"文忠"，这也不在话下。

且说左丞相别儿怯不花，与阿鲁图同掌国政，彼此很是亲昵，有时随驾出幸，每同车出入。时人以二相协和，可望承平，其实统是别儿怯不花的诡计。别儿怯不花欲倾害脱脱，不得不联络阿鲁图作为帮手。待至相处既洽，遂把平日的私意，告知阿鲁图。阿鲁图偏正色道："我辈也有退休的日子，何苦倾轧别人！"这一语，说得别儿怯不花满面怀惭，当下恼羞成怒，暗地里风示台官，教他弹劾阿鲁图。阿鲁图闻台官上奏，即辞避出城，亲友均代为不平。阿鲁图道："我是勋臣后裔，王爵犹蒙世袭，偌大一个相位，何足恋恋！去岁因奉着主命，不敢力辞，今御史劾我，我即宜去。御史台系世祖所设，我抗御史，便是抗世祖了。"言讫自去，顺帝也不复慰留，竟擢别儿怯不花为右丞相。所有左丞相一职，任用了铁木儿塔识。别儿怯不花也伪为陛辞，至顺帝再行下诏，乃老老实实地就了右相的位置，大权到手，谗言得逞，故右相脱脱一家，免不得要遭祸了。正是：

黜陟无常只自扰，

贤奸到底不兼容。

欲知脱脱等遭祸情形，待小子下回续表。

是回叙顺帝故事，活肖一庸柔之主，忽而昧，忽而明，明后而复昧；庸柔者之必致覆国，无疑也！太后卜答失里，虽未尝无过，然既自悔前愆，舍子立侄，又始终保护顺帝，俾正大位。人孰无良，乃竟忘德思怨，骤行迁废耶！且上撤庙主，下戮皇弟，反噬不仁，莫此为甚，其所为忽而出此者，由有浸润之谮，先入为主也。改元至正，与民更始，观其任贤相，召儒臣，勉阿鲁图之交儆，惜巎巎之遽殁，亦若有一隙之明。乃天日方开，阴霾复集，可见小善之足陈，卒无补于大体，特揭录之以垂炯戒，俾后世知一节之长，殊不足道云。

第五十三回　宠女侍僭加后服　闻母教才罢弹章

却说别儿怯不花执政，以与脱脱有宿憾，遂一意排挤，屡入内廷，密陈脱脱过失。顺帝尚疑信参半，嗣由别儿怯不花陈请脱脱父马扎尔台，佯称就第养疾，意实结党营私，暗图不轨。于是顺帝转疑为信，竟下了一道严谕，放逐马扎尔台，安置西宁州。马扎尔台奉诏欲行，脱脱愿随父同往，即拜疏上陈，力请与俱。得旨准奏，乃整装出都，时马扎尔台已老，状态龙钟，起居服食，随在需人。亏得脱脱随着，寸步不离，朝视寒，夕问暖，一切供应，俱小心监察，极至膏车秣马，亦必亲自检点，因此出都以后，沿途奔走，虽未免风雨交侵，独马扎尔台一人，毫不觉苦，竟安安稳稳地到了西宁。书此以见脱脱之孝。

别儿怯不花闻马扎尔台父子安抵戍地，心中尚是未快，复唆使省台各员，上书告变，牵及马扎尔台。顺帝时已着迷，不辨真伪，竟接连下诏，徙马扎尔台至西域，地名撤思，乃是一个著名的苦地。马扎尔台父子不敢违旨，又只好看险起行！到了途中，复接诏召回甘州，免他远戍。原来别儿怯不花专政后，河决地震的变异，时有所闻；河南、山东，盗贼蔓延；江淮一带，亦多暴徒，四出劫掠；湖广又遭傜乱。有几个刚正不阿的台官，劾奏宰辅非人，以致调燮失宜，乱端屡见等语，别儿怯不花也觉不安，入朝辞职。有诏令以太师就第，御史大夫亦怜真班趁着这个机会，保奏脱脱父子；略称马扎尔台谦让可风，脱脱为国宣劳，有功无过，奈何谪戍远方，迫入险地！于是顺帝稍稍觉悟，又有召回甘肃的谕旨。孱主寡断，于此益见。

马扎尔台从中道折回，途次不免受些感冒，及抵甘州，病日加剧，脱脱衣不解带，服侍了好几日，毕竟天定胜人，寿难再借，苟延数夕，竟尔去世。脱脱经此变故，悲愤交集，恨不得将朝右佞臣，一概除灭，抵那老父的生命。暗伏后来报怨事。

可巧别儿怯不花又遭台官弹击，贬戍渤海，得病而死。这也是冥中报应。左丞相铁木儿塔识也殁于任中，元廷用了朵儿只（一作多尔济）为右丞相，太平为左丞相。朵儿只系元勋木华黎六世孙，即故丞相拜住从弟，初为御史大夫，因铁木儿塔识病殁，升任左丞相，旋即调任右丞相，性颇宽简，务存大体。太平本姓贺，名惟一，至正四年，为中书平章政事，六年，超拜御史大夫。元制重蒙轻汉，凡省院台三署正官，非国姓不得授，惟一援例固辞，顺帝不允，特赐国姓，并改名太平。太平与脱脱父子本来是没甚友谊，因闻马扎尔台身死甘州，不能归葬，未免存一兔死狐悲的观念，遂上疏力请，令脱脱奉柩归都，以全孝道。疏入不报，太平竟入廷面奏道："脱脱尽忠王室，大义灭亲，今父已病殁，不许归葬，将来忠臣义士，宁不灰心？乞陛下特恩赦还，为善者劝！"顺帝踌躇不答，太平又道："陛下曾亦记及云州故事么？"顺帝不待说毕，便道："非卿言，朕几忘怀。脱脱确系忠臣，卿即传朕面谕，遣使召归。"太平叩谢而出。

看官！这云州故事，前文未曾叙及，此次突由太平口中说出，转令阅者无从捉摸，诸君不要性急，待小子补叙出来。借此一段文字补叙宫闱事实，即是文中销纳处。原来元统三年，顺帝后钦察氏答纳失里，因兄弟谋逆，被迁出宫，鸩死民舍（应四十九回）。答纳失里无出，越二年，改册皇后弘吉剌氏，名伯颜忽都，系真哥皇后侄孙女，父名孛罗帖木儿，曾封毓德王。后既册立，旋生一子，名真金，二岁而夭。

先是徽政院使秃满迭儿，曾进高丽女子奇氏入宫，作为服役。奇氏名完者忽都，秀外慧中，善伺主意，顺帝爱她秀媚，又因她善于烹茗，命司饮料，好似一个党家奴。她遂日夕侍侧，眉目传情，引得顺帝欲心渐炽，竟与她同入龙床，做一对鸾交凤友。酒色二字，本系相连，不意司茶女亦邀王眷。事为正宫皇后钦察氏所悉，怒召奇氏，棰辱了好几次。答纳失里之不得令终，于此事亦有关系。至后被鸩死，顺帝已欲立奇氏为继后。大约是怜她棰辱耳。偏偏大丞相伯颜，硬行谏阻，又是一个奇氏对头。弄得顺帝没法，只得改立弘吉剌后。这位弘吉剌后与前后大不相同，性本节俭，量独宽宏，不愿与奇氏争夕，所以奇氏仍得专宠。时来福凑，又产下一个麟儿，取名爱猷识理达腊（一作阿裕锡哩达喇），益得顺帝欢心。那时奇氏因宠生骄，因骄成妒，除皇后弘吉剌氏无所嫌怨，不与计较外，凡内如太后母子，外如权相伯颜，俱视若眼中钉，尝在顺帝前说他短处。后来伯颜被黜，太后母子被逐，虽有种种原因牵涉，然大半由奇氏暗中媒孽，所以先后发生变端，几致出人意外。加罪奇氏，不特补前文所未及，且足发正史所未明。

奇氏私愿既偿，遂与嬖臣沙剌班秘密商量，欲乘此升为皇后。不过因皇后待她有恩，恩将仇报，未免心怀不忍，因此不能决议。奇氏还是好良心。沙剌班情急智生，猛记起先代皇后曾有数人，此时援着祖制，奏请一本，何人敢有异言！祖宗贻谋不臧，转使若辈借口。当下禀知奇氏，奇氏大喜，便命他即日上奏。果然数语入陈，纶音立下，即命册立奇氏为第二皇后。大礼已成，奇氏居然像服委佗，安居兴圣西宫。

转眼间，皇子爱猷识理达腊已离怀抱，渐渐地长大起来，顺帝爱母及子，辄令皇子随侍，凡有巡幸，亦令偕行。时脱脱尚秉国钧，为顺帝所亲信，所以脱脱入内廷时，顺帝曾饬皇子拜他为师，并命他随时教育。脱脱受命不忘，格外注意，有时皇子出游脱脱家，一留数日，稍遇疾病，脱脱即亲为煎药，先尝后进。

一日，顺帝幸上都，皇子随行，脱脱亦从驾。道过云州，猝遇烈风暴雨，山水大至，车马人畜，多被漂溺，顺帝不及提携皇子，只顾着自己性命，即登山避水。脱脱见顺帝自去，忙涉水至御辇旁，抱出皇儿，负在背上，跣着足奔上山冈。顺帝正系念皇子，在山盼望，但见脱脱负子而来，好似得了活宝贝一般，即趋前抱下皇子，一面慰抚脱脱道："卿为朕子，勤劳至此，朕必不忘！"未必未必。脱脱当即谢恩，谁知过了一两年，顺帝竟信了谗言，将脱脱父子谪戍，所以太平为之不平，提出云州故事，教顺帝自己反省。顺帝被他一说，也自悔食言，遂命脱脱奉父柩还葬。

脱脱既还京师，葬父毕，拜表谢恩，复得旨命为太子太傅，综理东宫事宜。脱脱受命后，默念此次起复，定是有人从中调停，不可不密图酬报。凑巧来了侍御史哈麻（一作哈玛尔），由脱脱延入，与谈年余阔别情状，甚是欢洽。看官！你道这哈麻是何等人物？他是宁宗乳母的儿子，父名图噜，受封冀国公。哈麻与母弟雪雪，早备宿卫，两人均得主宠，唯哈麻口材尤捷，益为顺帝所亵幸，累次超擢，得任殿中侍卫史。亡元者哈麻之力，故出名时不嫌求详。当脱脱为首相时，哈麻日事过从，曲意趋附，至脱脱罢职，随父出戍，哈麻在顺帝前，稍稍替他缓颊。至是与脱脱叙旧，自然把前日营护的功劳，一一说明，且添了许多诡话，说是如何记念，如何排解，小人专会捣鬼。脱脱秉性忠厚，总道他语语是真，非常感激。哈麻说一句，脱脱谢一声，至哈麻去后，脱脱还称他是第一个好人。独太平秉公办事，把保奏脱脱的事情从未提起，所以脱脱全然不知。

会太平以哈麻在宫，导帝为非，意欲将他驱逐，商诸御史大夫韩嘉纳。嘉纳很是赞成，便授意监察御史沃呼海寿，教他弹劾哈麻，历陈罪状。第一款，是在御幄后僭设帐房，犯上不敬。第二款，是出入明宗妃子脱忽思宫闱，越分无礼。还有私受馈遗，妄作威福诸条款，亦列入奏中。尚未拜发，偏已泄露消息，传入哈麻耳中，哈麻即至顺帝前哭诉，略称太平、韩嘉纳有意构陷，唆使海寿出头，将臣劾奏，即乞解臣职以谢二人等语。顺帝摸不着头脑，只说是并无奏章，何必着急，哈麻复称海寿已缮就奏牍，明日即要进呈。看官！你想台官的疏奏尚未上陈，那哈麻已先闻知，预为哭诉。若使明白的主子，见哈麻如此狡黠，定要疑他潜布爪牙，暗通声气，所以事前侦悉，先使机诈。这种鬼蜮伎俩，一加斥责，便无遁形。怎奈顺帝昏愦得很，平时甚宠爱哈麻，掷骰击球，联为狎侣，此次闻他辞职，如何肯依，免不得温语慰留。

次日视朝，果然由韩嘉纳代呈奏章，内系沃呼海寿署名，劾哈麻数大罪，顺帝不待瞧毕，便掷诸案上，悻悻退朝。韩嘉纳料知不佳，忙与太平计议。太平到了此时，也不禁气愤道："有哈麻，无太平，有太平，无哈麻，明晨当入朝面奏。"

翌日昧爽，即偕韩嘉纳入朝，俟顺帝登殿，便直陈哈麻兄弟，盘踞宫禁，权倾内外的罪状。顺帝徐徐答道："哈麻罪状，当不至此。"太平道："历代以来的奸臣，若非显行构逆，定是献媚贡谀，表面上很是爱君，暗地里都是罔上，齐桓公宠用三竖，终致乱国，宋徽宗信任六贼，遂以丧身。陛下试借鉴前车，便可知哈麻兄弟，实兆祸阶，理应即日黜逐！"**太平有识**。顺帝默然不答，韩嘉纳复出班叩首道："左相太平的奏请，关系国家兴亡，幸陛下采纳施行。"顺帝艴然道："卿何量狭，不肯容这哈麻兄弟！"**明是左袒哈麻，偏说的量狭难容，令人一叹**。嘉纳复顿首道："臣非为一身计，实为天下国家计；似哈麻兄弟欺君误国，所以请陛下斥逐。陛下果立斥哈麻兄弟，臣亦甘心受罪，以谢哈麻！"**嘉纳有胆**。顺帝尚是不悦，太平复启奏道："陛下如信用哈麻兄弟，臣愿解职归田！"顺帝道："朕知道了，卿毋多言！"说毕，拂袖还宫。

是时哈麻已详闻消息，复至顺帝前吁请罢官，惹得顺帝厌烦起来，索性一概黜退。当命侍臣拟定两道诏旨，一道是免哈麻及雪雪官职，出居草地；一道是罢左丞相太平，降为翰林学士承旨，出御史大夫韩嘉纳，为江浙行省平章政事，谪沃呼海寿为陕西廉访副使。诏既下，朵儿只亦不安于位，奏请免官。顺帝准奏，遣他出镇辽阳。仍任脱脱为右丞相，赐上尊名马，袭衣玉带，复令他管理端本堂事。端本堂系皇子肄业处，顺帝曾命李好文为谕德，归旸为赞善，教导皇子，开堂授书。

脱脱既兼握大权，尊荣如旧，闻哈麻兄弟被黜，未免代为扼腕。**脱脱丞相，私心萌矣**。适哈麻至脱脱处辞行，并诉太平攻讦状，脱脱劝慰道："我若在朝，必不使若辈得志！你且出居数日，得有机会可乘，便当代请复官，幸勿过忧！"哈麻欢谢而去。脱脱遂将中书省内属员，一一稽考，查得参政孔思立等，俱由太平荐拔，竟不问贤否，坐罪黜退，改用乌古孙良桢、龚伯遂、汝中柏等为僚属。汝中柏系左司郎中，素与太平有隙，至是即入语脱脱，捏称太平罪恶，并言太平子也先忽都，僭娶宗女，勾结诸王，觊觎要职等情。

脱脱正私憾太平，遂将汝中柏所言列入奏稿。正待拜发，适为老母蓟国夫人所见，即语脱脱道："我知太平是好人，你何故谎言诬奏，指善为恶？"脱脱道："是由郎中汝中柏所言，想系调查确实，不致说谎。”蓟国夫人道：“无论是真是假，尽可听他自由，他与你何嫌何怨，必欲将他加害！”脱脱被母一诘，转有些嗫嚅起来。蓟国夫人怒道：“你如不听吾言，从此休认母了！”脱脱本具孝思，见老母含有怒色，忙跪称不敢。蓟国夫人复取了奏稿，信手撕毁，于是一场弹案，化作冰消。不没贤母。

不意太平、嘉纳等人，正交晦运，一降一谪，尚似未足，不到半年，又有严谕颁下，削沃呼海寿官，流韩嘉纳于尼噜罕，并放太平归里。太平即幞被出都，故吏田复，劝他自裁，太平道：“我本无罪，当听天由命；若无故自尽，转似畏罪而死，死亦蒙羞。”言已，即踯躅而去，径归奉元原籍。韩嘉纳秉性刚直，未免从怨，被戍诏下，又经仇人诬奏赃罪，加杖一百，才令起行，途中受了无数苦楚，杖疮复溃烂不堪，竟致殒命。小子有诗咏道：

千秋忠骨瘗荒原，
地下犹含不白冤；
休怪盈廷多仗马，
由来乱世莫危言。

当时廷臣等还疑脱脱主使，其实内中尚有隐情，不得归咎脱脱。欲知详细，请阅下回。

元季贤相，莫若脱脱，著书人于脱脱多誉辞，非轻袒脱脱也。自古忠臣必出于孝子之门，脱脱随父出戍，尽心侍奉，其孝可知；厥后拟劾奏太平等人，卒以老母一言，撤销奏牍，非夙具孝思者其能若是乎？或谓哈麻为佞人之尤，而脱脱信之，汝中柏为谗夫之尤，而脱脱昵之，至若皇子爱猷识理达腊，为奇氏所出，脱脱乃竭力保护，取悦宠妃。是而谓贤，孰非贤臣？不知贤者未尝无过，观过益足以知仁。脱脱之信哈麻，昵汝中柏，实为老父被戍而起，父谪远方，因而病殁，脱脱以为终天之恨，而太平等适当其冲，太平有德于脱脱，脱脱固未之闻也，未闻太平之有德，反疑太平之不仁，于是哈麻之佞，汝中柏之谗，得以乘隙而入。虽曰比之匪人，然略迹原心，尚堪共谅。若谓皇子为宠妃所出，不应视若储君，似矣；然钦察后无子，弘吉剌后有子而殀，当时顺帝膝下，只有此儿，奉命教养，自应效忠，安能遽论嫡庶乎？故本回所叙，实以脱脱为主，余人皆宾也，借宾定主，而他事皆借此销纳，尤见其天衣无缝云。

第五十四回 治黄河石人开眼 聚红巾群盗扬镳

却说太平归田，韩嘉纳贬死，沃呼海寿削职为民，这事从何而起？原来由脱忽思皇后泣诉帝前，致有此诏。脱忽思皇后，系明宗妃，即顺帝庶母。顺帝嗣位，尝尊称脱忽思为皇后，海寿奏劾哈麻时，曾说他出入无忌，越分无礼（应上回）。此语被脱忽思皇后闻知，想是由哈麻报闻。哪里禁受得起，况哈麻复被迁谪，更觉与之有嫌，卿试自问，曾与哈麻相昵否？当下入白顺帝，只说海寿等挟嫌诬控，含血喷人，一面说着，一面流泪。妇人常态。顺帝见她凄楚情状，自然怒上加怒，遂颁发一道严厉的诏敕，这且按下不提。

且说右丞相脱脱，仍执朝政，复经顺帝亲信，其弟也先帖木儿亦得任御史大夫。兄弟同据要津，一班大小臣工，免不得又来迎合。适中统、至元等钞币，流通日久，致多伪钞，脱脱欲另立钞法，吏部尚书偰哲笃，遂建言更造至正交钞，以钞为母，以钱为子。是之谓巧于迎合。脱脱集台省两院诸臣，共议可否，众皆唯唯如命。独国子祭酒吕思诚道："钱为本，钞为辅，母子并行，奈何倒置？且人民皆喜藏钱，不喜藏钞，今如历代钱，为至正钱，及中统钞，至元钞，交钞分为五项，钱钞相等，民尚喜钱恶钞；如更增新钞一种，钞愈多，钱愈少，下必病民，上必病国。"偰哲笃道："至元钞多伪，所以改造。"思诚道："至元钞何尝是伪？乃是奸人牟利仿造，以致伪钞日多。公试思旧钞流通有年，人已熟睹，尚有伪钞搀杂，若骤行新钞，人未及识，伪且滋多，岂不可虑！"偰哲笃道："钱钞兼行，便无此弊。"思诚正色道："钱钞兼行，轻重不论，何者为母？何者为子？汝不明财政，徒然摇唇鼓舌，取媚大臣，如何使得！"议正词严，为《元史》中所仅见。偰哲笃被他驳斥，由羞成愤道："汝有何议？"思诚道："我只知有三个大字。"偰哲笃复问何字，思诚却厉声道："行不得！行不得！"脱脱在座，见两人争论起来，便出为解劝，但说是容后缓图，思诚乃退。

脱脱弟也先帖木儿道："吕祭酒的议论，也有是处；但在庙堂中厉声疾色，未免失体。"脱脱也为点头。台官瞧着脱脱情形，遂于会议散班后，草就一篇奏牍，竟于次日进呈，奏劾思诚狂妄。毕竟直道难行。有旨迁思诚为湖广行省左丞。未几，即造至正新钞，颁行全国。钞多钱少，物价腾踊，至逾十倍，所在郡县，均以物质相交易，由是公私所积的钞币，一律壅滞，币制大坏，国用益困。近今亦有此弊，恐将循元覆辙。

会黄河屡决，延及济南、河间，大为民害。脱脱复集群臣会议。大众议论纷纷，莫衷一是，独工部郎中贾鲁方授职都水监，探察河道，留意要害。至是便议称塞北疏南，使复故道，方可无虞。看官！这贾鲁所说的黄河故道，究在何处？小子欲详叙巅末，很觉烦杂，只好胪举大略，俾人人一览了然，方不至辞烦义晦，取厌诸君呢。原来黄河发源昆仑山曲折东流，入中国甘肃境，道出长城，由北趋东，由东折南，成一大曲，名为河套，自是南下，行壶口、龙门两山谷中，为山西、陕西两省的界线，复东折入潼关，经砥柱山麓，直入河南省，始由高地陡落平原，地势散漫，迁流无定。从古时大禹治河以后，河不为患，约八百年，殷代已屡有河患，嗣后屡次横决，忽北忽南，总计自殷、周起，至元朝顺帝年间，河流变迁，不可胜纪，惟大变迁共有五六次。大禹治水，就大陆以北，分为九河，合于天津入海（大陆即今直隶省西北的宁晋泊）。至周定王五年河徙，由运河达天津入海。新莽始建国三年又徙，由徒骇达利津入海，宋仁宗庆历八年又徙，又由今运河达天津入海。金章宗明昌五年又徙，分为南北两派，北派合济水入海，南派合淮水入海。元世祖至元二十五年又徙，两派河流，总合淮水入海，就是今江苏省内的淤黄河。以上所述今字，俱就著本书时立说，盖至清季咸丰五年，河道又徙入山东，合大清河入海，咸丰以前之河流出海，实在江苏省东北旧淮安府境内，至今陈迹犹留，称为淤黄河。世祖后，河又屡决，累岁筑防，终乏成效。顺帝至元元年，河决开封，至正四年，河决曹州，未几又决汴梁，五年又决济阴，乃立山东、河南等处行都水监，一意治河。

贾鲁所说的塞北疏南，使复故道，就是要河流仍合淮水，照前出海的意思。元元本本，殚见洽闻。但欲依议而行，必须大兴工役，方可成事。脱脱令贾鲁估算，需用兵民二十万人，倒也未免吃惊。遂遣工部尚书成遵，与大司农秃鲁先行视河，核实以闻。成遵等自京出发，南下山东，西入河南，沿途履勘，悉心规画，所有地势的高下，与水量的浅深，统已测量明白，绘就略图，附加臆说，于是相偕还都，径入相府，来见脱脱。脱脱立即延入，问明河道情形。成遵开口，便说河流故道，断不可复，贾鲁计议，断不可行。脱脱问是何故，成遵即将图说呈上，由脱脱阅了一周，置诸案上，大约是莫名其妙。淡淡地答道："汝等沿途辛苦，且休息一天，明日至中书省中核议便了。"两人辞去，翌晨，即赴省署中候着，不一时，脱脱到来，贾鲁亦随入，余如台省两院各官，亦先后会集。当下开议，成遵与贾鲁两人意见互歧，彼此各主一说，免不得争论起来。各官吏等未曾亲历，兼以平日在都，也不暇留意河防，只好眼睁睁地看他辩论。一班行尸走肉的人物，乐得揶揄数语。

自辰至午，两人争议未决，方由各官劝解，散坐就膳。膳毕，复行核议，仍是双方扞格。脱脱乃语成遵道："贾友恒的计画，实为一劳永逸起见，公何固执若是？"成遵道："河流故道，可复不可复，尚不暇辩；据国计民生上立论，府库日虚，司农仰屋，若再兴大工，尤恐支绌！是顾及国计。且如山东一带，连岁歉收，百姓困苦已极，倘调集二十万众，骚扰民间，是顾及民生。将来祸变纷乘，比河患还怕加重哩！"脱脱变色道："汝谓百姓将反么？"成遵道："恐防难免！"半语不让，恰也倔强。各官见成遵执性，竟与丞相斗起嘴来，未免不雅，遂将成遵劝开，令他归去。秃鲁何在，如何噤不一言。脱脱余怒未息，复语众官道："主上视民如伤，做大臣的应为主分忧。明知河流湍急，最不易治，但或迁延过去，他时为祸尤大；譬如人有疾病，迁延不治，终致毙命。黄河为中国大病，我欲将它治愈，偏有人硬来拦阻，奈何！"众官闻言，齐声答道："傅相首秉国钧，这事但凭钧裁，何庸他顾！"脱脱又道："好在今日得了贾友恒，使他治河，必能奏功。"原来友恒系贾鲁别字，脱脱契重贾鲁，所以称字不称名。补笔不漏。众官又齐声赞成。乐得逢迎。贾鲁独上前固辞。脱脱道："此事非汝不办，明日入奏便了。"言已，命驾而去，众官陆续散归。

次日入朝，成遵亦到，有几个参政大员，与遵为友，密语遵道："丞相已决计修河，且已有人负责，公此后幸毋多言。"成遵道："腕可断，议不可易！"硬汉子。既而随班入朝。及顺帝升殿，脱脱即奏言贾鲁才可大用，令他治河，必能胜任。顺帝大悦，便宣召贾鲁。鲁奏对称旨，当命他退朝候敕。成遵不便出奏，只好一同退班。越宿有诏颁发，罢成遵官，出为河间盐运使，特授贾鲁为工部尚书，充总治河防使，进秩二品，赏给银章，发大河南北兵民十七万，令归节制，便宜兴缮。原来脱脱退朝后，又将贾鲁计画，详奏一本，并有成遵恇怯无能，大非鲁比等语，所以有此诏旨。

成遵奉诏，交卸原职，出都就任，自不消说。惟贾鲁受职治河，倒也竭诚行事，不敢少懈，当日出都就道，到了山东，一面征集工役，一面巡视堤防，某处派万人缮修，某处派万人增筑，统是主张障塞，不使泛溢（是塞北河）。自山东驰入河南，由黄陵冈起，南达白茅，直抵黄固、哈只等口，见有淤塞地方，浚之使通，遇有曲折地方，导之使直，随地派工，锹锸兼施。又自黄陵冈西至杨青村，在北加防，在南施凿，通计修治地段，共二百八十里有奇。这位敏达干练的贾尚书，整日里往来跋涉，仆仆道旁，入夜又估工考绩，阅簿稽财，真是耐劳任怨，不惮勤劳；元廷虽派了中书右丞玉枢虎儿吐华与知枢密院事黑厮，率兵弹压，作为贾尚书帮手，怎奈若辈只袖手旁观，不能为力，所以一切兴缮，全要贾尚书主持。**归功贾鲁，亦是平允之论。**至正十一年四月兴工，七月疏凿告竣，八月决水故河，九月舟楫通行。十一月诸埽堤亦成，河复故道，南汇淮水，东流入海。贾鲁以河平入告，顺帝欢慰异常，即遣使报祭河伯，并召鲁还都。鲁至京入朝，由顺帝温言慰谕，面授鲁为集贤大学士。并因脱脱荐贤有功，赐号“答剌罕”，令他世袭。他如从鲁治河各官，俱特旨迁赉。复敕翰林学士承旨欧阳玄，制河平碑，旌扬脱脱丞相，及贾尚书鲁功绩。真是一夫创议，万夫胪欢。

脱脱方私下告慰，不意河流方顺，兵变迭兴，有元一百数十年江山（**一百数十年，指自太祖开国而言**），竟从此土崩瓦解，化作乌有子虚。说也奇怪，那元代灭亡的应兆，偏似从贾鲁治河，开衅起来。**语有分寸。**先是至正十年，河南北已有童谣道：“石人一只眼，挑动黄河天下反！”当时有人闻着，大都不解所谓，及贾鲁治河，督工开凿黄陵冈，果从地下掘起一个石人，眼睛只有一只，作启视状，役夫相率惊讶，报知贾鲁，鲁出瞧石人，也觉暗暗称奇。只面上恰毫不动容，命役夫用锄击碎，搬开了案。嗣后功成返京，全未提及，偏偏汝、颍乱起，应着童谣。小子欲历叙乱事。因头绪纷烦，只好编列一表，说明如左：

（一）颍州人刘福通奉韩山童子林儿为主，倡乱颍州。

韩山童系栾城人，其祖父以白莲会烧香惑众，谪徙永平，传至山童，诡言天下大乱，弥勒佛出世，河南及江淮间愚民，信为真言。颍州人刘福通与其党杜遵道、罗文素、盛文郁、王显忠、韩咬儿等，复诡称山童系宋徽宗后裔，当为中国主，乃集众设誓，起乱京畿，地方官即饬兵搜捕，擒住山童，福通挈山童妻杨氏及其子林儿，遁入河南，号召党羽，至数万人，均以红巾为号，称为红巾贼，横行河南。

（二）萧县人李二，倡乱徐州。

李二亦一无赖子，尝烧香聚众，联结党人赵均用、彭早住等，攻陷徐州，作为盘踞地。李二绰号芝麻李。

（三）罗田人徐寿辉，倡乱蕲水。

徐寿辉系一商人，素贩布。有僧彭莹玉，好言妖异，见寿辉以状貌魁奇，称为贵相，遂与党人邹普胜、倪文俊等奉寿辉为主，攻陷蕲水及黄州路，亦以红巾为号，时人也称为红军。

这三路寇乱，骚扰河南及江淮间，《元史》上称为汝、颍妖寇。有先时发难的方国珍，后时响应的郭子兴、张士诚，倒也鼎鼎名，小子也应把他来历，略述于下。

（一）台州人方国珍作乱，在至正八年十一月间。

方国珍素贩盐，浮海为业。时有蔡乱头为海盗，经有司缉捕，或告国珍亦尝通寇，国珍惧，遂航海为乱，劫掠漕运，执江、浙参政朵儿只班，胁使奏闻元廷，赦罪授官。

诏授国珍为定海尉，国珍嫌官卑禄微，不肯受命，寻进攻温州，猖獗日甚。

（二）定远人郭子兴作乱，在至正十二年二月间。

郭子兴少有侠气，喜与壮士结交，及见汝、颍兵起，亦与其党孙德崖等，举兵作乱，自称元帅，攻陷濠州。

（三）泰州人张士诚作乱，在至正十三年三月间。

张士诚与弟士德、士信等，皆以操舟运盐为业，富家多视为贱役，动加侮弄，弓手邱义，窘辱尤甚。士诚大怒，率壮士十八人，杀邱义及诸富家；遂招集盐丁，占据泰州。

嗣复陷高邮，戕知府李齐，自称诚王。

寇氛扰扰，战鼓冬冬，警报似雪片般飞达元廷，顺帝大惊，连忙调发兵马，分道出征。正是：

胜、广揭竿秦社覆，

窦、杨起衅隋廷亡。

毕竟胜败如何，容俟下回再表。

秦亡于渔阳之戍，唐亡于桂林之卒，元亡于开河之没，论者多归咎贾鲁及脱脱，其实未然！元之乱，由上下宴逸所致，并不系于河之开不开。且治河所以保民，贾鲁塞北疏南之议，亦非全无识见，惟当时山东一带，连岁饥馑，何弗以工代赈，为一举两得之计，而乃徒发兵没，多至十七万人，未苏民困，转耗民食，此不得为无咎，而治河之得失无与焉。石人开眼，童谣本属无稽，贾鲁凿河，适与童谣相应，安知非草泽之徒，隐为埋藏，借此以图煽惑耶？本回叙治河事，词不厌详，而下语多有分寸，至于群盗之起，仅列表以明之，盖前应化简为繁，后应删繁就简，作者之着意在此，阅者之醒目亦在此，毋视为寻常铺叙也！

第五十五回　失军心河上奔师　逐盗魁徐州告捷

却说顺帝迭闻警报，很是焦灼，忙与首相脱脱商议。脱脱道："中州为全国腹心，今红巾贼起，适在中州（中州即河南），实是腹心大患。臣拟先发大兵，剿红巾贼，肃清腹地，然后依次进兵，讨平余寇。"顺帝道："各处亦统来告急，奈何！"脱脱道："各地非无守将，请陛下分道颁诏，令他就近赴援，剿抚兼施，一俟中州平定，余寇自然瓦解。这是目前最要的计策。"顺帝道："何人可遣？"脱脱道："臣受恩深重，督师平寇，报答皇恩。"顺帝道："卿系朕股肱耳目，不可一日相离，朕闻卿弟亦有才名，何妨遣他讨贼。"脱脱道："臣弟可去，但必须添一臂助。"顺帝道："卫王宽彻哥何如？"脱脱道："宸衷明鉴，谅必得人。"脱脱议先剿河南，计非不是，惟乃弟素不知兵，如何说是可去？

计议已定，便命御史大夫也先帖木儿知枢密院事，与卫王宽彻哥，率诸卫兵十余万，出讨河南妖寇，一面颁诏各路就近剿抚。也先帖木儿奉命，即日会同卫王，调兵出都。

他本是个矜才使气的人物，握着了这么大权，益发趾高气扬，目无全虏。反射下文。到了上蔡，城已为寇党韩咬儿所据，当即在城下扎营，安排攻具，昼夜围城。韩咬儿登陴守御，见元兵四面攒聚，好似蜂蚁一般，顿吃了一大惊，怎奈事已到此，无可如何，只得带领党羽，勉强守着。元兵围了好几日，尚是不能攻入，也先帖木儿大怒，严申军令，限日破城，逾限立斩。将士闻命，相率惊惶，幸上蔡城池卑狭，寇党不过数千人，城外又无余寇接应，但教合力进攻，不难得手；当下将士效命，互约进行，四面布着云梯，冒死登城。韩咬儿顾此失彼，顿被元兵杀入，劈开城门，招纳大兵，与韩咬儿巷战起来，两下厮杀多时，把寇党大半屠戮，剩了韩咬儿孤身，还有甚么伎俩，自然被元兵擒住。

也先帖木儿大喜，便遣使报捷，并将韩咬儿囚解至京。顺帝诛了韩咬儿，传旨奖赏，颁给钞币数千锭。也先帖木儿得此快事，越加骄倨，小小一个孤城，且围攻了多日，方得幸胜，如何便骄倨起来？不但虐待军士，就是同行的卫王，也看他与傀儡相似，不屑协议，所有一切军政，统是独断独行。卫王以下，无人敬服，不过因受了主命，一时不便解散，没奈何随他前进。

刘福通闻咬儿被擒，忙分派死党，严守所得要害，阻住元兵。也先帖木儿麾下虽有十多万人，大都观望不前，任你也先帖木儿如何严厉，总是不肯出力，或且潜行逃避，因此也先帖木儿无威可逞，只好逗留中道，待贼自毙。

偏偏杀运方开，寇焰愈炽。刘福通猖獗如故，固不必说；他如芝麻李等，亦相率横行；最厉害的莫如徐寿辉。寿辉据蕲水后，居然自称皇帝，僭号天完国，改元治平；以邹普胜为太师，出兵江西，攻陷饶州、信州，另派部将丁普郎等，溯江而上，连陷汉阳、兴国、武昌等处，威顺王宽彻普化，及湖广平章政事和尚，弃城遁去。转陷沔阳，推官俞述祖被擒，怒骂寿辉，被他磔死。复陷安陆府，知府丑驴阵亡。寿辉又派别将欧祥等寇九江，沿江各兵，闻风宵遁。江州总管李黼传檄兵民，募集丁壮，与寇众血战数仗，水陆获胜，嗣因附近城堡，多被陷落，寇众四集城下，昼夜环攻，平章秃坚不花又缒城潜走，中外援绝，势难再守，李黼犹力捍数日，至寇入东门，尚挥剑斫数十人，与从子秉昭，一同殉难。**不没忠臣**。

江州既陷，袁州、瑞州等，接连失守，元廷连日闻警，免不得又开廷议。当由脱脱等议定各路进兵，责成统帅，以觇后效。其时授诏讨贼的官员，约有数处：

四川行省平章政事咬住，率兵徇荆襄。江西行省左丞相亦怜真班，率兵守江东西关隘。知枢密院事也先帖木儿，与陕西行省平章政事月鲁帖木儿，讨南阳、襄阳贼。刑部尚书阿鲁，讨海宁贼。江西右丞火尔赤与参知政事朵，讨江西贼。江西右丞兀忽失等，讨饶信等处贼。

分派既定，宫廷少安。嗣闻方国珍兄弟，忽降忽叛，浙东道宣慰使都元帅泰不华战殁（**泰不华见第五十回**），乃复饬江浙左丞左答纳失里往讨国珍。

原来国珍入海，攻掠沿海州郡，官军多不战自溃。元廷遣大司农达什帖木儿等，南下黄岩，招之使降，国珍居然受命，挈二弟登岸罗拜道旁。达什帖木儿喜甚，遽授以官，国珍兄弟欢跃而去。独浙东宣慰使泰不华料其狡诈，夜访达什帖木儿，拟命壮士袭杀国珍。达什帖木儿不从，且斥泰不华违诏喜功，计遂不行。及达什帖木儿还都，国珍果复率党羽，入海剽掠。泰不华遣义士王大用往谕，被国珍羁住，另遣戚党陈仲达报闻，如约愿降。泰不华乃率部下数十人，偕仲达乘舟，张受降旗，乘潮而前。舟触沙不能行，猛见国珍鼓掉前来，急呼仲达与伸前议，仲达目动气索，泰不华知有异谋，手刃仲达，即前搏国珍船，射死贼目五人。国珍船中尽藏伏兵，至是齐起，跃登泰不华舟，泰不华夺刀乱挥，复毙贼数人。贼攒槊竞刺，中泰不华颈，鲜血直喷，犹直立不仆，卒被贼投尸海中，余众皆战死。事闻于朝，追封魏国公，谥“忠介”，命左丞左答纳失里克日进讨，不得违慢。左答纳失里也奉命去讫。此段为说明文，亦为销纳文，因欲明泰不华之忠，方国珍立狡，所以插入。

元廷又颁下诏旨，令各路统帅，便宜行事。满望他旗开得胜，马到成功，不意第一路注意人马，竟无端溃散，自沙河退驻朱仙镇，几不成军。看官欲问这统帅姓氏，就是脱脱丞相的母弟，叫作也先帖木儿。加入脱脱丞相母弟六字，句中有刺。他自上蔡得胜后，进至沙河，驻扎了两三月，未曾对仗。忽军中自起讹言，竟称刘福通纠合众寇，前来劫营，累得也先帖木儿日夕防备，连寝食都是不安。忙乱了好几日，并不见有一寇到来，顿时懊恼得很，把所有军官，斥辱一番，并令此后不得妄言，违令者斩。不把军官立斩，还算仁恕，但也亏有此着，才得逃命。一班军官，本已心怀怨望，又被他严加训斥，索性一哄而散，夤夜逃去。也先帖木儿并未预闻，到了日上三竿，升帐检阅，只有亲兵数百名，兀自守着，其余不知去向。慌忙去请卫王，卫王也骑马走了。那时也先帖木儿仓皇失措，也只好上马急奔，行了三十六策中的第一策。奔至朱仙镇，方遇卫王宽彻哥，带着一半散卒，在镇扎营。他尚莫名其妙，及与卫王相见，欲问底细，卫王又模模糊糊地说了数语，没奈何上书奏闻。嗣得诏敕，遣中书平章政事蛮子（一作曼济）代为统帅，召他还京。他即将兵符缴与卫王，即日北归。

既到京师，仍受命为御史大夫。西台御史范文抱着一腔忠愤，联络刘希曾等十二人，上书奏劾，说他丧师辱国，罪无可原。中台御史周伯琦反劾范文等越俎上言，沽名钓誉。两篇奏章，先后进呈。顺帝竟从伯琦言，斥责范文等十二人，统降为各郡判官。又加罪西台御史大夫朵尔直班，说他授意属僚，好为倾轧，外徙为湖广平章政事。真是愦愦。朵尔直班素感风疾，及出都门，老病复发，行至黄州，又奉诏令他司饷，各路统帅，日来絮聒，总是迎合当道。卒至忧愤填胸，呕血而死。脱脱不能辞其咎。

盈廷人士，从此噤不敢言。惟脱脱虽多蒙蔽，心终忧国，默念各路已有重兵，只徐州被李二占据，尚未克复，决意自请出征，规复徐州。遂入朝面请，奉旨特许，命以答剌罕太傅右丞相，分省于外，总制各路军马，爵赏诛杀，悉听便宜行事。并命知枢密院事咬咬、中书平章政事搠思监、也可扎鲁忽赤（此六字系元代官名）福寿（坊间小说有赤福寿，想系福寿以上误添一赤字，遂致以讹传讹），从脱脱出师。脱脱临行时，复奏请哈麻兄弟，可以召用。恩怨太明，反致自误。顺帝自然准奏，立召哈麻为中书右丞，雪雪为同知枢密院事。两人星夜进京，来送脱脱，脱脱以国事相托，教他尽职效忠。看错了人。两人唯唯听命。脱脱便麾兵出都，渡河而南，直抵徐州，于西门外安营。

李二本是剧盗，闻丞相脱脱亲自到来，便号召群盗，一齐杀出，冲突过去；亏得脱脱军律严明，一些儿不见慌忙，各自携械抵御。正交战间，但听李二阵内，梆声一响，飞箭便应声射来。元兵前队未曾预防，被射死了数十名。脱脱恐中军惊退，忙策马向前，领兵杀上，说时迟，那时快，脱脱所乘的马首，已中着一箭，箭镞甚长，饰以铁翎，这马负着痛楚，几乎支持不住，卫士忙来扶住脱脱。脱脱叱开卫士，下马易骑，仍旧麾旗前进。麾下见主帅拼命，哪个还敢退后，一阵冲杀，竟将李二部众，逼回城中；李二忙令闭城，方阖半扉，元兵已如潮涌入，势不可当。幸徐州尚有内城，外郛虽破，内城尚可自保。李二急呼众奔入，闭门固守。

脱脱乘胜攻城，城上矢石如雨，眼见得一时难下，方命各军休养一宵，越日复督军围攻，喊声如雷，震动天地。那李二恰也厉害，把平日积贮的守具，尽行取出，对付元兵。一连数日，相持未下，脱脱以李二负嵎，持久非计，遂令军士撤退西南，专攻东北，日间命他猛击，夜间更迭退休。城内的赵均用、彭早住二人，见元兵如此举动，遂向李二献计道："元兵远来，攻战数日，必致疲乏，所以锐气渐衰，撤围自固。我等可乘夜出兵，掩杀过去，必可获胜。"李二道："今夜已来不及了，明天夜半，我率众出南门，你两人率众出西门，左右夹攻，尤为妙计。"赵、彭二人鼓掌称善。计固妙矣，奈城内无人何。

到了次日，城上下攻守如旧，二更时候，李二与赵、彭二人，分头出城，竟来掩袭元营。营外有元兵站着，见李二等并力杀来，一声呐喊，纷纷四走，李二等便捣入营中，来擒脱脱，谁知营内只有灯烛，并无人马。至此才知中计，忙令退兵，忽听炮声四响，元兵尽行杀到，把李二等困在垓心。李二此时，也顾不及赵、彭二人，只好拼命杀出，奔回南门，举头一望，叫苦不迭。看官，你道何故？原来城楼上面，万炬齐明，火光中现出一位紫袍金带，八面威风的元丞相。突如其来，令人叫绝。惊得这个芝麻李，魂飞天外，回马急逃。元兵又复追至，杀得李二手下七零八落，李二已无心恋战，只管夺路奔走。元军尚欲追赶，但闻城内已经鸣金，遂相率勒马，由他自去。此时彭、赵二盗，料无可归，早杀开血路，逃出外城，向濠州去讫。至李二出外城，二人已去得很远。李二垂头丧气，径投淝阳，后来不知下落，想是穷途致死了。芝麻变油，成了流质，所以无从稽考。

天已大明，各元将入城献功，斩首约数千级，并获得黄伞旗鼓等，由脱脱一齐检阅，录功行赏有差。脱脱复下令屠城，福寿上前谏阻道："剧盗如李二等，傅相尚不欲穷追，百姓何辜，偏令屠戮？"脱脱道："汝但知其一，不知其二。我围城数日，但见盗贼人民，齐心守御，料是不易攻入，所以我撤围西南，故意示懈，令他前来掩袭。我先授诸将密计，四处埋伏，截住他的归路，以便我乘隙入城。我入城时，百姓还来抗拒，被我杀退，嗣见李二等出走，尚有百姓随着，我恐城中再扰，所以鸣金收军。看来此等顽民，不便再留，一律屠戮，才无后虞。"攻城之计，从脱脱口中自叙，又开一补述文法。福寿不便再言，当由众将奉令，把城中老少男女，尽行杀讫。然后上书告捷。脱脱之罪，莫如此举。

顺帝闻报，立遣平章政事普化等，颁赏至军，且加封脱脱为太师，召使还朝，并改徐州为武安州，立碑表功。脱脱班师北归，由顺帝遣使郊迎，入见后，赏给上尊珠衣白玉宝鞍，一面赐宴私第，命皇太子亲去陪宴，这正是异数宠荣，一时无两。盛极必衰。

脱脱因东南盗起，漕运为难，复请于京畿立分司农司，自领大司农事，令右丞悟良哈台，左丞乌克孙良桢兼大司农卿，作为襄办。西至西山，东至迁民镇，南至保定、河间，北至檀顺州，均导引水利，立法耕种，不到一年，居然禾麦芃芃。收入京仓，可充食俸。顺帝以宰辅得人，一切国政，委他处理，自已恰日居宫中，恣情酒色，于是贡谀献媚的哈麻，又在宫中日夕伺候，想出了一条极乐的法儿，导帝肆淫。小子有诗咏道：

得人兴国失人亡，
况复宫廷已色荒；
莫谓误君由嬖幸，
君昏何自望臣良？

欲知哈麻所献何术，容待下回表明。

本回叙写战事，独于脱脱兄弟之出征，演述较详，其他随笔叙过，概行从简；非详于此而略于彼也，文法有宾主，上文已备言之。若不问主宾，依事类叙，徒使阅者眩目，毫无兴味，何足观乎？且不特法分宾主已也，又有宾中主，主中宾之法，如本回前半，叙也先帖木儿事，主中宾也，而脱脱实为宾中主；后半叙脱脱事，似为主文，然亦一主中宾，所足称宾中主者，实为顺帝。由是类推，则邑为夹叙之文，亦有主宾之分，与主中宾、宾中主之分，在阅者默揣而得耳。若论脱脱兄弟之战略，则乃弟远不及乃兄，文已叙明，毋庸赘说。惟著书人颇重视脱脱，故邑不掩脱脱之短，而独喜述脱脱之长。意者其亦善善从长之意乎？然元代贤相，绝无仅有，如脱脱者，固不容尽没其功也。

第五十六回／番僧授术天子宣淫　嬖侍擅权丞相受祸

却说哈麻兄弟，得脱脱荐引，复召回重用，适顺帝厌心国事，寻乐解忧，哈麻遂引进一个番僧，日侍左右；这番僧无他技能，只有一种演揲儿法，独得秘传。什么叫作演揲儿？译作华文，乃是大喜乐的意义。“大喜乐”三字，尚是含糊，小子从《元史》上考察，实是一种运气的房术。顺帝正考究此道，得了番僧，如获圣师，当即授职司徒，令他在宫讲授，悉心练习，到了实地试行的时候，果然比前不同，就是六宫三院的妃嫔，也暗中欣慰。

哈麻有一妹婿，名叫秃鲁帖木儿，曾为集贤院学士，出入宫禁，甚得帝宠，至是亦密奏顺帝道：“陛下虽贵为天子，富有四海，其实不过一保存现世罢了。臣闻黄帝以御女成仙，彭祖以采阴致寿，陛下若熟习此术，温柔乡里，乐趣无穷，并且上可飞升，下足永年。”顺帝不待说毕，便道：“你难道不闻演揲儿么？朕已粗得此诀了。”秃鲁帖木儿道：“尚有一双修法，比演揲儿尤妙，演揲儿仅属男子，双修法并及妇女，陛下试想房中行乐，阳盛阴不应，上行下不交，还是没甚趣味。”双修法得此解释，足补元史音注之阙。顺帝喜道：“卿善此术否？”前称汝，后即称卿，其意可知。秃鲁帖木儿道：“臣且不能，现有西僧伽璘真（一作结琳沁），颇善此术。”郎舅俱能荐贤，好算是顺帝功臣。顺帝道：“卿速为朕宣召，朕当拜他为师。”可谓屈尊尽礼。

秃鲁帖木儿奉旨，立召伽璘真入宫。顺帝接见毕，敬礼有加，便命他传授秘诀。伽璘真道：“这须龙凤交修，方期完美。”顺帝道：“朕的正后，素性迂拘，不便学习，忽都皇后，史称其贤，所以借顺帝口中代为解免。其他后妃，或可勉学，但一时也恐为难呢。”伽璘真道：“普天下的子女，何一非陛下的臣妾，陛下何必拘定后妃，但教采选良家女子，入宫演习，自多多益善了。”顺帝大喜，便面授为大元国师。一面亲受秘传，一面命秃鲁帖木儿督率宦官，广选美女入宫，演习种种秘术。

伽璘真一团和气，蔼然可亲，入宫数日，宫娥彩女们，无不欢迎。是谓无量欢喜佛。就是前次入宫的西番僧，也与他往来莫逆，联为知交。顺帝各赐他宫女三、四人，令供服役，称作供养。二僧日授秘密法，夜参欢喜禅，无拘无束，逍遥自在。他又想出一法，令宫女学为天魔舞。每舞必集宫女十六人，列成一队，各宫女垂发结辫，首戴象牙佛冠，身披缨络大红销金长裙，云肩鹤袖，锦带凤鞋，手中各执乐器，带舞带敲，逸韵悠扬，仿佛月宫雅奏；霓裳荡漾，浑疑天女散花。临舞时先宣佛号，已舞后再唱曼歌，乐得顺帝心花怒开，趁着兴酣的时候，就随抱宫女数人，入秘密室，为云为雨，亲试这演揲儿法及双修法。佛法无边，乐何如之。两僧也乐得随缘，左拥右抱，肉身说法，还有一个亲王八郎，是顺帝兄弟行，乘这机会，也来窃玉偷香。又由秃鲁帖木儿联结少年官僚八九人，入宫伺候，分尝禁脔。秃鲁帖木儿也来偷香，不怕哈麻妹子吃醋么？顺帝赐他美号，叫作“倚纳”。倚纳共有十人，连八郎在内。得入秘密室。秘密室的别名，叫作“色济克乌格”（一作皆即几该），“色济克乌格”五字，依华文译解，系事事无碍的意思。后来愈加放恣，不论君臣上下，统在一处宣淫，甚至男女裸体，公然相对，艳话淫声，时达户外。两僧又私引徒侣，出入禁中，除正宫皇后外，统是一塌糊涂，不明不白。佛经所谓“皆大欢喜”者意在斯乎？

顺帝复敕造清宁殿，及前山、子月宫诸殿宇，令宦官留守也速迭儿及都少水监陈阿木哥等监工。日夕赶造，穷极奢华。工竣后，遂于内苑增设龙舟，自制样式，首尾长一百二十尺，广二十尺，上有五殿，龙身并殿宇俱五采金装，用水手二十四人，皆衣金紫，自后宫至前宫，山下海子内，往来游戏。舟一移椗，龙首及口眼爪尾，无不活动，栩栩如生。又制宫漏高六七尺，阔三四尺，造木为匮。藏壶其中，运水上下，匮上设西方三圣殿，匮腰设玉女，捧腰刻筹，时至辄浮水上升，左右列二金甲神，一悬钟，一悬钲，夜间由神人司更，自能按更而击，不爽毫厘。鸣钟钲时，左狮右凤，自能翔舞。匮东西又有日月宫，设飞仙六人，序立宫前，遇子午时，又自能耦进，度仙桥，达三圣殿，逾时复退立如前，真是穷工极巧，异想天开。目今西人虽巧，尚不能有此奇制，不知顺帝从何处学来？岂西僧所教如演揲儿法及双修法中亦有此秘传耶？

皇子爱猷识理达腊，日渐长成，见宫中如此荒淫，恨不将这班妖僧淫贼，立加诛逐，可奈权未到手，力不从心，整日间忐忑不定，乃潜出东宫，往访太师脱脱。适脱脱自保定还京，得与皇子相见，叙过寒暄，即由皇子谈及宫闱近况。脱脱叹息道：“某为屯田足食起见，往来督察，已无暇晷；近且寇氛不靖，汝、颍、江、淮，日见糜烂，每日调遣将士，分守各处，尚且警报频来，日夜焦烦，五中如焚，所以并宫禁事情，无心过问了。”皇子道：“现在乱事如何？”脱脱道：“刘福通出没汝颍，徐寿辉扰乱江淮，方国珍剽掠温台，张士诚盘踞高邮，剧盗如毛，剿抚两难。近闻池州、太平诸郡，又被贼党赵普胜等陷没，江西平章星吉，与战湖口，兵败身死。赵普胜作乱，星吉殉节事，从脱脱叙出，亦为省文计耳。某正拟上奏，再出督师，如何宫禁中闹得这般情形，难道哈麻等日侍皇上，竟不去规谏么？”皇子道：“太师休提起哈麻，他便是祸魁乱首哩。”脱脱大为惊异，复由皇子申述淫乱原因。脱脱道：“哈麻如此为恶，不特负皇上，并且负某，某当即日进谏，格正君心。”皇子道：“全仗太师！”脱脱道：“食君禄，尽君事，这是人臣本分呢。”脱脱著元史，恃有此心。皇子申谢而别。脱脱还未免怀疑，再去私问汝中柏。汝中柏极陈哈麻不法，恼动了脱脱太师，立即命驾入朝。原来汝中柏得脱脱信用，由左司郎中，入为中书省参议（应五十三回）。他仗着脱脱权力，遇事专断，平章以下，莫敢与抗，独哈麻不为之下，屡与龃龉。一恃相权，一恃主宠，安能协和？汝中柏衔恨已久，遂乘机发泄，极力指斥哈麻，这且不必絮述。

且说脱脱盛气入朝，至殿门下舆，大着步趋入内廷，不料被司阍的宦官出来阻住。脱脱怒叱道：“我有要事奏闻皇上，你为何阻我进去？”宦官道：“万岁有旨，不准外人擅入！”脱脱道：“我非外人，不妨入内。”宦官再欲有言，被脱脱扯开一旁，竟自闯入。这时候的元顺帝，正在秘密室演法，忽由秃鲁帖木儿报道：“不好了！丞相脱脱来了！”顺帝喘着道：用一喘字妙。“我、我无暇见他！司阍、司阍何在？如何令他擅入！”顺帝行淫，秃鲁帖木得以入报，是回应事事无碍语。秃鲁帖木儿道：“他是当朝首相，威焰熏天，何人敢来拦阻？”只此三语，脱脱已是死了。顺帝道：“罢了！罢了！我便出来，你速去阻住，教他在外候着！”秃鲁帖木儿出去，顺帝方收了云雨，着了冠裳，慢腾腾地出来。只见脱脱怒目立着，所有秃鲁帖木儿以下，俱垂头丧气，想已受脱脱训责，所以致此。当下出问脱脱道：“丞相何事到此？”脱脱听着，便收了怒容，上前叩谒。顺帝命他立谈，脱脱起身，谢过了恩，遂启奏道：“乞陛下传旨，革哈麻职，逐西番僧及秃鲁帖木儿等，以杜淫乱！”顺帝道：“哈麻等有何罪名？”脱脱道：“古时所说的暴君，莫如桀纣，桀宠妹喜，祸由赵梁，纣宠妲己，祸由费仲，今哈麻等导主为非，也与赵梁、费仲相类，若陛下还要信任，不加诛逐，恐后世将比陛下为桀纣哩。”顺帝道：“哈麻系卿所举荐，如何今日反来纠劾？”此语颇问得厉害。脱脱道：“臣一时不明，误荐匪人，乞陛下一律加罪！”顺帝道：“这却不必！朕思人生几何，不妨及时行乐，况军国重事，有卿主持，朕可无虞，卿且让朕一乐罢！”脱脱道：“变异迭兴，妖寇日炽，非陛下行乐之时，陛下亟宜任贤去邪，崇德远色，方可拨乱致治，易危为安，否则为祸不远了！”顺帝道："丞相且退，容朕细思。"脱脱乃趋出内廷，守候数日，并不见有甚么诏旨。只各省警报，复陆续到来。

先是张士诚据高邮，脱脱命平章政事福寿发兵招讨，嗣得福寿禀报，士诚负固不服，且转寇扬州，杀败达什帖木儿军。于是脱脱上疏自请出兵，并再劾宫中嬖幸，冀清君侧。顺帝只左调哈麻为宣政使，余人不问。一面下诏命脱脱总制各路军马，克日南征。脱脱奉命即行，途次会齐各路来兵，次第南下。这番出师，比前番还要烜赫，所有省台院部诸司听选官属，一律随行，禀受节制。还有西域西番，亦发兵来助，旌旗蔽天，金鼓震野，数百里卷云扫雾，十万众掣电追风，真个是无威不扬，无武不耀。**全为下文反射。**脱脱到了济宁，遣官诣阙里祀孔子，过邹县又祀孟子。及达高邮，张士诚已遣兵抵御，两下不及答话，便即开仗，脱脱的兵将，仿佛如虎豹出山，蛟龙搅海，任你百战耐劳的强寇，也是抵挡不住，战了数合，士诚兵已是败退。脱脱率军进逼，直抵城下，士诚复自行出战，奋斗半日，也不能支持，退守城中。脱脱一面攻城，一面分兵西出，规复六合，绝他援应。士诚恐城孤援绝，如入阱中，千方百计地谋解重围，或率锐出斗，或缒师夜袭，都被脱脱麾兵杀退，急得士诚惊惶万状，无法可施。

脱脱正拟策励将士，指日破城，忽闻京中颁下诏敕，命河南行省左丞相太不花、中书平章政事月阔察儿、知枢密院事雪雪，代统脱脱所部兵。脱脱正在惊异，帐外守卒，又报宣诏使到来，军中参议龚伯遂料知此诏必加罪脱脱，忙向脱脱密禀道："将在外，君命有所不受，丞相只管一意进讨，休要开读诏书，若诏书一开，大事去了！"脱脱道："天子有诏，我若不从，便是抗命；我只知有君臣大义，生死利害，在所不计。"言毕，遂延入宣诏使，跪听诏命。**与宋时之岳忠武大致相同。**诏中略称丞相脱脱，劳师费财，不胜重任，着即削去官爵，安置淮安。将吏闻诏皆惊，独脱脱面不改色，且顿首道："臣本至愚，荷天子宠灵，委臣军国重事，早夜兢兢，惧弗能胜，今得释此重负，皇恩所及，也算深重了！"言毕而起，送归宣诏使。

当下召集将士，令各率所部，听后任统帅节制。又命出兵甲及名马三千，作为分赐。各将士一律垂泪，客省副使哈剌答奋身跃起道："丞相此行，我辈必死他人手中，今日宁死相公前，借报知遇。"言至此，即拔剑在手，向颈上一横。脱脱忙出座拦阻，已是不及，只见颈血四溅，倒仆地上。脱脱抚尸大恸，众将亦不胜悲感，哭声如雷。**读至此我亦泪下。**

嗣命将尸首安葬，并把军符封固，遣送太不花，自率数十骑径赴淮安。途次闻母弟也先帖木儿也削职出都，安置宁夏，虽是意料所及，究不免愁上加愁，况复时当岁暮，四野萧条，寒风惨惨，雨雪霏霏，百忙中叙入景色，殊有关系，不应作闲文看。脱脱被贬在至正十四年十二月中，故特书以揭之。人孰无情，谁能遣此！驿馆中过了除夕，至正月初始到淮安，才阅数日，又接到廷寄，命徙甘肃行省亦集乃路。脱脱又不能不行，甫起程，复来了一道严厉的诏敕，不但命他转徙云南，并将他弟也先帖木儿移徙四川，他长子哈刺章充戍肃州，次子三宝奴充戍兰州，所有家产，尽籍没入官。脱脱闻命太息道："罢罢！哈麻，哈麻！你也太恶毒了。"就脱脱口中叙出哈麻，是行文过脉处。原来哈麻左迁，闻系由脱脱劾奏，气得三尸暴跳，七窍生烟，暗思脱脱如此可恶，定要将他处死，才肯干休。于是一面联结宠后奇氏，一面嘱托台官袁赛因不花，教他内外交谮，构陷脱脱全家，顺帝沉湎酒色，已是昏迷得很，且因前次脱脱强谏，暗怀忿怒。打断欢情，宜乎动气。至此内惑女蛊，外信俭言，如火添油，越加沸烈，遂不问是非，迭下乱命。补叙情由，言简而赅。

脱脱转徙云南，行次大理腾冲，遇着知府高惠，殷勤接见，盛筵款待，酒过数巡，高惠启口道："公系国家柱石，偶遭晦塞，转瞬间就要光明，还请勿忧。"脱脱道："某无状，已负国恩，皇上不赐某死，令某安置此方，尚称万幸。"高惠道："这是太谦了。"

正谈话间，忽屏后有一妙年丽姝，冉冉出来，柳眉半蹙，杏脸微酡，此八字含有无数情绪，阅者接读下文，自知妙处。缩缩捏捏地，至高惠座旁站住。高惠命拜见脱脱，惊得脱脱连忙离座，答了半礼，一面忙问高惠道："这是公家何人？"高惠道："就是小女；因公不是常人，所以令小女拜谒。"脱脱愈觉怀疑，口中只连称不敢。

高惠乃令女入内，复请脱脱就座，再行斟酒道："公此来不挈眷属，一切起居，诸多不便，小女蓬门陋质，虽不值一盼，然奉侍巾栉，倒还可以使用，鄙意拟即献纳，望勿却为幸！"脱脱惊答道："某一罪人，何敢有屈名媛！"高惠不待说毕，便道："公今日到此，明日即当起复，此后鸿毛遇顺，无可限量，鄙人等俱要托庇哩。"原来为此，不然，一知府女儿，何必下嫁罪人耶！

脱脱摇首道："某自知得罪当道，区区生命，尚恐难保，还望甚么显荣？"高惠道："不妨！当为公筑一密室，就使有人加害，有我在此，定可无虞。"脱脱只是固辞。教他金屋藏娇，尚不肯允，毋乃太愚。高惠不禁愤愤，俟脱脱别后，竟派铁甲军监察行踪，至阿轻乞地方，竟将他驿舍围住。是不中抬举之故。脱脱心中已横一死字，倒也没甚惊慌，怎禁得都中密诏又飞驿递到云南，这一番有分教：

巨栋自摧元室覆，

大星陡落滇地寒。

欲知密诏内容，且看下回分解。

番僧进，房术行，上下宣淫，恬不知耻，脱脱在朝，宁无闻知，而《元史·脱脱列传》中，不闻其有进谏之举，是脱脱固未足道者，何以死后留名，即乡曲妇孺，亦啧啧称道之？且《列传》言脱脱信汝中柏之谮，改哈麻为宣政使，若仅缘此生隙，哈麻虽恶，度亦不过排挤出外，至于安置远方而止，胡必置诸死地，且敢冒大不韪之举，竟传矫诏乎？本回演述史事，已觉渲染生妍，至插入脱脱进谏一段，尤足补史之阙。揆情度理，应有此文，不得以虚伪少之。

第五十七回　朱元璋濠南起义　董搏霄河北捐躯

却说脱脱流徙滇边，忽又接到密诏，竟是要他的性命，还有一樽特赐的珍品。看官道是何物？乃是加入鸩毒的药酒，原来这道诏敕，实是哈麻假造出来，他此时已接连升官，进为左丞相，因脱脱未死，总是不安，所以大着胆子，假传上命，赐脱脱鸩酒，令他自尽（余少时阅坊间小说，至英烈传中载脱脱自尽事，由丞相撒敦及太尉哈麻主使，其实当时只有哈麻，并无撒敦，正史俱在，不应臆造一人）。脱脱只知君命，辨什么真伪，竟遥向北阙再拜，接过鸩酒，一饮而尽，须臾毒发，呜呼哀哉！年仅四十二。强仕之年，正可为国出力，乃为贼臣害死，令人愤叹。

脱脱仪状雄伟，器宇深沉，轻货财，远声色，好贤下士，不伐不矜，且始终不失臣节，尤称忠荩，惟为群小所惑，急复私仇，报小惠，后来竟被构陷，流离致死，都人士相率叹惜。逮至正二十三年，监察御史张冲等上书讼冤，乃诏复脱脱官爵，并给复家产，召哈剌章、三宝奴还朝，只也先帖木儿已死，无从召归。至正二十六年，台官等复上言奸邪构害大臣，以致临敌易将，我国家兵机不振从此始，钱粮耗竭从此始，盗贼纵横从此始，生民涂炭从此始；若使脱脱尚在，何致大乱到今，乞加封功臣后裔，并追赐爵谥，以慰忠魂。顺帝闻言，也觉追悔，立授哈剌章、三宝奴官职，且命廷臣拟谥。事尚未行，明师已至，连逃避都来不及，还有何心顾着此事，所以脱脱丞相的谥法，竟无着落！著书人深惜脱脱，所以详述始末。

闲文休提。单说河南行省左丞相太不花，本无军事知识，至代为统帅，尤骄蹇不遵朝命。部下兵士看主帅如此怠玩，乐得四出劫掠，抢些子女玉帛，取快目前，还想夺甚么徐州。台官因劾他慢功虐民，应即黜退，另易统帅。顺帝乃命平章政事答失八都鲁往代太不花，又削太不花官职，令他在军效力。军中一再易帅，头绪纷繁，自然无心攻贼，外如各路招讨的大员，也大半胆小如鼷，一些儿没有功绩。于是乱党愈炽，势益燎原。

河南盗刘福通，居然奉韩林儿为小明王，僭称皇帝，建都亳州，国号宋，改元龙凤，以林儿母杨氏为太后，自为丞相。当下分兵四出，焚掠河南郡县，大为民害。元廷即命答失八都鲁，引军往援。答失八都鲁奉命西行，驰至许州，适遇刘福通派来的兵队，一阵厮杀，竟大败亏输，逃得无影无踪。

答失先已遁去，到了中牟，溃卒方稍稍还集，忽又有一路兵马到来。慌忙着人探听，乃是都中遣来的援师，统领叫作刘哈剌不花。**还好，还好。**答失方才少慰，出营接见，叙及败溃情状。刘哈剌不花颇有些忠勇气象，便道："连年征战，并没有一处平靖，我辈身为将帅，宁不羞死！明日决去一战，我为前茅，公为后劲，若得着胜仗，还可为我辈吐气哩。"答失八都鲁也只好依从。

翌晨，刘哈剌不花誓师出营，仗着一股锐气，往扑敌寨。敌寨不及防备，猛被元兵攻入，车驰马骤，扫了一个精光。答失八都鲁麾军趋至，已是不见一敌，只觉水碧山清。当下两军并进，从汴梁直达太康，刘福通自行出战，又被刘哈剌不花杀退，乘胜抵亳州，昼夜攻击，吓得韩林儿魂胆飞扬，与刘福通僭开后门，遁走安丰。

刘哈剌不花等入城，即飞章告捷。元廷以亳州既破，召刘哈剌不花还都，猛将既去，寇众复张，刘福通又四处驰檄，勾结各路枭雄，作为犄角。于是潜龙起蛰，鸣凤朝阳，濠州大陆，竟出了一位不文不武、亦文亦武的真人，拨乱致治，诞膺天命。这位真人姓甚名谁？就是大明太祖朱元璋。**叙明太祖，下笔不苟。**

元璋先世居沛，再徙泗州，及父世珍复徙濠州，居钟离县。至元璋年十七，父母相继去世，孤苦无依，乃入皇觉寺为僧，游食诸州，寻复还寺。至郭子兴起兵濠州，民间不得安居，相率趋避。元璋亦思避难，卜诸神，去留皆不吉，不禁嬉笑道："莫非要我做皇帝不成？"再卜得吉占，遂决意弃僧投军。径入濠州谒郭子兴。子兴见他状貌魁奇，留为亲兵。会元将彻里不花引兵来攻，元璋随子兴出战，格外奋勇，竟将元兵杀败。嗣元廷复遣贾鲁进围，城几被陷，亏得元璋募集死士，出城冲杀，才把贾鲁击退。子兴大喜，署为镇抚，复将养女马氏，给与元璋为妻。后来妻随夫贵，竟做了明朝第一代的皇后，这真所谓天生佳偶了。同是出身微贱，所以称为佳偶。

时李二余党赵均用、彭早住，奔投子兴，所部暴横，几乎喧宾夺主。元璋以子兴懦弱，不足与共大事，乃自率里人徐达、汤和等，南略定远，计降驴牌寨民兵三千。复东行，夜袭张知院于横冈山，收降卒三万人，道遇定远人李善长，与语大悦，遂用为谋士，进拔滁州。旋闻子兴为赵均用所困，以计救免，迎子兴入滁。另遣将张天佑攻陷和州，子兴即命元璋往守，总制诸军。

既而子兴病殁，子天叙嗣，得刘福通檄文，令为都元帅，张天佑及元璋为左右副元帅，元璋不受。继念伪宋主韩林儿，气焰方盛，暂可倚借，乃用龙凤年号，号令军中。就刘福通事折入朱元璋，就朱元璋事带过郭子兴，此是文中绾合法。惟元璋为开国英雄，而叙次如此简略，盖由详细情形，应入《明史演义》中，故本文只从简略而已矣。忽闻怀远人常遇春来归，元璋忙令延入，见他燕颈豹颔，相貌堂堂，立擢为帐下总兵，接连复报闻巢湖渠帅，有书到来，愿率水师千艘，前来投诚。元璋阅书毕，大喜道："我正虑渡江无舟，今巢湖帅廖永忠、俞通海等，愿来归附，真是天赐成功了！"当下率兵至巢湖，与廖、俞等人相见，推诚接待，彼此欢洽。

留驻三日，扬帆出发，至铜城闸，遇元中丞蛮子海牙军，阻住要口，舟不得出。会天雨水涨，得从小港纵舟，出袭元兵，一鼓退敌，遂顺风直抵牛渚。牛渚南岸有采石矶，向称要隘，与牛渚为犄角，两岸统有元兵扎住，刀枪森列，壁垒谨严。元璋命先攻牛渚，后攻采石矶，众将士应声齐出，争登牛渚渡。元兵也齐来抵御，禁不住这边奋勇，渐渐倒退。常遇春徒步挥戈，杀死元兵无数，元兵遂一律逃去。牛渚既下，复攻采石，采石矶高出水面，约有丈余，众将士舣舟进攻，都被矢石击退。常遇春左手持盾，右手持矛，一跃而登，刺死守矶头目老星卜喇，单身直入。各将士见遇春登矶，自然随势拥上，霎时间攻破采石，扫荡元兵，遂乘胜进拔太平，元总管靳义赴水死节。众将迎元璋入城，乃置太平兴国翼元帅府，自领元帅事。召当涂人陶安参议戎幕，进耆儒李习为知府，揭榜安民，严申军禁，民心大悦。太平路真太平了。

休息数月，复率兵进侵集庆，连破元将大营，直逼城下。此时元将福寿为江南行台御史大夫，奉命守集庆路，屡督兵出战，终未获胜。至城陷，百司皆溃，福寿独踞床高坐，为乱兵所杀。不没忠臣。元璋入城，慰抚吏民，改集庆路为应天府，自称吴国公。一面遣将四出，分徇邻郡，镇江、广德等处，相继攻下。

这时候的刘福通，招集亡命，势焰日张，分兵略地。遣毛贵出山东，李武、崔德出陕西，关先生、破头潘、冯长舅、沙刘二、王士诚出晋、冀，白不信、大刀敖、李喜喜出秦陇，自居河南调度，节制各军。毛贵颇有智勇，率众东趋，连陷胶州、莱州、益都、般阳诸郡县。济南路飞章告急，顺帝遣知枢密院事卜兰奚，率同董搏霄等，兼程往援。

援军既发，御史张桢上书陈十祸，语语剀切，字字苍凉，好算元末一位大手笔。小子曾阅《元史·张桢列传》，尚能约略记述。所说根本上祸端，记有六条：一曰轻大臣，二曰解权纲，三曰事安逸，四曰杜言路，五曰离人心，六曰滥刑狱，这统是根本上的关系。所说征讨上祸端，计有四条：一是不慎调度，二是不资群策，三是不明赏罚，四是不择将帅，这统是征讨上的关系。他又逐条分释，每条数百言，内有事安逸的祸源及不明赏罚的祸源，最说得淋漓痛快，小子试略录如下：

臣伏见陛下以盛年入纂大统，履艰难而登大宝；因循治安，不预防虑，宽仁恭俭，渐不如初。今天下可谓多事矣，海内可谓不宁矣，天道可谓变常矣，民情可谓难保矣，是陛下警省之时，战兢惕厉之日也。陛下宜卧薪尝胆，奋发悔过，思祖宗创业之难，而今日坠亡之易，于是而修实德，则可以答天意；推至诚，至可以回人心。凡土木之劳，声色之好，宴安鸩毒之戒，皆宜痛撤勇改，有不尽者，亦宜防微杜渐，而禁于未然。黜宫女，节浮费，畏天恤人，而陛下乃安焉处之，如天下太平无事，此所谓根本之祸也。**以上言事安逸。**

臣又见调兵六年，初无纪律之法，又无激劝之宜，将帅因败为功，指虚为实，大小相谩，上下相依，其性情不一，而邀功求赏则同。是以有覆军之将，残民之将，怯懦之将，贪悯之将，曾无惩戒；所经之处，鸡犬一空，货财俱尽，及其面谀游说，反以克复受赏。今克复之地，悉为荒墟，河南提封三千余里，郡县星罗棋布，岁输钱谷数百万计，而今所存者，封丘、延津、登封、偃师三四县而已；两淮之北，大河之南，所在萧条。夫有土有人有财，然后可望军旅不乏，馈饷不竭。今寇敌已至之境，固不忍言，未至之处，尤可寒心，即使天雨粟，地涌金，朝夕存亡，且不能保，况以地方有限之费，供将帅无穷之欲哉！颍上之寇，始结白莲，以佛法诱众，终饰威权，以兵抗拒，视其所向，骎骎可畏，其势不至于亡吾社稷，烬吾国家不已也。堂堂天朝，不思靖乱，而反阶乱，其祸至惨，其毒至深，其关系至大，有识者为之扼腕，有志者为之痛心，此征讨之祸也。**以上言不明赏罚。**

奏入不报，权臣恨他多言，反劾他市直沽名，出为山南道廉访佥事。看官，你想顺帝如此糊涂，还能保得住一座江山么。

卜兰奚到了山东，遣董抟霄援济南，自赴益都路。抟霄提兵急进，连败寇众于济南城下。寇众却退，诏命为山东宣慰使都元帅。此时太尉纽的该，方总诸军守御东昌，闻济南已靖，促抟霄从征益都。抟霄道："我去，济南必不保；且我适有疾，不如令我弟昂霄前往。"乃将此意奏闻元廷，顺帝准奏，授昂霄为淮南行院判官，调赴益都。

未几复有朝旨，命抟霄移守长芦，抟霄不得已北行，谁知毛贵已乘隙而入，进陷济南，且率精锐蹑抟霄后。抟霄才到南皮县，望见毛贵率大队赶来，红巾迷目，铁骑扬氛。抟霄部下的将士，惊告抟霄道："彼众我寡，营垒未完，奈何！"抟霄道："我受命到此，只有以死报国，此外尚有何言！"遂拔剑出营，督军奋战，杀死敌众多名。怎奈敌人前仆后继，反张了两翼，围裹抟霄，自午至暮，抟霄兵伤亡过半，寇众突至抟霄前，刺抟霄下马，叱问道："汝系何人？"抟霄瞋目道："我就是董老爷！汝何为？"言未毕，寇众用矛攒刺，但见数道白气，冲入空中，凝作一团，向天而去。尸身上并不见有血迹，连寇众都是骇愕，惊以为神。是日，益都兵亦败，昂霄亦战死。**不求同年同月同日生，但愿同年同月同日死，可为董氏兄弟注脚**。事闻于朝，追封抟霄为魏国公，谥"忠定"，昂霄为陇西郡侯，谥"忠毅"。

毛贵已破董军，遂由河间趋直沽，陷蓟州，略柳林，逼畿甸。枢密副使达国珍战殁，元廷大震，廷臣纷议迁都。**只有此策**。亏得同知枢密院事刘哈剌不花，**又复出现**。督率禁军，直趋柳林，与毛贵酣斗一场，杀得毛贵大败而逃，逐出畿辅，京师稍安。毛贵退回济南，气焰渐衰，后被赵均用杀死。均用又被续继祖所杀。**了毛贵**。惟李武、崔德趋陕西，破商州，攻武关，直逼长安，分掠同华诸州。白不信、李喜喜等趋秦陇，据巩昌，陷兴元，入围凤翔。关先生、破头潘等趋晋、冀，分兵二道：一出绛州，一出沁州，逾太行山，焚上党郡，攻破辽州，专掠辽阳，进陷上都，把元朝祖宗历代经营的宫阙，付诸一炬，尽变作乌焦巴弓！**趣语**！刘福通乘这机会，攻入汴梁，逐去守将竹贞，迎伪宋帝韩林儿居住，大河南北，袤延万里，几无一块干净土。那时复出了一个著名人物，为元效力，转战东西，竟将所失各地，克复了一大半。**想是回光返照**。正是：

八方抢攘无宁日，

一将驰驱得胜时。

未知此人为谁，待小子下回声明。

是回前叙朱元璋事，后叙刘福通事，两两相对，似元璋之势力，远不及福通，不知真人出世，必别有二三揭竿之徒，为之先驱：秦无胜、广，不足以亡秦而启汉；隋无窦、李，不足以亡隋而启唐，韩、刘揭竿，正为朱氏先驱之兆，犹之胜、广、窦、李等也。惟叙朱元璋事，概从简略，已见细评。至于毛贵陷山东时，独录入张桢奏疏，百忙中叙及此奏，所以明元季之失政，以致将骄卒惰，盗贼四起，祸由自召，一疏尽之。若董搏霄之殉，虽独有白光之异，且兄弟同日战死，尤为难得，故叙述亦较他人为详，可见下笔时具有斟酌，非率尔操觚者比也。

第五十八回 扫强虏志决身歼　弑故主行凶逞暴

却说刘福通奉了韩林儿，分道出兵，正在猖獗得很，其时有一颍州沈丘人，名叫察罕帖木儿，募集子弟，仗义讨贼。他本是阔阔台后裔，阔阔台收河南时，留家颍州，所以子孙相传，未尝他徙。会颍州盗起，遂募子弟数百人，与罗山人李思齐，同设奇计，袭破寇众，平定罗山。元廷闻报，授察罕帖木儿为汝宁府达鲁花赤（达鲁花赤系元代官名），李思齐知府事。于是所在义士统率兵来会，得万余人，自成一军，转战南北，所向无前，颍上群盗，与战辄败，因此威名大震，莫敢争锋。

嗣因刘福通遣兵西出，攻据陕州，知枢密院事答失八都鲁方入河南，节制诸军（见上回），闻陕州被陷，急檄察罕帖木儿、李思齐赴援。察罕帖木儿闻命独行，至陕州，见城坚不可拔，便想了一计，就营中焚着马矢，如炊烟状，作为疑兵，自率军夜袭灵宝。灵宝与陕州倚为唇齿，此时亦被寇所陷，守城的寇党，毫不防备，被察罕帖木儿驱众登城，逐去守贼，还攻陕州。陕寇闻风远扬，复由察罕帖木儿追杀数十里，毙贼无算，以功加河北行枢密院事。

至寇党李武、崔德等逼长安，分掠同、华诸州，陕西行台长官为豫王阿剌忒纳失里，用侍御史王思诚言，移书察罕帖木儿，求发援兵。察罕帖木儿新复陕州，得书大喜，遂提轻兵五千，与李思齐倍道往援。李武、崔德等已闻察罕帖木儿大名，不敢轻敌，当下挑选健卒，前来对垒。察罕帖木儿与李思齐分队夹攻，人自为战，如鹰驱雀，似獭祭鱼，当锋者死，逃命者生，霎时间寇卒四散，李武、崔德阻遏不住，只得败阵退走。察罕帖木儿与李思齐追至南山，杀获无数，方才回军。豫王忙拜表告捷，归功两人，诏擢察罕帖木儿为陕西左丞，李思齐为四州左丞，协守关陕，并许便宜行事。了李武、崔德。

过了数月，白不信、李喜喜等复自巩昌窥凤翔。察罕帖木儿侦悉，先分兵入守凤翔城，俟白不信等进薄城下，立率铁骑数千，夤夜趋至。将近敌营，分军为左右两翼，掩杀过去，城中守兵亦鼓噪出来，内外合击，呼声震天地，吓得白不信等抱头鼠窜，不知下落，余党自相践踏，死伤数万人，只有命不该死的几个毛贼，逃生去了。了白不信、李喜喜等。

关、陇方定，四川复乱。随州人明玉珍，初投徐寿辉部下，随寿辉党倪文俊攻破沔阳，留守城中。嗣见蜀中空虚，遂率舟师五十艘，进袭重庆，右丞完者都出走，城被陷没。完者都走至嘉定，会集平章朗华歹，参政赵资，招集散卒，谋复重庆，不期玉珍兵又复猝至，三人措手不及，各被擒去。玉珍胁降，皆不屈遇害，蜀人称为三忠。自是蜀中郡县，多为玉珍所据。随手叙入明玉珍及四川乱事，亦一销纳法也。

察罕帖木儿得知此信，拟开关西出，往讨玉珍，忽接京中飞敕，因毛贵内犯京畿，命他入卫，他即遣部将关保等，分屯关陕要口，自率重兵东行。至山西，闻关先生、破头潘等正从塞外大掠，饱载而归，不禁忠愤填膺，投袂而起，忙麾兵趋闻喜、绛阳，截住关先生等归路，并遣别将伏南山要隘，堵塞间道。两下里安排妥当，专待寇至，好来祭刀。所谓磨厉以须。关先生等却也小心，侦得察罕帖木儿屯兵要路，不敢前来冒犯，只得舍了大道，潜行僻径。方入南山，炮声四响，前后左右，统竖起陕西左丞的旗帜，一队队的雄师猛将，分头杀来。关先生忙令部众弃去辎重，遁入山谷，这辎重真是不少，遗弃道旁，阻碍出入，伏兵虽是得势，未免为所牵羁，只杀了数百人，即便休战，各搬辎重而回。察罕帖木儿闻寇党入山，恐他复出，急分军三道，阻住贼踪。一军屯泽州，塞盘子城；一军屯上党，塞吾儿谷；一军屯并州，塞井陉口。果然寇兵屡出，血战了五六次，统由屯兵杀败，斩首数万级，余党远遁，河东又平。了关先生、破头潘等。

顺帝闻他连捷，擢为陕西行省右丞，兼行台侍御史，扼守关陕、晋冀，镇抚汉沔、襄阳，便宜行阃外事。统录头衔，名副其实。察罕帖木儿益练兵训农，志平中原，休养了半年，即大发秦、晋人马，直捣汴梁。

是时韩林儿自安丰入汴，名目上算做皇帝，却事事为刘福通所制，在外诸将，又不服刘福通，弄得上下解体，内外离心，各路兵马，多半败殁，河南诸郡，旋得旋失，因此汴梁一城，已陷入孤危。蓦闻察罕帖木儿提着大兵，水陆齐下，韩林儿等都抖做一团。还是刘福通有些胆力，召集全城丁壮，登陴守御，自督军出城逆战，列阵以待。察罕帖木儿麾兵驰至，迎头痛击，差不多似泰山压顶，所当辄碎。福通勉强支持，杀了数十回合，究竟敌他不过，只好勒马退回。察罕帖木儿见福通败退，忙跃马前进，紧追福通。福通方入城门，策马回顾，收束部队，不防察罕帖木儿也到门限，那时闭城不及，只好舍命相搏，再行厮杀。可奈察罕帖木儿的兵将，一拥齐上，眼见得门不能闭，战亦无益，忙命兵民弃了外城，驰入内城。察罕帖木儿尚欲追入，内城门已经阖住，不能进去。于是环城设垒，悉力围攻，刘福通婴城固守。察罕帖木儿督攻数日，终不能下，乃夜于城南设伏，至天明，遣苗军略城而东。守卒出追，伏发多死，又佯令老弱立栅外城，守卒复出城来争，因纵铁骑突击，把守卒悉数擒住。嗣是屡诱不出，相持多日，城中粮食将尽，刘福通正拟出走，猛听得城头鼎沸，喊杀连天，料知外兵已入，忙挈伪主韩林儿，从东门窜去，复返安丰，守卒不及随逃，多弃械乞降。福通亦未了将了。

察罕帖木儿下令安民，即驰书奏捷，诏进察罕帖木儿为河南平章兼知行枢密院事。察罕帖木儿再修车船，缮甲兵，厉兵秣马，谋复山东。忽由冀宁递到急报，大同镇将孛罗帖木儿自石岭关进兵，径来攻城了（此孛罗帖木儿与忽都皇后父同名异人，阅后便知）。察罕帖木儿道："冀宁一带，由我手定，何物孛罗，敢来掩击！"当下调遣人马，倍道往援。看官到此，必要问这孛罗帖木儿究系何人？小子查明《元史》，就是答失八都鲁的儿子。答失八都鲁在河南统军，屡战屡败，元廷颇加诘责，答失忧恚而死。其子孛罗帖木儿，曾任四川左丞，随父在军，父殁后所遗部众，归他代领，颇得胜仗，克复曹、濮诸州。至察罕帖木儿移军河南，孛罗帖木儿恰奉命移镇山西，驻扎大同，令卫京师，他想并据晋冀，扩充权力，所以发兵掩击冀宁，坐实孛罗帖木儿罪状。察罕帖木儿怎肯干休，自然调兵拒战。为将帅不和之始。元廷闻两帅互争，忙遣参知政事也先不花等，往与调停，令孛罗帖木儿守石岭关以北，察罕帖木儿守石岭关以南，两下各遵约退兵。不意隔了数日，又有旨命孛罗守冀宁，真是愦愦。孛罗帖木儿即出兵趋冀宁城下，守兵不纳，察罕帖木儿亦派兵往袭孛罗帖木儿，彼此混战一场，互有杀伤。自残同类。适以召亡。嗣是构兵数月，又经元廷遣使谕解，方各罢兵还镇。

察罕帖木儿以宿怨已解，一意东征，自陕抵洛，大会诸将，与议师期；发并州兵出井陉，辽沁军出邯郸，泽潞兵出磁州，怀卫军出白马，汴洛军出孟津，五道并进，水陆俱下。当时山东群盗，自相攻杀，惟伪宋将田丰，据守济宁，王士诚据守东平，最称强悍。察罕帖木儿渡河而东，大纛所经，相率披靡，复了冠州，降了东昌，将乘势攻济宁、东平。养子扩廓帖木儿（一作库库特穆尔）。凡《元史》上所称帖木儿三字，《通鉴辑览》俱改作特穆尔。请诸父前，以大军攻济宁，自率偏师捣东平。察罕帖木儿即拨兵五万，佐以关保、虎林赤等良将，令扩廓帖木儿统兵自行。扩廓本姓王，小字保保，系察罕帖木儿的外甥，察罕帖木儿爱他骁勇，养为己子，时已受职为副詹事。他领着五万人马，踊跃前进，途次遇着敌众，奋力冲杀，如拉枯朽，斩首万余级，直抵城下。王士诚出战又败，势渐穷蹙，忙遣人求救田丰谁知田丰已归降察罕帖木儿。那时士诚孤立无援，也只好开城请降。原来察罕帖木儿因田丰久据济宁，颇得民心，先贻书详陈利害，劝他投诚，田丰料知难敌，所以出降。

济宁、东平既复，只有济南、益都一带，尚有悍寇占住。察罕帖木儿遂自将大军逼济南，另派别将攻益都。济南城守坚固，经察罕帖木儿费尽心力，至三阅月乃下。濒海诸郡，望风送款，独益都孤城不能拔。元廷进察罕帖木儿为中书平章政事，余职如故。察罕帖木儿复移兵围益都，大治攻具，诸道并进，寇众悉力拒守，忽天空白气如索，长五百余丈！自危宿起，直扫紫微垣，军中相率惊异，察罕帖木儿毫不为意，降将田丰请他阅营，诸将以天象示儆，争来谏阻。察罕帖木儿慨然道："吾推心待人，人将自服；若变生意外，也是命数使然，何能预防？"诸将复请多带卫士，察罕帖木儿又不许，只命十一骑从行，甫入丰营，帐下伏甲突出，一将挺枪猛刺，贯入察罕帖木儿腹中。察罕帖木儿从马上跃起，大叫一声而亡。悲哉痛哉！

这行刺的将官，究是何人？乃是降将王士诚。原来益都贼目叫作陈猱须，本与田丰、王士诚等一气沟通，及城围已急，复遣人密来引诱，啖以重贿，田丰、王士诚利令智昏，又复谋变，遂设计刺死察罕，察罕既殁，全军失主，幸有扩廓帖木儿代为支持，军心复固。扩廓帖木儿含哀举丧，正在发讣，京使已到，赍传诏旨，说是天变恐应在山东，戒勿轻举。扩廓奉诏大恸，当与京使说明祸变，京使匆匆去讫。

越数日，又有诏敕颁到，追封察罕帖木儿为颍川王，谥"忠义"，所有各军，令扩廓代父职守，袭有全权。扩廓拜命后，誓师复仇，攻城益急。田丰、王士诚已入城中，助贼协御。城外百计攻扑，城内亦百计守备，相持数月，仍不能下。扩廓大愤，密令人掘穿地道，以重赏募死士，从地道入城，自率大军从城外猱登，守贼只防外敌，掷射矢石，不意城中钻出健卒，纵起火来。若在《封神传》中，定说是土行孙、哪咤等举法。顿时全城骇乱，大军一半登城，一半尚在外兜围，登城的军士杀入城内，擒住贼目陈猱须，并其下悍寇二百余人。兜围的军士正在城门旁伏着，巧遇田丰、王士诚两人出逃，一声鼓响，奋起兜拿，两人中捉住一双。设伏袭人，自己亦中伏被擒，正是天道好还。扩廓扫尽贼寇，便设起香案，供父牌位，推田丰、王士诚至案前，洗剥上衣，剖心致祭。祭毕，复将陈猱须等二百余人，槛送阙下，然后再遣兵略定余邑。山东悉平，乃引兵归河南去了。

这是至正十六年起，至二十一年间事。点醒年月，万不可少。惟这四五年间，北方一带，原是兵戎倥偬，南方一带，恰亦扰乱不已。小子只有一支笔，不能并叙，所以将北方事总叙一段，稍有眉目，才好说到南方。南方的徐寿辉，自僭据江西后，遣倪文俊陷沔阳（应五十五回及本回全文），进破中兴路。元统帅朵儿只班战死。文俊复转拔汉阳，迎寿辉入居，据为伪都。沔阳人陈友谅，粗知文墨，初投文俊麾下，为簿书掾，寻亦自领一军，几与文俊相埒。文俊佯奉寿辉，暗思行逆，被友谅察觉，袭杀文俊，并有其众，自称平章政事。盗贼行径，大率类是。一面亲督水师，顺流而下，直捣安庆。淮南行省左丞余阙，正奉诏守安庆城，号令严明，防戍慎固，江淮推为保障。至是督军堵御，屡败友谅军。友谅忿甚，飞召饶州党魁祝寇，巢湖党魁赵普胜，水陆毕集，直逼城下。阙徒步提戈，开城血战，杀毙敌兵无数，阙亦身中十余枪，方入城暂憩，西门已被攻入，火焰冲天，自知事不可为，引刀自刭。妻耶卜氏，子德生，女福童，皆赴井死。守臣韩建，亦阖门被害。居民誓不从贼，多被焚死。友谅又进陷龙兴，杀死平章政事道童，再派悍将王奉国，引兵寇信州。江东廉访副使伯颜不花的斤自衢州往援，与守兵内外夹击，战退奉国，既而友谅弟友德，又前来接应奉国，再行攻城，日夜鏖战，不分胜负。嗣因城中食尽，至杀老弱以饷士卒，军心虽未涣散，卒因乏力支持，竟被奉国等攻入，伯颜不花的斤及守将海鲁丁等，皆战死。死事诸臣多半录入，以表孤忠。

友谅既略地千里，亦思南面自尊，称孤道寡，适寿辉欲徙都龙兴，引兵东下。至江州，友谅设伏城西，自服櫜鞬出迎。及寿辉入城，门闭伏发，竟将寿辉所部亲兵，尽行杀死。只饶了寿辉及文吏数人与之东行，仗着战舰数十艘，攻入太平。太平系朱元璋所略地，留守花云及养子朱文逊等，力战被擒，不屈而死。

友谅志益骄纵，急谋僭窃，进据采石矶，募壮士数人，佯使白事寿辉前，俟寿辉接见，由壮士袖出铁锤，奋力猛击，扑塌一声，寿辉的头颅，化作两截，脑浆迸流，死于非命。想做皇帝的趣味。友谅遂以采石五通庙为行殿，称皇帝，国号汉，改元大义，仍以邹普胜为太师，张必先为丞相。方拟排班行礼，忽然天昏似墨，石走沙飞，似车轮般的旋风，从大江吹来。小子有诗咏道：

莫言天命本无常，
盗贼终难作帝王。
试看飚风江上卷，
怒威我已仰穹苍。

欲知后事如何，且至下文说明。

察罕帖木儿起自颍丘，仗义讨贼，一战而破罗山，二战而定河北，三战而复陕州，四战而下汴梁，五战而入山东，出奇制胜，所向必克，何其智且勇也！兽与孛罗互斗，似犯蚌鹬相争之忌，然孛罗实为祸始，不得尽为察罕咎，惟田丰诈降，祸生不测，以智勇之察罕帖木儿，竟为小丑谋毙，良将亡，胡运终矣！若徐寿辉僭号蕲水，起讫共十年，卒毙命于陈友谅之手，盗性靡常，何知仁义，以视田丰、王士诚辈，狡黠相似，而凶暴尤过之。然察罕帖木儿之死，似属可悲；徐寿辉之死，殊不足惜。观此回之用笔，不特一详一略，隐寓机缄，而一可悲一不足惜之意，亦流露于楮墨间。文生情耶！情生文耶！即文见情，是在阅者。

第五十九回　阻内禅左相得罪　入大都逆臣伏诛

却说陈友谅僭称帝制，适狂风骤至，江水沸腾，继以大雨倾盆，连绵不已，弄得这班亡命徒，统是拖泥带水，狼狈不堪。大众在沙岸称贺，不能成礼，连友谅一团高兴，也变做懊丧异常。忽接朱元璋麾下康茂才来书，促他速攻应天，愿为内应。茂才与友谅，相识有年，至是奉元璋命，来诱友谅。友谅大喜，遂引兵东下，到江东桥，四面伏兵齐起，杀得友谅落花流水，单舸遁还。元璋复进兵夺江州，降龙兴，略定建昌、饶、袁各州，声势大震，自称吴王。

友谅遁至武昌，日渐衰敝。明玉珍本事徐寿辉，闻寿辉为友谅所害，未免愤恨，遂整兵守夔关，拒绝友谅，不与交通，因此友谅益成孤立。玉珍复遣兵陷云南，据有滇、蜀，僭称帝号，立国号夏，改元天统。朱元璋、明玉珍事，俱从陈友谅事带出。减赋税，兴科举，蜀民咸安。元末盗贼横行，专事淫掠，彼此比较，还算明玉珍稍得民心，惟偏据一方，已断胡元左臂。还有方国珍、张士诚等，出没江浙，元廷屡遣使招抚，毕竟狼子野心，反复无常，忽降忽叛，始终不服元命。其余跳梁小丑乘乱四出。江西平章政事星吉，战死鄱阳湖，江东廉访使褚不华，战死淮安城，二人系元朝良将，身经百战，毕命疆场，于是东南半壁，捍守无人，只有那草泽英雄，自相争夺。南方一带，亦大略表明，下文接叙内政。

元廷虽时闻寇警，反若习以为常，顺帝昏迷如故，任他天变人异，杂沓而来，他是个全然不管，一味荒淫，所有左右丞相，不是谄佞，就是平庸；所以外患未消，内乱又炽。健笔凌云。

先是哈麻为相，其弟雪雪亦进为御史大夫，国家大柄尽归他兄弟二人。哈麻忽以进番僧为耻，何故天良发现，想是要变死耳。告父图噜，谓“妹婿秃鲁帖木儿在宫导淫，实属可恨。我兄弟位居宰辅，理应劾佞除奸，且主上沉迷酒色，不能治天下，皇子年长聪明，不若劝帝内禅，尚可易乱为治”云云。图噜也以为然，适其女归宁，遂略述哈麻言，并嘱他转告女夫，速令改过。

秃鲁帖木儿得了此信，暗思皇子为帝，必致杀身，忙去报知顺帝。顺帝惊问何故，秃鲁帖木儿道：“哈麻谓陛下年老，应即内禅。”顺帝道：“朕头未白，齿未落，何得谓老？谅是哈麻别有异图，卿须为朕效劳，除去哈麻！”秃鲁帖木儿唯唯而出，即去授意御史大夫搠思监，教他劾奏哈麻。搠思监自然乐从，即于次日驰入内廷，痛陈哈麻兄弟罪恶。顺帝偏说哈麻兄弟待朕日久，且与朕弟宁宗同乳，姑行缓罚，令他出征自效。隔了一宵，又变宗旨，极写顺帝昏庸。搠思监默念道：“这遭坏了！”飞步退出，奔至右丞相第中。

是时右丞相为定住，见他形色仓皇，问为何事？搠思监道：“皇上欲除去哈麻，密令秃鲁帖木儿授意与我，教我上书劾奏。我思上书不便，不如入内面陈，谁知皇上偏谕令缓罚，倘被哈麻闻知，岂不要挟嫌生衅，暗图陷害？我的性命，恐要送掉了！”定住笑道：“你弄错了主见，没有奏章，如何援案处罚？”顺帝之意，未必如是。搠思监道：“如此奈何？”定住道：“你不要怕，有我在此，保你无事！”搠思监还要细问，经定住与他密谈数语，方喜谢而去。定住遂与平章政事桑哥失里联衔会奏，极言哈麻兄弟不法状。果然奏牍夕陈，诏书晨下，将哈麻兄弟削职，哈麻充戍惠州，雪雪充戍肇州。两人被押出都，途次忤了监押官，活活杖死。宫廷不加追究，想总是相臣授意，令他如此。上文密谈二字，便已寓意，然亦可为脱脱泄愤。

顺帝即拜搠思监为左丞相，已而定住免官，搠思监调任右相，这左丞相一职，仍起复故相太平，令他继任。搠思监内媚奇后，外谄皇子，独太平秉正无私，不肯阿附。时皇子爱猷识理达腊已正位青宫，因见顺帝昏迷不悟，常以为忧，前闻哈麻倡议内禅，心中很是赞成，及哈麻贬死，内禅辍议，不禁转喜为悲，密与生母奇皇后商议，再图内禅事宜。奇皇后恐太平不允，乃遣宦官朴不花，先行谕意，令他勉从，太平不答，嗣又召太平入宫中，赐以美酒，复申前旨。可奈太平坚执如前，虽经奇皇后晓谕百端，总是拿定主意，徒把那依违两可的说话，支吾过去。奇后母子，缘是生嫌，左丞成遵，参知政事赵中，皆太平所擢用，皇太子令监察御史买住等诬劾他受赃违法，下狱杖死。太平知不可留，称疾辞职，顺帝加封太保，令他养疾都中。

会阳翟王阿鲁辉帖木儿拥兵抗命，将犯京畿，顺帝命少保鲁家，引兵截击，未分胜负。皇太子禀诸顺帝，请饬太平出都督师，顺帝照准。太平知皇子图已，立即奉命出都。可巧阳翟王兵败，其部将脱驩缚王以献，太平不受，令生致阙下，正法伏诛，于是太平幸得无事。嗣后上表求归，顺帝命为太傅，赐田数顷，俾归奉元就养，太平拜谢而归。既而顺帝欲相伯撒里，伯撒里面奏道："臣老不足任宰相，若必以命臣，非与太平同事不可。"顺帝道："太平方去，想尚未到原籍，卿可为传密旨，饬他留途听命。"伯撒里连声遵旨；退朝后，亟遣使截住太平，太平自然中止。不料御史大夫普化，竟上书弹劾太平，说他在途观望，违命不行。这位昏头磕脑的元顺帝，也忘却前言，竟下诏削太平官。**并非贵人善忘，实系精血耗竭，因此昏昏。**搠思监又受奇后密敕，再诬奏太平罪状，有旨令太平安置土蕃。太平被徙，行至东胜州，复遇密使到来，逼他自裁，太平从容赋诗，服药而死，年六十有三。**太平之死，与脱脱相类。**

太平子也先忽都尚为宣政院使，搠思监阳为劝慰，阴谋加害，遂酿成一场大狱，闯出漫天祸祟，扰得宫阙震惊，一股脑儿送入冥途，连有元百年的社稷，也因此灭亡。**一鸣惊人。**原来奇后身边，有一宦官，与奇后幼时同里，及奇后得宠，遂召这宦官入宫，大加爱幸，如漆投胶，这宦官叫作何名，就是上文所说的朴不花。朴不花内事嬖后，外结权相，气焰熏灼，炙手可热，宣政院使脱欢（**与上文脱驩异**）曲意趋附，与他同恶相济，为国大蠹。监察御史傅公让等联衔奏劾，被奇后母子闻知，搁起奏折，把傅公让等一律左迁，恼动了全台官吏，尽行辞职。**仿佛同盟罢工。**

治书侍御史陈祖仁上书太子，直言切谏，太子虽是不悦，奈已闹成大祸，不得不据实奏闻。顺帝方才得悉，令二人暂行辞退。祖仁犹强谏不已，定要将二竖斥逐，同台御史李国凤，亦言二竖当斥，顺帝接连览奏，怒他絮聒，竟欲将陈、李二人加罪。御史大夫老的沙系顺帝母舅，力言台官忠谏，不应摧折，乃仅命将二人左调。惟奇后母子怀恨不已，竟谮及老的沙。顺帝尚不忍加斥，封为雍王，遣令归国。**尚有渭阳情**。一面命朴不花为集贤大学士。老的沙愤愤西去，知枢密院事秃坚帖木儿素与老的沙友善，且与中书右丞也先不花有隙，至是亦随了老的沙西赴大同。

大同镇帅孛罗帖木儿与秃坚帖木儿，又是故友，遂留他二人在军。搠思监侦知消息，竟诬老的沙等谋为不轨，并将太平子也先忽都也加入在内。**注意在此**。此外在京人员，稍与未协，即一网牵连，锻炼成狱。也先忽都等贬死，又遣使至大同，索老的沙等。孛罗帖木儿替他辨诬，拒还来使，搠思监与朴不花遂并劾孛罗帖木儿私匿罪人，逆情彰着，顺帝头脑未清，立下严旨，削孛罗帖木儿官爵，使解兵柄归四川。

看官！你想孛罗帖木儿本是个骄恣跋扈的武夫，闻着这等乱命，哪里还肯听受，当下分拨精兵，令秃坚帖木儿统领，驰入居庸关。知枢密院事也速等与战不利，警报飞达宫廷，皇太子率侍卫兵出光熙门，拟去邀击。行至古北口，卫兵溃散，无颜可归，只得东走兴松。秃坚帖木儿乘势直入，竟至清河列营，京城大震，官民骇走。顺帝遣国师达达，驰谕秃坚帖木儿，命他罢兵。秃坚帖木儿道："罢兵不难，只教奸相搠思监，权阉朴不花，执送军前，我便退兵待罪。"达达回报，急得顺帝没法，不得已如约而行。此时的奇皇后，也只有急泪两行，不能保庇两人，眼见他双双受缚，出畀外军。**谋及妇人，宜其死也**。秃坚帖木儿见此两人，不遑诘责，立命军士将他剁死。**死有余辜**。乃引兵入建德门，觐顺帝于延春阁，伏哭请罪。顺帝慰劳备至，赐以御宴，并授为平章政事，且复孛罗帖木儿官爵，并加封太保，仍镇大同，秃坚帖木儿乃驱军退还大同去了。

顺帝以外兵已退，召还太子。太子还宫，余恨未息，定要除孛罗帖木儿，遂遣使至扩廓帖木儿军前，命他调兵北讨，扩廓素嫉孛罗，便即应命发兵。孛罗帖木儿察知此事，不待扩廓兵到，先与老的沙、秃坚帖木儿两人，率兵内犯，前锋入居庸关。皇太子又亲督卫兵，守御清河，军士仍无斗志，相率惊溃。太子孤掌难鸣，遂由间道西去，往投扩廓帖木儿。孛罗等长驱并进，如入无人之境，既抵建德门，大呼开城。守吏飞奏顺帝，顺帝又束手无策，忙与老臣伯撒里商议。伯撒里拟出城抚慰，并自请一行，顺帝喜甚。**忽忧忽喜，好似黄口小儿**。当日伯撒里出城，会晤孛罗帖木儿，表明朝廷调遣，事由太子，非顺帝意。孛罗因请入觐。伯撒里请留兵城外，方可偕入。孛罗应允，只与老的沙、秃坚帖木儿二人，随伯撤里入朝。既见帝，并陈无罪，且诉且泣，顺帝也为泪下。尝谓妇人多泪，不意庸主逆臣，亦复如是。当下赐宴犒军，并授孛罗帖木儿为左丞相，老的沙为平章政事，秃坚帖木儿为御史大夫。寻复进孛罗为右丞相，节制天下军马。

孛罗既专政，将所有部属，布列省台，逐宫中西番僧，诛秃鲁帖木儿等十余人。此举差快人心。且遣使请太子还京，并赍诏夺扩廓官。扩廓拘留京使，奉太子名号，檄召各路人马，入讨孛罗帖木儿。孛罗大怒，带剑入宫，硬要顺帝缴出奇后。顺帝只是发抖，不能出言。孛罗仿佛曹阿瞒，顺帝仿佛汉献帝。惹得孛罗性起，指挥宦官宫女，拥奇后出宫，幽禁诸色总管府，并调也速御扩廓军。也速以孛罗悖逆不法，阳为奉命，阴遣人连接扩廓，并及辽阳诸王。待至安排妥当，竟声明孛罗罪状，倒戈相向。

孛罗帖木儿闻警，忙遣骁将姚伯颜不花出拒通州，适遇河溢，留驻虹桥。不意夜间河水灌入，仓猝警醒，几已不及逃生，姚伯颜还恃着骁勇，凫水出营。突来了许多小筏，分载军士，首先一筏，上立大将，挺枪来刺姚伯颜。姚伯颜忙躲入水中，谁知下面已伏着水手，竟将他一把抓住。看官！你道这大将为谁？就是知院也速。他乘着水涨，来袭姚伯颜营，顺流决灌，淹入营中，以致姚伯颜中计，被他擒去，受擒以后，哪里还能活命！孛罗帖木儿愤甚，自将兵出通州，途遇大雨，三日不止，只得还都。

凑巧来了一个宦官，带着美女数人，入府进献。孛罗瞧着，统是亭亭弱质，楚楚丰姿，不由得喜笑眉开，忙问宦官道："何人有此雅意，送我许多美姬？"宦官答说，是由奇皇后遣送，为丞相解忧。孛罗大悦道："难得奇后这般好心，你去为我代谢，且致意奇后，尽可即日还宫。"奸雄如曹阿瞒犹悦张济之妻，何况孛罗。宦官受命去讫。孛罗帖木儿忙去邀请老的沙，来府宴饮，老的沙即刻赴召，主宾入席，美女盈前，正是花好月圆，金迷纸醉。迨至半酣，那美女起座歌舞，珠喉宛转，玉佩铿锵，差不多与飞燕、玉环一般神妙。怕就是学天魔舞的宫女。待酒阑客去，孛罗帖木儿任意交欢，自不必说。嗣是连日沉迷，厌闻外事，到了警报四至，乃遣秃坚帖木儿出御，自己仍淫乐如常。一日奉到急诏，促他入宫，不得已跨马驰入，甫到宫门，放缰下马，猛见数勇士持刀出来，方欲启问，刀锋已刺入脑中，脑浆直流，倒地而亡。作恶多端，总难逃过此关。原来威顺王子和尚恨孛罗无君，密禀顺帝，结连勇士上都马、金那海、伯达儿等，暗伏宫门，一面召他入宫，乘便下手。孛罗果然中计，遂被斫死。老的沙闻孛罗被杀，急至孛罗家中，挈他眷属，出都北遁，伯达儿等复奉旨赶杀，中途追及，一阵乱剁，不分男女老幼，尽行杀死，连老的沙也化作肉糜。老的沙等不必惜，只惜美女数人，也同受死。秃坚帖木儿接着京报，引兵自遁，到八思儿地方，亦为守兵所杀。

顺帝乃函孛罗首，遣使赍往冀宁，召太子还，扩廓帖木儿扈从至京师，途次忽接奇后密谕，令他率兵拥太子入城，胁帝内禅。奇后又出风头。扩廓意不谓然，将到京城，即遣还随军，只带数骑入朝。奇后母子复怨及扩廓，独顺帝见了太子，很是喜欢。尚在梦中。并嘉谕扩廓，令为右丞相，扩廓面辞，乃以伯撒里为右丞相，扩廓为左丞相。伯撒里是累朝老臣，扩廓系后生晚进，两下意见，未能融洽。过了两月，扩廓即请出外视师。是时江、淮、川蜀，已尽陷没，皇太子屡拟往讨，为帝所阻。至扩廓奏请视师，遂加封太傅河南王，总制关、陕、晋、冀、山东诸道，并迤南一应军马，所有黜陟予夺，悉听便宜行事。扩廓拜辞去讫。

会皇后弘吉剌氏去世，顺帝即册立次皇后奇氏为皇后。又因奇氏系出高丽，立为正后，未免有背祖制，当由廷臣会议，于没法中想出一法，改奇氏为肃良合氏，算做蒙族的遗裔，仍封奇氏父以上三世，皆为王爵。小子有诗咏奇后道：

果然哲妇足倾城，

外患都从内衅生。

我读残元《奇氏》传，

悍妃罪重悍臣轻。

奇氏既立为正后，母子权势益盛，免不得愈闹愈坏。有元一代，从此收场，请看下回交代。

女宠也，宦官也，权臣也，强藩也，此四者，皆足以亡国，顺帝之季，盖兼有之，而祸本则基于女宠！看此回陆续叙来，有宦官朴不花，有权臣搠思监，有强藩孛罗帖木儿及扩廓帖木儿，波此叠起，如层峦叠嶂，目不胜接，而最要线索，则觑定奇后母子。奇后母子谋内禅，于是朴不花、搠思监，表里为奸，乘间希宠；于是孛罗、扩廓，先后入犯，借口诛奸。倘非顺帝之素耽女宠，何自致此奇祸耶？哲妇倾城，我亦云然！

第六十回　群寇荡平明祖即位　顺帝出走元史告终

却说奇后母子，既怨恨扩廓，自然专伺扩廓的间隙，以便下手。扩廓尚不及防，出都南下，军容甚盛，卤簿甲仗，亘数十里。既到河南，便传檄各路将帅，会师大举。是时两河南北，总算平靖，前时受调的军马，多半还镇，如咬住、亦怜真班、月鲁帖木儿等，死的死，老的老，或内用，或罢官，收束第五十五回的将官。只关陕一带，尚有李思齐、张良弼、孔兴、脱列伯诸人，拥兵自固，隐蓄异图。会接扩廓帖木儿檄文，张良弼首先拒命。良弼曾为陕西参政，驻兵蓝田，当察罕帖木儿奉命总军，良弼已不受节制。察罕尝与李思齐联兵往攻，经元廷遣使调解，方才罢手。看官！你想察罕是扩廓的父亲，良弼尚欲抗拒，况轮到扩廓身上，哪里肯低头忍受？扩廓帖木儿以镇将未受调遣，不便讨贼，遂遣关保、虎林赤等，西攻良弼，一面遣人与李思齐联盟。思齐与察罕为老友，至是要受制扩廓，意亦不平。良弼又结欢思齐，愿遣子弟为质，连兵拒守，因此思齐却扩廓使，竟与良弼相连。**统有私意用事，如何可以保国？**关保等进战不利，扩廓帖木儿遂亲自往攻，留弟脱因帖木儿驻济南，防遏南军。良弼闻扩廓自至，忙邀同孔兴、脱列伯等会议，推思齐为盟主，合兵防御。两下角逐，互有胜负，皇太子乘隙进言，谓扩廓奉命南征，反行西进，显有跋扈情状。顺帝乃遣使驰谕扩廓，令他速即罢兵，专事江淮，扩廓复奏，须平定关陕，然后东行，廷臣大哗。太子亦自请出征，遂由顺帝下诏道：

曩者障塞决河，本以拯民昏垫，岂期妖盗横造讹言，簧鼓愚顽，涂炭郡邑，前察罕帖木儿仗义兴师，献功敌忾，迅扫汴洛，克平青齐，为国捐躯，深可哀悼。其子扩廓帖木儿，克继先志，用成骏功，皇太子爱猷识理达腊，计安宗社，累请出师，朕以国本至重，讵宜轻出。遂授扩廓帖木儿总戎重寄，畀以王爵，俾代其行。李思齐、张良弼等，各怀异见，构兵不已，以致盗贼愈炽，深贻朕忧。询诸众谋，佥谓皇太子聪明仁孝，文武兼资，聿遵旧典，奚命以中书令枢密使，悉总天下兵马，一应军机政务，如出朕裁。其扩廓帖木儿总领本部军马，自潼关以东，肃清江淮，李思齐总统本部军马，自凤翔以西，进取川蜀，以少保秃鲁为陕西行省左丞相，总本部及张良弼、孔兴、脱列伯各支军马，进取襄樊。诏书到日，宜洗心涤虑，共济时难，毋负朕命！

此诏下后，扩廓帖木儿及李思齐、张良弼等，俱不受诏，仍是互相残杀。皇太子亦留都不行，但遣人运动扩廓麾下，阴使脱离关系，自归朝廷。于是关保、貊高等，都叛了扩廓，愿从朝命。皇太子禀准顺帝，罢扩廓兵柄，削太傅左丞相职衔，仍前河南王，食邑汝州，所有前统各军，概派别将分领。扩廓帖木儿仍不受命，惟退军还泽州。顺帝又命李思齐、张良弼等，东向出关，关保、貊高等，西向进逼，两路夹攻扩廓。扩廓大愤，竟引兵据太原，尽杀元廷所置官吏，居然行逆。坐实一个逆字，书法谨严。顺帝再削他爵邑，令诸军四面进蹙，扩廓也觉势孤，由太原退守平阳。

正在难解难分的时候，忽然霹雳一声，各军瓦解，把纷纷扰扰的江山，尽行扫净，发现一个大明帝国出来！又作惊人之笔。原来河北诸将，自相争战，无暇顾及南方。那时吴国公朱元璋，搜集人才，招募兵士，武有徐达、常遇春、胡大海、俞通海、李文忠等，文有李善长、刘基、宋濂、叶琛、章溢、王袆等，先略浙东，次平江表，所经各地，秋毫无犯，人心相率归向，望风投诚。帝王之师，比众不同。

元廷曾遣户部尚书张昶至江东，授元璋为江西平章政事。元璋极陈元廷失政，难与共事，说得张昶亦被感动，竟留住元璋营中，愿佐戎幕。就是海上魔王方国珍，也因他威德服人，遣使奉书，愿献温、台、庆元三郡，只陈友谅与张士诚勾结，共抗元璋。士诚遣将吕珍，攻入安丰，杀刘福通，拘韩林儿。元璋率徐达、常遇春等，倍道赴援，击走吕珍，迎林儿归居滁州。友谅闻元璋救安丰，大兴水师，来围洪都。洪都系龙兴改名，元璋留从子文正，及偏将邓愈等协守，至友谅进攻，一面率兵备御，一面飞书告急。元璋亲率大兵往援，师至湖口，友谅亦撤围东行，渡鄱阳湖，至康郎山，遇着元璋军。元璋督兵死战，纵火焚友谅舟，友谅大败，中矢而死（是战为朱氏兴亡关键，因与《元史》无甚关系，应另详《明史演义》中，故叙述从略）。

友谅骁将张定边，挟友谅次子陈理，遁还武昌。元璋遣常遇春督军进攻，自还应天，称为吴王，复率军自捣武昌，降陈理及张定边，湖广、江西诸郡县，次第荡平。友谅了。

再下令讨张士诚，时士诚所据地，南至绍兴，北有通、泰、高邮、淮安、濠泗，直达济宁。徐达、常遇春等，奉元璋命，攻取淮安诸路，连败士诚军，濠、徐、宿诸州，相继攻下。又分兵徇浙西，拔湖州、嘉兴、杭州，东入绍兴。会韩林儿死，乃除去龙凤年号。韩林儿了。建国号吴，立宗庙社稷。复命徐达等进逼平江，士诚固守数月，援尽力穷，城遂陷没，执士诚归应天，士诚自缢死。士诚了。

方国珍前降元璋，后又据境称雄，经元璋将汤和、廖永忠等，水陆夹攻，国珍乃穷躄乞降。汤和以国珍归应天，未几病殁。**国珍了。**

嗣是取福州，拔永平，杀福建平章陈友定，复进徇广州，降广东行省左丞何真，诛海寇邵宗愚，各郡县相继归降，连九真、日南、朱崖、儋耳诸城，亦俱纳印请吏，心悦诚服。于是南方大定，吴相国李善长等连表劝进，奉吴王朱元璋为帝。当于元顺帝至正二十八年正月初四日，**载明年月日，为元明绝续之界限。**行即位礼，国号明，建元洪武。**一个秃头和尚，居然做到皇帝，可见天下无难事，总教有心人。**一班开国功臣，于是日辰刻，簇拥吴王朱元璋，出应天城，先至南郊，祭告天地，由太史官刘基，代读祝文。其文云：

惟大明洪武元年，岁次戊申，正月壬辰朔，越四日乙亥，皇帝臣朱元璋，敢昭告于皇天后土曰：伏以上天生民，俾以司牧，是以圣贤相承，继天立极，抚临亿兆，尧、舜禅让，汤、武吊伐，行虽不同，受命则一。今胡元乱世，宇宙洪荒，四海有蜂虿之忧，八方有蛇蝎之祸；群雄并起，使山河瓜分，寇盗齐生，致乾坤弃灭。臣生于淮河，起自濠梁，提三尺以聚英雄，统一旅而救困苦。托天之德，驱陆军以破肆毒之东吴，仗天之威，连战舰以诛枭雄之北汉。因苍生无主，为群臣所推，臣承天之基，即帝之位，恭为天吏，以治万民。今改元洪武，国号大明，仰仗明威，扫尽中原，肃清华夏，使乾坤一统，万姓咸宁。沐浴虔诚，斋心仰告，专祈默佑，永荷洪庥。尚飨！

读祝毕，吴王朱元璋率群臣行九叩礼。礼成，乃移就黄幄，南面称尊。文武百官及都城父老，扬尘舞蹈，三呼万岁。但见天朗气清，风和景霁，居然现出一番升平气象。自是吴王朱元璋，便成了明太祖高皇帝。**标清眉目。**即位后，返都升殿，又受群臣朝贺，追尊列祖为皇帝，册马氏为皇后，世子标为皇太子，以李善长、徐达为左右丞相，诸功臣亦进爵有差。

越日即下诏伐元，命徐达为征虏大将军，常遇春为副将军，率师二十五万，即日北行。大军由淮入河，直趋山东，势如破竹，陷沂州，下峄州、般阳、济宁、莱州、济南、东平诸路，迎刃即解。转旆河南，入虎牢关，大破元将脱因帖木儿（**即扩廓弟**），乘胜攻入汴梁。元将李思齐、张良弼等，屡接顺帝诏敕，令出潼关御南军，他偏迁延不发，至明军已入河南，不得已率兵驻潼关。**渔人到了，蚌鹬危矣。**不防明军煞是厉害，数日即至，放起一把大火，将张良弼营兵，烧得焦头烂额。良弼遁去，思齐亦奔还凤翔。大好一座潼关，被明军占据去了。

扩廓帖木儿闻思齐等为明军所困，乘隙东出，来袭关保、貊高，两人不及防备，都被他生擒了去。还要驱兵内犯，险些儿逼入京畿。顺帝大恐，忙下诏归罪太子。复扩廓帖木儿官爵，仍前河南王左丞相，统军南下，截击明军。扩廓乃退屯平阳，逗留不发。

明将徐达，已连下卫辉、彰德、广平，进次临清，大会诸将，分道北攻。至德州，复合军长驱。元兵水陆俱溃，遂进陷通州。元知枢密院事卜颜帖木儿，力战被擒，不屈遇害，元廷大震。顺帝无法可施，只得集三宫后妃，至皇太子妃，同议避兵北行。左丞相失列门，暨知枢密院事黑厮，宦官赵伯颜不花等极力谏阻，顺帝不从。赵伯颜不花恸哭道："天下系世祖的天下，陛下当以死守，奈何轻出？臣愿率军民出城拒战，请陛下固守京都。"元末有此宦官，可谓庸中佼佼。顺帝尚是沉吟，偏偏警信又到，报称明军将抵京城。那时顺帝手忙脚乱，急令后妃太子等，收拾行装，一面命淮王帖木儿不花监国，以庆童为左丞相，同守京师。挨过黄昏，便挈后妃太子等，开建德门北去，待明军抵齐化门，都中已仓皇万状，淮王率着残兵，守御数日，哪里当得住百战百胜的明军！至正二十八年八月二十日，明军入城，淮王帖木儿不花、左丞相庆童及右丞相张康伯、平章政事迭儿必失、朴赛因不花、御史中丞满川、都路总管郭允中，皆死难。不没死事之臣。元亡，统计元自太祖开国，至顺帝北奔，共一百六十二年。自世祖混一中原，至顺帝亡国，只八十九年。

徐达督诸军入城后，禁士卒侵暴，封府库及图籍宝物，令指挥张胜，监守宫门，不得妄入。吏民安堵，市肆无惊，当下露布告捷，由太祖传旨奖赏，并命出师西略，徐达复率常遇春等，入山西，逐扩廓帖木儿，顺道趋关中，降李思齐等。寻闻元兵犹出没塞外，乃趋还燕都，准备北伐。至洪武二年，出师拔开平，元帝奔和林，三年复北伐，元帝奔应昌。未几元帝逝世，元人谥为"惠宗"。明太祖以元帝顺天退位，谥为"顺帝"。明军又进克应昌，元嗣君爱猷识理达腊，仓猝北窜，其子买的里八剌及后妃诸王等，不及随行，皆被获。未知奇后亦受擒否？送至应天，明太祖下诏特赦，且封买的里八剌为崇礼侯。元参政刘益亦以辽阳降。朔漠又定，颁诏天下。四年，复遣汤和、傅友德进军四川，时明玉珍已死，子升袭位，发兵拒敌，屡战屡败，没奈何面缚舆榇，出降军前。明玉珍父子又了。明太祖封为归义侯。于是荡荡中华，尽入大明，《元史演义》，可从此告终了。惟还有一段尾声，不能不补叙出来，归结全书正传。

先是西域分封，共有四国，自察合台汗也先不花，并有窝阔台汗地，却成了鼎足三分（应三十二回）。也先不花死后，国势渐衰，至元顺帝至正十九年，察合台后裔特库尔克嗣位，复简阅军马，征服叛乱。麾下有属酋帖木儿，系蒙古疏族，强健善战，所向有功。特库尔克死，子爱里阿司嗣与帖木儿不协。帖木儿遂占据中央亚细亚，自行建国，奠都撒马儿罕。嗣复逐爱里阿司，并有察合台汗国全土。适伊儿国汗亚尔巴孔（系旭烈兀弟，阿里不哥远孙），庸弱不振，部下多分据独立，互争不已，帖木儿又代为讨平，乘势占领，两国并合为一。只有一钦察汗国，与他抗衡。钦察汗统辖阿罗思各部，威振西方，拔都远孙月即别汗及子札尼别汗二代，驱役阿罗思诸侯，气焰尤盛。莫斯科大公宜万一世，最得钦察汗信任，借势营殖，后来俄罗斯肇兴，实基于此。札尼别死，篡弑相继，国又大乱，阿罗思诸侯，亦各图分立。帖木儿引军入援，镇定全境，扶立脱克达米昔为钦察汗。及帖木儿还军，脱克达米昔别图拓地，侵入帖木儿境内。帖木儿怎肯干休！即亲率大军问罪，逐去脱克达米昔，另立一汗叫作可里的克。表面上令他管辖，实际上仍归自己节制，仿佛近今国际法上所称的被保护国。

帖木儿既并吞西域，复南略印度，侵母儿坦，陷迭尔黑。旋因突厥遗种阿斯曼国（即今土耳其国）部长，名巴贾塞脱，连接阿非利加洲的埃及国，夹击帖木儿属地，帖木儿即还军拒战。一战破埃及军，再战擒巴贾塞脱，略定小亚细亚全境，兵威大震，遂招集蒙古各王族，大举而东，竟欲规复中原，混一区宇，仍追效那元太祖的雄图，元世祖的宏业。无如天已厌元，不使再振，这位大名鼎鼎的帖木儿，竟中道病亡，未损明朝片土。此事已在永乐年间，他日演述《明史》，再当详细交代，本书至元亡为止，不过应二十四回及三十二回中，曾叙及西域四汗国事，若非补入此段，反似上文虚悬，无所归结。看官如嫌简略，请看日后出版的《明史演义》，自知分晓。小子欲就此搁笔，惟尚有俚句四首，录述于后，作为全书的总束，看官不要诮我画蛇添足哩！诗曰：

开疆容易守疆难，
文治无闻运已残；
八十九年元社稷，
徒留战史付人看！

累朝佞佛太无知，
释子居然作帝师；
果有如来应一笑，
百年幻梦被僧欺。

到底华夷俗不同，

上烝下乱竟成风；

濠梁幸有真人出，

才把腥膻一扫空。

大好江山付劫灰，

前车已覆后车来；

须知殷鉴原非远，

试看全书六十回。

本回为结束文字，故于元末各将帅，及东南诸寇盗，一齐叙过，如风扫残云，倏然而尽。至后段述及四汗国事，亦随叙随略，传所谓其兴也勃，其亡也忽者，文境殆似之矣。或谓如许大事，一回了毕，究嫌太简，不知朱明之平定南方，应属诸《明史》中，细评中已屡次说明。至若帖木儿之奄有西域，亦在元亡后数十年间，必欲于此详述，试问元、明两代，将从何处分界耶？故宜详者不厌其烦，宜简者不嫌其略，著书人固自有深意也。